1. Kapitel

Der Sonnengott näherte sich seinem Anlegeplatz im Westen, segelte auf der abendlichen Strömung tief über Piramses hinweg und warf seine letzten goldenen Strahlen durch die hohen vergitterten Fenster des Zimmers, in dem Maya ihren Kindern eine Gutenachtgeschichte vorlas.

Die Geschichte führte von Elephantine im Süden, wo die schwarzhäutigen Nubier Pantherfelle und Elfenbein tauschten, das so weiß war wie ihre Zähne, bis zum Weg des Horus im Norden, wo die Esel der in allen Regenbogenfarben gekleideten Asiaten schwere Körbe trugen, randvoll mit Schmuck aus Türkis und Parfumfläschchen für die Edelfrauen von Piramses.

Als die Geschichte endete, war Hori eingeschlafen, den Daumen im Mund. Ahhotep kämpfte noch gegen die Müdigkeit an, da es ihr widerstrebte, jenes Land zu verlassen, das ihre Mutter heraufbeschworen hatte; die Säulen von Theben mit ihren im Wind wehenden Wimpeln; die Berge, in denen die Söhne der Sonne majestätisch ruhten, und die längst leergeräumten Pyramiden von Memphis, dort wo die beiden Länder Ägyptens aufeinandertrafen.

»Noch eine Geschichte! Bitte!«

»Heute nicht mehr, Liebes. Ich muß mich noch darum kümmern, daß alles bereit ist, wenn dein Vater wiederkommt.«

»Erzähl mir von der Königstochter, die er aus Aleppo mitbringt.«

Doch Maya wußte nichts über sie. »Schlaf jetzt. Gute Nacht.«

Maya drückte Ahhotep einen Kuß auf die Stirn, deckte sie zu und ging nach unten.

Die Liste der Musikinstrumente im Isis-Tempel lag noch auf dem niedrigen Tisch, an dem sie gearbeitet hatte, bevor sie die Kinder zu Bett brachte. Maya blickte auf die letzte Spalte des Tempelinventars und unterzeichnete dann: ›Maya, Hohepriesterin der Dienerinnen der Isis im Hause der Göttin, Herrin von Piramses.‹ Sie rollte die Liste zusammen und legte sie und den Papyrus mit dem Märchen zurück an ihren Platz in der Bibliothek.

In der Küche herrschte reges Treiben. Auf dem Hof breiteten sich köstliche Gerüche aus, als Maya zu den Dienern ging, um anzuordnen, daß die Tafel gedeckt wurde. Und es sollte ein Feuer entzündet werden – der Winter war zwar vorbei, aber ein Feuer würde dem Hausherrn nach seiner langen Reise gewiß willkommen sein.

Maya ging wieder nach oben, diesmal in ihr eigenes Gemach. Nodjmet war dort und ließ soeben das Moskitonetz über dem großen Bett herunter. Die Laken, die Nodjmet aus der Zederntruhe genommen hatte, dufteten nach Gewürzen.

»Nodjmet«, sagte Maya. »Vielleicht sollten wir auch Ahmoses eigenes Bett herrichten. Nur für alle Fälle.«

Der alte Pharao stand auf dem Palastdach vor der Zeltwand seines Pavillons. Sein Blick folgte den Ibissen, die ihre Schlafplätze aufsuchten, bis ihre schlanken Gestalten zwischen den Palmwedeln verschwunden waren. Unterhalb und zwischen den Palmwipfeln tauchten die Lichter von Piramses auf, als die dortigen Türwächter die Lampendochte entzündeten und die Diener in den Wohnräumen Feuer machten, deren gelber Schein durch die vergitterten hohen Fenster nach draußen fiel. Vor den Toren dieser Libellenstadt lagerte eine bewaffnete ägyptische Eskorte mit einem asiatischen Schatz in ihrer Mitte. Morgen würde dieser Schatz ihm übergeben werden.

Der Pharao nahm wieder auf dem mit Kissen ausgelegten Podium Platz und ruckte hin und her, bis er eine Stellung gefunden hatte, in der seine alten Knochen bequem ruhten. Vor ihm kniete ein junger Mann auf dem Teppich und drehte mit einer langen Zange die glühenden Kohlen in dem Metallbecken um. Der Pharao musterte ihn ernst. Er ist jetzt über vierzig, sagte er sich, längst alt genug, als vierter Ramses den Horus-Thron zu besteigen. Er hat die breiten Schultern eines Soldaten. Er ist in vielen Dingen bewandert; in manchen sogar zu sehr. Er verkörpert die Kraft, die ich selbst nicht mehr besitze. Nicht nach dreißig Jahren.

Der Sohn des Pharao brach das Schweigen. »Sieh den Tatsachen ins Auge, Vater. Der König der Hethiter lebt von der Gnade der asiatischen Prinzen, nimmt deren Gastfreundschaft über Gebühr in Anspruch und verbringt sein halbes Leben damit, von einem zum anderen zu reisen. Sobald du erst seine Tochter geheiratet hast, darfst du dich nicht wundern, wenn ihr geiziger Vater dir die zweifelhafte Ehre aufbürdet, ihn an deinem Hof zu beherbergen, zu verköstigen und zu kleiden.«

Der Pharao seufzte tief. »König zu sein bedeutet, die Maat zu erhalten, Ramses, die Ordnung. Du betrachtest die Maat als Selbstverständlichkeit, weil in Ägypten seit etwa zwanzig Jahren Frieden herrscht. Wenn die Maat zusammenbräche, könntest du dir den Luxus berufsmäßiger Rivalität nicht leisten.«

»Welchen Nutzen hätte eine Zweckehe gehabt, als die Seevölker über fremde Länder hergefallen sind? Die Höflinge schienen mir keine große Eile zu haben, sich an die Front zu begeben, als die Eroberer die Städte Asiens verwüstet, die Hethiter besiegt und ihren Herrscher verbannt haben. Nur brutale Gewalt zählte, als die Seevölker in Ägypten eingefallen sind. Ich weiß es, weil ich dort war und gegen sie gekämpft habe.«

»Genau das meine ich. Die Maat zerbrach. Isfet, das Chaos, kam über die Welt. Der Pharao muß wachsam sein. Er muß darüber wachen, daß nicht wieder ein Spalt entsteht, durch den Isfet Einzug halten kann. Und ich fürchte, es könnte bald wieder einen entsprechenden Versuch geben. Die Zeichen sind da. Der Fluß führt zu wenig Wasser. Hapi erhebt sich nicht und läßt ihn anschwellen wie früher. Wir hatten mehrere Mißernten in Folge. Ich mache mir Sorgen, daß die Grabbauer in diesem Jahr erneut streiken könnten. Es ist kein Korn da, um sie zu ernähren.«

Ramses schnaubte verächtlich. »Laß sie doch. Das Grab ist fertig. Warum sollten wir sie behalten, wo es doch keine Arbeit mehr für sie gibt? Teile sie auf und setze sie anderswo ein.«

Der Pharao schlug sich mit den Handflächen auf die Knie. »Ich soll ein ganzes Dorf von Familien auflösen, die über Generationen hinweg dieser Arbeit nachgegangen sind? Und was soll werden, wenn der nächste Pharao sich ein Grab errichten lassen will und die Fertigkeiten dieser Menschen verloren sind?« Ramses warf dem König einen durchdringenden Blick zu, doch sein Vater schaute zur Seite. »Diese Dinge entfesseln Isfet, Ramses.«

»Und diese Heirat soll die Maat festigen?«

»Genau das versuche ich dir klar zu machen. Bündnisse mit unbedeutenderen Herrschern durch eine Heirat mit ihren Töchtern und Schwestern festigt die Maat.«

»Aber keine Allianz mit den Hethitern. Sie besitzen nicht einmal ein eigenes Land«, wandte Ramses ein.

»In meinem Harem befindet sich mindestens eine Frau aus jedem asiatischen Stamm und jeder größeren asiatischen Stadt. Nur die Hethiter fehlen noch. Ich habe es versäumt, die Maat zu erhalten. Ich habe nicht im Namen der Götter die Herrschaft über sie beansprucht. Und die eben aufgeführten Zeichen sind die Folge. Wenn die Ernte ausbleibt, wenn man Soldaten aus hungernden Dörfern rekrutiert und wenn man kein Korn hat, um die Truppen zu ernähren, wo ist dann deine Armee? Was tust du dann, wenn der Feind vom Meer zurückkehrt? Das

Heer bekämpft den Feind, aber die Maat sorgt dafür, daß Hapi den Fluß anschwellen läßt; das Wasser wiederum läßt das Korn wachsen, und das Korn ernährt deine Männer. O Ramses, mein Sohn, siehst du denn nicht, wie wichtig es ist, daß vor allem *du* diese Zusammenhänge begreifst?«

»Was meinst du damit? Willst du mich zu deinem Nachfolger machen, Vater?«

Der Pharao schwieg.

»Du kannst es nicht unendlich hinausschieben. Ich bin dein ältester Sohn. Du hast mich in die Armee gesteckt, damit ich mir der Gefolgstreue des Heeres sicher sein kann, wenn es soweit ist, deine Nachfolge anzutreten. Nun, jetzt bin ich General, und die Männer sind mir treu ergeben. Dann hast du von mir verlangt, die Zügel aus der Hand zu legen und zur Feder zu greifen. Ich habe es gehaßt, aber ich habe gelernt. Ich habe die Wachstafelbrigade kennengelernt und fand sie pedantisch und eigennützig. Ich beschloß, dich zu beraten. Ich habe dir von dieser Ehe abgeraten, und das war der erste aufrichtige Rat, den du an deinem Hof je gehört hast. Mein Rat war dir so viel wert, daß in eben diesem Moment die Tochter des Königs der Hethiter in einem Lager vor Piramses wartet. Du hast mir einen Vortrag über die Maat und Isfet gehalten, Ordnung und Chaos, und hast mich über die Aufgaben eines Pharao belehrt, willst aber immer noch keinen Nachfolger benennen. Doch eines Tages in naher Zukunft wirst du es müssen …«

»Ramses«, sagte sein Vater streng. »Du bist in vieler Hinsicht ein fähiger Mann. Ich bezweifle auch nicht, daß du mir den besten Rat erteilt hast, zu dem du fähig bist. Mir sind die Schwächen meiner Höflinge wohl bewußt, auch wenn du glaubst, ich würde sie nicht bemerken. Aber du bist nicht der Pharao, und wenn ich dich so reden höre wie jetzt, frage ich mich, ob du je dazu geeignet sein wirst, den Thron zu besteigen.«

Ramses setzte sich auf den Rand des Podiums. »Vater, ich würde deine Vorträge über die Maat ernster nehmen, wären sie der wirkliche Grund für diese Heirat. Aber tatsächlich hat sie nichts mit der Maat zu tun. Wenn du dieses junge Mädchen in dein Bett holst, kannst du kein alter Mann sein, nicht wahr? Du willst keinen Nachfolger benennen, weil das ein Eingeständnis wäre, daß du alt wirst. Das ist der wahre Grund.«

Der Pharao legte seinem Sohn die schlanken Hände mit den langen, beringten Fingern auf die Schultern. Ramses neigte den Kopf. Der Nacken eines Ringers, dachte der Pharao. Der Nacken eines Raufboldes.

»Erinnerst du dich nicht an die Zeit vor den Seevölkern?« fragte er. »Ein degeneriertes Haus herrschte über Ägypten. Das führte zu einem Bürgerkrieg, und der Thron von Re und Horus war lange Zeit verwaist. Familien wandten sich gegeneinander, es gab eine Hungersnot, und die Menschen starben wie die Fliegen. Die Götter wählten deinen Großvater zum Begründer einer neuen Dynastie. Die Götter wollten, daß unsere Familie die Maat aufrecht erhielt und nicht, daß wir Isfet erlaubten, wieder in Ägypten Einzug zu halten. Aber die Diener der Götter ...«

»Erspare mir die Diener der Götter. Gelehrte der Götter sind noch schlimmer als Gelehrte des Pharao.«

»Die Diener der Götter sagen, deine Stellung ist undurchsichtig, und ich kann ihre Meinung nicht außer acht lassen. Ich war noch nicht Pharao, als ich dich gezeugt habe. Wie du weißt, waren wir alle damals noch gewöhnliche Sterbliche. Als dein Großvater den Thron bestieg, war er schon ein alter Mann, und alle seine Kinder waren erwachsen. Ich war der älteste. Er hatte keine andere Wahl. Doch als ich Pharao wurde, zeugte ich noch andere Kinder. Deine Halbbrüder und -schwestern wurden von einem gekrönten Pharao gezeugt, von der Inkarnation des Horus. Du nicht.«

»Aber es gibt keinen zweiten Sohn, der die Erste Frau des

Pharao zur Mutter hätte. So mag mein Anspruch zwar unangemessen erscheinen, aber es gibt doch keinen, der legitimer wäre. Dein Wort ist Gesetz, Vater!«

»Dann hast du also doch etwas von den Priestern gelernt«, bemerkte der Pharao spöttisch. Er trat wieder in die Zeltöffnung und blickte hinauf in den Abendhimmel, an dem erste Sterne funkelten.

»Die Menschen fragen sich allmählich, wer dir nachfolgen wird, wenn nicht ich«, sagte Ramses.

»Und ich nehme an, daß sie dich favorisieren, weil du die Diskussionen noch angeheizt hast«, entgegnete der Pharao. »Das gehört zu den Dingen, die du in der Armee gelernt hast.«

»Ja, sie stehen auf meiner Seite. Weil ich ein hervorragender Schütze war. Weil mein Streitwagen der schnellste auf dem Feld war. Weil die Männer einen Sieger unterstützen wollen.«

»Der Weg vom Meisterathleten zum Intriganten ist nicht ruhmreich.«

»Du redest wie ein Diener der Götter«, sagte Ramses verächtlich.

»Ich bin ein Diener der Götter. Und mein Nachfolger wird ebenfalls Diener der Götter sein müssen. Ein Pharao muß menschlichen Lastern entsagen. Sie bedeuten Isfet, Chaos. Wenn du erst unter dem Einfluß eines anderen stehst, bist du kein Pharao mehr, sondern ein Spielzeug. Glaubst du nicht, daß auch ich mir wünsche, du würdest mir nachfolgen? Aber du kannst oder willst einfach nicht begreifen, daß ein Pharao, der mit Isfet spielt, das Wagnis eingeht, Ägypten vollständig zu verlieren. Wenn du mit deiner jetzigen Denkweise Pharao würdest – die Wasser von Nun würden die Welt überfluten wie beim Anbeginn der Schöpfung! Es wäre so, als hätten die Götter Ägypten nie aus den Wellen emporgehoben.«

Sie wurden von den Schritten der Wache unterbrochen, die sich dem Zeltpavillon näherte.

»Wir haben Ahmose lange genug warten lassen«, sagte der Pharao.

»Soll er noch ein wenig länger warten. Wir haben dieses Gespräch noch nicht zu Ende geführt.«

Aber der Pharao hatte der Wache bereits ein Zeichen gegeben.

General Ahmose duckte sich unter den Wandteppichen am Zelteingang hindurch. Er war um die dreißig, groß und muskulös, wirkte jedoch müde, als er sich vor seinem Pharao verneigte.

»Mein Pharao, mögt Ihr noch lange leben, mögen die Götter Euch gewogen sein und Euch mit Gesundheit segnen«, sagte er zur Begrüßung.

»Setz dich, Ahmose«, erwiderte der Pharao und bedeutete dem Offizier, auf einem der Kissen um die Feuerstelle herum Platz zu nehmen. Er winkte den Dienern, Erfrischungen zu bringen.

»Ich habe hier einen vollständigen Bericht meiner Reise nach Aleppo, mein Pharao«, sagte Ahmose und zückte eine Schriftrolle. »Ich kann Euch vom Zustand jeder Stadt zwischen Aleppo und Ägypten berichten, oder ich kann sogleich auf Aleppo selbst zu sprechen kommen.«

»Fang gleich bei Aleppo an«, entgegnete der Pharao.

»Ja«, pflichtete Ramses ihm bei. »Ist Suppiluliumas, König der Hethiter, immer noch abhängig vom König von Aleppo?«

»Ja«, bestätigte Ahmose. »Als ich dort eintraf, hat er mit dem König von Aleppo immer noch über die Mitgift seiner Tochter Hattusha gestritten. Vielleicht möchtet Ihr, Hoheit ...«

»Nein«, schnitt der Pharao ihm das Wort ab. »Erzähl mir von der Tochter des Königs.« Ramses straffte die Schultern und verdrehte die Augen. »Mir wurde berichtet, sie habe sich unterwegs elend gefühlt.«

»Das ist richtig. Die Tochter des Königs erkrankte, aber das Unwohlsein ging rasch vorüber. Sie hat sich inzwischen wieder erholt. Sie schickt Euch Grüße aus dem Lager vor den Stadttoren, mein Pharao.«

»Was hatte sie denn?«

»Ohnmachtsanfälle, nichts Ernstes.«

»Bist du sicher, daß sie soweit wiederhergestellt ist, die morgige Zeremonie durchzustehen?«

»O ja, mein Pharao, unbedingt«, versicherte der General.

»Wie sieht sie aus? Was ist sie für eine Frau?«

»Sie ist sehr schön«, erklärte Ahmose. »Und sehr klug.«

»Tatsächlich? Das hat ihr Vater in seinem Brief auch behauptet, aber man weiß nie, was man von den Lobeshymnen eines stolzen Vaters halten soll. Die Augen eines Vaters sehen nicht immer klar.«

»Ich schätze, das kommt darauf an, ob einem asiatische Frauen gefallen«, bemerkte Ramses, worauf eine kurze Pause entstand.

Die Diener kehrten mit Obst und Wein zurück.

»Soll ich mit meinem Bericht fortfahren, mein Pharao?« Ahmose nahm sich eine Feige, was er sofort bereute.

»Nein, nicht jetzt. Laß mir deinen Bericht hier. Ich werde ihn später lesen.« Wenn Ramses nicht da ist, fügte der Pharao in Gedanken hinzu.

In die ewige Finsternis mit ihnen! dachte Ahmose. Sie wollten seinen Bericht nicht hören. Und er hatte den Mund voll und mußte dasitzen und kauen, während sie darauf warteten, daß er fertig gegessen hatte, um ihn fortzuschicken. Es hat sich nicht das geringste geändert.

»Und wie gefällt dir dein Aufgabenkreis nach deiner Beförderung?« erkundigte sich der Pharao.

»Nun, mein Pharao, meine Beförderung liegt noch nicht weit zurück«, erwiderte Ahmose. »Bislang haben meine Pflichten sich darauf beschränkt, die Königstochter Hattusha nach Piramses zu geleiten. Ich kann mich kaum beklagen, daß ich überarbeitet wäre. Tatsächlich habe ich sogar die Zeit gefunden, der Tochter des Königs ein wenig Ägyptisch beizubringen.«

»Du hast dir schon immer gerne Sonderaufgaben aufgebürdet«, meinte Ramses. »Ich glaube, Asiatinnen zu unterrichten ist dir ein besonderes Anliegen.«

Der Pharao warf seinem Sohn einen mißbilligenden Blick zu. »Du bist Wochen von Maya getrennt gewesen«, sagte er an Ahmose gewandt. »Du freust dich sicher sehr auf daheim.«

»Jedenfalls freue ich mich darauf, wieder im eigenen Bett zu schlafen.«

»Nicht in Mayas Bett?« bemerkte Ramses.

Der Pharao musterte Ramses stirnrunzelnd. »Maya wird dir eine Menge zu erzählen haben.«

»Ja, vermutlich. Das Haus, die Kinder …«

»Eigentlich meinte ich ihr großes Projekt.« Als er sah, daß Ahmose nicht wußte, wovon er sprach, fuhr der Pharao ein wenig trockener fort: »Die Instandsetzung des Monthu-Heiligtums in Heliopolis. Sie wird dir in ihren Briefen sicher davon erzählt haben.«

»Ja, ich glaube, sie hat so etwas erwähnt.«

»Bestimmt kannst du es kaum erwarten, alles darüber zu hören. Du mußt stolz sein auf die Leistungen deiner Frau. Ich selbst habe im vergangenen Monat dort Opfergaben dargebracht. Diese Ehre wird außerhalb des Festtagskalenders nicht vielen Heiligtümern zuteil. Aber Maya hat sich zu Hause gelangweilt, nachdem du fort warst und meine Schwester ins Reich der Toten eingekehrt ist. Sie brauchte eine Beschäftigung. Ich war sehr beeindruckt von dem Ergebnis ihrer Arbeit. Sie muß umfassende Nachforschungen angestellt haben«, sagte der alte Pharao anerkennend.

»Sie hat ihr eigenes Archiv. Ihre Mutter hat es ihr testamentarisch vermacht.«

»Ja, ich erinnere mich an die Papyrussammlung meiner

Schwester. Ich glaube fast, es gibt keine vergleichbare – abgesehen von denen der Tempel natürlich.«

»Die Sammlung ist ihr ganzer Stolz und ihre ganze Freude«, bestätigte Ahmose.

»Ach ja? Ich dachte immer, Mayas Stolz und Freude wären ihre Kinder.«

Eine kurze Pause entstand.

»Nun denn«, meinte der Pharao schließlich, »du brauchst die Nacht nicht im Lager zu bleiben. Du hast meine Erlaubnis, nach Hause zu gehen.«

»Ich bin durchaus gewillt, meinen Auftrag bis zum Ende zu erfüllen, Hoheit.« Hastig fügte er hinzu: »Ich bin nicht sicher, ob man daheim mit mir rechnet. Alle wissen, daß ich bis morgen Dienst habe. Ich möchte sie zu dieser späten Stunde nicht mehr stören.«

»Maya hat die ganze vergangene Woche von nichts anderem gesprochen als von deiner Rückkehr. Ich glaube kaum, daß eine junge Ehefrau sich gestört fühlt, wenn ihr Gatte nach langer Abwesenheit heimkehrt, und sei es mitten in der Nacht«, entgegnete der Pharao.

Und die Wünsche des Pharao waren Normalsterblichen Befehl. Ahmose zwang sich zu einem Lächeln. »Ich war so entschlossen, Hoheit bis zum Schluß zu dienen, daß ich ganz vergessen habe, wie rücksichtsvoll Ihr Eurer Nichte und ihrer Familie gegenüber seid«, sagte er gepreßt.

»Gibt es sonst noch etwas zu berichten?« fragte der Pharao scharf.

»Nein, mein Pharao.«

»Dann kannst du jetzt gehen.«

»Er schläft lieber allein in einem Zelt, als mit Maya in einem Bett«, brummte Ramses, als Ahmose das Zelt verließ. »Es sei denn, es gibt eine Asiatin, die ihm das Feldbett wärmt.« Der Pharao machte ein erschrecktes Gesicht. »Ich an deiner Stelle wäre nicht zu schockiert, Vater, oder auch nur überrascht.

Maya ist dumm, sich nicht ebenfalls einen Liebhaber zu nehmen«, bemerkte er achselzuckend.

»In diesem Punkt seid ihr sehr verschieden, du und deine Cousine, Ramses«, sagte der Pharao. »Maya glaubt an die Maat.« Er strich sich mit einer Hand über das Kinn. »Glaubst du wirklich, daß Ahmose eine andere hat?«

»Woher soll ich das wissen? Aber ich würde wetten, daß er eines Tages, wenn er von einer seiner Expeditionen heimkehrt, jemanden in Mayas Bett vorfindet.«

»Eine Hohepriesterin des Isis-Tempels?«

»Na und? Warte nur ab, eines Tages wird sie es leid sein, die treue Ehefrau zu spielen. Und an Angeboten mangelt es ihr ja wahrlich nicht.«

»Sie wird nichts dergleichen tun, weil es Gotteslästerung wäre. Du hast sie beim Ritual gesehen. Für sie ist es viel mehr als nur eine rituelle Handlung – sie wird beinahe selbst zur Göttin. Ich habe sie stets als Inkarnation der Isis betrachtet.«

»Aber was ist, wenn sie das Kostüm ablegt? Tugend ist ein kalter Trost. Irgendwann wird sie sich nach jemand sehnen, der sie wärmt. Vielleicht werde sogar ich derjenige sein«, sagte er grinsend.

»Ich verbiete es dir«, wies der Pharao ihn zurecht. »Und das ist mein Ernst, hörst du?«

Ramses lachte. »Schon gut, schon gut.«

»Du bekümmerst mich, Ramses«, seufzte der alte Mann mit sorgenvoller Stimme. »Du hast so lange mit Isfet gespielt, daß du seine Macht vergessen hast. Eines Tages wirst du etwas Unüberlegtes tun – mit unabsehbaren Folgen. Du glaubst, du könntest Isfet beherrschen. Aber höre auf meine Worte: wenn du nicht äußerst vorsichtig bist, wird Isfet statt dessen dich beherrschen.«

In dem Haus, das Ahmose mit seiner Ehefrau bewohnte, der Nichte des alten Pharao, brannte keine Lampe. Hoch, schmal und schwarz ragte es vor ihm auf, und die schweren Wedel der alten Palme, die über die Hofmauer ragten, sahen in der Dunkelheit aus, als würde ein alter Mann über die Einfriedung hinweg auf die Straße schauen.

Ahmose klopfte an. Als sich nichts regte, versuchte er es noch einmal, wobei er diesmal laut mit der Faust gegen die Tür hämmerte. Drinnen rührte sich etwas. Licht schimmerte durch den Türspalt. Ahmose trat einen Schritt zurück und rief den Namen des Türwächters.

»Ipuki, ich bin zurück! Laß mich herein!«

Der Riegel wurde zurückgeschoben, und ein grauer Haarschopf erschien in der Türöffnung. Sobald die Matrone sich davon überzeugt hatte, daß sie tatsächlich ihren Herrn vor sich hatte, riß sie die Tür weit auf und verneigte sich.

»Was ist hier los, Nodjmet?« fragte Ahmose streng. »Wo ist Ipuki? Wo ist Maya?«

»Verzeiht, Herr, wir dachten, Ihr würdet nicht kommen. Wir haben Ipuki ins Bett geschickt und alles für die Nacht verriegelt.«

»Der Pharao hat mich warten lassen. Wo ist deine Herrin?«

»Ich werde sie rufen, Herr.«

Ahmose blickte sich ungeduldig um. Die Asche im Kamin war fast verglüht. Das Geschirr vom Abendessen, das scheinbar kaum angerührt worden war, stand noch an einem Ende des Tisches. Eine große Papyrusrolle war fast über den ganzen Tisch gebreitet, daneben Feder und Tinte. Ahmose begann mit dem Fuß zu wippen.

Nodjmet kehrte allein zurück.

»Nun, wo ist sie?«

»Meine Herrin macht sich zurecht, um Euch zu empfangen, Herr.«

»Bei den Göttern, ich bin doch kein Besucher in meinem eigenen Haus!« Ahmose ging mit großen Schritten zur Treppe und rief: »Maya!«

Gedämpftes Rumoren war zu vernehmen; dann kam sie nach unten, wobei sie noch ihr Kollier unter der Perücke befestigte. Dann blieb sie mit leicht geöffneten Lippen stehen. Ihre Brüste hoben und senkten sich unter ihrem schönsten Kleid, das ihre schlanke, wohlgeformte Figur betonte. Sie musterte ihn abwartend, und er machte keine Anstalten, sie zu berühren.

»Warum hat das so lange gedauert?«

»Ich wollte mich ein wenig für dich zurechtmachen, Ahmose. Wo ist der Spiegel, Nodjmet? Ist auch wirklich die ganze Tinte fort?«

»Um Himmels willen, Maya, laß doch den Spiegel weg«, stöhnte der General. »Wo sind die Kinder?«

»Sie schlafen, Ahmose«, entgegnete Maya. »Ich ...«

Er hob eine Hand und bedeutete ihr zu schweigen. »Ich bin von einer Expedition heimgekehrt. Ich will meine Kinder sehen!«

Nodjmet tauschte einen Blick mit ihrer Herrin, ein Blick, den Ahmose nur zu gut kannte und der ihm zutiefst zuwider war. Sie verließ das Zimmer. Die Eheleute standen sich derweil unbehaglich gegenüber.

»Nun, wie geht es ...«

»Maya, du ...«

Beide hielten inne.

»Nodjmet hatte recht«, sagte Ahmose. »Ich hätte dir Bescheid geben sollen, daß ich komme. Die Eskorte lagert draußen vor der Stadt, aber ich wollte nicht ... ich meine, ich habe bis zuletzt nicht gewußt, daß ich nach Hause kommen kann.«

»Ich wußte, daß die Eskorte zurück war«, entgegnete Maya müde. »Und ich dachte mir, du würdest heute Abend vielleicht heimkommen. Dein Essen steht auf dem Tisch, auch wenn es inzwischen kalt sein dürfte.«

Ahmose holte tief Luft. »Ich komme direkt aus dem Palast«, sagte er. »Ich habe dem Pharao Bericht erstattet.«

»Aha«, meinte Maya nur. »Dann wurdest du also nach Hause geschickt.«

Zorn auf sie, Zorn auf den Pharao und seine eigenen Gewissensbisse ließen ihn heftig reagieren. »Der Pharao wundert sich, daß ich nicht freudig zu dir eile«, schimpfte er, »aber wie werde ich denn empfangen? Du bist so sehr damit beschäftigt, in den Spiegel zu schauen, daß du mich nicht einmal begrüßt! Und du fragst nicht einmal, wo ich die letzten Monate gewesen bin!« beklagte er sich.

»Ich bin das Warten leid geworden und habe ein wenig gearbeitet«, konterte Maya. »Als ich dich habe klopfen hören, bin ich nach oben gelaufen, um mich zu waschen und zurecht zu machen. Ich wollte dich fragen, wie es dir geht, aber du warst bereits wütend, als du hereingekommen bist. Ich habe doch recht, oder? Der Pharao hat dir befohlen, nach Hause zu kommen. Darum bist du so schlecht gelaunt. Bei wem wolltest du denn die Nacht verbringen? Hast du Ishtar mitgebracht? Wartet sie in deinem Zelt auf dich?« fragte Maya bissig.

Ahmose fühlte sich ertappt. Zornig ergriff er ihren Arm. »Laß sie da raus. Ich habe dir doch gesagt, es ist aus.«

Als der Ausdruck in ihren Augen sich plötzlich veränderte, folgte er ihrem Blick und sah Nodjmet und die Kinder in der Tür stehen. Ahhotep fingerte an Nodjmets Kleid herum, und Hori hatte den Kopf in ihrer Halsbeuge vergraben. Ahmose ließ Mayas Arm los. Bei den Göttern! fluchte er innerlich. Ich muß ihnen wie ein Ungeheuer vorkommen.

Maya streckte eine Hand nach Ahhotep aus. »Vater ist wieder da«, sagte sie mit einem gezwungenen Lächeln. »Komm und gib ihm einen Kuß.«

Ahmose sah, wie Ahhoteps kleine Hand schüchtern Mayas suchte. Hori klammerte sich nur noch fester an Nodjmets Schulter.

»Will denn keiner von euch eurem Vater guten Tag sagen?«

Die Kinder wandten sich ab und wehrten sich gegen Nodjmets Bemühungen, sie in Ahmoses Richtung zu schieben. Ein peinlicher Moment entstand, als Hori sich schreiend dagegen wehrte, daß die Kinderfrau ihn seinem Vater reichte.

»Ich bringe ihn lieber wieder zu Bett, Herr«, sagte Nodjmet hastig.

»Ohne mich kann Hori nicht einschlafen, Mutter«, sagte Ahhotep keck und spielte mit Mayas Kleid.

»Dann gehst du besser mit ihm«, murmelte Ahmose.

Der General und die Priesterin standen einander in der Mitte des Raumes gegenüber. Das entfremdete Ehepaar, die Eltern der Kinder. Beide gutaussehend, beide begabt – und beide wünschten, er wäre nicht gekommen.

Ahmose ließ die Stadt in der von seinem Streitwagen aufgewirbelten Staubwolke hinter sich. Zurück im Pavillon, des schweren goldenen Halsschmucks und des Umhangs aus königlichem Leinen entledigt und mit Moringa-Öl eingerieben, fühlte er sich im Palast anders als der Prinz, der er war.

In den Adern der beiden dort oben auf dem Dach fließt kein Tropfen königliches Blut, dachte er bei sich. Ihre Ahnen waren Speerträger in schmutzigen Lendenschurzen, als meine Vorfahren bereits die Doppelkrone trugen und auf dem Thron des Horus und des Re saßen. Meine Vorväter haben die Hyksos-Usurpatoren aus Ägypten verjagt, haben sie wie Hasen durch die Länder Asiens verfolgt, aus denen sie gekommen waren.

Ahmose blies die Lampe aus und trat an den Eingang seines Zeltes. Ihm gegenüber hob sich der dunkle Schatten des Pavillons der Königstochter Hattusha vom Dunkel der Nacht ab, eine Insel der Hethiter, die bald von der ägyptischen Flut überspült werden würde. In dieser Nacht brannte hinter den Zeltwänden keine sonderbar geschmiedete Lampe, und kein Geplapper von Dienerinnen störte die Stille. Heute abend würde ihn keine blasse Hand herbeiwinken, damit er in die grünen Augen der Prinzessin eintauchen konnte, und nach dem morgigen Tag würde es wohl nie wieder dazu kommen. Die Anblicke und Geräusche ihrer gemeinsamen Reise durch die asiatischen Länder hatten ein Ende. Sie waren nur noch Worte auf einer Schriftrolle, über der er geschwitzt hatte und die der Pharao vermutlich doch nicht lesen würde. Leise zog er sich zurück.

Am nächsten Morgen stand Maya unter den Gästen in der vollbesetzten Großen Halle und grübelte über den unerfreulichen Ausgang des vergangenen Abends nach. Sie war nur froh, daß der Pharao ihr Gesicht vom Thron aus nicht würde sehen können. Das Gewirr aus Säulen und Menschen versperrte ihr teilweise den Blick auf den Thron weiter links.

Eine Frauenstimme drang durch die spannungsgeladene Luft zu Maya und riß sie aus ihren Gedanken. »Komm hier herüber, Maya, Liebes. Von da hinten siehst du ja gar nichts.«

Die königliche Odaliske Tiye klopfte auf einen freien Stuhl neben ihr.

»Ich wollte ihn für Pentaweret freihalten«, erklärte Tiye, als Maya auf das Podium stieg. »Aber dann habe ich mir gesagt, daß er ruhig zusammen mit den anderen Söhnen des Pharao neben dem Thron stehen soll. Da ist er ja. Wie geht es dir, Liebling?« rief sie ihm zu und winkte.

»Also, ich würde lieber …«, begann Pentaweret, als er plötzlich Maya entdeckte. »Alles ist bestens, Mutter, danke«, sagte er statt dessen und blickte wieder in Richtung Thron. Maya sah, wie er die Schultern hochzog.

»Er behauptet, ich würde ihn zu sehr bemuttern«, bemerkte Tiye, streckte sich und setzte sich bequem auf ihrem Stuhl zurecht. Ihr Hals war lang und bunt geschmückt wie der eines Paradiesvogels. Ihr spitzes Kinn und die zusammengepreßten Lippen verliehen ihrem Gesicht etwas Verkniffenes. Die Hand, mit der sie den Fächer hielt, war mit durchschimmernden blauen Adern überzogen. »Ich bin jetzt erwachsen, Mutter«, sagt er. Vermutlich hat er recht – sag ihm das bloß nicht, hörst du? Aber wenn man nur ein Kind hat, wird es ja wohl erlaubt sein, dieses Kind ein wenig zu verwöhnen. Du bist doch auch Einzelkind, nicht wahr, Maya?«

»Ja.«

»Deine Mutter hat es bestimmt genauso gehalten. Du mußt sie schrecklich vermissen, jetzt, wo sie ... wo sie ins Reich der Toten eingekehrt ist.«

»Ja, ich vermisse sie schrecklich. Aber der Pharao ist sehr gut zu mir gewesen. Er und seine Schwester haben sich sehr nahe gestanden.«

»Ich kann mich noch erinnern, als sie ein kleines Mädchen war«, sagte Tiye, die sich weiter Luft zufächerte. »Ich habe sie alle gekannt, damals in den alten Zeiten. Du hättest mich einmal sehen sollen«, fuhr sie fort und beugte sich zu Maya herüber. »Ich war das schönste Mädchen in Piramses. Das liegt natürlich dreißig Jahre zurück, und man sieht es mir heute nicht mehr an, aber als der Pharao die Nachfolge seines Vaters antrat, hat er mich als erste zu seiner Odaliske gemacht. ›Bringt mir Tiye, die Tochter Djehutys, und keine andere‹, befahl er.« Tiye hob den Fächer vor das Gesicht und kicherte. »Er war damals ein sehr stattlicher Mann in den besten Jahren. Und ich meine nicht nur als Pharao. Wußtest du, daß ich ihm als erste einen echten Königssohn geboren habe?«

»Nein.«

»Inzwischen hat das jeder vergessen, aber es war so! Bei den Göttern, war ich damals glücklich.« Ihr Lächeln erlosch. »Aber leider war das Glück nur von kurzer Dauer. Mein Sohn starb. Dabei hätte er der Pfeiler meines künftigen Lebens sein können. Ich könnte jetzt dort drüben sitzen ...« Tiye nickte in Richtung des leeren Throns der Großen Frau des Pharao. »Statt dessen bekam ich einen Platz in der ersten Reihe bei seiner Beerdigung. Es war eine große Beerdigung für ein so winziges Wesen. Er hatte ganz weiche kleine Fingerchen mit winzigen Nägeln.«

Maya wußte nicht recht, was sie sagen sollte. »Ich habe wohl Glück gehabt ...«

»Als dann Pentaweret zur Welt kam, hatte der Pharao bereits mehrere andere Söhne. Weitere Konkubinen waren hinzugekommen, verstehst du? Geliebte ohne geplatzte Adern auf den Wangen und ohne Schwangerschaftsstreifen auf dem Bauch. Von da an war die Beziehung zwischen mir und dem Pharao nie mehr so wie früher. Wie auch immer«, sagte sie, »wir wollen nicht Trübsal blasen. Wie geht es deinen Kindern?«

»Sie wachsen sehr schnell«, entgegnete Maya, froh über den Themenwechsel. »Wie Riedgras.«

»Immer noch nur zwei? Nach all den Ehejahren?«

»Es sind noch keine sieben Jahre«, sagte Maya, wandte sich von Tiye ab und blickte in den Saal.

»Trotzdem reichlich Zeit«, meinte Tiye nach einer Weile. »Wie alt bist du jetzt?«

»Zweiundzwanzig.«

»Sieh dir die Große Tochter des Pharao an, Bentanta. Sie ist mindestens dreißig und immer noch nicht verheiratet.«

»Vielleicht ist sie zu nützlich als Ersatz, seit die Große Frau des Pharao gestorben ist. Im übrigen muß es schwer sein, den richtigen Mann für sie zu finden.«

»Was ist an einem Königssohn auszusetzen?« Maya fand, daß Tiyes Stimme unnötig scharf klang.

»Nun ... die Ehe würde ihm einen Anspruch auf den Thron verschaffen. Und ich glaube, hierzu ist der Pharao noch nicht bereit. Aber lassen wir das. Was hast du im Harem über die Königstochter Hattusha gehört?«

»Nicht viel«, erwiderte Tiye. »Und ich muß gestehen, daß ich mich nicht weiter für sie interessiere. Wenn man die Frauen dreißig Jahre lang hat kommen und gehen sehen, findet man so etwas nicht mehr besonders spannend. Sie sind alle gleich –

na ja, die meisten wenigstens. Ägypterinnen, Nubierinnen, Asiatinnen, Kreterinnen. Sie treffen hier ein, der Pharao ist entzückt, sie bekommen Heimweh, sie weinen, er verliert das Interesse und schafft sie nach Miwer oder sonstwo hin. Die Konkubinen in Piramses sind nur einige wenige, die so klug waren, nicht zu weinen, sondern das Beste aus ihrer Situation zu machen. Ich weiß nicht, ob auch die Neue zu dieser Sorte gehören wird. Vermutlich nicht. Und wenn ich recht habe, wird sie nicht lange hier sein.«

»Warst du nie versucht, dich selbst in Miwer niederzulassen, Tiye?« wollte Maya wissen.

»O nein«, entgegnete Tiye aus voller Seele. »Ich bin ein Stadtmensch. Außerdem muß ich an Pentaweret denken. Ich kann hier mehr für ihn tun als auf dem Lande.«

Noch während sie sprach ertönten Trompeten, und sämtliche Geräusche im Saal verstummten. Die großen Doppeltüren schwangen auf. Völlig synchron verneigten sich alle Anwesenden. Die langen Arme der Sonne langten herab, um den Pharao zu umfassen und in ihrem Glanz auf den Thron seines Vaters zu tragen. Bentanta, des Pharao Tochter, folgte ihm in ihrer goldenen Sänfte, begleitet von ihren Hofdamen. Als der Hofstaat sich wieder aufrichtete, saß der Pharao bereits mit ausdruckslosem Gesicht auf seinem Thron, in goldenes Sonnenlicht getaucht, das durch eine Öffnung über dem Podium fiel. Der Thron der Großen Frau des Pharao an seiner Seite war leer. Bentanta saß auf einem niedrigen goldenen Stuhl eine Stufe tiefer.

Die Gesandtschaft der Königstochter Hattusha war an diesem Tag nicht der einzige Besuch am ägyptischen Hof. Der Herold verkündete, daß als erstes Medja, Oberhaupt des Nomadenvolkes der Irkeku aus der nubischen Wüste weit im Süden dem König seinen Tribut entrichten werde.

Medjas Gesandtschaft erschien im bernsteinfarbenen Dunst des von der Sonne vergoldeten Weihrauchs. Der Stammesführer verneigte sich, elegant, aber nicht allzu tief, und als Medja den Blick hob, bemerkte Ramses, daß er dem Pharao unverwandt in die Augen schaute.

»Mein Herr und Gebieter, die Bergländer Nubiens, dessen Wüsten mein Volk durchwandert, legen Euch ihre Reichtümer zu Füßen. Wir bitten Euch, sie als Euch zustehenden Tribut anzunehmen. Wenn Ihr zustimmt, werde ich sie herbringen lassen.«

Der Pharao nickte. Irgendwo begann eine Trommel zu dröhnen, und eine lange Reihe schwarzhäutiger Träger betrat den Großen Saal. Sie waren nicht in ägyptisches Leinen, sondern in Lendenschurze aus weichem, geflecktem Leder gekleidet. Die ersten trugen Balken aus Ebenholz, die sie vor dem Pharao ablegten, um sich hiernach tief zu verneigen. Auf das Ebenholz folgten wunderschöne Leoparden- und Pantherfelle, glänzende Felle von Antilopen, gegerbte Rinderhäute, Elefantenstoßzähne, Affen mit grauen Halskrausen, schlanke Jagdhunde und zwei Leopardenjunge, die an ihrer Doppelleine zerrten. Irkekus Gesandte verneigten sich vor dem Pharao und brachten ihm Speere, Bögen und Wurfstöcke für die Jagd sowie Schilde, Köcher und Dolche mit Elfenbeingriff dar.

Schließlich trugen zwei Mitglieder der Gesandtschaft eine Ebenholztruhe mit Elfenbein- und Karneolintarsien herein. Medja trat vor, schlug den Deckel zurück und griff mit beiden Händen in die Truhe. Als er sie wieder hervorholte, hielt er einen Haufen gelber Steine zwischen den Fingern: Gold. Die Anwesenden schnappten nach Luft. Medja nahm ein silbernes Kästchen aus dem Goldhaufen und öffnete es schwungvoll.

Der Pharao beugte sich weit vor, um zu sehen, was es enthielt. »Ich bin überwältigt von den Geschenken Medjas, des Oberhaupts der Irkeku aus den Ländern Nubiens«, sagte er, obgleich jene, die nahe genug waren, um sein Gesicht sehen zu können, nicht diesen Eindruck hatten. »Aber wie kann das Oberhaupt der Irkeku, dessen Volk durch die Wüste zieht, einen höheren Tribut entrichten als die Stämme aus den nubischen Tälern?«

Medja lächelte. »Die Irkeku ziehen durch ganz Nubien, Hoheit. Jedes Dorf von den Tälern im Süden Nubiens bis zu den Gebieten der Siedler am Horizont wissen um unsere Stärke und Schnelligkeit.«

»Der Pharao von Ägypten ist in allen vier Ecken dieser Welt bekannt, und doch habe ich noch nie erlebt, daß ein Stamm von Wüstennomaden diesem Hof je zuvor einen solchen Tribut entrichtet hätte. Und ich sehe bei deinen Geschenken auch etwas, das nach Ägypten zu bringen niemandem außer dem Aufseher der Flotte des Amun-Re zusteht, des Königs der Götter. Wenn ich nicht irre, enthält dieses silberne Kästchen Lotos. Wie ist es in deinen Besitz gelangt?«

»Vielleicht reicht der starke Arm der Irkeku ja sogar bis zu den fernen Ländern von Punt«, entgegnete Medja. »Vielleicht sind die Konvois des Amun-Re, des Königs der Götter, nicht die einzigen, die mit jenen Ländern Handel treiben, in denen die Weihrauchbäume wachsen.«

»Mag sein«, entgegnete der Pharao, »aber das bezweifle ich. Du wirst schon etwas Überzeugenderes vorbringen müssen, Medja.«

Medja strich sich mit einer Hand übers Kinn. »Die Städte und Dörfer im Flußtal leben in der Furcht von Räubern aus der Wüste, Hoheit. Die Gelehrten sagen, sie sollen um den Schutz des Pharao von Ägypten ersuchen. Aber der Pharao ist in Piramses, weit im Norden Ägyptens, weit weg von den Ländern der Irkeku. Ich und mein Stamm ziehen jedoch durch die Wüsten Nubiens und entlang seiner Küsten. Manchmal bieten wir den Menschen dort unseren Schutz an. Und manchmal entlohnen sie uns dafür.«

»Ich mag zwar in Priamesses sein, aber ich habe einen Vizekönig in den südlichen Gebieten und Soldaten in der nubischen Festung. Der Pharao von Ägypten ist auch dort für seinen starken Arm bekannt sowie für die grausame Rache, die er an Räubern und Erpressern übt.«

Medja verneigte sich in einer Geste der Unterwürfigkeit. »Eure Diener tun alles, um zum Wohle Ägyptens den Frieden in den Südländern zu erhalten, Hoheit. Sie erheben von Euren Untertanen allerlei Tribute. Aber es sind nicht mehr so viele Soldaten im Süden wie früher, und die Zahl der Wüstennomaden nimmt stetig zu. Eure Soldaten können nicht jeden Überfall vereiteln. Sie können nicht jeden Tribut schützen.« Medja bemerkte, daß Ramses, der Sohn des Pharao, ihn vom Fuß des Thrones aus wütend anfunkelte, wenngleich das Gesicht des Pharao ausdruckslos war. »Aber Ihr, der Pharao von Ägypten, seid wie ein Vater für mich, den Stammesführer der Irkeku«, fuhr er fort. »Und so übergebe ich Euch den Tribut, den mein Stamm dem Auserwählten der Götter schuldet.«

Eine Pause trat ein; der Pharao dachte über Medjas Antwort nach. Schließlich sagte er: »Ich nehme diesen Tribut an. Aber du und ich, wir werden uns noch einmal unterhalten, Medja.«

Der Irkeku zog sich zurück. Hinter Maya und Tiye kam es zu einem kleinen Tumult. Pentaweret gesellte sich zu ihnen.

»Eine ganze Menge für einen Haufen Wüstennomaden, nicht wahr?« raunte er seiner Mutter ins Ohr.

Tiye musterte Medja aus zusammengekniffenen Augen. »Er wird nicht gleich in die südlichen Länder zurückkehren«, murmelte sie.

Eine Fanfare hallte laut und fröhlich durch den Saal, beinahe lange genug, eine Gottheit anzukündigen. Ahmose trat in einem duftenden Blütenregen vor, an der Spitze der Männer seines eigenen Regiments, bronzefarbene Körper über fast weiß gebleichten Röcken. In ihrer Mitte trugen sie die offene Sänfte, auf der die Tochter des Hethiter-Königs thronte, unbeweglich wie das Orakel von Amun. Von dem Lotoskranz auf ihrem Kopf bis zu den Füßen war sie in einen hauchdünnen roten Schleier gehüllt. Der Sänfte folgten ihre Zofen, und den

Schluß bildete ein in leuchtenden Farben gekleideter Gesandter des Königs der Hethiter, um sich vom ordnungsgemäßen Abschluß seiner Aufgabe zu überzeugen.

Die Prozession kam vor dem Thron zum Stehen. Der Gesandte trat nach vorn, wo ein kniender Diener eine schwere Tontafel auf einem bestickten Kissen darbot. Nur ab und an einen Blick auf die Tafel werfend, rezitierte der Gesandte auswendig die Grüße des im Exil lebenden Königs, der sich immer noch als Herrscher seines versprengten Volkes bezeichnete, seine väterliche Sorge um das Wohlergehen seiner Tochter und seine Hoffnung auf eine wachsende Harmonie zwischen den beiden Königshäusern zum Ausdruck brachte, die ganz sicher aus diesem kostbaren neuen Attribut im Haushalt seines lieben Bruders erwachsen werde. Die Ansprache endete.

»Zeigt mir die Tochter meines Hethiter-Bruders«, befahl der Pharao.

Ahmose reichte der verschleierten Gestalt die Hand. Ein schlanker, blasser Arm und eine feingliedrige Hand tauchten unter dem Schleier auf, und ein schlanker Schwanenhals war unter dem dünnen Stoff zu erahnen. Als die Königstochter sich erhob, rieselte ein Blütenschauer zu Boden. Anmutig kniete sie nieder und berührte den Fußschemel des Pharao mit der Stirn.

Der Pharao schien an der fließenden Schlichtheit ihrer Bewegungen Gefallen zu finden. Zum erstenmal, seit er den Saal betreten hatte, gab er die Insignien seiner Königswürde – Krummzepter und Zeremonienwedel – an seine Tochter Bentanta weiter und erhob sich von seinem Thron. Die Königstochter behielt ihre Demutshaltung bei, und er sah, daß sie zitterte. Wortlos berührte er ihre Schulter und half ihr auf die Füße. Eigenhändig entfernte er den Blumenkranz von ihrem Kopf und zog an ihrem Schleier, bis der Stoff zu Boden glitt.

Eine junge und schöne Frau stand vor dem Pharao. Sie war sehr schlank, ein wenig größer als ägyptische Frauen und hatte einen ebenso blassen alabasterfarbenen Teint wie die hochgestellten Ägypterinnen. Das volle, rotstichige zederbraune Haar reichte ihr fast bis zu den Knien. Das Grün ihrer Augen, eine Farbe mit Seltenheitswert unter den schwarzäugigen Ägyptern, wurde von den zahlreichen silbernen Ketten um ihren Hals betont, in die unzählige Türkise eingefaßt waren: ihre Mitgift, die über ihrem Kleid auf ihrer Brust schimmerte.

»Die wird sie nicht wiedersehen«, bemerkte Pentaweret, der sich zu Maya herabgebeugt hatte. »Sie werden so schnell in die Schatzkammer verschwinden, daß sie sich kaum noch daran erinnern wird, wie sie ausgesehen haben.«

Der Pharao war immer noch damit beschäftigt, seine Braut zu betrachten. Schließlich sagte er: »Mein Hethiter-Bruder hat mir die schönste Blume aus seinen Bergen geschickt.«

Pentaweret schnaubte verächtlich. »Sie wurde im Exil geboren. Sie hat die Berge der Hethiter nie gesehen. Es wäre wohl treffender, sie als den strahlendsten Spatz aus den staubigen asiatischen Ebenen zu bezeichnen.«

»Ich bin höchst zufrieden. Die Schönheit dieser Prinzessin erhellt das Große Haus wie ein Sonnenaufgang. In Ägypten soll sie Khanefrues genannt werden – ›Ihre Schönheit erstrahlt in vollem Glanz‹. Sie soll in meinem Harem leuchten wie das Licht der Großen Göttin, meiner Mutter Neith.«

Der Pharao wandte sich dem Gesandten zu und begann mit seiner Erwiderung an den König der Hethiter.

»Der Sohn des Re, Herr der Diademe, Usermaater Günstling des Amun, Herr über Riedgras und Biene, Herr der Zwei Länder, Ramses, Herr von Heliopolis, entsendet seinem Bruder Suppiluliumas, dem König der Hethiter, seinen Gruß …« Er verstummte, die eben noch glatte Stirn leicht gerunzelt.

Auf der Schwelle zum Großen Saal stand ein Mann, schwer auf jenen Stab gestützt, der für sein Amt stand und dessen oberes Ende zu einem Bildnis des Gottes Ptah geschnitzt war. Er war ein Siegelträger, der über das Delta von Memphis in den

Nordosten gekommen war. In großer Hast war er Tag und Nacht gereist, so daß er nun am Ende seiner Kräfte war und nach Luft rang. Die Höflinge wichen vor dem Mann zurück, denn obgleich elegant gekleidet, war seine Perücke verrutscht, seine Kleider waren staubig, und seine Sandalen starrten vor Schmutz. Mit weitausholenden Schritten trat er vor das Podium und warf sich dem Pharao vor die Füße. Dann richtete er den Oberkörper auf, hob eine Handvoll Staub vom Boden auf und ließ diesen auf sein Haupt herabrieseln.

»O Hoheit«, rief er aus, »das Haus Eures Vaters Ptah trauert, die Tore seines Tempels sind geschlossen, und ganz Memphis weint. Euer Vater Apis, der mächtige Stier, der Herold des Ptah, ist ins Totenreich aufgebrochen.«

Erschüttertes Schweigen breitete sich aus. Mit zitternden Händen nahm der Pharao seine Doppelkrone ab und legte sie auf den Thron. Barhäuptig ließ der alte Mann den Blick durch den Saal schweifen, in dem sich immer lauteres Stimmengemurmel erhob. Ramses und Bentanta eilten herbei, um ihm zu helfen, niederzuknien. Jeder ergriff einen Arm des Mannes, und sie stützten ihn, als er sich zu Boden sinken ließ. Der betagte Pharao häufte sich ebenfalls Staub aufs Haupt. Mit einigem Rascheln und Seufzen tat der Hof es ihm nach. Aus dem angrenzenden Harem ertönte das Wehklagen der Frauen.

Ahmose, der ebenfalls niedergekniet war, warf einen Blick zur Seite und sah die einsame Gestalt Khanefrues, der neuen Gemahlin des Pharao. In ihren grünen Augen war die nackte Angst zu lesen. Er bedeutete ihr, sich ebenfalls niederzuknien und sich wie alle anderen Staub aufs Haar zu streuen. Er mußte an eine Episode ihrer Reise denken – und er wußte, daß sie an dasselbe dachte, daß die Erinnerung sie nie verlassen hatte, daß sie auf dem ganzen Weg, Tag und Nacht, gegenwärtig gewesen war. Als sie sich wieder erhoben, genügte ein Blick, daß beide in den Augen des anderen Bestätigung fanden.

Lange bevor er sein Haus erreichte, wußte Ahmose, daß eine Versöhnung an diesem Abend nicht möglich sein würde. Noch hatte keiner von den Menschen, die ihm etwas bedeuteten, ihn willkommen geheißen. Paiis, der Hauptmann der Palastwache, hielt sich zufällig im Wachhäuschen am Haupttor auf. Nach dem üblichen Schulterklopfen schob er Ahmose in seine private Schreibstube und schenkte ihnen beiden Bier ein.

»Kein Wein im Dienst, fürchte ich«, entschuldigte sich Paiis und reichte Ahmose Becher und Strohhalm. »Hier, von der oberen Mostschicht einmal abgesehen ist es ganz schmackhaft. Erzähl, wie haben meine Jungen sich heute morgen unter deiner Führung gemacht?«

»Sehr gut, sehr gut«, entgegnete Ahmose und stach mit dem Trinkhalm durch den faserigen Schaum, der auf seinem Bier schwamm. »Sie haben dir Ehre gemacht.«

»Ich habe sie bereits angewiesen, sich zum Zeichen der Trauer um den Gott nicht mehr zu rasieren. Dies geschieht nur sehr selten innerhalb einer Generation. Ein lebendes Orakel des Gottes ist gestorben. Noch haben die Menschen die Neuigkeit nicht wirklich begriffen – ganz zu schweigen davon, was es für Ägypten bedeutet.«

»Kurzfristig langes Haar, lange Bärte, Staub. Kein Feiern, keine Musik.«

»Trinken wir auf Khanefrues, die neue Gemahlin des Pharao«, sagte Paiis, »auf ein Brauthaus in Trauer, ein leeres Ehebett für die Dauer von siebzig Tagen und die Bestattung eines Gottes, die sie in Stimmung bringen soll, bevor der Pharao sich zu ihr legt.« Er zog eine Grimasse. Seine Zähne waren so weiß und ebenmäßig, wie seine Haut schwarz und glänzend war. Ahmose antwortete nicht, starrte nur nachdenklich in seinen Becher.

»Was ist?« fragte Paiis. »Siehst du in deinem Bier etwas?«

»In gewisser Weise. Bilder von Hattusha – oder besser Khanefrues.«

Paiis wölbte fragend die Brauen.

»Wenn ich dir etwas anvertraue, Paiis, ist dir doch klar, daß du es niemandem weitererzählen darfst, nicht wahr?« sagte Ahmose in einem plötzlich eindringlichen Tonfall.

Paiis nickte.

»So wie damals, als wir noch Kinder waren, verstehst du?«

»Wie du willst.«

»Die Königstochter hat sich vor ein paar Tagen auf der Reise hierher unwohl gefühlt.«

»Ich habe davon gehört. Aber heute hat sie völlig gesund ausgesehen.«

»Sie hatte eine Art Anfall, und während dieses Anfalls hat sie gesprochen. Nur ihre Hofdamen und ich konnten sie verstehen, weil sie in ihrer Muttersprache redete. Außerdem hatte man sie in ihr Zelt gebracht. Ich trat ein, um nach ihr zu sehen. Sie hatte sich auf ihre Liege gebettet und starrte auf die Flamme einer Öllampe, die auf einem Tisch zu ihren Füßen stand. Und dann sprach sie.«

Paiis dachte schon, Ahmose hätte es sich anders überlegt und wollte ihm nichts näheres verraten. Dann aber fuhr sein Freund fort.

»Sie sagte: ›Der mächtige Stier wird sterben‹.«

2. Kapitel

Die Palastwachen bedeuteten Mayas Sänftenträgern, sie im Schatten des Portikus rechter Hand abzusetzen. Eine Tür in der Mauer führte zu den Gärten und dem Harem, wo der Pharao inmitten einer Thymianwiese auf einem Stuhl saß. Ihm zu Füßen hockten drei Gelehrte. Bei ihnen standen der Wesir, Paiis' Vater, und mehrere Höflinge, die dem Pharao besonders nahe standen.

»Das ist alles«, sagte der Pharao soeben.

Der Wesir verneigte sich, und die Schreiber packten ihre Sachen zusammen. Die Höflinge kehrten zurück in den Palast und hinterließen auf ihrem Weg einen durchdringenden Thymianduft. Der Pharao winkte Maya zu sich und umarmte sie.

»Du duftest nach Thymian«, bemerkte er.

»Und deine Wange kratzt«, entgegnete sie und strich ihm liebevoll mit der Hand übers Gesicht.

»Die Barthaare werden sich bald ganz weich anfühlen. Ich werde mich wieder rasieren, sobald Apis bestattet wurde.« Er seufzte. »Inzwischen ist es der Bart eines alten Mannes – weiß wie gebleichte Knochen. Aber der Wuchs ist noch kräftig. Ich habe sämtliche für heute morgen vorgesehenen Audienzen abgesagt«, fuhr er fort. »Ich habe Versammlungen im Großen Saal untersagt, und Ramses wird tun, was er kann, um Gesandtschaften aus Ägypten und dem Süden fernzuhalten. Bentanta schreibt gerade an die asiatischen Herrscher, um ihnen mitzuteilen, daß wir in Trauer sind. Ich wünschte, diese

Nomaden wären nicht aufgetaucht, aber wir können sie nicht wieder fortschicken. Ich habe sie ohnehin schon viel zu lange in Memphis warten lassen.«

»Nun, sie sind gekommen, um Tribut zu bringen … und was für einen Tribut …«

Der Pharao verzog schmerzlich das Gesicht. »Du bist so ohne Arg, Maya. Das ist einer der Gründe dafür, daß ich dich so gern habe. Sie wollen ein Abkommen mit uns schließen. Sie bieten an, die östliche Wüste an der nubischen Grenze gegen andere Stämme zu beschützen. Im Gegenzug verlangen sie Handelsrechte. Sie möchten einen Anteil an allen Waren, die von Süden kommen.«

»Und brauchen wir ihre Dienste?«

»Ich fürchte, was du gestern im Großen Saal gesehen hast, war eine allzu deutliche Demonstration, wie dringend wir sie brauchen. Früher haben Ägypten und die Hethiter sich die Welt geteilt. Meine Generation brüstet sich damit, daß Ägypten standhielt, als die Seevölker die asiatischen Städte verwüsteten und das Land der Hethiter fiel. Nun, das ist wahr, aber wir haben gleichzeitig große Teile unseres Reiches verloren. Einst kamen ganze Schiffsladungen Gold aus Nubien. Heute können wir unsere Karawanen aus dem Süden kaum noch vor den Nomaden schützen. Manchmal vermögen wir es überhaupt nicht mehr. Und die Goldlieferungen sind nur noch so gering, daß ein Nomade die Dreistigkeit besitzt, sie dem Ägyptischen Pharao als Tribut anzubieten.«

Nach kurzem Schweigen sagte Maya: »Ich weiß nicht, ob ich dich richtig verstanden habe. Was soll das heißen, die Nomaden bieten dir ägyptische Karawanen als Tribut? Sie gehören doch bereits Ägypten.«

»Ich fürchte, meine Liebe, daß der sogenannte Tribut, den Medja uns gestern dargebracht hat, bei einem Überfall auf eine unserer eigenen Karawanen erbeutet wurde. Die Soldaten, die notwendig gewesen wären, um die Karawane zu beschützen, waren in den Küstenfestungen unabkömmlich. Sei nicht erschreckt. Sei traurig, sei zornig, aber nicht erschreckt! Irgendwann mußte es soweit kommen. Medja hatte Glück, aber er wird nicht immer damit durchkommen. Viel mehr Sorgen bereitet mir der Lotos aus Punt.«

»Weshalb?«

»Weißt du, was Lotos aus Punt ist?«

»Ein Weihrauch aus einem bestimmten Baumharz aus dem Land Punt.«

»So ist es. Und Weihrauchharz wird nicht von den nubischen Karawanen transportiert. Die Flotte des Amun-Re, des Pharao der Götter, bringt ihn durch die Wüste nach Theben, wo er im Haus der Götter verschlossen wird. Er wird unter strengsten Vorsichtsmaßnahmen von dort an die anderen Tempel Ägyptens verteilt, mit Hilfe von Boten, die den Fluß hinunterfahren. Woher also hat Medja seinen puntischen Lotos?«

»Aus einem Tempel vielleicht?«

»Ich hoffe nicht. Eigentlich sollten die Tempel sicher sein. Man kann vom Rauch des puntischen Lotos süchtig werden. Manche behaupten, sie hätten Visionen, wenn sie ihn einatmen. Seine Verwendung ist nur Priestern gestattet.«

»Könnte Medja selbst in Punt gewesen sein, wie er sagt?«

»Nein, diese Behauptung hat er aufgegeben, als ich nachhakte. Punt ist viel zu weit weg, auch für Nomaden. Das Haus des Amun-Re muß umfangreiche Expeditionen unternehmen, um puntischen Lotos zu beschaffen. Medja könnte ihn erbeutet haben, als er zu den Wüsten im Osten gelangte oder auf seiner Reise nach Norden am Fluß entlang. Irgendwo muß jemand Medja freiwillig oder unter Zwang den puntischen Lotos ausgehändigt haben, jemand aus der Flotte des Amun-Re, ein Mitreisender einer Wüstenkarawane, jemand aus einem Tempel oder entlang des Flusses. Aber es wurde kein Diebstahl von puntischem Lotos gemeldet. Den Unterlagen zufolge ist noch alles da. Offensichtlich haben wir es hier mit Bestechung zu tun, und ich muß die undichte Stelle unbedingt aufdecken. Ich darf so etwas nicht zulassen.«

»Was wirst du tun?«

»Ich habe bereits etwas getan. Ich habe sämtliche Transporte von puntischem Lotos innerhalb Ägyptens einstellen lassen. Außerdem habe ich die Absetzung des Proviantmeisters der Flotte des Amun Re angeordnet. Ich habe To mit einer Untersuchung beauftragt. Medja hat mir vor dem versammelten Hofstaat demonstriert, daß es in Ägypten Beamte gibt, die dermaßen bestechlich sind, daß sogar ein Nomade sie seinem Willen beugen kann. So etwas darf niemals geschehen. Ich nehme an, er hofft darauf, daß ich einen hohen Preis bezahlen werde, damit er seinen Einfluß auf die anderen Nomadenstämme spielen läßt.«

»Aber er verdient den Tod!«

»Er hat aber alles zurückgegeben, was er genommen hat, nicht wahr? Und er weiß um seine Stärke und unsere Schwäche. Die Truppen in Nubien sind nur noch ein Schatten dessen, was sie früher einmal waren. Die Festungen verfallen immer mehr. Die Nomaden ziehen durch die Wüsten, tauchen so plötzlich auf wie Sandstürme und sind ebenso rasch wieder verschwunden.« Der Pharao lächelte bitter. »Ramses meint, ich sollte Medja kopfüber am Bug eines Schiffes baumelnd nach Nubien zurückschicken. Aber ich fürchte, daß sich dann all die anderen Medjas verbünden und die Wachen an den Flußufern mehr zu sehen bekämen als nur einen einzelnen Stamm am Horizont. Sie würden ihrem eigenen Tod ins Antlitz schauen. Als ich jung war, hätte ich genauso gedacht wie Ramses heute, aber ich habe gesehen, was die ewigen Scharmützel Ägypten angetan haben. Ich werde für den Frieden bezahlen, wenn ich meinem Nachfolger dafür ein intaktes Reich hinterlassen kann. Vorausgesetzt, der Preis ist nicht zu hoch.«

Maya drückte seine Hand. »Erzähl mir von deiner neuen Braut.«

»Das arme Mädchen. Sie ist der Grund, weshalb ich dich sprechen wollte«, sagte er und richtete sich in seinem Stuhl auf. »In deiner Eigenschaft als Hohepriesterin der Dienerinnen von Isis.«

»Du willst sie doch nicht zu einer Dienerin der Göttin machen?«

»Nein, nein. Als wir vor einigen Monaten über ihre Ansprüche sprachen, was Ländereien betrifft, habe ich ihr zu wenig zugesprochen. Wenn man den Status ihres Vaters bedenkt, erschien es mir damals ganz vernünftig. Aber jetzt, da ich sie gesehen habe … nun, sie ist eine sehr schöne junge Frau. Sie sollte über reichlich edles Leinen verfügen, oder Juwelen und Parfum und dergleichen. Sie sollte ihre eigenen Zofen haben, ihre Privatgemächer und Möbel, die ihrem Geschmack entsprechen, anstatt den letzten Tropfen Palmöl aus einem mageren Landstrich herauspressen zu müssen. Nein, ich möchte nicht, daß es ihr an irgend etwas mangelt. Sie soll alles haben, was ihr Herz begehrt.«

»Und was soll ich tun?«

»Ich möchte, daß du prüfst, wie viel zusätzliches Land der Isis-Tempel bereitstellen kann.«

»Warum hast du nicht einfach einen der Priester gefragt?«

»Weil der Oberste Prophet keinen Priester entbehren kann. Sie sind alle viel zu beschäftigt mit Apis' Bestattung. Komm schon, Maya, du hast beim Monthu-Schrein deine Fähigkeiten als Verwalterin bewiesen. Die Bücher des Hauses der Isis werden dich kaum schrecken.«

»Und was wird der Oberste Prophet der Isis davon halten, daß eine Frau sich dieser Aufgabe annimmt?«

»Zerbrich dir seinetwegen nicht den Kopf. Es ist der Wille des Pharao.« Der Pharao legte eine kurze Pause ein und musterte sie aufmerksam. »Fürchtest du wirklich Butehamuns Reaktion – oder vielmehr die deines Gatten?«

»Warum sollte ich mir Ahmoses wegen Sorgen machen?«

fragte sie scheinbar unbekümmert, doch ihre Stimme klang ein wenig angespannt.

»Ich habe den Eindruck, daß er von deiner Gelehrtenkarriere nicht begeistert ist.«

»Er hat aber nie ein böses Wort darüber gesagt. Er stellt sich mir nicht in den Weg.«

»Ermutigt er dich?«

»Er läßt mich gewähren. Er ist ja sowieso nie da.«

»Ich denke, es wird in Ahmoses Kindheit nicht viele gebildete Frauen in den adeligen Kreisen des alten Memphis gegeben haben«, überlegte der Pharao. »Und schon gar nicht Frauen mit einer Privatbibliothek. Komm, Maya, gehen wir am Seeufer spazieren. – Ist Ahmose nach unserem Gespräch letztens noch nach Hause gekommen?«

»Selbstverständlich. Du hattest es ihm ja befohlen.«

»Es war kein Befehl. Ich sagte nur, es wäre besser. Das heißt … vielleicht hast du recht, vielleicht war es letztlich doch ein Befehl.«

»Es war lieb von dir, an mich zu denken«, sagte Maya, doch ihr Onkel sah ihr an, wie niedergeschlagen sie war.

Der Pharao nahm ihre Hand und tätschelte sie. »Ich weiß. Dir wäre es lieber, wenn er aus freien Stücken zu dir käme, aus Liebe und nicht aus einer Verpflichtung heraus.«

»Ach, ich weiß nicht. Wir haben geheiratet, weil ich deine Nichte bin und er von königlicher Abstammung. Ich beklage mich nicht darüber, daß er mich nicht liebt. Ich selbst liebe niemanden, jedenfalls nicht auf diese Art. Aber Pflichtgefühl, ja. Als wir geheiratet haben, habe ich mich gefragt, was wir tun könnten, daß unsere Ehe ein Erfolg wird. Aber Ahmose dachte, es würde sich alles von allein regeln: die Karriere, das Haus, die Dienstboten, die Ehefrau – und die Geliebte. Ihm kam gar nicht in den Sinn, irgend etwas für unsere Ehe zu tun. Er hat von Anfang an nur an die Vorteile gedacht, die sie ihm bringen würde. Ich habe ihn ebenso wenig geliebt wie er mich, aber wenigstens hatte ich ein Gefühl der Partnerschaft. Wenigstens das könnte ich auch von ihm erwarten, meinst du nicht auch?«

»Maya, mein Kind, entspann dich. Hat es noch andere Frauen gegeben, seit er seine Geliebte weggeschickt hat?«

»Nicht daß ich wüßte.«

»Der Gerechtigkeit halber muß ich anerkennen, daß er sich wirklich von ihr getrennt hat. Und das liegt jetzt schon wie lange zurück? Zwei Jahre? Aus Fairneß mir gegenüber hat er einiges an Boden wettgemacht, den er zu Anfang seiner Karriere verspielte. Er ist jetzt General. Aber wir haben keine weiteren Kinder mehr, und meine Lieblingsnichte lächelt immer noch nicht, wenn sein Name fällt.«

»Er hat in den vergangenen zwei Jahren jede Gelegenheit genutzt, um von zu Hause wegzukommen. Entweder kommt er gerade heim, reist gerade ab oder ist fort. Die Kinder kennen ihn kaum. Hori hat sogar Angst vor ihm.«

»Ihr braucht mehr Zeit für einander. Ich habe da eine Idee.«

Von der Terrasse der königlichen Konkubine Tiye aus, die einen wunderschönen Blick über das östliche Ende des Sees bot, erscheinen Maya, der Pharao und der Fächerträger so winzig wie Perlen. Beiläufig beobachtete Tiye, wie eine weitere weiße Ameise über den Rasen auf sie zu eilte. Tiye zupfte an Pentawerets Rock, und ihr Sohn blickte auf.

»Ich halte einen Besuch Mayas beim Pharao nicht für eine aufregende Neuigkeit«, bemerkte er, als er aus zusammengekniffenen Augen hinunterschaute.

Eine der Odalisken, die sich an Tiyes Tisch sonnte, warf Pentaweret über ihren Becherrand hinweg einen flüchtigen Blick zu. »Du lebst gefährlich, Pentaweret. Deine häufigen Besuche bei deiner Mutter im Harem werden dir irgendwann noch zum Verhängnis«, sagte sie. »Man weiß nie, was einem jungen Mann hier alles passieren kann.«

»Hör auf damit«, fuhr Tiye sie scharf an. »Du weißt sehr gut, daß wir auf die richtige Frau für ihn warten.«

»Und du, Pentaweret, wartest du auch auf die Richtige?« fragte die Odaliske.

»Es gab Bestrebungen, ihn mit einer Asiatin zu verheiraten«, sagte Tiye, »aber das habe ich verhindert.« Die anderen Frauen nickten verständnisvoll. Tiyes sechs weiblichen Gäste waren fast alle Ägypterinnen; es war nur eine schwarzhäutige Nubierin unter ihnen. »Es fließt so schon genug ausländisches Blut in dieser Linie«, meinte Tiye. »Ich möchte es nicht noch weiter verdünnen. Natürlich meine ich damit nicht Nubier«, sagte sie mit falscher Freundlichkeit zu der Nubierin. »Nubien ist inzwischen ohnehin Teil Ägyptens. Aber ich werde nicht zulassen, daß Pentaweret eine Nomadin heiratet.«

»Ach, ich weiß nicht«, meinte Pentaweret.

»Du kannst dir eine im Harem halten, wo sie hingehört«, entgegnete Tiye bissig. »Nomaden. Wilde mit Federn im Haar. Haben zusammen mit den Seevölkern gegen uns gekämpft. Und jetzt leben sie mit Erlaubnis des Pharao überall um Miwer herum. Ich meine, warum haben wir sie eigentlich bekämpft, wenn wir sie dann doch in unserem Land leben lassen? Du kannst dir eine Nomadin als Geliebte zulegen, wenn du …«

»Still!« zischte Pentaweret.

»Das ist nur Bakamun«, erwiderte Tiye.

Das Siegel, das Bakamun um den Hals trug, wies ihn als Palastaufseher aus, und in dieser Eigenschaft hatte er auch das Recht, den Harem zu betreten. Er verneigte sich und nahm Platz, ohne daß man ihn dazu aufgefordert hätte.

»Was gibt es Neues?« fragte Pentaweret.

»Nichts Gutes«, erwiderte Bakamun. »Der Pharao hat den Transport von puntischem Lotos in ganz Ägypten einstellen lassen und eine Untersuchung eingeleitet, um herauszufinden, wie der Weihrauch in Medjas Besitz gelangt ist.«

»Es war aber doch keiner von uns, oder?« wollte Tiye wissen.

»Aller Wahrscheinlichkeit nach nicht«, erwiderte Bakamun. »Ich habe vor drei Wochen die letzte Lieferung an unsere Truppenverbände im Norden geschickt. Ich erwarte keinen Nachschub vor dem nächsten Monat, wenngleich ich nicht voraussagen kann, inwieweit die Bestattung in Memphis sich auf unsere Pläne auswirken wird. Der Hof wird verreisen, und ich bin nicht sicher, ob ich die Karawane begleite. Vielleicht muß ich hierbleiben.«

»Wie zuverlässig sind unsere Kuriere?« fragte Pentaweret.

»Sämtliche Kuriere zwischen Theben, Miwer und Piramses gehorchen der Edelfrau Tamyt«, erklärte Bakamun. »Was ist mit den Kurieren zwischen hier und den Truppen im Norden?«

»Die habe ich persönlich ausgewählt.«

»Gut, wenn du und Edelfrau Tamyt euch für sie verbürgt, ist mir das genug.«

Bakamun wandte sich von Pentaweret ab und Tiye zu. »Möglicherweise sind wir nicht die einzigen, die puntischen Lotos zu eigenen Zwecken schmuggeln. Mach nicht so ein erschrockenes Gesicht. Das muß nicht heißen, daß wir Konkurrenz haben. Es gibt in Miwer und an der Nordgrenze viele, die auf den Geschmack gekommen sind. Für einen sicheren Vorrat würden sie ihre Seele an Seth verkaufen. Vielleicht befriedigt jemand in den Wüsten im Osten, wo die Irkeku leben, ebenfalls eine verbotene Sucht. Vielleicht hat Medja es herausgefunden und meinte, seiner Audienz beim Pharao damit ein wenig Würze verleihen zu können.«

»Heißt das, wir müssen unseren eigenen Handel einstellen?« fragte eine der Odalisken.

»Ja, für den Augenblick. Wir benutzen nicht den üblichen Weg durch das Flußtal. Wir schmuggeln den Weihrauch über die Oasen nach Miwer und über die Sümpfe des Deltas nach Piramses. Durch die anstehende Untersuchung wird dieses

Unternehmen jedoch sehr riskant. Ich werde unsere Spuren verwischen müssen.«

»Was meinst du damit?«

»Vergiß es. Ihr Schönen braucht keine Einzelheiten zu kennen. Überlaßt das mir.«

»Ein scheußliches Zeug«, sagte Tiye mit einem Schauder. »Ich selbst habe es bislang noch nicht einmal zu sehen bekommen.«

»Ich habe einen kleinen Vorrat versteckt. Ich werde ihn schnellstens wegschaffen müssen. Das Problem ist nur, daß ich es nicht wage, unsere üblichen Routen zu benutzen. Ich werde einen Kurier finden müssen, jemanden, der den Verdacht von uns ablenkt, falls er entdeckt wird.«

»Diese Nomaden«, spie Pentaweret haßerfüllt hervor.

»Ich würde mich nicht so verächtlich äußern – Hoheit«, sagte Bakamun, den Blick zu Boden gerichtet. »Nach dem gestrigen Tag können wir es uns nicht leisten, sie zu unterschätzen. Das war eine ziemlich selbstsichere Vorstellung. Es hat uns große Mühe gekostet, Unterstützung in Nubien zu finden, und ich denke, wir sollten unsere Position im Süden nicht gefährden. Wir werden an beiden Enden Ägyptens Freunde bei der Armee brauchen, wenn der Pharao seine Reise in die Unterwelt antritt und die Zeit kommt, deinen Anspruch gegen den deines Bruders durchzusetzen.«

»Seines Halbbruders«, verbesserte ihn Tiye.

»Aber das kann noch Jahre dauern«, sagte Pentaweret.

»Oder auch nicht. Es könnte auch schon morgen soweit sein. Wer kann das sagen?«

»Weiß Tamyt über die Gesandtschaft Bescheid?« fragte Tiye.

»Nein«, entgegnete Bakamun. »Noch sind sie zu keiner Einigung mit dem Pharao gelangt. Ich werde ihr heute abend oder morgen schreiben, wenn ich mehr über den Stand der Dinge weiß.«

»Das sollte besser ich übernehmen«, meinte Tiye. »Briefe zwischen zwei königlichen Konkubinen werden keinen Verdacht erregen, aber ein Brief von einem Mann, der kein Verwandter ist, könnte in Miwer auffallen.«

»Sei nicht albern, Mutter.« Pentaweret schüttelte den Kopf. »Warum sollte jemand Tamyt verdächtigen, daß sie …«

»Deine Mutter hat recht«, sagte Bakamun. »Also gut, Tiye, du schreibst ihr, und ich schicke das Schreiben für dich ab.«

Eine leichte Bewegung auf dem Rasen weiter unten erregte seine Aufmerksamkeit. Die winzige weiße Ameise – ein Schreiber, wie es aussah – war, nachdem sie sich vor dem Pharao zu Boden geworfen hatte, wieder aufgestanden und überreichte der kleinen Gestalt, die Maya zu sein schien, einen Gegenstand, offenbar eine Schriftrolle. Bakamun tauschte einen Blick mit Tiye, die eine Braue wölbte.

Die Hitze des jungen Sommers hatte Ahmoses morgendliche Besucher vertrieben. Er blickte von seinem Stuhl auf, als Maya den Empfangsraum betrat. Seinem Gesicht waren die Anstrengungen ob der Respektsbekundungen anzusehen, die er über sich hatte ergehen lassen müssen.

»Du siehst sehr schön aus«, sagte er.

»Ich war bei Seiner Hoheit«, entgegnete Maya, und sofort bereute sie diese Worte. Sie hätte sagen sollen, daß sie sich für ihn schön gemacht hatte. Das stimmte sogar. Doch Ahmose schien so etwas gar nicht erwartet zu haben.

»Wahrhaftig, ich hasse es, daheim zu sein«, sagte er, stand auf und streckte sich. »Ich meine, ich hasse es, den ganzen Vormittag damit zu verbringen, irgendwelche Leute zu unterhalten, die mir nichts bedeuten und denen ich selbst noch viel weniger bedeute.« Ein etwas schwerfälliger Versuch, den Fehler wiedergutzumachen.

»Du kannst dich nicht beklagen. Du hast nicht halb so viele Besucher wie die meisten anderen Leute.«

Ahmose ließ den Kopf hängen und stöhnte. »Nicht schon wieder. Nicht jetzt.«

Maya wandte sich ab. Ahmose versuchte, das Thema zu wechseln.

»Ich hatte heute sogar einen richtigen Besucher. Paiis war hier, und er brachte gute Neuigkeiten. Er wird zum Kommandanten befördert. Sobald die Bestattungsvorbereitungen erledigt sind, begibt er sich zum Hauptquartier, um seinen neuen Posten anzutreten.«

»Wie schön«, sagte Maya.

»Es wurde auch Zeit«, meinte Ahmose.

»Ich habe heute seinen Vater gesehen. Ich nehme an, der Sohn des Wesirs zu sein wird seiner Karriere nicht eben schaden.«

»Er hat die Beförderung verdient, ob sein Vater nun Wesir ist oder Straßenfeger«, entgegnete Ahmose scharf. »Paiis ist ein tüchtiger Soldat.«

»Natürlich. Ich wollte auch nicht ...« Maya biß sich auf die Lippe. »Übrigens, Ahmose, seine Hoheit schickt dir diesen Brief.« Sie überreichte ihm das Dokument.

Die Sonne fiel sengend heiß durch die hohen vergitterten Fenster und bleichte die aufgemalten Blumengirlanden an den hellen Wänden.

Ahmose warf den Papyrus auf den Tisch, nachdem er ihn überflogen hatte.

»Ich nehme an, du weißt, was darinsteht?«

»Ja.«

»Und wessen Idee war es diesmal? Von all ihren Plänen gegen mich, von allen Schlichen, um mich aufzuhalten und am Boden zu halten, war bislang nichts so klug – oder lächerlich – wie das hier! Mich zum General zu befördern, meine Hoffnung und meinen Stolz zu nähren, um mir dann alles wieder wegzunehmen und mich zum Lehrer zu degradieren! Wie sehr müssen sie mich hassen. Sie müssen besessen davon sein, mich zu vernichten, daß sie sich etwas so Gewieftes ausdenken, um mich zu demütigen!«

»Die Idee kommt von seiner Hoheit, von wem sonst? Und du wirst nicht zum Lehrer degradiert.«

»Wie würdest du es denn nennen? Man nimmt mir mein Kommando ab, damit ich Prinzessin Hattusha zu einer ordentlichen kleinen ägyptischen Odaliske machen kann.«

»Sie ist jetzt die Gemahlin des Pharao, Khanefrues ...«

»O ja, natürlich, ich bitte vielmals um Entschuldigung!«

»Und man nimmt dir auch dein Kommando nicht weg.«

»In dem Brief steht aber etwas anderes. Da steht: ›Ich, Pharao von Ägypten, enthebe dich deiner militärischen Pflichten ...‹«

»Nur vorübergehend!«

»Und was heißt das? So lange es seiner Hoheit gefällt.«

»Vermutlich solange es dauert, die Erziehung einer hochgeborenen königlichen Konkubine abzuschließen und ihren Haushalt zu organisieren. Das bedeutet, von Grund auf eine ganze Verwaltung auf die Beine zu stellen, nicht nur Bedienstete. Es müssen Landaufseher eingestellt werden, Schatzkämmerer und viele andere mehr. Das ist ein sehr verantwortungsvoller und herausragender Posten, der großes persönliches Vertrauen voraussetzt. Du kannst meine Bibliothek benutzen, wenn du möchtest. Dort wirst du viele nützliche Informationen finden.«

Ahmose schnaubte nur zornig.

»Tritt meine Hilfe nicht mit Füßen, Ahmose. Ich habe erst kürzlich gelesen, daß auch in der Vergangenheit schon Generäle mit einem solchen Posten betraut worden sind ...«

»Generäle außer Dienst! Alte Männer, die so schlimm an Arthritis erkrankt waren, daß sie nicht mehr in ihren Streitwagen steigen konnten. Aber das steht natürlich nicht in deinen kostbaren Papyri.«

»Dann gibst du also zu, daß Männer deines Ranges sehr froh waren, einen solchen Posten zu ergattern? Daß es eine Ehre für sie war?«

»Es war ihr Ende, nichts anderes. Das war eine Beschäftigung, der sie auch als alte Männer noch nachkommen konnten … eine ehrenhafte Art, sie am Hof zu behalten. Eine letzte Aufgabe, bevor sie in Ruhestand gingen.«

»Du sagst selbst, daß es ein ehrenhafter Posten ist!«

»Glaubst du, ich wäre in die Armee eingetreten, um meine Zeit mit Fragen über Landbesitz zu vergeuden? Oder um meine Nachmittage als Gesellschafter einer Konkubine zu vertun? Um mit einer Frauenschar auf weichen Kissen zu thronen und Wein und Wasser zu trinken? Glaubst du wirklich, der Pharao würde mich aus dem aktiven Dienst nehmen, wenn er eine militärische Zukunft für mich plante? Nein. Er hat mich nur zum General befördert, um mich anschließend wieder zu degradieren.«

»Unsinn. Der Pharao erwartet von dir, dein Kommando wieder anzutreten, sobald du deine Aufgabe erfüllt hast. Das hat er selbst gesagt.«

»In seinem Brief steht aber nichts davon«, rief Ahmose, Tränen der Wut und Enttäuschung in den Augen.

Maya trat auf ihn zu. »Der Pharao ist der Meinung, du warst lange genug fort. Er meint, daß du schon bald wieder fortgeschickt wirst, wenn du bei deinem Kommando bleibst. Er hat so entschieden, damit wir ein wenig Zeit miteinander verbringen können. Sehen wir den Tatsachen ins Auge, Ahmose. Du wärst nicht hier, hätte er dich nicht dazu gezwungen.«

»Ich war mein Leben lang beim Militär, und mein ganzes Leben hat man mir Steine in den Weg gelegt. Man hat mich übergangen und an meiner statt Männer befördert, die nicht halb so tüchtig waren. Sie haben mich abgelehnt – wegen meiner Abstammung, und weil ich mich immer geweigert habe, nach ihrer Pfeife zu tanzen. Nun, sie haben gewonnen. Ich habe getan, was sie wollten, und jetzt da ich dachte, es endlich geschafft zu haben …«

Ein Teil Mayas fühlte mit ihm. Der andere Teil dachte derweil: Du selbstsüchtiger Lügner! Du hast nie getan, was sie wollten! Du hast mich nicht glücklich gemacht! Du hast mich aus reiner Berechnung zur Frau genommen! Und was ist mit mir? Was ist mit deinen Kindern?

»Es führt zu nichts, sich aufzuregen«, sagte sie schroff. »Du kannst nicht ablehnen. Es wird nicht lange dauern. Ein paar Monate in Piramses werden dich schon nicht umbringen, und hinterher kannst du zurück zu deinem verfluchten Militär. Auch wenn du überzeugt davon bist, daß es sich nur um ein Komplott handelt, um deine Karriere zu ruinieren – ein Komplott eben jenes Pharao, der höchstpersönlich deine Beförderung angeordnet hat – wird es dir auch nichts nutzen, wenn du dich verstockt zeigst.«

Er sagte nichts dazu. Maya ging, um sich oben auf dem Dach, im Schatten der Palme, in ihr Manuskript zu vertiefen, das sie zornig überflog, doch ohne ein Wort in sich aufzunehmen. Später kam er zu ihr herauf, las ihr die paar Zeilen vor, die er für den Pharao aufgesetzt hatte und mit denen er die neue Aufgabe annahm, brachte seine Hoffnung zum Ausdruck, daß sie nun zufrieden wäre, und zog sich dann wieder zurück. Später saß Maya mit Entwürfen für den Monthu-Schrein im Bett, wartete jedoch vergeblich, daß er zu ihr kam.

Ahmose ertränkte in dieser Nacht seine Sorgen in Gesellschaft von Paiis. Er war müde. Was ihn in den vergangenen zwei Jahren auf Trab gehalten hatte, war nicht nur die Liebe zum Militär gewesen.

»Es gab eine Zeit, da hattest du noch nicht das Bedürfnis, ständig fort zu sein«, bemerkte Paiis, wobei er es zufällig oder bewußt vermied, Ishtars Namen auszusprechen.

Sie hatten während des gesamten Gesprächs Blickkontakt vermieden. Paiis' Beförderung hatte zu einem Riß zwischen ihnen geführt. Ahmose beschloß, diese Schmach für einen noch größeren Karrieresprung zu nutzen, als er Paiis gelungen war. Nachdem er seinen Entschluß gefaßt hatte, fühlte er sich ein wenig besser.

Zum ersten Mal seit seiner Heimkehr nahm er das Frühstück zusammen mit Maya und den Kindern ein. Die Mahlzeit verlief in einer unbehaglichen Atmosphäre. Maya brachte Ahhotep soeben anhand einer Geschichte das Lesen bei, aber Ahmoses Tochter verstummte, kaum daß er Platz genommen hatte. Während er am Tisch saß, hockte sie mit einer unnatürlichen Artigkeit da, die ihm mißfiel, und sagte nicht mehr als ja, nein, bitte und danke. Maya hatte sich in den ersten Monaten ähnlich verhalten, da über ihre Ehe verhandelt worden war. Damals war es ihm nicht weiter aufgefallen.

Hori fürchtete sich immer noch vor ihm. Er saß daumenlutschend auf Mayas Schoß und beobachtete Ahmose die ganze Zeit mißtrauisch. Ahmose war kein Fachmann im Einschmeicheln. Seine Annäherungsversuche waren entsprechend linkisch. Schließlich gab Ahmose Hori seinen Dolch, damit er ihn sich näher ansehen konnte, doch Maya schob die Waffe sofort entsetzt außer Reichweite. Beschämt steckte Ahmose ihn wieder weg. Bei dem Vorschlag, im Streitwagen seines Vaters auszufahren, versteckte Hori nur das Gesicht an Mayas Brust.

»Er mag keine Pferde«, erklärte Ahhotep.

»Und was mag er?« wollte Ahmose wissen.

»Boote. Nicht wahr, Hori?«

»Also gut, dann nehme ich dich mit auf ein Boot«, sagte Ahmose in seiner Verzweiflung. »Was hältst du davon, auf den großen See hinauszufahren? Wir segeln zur alten Stadt. Dann zeige ich dir, wo Pharao Ahmose die Hyksos-Usurpatoren besiegt und aus dem Land gejagt hat.«

»Warum hast du denselben Namen wie Pharao Ahmose?« fragte Hori.

Ahmoses Züge erhellten sich. »Er war mein Ahnherr«, erklärte er. »Das ist so ähnlich wie ein Großvater. Aber er hat vor sehr, sehr langer Zeit gelebt.«

»Der Onkel meiner Mutter ist der jetzige Pharao«, verkündete Ahhotep und machte somit auch diesem Thema ein Ende.

»Ich werde mal sehen, was sich bezüglich eines Bootes machen läßt«, sagte Ahmose, erhob sich hastig und verließ fluchtartig den Raum.

Maya fing ihn an der Tür ab. »Danke, daß du dir mit den Kindern so viel Mühe gibst«, sagte sie.

»Du und Nodjmet, ihr verwandelt das Mädchen in eine hochnäsige kleine Besserwisserin. Und Hori behandelst du wie ein Schoßhündchen. Du kannst ihn nicht ewig beglucken. Irgendwann muß er sich zu einem Jungen entwickeln. Wenn du so weitermachst, wird er noch zu einem willenlosen Hündchen wie Tiyes Sohn. Ich gehe jetzt. Ich habe eine Audienz bei Prinzessin Hattusha, oder Khanefrues, und hinterher muß ich zum Haus des Lebens und einen Schreiber finden, der die Hethitersprache beherrscht.« Er stieg die Treppe hinunter und trat durch das Gartentor auf die Straße.

Maya wollte ihm in ihrer Verletztheit und Empörung nachlaufen, unterdrückte den Impuls jedoch. Er hat recht, sagte sie sich, ich verwöhne Hori viel zu sehr, und Ahhotep hat eine etwas selbstgefällige Art. Zweifellos spürt sie die Spannung, wenn Ahmose zu Hause ist. Ich werde mit Nodjmet sprechen. Bitte, ihr Götter, macht, daß wir diese Chance nutzen.

Maya, Hohepriesterin der Dienerinnen der Isis, hatte schon oft den Tempel der Großen Göttin betreten. Hier spielte sie das Sistrum und unterrichtete die Musikerinnen, Sängerinnen und Tänzerinnen der Göttin. Die diensthabenden Priesterinnen kannten sie gut und verneigten sich vor ihr, als sie vorübergung. Die kahlgeschorene »verkörperte Reinheit«, die am Tor reinigendes Wasser über ihre Hände laufen ließ, lächelte freundlich.

Das Isis-Archiv war in vier Zellen untergebracht, die allesamt von einem Flur im rückwärtigen Teil des Tempels abgingen. In dreien war es stockdüster und roch muffig von den eingelagerten Papyri. Der vierte Raum, ein Eckzimmer, verfügte über eine Tür nach draußen sowie über Fenster hoch oben an zwei Wänden. Dort gab es Matten zum Schreiben sowie einen Tisch, auf dem man Dokumente ausbreiten konnte. Hier traf Maya Djedese an, den Schreiber des Isis-Tempels. Er wußte bereits, weshalb sie kam.

»Hast du schon darüber nachgedacht, wie du diese Landschenkung vornehmen willst?« fragte er mit seiner rauhen Stimme.

»Nein.« Maya ging auf, daß sie am Vorabend besser ein Buchführungspapyrus studiert hätte, statt sich mit ihren Monthu-Entwürfen zu beschäftigen. Andererseits hätte sie doch nichts in sich aufnehmen können. »Ich werde deine Hilfe brauchen, Djedese.«

Der ältere Schreiber kratzte sich am Kopf. »Es bringt noch nichts, die Verwalterberichte herauszusuchen«, sagte er. »Was du brauchst, sind Listen von tempeleigenen Ländereien und ihren Erträgen, damit du dir einen Eindruck über die Einkünfte verschaffen und nachvollziehen kannst, woher sie kommen. Wir werden sehen, wie du von da aus weitermachen kannst. Eigentlich müßte gleich ein Schreiberlehrling hier eintreffen, sofern er unsere Verabredung nicht vergessen hat – er ist schrecklich zerstreut. Ich kann ihn dir für Notizen überlassen, wenn du willst. Jetzt hole ich dir erst einmal diese Listen.«

Der alte Mann erhob sich langsam und zündete eine Öllampe am Docht einer bereits brennenden Lampe in einer Wandnische an. Dann verschwand er mit schlurfenden Schritten in den dunklen Tiefen seines Archivs. Maya hörte, wie hölzerne Schubladen geöffnet wurden, und gleich darauf das Rascheln von Papyrus.

Von der Tür her fiel ein Schatten auf den Tisch. Maya wandte sich um. Ein Knabe von etwa fünfzehn Jahren blieb kurz auf der Schwelle stehen und trat dann lässig ein. Er verneigte sich und ließ sich dann wortlos auf die Matte des Schreibers sinken. Djedese kehrte mit einem Arm voll Dokumente zurück, die er auf den Tisch fallen ließ. Vorsichtig stellte er seine Lampe ab und richtete das Wort an den Neuankömmling.

»Dummkopf!« schimpfte er. »Was ist das?« Er warf dem Jugendlichen, der auf seiner Matte hockte, einen Gegenstand an den Kopf; der Knabe konnte dem Wurfgeschoß nur ausweichen, indem er sich hastig duckte. »Eine leergebrannte Lampe! Wie oft muß ich dir noch sagen, daß du im Archiv keine Lampen brennen lassen sollst?« In seiner Empörung stapfte Djedese durch den Raum und versetzte dem Jungen eine Ohrfeige. Der Knabe nahm die Strafe gelassen hin. »Leichtsinniger Bengel! Und was ist mit dem Feuer im Archiv von Theben letzte Woche? Unmengen von Unterlagen sind in Rauch und Flammen aufgegangen, nur weil irgend so ein Trampel eine Lampe hat brennen lassen. Würde mich nicht wundern, wäre es ein Vetter ersten Grades von dir gewesen. Und jetzt heb die Papyri auf, die vom Tisch gerollt sind, und gib sie der Hohepriesterin. Und bleib bei ihr. Wenn sie etwas zu diktieren wünscht, wirst du es für sie niederschreiben. Hast du verstanden?«

Der mißhandelte Gehilfe zuckte die Achseln und rappelte sich auf. Soweit Maya erkennen konnte, hatte die Strafpredigt nicht den geringsten Eindruck auf ihn gemacht. Djedese, der in allen Dingen überaus pedantisch war, tat ihr leid.

Maya breitete die erste Papyrusrolle auf dem Tisch aus. Sie runzelte die Stirn beim Anblick der vielen Spalten mit Namen, Zahlen und unverständlichen Symbolen. Mayas anfängliche Begeisterung ließ schlagartig nach.

»Djedese«, sagte sie zögernd.

»Hohepriesterin?«

»Könntest du einen Augenblick herkommen? Ich verstehe nicht ganz ...«

»Wo liegt das Problem? Laß mich mal sehen. Du fängst ja mitten drin an! Was ist los mit dir, Junge? Hättest du die Schriftrollen nicht für die Hohepriesterin Maya ordnen können? Wo ist die erste? Ah, hier. Jetzt müßte es besser gehen.«

Djedese rollte den Papyrus zusammen, der Maya so befremdet hatte, und breitete statt dessen einen anderen auf dem Tisch aus. Ganz oben stand in roter Tinte: »Grundbesitz des Hauses von Isis, Herrin von Piramses, im Bezirk Piramses«. Über jeder Spalte stand ebenfalls eine Überschrift, aus der hervorging, was dort aufgelistet war. Die Informationsblöcke nahmen vor Mayas Augen so exakt Aufstellung wie ihre diszipliniertesten Tanzgruppe. Nicht sie hatte sich dumm angestellt, sondern der Gehilfe. Erleichtert machte Maya sich daran, sich einen Eindruck von den Besitztümern des Isis-Tempels zu verschaffen.

Als es Mittag wurde, stand Maya auf, streckte sich und ging zur Tür des Archivs. Die Säulenhalle gewährte ihr einen begrenzten Blick auf den versteinerten Pfad durch den Säulenwald. Sie wollte den Saal gerade betreten, als eine Bewegung am anderen Ende sie zögern ließ. Es kam jemand.

»Siehst du, was ich meine, Djedese? Wenn du hier eine Öffnung im Dach vornehmen ließest, würden die Sonnenstrahlen direkt auf den Altar fallen.« Es war die Stimme eines jungen Mannes, so tief und rein wie Lapislazuli.

Djedese, der von ihrem Standort aus nicht zu sehen war, erwiderte etwas, das Maya nicht verstehen konnte.

»Aber stell es dir doch einmal vor, Djedese. Ein Lichtstrahl fällt von der Decke auf den Altar. Goldene Staubpartikel tanzen träge in der Sonne. Hinter dem Licht steht der Erste Prophet; seine Hände und die Umrisse seines Rockes werden gespenstisch angestrahlt. Nein, hör zu. Die Hände des Ersten Propheten heben das Wassergefäß an. Ein kristallklarer Regen geht auf den Altar nieder, und funkelnde Bäche rinnen im gleißenden Licht über den Rand und an den Seiten hinunter. Kannst du es sehen?«

»Ja.«

Maya machte einen Schritt nach vorn und konnte plötzlich den Sprecher erblicken. Es war ein großer, schlanker Mann mit olivfarbenem Teint; das Leopardenfell eines Sem-Priesters saß schräg über seiner Leinenrobe. Er blickte von seinem Gespräch mit Djedese auf und warf durch eine ruckartige Kopfbewegung die lockigen Strähnen seiner Perücke über die Schulter. Maya sah die Seitenlocke eines Königssohns über dem glänzenden Haar schwingen. Aber der Mann war ihr unbekannt.

»Gefällt dir die Idee?« fragte sie der Sem-Priester. »Ich versuche seit Monaten, den Ersten Propheten davon zu überzeugen, es mich im Ptah-Tempel ausprobieren zu lassen. Aber jetzt da Apis im Einbalsamierungshaus ruht, ist natürlich jede Hoffnung zunichte gemacht. Du hast nicht zufällig irgendwelchen Einfluß auf dem Gebiet?«

»Ich wünschte, ich hätte von deinen Plänen gewußt. Es hört sich wundervoll an. In Heliopolis gibt es ein Heiligtum, wo wir es hätten ausprobieren können, aber jetzt ist es zu spät.« Maya überlegte.

»Nein, ist es nicht. Man könnte den mittleren Deckenblock im Sanktuarium herausnehmen, und das Licht würde direkt auf die Statue des Monthu fallen. Selbstverständlich müßte die Decke neu gestrichen werden, aber das würde nicht lange brauchen. Das jetzige Muster ist ohnehin zu unkriegerisch. Monthu ist ein Kriegsgott. Im Archiv von Ptah gibt es einige sehr schöne, sehr alte Papyri von Monthu.«

»Woher weißt du das alles?« fragte Maya verwundert.

»Weil mein Vater, der Pharao, gestern abend von nichts anderem gesprochen hat. Er ist sehr stolz auf dich und deine Arbeit. Er möchte sogar, daß wir uns zusammentun. Darum bin ich hier.«

»Vom Tempel des Ptah in Memphis?«

»Erkennst du mich denn nicht, Maya? Wir haben als Kinder zusammen gespielt. Ich bin dein Vetter Rahotep.«

Der Pharao versuchte möglichst vielen Priestern zugunsten von Khanefrues ein winziges Stück Land abzuluchsen. Rahotep, der nach Piramses gekommen war, um zusammen mit dem Pharao das Ritual für die Bestattung Apis' zu proben, war keine Ausnahme gewesen. Trotzdem hatte der Pharao ihn gebeten, Maya aufzusuchen und ihr bei der Überschreibung behilflich zu sein.

»Er weiß, daß ich in Verwaltungsfragen ein hoffnungsloser Fall bin«, sagte Rahotep, als ihre Sänften und die Fächerträger Seite an Seite den Tempel verließen. »Er hatte wohl die Hoffnung, du würdest mich zum Guten beeinflussen.«

»Wie könntest du in Fragen der Verwaltung ein hoffnungsloser Fall sein? Du bist Priester und hast doch sicher sehr viel Schreibarbeit zu erledigen.«

»Nun ja, vielleicht bin ich kein *ganz* hoffnungsloser Fall. Aber ich bin nicht mit dem Herzen dabei.«

»Deinen vorherigen Beschreibungen nach zu urteilen, schlägt dein Herz für die Poesie.«

»Für alle Künste. Ich wäre wirklich gern Künstler geworden, Bildhauer, um genau zu sein.«

»Hättest du nicht das Pech gehabt, als Königssohn geboren zu werden.«

»Mit dieser Stellung werden große Erwartungen verknüpft – selbst dann, wenn man nur der Sohn einer geringeren königlichen Odaliske ist. So wie für dich von vornherein eine Priesterinnenlaufbahn vorgesehen war.«

»Du könntest ein Förderer der schönen Künste sein und Künstler und Bildhauer um dich versammeln.«

Rahotep setzte sich ein wenig aufrechter. »Genau das würde ich gern tun – meine eigene Schule gründen.«

»Nun, der Tempel des Ptah wäre ein guter Ort, ein solches Vorhaben zu verwirklichen. Immerhin ist Ptah der Gott der Handwerker.«

Rahotep schüttelte den Kopf. »Das wäre mir zu herkömmlich und würde mich zu sehr einschränken. Ich möchte die Freiheit.«

»Und wo?«

»Vielleicht in einem der königlichen Paläste. Ich entwerfe gerade einen neuen großen Saal und einen Thronsaal – nur um zu sehen, was passiert. Vor einiger Zeit bin ich auf die Pläne einiger alter Paläste von Memphis gestoßen. Es gab dort wundervolle Bilder und phantastische Farben. Ich würde gern einige der alten Stilrichtungen wiederaufleben lassen, allerdings an die heutige Architektur angepaßt.«

Maya stellte fest, daß er bestens über die Reliefs Bescheid wußte, die sie im Monthu-Schrein hatte restaurieren lassen. Seine Kenntnisse der Entwicklung der göttlichen Symbole überstiegen bei weitem die ihren. Nach und nach wurde sie sich des einen oder anderen Fehlers in ihren eigenen Nachforschungen bewußt.

Als er sich beim Abschied über ihre Hand beugte, sagte er: »Ich würde dir gern etwas schenken. Darf ich es dir morgen nach Hause bringen?«

»Ja, natürlich. Willst du mir nicht sagen, was es ist?«

»Es soll eine Überraschung sein.«

Die Hand, die Mayas hielt, war feingliedrig, sehnig und kräftig. Als Rahoteps Fächerträger sich zum Gehen wandte, berührten die weißen Straußenfedern Mayas Kinn und strichen ihr in einer zärtlichen Abschiedsgeste über die Wange.

Einer von Paiis' Männern führte Ahmose in einen Empfangsraum im Inneren des Harems. Als Khanefrues hereinkam, schnappte der General nach Luft. Er erkannte sie kaum wieder. Ihr schönes Haar war unter einer schweren Perücke verborgen, und ihre anmutige Gestalt war in plissiertes Leinen gehüllt und mit Schnüren aus grünem Malachit behängt. Ihr Gesicht war nach ägyptischer Manier geschminkt. Nur die glitzernden, kuhlgeschwärzten, ozeangrünen Augen erinnerten noch an die Frau, die er aus den Bergen Asiens hierher gebracht hatte.

Ihre herzliche Begrüßung verlieh ihm den Mut, sie gebrochen in ihrer Muttersprache zu fragen: »Ich hoffe … ich hoffe, sie haben Euch nicht das Haar abgeschnitten?«

Die Gemahlin des Pharao lachte, und ihre Hethiter-Zofen lächelten breit. »Nein«, beruhigte sie ihn. »Sie wollten es, aber ich habe es nicht zugelassen. Mein Vater hätte geweint.«

Ahmose wurde bewußt, daß er sich nicht verneigt hatte, was er verlegen nachholte. Die Ehefrau des Pharao nahm auf dem Podium am Ende des Raums Platz; davor wurde ein Stuhl für Ahmose aufgestellt. Die Hethiterinnen knieten sich rechts und links von ihrer Herrin auf den Boden. Ihre Unterhaltung in gebrochenem Ägyptisch und Soldaten-Hethitisch war mühsam. Schon bald war klar, daß hier dringend ein Ägyptischlehrer vonnöten war, der auch des Hethitischen mächtig war. Der Pharao hatte einen Schreiber, der die Sprache seiner neuen Gemahlin fließend beherrschte; aber leider war er zu beschäftigt mit der Hofkorrespondenz, als daß er die Zeit hierfür hätte erübrigen können. Trotz des Respekts für das Königshaus der Hethiter war die Abteilung am ägyptischen Hof, an der die Sprache dieses Volkes gesprochen wurde, auf diesen einen, überlasteten Mann geschrumpft, nachdem die Seevölker das Hethiter-Reich erobert und den König ins Exil geschickt hatten. Ahmose würde sich anderswo nach einem geeigneten Lehrer umsehen müssen. Vielleicht würde er sich gar mit einem Asiaten oder einem vertriebenen Hethiter begnügen, der Ägyptisch sprach. Hinzu kam, daß diese Person die entsprechende Bildung für eine solch privilegierte Aufgabe besitzen mußte. Und was die kulturelle Erziehung der königlichen Gemahlin betraf …

Khanefrues unterbrach seine Gedanken. Zögernd rezitierte sie auf Ägyptisch einen Satz, den sie offensichtlich auswendig gelernt hatte: »Es wäre mir eine große Freude, wenn du mich persönlich mit den Sitten und Gebräuchen der Zwei Länder vertraut machen würdest.«

Ahmose war verblüfft. Seit er widerwillig seine Antwort an den König aufgesetzt hatte, hatte er nur einen Gedanken gehegt: die Angelegenheit so rasch wie möglich hinter sich zu bringen, um zu seinen Männern zurückkehren zu können. Und jetzt ersuchte die Gemahlin des Pharao persönlich um seine Dienste für Wochen, Monate oder sogar noch länger.

Sie mußte sein Erschrecken bemerkt haben, da sie halb entschuldigend lächelte und wieder in gebrochenes Ägyptisch verfiel. Sie erklärte ihm mit ihrem charmanten Akzent, daß sie ihn ausgewählt habe, weil sie ihn bereits von ihrer gemeinsamen Reise her kannte, und weil er das einzige vertraute Gesicht in diesem fremden Land sei und in diesen gemeinsamen Wochen bereits seine Eignung als Lehrer unter Beweis gestellt habe. Immerhin hatte Ahmose sie bereits einige Bräuche Ägyptens gelehrt; das bißchen Ägyptisch, das sie sprach, hatte ebenfalls er ihr beigebracht. Sie würde seine Gesellschaft genießen. Er habe sie aus den Händen ihres Vaters entgegengenommen und zum ägyptischen Pharao gebracht. Darum sähe sie in ihm eine Verbindung zwischen ihr und ihrem Vater, den sie nie wiedersehen werde. In ihren leuchtenden Augen standen Tränen. »Hab Mitleid mit mir, die ich ganz allein in der Fremde bin.«

Ihre Bitte rührte Ahmoses Herz. »Es gibt viel bessere Lehrer als mich, Hoheit«, entgegnete er.

»Das glaube ich nicht.«

»Nun, wenn Ihr wirklich mich wünscht …«

»Du bist derjenige, den ich will.«

Ahmose hätte sich auf die Zunge beißen mögen, kaum daß er die Worte gesagt hatte. Er mußte so bald wie möglich einen geeigneten Ägyptischlehrer auftreiben, um die Dauer seiner eigenen Lektionen zu verkürzen. Als er noch darüber nachdachte, verkündete ein Herold: »Der Herr der Zwei Länder, Ramses, Allgott von Heliopolis!«

Der Pharao ging geradewegs zu seiner Gemahlin, die sich bei seinem Eintreten tief verneigt hatte, und bedeutete ihr, sich wieder aufzurichten. Dann setzte er sich zu ihr und behielt ihre Hand in der seinen. Als Ahmose sich ebenfalls wieder aufrichtete, sah er, daß Tiye und ihr Sohn Ramses begleitet hatten. Der des Hethitischen mächtige Schreiber war ebenfalls anwesend. »Übersetze, Amenemheb«, befahl der Pharao. »Meine Liebe«, begann er und wandte sich seiner Gemahlin zu. »Ich habe Tiye gesagt, daß du einen eigenen Haushalt haben sollst, und sie hat sich erboten, Ahmose bei der Suche nach einigen geeigneten Angestellten behilflich zu sein. Sicher möchtest du, daß Amenemheb ihr in deinem Namen dankt.«

Khanefrues lauschte Amenemhebs Übersetzung der Worte des Pharao und blickte dann verunsichert auf die ältere Frau. Tiyes verkniffener Mund verzog sich zu einem Lächeln.

»Khanefrues, die Gemahlin des Pharao, dankt Tiye für ihr wohlmeinendes Anerbieten, möchte ihr jedoch nicht zur Last fallen«, übersetzte der Schreiber.

»Unsinn!« rief Tiye. »Ich habe dieser Tage nichts mehr zu tun außer mit den anderen Odalisken zu plaudern. Ist es nicht so, Pentaweret?«

»Du klatschst und tratschst den ganzen Tag, Mutter«, bestätigte ihr Sohn pflichtgetreu.

»Siehst du? Aber in einem bin ich unschlagbar: im Aufstöbern brauchbaren Hauspersonals. Bei allem gebührenden Respekt, Ahmose, aber ein Mann, der sein ganzes Leben beim Militär verbracht hat, versteht nichts von der Führung eines Haushalts. Und wenn du es mir überlassen willst, geeignetes Personal zu finden, werde ich das gern für dich übernehmen, um der Gemahlin des Pharao behilflich sein zu können.«

Amenemheb und die Hethiter-Prinzessin hatten Mühe, Tiyes Wortschwall zu folgen. Als Amenemheb schließlich mit dem Übersetzen fertig war, blickte Khanefrues auf Ahmose.

»Brauchst du wirklich die Hilfe dieser Frau?« fragte sie.

Ahmose nutzte die Gelegenheit. Tiyes Unterstützung würde nicht nur seine Rückkehr zur Armee beschleunigen, sie würde auch seine Schuldgefühle wettmachen, weil er sich vorhin von der neuen Gemahlin des Pharao so leicht um den Finger hatte wickeln lassen.

»Ich wäre sehr dankbar für Tiyes Hilfe. Wie sie ganz richtig sagte, verstehe ich nichts von Haushaltsangelegenheiten.« Ihm war bewußt, daß der Pharao aufmerksam auf Anzeichen von Ironie oder Groll achten würde, und so mied er dessen forschenden Blick.

»Dann ist es besiegelt«, erklärte Tiye triumphierend. »Ich werde mich sofort an die Arbeit machen. Komm, Pentaweret, wir haben zu tun. Bestell Maya Grüße von mir, Ahmose.«

»Wo ist Maya heute eigentlich?« fragte Pentaweret. »Ich dachte, sie würde dich vielleicht begleiten, um dem Ganzen eine weibliche Note zu verleihen.«

»Maya ist im Tempel der Isis und verleiht irgendwelchen Landübertragungen zu Gunsten der Gemahlin des Pharao ihre weibliche Note«, entgegnete Ahmose.

»Tatsächlich? Eine ungewöhnliche Aufgabe für eine Frau. Eine sonderbare Umkehr der Rollen: sie erledigt Männerarbeit, und du bist mit Haushaltsfragen betraut!«

Ahmoses in den Falten seines Gewandes verborgene Hand ballte sich zur Faust. Ich wünschte, wir beide wären auf dem Exerzierplatz, dachte er grimmig.

Tiye bemerkte seinen Zorn. »Mit Eurer Erlaubnis, Hoheit, werden wir uns jetzt zurückziehen.« Sie legte Pentaweret einen mageren Arm um die Schultern und führte ihn hastig hinaus.

Khanefrues blickte ihnen mit unglücklicher Miene nach. Ihre Frage, ob er wirklich Hilfe bräuchte, war begleitet gewesen von einem flehentlichen Blick. Sie mag Tiye nicht, dachte Ahmose. Und da ist sie nicht die einzige. Aber wenn sie erst in ihren eigenen Gemächern untergebracht ist, wird sie nichts mehr mit ihr zu tun haben.

Auf dem Heimweg grübelte Ahmose über den flehenden Blick der Prinzessin nach. »Hab Mitleid mit mir, die ganz allein in der Fremde ist«, hatte sie mit Tränen in den Augen gesagt. Auf einmal war er wieder in Memphis, ein kleiner Junge, der mit seiner Mutter in der Tür ihres Hauses stand. Das Gesicht der Mutter war gerötet und strahlte von der Umarmung seines eben zurückgekehrten Vaters; ihre Augen leuchteten vor Glück und freudiger Erregung.

»Sieh mal, Ahmose«, sagte sein Vater. »Ich habe dir vom Feldzug etwas mitgebracht.« Er hob ein in Stoff eingeschlagenes Bündel von seinem Streitwagen und trug es ins Haus. Dann lachte sein Vater und entfernte das Tuch. Ahmose starrte sprachlos auf das verschreckte grünäugige kleine Mädchen vor ihm.

»Kanefer!« rief Ahmoses Mutter aus. »Du hast mir eine Sklavin versprochen! Dieses Kind ist viel zu jung für eine Sklavin!«

Ahmose streckte die Hand aus, um die Kleine zu berühren, aber ihr Kopf zuckte vor wie der einer Kobra, und sie spuckte ihn an. Sein Vater brüllte vor Lachen und zauste ihm das Haar. Den ganzen Abend redeten sie gütlich auf das Mädchen ein, bis es ein wenig Vertrauen faßte. Sein Vater hatte einen Schreiber, der viele Sprachen beherrschte. Er verbrachte eine Ewigkeit auf allen vieren, bemüht, das Mädchen zum Sprechen zu bringen, was ihm schließlich auch gelang.

»Wie heißt du?« fragte der Schreiber sie in ihrer asiatischen Sprache. »Komm schon, Kleine, sag uns deinen Namen.«

Große traurige Augen blickten ängstlich unter langen, dichten Wimpern hervor, und ihr kleiner roter Mund öffnete sich. »Ishtar«, sagte sie.

Am nächsten Morgen konfrontierte Maya Nodjmet mit der Selbstgefälligkeit, die Ahhotep in letzter Zeit an den Tag legte. Aus Feigheit schob sie das Gespräch so lange hinaus, bis es fast soweit war, daß sie zum Archiv aufbrechen mußte. Sie hielt ihre kleine Ansprache, während sie ihre Ringe und Armreifen anlegte, und vermied es dabei, Nodjmet anzusehen. Nodjmet war schon ihre eigene Kinderfrau gewesen und später ihre Verbündete und Vertraute. Sie nahm die Vorwürfe schweigend, aber verständnislos auf. Als ihre Herrin schließlich verstummte, zuckte sie hilflos die Achseln und breitete in einer unterwürfigen Geste die Hände aus.

»Mir war nicht bewußt, daß ich etwas falsch mache, Herrin. Aber wenn Euch etwas an mir stört, will ich gern versuchen, dies zu ändern. Die Götter wissen, daß es nie meine Absicht war, das Kind gegen seinen Vater aufzubringen ...« Nodjmet versagte die Stimme, und ihr Gesicht verzog sich weinerlich.

Maya flüchtete sich in Förmlichkeit. »Achte darauf, daß so etwas nicht wieder vorkommt«, sagte sie streng. »Das ist alles.«

Hierauf ging sie eiligen Schrittes hinaus, um ihre Nervosität zu verbergen. »Diesmal ist er für länger zu Hause«, sagte sie sich. »Wenn es zwischen uns besser werden soll, muß ich zu allen strenger sein, nicht nur zu mir selbst.« Trotzdem kam sie sich vor wie eine Verräterin.

Ihr zweiter Vormittag im Archiv verlief weniger gut als der erste. Maya selbst war unruhig, Djedese war gereizt und sein Gehilfe mürrisch. Das mühsame Brüten über trockenen Einträgen hatte den Reiz des Neuen schon sehr bald abgenutzt. Nachdem sie den Lack der Schreiberarbeit abgekratzt hatte, gelangte Maya zu dem Schluß, daß das Ganze einfach nur entsetzlich langweilig war. Ohne zu lesen starrte sie auf das Papyrus, das Kinn auf beide Hände gestützt. Als sie hinter sich Schritte hörte, drehte sie sich um und rechnete fast damit, Rahotep zu sehen, aber es war Prinz Ramses.

»Der Erste Prophet möchte dich sehen«, teilte er Djedese mit. »Und ihn solltest du besser mitnehmen«, fuhr er mit einer schroffen Geste fort und wies auf Djedeses Gehilfen. »Du wirst dir Notizen machen wollen.«

»Ich kann mir selbst Notizen machen«, entgegnete der ältere

Schreiber beleidigt, nahm den Gehilfen aber doch mit in Butehamuns Schreibstube.

Ramses wandte sich grinsend Maya zu. »Ich hatte dich doch gebeten, keine kostbare Zeit zu vergeuden«, sagte er tadelnd. »Jetzt ist Ahmose zurück, und es ist zu spät.«

»Ja«, erwiderte Maya. »Vielleicht solltest du endlich die Hoffnung aufgeben.« Sie war Ramses' Humor – sofern man ihn als solchen bezeichnen konnte – schon lange leid.

»Nun, ich kann schlecht durch dein Schlafzimmerfenster steigen, wenn Ahmose da ist. Ich werde seine Hoheit bitten müssen, ihn wieder in den Krieg zu schicken.«

»Sehr lustig.«

Ramses zog geräuschvoll einen Stuhl heran und setzte sich ihr gegenüber. »Damit versuchst du also verzweifelt, mich aus deinen Gedanken zu verdrängen«, bemerkte er.

»Und weißt du was? Es funktioniert.«

»Ach komm schon, Maya, was kann ein alter, staubiger Papyrus einer heißblütigen Frau schon bringen? Leg ihn zurück ins Archiv und brenn mit mir durch.«

»Ich bin zu jung für dich, Ramses. Du könntest nicht mit mir mithalten.«

»Immer noch besser als Ahmose. Ich bringe mehr als einmal alle fünf Jahre.«

»Hör zu, Ramses, ich habe zu tun. Hast du mir etwas mitzuteilen oder nicht?«

»Nicht viel. Seine Hoheit hat entschieden, daß die Göttin Neith nicht deshalb auf ihr Fest verzichten soll, nur weil er um den Gott Apis trauert. Das Lampenfest soll trotzdem stattfinden. Du mußt die Isis-Priesterinnen entsprechend unterweisen.«

»Ist das alles?«

»Du kennst mich, Maya, ich nutze jede Gelegenheit, um dich zu sehen. Wirklich.« Er legte eine Hand auf ihre. »Wie läuft es denn, seit Ahmose daheim ist?«

»Das geht dich nichts an, Ramses.«

»Das dachte ich mir schon. Dann hat seine kleine Nebenbeschäftigung also nichts gebracht?«

»Ahmose betrachtet es nicht als ›Nebenbeschäftigung‹, sondern als Degradierung. Darf ich jetzt bitte meine Hand zurückhaben?«

»Warum bleibst du bei ihm, Maya? Wozu soll das gut sein, wo du doch mich haben kannst?«

»Schluß mit dem Unsinn, Ramses. Laß meine Hand los.«

»Du glaubst wirklich, ich würde nur Spaß machen, ja?«

Maya erhob sich. Für gewöhnlich trieb Ramses seine Scherze nicht so weit.

»Natürlich machst du Spaß.«

»Wenn du es so nennen willst.«

Als er ihre Hand losließ, streiften seine Finger ihre Brust. Wahrscheinlich war es keine Absicht gewesen. Sie wartete, bis er fort war, ehe sie ihre Brustwarze flachdrückte, die sich ärgerlicherweise bei der Berührung aufgerichtet hatte.

Maya kehrte früh nach Hause zurück. Als ihre Sänfte in den Garten einbog, sah sie einen Gast aus dem Haus kommen. Es war Rahotep.

»Ich wollte dir die angekündigte Überraschung bringen«, sagte er. Dann musterte er sie forschend. »Du siehst ein wenig bedrückt aus. Was ist los?«

»Ich fühle mich nicht wohl.« Maya erlaubte ihm, ihr aus der Sänfte zu helfen. »Ich bin früh nach Hause gekommen, um mich ein wenig hinzulegen.«

»Dann laß dich nicht aufhalten. Ich wollte sowieso gerade gehen.«

»Nein, bitte, geh noch nicht. Ich glaube, es geht mir schon etwas besser.« Sie brachte ein Lächeln zustande. »Was ist es denn für eine Überraschung?«

»Hier.« Es war eine Schriftrolle, verblaßt und brüchig und mit einem geschwärzten Stück Schnur zusammengebunden. »Öffne sie.«

»Ich traue mich nicht. Sie sieht zerbrechlich aus. Sie muß sehr alt sein.«

»Sie ist nicht so zerbrechlich, wie sie aussieht. Ich zeige es dir.« Rahotep zog die Schriftrolle auseinander und legte sie Maya in die Hände.

»Wie schön sie ist!« rief sie aus. »Die Hymne an Monthu. Und sieh dir diese Illustrationen an! Diese Farben! Solche Pigmente bekommt man heute gar nicht mehr.«

»Auf welches Alter würdest du den Papyrus schätzen?«

»Er ist Jahrhunderte alt.«

»Er ist genau einen Monat alt.«

»Niemals! Woher willst du das wissen?«

»Ich habe ihn selbst hergestellt.«

»Du hast das hier selbst gemacht?«

»Es ist eine Kopie eines Papyrus aus dem Archiv von Ptah. Ich habe eine Technik entwickelt, um den Papyrus künstlich zu altern, und ich habe im Archiv die Zusammensetzung einiger Pigmente gefunden. Ich habe sie zu Hause gemischt.«

»Ich wäre nie darauf gekommen, daß es sich nicht um ein Original handeln könnte. Du bist wirklich geschickt ...«

Vom Haus her war Lärm zu hören. Ahhotep und Hori polterten die Treppe hinunter und rannten durch den Garten auf sie zu.

»Rahotep hat uns Bilder gemalt!« verkündete Ahhotep.

»Und mir hat er gezeigt, wie mein Name geschrieben wird«, rief Hori. »Und deiner, und Ahhoteps und Nodjmets.«

»Seid ihr auch brav gewesen?« fragte Maya stirnrunzelnd. »Ich hoffe, sie haben dich nicht belästigt, Rahotep.«

»Nein, kein bißchen. Es sind prächtige Kinder. Wir haben uns bestens verstanden, nicht wahr?«

»Sieh dir nur die Bilder an, Mutter«, drängte Ahhotep.

Maya schnappte nach Luft. »Die sind phantastisch. Ganz ungewöhnlich. Dieses hier sieht genauso aus wie Nodjmet. Du bist wirklich sehr talentiert.«

»Ich habe sie freihändig gezeichnet, ohne Raster«, sagte Rahotep. »Du hast übrigens eine schöne Knochenstruktur, Maya. Ich würde mich freuen, wenn du mir Modell sitzen würdest.«

»Nun, das wäre wirklich ...«

»Rahotep, mach es noch einmal«, bettelte Hori und zupfte am Ärmel des Prinzen.

»Also gut. Alles zurücktreten«, sagte Rahotep, schnappte sich den Jungen und warf ihn hoch in die Luft. Jauchzend und mit wehender Seitenlocke landete er sicher wieder in Rahoteps Armen.

»Jetzt ich!« verlangte Ahhotep, die Arme nach Rahotep ausgestreckt.

Ahmose stand am Gartentor und beobachtete Rahotep im Kreis seiner Familie, die lachende Maya und die Kinder, die vertrauensvoll die Arme um seinen Hals schlangen. Er näherte sich der Gruppe. Die Kinder verstummten, und es versetzte Maya einen Stich, als sie sah, wie Hori verstohlen seine Hand in die Rahoteps schob. Die beiden Männer begrüßten einander, nachdem Maya beschämt ihren Vetter vorgestellt hatte. Ahmose nickte knapp und ließ Rahoteps Hand gleich wieder los. Dann wandte er sich an seine Frau.

»Ich fürchte, ich habe schlechte Nachrichten. Ich werde morgen den ganzen Tag weg sein.«

»Ahmose, du hast den Kindern morgen ein Picknick versprochen. Du weißt doch, wie wichtig es für sie ist.« Für uns alle, fügte sie insgeheim hinzu.

Den Kindern war die Enttäuschung anzusehen, aber sie sagten nichts.

»Es tut mir leid, aber wir werden es auf einen anderen Tag verschieben müssen.«

»Was hattet ihr denn vor?« fragte Rahotep.

»Ahmose wollte mit uns allen eine Bootsfahrt unternehmen. Wir wollten den Tag in der alten Stadt verbringen«, antwortete Maya.

»Warum laßt ihr mich nicht mit euch hinfahren?« fragte ihr Cousin. »Ich habe morgen nichts vor, was sich nicht verschieben ließe. Ich könnte eins der Palastboote borgen.«

Die Gesichter der Kinder erhellten sich. »Bitte, Mutter«, sagte Ahhotep. »Laß uns den Ausflug mit Rahotep machen.«

Maya zögerte.

«Damit wäre das Problem ja gelöst«, bemerkte Ahmose knapp und ging ins Haus.

Maya verabschiedete Rahotep wortreich und schickte die Kinder zu Nodjmet. Dann folgte sie Ahmose in den Empfangsraum. Sie holte tief Luft.

»Sieh nur, was Rahotep mir geschenkt hat, Ahmose.«

Ahmose nahm den Papyrus, warf einen flüchtigen Blick darauf und gab ihn ihr zurück.

»Die Hymne an Monthu.«

»Das sehe ich selbst. Die Männer singen sie beim Marschieren. Auch wenn er diese Version kaum je gehört haben wird. Ein zerfleddertes altes Ding. Es muß doch noch bessere Abschriften geben. Warum hat er dir denn eine Schriftrolle in so desolatem Zustand geschenkt?«

»Sie ist überhaupt nicht alt. Es ist ein Papyrus, der dahingehend behandelt wurde, daß er alt aussieht. Ist das nicht raffiniert?«

»Warum sollte jemand einen alten Papyrus fälschen wollen? Ich dachte, diese brandneue Familie würde das schäbige alte Erbe meinesgleichen verachten.«

Maya atmete tief durch. »Dann sieh dir das hier an. Er hat Bilder für die Kinder gemalt.«

»Ziemlich laienhaft, nicht wahr? Er hat ja nicht mal ein Raster benutzt.«

»Also gut, wie du willst.« Maya gab ihre Versuche auf, Frieden zu stiften. »Wie konntest du das Versprechen brechen, das du den Kindern gegeben hast?« fragte sie vorwurfsvoll.

»Hör zu, Maya, ich muß arbeiten. Ich hätte die Bootsfahrt an einem anderen Tag nachgeholt, aber jetzt hat sich das Problem ja auch so erledigt. Seien wir doch ehrlich, sie werden mich nicht vermissen.«

»Doch, das werden sie. Du bist ihr Vater. Sie brauchen nur Zeit, um sich an dich zu gewöhnen. Und dieser Ausflug hätte ein erster Schritt in diese Richtung sein können.«

»An deinen Cousin haben sie sich aber sehr schnell gewöhnt, meinst du nicht auch? Tut mir leid, Maya, ich bin nun mal kein guter Vater. Die Kinder mögen mich nicht, und sie machen auf mich nicht den Eindruck, als würden sie sich so einfach bestechen lassen.«

»Du bist noch nie so lange zu Hause gewesen.« Sie legte ihm begütigend eine Hand auf den Arm. »Gib nicht gleich auf, nicht jetzt, wo so viel Zeit vor uns liegt. Du wirst sie schon noch für dich erobern ...«

»Es gibt nur einen Grund, daß ich zu Hause bin, wie du sehr wohl weißt. Dein Onkel hat mich mit einer Sonderaufgabe betraut. Ich habe nicht darum gebeten, aber da mir nichts anderes übrig geblieben ist als anzunehmen, werde ich meine Pflicht so gut erfüllen, wie ich es vermag. Und zu diesem Zweck werde ich morgen unterwegs sein.«

»Was ist denn so wichtig?«

»Ich muß kurz verreisen und werde vielleicht sogar über Nacht wegbleiben.«

»Verreisen? Wohin?«

»Ich muß einen ehemaligen Schreiber meines Vaters aufsuchen, der des Hethitischen kundig ist. Er hat sich aufs Altenteil zurückgezogen. Ich will sehen, ob ich ihn überreden kann, an den Hof zurückzukehren. Hattusha muß sofort damit anfangen, Ägyptisch zu lernen.«

»Aber ein Tag mehr oder weniger würde doch sicher nicht viel ausmachen ...«

»Der Pharao mag dir ja ungewöhnlich große Autorität im Isis-Tempel eingeräumt haben, Maya, aber mit dieser Aufgabe hat er mich betraut, und ich werde mir nicht hier in meinem eigenen Empfangsraum von dir erklären lassen, was ich zu tun und zu lassen habe. Geh in dein eigenes Zimmer.«

»Was heißt hier ›dein Empfangsraum‹? Das hier war einmal das Haus meiner Mutter.«

»Wie du meinst«, entgegnete Ahmose kalt. »Ich gehe zu Paiis.«

Ahmose fand seinen Freund im Wachzimmer des Palastes. Als Ahmose hereinkam, saß Paiis gerade am Tisch und war damit beschäftigt, irgend etwas zu polieren, das er mit verdächtiger Hast verschwinden ließ, als der General den Raum betrat. Auf dem Tisch lag eine Schriftrolle, deren eines Ende mit einem großen Siegel beschwert war. Als Paiis ging, um ihre Biere zu holen, streckte Ahmose neugierig die Hand aus und entrollte das andere Ende des Papyrus. Es handelte sich um Paiis' offizielles Beförderungsschreiben vom Pharao. Ahmose vermutete, daß die Kommandantenbrustplatte dem Schreiben beilag und Paiis die Platte poliert hatte, als er hereingekommen war.

Paiis kam mit dem Bier zurück, und die beiden Männer vertrieben sich den heißen Nachmittag mit Plaudern. Der Brief lag zwischen ihnen. Ahmose begann, Paiis von Rahoteps Besuch bei ihm zu Hause zu erzählen, doch Paiis fühlte sich sichtlich unbehaglich bei der leisesten Andeutung von Kritik an einem Sohn des Pharao, so daß Ahmose das Thema wechselte. Ahmose bat Paiis, ihn am nächsten Tag zu begleiten, und der stimmte erleichtert zu.

Ahmose starrte in sein Bier und fragte sich, wann das Unbehagen weichen würde, das seit Paiis' Beförderung ihre Freundschaft überschattete. Er würde es offen ansprechen müssen, damit sie diesen Punkt ein für allemal abhaken konnten. Er setzte gerade zum Reden an, als sich draußen Schritte näherten. Bakamun, der Palastaufseher, steckte den Kopf zur Tür herein.

»Oh. Ich hatte nicht damit gerechnet, daß du um diese Tageszeit Besuch hast, Kommandant«, sagte Bakamun. »Ich werde später wiederkommen.«

»Nein, nein«, rief Paiis und erhob sich. »Komm und trink ein Bier mit uns.«

»Wenn du sicher bist, daß ich nicht störe ...«

»Ganz und gar nicht.« Paiis war bereits zum Krug unterwegs.

Bakamun setzte sich. »Nun, Ahmose«, wandte er sich an den General. »Das ist schon eine seltsame Sache.«

»Was meinst du?«

»Der Pharao wird schon wissen, was er tut, aber irgendwie scheint er da etwas durcheinandergebracht zu haben, nicht wahr?«

»Ich fürchte, ich verstehe nicht, was du meinst«, entgegnete Ahmose stirnrunzelnd. »Paiis' Beförderung war lange überfällig.«

»Das habe ich nicht gemeint«, sagte Bakamun. »Bist du sicher, daß der Pharao deinen Brief nicht mit dem Mayas verwechselt hat, General? Daß eigentlich du dich um die Landübertragung kümmern sollst und Maya um den Haushalt der neuen Gemahlin des Pharao?«

Er lachte. Paiis kehrte mit dem Bier an den Tisch zurück. Bakamun trank einen großen Schluck und lehnte sich lässig im Stuhl zurück. Es sah nicht aus, als würde es bei einem kurzen Besuch bleiben.

Ahmose erhob sich. »Wir sehen uns morgen«, sagte er zu Paiis.

»Soll ich meinen eigenen Streitwagen mitbringen?«

»Nein, wir können beide in meinem Wagen fahren.«

»Gut. Dann bis morgen.«

»Was habt ihr denn morgen vor?« wollte Bakamun wissen, der Ahmose hinterher schaute, als dieser hinaus in die Sonne trat und sich über den Exerzierplatz entfernte.

»Wir fahren in Richtung Weg des Horus. Wir wollen zu einem

alten Schreiber, der früher für Ahmoses Vater gearbeitet hat. Offenbar spricht er Hethitisch. Ahmose möchte, daß der Mann die Gemahlin des Pharao unterrichtet, falls er noch lebt.«

»Weg des Horus, sagst du? Kommt ihr vielleicht in die Nähe der nordöstlichen Festungen?«

»Ja, ich denke schon.«

»Könntest du in einer der Festungen ein Päckchen für mich abgeben?«

»Warum nicht. Ist es groß?«

»Nein, eigentlich nicht. Und auch nicht schwer.«

»Ich nehme es mit, kein Problem. Was ist es denn?«

»Wenn ich nicht irre, handelt es sich um etwas Ähnliches wie das hier«, entgegnete Bakamun und deutete auf Paiis' Schriftrolle auf dem Tisch. »Ein Beförderungsbrief mit entsprechender Plakette für einen der Offiziere.«

»Aha«, meinte Paiis.

»Ein unglückliches Thema, was?«

»Könnte man so sagen.«

»Dann solltest du es Ahmose gegenüber besser nicht erwähnen.«

»Da hast du wohl recht«, pflichtete Paiis ihm bei.

3. Kapitel

Maya wurde am nächsten Morgen schon früh von den Kindern geweckt. Ahmose brach bereits auf. Sie konnte hören, wie er draußen auf dem von Palmen beschatteten Hof Anweisungen gab, dann laut durchs Haus stapfte und wieder hinaus in den Garten ging. Dort trat jemand zu ihm, offenbar ein Freund und kein Diener. Maya spitzte die Ohren und erkannte Paiis' Stimme.

»Kommt«, sagte sie zu den Kindern. »Wir frühstücken draußen unter dem Baum.«

Sie stiegen die Treppe hinauf aufs Dach. Das Frühstück war nur ein Vorwand. Die Kinder waren ohnehin zu aufgeregt, um etwas zu essen, und Maya wollte nur die Stimmen unten belauschen. »Dieser Schreiber muß aber schon ziemlich alt sein«, sagte Paiis gerade. »Bist du sicher, daß er überhaupt noch lebt?«

»Nein.« Ahmose lachte, und Maya hörte heraus, daß er sich selbst albern vorkam. »Ich weiß nur, daß er sich vor Jahren in sein Dorf zurückgezogen hat. Wenn er tot ist, war der Ausflug umsonst. Du brauchst nicht mitzukommen, wenn du keine Lust hast.«

»O doch, ich komme. Ich habe Wochen auf dem Exerzierplatz hinter mir. Eine Fahrt im Streitwagen ist eine willkommene Abwechslung. Das wird ein paar Knoten lösen. Im übrigen habe ich auch etwas zu erledigen.«

»Ach ja?«

»Nichts Aufregendes. Nur ein Päckchen für eine der Festungen.«

»Was für ein Päckchen?«

»Das hier. Bakamuns Diener hat es mir gestern abend vorbeigebracht.«

»Und was ist da drin?«

»Keine Ahnung. Komm, dein Pferd wird langsam ungeduldig.«

Maya konnte sie sehen, als sie sich vom Haus entfernten. Sie gingen in Richtung der Straße, auf der Ahmoses Streitwagen bereitstand. Die beiden Männer wirkten wie gutgelaunte Kameraden auf sie. Er hat mir nicht einmal erzählt, daß Paiis ihn begleitet, sagte sie sich. Dann, als die Männer durchs Tor gingen, drangen Ahmoses letzte leise Worte bis zu ihr.

»Weißt du, mir ist plötzlich klar geworden, an wen sie mich erinnert – an Ishtar.«

Maya ließ sich auf dem staubigen Dach zu Boden sinken, während die Kinder am Tisch stritten. Das Rumpeln des Streitwagens wurde immer leiser.

Wie vereinbart trafen sie sich mit Rahotep am Palasttor. Mayas düstere Stimmung verflog schlagartig, als sie ihn sah. Er begrüßte sie fröhlich, hob Hori auf seine Schultern und nahm Ahhotep bei der Hand. Maya und Nodjmet folgten ihm über die Innenhöfe, die das Große Haus umgaben, bis zur palasteigenen Anlegestelle.

Rahotep folgte dem Pfad entlang der nickenden Boote. Zwei Ruderer brachten das ihnen zugedachte Boot.

»Alle Mann an Bord zur Belagerung von Avaris!« rief er übermütig und reichte Hori geschickt an einen der beiden Ruderer weiter.

»Was für eine Belagerung?« wollte Ahhotep atemlos wissen. »Und wo ist Avaris?«

»Vorsicht!« mahnte Rahotep, als er sie ins Boot hinunterließ.

»Das ist ein tiefer Fall für ein kleines Mädchen. Wenn Hapi anschwillt, reicht das Wasser bis oben an den Weg. Weißt du denn nicht Bescheid über die Belagerung von Avaris? Hat dein Vater dir nicht von König Kamose und seinem Bruder, König Ahmose, erzählt und davon, wie sie die Hyksos-Usurpatoren aus Ägypten gejagt haben?«

»Doch, ein wenig.«

»Nun, Avaris war damals der Name von Piramses, bevor Pharao Ramses, der Liebling des Amun, den neuen Stadtteil errichten ließ. Er hat den Namen in Piramses geändert, ›Haus von Ramses‹.«

»Fahren wir dahin, wo die Hyksos gelebt haben?«

»Wir fahren nicht nur dorthin, sondern wir sind Kamoses Flotte und werden bis vor die Mauern von Hyksos fahren. Dort angekommen werden wir Ahmoses Armee sein und die Stadt stürmen.«

Er stieß sie vom Kai ab, und das Boot bewegte sich in Richtung des Kanals. Maya und Nodjmet machten es sich auf Kissen unter dem olivgrünen Sonnendach bequem. Der Tag war noch nicht heiß genug, um die Seitenwände herunterzulassen. Vor ihnen ragte der Mast hoch in den Himmel. Dahinter standen Rahotep und die Kinder auf dem kleinen Deck und nahmen den Salut entgegen, als sie von Theben lossegelten – nachdem sie in der Phantasie den Palast vorübergehend eine Wochenreise weit nach Süden verlegt hatten –, um Ägypten von den Fremden zu befreien. Die Ruderer hatten an dem Spiel ebensoviel Spaß wie sie. Rahoteps Miene war todernst. Die Befestigungsmauern des Palastes ragten vor ihnen auf. Es kam zu einem Wortwechsel zwischen Rahotep und der Wache, und auf der imaginären Reise verwandelten sich die gemauerten Kanäle von Piramses in das enge Flußtal im Süden.

Außerhalb des Palastes wurden sie zwischen gesichtslosen Gebäuden hindurch gestakt; der Gestank des Brackwassers, der bei niedrigem Pegel am schlimmsten war, stieg ihnen in die Nase. Dann endlich ließen sie die Stadt hinter sich und glitten in die Lagune von Priamesses. Rahotep und die Männer machten sich an die Arbeit, und die Kinder jubelten, als das Segel gehißt wurde und in der frischen Brise flatterte. Hinter ihnen erhob sich die braune, mit Türmen gespickte Front der alten Stadt.

»So, Männer«, sagte Rahotep. »Seht ihr den weißen Fleck auf dem kleinen Hügel da vorn? Das ist der Tempel des Seth. Der Palast des alten Apophis, des Königs der Hyksos, stand gleich daneben.«

Sie umrundeten den Hügel und näherten sich dem anderen Ende des Sees. Mit Muskelkraft und Geschick wendeten die Männer das Boot.

»Jetzt, Leute!« rief Rahotep. »Der Feind ist in Reichweite! Seht, wie er sich hinter den Palastmauern versteckt! Vorwärts – dem ersten an Land gebührt das Gold des Siegers!«

Die Altstadt am Ende der Lagune war nur spärlich bevölkert. Die Ostmauer des Seth-Tempels ragte über ihnen auf, aber die nächsten Häuser befanden sich auf der anderen Seite des Gotteshauses, so daß sie das Ufer ganz für sich allein hatten. Die Ausflügler stürmten den Hügel aus verwitterten Tonziegeln, um zu sterben oder unsterblichen Ruhm zu erlangen. Als sie keuchend und mit Seitenstechen oben angelangten, sogen sie gierig die frische Luft ein und verschlangen die Aussicht mit Blicken.

Der See unter ihnen schimmerte blau und glitzerte silbern. Boote, deren Ruder an Insektenbeine erinnerten, glitten über das Wasser. Im Norden blähten sich Segel vor den Pylonen und Fahnenmasten der neuen Stadt. Das Ganze war eingefaßt vom warmen Braun der dürren ägyptischen Erde. Wenn Hapi anschwoll, würde dank des reichhaltigen Flußschlamms alles feucht, dunkel und fruchtbar riechen.

»Ich habe einige Entwürfe mitgebracht, die ich dir zeigen wollte«, sagte Rahotep zu Maya, als er ihr wieder hangabwärts half. »Ich werde versuchen, den Pharao zu überreden, mir zu erlauben, mich der Residenz in Memphis anzunehmen. Sie muß dringend ausgebessert werden.«

Unter einem Baum am Ufer packten die Ruderer einen Vorratskorb aus.

»Besetzt nicht sämtliche Decken«, schalt Nodjmet die Kinder. »Macht eurer Mutter Platz.«

»Laß sie nur, Nodjmet. Ich habe noch eine Unterlage für Maya.« Rahotep löste die Klemme des Leopardenfells, das er um die Schultern trug. Zwischen den Tatzen der Raubkatze wurde ein schlanker, muskulöser Leib sichtbar. Er schlug das Fell aus und legte es Maya zu Füßen. Dann entrollte er seine Pläne und breitete sie vor ihr aus, während sie sich auf den weichen Pelz sinken ließ.

Rahoteps Pläne zeigten Entwürfe für ein Wandgemälde, auf dem zu sehen war, wie Südländer dem Pharao ihren Tribut entrichteten.

»Das ist Medja.« Maya tippte sofort auf seine Gestalt inmitten der Gesandtschaft. »Aber du warst nicht einmal im Großen Saal, als er vor den Pharao getreten ist.«

»Ich habe ihn Memphis durchqueren sehen. Ich habe ihn aus dem Gedächtnis gezeichnet.«

»Was sind das hier für Symbole?«

»Pigmente. Malachit für das Grün, Hämatit für Rot …«

»Und was ist das Türkis? Für den Himmel? Hast du eine Vorstellung davon, was das alles kosten würde?«

»Es ist nicht der Himmel, bloß eine bemalte Decke. Und warum sollte der Pharao sich wegen der Kosten den Kopf zerbrechen?«

»Der Pharao wird sich keine Gedanken darüber machen, aber der Wesir«, sagte Maya lachend. »Du packst die Sache falsch an. Du mußt ihnen neben einem Entwurf auch eine Materialliste vorlegen. Ich werde dir meine vom Monthu-Schrein zeigen.«

Bequem auf dem Raubkatzenfell sitzend, lauschte Maya den Plänen Rahoteps, dessen Stimme so dunkel und rund klang wie die Kiesel in dem klaren Bach, der an ihnen vorbeiplätscherte. Die Entwürfe waren wunderschön, die Farbtabelle so leuchtend, als wäre sie auf den Papyrus emailliert worden. Der Papyrus, den Rahotep gewählt hatte, so golden und makellos wie die feingliedrigen Hände, die ihn hielten. Maya war ihm sogar so nah, daß sie die verschiedenen Gerüche wahrnahm, die von ihm ausgingen: Riedgras, Tinte und Farbe, Moschus und Sandelholz. Seine Lippen teilten sich wie ein Granatapfel, und sie sagte sich, daß sie auch ähnlich schmecken mußten. Das harte Gras kratzte sie an den Knöcheln, als sie mit einem Fuß über die Wade strich.

»Hori, nicht!«

Doch Nodjmets Aufschrei kam zu spät. Zwei klebrige Hände krallten sich in den Papyrus.

»Bei allen Göttern! Hori, laß sofort los!« Maya zog ihren Sohn auf den Schoß. »Rahotep, es tut mir furchtbar leid. Jetzt hat er deine Zeichnung ruiniert.«

»Aber nein. Das läßt sich übermalen.«

»Sieh doch, er hat den Finger mitten durch Medja gestochen. Es ist ein Loch im Papyrus. Den kannst du nicht übermalen. Leg besser dein Fell wieder um, bevor er das auch noch voller Flecken macht.«

»Das tut er bestimmt nicht.«

Aber Maya war bereits aufgestanden und trat von dem Fell herunter. Das Leinenkleid klebte an ihren Brüsten und Schenkeln, und nicht nur Horis Unartigkeit machte sie verlegen.

»Es tut mir leid, Rahotep«, sagte sie noch einmal. Sie spürte, daß sie Kopfschmerzen bekam. »Es ist heiß, und sie sind unruhig.« Ebenso wie ich, dachte sie. »Er hat es nicht gewollt.«

»Ich weiß. Ist schon gut. Warum läßt du die Kinder nicht hier bei mir? Ich werde ihnen noch eine Geschichte erzählen, dann werden sie schon zur Ruhe kommen.« Rahotep schloß

Ahhotep in die Arme. »Und du gehst in der Zwischenzeit aufs Boot und legst dich ein wenig hin. Auf dem Wasser ist es kühler.«

Maya gab nach, nachdem sie den Kindern und Rahotep das Versprechen abgenommen hatte, sich nicht unter dem Baum wegzurühren. Müde kehrten die beiden Frauen aufs Boot zurück. Die Ruderer ließen die Seitenwände des Pavillons herunter und gingen zurück an Land.

Im Inneren des Zeltes regte sich kein Lüftchen, als die beiden Frauen sich auf den Kissen ausgestreckt hatten. Nodjmet warf Maya einen Seitenblick zu. Sie lag auf dem Rücken, ein Handgelenk auf der Stirn.

»Soll ich Euch Luft zufächern, Herrin?«

Maya starrte schuldbewußt an die Zeltdecke. »Dieser Ahmose! Wie konnte er das tun? Ihm muß doch klar gewesen sein, wie wichtig der heutige Tag war. Er hat es versprochen.«

Nodjmet stützte sich auf einen Ellbogen.

»Ihm zuliebe war ich so gemein zu dir! Und er läßt uns einfach fallen, sobald sich ihm ein interessanterer Zeitvertreib bietet. Es tut mir leid, daß ich dir diese Strafpredigt gehalten habe, Nodjmet. Bitte, verzeih mir.«

»Oh, Kätzchen, pssst!« Die Kinderfrau strich ihr mit einer Hand über die Stirn, flüsterte ihren alten Kosenamen und redete begütigend auf sie ein. »Mein Herr ist im Auftrag des Pharao unterwegs. Er mußte fort.«

»Aber es hätte nicht heute sein müssen«, wandte Maya ein. »Weißt du auch, warum er es so eilig hatte? Weißt du, warum er die Gemahlin des Pharao so rasch zufriedenstellen muß? Weil sie ihn an jemanden erinnert.«

Maya drehte abrupt den Kopf, um zu sehen, welche Wirkung ihre Worte auf Nodjmet hatten. Dann blickte sie wieder an die Decke. Die Sonne schimmerte durch den grünen Stoff. Die Hitze stieg weiter an.

»O ja«, fuhr Maya nach einer Weile fort. »An die Asiatin. Zwei

Jahre ist es her, daß er sie fortgeschickt hat – nein, fortgebracht hat –, und jetzt ist sie zurückgekehrt, um mich zu quälen.«

»Aber die Gemahlin des Pharao hat doch gar keine Ähnlichkeit mit ihr«, wandte Nodjmet ein. »Die andere war doch nicht einmal vom Volk der Hethiter. Sie hatte schwarzes Haar und …«

»Ich weiß, wie sie aussah«, fiel Maya ihr ins Wort.

»Wie kann die Gemahlin des Pharao ihn dann an sie erinnern?«

Maya zuckte die Achseln. »Jedenfalls hat er das zu Paiis gesagt. Ich habe es selbst gehört.«

»Vielleicht, weil sie Ausländerin ist«, rätselte Nodjmet. »Ich wüßte nicht, was sonst …«

»O Nodjmet!« seufzte Maya. »Was spielt das für eine Rolle? Der Punkt ist, daß er mir nie ein guter Mann und den Kindern nie ein guter Vater sein wird, solange sie in seinem Kopf herumspukt.«

Wieder entstand eine Pause. Die beiden Frauen konnten die hohen Stimmen der Kinder hören, die mit Rahotep und den Bootsleuten Ratespiele spielten.

»Du darfst das nicht überbewerten, Kätzchen«, sagte Nodjmet. »Diese Frau war eine Sklavin in seinem Elternhaus. Khanefrues hingegen ist die Gemahlin des Pharao. Der Abgrund zwischen diesen beiden hier in Piramses ist tiefer als der zwischen ihm und der anderen oben im Norden. Es wird sich nichts zwischen ihnen entwickeln.«

»Als ob es etwas zwischen Ahmose und Khanefrues geben könnte, Nodjmet! Ach, entschuldige. Seit er zurück ist, fauche ich dich nur noch an. Ich versuche zu vergessen, versuche mir einzureden, daß wir noch einmal von vorn anfangen können, aber ich glaube, das will er gar nicht, Nodjmet. Auch nach zwei Jahren denkt er nur an sie. Ich weiß wohl, daß er die Erinnerung an eine asiatische Sklavin immer noch seiner eigenen Frau vorzieht.«

Nodjmet erwiderte nichts. Es wäre ohnehin sinnlos gewesen.

»Er hat sie als seine Geliebte mit zu seinen Freunden genommen«, fuhr Maya fort. »Was glaubst du, was es für ein Gefühl war, an seinem Arm zu einem Empfang zu gehen, wohl wissend, daß jeder im Zimmer mich entweder bemitleidet oder ausgelacht hat? Sie alle wußten, daß er mich daheim gelassen hätte und mit ihr gekommen wäre, wenn es sich um eine private Feier gehandelt hätte. Er hat sie nach unserer Heirat in Memphis gelassen. Wußtest du, daß er sie ausgehalten hat? Wußtest du, daß ein Teil seines Vermögens beiseite geschafft wurde, um für ihren Unterhalt aufzukommen?«

Nodjmet antwortete nicht.

»Als der Pharao ihn zu sich rief, und als er sie wirklich nicht länger als Geliebte halten konnte, wollte er sie nicht allein in ihr Land zurückschicken. Er mußte sie begleiten. Meine Mutter lag im Sterben, und er ließ mich allein, um seine Geliebte zurück in ihre Heimatstadt zu geleiten. Ich war allein mit meiner Mutter, als sie starb. Er kehrte erst Wochen später zurück.« Mayas Mundwinkel zuckten verdächtig. Nodjmet rückte schwerfällig an Mayas Seite. Wortlos schloß sie ihre Herrin – ihren ganzen Stolz, das Kind, das sie an ihrer Brust genährt hatte – in die Arme und wiegte sie.

»Ich glaube, er hat sie wiedergesehen. Ich glaube, daß er sie auf dem Heimweg zusammen mit der Gemahlin des Pharao besucht hat.«

»Wie kommst du darauf?«

»Ich weiß es nicht. Etwas an ihm sagt es mir.«

»Bist du sicher?«

»Zweifelst du an meinen Worten, Nodjmet?« rief Maya aus. »Ich lüge nicht! Er ist der Lügner!«

»Pssst, still, mein Kätzchen! Ich mag es nur nicht, wenn du dich so aufregst.«

»Tut mir leid.« Maya hatte den Kopf an Nodjmets Halsbeuge

vergraben, so daß ihre Stimme gedämpft klang. »Du bist meine einzige Freundin.« Sie fing an zu weinen, vergoß heiße Tränen an der Schulter ihrer alten Kinderfrau. Nodjmet hielt sie fest an sich gedrückt und redete besänftigend auf sie ein, so wie sie es zuweilen bei Hori tat, und strich ihr dabei über die feuchten Locken.

Bei der Rückfahrt betrachtete Maya Rahotep über den Kopf ihres Sohnes hinweg. Ihr kleiner Hori lag daumenlutschend in ihren Armen und schlief. Ihr Cousin saß ihnen gegenüber und lehnte an einer der rechten Streben des Sonnenzeltes. Seine Arme waren locker um Ahhotep gelegt, die ebenfalls in tiefen Schlummer versunken war. Ihre Wange ruhte an seiner Schulter, ihr Mund war leicht geöffnet. Ein Fuß lag über seinem Knie.

Was war dabei, wenn sie ihn attraktiv fand? Blicke waren schließlich nicht verboten. Ahmose hatte viel mehr getan als nur zu schauen, und das ohne die geringsten Gewissensbisse.

Rahotep begegnete ihrem Blick und lächelte.

Nachdem Ahmose von seiner Mission zurückgekehrt war, begann er, im Haus vor sich hin zu summen. Er war erfolgreich gewesen. Der alte Schreiber seines Vaters war noch bei Kräften und ganz allein auf der Welt. Er war zusammen mit Ahmose und Paiis nach Piramses zurückgekehrt und im Palast untergebracht worden. Um so eher würde Ahmose zu seinem Kommando zurückkehren können. Das hätte er jedem als Grund für seine gute Laune genannt. Das war die Erklärung, die er sich selbst gab. Aber daheim fragte niemand, auch wenn sein Sinneswandel niemandem entging.

Aber diese Erklärung für seine gehobene Stimmung war nur zum Teil zutreffend. Der Schreiber Seti war überglücklich gewesen, ihn wiederzusehen. Sie hatten einander herzlich in die Arme geschlossen. Sie hatten sich über die Tage von Ahmoses Kindheit und Jugend unterhalten. Memphis war der

Schauplatz jener Zeiten gewesen: das hohe, schmale Haus seines Vaters in der Kindheit; seines Onkels Anwesen in seiner Jugend, nachdem sein Vater nicht mehr vom letzten Feldzug zurückgekehrt war; seine Mutter, zu Anfang jung und hübsch, später angespannt und niedergeschlagen; sein Onkel, gutmütig und derb; seine anmutige Tante; seine zahlreichen Vettern und Cousinen. Vor allem aber erinnerte er sich an seinen Vater, den altgedienten Soldaten, wie er gutaussehend und stolz in seinem Streitwagen stand und mit einem Arm die Taille seiner Mutter umschlang, daß sie ganz rot wurde.

Sein Zuhause. Ahmose fühlte, wie sein Herz sich weitete und seine Kehle eng wurde. »Es gab Zeiten, da hat es dich noch nicht so stark in die Ferne gezogen«, hatte Paiis gesagt. Auf ihrem gemeinsamen Ausflug fanden sie zu ihrer alten unbeschwerten Freundschaft zurück. Nachdem Paiis das Päckchen in der Festung abgegeben hatte, die den Horus-Weg an der Grenze zu den asiatischen Ländern bewachte, wirkte er irgendwie erleichtert, und es dauerte nicht lange, und sie scherzten so unbekümmert miteinander wie in alten Zeiten. Und diese Sorglosigkeit machte Ahmose wieder bewußt, was es bedeutete, Freunde und Familie um sich zu haben, Beziehungen zum Hof und zu einer Stadt.

Ich habe jetzt eine andere Familie, sagte er sich, habe aber nie ernsthaft versucht, Teil meiner eigenen Familie zu sein: Hausherr, Vater, Ehemann. Vielleicht sollte ich endlich damit anfangen.

Und doch hätte er nicht erklären können, warum er immer noch auf der Schwelle zu Mayas Zimmer zögerte und schließlich kehrt machte, um sich in sein eigenes Zimmer zurückzuziehen.

Der Ägyptischunterricht begann. Ahmose bekam die Gemahlin des Pharao in den folgenden Wochen nur selten zu Gesicht, doch Seti berichtete, daß sie gute Fortschritte mache. Auch Maya hielt sich oft im Isis-Tempel auf und war damit beschäftigt, ihre Landübertragungsliste fertigzustellen und mit ihren Priesterinnen für das Neith-Fest zu proben. Derweil organisierte Tiye alle Einzelheiten, die Privatgemächer und das Personal Khanefrues' betreffend. Ahmose erstellte ein Programm für seine einzige noch verbleibende Pflicht: die Einweisung Khanefrues' in die ägyptischen Sitten und Gebräuche. Wenn ich ein umfassendes Tagesprogramm ansetze, kann ich schon bald zu meinen Männern zurück, rechnete er sich aus. An den Abenden wurde ihm dann jedoch bewußt, daß er an seinem Schreibtisch Tagträumen nachgehangen hatte.

Um dem öden Nichtstun ein Ende zu machen, beschloß Ahmose, mit der Gemahlin des Pharao einen Rundgang durch die Stadt zu unternehmen. Sie verließen den Palast in einer Karawane, begleitet von Herolden, die ihnen überall mit ihren Fanfaren den Weg freimachten, und von Gefolgsleuten mit ihren Amtsstäben. Dennoch mußte die staubige Menschenmenge wie Riedgras vor ihnen geteilt werden und schloß sich gleich wieder hinter ihnen. Voraus, am Ende der betriebsamen Straße, ragten die Säulen des Amun-Tempels auf, des Herrn von Piramses, wo Ahmose die Führung der königlichen Gemahlin beginnen wollte. Der Weg bis zu den Tempeltoren wurde für sie freigemacht. Amun öffnete seine Tore, um sie zu empfangen; dann ließen sie das Gedränge hinter sich und atmeten die stille Luft des von Säulengängen eingefaßten Innenhofs.

Ahmose legte Seti eine Hand auf die Schulter. »Ich fürchte, daß wegen des derzeitigen Rituals der Erste Prophet niemandem außer mir und der Gemahlin des Pharao Khanefrues gestatten wird, weiter vorzudringen, und auch wir müssen uns einem Reinigungsritual unterziehen. Wir werden versuchen, uns nicht allzu lange aufzuhalten.«

»Laßt euch Zeit«, sagte der alte Schreiber. »Es wird mir eine Freude sein, mit diesen entzückenden Damen hier auf euch zu warten.«

Ein Priester brachte in einem silbernen Becken Wasser herbei. Ahmose hielt das Gefäß, während der kleine Priester klares Wasser über Khanefrues schlanke Finger rinnen ließ und anschließend Perücke und Kleider mit kristallklaren Tropfen besprenkelte. Sie lachte und schüttelte den Kopf, als das kühle Wasser ihre Wangen, ihre Stirn und ihre Augenlider benetzte. Seti hielt die Schale, während das Reinigungsritual an Ahmose vollzogen wurde. Als der General sich abwandte und dabei kräftig die Hände schüttelte, um sie zu trocknen, stand Khanefrues ein wenig abseits, die Arme weit ausgebreitet, um ihr Kleid in der Sonne zu trocknen. Die Gemahlin des Pharao lächelte unbekümmert und zeigte eine Reihe ebenmäßiger weißer Zähne.

»Die Diener Amuns bereiten im Zweiten Hof seine Mahlzeit«, raunte Ahmose ihr zu. »Wir werden ganz still durch den Säulengang um sie herum schleichen müssen, um uns in die erste Säulenhalle zu begeben. Weiter dürfen wir nicht, aber das macht nichts. Wir werden zu einem späteren Zeitpunkt noch einmal herkommen.«

Der Grund für den Rauch wurde ihnen offenbar, als die Tür sich öffnete. Im Zweiten Hof wurde über einer großen Feuerstelle mit rotglühenden Kohlen ein Reh gebraten. Zwei schwitzende Priester, deren geröteten Gesichtern die Anstrengung anzusehen war, drehten den Spieß. Ein Zeremonienmeister sang das Morgenritual über das zischende Fleisch. Mehrere Priester, sogenannte ›Reine‹, türmten Körbe mit Salat, Zwiebeln und Gurken auf einen Tisch neben dem Feuer. Saftige Melonenscheiben hoben sich tiefrot vom Lila der Trauben und Rostrot der Feigen ab. Abgerundet wurde das Festbankett von Broten, Gerichten aus weißen Gänseeiern und Bergen von süßen Kuchen.

Wie Verschwörer schlichen sie auf Zehenspitzen in den Schatten des Säulengangs und betraten gleich darauf eine dunkle Halle, in die schräge Lichtstrahlen einfielen. Die mächtigen

Säulen erstreckten sich bis in unergründliche Tiefen. Durch Fenster hoch oben zwischen den dunklen Kapitellen fiel Sonnenlicht auf vergoldete Statuen, die zwischen den Pfeilern der Hauptachse aufragten. Jenseits der Statuen von Pharaonen und Göttern konnten sie noch andere, kleinere bemalte Skulpturen sehen – eine kniehohe Menge, die die Halle bevölkerte, wie die Straßen von Piramses mit Menschen bevölkert waren. Kniend, betend, Sistra in den Händen haltend, Altäre darbietend, göttliche Bilder und Schreine umklammernd, erflehten die verstorbenen Edelleute von Piramses von Amun ein wenig von seiner Göttlichkeit.

»Wenn Ihr Euch die Wände anschaut, werdet Ihr ebenfalls Szenen von Opferritualen sehen«, erklärte Ahmose.

»Es ist zu dunkel, um die Wände von hier aus sehen zu können«, entgegnete die Gemahlin des Pharao und verließ den erleuchteten Gang.

Ahmose rief ihr leise zu, sie solle vorsichtig sein und nicht über die Skulpturen fallen, aber sie ließ sich nicht beirren, und ihre schemenhafte weiße Gestalt entfernte sich im Halbdunkel. Ahmose folgte ihr deutlich langsamer.

»Diese Säulen stellen Shu dar, den Gott der Luft«, sagte er, um ihre Aufmerksamkeit auf den nächsten Teil der Lektion zu lenken. »Shu trennt Geb, den Erdgott, von seiner Frau Nut, dem Himmel – in diesem Fall der Decke.«

»Und wo ist Amun selbst?« wollte sie wissen.

»Seine Statue befindet sich im Sanktuarium direkt vor uns. Aber es ist uns nicht gestattet, weiterzugehen als bis zu diesem Raum.« Er folgte ihr, als sie zum Mittelgang zurückkehrte. »Die Säulen stehen ebenfalls für das Papyrusdickicht, wo die Göttin Isis heimlich ihren Sohn Horus aufzog«, fuhr er fort.

Aber sie hörte ihm nicht zu. »Es gibt hier ein … ich kenne das richtige Wort nicht … eine sprechende Statue.«

»Ein Orakel, meint Ihr? Ja, das ist richtig. Das Bildnis Amuns ist ein berühmtes Orakel. Hat Seti Euch davon erzählt?«

»Nein, niemand«, entgegnete sie. »Ich weiß es einfach.« Wieder machte sie einen vorsichtigen Schritt nach vorn.

Ahmose fühlte ein leichtes Kitzeln, als hätten Spinnweben seine Haut gestreift. Er dachte zurück an ihr Zelt auf der Reise, an die Muster, die auf ihre Kissen gestickt waren, den Weihrauch in der Luft und die unheimlichen Schatten, die ihre silberne Lampe an die Zeltwände warf. Er wollte nachhaken, hatte aber zu lange gezögert.

Die Geräusche vom Hof verrieten ihnen, daß der Spieß vom Feuer genommen und das gebratene Reh zerlegt wurde. Bald würden die Diener Gottes mit Essenstabletts die Halle auf dem Weg zum Schrein durchqueren. Er hatte dem Ersten Propheten versprochen, daß sie den Saal vor Beginn der Prozession wieder verlassen hätten.

Ahmose überlegte rasch. Dann eilte er Khanefrues nach, umschloß sanft ihr Handgelenk und zog sie blinzelnd in die Sonne. Sie befanden sich im Säulengang, und die Tür zum heiligen See war nur wenige Schritte entfernt. Er ging darauf zu und öffnete sie für sie.

Das Becken war in etwa so groß wie der Hof, den sie gerade verlassen hatten, und das von einer leichten Brise gekräuselte Wasser war von Kalksteinplatten und Mauern eingefaßt. In der Mitte befand sich eine kleine Insel aus Riedgras. Auf ihr wuchs eine einzelne schwankende Palme, die an den Stab eines Geisterbeschwörers erinnerte, den dieser auf der offenen Hand balancierte. Zwei Gänse, die in Höhe der Insel auf den blauen Wellen dümpelten, blickten zu ihnen herüber.

Am entgegengesetzten Seeufer befand sich ein steinerner Pavillon. Sie schlenderten darauf zu, während sich von der Wand neben ihnen eine ganze Prozession perfekter Miniaturen heiliger Barken löste. Khanefrues blickte zu Ahmose auf, in Erwartung, daß er die Lektion fortführen würde, aber er fand ihre Aufmerksamkeit sogar noch irritierender als ihre vorherige Unkonzentriertheit. Er kam sich steif und hochfahrend vor angesichts ihrer impulsiven Neugier, langweilig und konventionell neben ihrer exotischen Schönheit, die trotz der ägyptischen Verkleidung nichts von ihrer Faszination eingebüßt hatte. Er wollte nicht, daß sie unterrichtet wurde. Niemand sollte ihre fremdländische Unschuld zerstören. Als er am See entlang neben ihr ging, kam er sich wie ein Verbrecher vor.

Sie erreichten den Pavillon und nahmen im Inneren Platz. Wie zwei einsame Gastgeber eines Festes blickten sie aus dem Pavillon über den See und an die Tempelmauer. Eine alte Malerei zeigte den längst verstorbenen Pharao Ramses, den Liebling des Amun, in seinem Streitwagen. Die Hufe seiner Pferde zerstampften den gefallenen Feind und trampelten ihn in die fremde Erde. Sie sahen das Massaker an den hethitischen Vorfahren eben jener Frau, die nun Khanefrues war, Braut des ägyptischen Pharao, und darum an einen ägyptischen Sieg über einen bösen Feind glauben mußte – ihr eigenes Volk.

»Ist das der Pharao?« fragte sie.

Schweigend und nachdenklich lauschte sie dann Ahmoses Erklärung des Wandreliefs. Er wußte, was sie beschäftigte. Beide Seiten hatten den Sieg für sich beansprucht. In seiner Jugend hatte er geglaubt, daß die Hoheit des ägyptischen Pharao über fremdländische Herrscher von den Göttern vorbestimmt war. Er verstand, warum jeder Tempel das Ereignis als ägyptischen Triumph darstellen mußte. Er hatte es immer gutgeheißen, auch wenn sein stolzes Blut ob des tatsächlichen Gleichstands gekocht hatte. Wenn seine Vorfahren damals noch auf dem Thron des Horus gesessen hätten – das Haus Pharao Kamoses und Pharao Ahmoses hätte den Göttern einen wahren Sieg präsentieren können, davon war er überzeugt. Jetzt betrachtete er die Szene zum erstenmal aus hethitischer Sicht. Und als er es durch die Augen der Tochter des Hethiter-Königs sah, erkannte er, daß es Lug und Trug war.

»Ihr braucht nicht zu befürchten, daß Seine Hoheit Euch wegen solcher Bilder geringer schätzt«, sagte er.

Die Gemahlin des Pharao lächelte. »Seine Hoheit ist sehr gut zu mir«, sagte sie. »Fast wie ein Vater. Manchmal wünschte ich … er könnte in mir immer nur die Königstochter sehen.«

»Aber nicht doch«, entgegnete Ahmose überrascht. »Nach dem Begräbnis werdet Ihr Euren eigenen Haushalt haben und alles, was Euer Herz begehrt. Ihr werdet Euer Auskommen haben. Ihr werdet es viel bequemer haben als jetzt.«

»Vielleicht ist es ja dumm von mir«, sagte Khanefrues und legte eine kurze Pause ein, ehe sie fortfuhr: »Aber manchmal kommt es mir vor, als stünde ich unter dem Schutz des Pharao, während er für mich nur ein Vater ist. Manchmal bilde ich mir ein, diesen Schutz zu verlieren, wenn die Ehe erst vollzogen wurde.«

»Wer könnte sicherer sein als die Braut des Pharao?«

»Die Braut, ja. Als seine Braut hat er mich ständig vor Augen. Aber wenn ich erst seine Frau bin und im Harem lebe, wird er mich irgendwann vergessen. Ich fürchte, ich werde in der Masse seiner Frauen untergehen.«

»Das werdet Ihr nicht. In Tiye habt Ihr bereits eine einflußreiche Verbündete gewonnen.«

»Tiye«, sagte Khanefrues und schüttelte sich.

»Mögt Ihr sie nicht? Sie gibt sich alle Mühe, Euch zu helfen.«

»O ja«, entgegnete die königliche Braut vehement. »Sie ist allgegenwärtig mit ihrer Hilfe. Sobald ich etwas wünsche, ist sie da und rät mir zu etwas anderem. Ich werde sie einfach nicht los. Sie hat sich erboten, meinen Haushalt zu organisieren. Sie kümmert sich um alles. Sie sucht meine Kleider aus, sogar manche meiner Juwelen …«

»Nun, ich kann mir vorstellen, daß eine solche Einmischung lästig ist. Aber sie versucht wirklich nur zu helfen. Wie Ihr schon sagtet – Ihr seid in einem fremden Land, und Ihr könnt nicht erwarten …«

Er verstummte beunruhigt, als er sah, wie sie sich aufrichtete, die kleinen Hände zu Fäusten ballte und ihre Augen Blitze schossen. »Genau darum traue ich ihr nicht! Warum tut sie das alles für mich, wo sie Ausländer haßt?«

Er schaute sie mit ausdrucksloser Miene an.

»Ich habe sie ihrem Sohn und einigen Odalisken des Pharao gegenüber von der ›schmutzigen Asiatin‹ und ähnlichem reden hören. Die schmutzige Asiatin bin ich.«

Ahmose unterdrückte ein Lachen. »Ich bin sicher, daß sie nicht Euch gemeint hat. Manche Ägypter sind ganz allgemein sehr unbedacht in ihren Äußerungen über Angehörige fremder Länder. Ich würde das gar nicht beachten.«

Das Feuer in den grünen Augen Khanefrues' erlosch, und sie wandte den Kopf ab. An ihrem Mißtrauen hatte sich nichts geändert; er hatte ihr nur klar gemacht, daß es sinnlos wäre, sich ihm gegenüber weiter über ihre Gefühle auszulassen. Er erhob sich.

»Wir gehen jetzt besser zurück. Seti wird schon auf uns warten«, sagte er.

Seti stand von seinem Sitz im Säulengang auf, als sie in den Ersten Hof zurückkehrten. Die beiden Hethiterinnen taten es ihm gleich. »Ich habe gehört, oben von der Mauer hätte man einen wundervollen Blick über die Stadt«, sagte er und klopfte sich den Staub aus seinem Rock. »Ein zuvorkommender Priester hat die Tür offen gelassen, für den Fall, daß wir hinaufgehen möchten. Wie wäre es?«

»Warum nicht?«

Ahmose stieg leichtfüßig die Treppe hinauf. Er kannte den Ausblick, der in der Tat überwältigend war. Er wollte als erster oben sein, um den Ausdruck auf Khanefrues Gesicht zu sehen, wenn sie ins Freie trat. Er wurde mit einem ungläubigen Ausruf und einer Miene tiefen Staunens belohnt, als sie auf die Mauer hinaustrat und auf die grüne Stadt zu ihren Füßen hinunter blickte.

Ahmose beugte sich über die Brustwehr und zeigte ihr einige Sehenswürdigkeiten: Den Tempel des Seth, der am Horizont, jenseits der Lagune, gerade noch zu sehen war; die Palastanlage, wo Paiis die Palastwache drillte; den Neith-Tempel, wo das Fest stattfinden sollte; die Märkte, wo Ebenholz aus dem Süden gegen asiatische Türkise aus dem Norden getauscht wurde. Er erklärte ihr, daß der Fluß bald über die Ufer treten, die Seen anschwellen und den Wasserpegel der Kanäle steigen lassen werde. Wasserkanäle, die jetzt trocken waren, würden durchflutet, und Piramses würde in der Sonne funkeln wie ein Halsschmuck aus Silber und Feldspat.

Sie schauten noch eine Zeitlang und setzten sich dann, der Mauer und der Stadt den Rücken zugekehrt.

»Sind sie deshalb mit Blättern verziert?« fragte die königliche Gemahlin unvermittelt.

»Wie bitte?« fragte Ahmose verständnislos. »Was meint Ihr, Hoheit?«

»Die Säulen unten im Tempel. Sind sie mit Blättern verziert, weil sie den Papyrussumpf darstellen?« Sie fragte Seti, ob sie sich richtig ausgedrückt hatte, und er nickte. Ihre Fortschritte in der ägyptischen Sprache waren wirklich erstaunlich.

»Ja. Verzeiht, Hoheit, aber ich hatte den Eindruck, Ihr hättet mir nicht zugehört.«

»O doch, das habe ich. Und sei bitte nicht so förmlich, wenn wir drei allein sind, Ahmose. Du bist mein ältester Freund in Ägypten. Du brauchst mich nicht ständig mit ›Hoheit‹ und dergleichen anzureden.«

»Aber was sollen Eure Damen und die Wachen davon halten?«

»Meine Damen sprechen noch weniger Ägyptisch als ich, und wie du richtig bemerkt hast, sind die Wachen unten.«

Ahmose lächelte unsicher. »Wie Ihr wünscht.«

»Khanefrues«, sagte sie dann nachdenklich. »Nein, ich kann

mich einfach nicht daran gewöhnen. Was meinst du, wie ich heißen sollte?«

»Es steht mir nicht zu, mich hierzu zu äußern«, erwiderte Ahmose.

Die Gemahlin des Pharao wechselte abrupt das Thema. »Warum hat sie ihn heimlich großgezogen? Die Göttin Isis, meine ich. Warum hat sie Horus heimlich aufgezogen?«

»Sie mußte ihn vor seinem Onkel Seth schützen«, antwortete er nach einer Sekunde. »Seth hatte Horus' Vater Osiris getötet, den Gott auf dem ägyptischen Thron, weil er die Königswürde für sich selbst beanspruchte. Er hätte Horus ebenfalls ermordet, hätte er gewußt, daß es einen Erben von Osiris gab. So versteckte Isis ihren Sohn im Papyrus, bis er alt genug war, den Thron zu besteigen.«

»Gibt es in Piramses einen Isis-Tempel?«

»Ja. Man kann von hier aus allerdings nur die Fahnenmasten sehen. Die Mauern sind hinter den Bäumen dort drüben verborgen.«

»Können wir dorthin gehen?«

Ahmose war verblüfft. Er hatte keine Sekunde daran gedacht, mit ihr Mayas Tempel aufzusuchen.

»Also es ist kein besonders großer Tempel«, entgegnete er zögernd. »Möchtet Ihr ... nicht lieber den Seth-Tempel sehen?«

»Den Tempel des Mörders Seth? Nein. Ich möchte das Haus der Isis sehen. Gibt es irgendeinen Grund, weshalb wir nicht hingehen sollten?«

»Nein ... nicht den geringsten.«

»Bist du mit diesem Tempel nicht vertraut?«

»Doch, ich kenne ihn. Meine Frau ist Hohepriesterin der Dienerinnen von Isis.«

Die Erwähnung Mayas schob sich wie eine dunkle Wolke zwischen sie.

»Oh«, sagte die Gemahlin des Pharao mit hoher, spröder

Stimme. »Nun, wie ich schon sagte, ich würde gern den Isis-Tempel sehen.«

Sie erhob sich, rief ihre Zofen und stieg ihnen voraus mit steifen Schritten die Treppe hinunter. Ein bedrückter Ahmose folgte ihr zusammen mit dem Schreiber. Als die beiden Männer den Hof erreichten, wurde ihre Sänfte bereits vorbereitet. Als Ahmose ihr hineinhalf, reichte sie ihm kühl die Hand, gönnte ihm jedoch keinen Blick aus ihren grünen Katzenaugen. Als sie durch das Tor des Tempels auf die Straße traten, befahl Ahmose seinen Trägern, sich hinter Khanefrues' Sänfte zu halten.

Er wollte nicht, daß die elegante Nichte des ägyptischen Pharao – die die Götter aus unerfindlichen Gründen mit ihm vereint hatten – die schöne Tochter eines gefallenen asiatischen Herrschergeschlechts abschätzig musterte, verächtlich ihr unvorteilhaftes ägyptisches Kleid betrachtete, den Wert ihres Schmucks errechnete, sie in der Waagschale der ägyptischen Aristokratie wog und ihr fremdländisches Metall als minderwertig einstufte. Und er wollte auch nicht, daß die Gemahlin des Pharao Maya mit ihren durchdringenden grünen Augen musterte, die Oberflächlichkeit ihrer Schönheit und ihres Herzens durchschaute und ihn ob seiner Wahl verachtete.

Am Tor des Isis-Tempels hielt Ahmose erneut die Schale für die Gemahlin des Pharao. Sie dankte ihm ernst und ließ das Wasser von ihren Armen zu Boden tropfen, wobei sie das Handtuch, das ihr der Priester reichte, gar nicht beachtete.

Der Erste Prophet Butehamun verließ gerade das Archiv, als er auf Ahmose traf. Sein für gewöhnlich freundliches Gesicht drückte Verärgerung aus. Durch die offene Tür zum Archiv war Djedeses krächzende Stimme zu hören, die gereizt mit jemandem schimpfte.

»Du bist eine Gefahr für die Allgemeinheit! Geh zurück und such es, und laß dich nicht eher wieder blicken, als bis du es gefunden hast!«

Eine jüngere Stimme murmelte etwas Unverständliches.

»Aber es ist nicht mehr da, oder, du Esel? Wir haben den ganzen Raum danach abgesucht. Du mußt es verlegt haben. Aber du wirst es finden, und wenn du in jeder Schublade nachsehen und jeden Papyrus einzeln aus den Regalen nehmen mußt. Und sei vorsichtig mit der Lampe!«

Butehamun schnitt eine Grimasse, als er Ahmose sah. »General!« sagte er. »Das heißt … bist du das überhaupt noch? Ja, natürlich, wie dumm von mir. Ich wollte gerade zu deiner Frau. Es scheint, als hätte dieser Nichtsnutz von Djedeses Gehilfen ihre Aufstellung der Landübertragungen verloren. Djedese schwört, daß sie heute morgen noch auf dem Tisch im Archiv gelegen hat, aber irgendein Dummkopf muß sie weggeräumt haben. Ich nehme an, du bist gekommen, um deine Frau zu besuchen. Wärst du so nett, ihr auszurichten, sie möchte bitte zum Archiv kommen? Ich habe schrecklich viel zu tun.« Der Erste Prophet wandte sich bereits zum Gehen.

»Ich bin nicht gekommen, um meine Frau zu besuchen, sondern dich«, sagte Ahmose hastig.

Butehamun hielt inne, drehte sich wieder um und wölbte fragend eine Braue. »Khanefrues, die Gemahlin des Pharao, wartet im Ersten Hof. Sie möchte sich das Gotteshaus anschauen. Seine Hoheit hat mir befohlen, ihr den Tempel und auch sonst alles zu zeigen, was sie sehen möchte.« Das wenig höfliche Auftreten des Ersten Propheten hatte ihn verärgert, so daß er beschlossen hatte, ihm nicht die ganze Wahrheit zu sagen.

»Die Gemahlin des Pharao ist hier?« fragte Butehamun fassungslos. »Niemand hat mich von ihrem Kommen unterrichtet!«

»Jetzt ist sie aber hier und wartet auf deine Erlaubnis, den Tempel besichtigen zu dürfen. Sie wäre sicher sehr enttäuscht, wenn sie in den Palast zurückkehren müßte, ohne ihn gesehen zu haben. Sie hat den ausdrücklichen Wunsch geäußert, den Tempel der Isis zu besuchen.«

»Also gut«, entgegnete Butehamun stöhnend. »Dann sollte ich sie wohl empfangen. Ich kann euch allerdings keinen Führer zur Verfügung stellen, jetzt, wo das Fest und die Bestattung so kurz bevorstehen. Alle meine Männer sind beschäftigt.«

»Das ist auch nicht nötig«, entgegnete Ahmose, als sie sich dem Ersten Hof näherten.

»Könntest du deine Frau zum Archiv schicken, wenn du sie siehst?« bat der Erste Prophet ihn noch einmal.

»Wenn ich meine Frau sehe, bevor jemand anders ihr deine Nachricht überbracht hat, werde ich es ihr ausrichten«, versprach Ahmose.

Khanefrues war offenbar entschlossen, diesen Ausflug als die formelle Lektion in ägyptischer Kultur zu betrachten, als die sie im Grunde ja auch gedacht war. Langsam schritt sie neben Ahmose und Seti einher, schaute sich alles an und hörte aufmerksam zu, wobei sie jedoch nicht den geringsten Enthusiasmus an den Tag legte. Khanefrues richtete ihre Fragen immer öfter an den Schreiber, so daß Ahmose zum bloßen Zuschauer einer nur halb verstandenen Unterhaltung wurde – mit Absicht, wie er vermutete.

Die Schatzkammer, in der die bronzenen Sistra, die silbernen Kastagnetten und andere kostbare Instrumente aufbewahrt wurden, lag rechter Hand vor ihnen. Die schwere Tür war geschlossen, doch durch den Türspalt fiel gelbes Lampenlicht auf die Steinfliesen. Ahmose klopfte an. Eine männliche Stimme antwortete.

Einer der Priester ist bei ihr, dachte Ahmose. »Ist die Hohepriesterin Maya dort drinnen?« fragte er laut. »Hier ist ihr Gemahl.«

Ein Riegel wurde klappernd zurückgeschoben, und die Tür öffnete sich. Rahotep stand auf der Schwelle. Maya blickte ihm über die Schulter.

»Rahotep hat mir geholfen, die Instrumente wegzuräumen«,

erklärte sie ein wenig verschüchtert. »Ich komme nicht bis an das oberste Regal heran.«

Ahmose warf einen Blick auf Rahotep, der lässig an der Wand lehnte. Seine Perücke löste sich, so daß er Gefahr lief, die Türkisperlen zu verlieren, die ins Haar eingeflochten waren. Ahmose straffte die Schultern unter seinem staubigen Leinengewand.

»Warum habt ihr die Tür verriegelt?« wollte er wissen und hoffte, daß seine Stimme beiläufig klang.

»Das ist Vorschrift. Diese Instrumente sind wertvoll. Eigentlich bin ich gekommen, um mit Maya über ihre Landabtretungsliste zu sprechen. Ich bin zuständig für den Memphis-Abschnitt, muß also wissen, wie sich der Piramses-Anteil gestaltet, um mich danach richten zu können.«

»Dann habt ihr ein Problem.«

»Wie meinst du das?«

»Ich habe eben mit Butehamun gesprochen. Mayas Liste ist offenbar verlorengegangen.«

Maya und Rahotep tauschten einen betroffenen Blick.

»Aber das ist unmöglich!« rief Maya aus. »Ich habe sie heute morgen auf den Tisch gelegt!«

Ahmose zuckte die Achseln. »Offenbar ist sie jetzt nicht mehr da.«

»Ich sehe selbst nach.« Maya verriegelte und versiegelte die Tür.

»Ich komme mit«, sagte Rahotep.

Sie schoben sich an Ahmose vorbei und verschwanden im Dunkel des Säulensaales. Hinter ihm waren die Schritte seiner Begleiter zu hören. Seti war offenbar ein ebenso guter Führer wie er selbst. Seine Frau war gegangen und hatte die Lampe mitgenommen. Ahmose stand im Dunkeln vor der verriegelten Schatzkammer und fragte sich, ob er seinen Streitwagen wohl jemals wieder nach Norden lenken würde.

Ahmose verbrachte die Tage vor dem Lampenfest auf dem Exerzierplatz und half Paiis beim Drill der Männer. Paiis war seinem Freund dankbar für seine Unterstützung. Wie alle anderen hatte er mit den Vorbereitungen für die Reise nach Memphis alle Hände voll zu tun. Hinzu kam, daß der Pharao ihn gebeten hatte, eine Eskorte für die Irkeku-Nomaden zu stellen, die die Stadt gleich nach dem Lampenfest verlassen würden. Die Vorbereitung der Eskorte konnte er getrost Ahmose überlassen.

Ahmose ging mit großer Energie zu Werke. Seine Befehle waren so laut und knapp wie Peitschenknallen und ließen die schwitzenden Männer nach seiner Pfeife marschieren, kehrt machen und anhalten, auf der Stelle treten, ausschreiten und in einer fließenden Bewegung die Richtung wechseln, Speere und Wurfspieße präsentieren, mit den Messerschäften auf die harte Erde einschlagen und die blitzenden Klingen in die Luft stechen. Er ließ sie jeweils zu zweit Angriffe simulieren und parieren, wobei Holz auf Holz traf und Metall klirrend auf Metall. Er befahl ihnen, die Waffen wegzulegen und mit bloßen Händen zu ringen, Fersen um Knöchel verhakt, Arme um Nacken geschlungen. Auf sein Geheiß übten sie sich in Angriffen, in Finten und Nahkampf. Während er ihre schweißglänzenden Körper beobachtete, die sich vom Staub rot färbten, ihre muskulösen Brustkörbe, die sich vor Anstrengung hoben und senkten, bevor die Männer sich schließlich auf ein Wort von ihm fallen ließen, fühlte Ahmose sich wie erlöst.

Am Morgen vor dem Festtag war er endlich zufrieden. Paiis kam zum Exerzierplatz und schaute zu, wie Ahmose ihm die Leistungen seiner Soldaten vorführte. Der Kommandant war erfreut.

»Was würde ich darum geben, dich zum Feldwebel degradieren und sofort für die Ausbildung meiner Männer heranziehen zu können!« sagte er.

Ahmose verzog schmerzlich das Gesicht. »Sag so etwas

nicht. Nicht einmal im Scherz. Manchmal habe ich den Eindruck, sie werden mir mein Kommando nie zurückgeben.«

»Unsinn! Sie können gar nicht auf dich verzichten. Wen gibt es denn sonst noch? Ramses ist ein guter Soldat, ja, aber er wird langsam alt. Und er wird seine militärische Laufbahn sowieso beenden müssen, wenn er die Thronfolge antritt. Und Neskhons ...«

»Glaubst du wirklich, daß der Pharao Ramses zu seinem Nachfolger bestimmen wird?«

»Warum nicht? Er ist der älteste Sohn. Und er genießt großes Ansehen beim Militär.«

»Wie schätzt du seine Chancen ein?« fragte er und nickte in Richtung einer weißgekleideten Gestalt, die im Schatten des Tores lehnte, in ein Gespräch mit einer Person vertieft, die sich außer Sichtweite befand.

»Wessen Chancen?« fragte Paiis und schirmte die Augen mit einer Hand gegen die Sonne ab. »Pentaweret? Wie, um alles in der Welt, kommst du denn auf den?«

Ahmose lachte. »Seine Mutter strebt Höheres für ihn an.«

»Ihr Streben wird in einer Enttäuschung enden.«

»Ich grüße dich, Ahmose. Hauptmann ... äh, Kommandant«, sagte Pentaweret, als er näherkam. »Ich dachte, ich könnte vielleicht unbemerkt einen Blick auf die Eskorte werfen, aber ihr habt mich ertappt. Das ist doch die Eskorte für die Nomaden?«

»Eure Hoheit seid bemerkenswert gut informiert.«

Pentaweret lächelte. »Sag, werden deine Männer sofort aus Nubien zurückkommen oder dort stationiert werden?«

»Meine Männer gehören der Palastwache an«, entgegnete Paiis. »Es handelt sich um eine reine Ehrengarde. Sie werden bis zur nubischen Grenze ziehen, dort kehrtmachen und nach Piramses zurückkehren.«

Pentaweret zog fragend eine Braue hoch. »Tatsächlich? So wie Ahmose sie gedrillt hat, dachte ich, du würdest sie in die Schlacht schicken.«

Ahmose verneigte sich noch einmal, wobei es sich diesmal allerdings nur um ein Kopfnicken handelte. »Ich war schon immer der Meinung, daß Soldaten in Bestform sein sollten, solange sie Waffen tragen, Hoheit.«

»Oder auch nicht, wie in deinem Fall.« Pentaweret wandte sich wieder an Paiis. »Dann müssen die Nomaden das letzte Wegstück also ohne Eskorte zurücklegen? Und wie sollen sie das schaffen?«

»Unsere Flußfestungen haben ihnen auch auf dem Herweg sicheres Geleit verschafft«, erwiderte Paiis. »Es ist nur logisch, davon auszugehen, daß sie ebenso sicher heimkehren werden.«

»Nicht unbedingt.« Pentaweret wandte sich an Ahmose, um einer weiteren sarkastischen Bemerkung Paiis' vorzubeugen. »Ich muß dich zu deinem Können auf dem Exerzierplatz beglückwünschen, Ahmose. So etwas ist höchst ungewöhnlich bei einem Mann deines Ranges. Deine Erfahrungen in den unteren Dienstgraden scheint dir ja von Nutzen gewesen zu sein.«

Hierauf machte er kehrt und entfernte sich über den Exerzierplatz. Sein unsichtbarer Begleiter hatte offenbar auf ihn gewartet; ein schlaksiger junger Mann mit mürrischem Gesicht stand am Tor in der grellen Sonne. Ahmose musterte ihn über Pentawerets Schulter hinweg.

»Ich wußte gar nicht, daß er sich so sehr für die Nomaden interessiert«, bemerkte Paiis.

»Hochnäsiger Hurensohn«, knurrte Ahmose.

Am Morgen des Festtages trugen Maya und die Kinder möglichst viele Lampen zusammen, die sie nach Einbruch der Dunkelheit anzünden wollten. Am Nachmittag begleitete Maya den Türwächter Ipuki auf seiner Runde durch das Haus. Sie hatten jeder ein Kind auf den Schultern und die Arme voller Tonschalen, die die Kinder mit ihrer Hilfe auf den Simsen der vergitterten Fenster aufstellten. Maya lachte, als Hori auf und ab sprang und rief: »Ahhotep, gieß das Öl ganz langsam hinein!«

Man mußte vorsichtig sein, wenn man mit dem Feuer spielte. Sie und Rahotep waren erst zwei Minuten in der Schatzkammer gewesen, als Ahmose aufgetaucht war. In dieser kurzen Zeit hatten sie die Instrumente auf den höheren Regalböden verstaut, ganz so, wie sie gesagt hatte. Trotzdem wußte sie sehr wohl, was der wahre Grund gewesen war, weshalb sie sich von Rahotep hatte helfen lassen. Sie hatte in der engen, dunklen Kammer mit ihm eingeschlossen sein und an die Tür gelehnt zuschauen wollen, wie seine Sehnen sich im flackernden Lampenlicht dehnten. Seine Stimme hatte sie eingehüllt.

Und das war alles gewesen, sagte sie sich, als sie sich zum Reinigungsritual am Tempeltor einfand.

Das Tageslicht nahm ab, und die Lampen entlang der Fensterbrüstungen wurden sichtbar. Reihen von Fackelträgern bezogen ihre Stellungen zu beiden Seiten der Prozession. Überall entlang des breiten Flusses und auf den grünen Flächen seiner zahlreichen Mündungen wurden für die große Göttin Neith Lampen entzündet. In dieser Nacht funkelten auf der schwarzen Erde Ägyptens mehr Sterne als am Himmelszelt.

Die kostbar geschmückte Barke der Göttin, deren goldener Schrein hinter Leinenvorhängen verborgen war, verließ langsam den Tempel. Fanfaren ertönten, und die äußeren Tore schwangen auf. Die Musiker spielten auf und Stimmen erhoben sich, um Isis die Große zu preisen, die Herrin von Piramses. Die ersten Blütenblätter wirbelten im Wind, und die Prozession setzte ihren Weg in die Dunkelheit fort.

Ahmose stand zusammen mit seiner Schülerin oben auf dem Torbogen des Palastes, gegen die Brüstung gedrängt von der Masse der Hofdamen und Günstlinge, welche die Hälse reckten, um etwas von der Prozession zu sehen. Ahmoses Augen tränten von dem Rauch, der von den Fackeln aufstieg, die die Fassade des Palasts erhellten. Er wandte den Kopf und blickte auf das hübsche Gesicht Khanefrues', in deren Augen sich die lodernden Flammen, die orangefarbenen Wolken und die Menschenmenge spiegelten. Seine Züge waren angespannt; irgend etwas an Khanefrues' Gesichtsausdruck machte ihn nervös.

Er öffnete den Mund, um etwas zu sagen, aber der Druck der hinteren Zuschauerreihen wurde so groß, daß es ihm den Atem nahm. Immer mehr Höflinge drängten über die Treppe herauf. Ahmose drehte sich um und wollte sich beschweren, erkannte jedoch den Wesir und mußte zähneknirschend Platz machen. Im noch größeren Gedränge fand er sich neben Paiis wieder.

»Was machst du hier?« wollte Ahmose wissen. »Daß ich für deinen Vater Platz machen soll, sehe ich ja ein, aber ich wüßte nicht, warum ich beiseite treten sollte, um dir einen Platz in der ersten Reihe zu überlassen. Wenn das keine Protektion ist, weiß ich es nicht.«

Paiis grinste breit. »Dir scheint es doch gar nicht schlecht zu gehen«, sagte er und blickte über Ahmoses Schulter hinweg auf die Gemahlin des Pharao. »Willst du uns nicht vorstellen?«

Ahmose machte Paiis und Khanefrues miteinander bekannt, und die Gemahlin des Pharao reichte dem Kommandanten die Hand.

»Sieh sich das einer an«, sagte Paiis, der den Arm an Ahmoses Brust vorbeireckte, um ihre hellen Finger mit seinen schwarzen zu umschließen. »Nord und Süd reichen einander über Ägypten hinweg die Hand.« Die Gemahlin des Pharao lächelte verunsichert. In ihren Augen lag immer noch jener sonderbare Glanz.

Ahmose runzelte die Stirn. »Es ist nicht ungefährlich, solche Scherze zu machen«, brummte er. »Man kann nie wissen, wer zuhört und was er aus den Worten liest.«

»Ach was«, meinte Paiis nur.

»Seht!« Ahmose zeigte nach unten. Neith nahte in ihrer heiligen Barke, an deren Mastenden gelbe Flammen loderten. Die Göttin wurde von einer Flut ihrer Priester getragen, von denen jeder eine Öllampe in den Händen hielt. Auf einem bernsteinfarbenen Meer reiste Neith zur Tür des Hauses ihres Sohnes Ramses, des Allgottes von Heliopolis. Oben auf der Mauer war ein Rumpeln zu vernehmen, als die schweren Torflügel sich bewegten. Fanfarenklänge ertönten. Der Pharao ließ sich in seiner Sänfte zum Tor tragen, um seine Mutter Neith willkommen zu heißen. Ohrenbetäubender Jubel hallte von den Palastmauern wider, als der Pharao aus seiner Sänfte stieg, um den Boden vor der Göttin zu küssen. Dann machte die Karawane eine Wende; die pharaonischen Träger hoben sich ihren Herrn wieder auf die Schultern und folgten der Göttin zum Tempel.

Ahmose blickte auf die kleine Hand auf der Mauerbrüstung vor ihm. Die Fingerknöchel traten weiß hervor. Dann schaute er wieder auf die Gemahlin des Pharao – und das Lächeln gefror ihm, als er den harten, glasigen Ausdruck ihrer Augen sah. Ihr Gesicht war leichenblaß, und zwischen den Lippen waren winzige Schaumbläschen zu sehen. Sie schwankte. Seti bemerkte ihren Zustand ebenfalls, und die beiden Männer fingen sie gerade noch rechtzeitig auf.

»Macht Platz!« rief Ahmose verzweifelt. »Macht Platz für Khanefrues, die Gemahlin des Pharao!«

Zu seiner Erleichterung war sie nicht ohnmächtig geworden. Ein wenig Farbe kehrte in ihre Wangen zurück. Sie blickte sich um. Ihr wurde bewußt, daß sie für einige Aufregung gesorgt hatte, und ließ sich auf Ahmose und Seti gestützt fortbringen. Paiis bahnte ihnen einen Weg durch die Menge, die sie neugierig musterte. An der Treppe angelangt, rief Ahmose einer Wache zu, eine Sänfte zu besorgen. Als sie unten ankamen, stand sie bereit. Ebenso wie Odaliske Tiye.

»Aber was ist denn mit dir, meine Liebe?« fragte sie und versuchte, Khanefrues einen Arm um die Taille zu legen.

»Es ist nichts, nur das Gedränge oben auf der Mauer«, entgegnete Ahmose und versuchte, sich an Tiye und der Sänfte vorbeizuschieben. »Nein, danke, Tiye, sie braucht nur ein wenig frische Luft. Alles in Ordnung?« fragte er dann Khanefrues, als er ihr in die Sänfte half. Ihre Hethiterinnen kämpften sich am oberen Ende der Treppe durch die Menge auf sie zu. Sie schien ihn nicht zu hören und sagte etwas, das er nicht verstand. Sie sprach in ihrer Muttersprache, und zwar nicht in jenem Hethitisch, das Ahmose einigermaßen beherrschte, sondern in einer viel älter klingenden Form, die ihm völlig fremd war.

»Was sagt sie?« fragte Tiye.

Die Hethiterinnen hatten inzwischen die Sänfte erreicht. Sie beugten sich über ihre Herrin und lauschten.

»Was sagt sie?« fragte Tiye noch einmal.

Die Frauen rieben Khanefrues' Hände, strichen ihr besänftigend über die Stirn und redeten auf sie ein. Diesmal verstand Ahmose.

»Es geht um Rauch«, sagte er. »Sie muß den dichten Rauch eingeatmet haben. Mir ist es ähnlich ergangen. Sie wird sich besser fühlen, sobald sie sich ein wenig hingelegt hat.«

»Ja, der Rauch«, sagte Khanefrues, die zum erstenmal, seit er ihre weißen Fingerknöchel bemerkt hatte, wieder völlig bei Bewußtsein zu sein schien. Zwei Diener hoben die Sänfte, und ihre Frauen verteilten sich um sie herum. Sie nahm Ahmoses Hand. »Es war der Rauch«, sagte sie eindringlich und forschte auf seinem Gesicht nach Anzeichen dafür, daß er verstand. »Feuer, Rauch, Flammen, die an Gebäuden leckten … Männer, die wie Schatten schreiend vor dem Feuer auf und ab rannten. Und dann war da noch ein Boot … du verstehst mich, du mußt verstehen«, flüsterte sie auf Hethitisch. »Du warst schon einmal dabei.«

Tiye drängte erneut nach vorn und versuchte, alles in die Hand zu nehmen, doch die Hethiterinnen bildeten eine undurchdringliche Mauer. Khanefrues lehnte sich in der Sänfte zurück und ließ sich forttragen. Eine der Frauen warf Ahmose über die Schulter hinweg einen langen, fragenden Blick zu.

Die große Prozession war vorüber. Auf dem Hof des Neith-Tempels saßen die göttlichen Gäste, darunter auch Isis, in bunten Pavillons. Wäre das Land nicht in Trauer gewesen, wären zahlreiche fette Rinder auf Neiths verrauchtem Hof gebraten und das Fleisch von den Priestern an die hungernden Menschen verteilt worden. Aber heute nacht würde nur der Adel von Piramses im Garten des Großen Hauses das Lampenfest feiern. Das Boot, das die Nomaden heim zu ihren Wüstenbergen bringen sollte, war gleich dort auf dem See vertäut.

Aus Platzmangel mußten die Nomaden sich mit einem bescheidenen Mahl begnügen. Der Pharao hatte Maya um Entschuldigung gebeten, daß er sie und Ahmose nicht einladen konnte.

»Aber du wirst kommen und dir die Gärten ansehen, nicht wahr?« fragte er. »Es gibt nichts Schöneres als den Garten bei Lampenlicht. Die Musiker und Tänzer sind die besten von ganz Ägypten.«

»Besser als die Dienerinnen von Isis?« neckte Maya ihn. Aber in Gedanken war sie bei einem anderen Fest, einer Feierlichkeit in Memphis, wo sie dagesessen hatte, innerlich erstarrt vor Zorn und Unglauben, während ihr Mann mit einer asiatischen Sklavin am Arm zwischen den Bäumen lustwandeln war. Am Tag darauf hatte der Pharao ihn zu sich gerufen.

Sie war überrascht, als sie Ahmose in der Menschenmenge im Hof antraf, nachdem sie das Kleid angezogen hatte, das Nodjmet ihr in den Isis-Tempel gebracht hatte.

»Ich dachte, du wärst bei der Gemahlin des Pharao«, sagte sie unfreundlich.

»Kahnefrues fühlt sich nicht wohl. Und ich dachte mir, wir sollten zusammen eintreffen.«

Maya verkniff sich die sarkastische Bemerkung, die ihr auf der Zunge lag. Hinter ihr kam es zu einem Tumult, so daß es ihr erspart blieb, antworten zu müssen. Djedese und sein unglücklicher Gehilfe wurden durch die Menge der davonströmenden Palastangestellten zu ihnen geführt.

»Maya!« rief der Schreiber. »Gute Neuigkeiten! Wir haben dein Dokument gefunden!«

Maya atmete erleichtert auf und ließ sich in ihre Sänfte sinken. »Danke, Mutter Isis! Ich dachte wirklich, ich müßte noch einmal ganz von vorn anfangen. Wo war die Schriftrolle?«

»Dieser Esel hier ... he, wo steckst du?« Djedese packte den Jungen am Ohr und zog ihn nach vorn. »Dieser Esel hatte das Dokument falsch abgelegt. Ich habe ihn sämtliche Unterlagen durchsehen lassen, Rolle für Rolle. Er hat bis heute abend gebraucht, um die Liste zu finden. Wie auch immer, ich muß los – aber ich wollte dir diese Sorge nehmen. Genieße die Gärten.« Mit einem Gruß an Ahmose – ein knappes Nicken – eilte er in Richtung Archiv davon und schob dabei den armen Jungen vor sich her.

»Wer war dieser Knabe?« fragte Ahmose, als die Sänftenträger ihre Last anhoben.

»Djedeses Gehilfe. Stell dir vor, ich gehe seit Wochen im Archiv ein und aus und weiß nicht einmal seinen Namen. Warum fragst du?«

»Ich habe ihn letztens auf dem Exerzierplatz gesehen. Er war mit Pentaweret dort.«

»Ich glaube nicht, daß er in irgendeiner Beziehung zum Großen Haus steht.«

»Vielleicht war es nur ein Zufall. Vielleicht war er nur dort, um bei der Ausbildung der Soldaten zuzuschauen. Pentaweret jedenfalls war dort, um sich nach den Nomaden zu erkundigen.«

Maya zuckte die Achseln. »Es interessiert mich nicht, was er in seiner Freizeit tut. Er hat meine Aufstellung gefunden, das ist die Hauptsache.«

Sie passierten das Tempeltor und tauchten in die sehr lebendige Neith-Nacht ein.

Auch in den Palastgärten wurde gefeiert. Das Boot der Wüstennomaden ankerte sternenübersät draußen auf dem See. Am Ufer schwärzte ein loderndes Freudenfeuer die Gesichter mehrerer Schaulustiger. Überall auf den Rasenflächen waren Kohlenbecken aufgestellt worden. Musik drang durch den Rauch, das rubinrote Glühen des Feuers und das laute Stimmengewirr. In den Säulengängen waren mit Girlanden geschmückte Weinfässer aufgestellt worden. Juwelenbehangene barbusige Mädchen legten den Besuchern Blumenkränze um den Hals, beugten ihre prallen nackten Körper über die Fässer und reichten den Gästen gefüllte Trinkbecher. Ihren Weinbecher in der Hand, betraten sie die bevölkerten Gärten.

Das Gedränge war nicht so groß, wie es im ersten Moment schien, zumal die Fläche in unterschiedliche Abschnitte unterteilt worden war, wo die besten Musiker und Tänzer Ägyptens die größte Anmut und Harmonie zur Schau stellten. Andere Zuschauergrüppchen umringten Schlangenbeschwörer, Würfelspieler, Feuerspucker und Wahrsager. Ein Mann schluckte Schwerter. Ein anderer lief über glühende Kohlen. Einer hielt einen Esel an einem Strick; das Tier beantwortete Fragen, indem es Scherben aufhob, auf denen ›Ja‹ oder ›Nein‹ stand.

Ahmose und Maya schlenderten umher, wobei sie jedoch kaum ein Wort miteinander wechselten und mehr tranken als redeten. Eine nackte Dienerin ging herum und füllte die Becher der Gäste aus einem goldenen Krug. Paiis tauchte an ihrer Seite auf und zog Ahmose mit sich fort.

»Wo sind sie hin?« fragte Rahotep dicht an Mayas Ohr.

»Sich den Schwertschlucker anschauen, glaube ich. Paiis hat

ihn schon einmal gesehen.« Sie fühlte, daß sie Kopfschmerzen bekam. »Wie kann er einfach so verschwinden? Die Götter wissen, wie lange wir auf ihn werden warten müssen. Ich will heim.«

»Ich wüßte nicht, warum wir hier herumstehen sollten, wenn du keine Lust dazu hast«, meinte Rahotep. »Wir könnten ein wenig spazierengehen und dann zurückkommen. Die Leute werden bald gehen. Wenn wir von einer Runde um den Garten zurückkehren, wird es nicht mehr so voll sein, und dann finden wir sie leicht wieder.«

Maya ahnte, daß Ahmose verärgert sein würde, wenn sie nicht da war, sobald er zurückkam, aber sie erhob sich dennoch.

»Ich hoffe, Djedese ist hier«, sagte Rahotep. »Dann könnte ich ihm zeigen, was ich meine, wenn ich davon spreche, Licht in den Isis-Tempel zu lassen.«

Er sprach von der Nacht als einem schwarzen Raum, in dem manche Szenen vom Feuer hervorgehoben werden konnten, erzählte von den Prozessionen der Priester, die immer tiefer in den düsteren Tempel eindrangen, bis der Höhepunkt des Rituals mit strahlendem Sonnenlicht begangen wurde. Maya lauschte seiner Stimme und dachte an das viele brennende Öl in den Tonschalen. Sie dachte an den Würfelwerfer und die Spieler, die sich um seinen Tisch drängten.

»Hier stehe ich mit einem schnellen Wagen am Tor, und du willst dich mit meinem eigenen Bruder davonstehlen.«

Maya wandte den Kopf und entdeckte Ramses hinter ihnen, den Sohn des Pharao. Sie fühlte, wie ihre Wangen sich vom vielen Wein röteten. Ehe ihr eine Antwort einfiel, drang eine schrille Stimme an ihr Ohr.

»Maya, meine Liebe.« Tiyes dürre Gestalt gesellte sich zu ihnen. Sie hatte einen Mann untergehakt. »Kennst du schon den königlichen Vorsteher des Großen Hauses, Mersure? Ja, natürlich.«

»Darf ich annehmen, daß das abendliche Mahl vorbei ist, Ramses?« fragte Mersure. Er nahm Tiye den Weinbecher aus der Hand und legte ihr eine Hand um den Ellbogen. Sie lächelte albern zu ihm auf. »Du hast doch am Festmahl teilgenommen, oder?«

»Ja, das habe ich.« Ramses gab seine albernen Scherze über Maya auf. Statt dessen verschränkte er die Hände hinter dem Rücken und musterte Mersure und Tiye von oben herab. »Seine Hoheit hat mich geschickt, mich nach dem Befinden Kahnefrues' zu erkundigen. Sie wurde während der Prozession von Unwohlsein befallen und konnte darum nicht am Festmahl teilhaben.«

»Ja, ich weiß, ich habe sie gesehen«, sagte Tiye. »Wenn du mich fragst, haben ihre hethitischen Zofen alles nur noch schlimmer gemacht. Sie hatte sich schon einigermaßen erholt, als sie alle gleichzeitig auf sie einredeten. Es war beinahe so, als würden sie ihr erzählen, was passiert war, und nicht sie ihnen.«

»Und wer hat sie an der königlichen Tafel vertreten?« wollte Mersure wissen.

»Der Pharao war allein auf dem Bankett.«

»Allein!« rief Tiye aus. »Ich muß gestehen, ich bin überrascht, daß er mich nicht gefragt hat ... Ich wußte ja, daß es ein Festmahl im kleinen Kreis werden würde, und dann ist da ja auch noch Bentanta, die für die Große Frau des Pharao einspringt ... Aber ihren Platz leer zu lassen, während es andere gibt, die ihn nur zu gern einnehmen würden ... Aber wie geht es denn dem armen Ding? Sie scheint keine sehr robuste Natur zu sein.«

»Als ich bei ihr war, fühlte sie sich schon viel besser, war aber erschöpft.«

»Da wird Seine Hoheit erleichtert sein. Er scheint sie sehr gern zu haben.«

Ramses lächelte. Eine Pause entstand.

»Warum gehen wir nicht ein wenig spazieren?« fragte Mersure schließlich, umfaßte Tiyes Ellbogen fester und führte sie entschlossen davon. Maya bemerkte, daß sie dennoch die königliche Gesellschaft ansteuerten, wobei Tiye ihren Kranichhals reckte, um über die Köpfe jener hinwegzublicken, die kleiner waren als sie.

»Seid ihr euch einig geworden?« fragte Rahotep Ramses.

Sein Halbbruder blickte erst in den sternengesprenkelten Himmel, dann auf den duftenden Thymian unter seinen Sandalen. »Es kann wohl nicht schaden, wenn ich es dir sage. Bald werden es ohnehin alle wissen. Nein. Die Verhandlungen waren bislang nicht erfolgreich. Sie verlangen sehr viel. Offen gesagt wäre ich dafür, Neskhons mit einer Einheit nach Nubien zu entsenden, um diese unverschämten Wüstenwanderer dorthin zurück zu prügeln, wo sie hergekommen sind. Aber der Pharao zögert, sie ohne Abkommen heimkehren zu lassen. Seine Hoheit ist besorgt wegen Khanefrues, und Tiye ist wütend, daß er sie nicht an ihrer Stelle zum Bankett geladen hat. Das könnte noch Ärger geben.« Hierauf wandte Ramses sich ab und heftete sich an Tiyes Fersen.

»Ich wünschte, er würde mich nicht mehr verfolgen.« Maya seufzte. »Seit Horis Geburt geht er mir mit seinem Süßholzraspeln auf die Nerven. Dabei scheint es ihm völlig egal zu sein, ob ich darauf eingehe oder nicht. Ich wünschte, er würde diesen Unsinn wenigstens in Gegenwart anderer lassen.«

»Ich sage dir was«, meinte Rahotep und führte sie durch die Menge der Umstehenden. »Komm und sieh dir mein Experiment an. Ich habe den Pharao überredet, eintausend Libellen unter den Weiden freizulassen. Wenn es funktioniert, möchte ich dies im nächsten Jahr im Garten des Neith-Tempels ausprobieren.«

»Genau tausend Libellen?« Maya lachte. »Hast du sie einzeln auf deiner Inventarliste aufgeführt?«

»Wesir To persönlich hat sie gezählt. Warum gehen wir nicht

hinüber und überzeugen uns selbst, daß er sich nicht verzählt hat?«

Maya hakte ihn unter. Diesmal werde ich nicht dasitzen und darauf warten, daß Ahmose sich wieder an mich erinnert, sagte sie sich. Diesmal werde ich es sein, die mit jemand anders durch den Garten schlendert.

Ihre Gestalten hoben sich wie Scherenschnitte vor dem Freudenfeuer ab. Junge Dienerinnen warfen Kräuter in die Flammen, damit der Rauch würzig duftete. Höflinge wateten am Seeufer durch das Schilf und schickten Tonlampen in kleinen Riedgrasbooten hinaus aufs Wasser, so daß eine ganze Flotte von Lichtern auf der leichten Dünung tanzte.

Maya und Rahotep ließen die lachende Menge hinter sich. Das Riedgras am Seeufer wurde immer dichter, und schon bald wurden sie von der Nacht verschluckt. Rascheln im Schilf verriet, wo Wasservögel, die sich zur Nachtruhe zurückgezogen hatten, von den Spaziergängern gestört wurden. Weiter vorn fuhr eine leichte Brise durch das Laub der Weidenbäume. Die tausend Libellen funkelten zwischen den Blättern, als Rahotep und Maya unter den Bäumen dahinschlenderten.

»Ich glaube, ich habe einen Baumstumpf gefunden«, verkündete Rahotep, nachdem er eine Zeitlang in der Dunkelheit getastet hatte.

Sie setzten sich. Die Klänge des Festes drangen nur noch gedämpft zu ihnen, losgelöst, beinahe so, als gehörten sie zu einem anderen Land. Unter den Weiden waren nur die laue Nacht, das Plätschern des Wassers und die Brise, die durch die Bäume strich. Maya saß schweigend da und lauschte ihrem eigenen Atem. Rahotep war so nahe, daß sie die Wärme seines Armes spüren konnte. Er hatte ihr im Dunkeln das Gesicht zugewandt. Sie fühlte den warmen Hauch seiner Lippen.

Schon in dem Augenblick, da sie ihn mit Djedese im Säulengang des Tempels gesehen hatte, hatte Maya gewußt, daß sie ihn eines Tages küssen würde. Die Weichheit seiner Lippen, der Druck seines Armes und die Wärme seiner Schulter durch das Leinen unter ihren Fingern …

Das Bimmeln von Bronzeglöckchen störte die Stille, und eine Horde von Festbesuchern fiel in den Hain ein.

»He!« rief ein junger Mann. »Ich glaube, wir stören!«

»Oh, Nefer!« rief eine Frauenstimme. »Laß sie in Frieden!«

»Wo ist Mose mit der Fackel hin? Mose? Mose, komm mit dem Licht zurück!«

Die Störenfriede liefen davon, auf der Suche nach ihrem Fackelträger. Ohne nachzudenken schloß Maya sich ihnen an, rannte fort von den Bäumen und verlangsamte den Schritt erst, als sie wieder zu der Menge um das Freudenfeuer stieß. Ihre Wangen brannten vor Scham.

»Paß auf, Maya!«

Maya blickte sich verwirrt um.

»Alles in Ordnung mit dir? Gib mir deine Hand. Du wirst dir dein Kleid ruinieren.«

Maya erkannte die Gesichter der beiden vom verlöschenden Feuer abgewandten Gestalten: Tiye und Ramses. Gleichzeitig wurde ihr bewußt, daß sie knöcheltief im Wasser stand und der Saum ihres Kleides um sie herum auf der Wasseroberfläche schwamm wie ein Seerosenblatt. Lampenboote stießen gegen ihre Schienbeine.

»Maya! Wo bist du gewesen? Ich habe dich überall gesucht!« rief Ahmose verärgert und bahnte sich einen Weg ans Seeufer.

»Ich habe Boote auf den See hinausgeschickt«, antwortete sie abwesend. »Ich glaube, ich habe zu viel getrunken. Ich will nach Hause.«

»Komm da raus«, sagte Ahmose verächtlich.

»Ich hole sie«, erbot sich Ramses, watete ins Wasser und hob sie mit kräftigen tiefbraunen Armen aus dem Wasser. Seine Hände fuhren über ihren schlanken Leib, als er sie am Ufer absetzte. »Da hast du sie, Ahmose, wenn du sie willst.«

Von ihrem Balkon im Harem aus blickte die königliche Gemahlin Khanefrues über die Gärten hinweg. Die Menschen verließen das Gelände langsam durch die Tore. Viele Lampen waren inzwischen verloschen, die Feuer waren heruntergebrannt. Den letzten Besuchern spendete nur noch ein schwacher roter Schein gedämpftes Licht. Draußen auf dem See steuerte das Boot der Nomaden auf die Kanalmündung zu. Die Menschentraube um das Freudenfeuer herum hatte sich verlaufen, abgesehen von vier Personen, die deutlich zu erkennen waren. Eine fünfte bewegte sich aus Richtung der Weidenbäume auf sie zu. Plötzlich loderte das Feuer ein letztes Mal auf, und die Gestalten hoben sich in Grabesschwärze von dem Hintergrund der Flammen ab, die den See blutrot färbten.

4. Kapitel

Maya stützte das Kinn auf die verschränkten Arme und ließ den Blick über die Dächer von Memphis schweifen. Im Osten strömte träge der braune Fluß vorbei – oder das, was noch davon übrig war. Im Westen hoben sich die honigfarbenen Flanken der Pyramiden vom Horizont ab. Von zwei oder drei, an deren Spitze noch letzte Reste der einstigen Vergoldung hafteten, wurden Sonnenstrahlen gespiegelt, die Maya blendeten.

Memphis selbst erstreckte sich in staubigen grünen Hügeln zwischen Wüste und Fluß. Während Piramses völlig eben war, zeigte Memphis sich bucklig nach Jahrhunderten, in denen auf den Ruinen der verfallenden Vergangenheit immer wieder neu gebaut worden war. Nach der Herrschaft der Götter auf Erden hatte König Menes hier seinen Palast der Weißen Mauern errichtet, und darum herum war seine Stadt entstanden. Und wenn die Götter sie mit ihren Winden und Überschwemmungen streichelten und in ihrer Umarmung zerdrückten, rissen Menes' Nachfahren die verfallenen Gebäude ein, kneteten den Lehm neu und bauten die Häuser auf den alten Fundamenten wieder auf. Siebzig Generationen hatten diese Erde zu den Backsteinen geformt, die die Straßen von Memphis säumten. Sogar die Palmen, die sie gepflanzt hatten, hatten sich über Jahrhunderte entlang der in den Staub der Dynastien getretenen Hauptstraßen selbst vermehrt. Der Schlick von Jahrhunderten wurde vom Flußufer bis zum Rand der Wüste geblasen, vermischt mit winzigen Körnchen aus Menes' alten Weißen Mauern.

Das Dach, auf dem Maya saß, gehörte zu Ahmoses Haus. Hoch und schmal erhob es sich über seine dichtgedrängten Nachbarn hinweg und erlaubte einen beeindruckenden Blick über die ganze Stadt. Auch dieses Haus war tief in Memphis' fünfzehn Jahrhunderten verwurzelt. Es war aus Lehm erbaut, der vor Ort gesammelt worden war, vereinte in sich Atome von Ägyptens Vergangenheit, so wie Ahmose selbst Blut, Fleisch und Knochen der alten ägyptischen Pharaonen war. Maya mochte das Haus nicht. Es war ihr zu eng. Im Erdgeschoß befanden sich nur Ahmoses Empfangsraum und die Küche. Mayas Wohnzimmer befand sich darüber; dann kamen Ahmoses Schlaf- und Ankleidezimmer. Nodjmet und die Kinder schliefen im dritten Stock, und Maya ganz oben. Sie empfand diese Einteilung als ungewohnt und unpraktisch. Es gab zu viele Treppen und keinen Schatten auf dem Dach, auf das die Sonne einhämmerte wie auf einen Amboß.

Trotzdem verharrte Maya auf diesem Dach. Sie verspürte nicht die geringste Lust, in ihrem neuen Leinen durch die Zimmer zu wandeln, um mit ihrem modischen Schmuck aus Piramses in dem altmodischen Wohnzimmer herumzusitzen. Damals war sie hochschwanger auf dem knarrenden Fußboden auf und ab gegangen und hatte darauf gewartet, daß Ahmose vom Gut seines Onkels heimkehrte. Sie schauderte bei der Erinnerung. Nicht zum erstenmal bereute sie, das Angebot des Pharao ausgeschlagen zu haben, im Großen Haus zu wohnen. Aber Rahotep war ledig, er hatte noch keinen eigenen Hausstand gegründet und residierte nach wie vor im Palast.

Maya stand auf und begann, mit verschränkten Armen auf dem Dach auf und ab zu gehen. Alles, woran sie sich nach dem Kuß unter den Bäumen erinnern konnte, war die Panik der drohenden Entdeckung, die überstürzte Flucht vor Skandal und Gerede. Dann, am nächsten Tag, als sie sich wieder beruhigt hatte und feststand, daß es keinen Skandal geben würde, hatte sie begonnen, die Erinnerung an jene Nacht als kostbares Geheimnis zu hüten, das sie hervorholen und an dem sie ihr Herz wärmen konnte, wenn er nach Memphis zurückgekehrt war. Ihr Herzschlag hatte sich soweit verlangsamt, daß sie das Prickeln im Bauch als angenehm empfand. Sie hatte das Gefühl, wieder festen Boden unter den Füßen zu haben, als der Pharao sie alle zum Begräbnis von Apis nach Memphis beordert hatte.

Ahmose war bis zur Abreise die meiste Zeit daheim gewesen, und Maya vermutete, daß Rahotep sie aus diesem Grund auch nicht besucht hatte. Sie wußte nicht, ob sie hierüber erleichtert oder enttäuscht sein sollte. Bereute er, was er getan hatte, oder hielt er es nur für falsch, sich in Ahmoses Haus aufzuhalten, während er insgeheim dessen Frau begehrte?

Sie waren sich auf der Reise durch das Delta nach Memphis zwar begegnet, aber nur in der Öffentlichkeit. Trotz des feierlichen Anlasses für die Reise hatte Ferienstimmung geherrscht. Die Flotte von Barken hatte sich durch den Papyrus geschoben, vorbei an verdorrten Feldern, und hatte sich stetig aber langsam am östlichen Rand des Delta entlangbewegt. Bald schon war der Anblick eines ganzen Dorfes, das sich am Ufer versammelte, um sie vorbeifahren zu sehen, ebenso vertraut gewesen wie jener des einzelnen Bauern, der sie vom Rücken seines Esels anstarrte. Wegen des niedrigen Wasserpegels waren immer wieder Barken auf Grund gelaufen, so daß die Besatzungen der anderen Boote helfen mußten, sie wieder flott zu machen. Die ungeduldigen Passagiere hatten die Mannschaften angetrieben, während die Gelasseneren sich zurückgelehnt, Luft zugefächert und mit ihren Nachbarn unterhalten hatten, bis nach einigem Ziehen, Schieben und Geschrei des Kapitäns die Barke endlich wieder schwamm.

Abends hatten sie in königlichen Häfen haltgemacht und

sich mit Proviant versorgt. Gespeist hatten sie bei den dortigen Verwaltern, die von Fackeln erleuchtete Banketts unter freiem Himmel abgehalten hatten. Maya hatte Rahotep des öfteren dabei beobachtet, wie er die schuftenden Seeleute oder den bernsteinfarbenen Schimmer einer Frau im Licht einer Fackel betrachtete. Aber kein einziges Mal war sie auf der ganzen Reise durch das ausgedörrte Delta bis zum vertrockneten Kanal des trägen Flusses mit dem Mann allein gewesen, dessen Kuß sie in jener Nacht erwidert hatte. Und statt Gemächer im Großen Haus zu beziehen, hatte Ahmose seine Mieter vor die Tür gesetzt und sein Geburtshaus bezogen.

Maya brach ihre rastlose Wanderung ab. Ihre Gedanken wirbelten wild durcheinander. Wenn sie Rahotep aus dem Weg ging, bis sie nach Piramses zurückkehrten, würde das Lampenfest nur eine Erinnerung bleiben. Sie trat an die Treppe, die hinunter in die Sicherheit ihres Wohnzimmers in Ahmoses Haus führte. Bevor sie die Treppe hinunterstieg, warf sie noch einen letzten Blick auf die Pfeiler und Wimpel des Palastes und ließ zu, daß noch einmal der nächtliche Palastgarten vor ihrem geistigen Auge aufstieg.

Ahmose stand in seinem Streitwagen und verfluchte seinen spontanen Entschluß, eigenhändig durch Memphis zu fahren. Während in Piramses die meisten Güter über die Kanäle transportiert wurden, zwängte sich der Verkehr in Memphis mühsam durch die engen Straßen. Immer wieder versperrten Wagen die Straße, von denen Kornsäcke in den Garten eines Edelmannes abgeladen wurden, Gänse wurden zum Markt getrieben, eine Ladung Backsteine wurde auf einem Schlitten zu einer Baustelle gezogen, und eine Kolonne von Lasteseln trottete durch das Gewühl. Ahmose mußte wieder einmal warten, weil ein Transportschlitten unter dem Gewicht seiner Ladung zusammengebrochen war und nun ein Kalksteinblock den Weg versperrte. Ungeduldig schlug er mit dem Griff seiner Pferdepeitsche auf den Rand seines Wagens. Er war zu lange fort gewesen.

Früher hatte sein Vater seine Wagen und Pferde am äußeren Stadtrand untergebracht. Er war nur selten nach Hause gefahren. Wenn sie seinen Onkel besucht hatten, wohin Ahmose auch jetzt unterwegs war, hatte der kleine Ahmose mit seiner Mutter in der Sänfte gesessen. Später war Ahmose dann zu Fuß an der Seite seines Vaters gegangen, unter den Augen der kolossalen Könige von Ägypten. Dann, wenn sie bei den Stallungen angelangt waren, waren er und sein Vater gemeinsam im Streitwagen der Sänfte seiner Mutter vorausgefahren.

Der Steinblock wurde auf einen neuen Schlitten gewuchtet, und Ahmose lenkte sein Pferd im Schneckentempo weiter hinter dem Schlitten her, bis er an einer Kreuzung endlich Gelegenheit bekam, zu überholen. Bald darauf hatte er die Vorstadt hinter sich gelassen. Der Stall seiner Kindheit war längst zugunsten irgendeines königlichen Bauprojekts abgerissen worden, aber vor ihm erstreckte sich noch dieselbe gerade Straße nach Norden, die nun nur noch aus zwei Radfurchen bestand, die sich über Meilen durch nackte, ausgedorrte Erde zogen, vorbei an durstigen Palmen. Doch für Ahmose war das Land grün; ein erfrischender Wind strich durch die raschelnden Palmwedel, und seine Mutter rief besorgt aus ihrer Sänfte: »Kanefer! Du wirst euch noch beide umbringen!«, als sein Vater ihm die Zügel überließ und er das Pferd in Galopp fallen ließ. Als er zurückblickte, war das Gesicht seiner Mutter nur noch ein blasses Oval unter ihrer Perücke, und die Hand, die den Fächer hielt, war ein kleiner weißer Fleck. Sein Vater saß hoch über ihm – der starke, gutmütige Vater –; er lachte und nahm die Zügel wieder an sich. Ahmose ließ die Peitsche knallen, und sein Pferd galoppierte mit donnernden Hufen nach Norden.

Ahmose hatte seiner Tante und seinem Onkel seinen Besuch nicht angekündigt, wenngleich er – zutreffend – annahm, daß sie bereits wußten, daß er seine Mieter in Memphis vor die Tür gesetzt hatte. Beim Klang seines Streitwagens tauchten sie sogleich in der Tür auf, und er mußte erst endlose Umarmungen über sich ergehen lassen, ehe sie ihn einließen. Bei Wasser und Tüchern, Wein und Süßigkeiten wurden dieselben Fragen gestellt wie immer: Wie lange er schon in Memphis wäre, wie es Maya ginge, ob er es nicht sehr still fände im Haus, jetzt wo keiner seiner Vettern mehr daheim wohnte? Er sollte nur warten, bis einige von ihnen die Enkel vorbeibrächten; dann ginge es zu wie an einem Markttag in Memphis.

Nach einiger Zeit veranlaßte die gute Erziehung seine Tante, sich zurückzuziehen, um die Mahlzeit zu kochen, die Ahmose mit ihnen teilte. Sein Onkel legte ihm einen Arm um die Schultern und zog ihn nach draußen auf die Veranda.

»Ich habe meinen Besitz vergrößert«, sagte er. »Ich möchte eines Tages auf dieser Veranda stehen und nur mein eigenes Land sehen.«

Ahmose lachte und klopfte ihm auf den Rücken. »Schön für dich«, sagte er. »Gut daß der Palmenhain den Blick versperrt, sonst müßtest du alles Land von hier bis zum Fluß kaufen.«

»Ich werde mich mit dem Land bis zu den Palmen begnügen. Tatsächlich habe ich es beinahe geschafft. Ich würde sogar sagen, es ist vollbracht, aber es gibt Streit wegen eines Feldes mittendrin.«

»Will der Eigentümer nicht verkaufen?«

»Es steht ihm gar nicht zu, das Feld zu verkaufen. Es gehört mir! Es hat deinem Vater gehört, und der hat es an den Vater dieses Mannes verpachtet. Das Problem ist nur, daß ich die Schenkungsurkunde nicht mehr finden kann, mit der dein Vater es mir übertragen hat. Du hast nicht zufällig eine Kopie bei deinen Unterlagen, Ahmose? Es ist sehr ärgerlich, daß mein Vorhaben mir von meinem eigenen Feld vereitelt wird.«

»Ich kann sogar noch mehr für dich tun als dir nur eine Kopie beschaffen«, entgegnete Ahmose lächelnd. »Ich habe den alten Schreiber meines Vaters bei mir. Er wird die Angelegenheit für dich regeln.«

»Doch nicht etwa Seti? Bei den Göttern, ich dachte, er wäre längst tot!«

»Nein, er lebt und ist wohlauf.«

»Aber ist er nicht in sein Dorf zurückgekehrt? Willst du damit sagen, er ist hier in Memphis?«

»Er ist hier. In meinen oder besser in des Pharaos Diensten. Du hast doch sicher gehört, daß der Pharao eine Hethiterin zur Frau genommen hat? Und es gibt im Palast nur noch einen einzigen überlasteten Schreiber, der des Hethitischen kundig ist. Da ist mir eingefallen, daß Seti diese Sprache beherrschte, und so habe ich ihn zurückgeholt. Nun unterrichtet er die Gemahlin des Pharao und bringt ihr Ägyptisch bei.«

»So, so. Der alte Seti, ja? Er war ein sehr guter Schreiber. Bring ihn zu mir. Er wird alles regeln.«

»Ich kann nur nicht versprechen, wann. An den meisten Tagen hat er bei Khanefrues zu tun, aber ich denke, daß er bald einen freien Tag bekommen wird. So wie ich die Gemahlin des Pharao kenne, würde es mich nicht wundern, wenn sie gleich mitkäme.«

Ahmoses Onkel wölbte eine Braue. »Das hört sich nach einer sehr impulsiven jungen Dame an.«

»Ich habe schon einige Ausflüge mit ihr unternommen.«

Ahmoses Onkel schwieg eine Weile, ehe er wieder sprach. »Ahmose«, sagte er. »Hat sich bei dir immer noch nichts geändert?«

»Ich bin zusammen mit der Gemahlin des Pharao und ihrer Eskorte an Ishtars Stadt vorbeigekommen«, sagte Ahmose und blickte am Feld seines Onkels vorbei in Richtung des Palmenhains.

Sein Onkel holte tief Luft. »Du hast sie wiedergesehen.«

Ahmose legte die Hände flach auf den niedrigen Fenstersims. Schließlich sagte er: »Ein Stamm – Nomaden, vielleicht sogar Überlebende der alten Seevölker – sind im vergangenen Jahr über den Ort hergefallen und haben ihn bis auf die Grundmauern niedergebrannt. Die Einwohner wurden in alle Himmelsrichtungen verstreut. Manche waren inzwischen zurückgekehrt. Sie lebten in den Ruinen mehr schlecht als recht von den mageren Erträgen der Felder. Man konnte sehen, daß sie nur einfache Bauern waren. Sie waren nicht … ich meine, sie waren nicht von Ishtars Art. Sie sagten, viele Menschen wären … wären verschollen.«

Ahmoses Onkel blickte schweigend auf das Feld, das zum Zankapfel geworden war.

»Ich werde Seti zu dir bringen«, sagte Ahmose und drückte voller Zuneigung die Schulter seines Onkels.

Auf der Heimfahrt am Abend dachte Ahmose wieder an seine Kindheit und daran, wie sein Vater ihn die Zügel hatte halten lassen, an seine Geschichten von Feldzügen und die Erzählungen seiner Mutter über ihre königlichen Vorfahren. Er dachte an seine eigenen Kinder. Wenn er kein Einzelkind gewesen wäre, hätte er vielleicht eine engere Bindung zu ihnen. Er war schon immer eigenbrötlerisch gewesen. Sogar innerhalb der lärmenden Familie seines Onkels, der ihn nach dem Tod seines Vaters aufgenommen hatte, hatte er eine gewisse Distanz zu seinen Vettern gewahrt. Nie hatte er sich einem von ihnen anvertraut. Da war nur Ishtar gewesen – und sie war nicht seine Schwester gewesen, wie er ihr im ersten Jahr, nachdem sein Vater sie mitgebracht hatte, immer wieder klar machte. »Du bist nur eine Sklavin«, hatte er einmal zu ihr gesagt. Er sah den Zorn in ihren grünen Augen aufblitzen. »Mein Vater ist ein Stammesoberhaupt!« hatte sie gefaucht, sich von ihm abgewandt und sich in der Küche versteckt. Als sie zurückgekommen war, hatte er ihr angesehen, daß sie geweint hatte; doch er hatte nicht gewagt, sie damit aufzuziehen.

In der zunehmenden bernsteinfarbenen Dämmerung stellte er sich seine beiden Kinder vor, die aus seiner Ehe mit Maya hervorgegangen waren. Er hatte Maya ihrer Beziehungen zum Pharao wegen geheiratet, um seiner Karriere willen, aus einem Ehrgeiz heraus, der einem Mann seiner Abstammung zustand. Trotzdem hatte seine Beförderung lange auf sich warten lassen. Und kaum hatte er den Generalsrang erhalten, war er ihm wieder aberkannt worden. Seine Frau würde er niemals lieben, soviel stand fest. Sie gehörte der oberflächlichen Welt der neuen Aristokratie von Piramses an, während sein Fleisch aus dem alten Memphis-Staub geformt war und seine Knochen aus den Felsen des antiken Theben.

Aber wenn er Nachfahre eines alten Geschlechts war, dann galt das ebenso für seine Kinder. Die Erkenntnis, wie viel Zeit er in den vergangenen Jahren vergeudet hatte, versetzte ihm einen Stich. Sie waren geboren worden und herangewachsen, und er hatte sie die halbe Zeit nicht beachtet – teils aus Liebe zu einer Frau, die nicht ihre Mutter war, vor allem aber, wie er jetzt erkannte, aus Liebe zu sich selbst. Wegen seiner ständigen Abwesenheit und weil er fern der Heimat oft dem Unmöglichen nachgejagt war, waren seine Kinder heute so anders als er. Ich habe sie ganz ihrer Mutter überlassen, dachte er. Welches Recht habe ich, mich zu beklagen, wenn Ahhotep ihre Verbitterung übernimmt? Und Maya ist eine verbitterte Frau. Es verletzt mich, daß sie mich nicht lieben, aber ich habe auch nie versucht, ihre Zuneigung zu gewinnen. Warum war ich enttäuscht, als Hori sich fürchtete, mit mir in meinem Streitwagen zu fahren? Mein Vater hat mich in seinem Wagen mitgenommen, als ich noch ein Säugling war, aber ich habe Hori nie bei mir gehabt.

Auf der Fahrt zurück in die Stadt fuhr Ahmose langsamer als zuvor auf dem Weg zu seinem Onkel. Er hatte Kinder. Sie waren ihm entfremdet. Es war falsch von ihm gewesen, das zuzulassen. Aber sie waren noch jung, und vor ihnen lag eine gemeinsame Zukunft. Ahmose war entschlossen, das Beste aus dieser Zukunft zu machen. Alles andere war unwichtig. Er brauchte nur den Schein seiner Ehe mit Maya zu wahren. Ishtar hatte er verloren. Und die Gemahlin des Pharao ... es war müßig, sich ihretwegen den Kopf zu zerbrechen.

Er parierte die Pferde durch, als er die Stadt erreichte. Auf den Straßen herrschte noch regerer Betrieb als am Morgen. Einmal kam der Verkehr vollständig zum Erliegen, weil eine Götterskulptur aus Theben vorbeitransportiert wurde. Memphis füllte sich für das bevorstehende Begräbnis. »Der mächtige Stier wird sterben.« Ahmose schauderte.

Ein heller Trompetenton schallte durch Mayas Morgentraum. Beim zweiten Klang kämpfte sie sich vollends aus dem Schlaf und setzte sich lauschend im Bett auf. Die Trompete ertönte nicht wieder, doch Maya hörte das dumpfe Stimmengemurmel einer großen Menschenmenge rund um das Haus. Als sie gerade die Beine aus dem Bett geschwungen hatte, stürmten die Kinder herein, dicht gefolgt von Nodjmet. Die königlichen Odalisken aus dem Harem in Miwer hielten in Memphis Einzug. Die vier eilten zur Außentreppe, wo die Hausangestellten bereits über dem Geländer lehnten. Maya und Nodjmet hoben die Kinder hoch, damit sie etwas sehen konnten.

Die Passanten waren in die Nebenstraßen zurückgedrängt worden. Wie hungrige Kälber reckten sie die Hälse und rempelten einander an, um einen Blick auf die Hauptstraße zu ergattern, aber glänzende Reihen schwarzer nubischer Wachen, welche die Karawane rechts und links bis zum Palast eskortierten, versperrten den Schaulustigen die Sicht. In ihrer Mitte wurden jeweils zu zweit nebeneinander die weißgekleideten, hell-, braun- und schwarzhäutigen Odalisken in ihren mit Baldachinen versehenen Sänften vorbeigetragen, trotz der frühen Stunde mit schwerem Halsschmuck und Perücken ausstaffiert. Maya konnte den Schweiß auf ihren Lippen und den Staub auf ihren Locken sehen. Sie sahen müde aus. Maya bemitleidete sie ob ihrer langen Reise den verschlammten Fluß entlang. Straußenfederfächer an langen Stecken hoben und senkten sich gleichmäßig über ihren Köpfen wie Seevögel.

»Ist das der ganze Harem?« fragte Maya.

»O nein«, entgegnete Nodjmet. »Das sind nur die älteren Odalisken. Sie alle haben ihre Blütezeit bereits hinter sich.«

»Diese da nicht«, widersprach Maya.

Nodjmet sog scharf die Luft ein. »Tamyt!« zischte sie. »So, so.«

Die Frau, auf die Maya gezeigt hatte, wurde als letzte in der Prozession einzeln hinter den anderen hergetragen. Vielleicht war es diese Abgrenzung, die sie hervorhob, vielleicht lag es auch daran, daß sie die letzte in der Kolonne war, aber Maya spürte gleich, daß sie nicht zu den anderen gehörte. Sie war nicht anders gekleidet als die anderen, war aber jünger als die meisten, vielleicht dreißig Jahre, schätzte Maya. Ihre Haut besaß das helle Braun der Halbblütigen; ihre Gesichtszüge und Glieder waren anmutig, und ihre Augen erinnerten an große schwarze Mandeln. Und Maya fiel auf, daß diese Augen nicht von Müdigkeit überschattet waren wie die der anderen Odalisken. Von ihrem Platz am Schluß der Prozession beobachtete Tamyt aufmerksam ihre Umgebung. Obgleich sie zurückgelehnt in ihrer Sänfte saß, war ihr Blick wach, nahm die Bewegung der Prozession ebenso wahr wie die Haltung der Wachen, die weißgekleideten Frauen vor sich und die Schaulustigen in den Straßen und auf den Dächern.

»Wie hast du sie gleich genannt?« fragte Maya, die sich mit Ahhotep, der sie einen Arm um die Schultern gelegt hatte, über die Mauer lehnte.

»Tamyt«, entgegnete Nodjmet und nahm Hori auf die andere Seite, um sich besser mit Maya unterhalten zu können. »Sie ist die Tochter einer hochgestellten Ägypterin und eines nubischen Soldaten. Ich erinnere mich, daß sie vor zwölf oder fünfzehn Jahren in den Harem aufgenommen wurde.«

»In Piramses?«

Nodjmet nickte.

»Sie sieht nicht aus wie eine Heulsuse.«

»Wie meint Ihr das?«

»Tiye sagt, daß jene Odalisken nach Miwer geschickt werden, die Heimweh haben und dem Pharao lästig werden.«

Nodjmet schnaubte. »Die nicht. Wenn Ihr mich fragt, ist sie nach Miwer gekommen, weil die Große Frau des Pharao noch lebte und sie in Piramses somit nicht die Nummer eins sein konnte. Jetzt ist sie Königin von Miwer. Und das ist nicht alles, was man sich über sie erzählt.« Nodjmet warf einen Blick auf die Kinder, ehe sie weitersprach, aber sie waren ganz in die Betrachtung der Prozession vertieft. Nodjmet rückte dichter an Maya heran und flüsterte ihr ins Ohr:

»Es heißt, sie wäre eine Magierin. Und man sagt, daß jede Odaliske in Miwer, die etwas hat, was sie nicht haben sollte – Ihr versteht – weiß, wo sie hingehen kann.«

Mayas Augen weiteten sich. »Was? In einem Harem des Pharao?«

Nodjmet verzog spöttisch das Gesicht. »Ich behaupte ja nicht, daß es ständig passiert, aber es ist schon vorgekommen.«

Maya musterte die Odaliske Tamyt mit neuerwachtem Interesse. Die Odaliske legte ein Bein über das andere und fächerte sich Luft zu. Weiter vorn war offenbar ein Hindernis beseitigt worden, denn die Sänftenträger beschleunigten den Schritt, die Prozession kam wieder in Bewegung, und der normale Verkehr auf den Straßen schloß sich dahinter wieder.

»Nein, Mutter, hol mich noch nicht runter!« protestierte Ahhotep und zog sich wieder über die Brüstung.

»Sie sind doch fort.«

»Aber da ist Rahotep! Da unten, siehst du? He, Rahotep!«

Ehe Maya ihre Tochter fortziehen konnte, hatte Rahotep sie entdeckt.

»Komm herauf!« rief Ahhotep, der die Seitenlocke ins Gesicht baumelte. »Du hast uns eine Ewigkeit nicht mehr besucht!«

»Ahhotep, sei still! Rahotep hat zu tun. Man sieht doch, daß er wohin will.« Maya zog ihre Tochter von der Mauer. »Nodjmet, ich bin nicht zu Hause.«

»Aber er hat Euch doch gesehen, Herrin!«

»Trotzdem.«

Aber Hori in Nodjmets Armen winkte. »Er kommt herauf!« sagte er.

Rahotep war auf der Treppe, ehe Maya sich ins Haus flüchten konnte. Die Kinder liefen zu ihm hin, und er bückte sich, um sie zu umarmen. Dann richtete er sich wieder auf, und da standen sie: Maya oben auf der Treppe, Rahotep unten, mit einem Kind an jeder Hand. Keiner von ihnen sagte ein Wort.

»Ich bringe die Kinder fort, Herrin«, meinte Nodjmet schließlich. »Hori, Ahhotep ...«

»Nein, Nodjmet«, wehrte Maya ab »Wir haben noch nicht gefrühstückt. Gehen wir aufs Dach.« Sie zögerte kurz; dann holte sie tief Luft und wagte den Sprung ins kalte Wasser. »Möchtest du uns Gesellschaft leisten, Rahotep? Dann wirst du allerdings mit uns Vorlieb nehmen müssen, so wie wir jetzt sind. Ich bin noch nicht einmal anständig ... zurechtgemacht.« Ursprünglich hatte sie »angezogen« sagen wollen, dann aber eine weniger verfängliche Wortwahl vorgezogen.

»Gern«, antwortete Rahotep und kam die Stufen hinauf. Maya schenkte ihm ein Lächeln und ging allen voran nach oben.

»Ich sage den Dienern Bescheid, Herrin«, sagte Nodjmet.

»Komm anschließend gleich zurück«, befahl Maya hastig.

»Aber Herrin, wenn Ihr Besuch habt ...«, zischte Nodjmet.

»Ich will es so. Komm sofort zurück.«

Mit finsterer Miene ging Nodjmet nach unten.

Derweil waren die Kinder entschlossen, Rahotep mit Beschlag zu belegen. Maya ließ sie gewähren. Ahhotep saß auf seinem Knie, und Hori zeigte ihm ein neues Senet-Spiel, das Maya ihm geschenkt hatte.

»Er kann es noch gar nicht spielen, weil er noch zu klein ist«, bemerkte Ahhotep.

»Bring es mir bei«, bettelte Hori und versuchte, das Spielbrett auf Rahoteps anderem Knie zu balancieren. Rahotep legte feierlich einige der Spielperlen in die Mulden des Brettes. Maya sah zu, wie die drei sich berieten, während Hori mit seiner plumpen Faust die Perlen auswählte und Ahhotep sie geschickt mit ihren kleinen Fingern auf dem Brett verteilte. Dieses Frühstück war eine Probe, eine Herausforderung an sich selbst, um zu sehen, wie sie mit seiner Nähe zurechtkam. Im übrigen wäre es unhöflich gewesen, ihn nicht einzuladen, wo er schon mal da war. Maya genoß diese Minuten, bis das Unausweichliche geschah, einer von den dreien das Brett aus dem Gleichgewicht brachte und die Perlen allesamt herunterfielen. Die Atempause würde ihr Zeit verschaffen, sich auf die Probe vorzubereiten. Gerade rechtzeitig erhob sich das Geschrei der Geschwister. Deren kleine geschorene Köpfe um Rahoteps Fußknöchel herum nickten auf und ab, während die kleinen Hände nach davonrollenden Perlen griffen.

Rahotep blickte sie über die Kinder hinweg an. »Wie geht es dir, Maya?« fragte er sanft.

»Gut.« Sie war sehr zufrieden mit dem ruhigen Klang ihrer Stimme. »Und selbst?«

»Ich habe dich lange nicht mehr gesehen. Dabei lag mir sehr viel daran.«

»So lange ist es doch gar nicht her«, widersprach sie mit gespielter Gleichgültigkeit.

»Nicht lange genug, um unsere letzte Begegnung zu vergessen.«

»Nodjmet!« Das war ein klein wenig zu schrill. Maya stand auf und ging zur Treppe. »Nodjmet ... « Das war schon viel besser. »Ich habe doch gesagt, du sollst sofort wiederkommen.«

»Ich komme ja schon, Herrin!« Nodjmet kam keuchend die Treppe herauf. »Das Frühstück ist gleich fertig.«

»Die Kinder belästigen unseren Gast«, sagte Maya. Rahotep protestierte. »Doch, das tun sie, sie haben auf seinem Schoß gespielt. Sorg dafür, daß sie still sind.«

»Ja, Herrin.« Nodjmet rief die Kinder zur Ordnung, und die Diener brachten die Frühstückstabletts.

Rahotep war ebenfalls aufgestanden, als Maya sich erhoben hatte. Jetzt setzte er sich wieder. »Man hat von hier aus einen schönen Blick über die Stadt«, bemerkte er scheinbar beiläufig.

»Ja – vorausgesetzt es ist kühl genug, daß man es hier oben aushält. In einer halben Stunde wird die Sonne bereits zu hoch stehen, und dann müssen wir ins Haus gehen.« Maya bot ihm süßes Gebäck an. »Ich vermisse die frische Brise, die in Piramses weht.«

»Bist du je in Theben gewesen?« fragte Rahotep und nahm sich ein Stück Gebäck.

»Nein. Ich bin nie weiter nach Süden gekommen als bis Memphis.«

»Du würdest dich nicht über die Hitze hier beklagen, wenn du schon einmal dort gewesen wärst. Und was Elephantine betrifft … um diese Jahreszeit ist es der reinste Glutofen …«

Maya antwortete höflich. Jetzt da das erste Wiedersehen vorbei war und sie sich mit ihrem Frühstück und Trivialitäten befaßten, war Maya froh, daß die Entscheidung, ob sie ihn wiedersehen sollte oder nicht, ihr aus der Hand genommen worden war. Sie waren wieder auf dem Weg hin zu einer harmlosen Freundschaft. Und mit ein wenig Glück würde es ihr gelingen, es dabei zu belassen.

»Ich muß Ahmose fragen, ob es hier nicht Sonnenzelte gibt, die wir auf dem Dach aufstellen können.« Höflich, aber distanziert, sagte sie sich zufrieden, und eine geschickte Plazierung von Ahmoses Namen. Sehr gut, Maya. Energisch verdrängte sie die Erinnerung an seinen Kuß, den sie leidenschaftlich erwidert hatte.

»Hast du denn keine aus Piramses mitgebracht?«

»Was? Ach so, Sonnenzelte. Nein, wir haben dort keine. Dort spendet die alte Palme genug Schatten.«

»Natürlich – du hast immer gern unter der Palme gesessen. Du brauchst hier oben auch eine.«

Maya lachte – ein fröhliches, nichtssagendes Lachen. »In diesem Haus gibt es keinen Innenhof. Im übrigen brauchen Palmen Jahre, um eine bestimmte Größe zu erreichen.«

»Stimmt, aber du könntest eine Palme in einem Topf aufstellen. Jemand könnte eine Zwergpalme besorgen; die könnte hier oben hin. Wenigstens würde sie dir bis nach dem Begräbnis von Nutzen sein.«

»Da magst du recht haben. Aber das scheint mir für ein bißchen Schatten doch viel Aufwand zu sein.«

»Du hast aber doch gerade gesagt, daß du hier oben gern Schatten hättest. Ich werde dir eine Palme besorgen.«

»Nein, wirklich ...«

»Doch, doch, das ist kein Problem. Ich weiß, wo ganz in der Nähe Zwergpalmen wachsen. Wir könnten einen Ausflug daraus machen – mit den Kindern.«

»Rahotep, das ist wirklich nicht nötig ...«

»Oh, bitte, Mutter, laß uns hingehen und einen Baum mitbringen!«

»Sei still, Ahhotep, wir haben keine Zeit ...«

»Aber Mutter, du hast doch den ganzen Tag nichts zu tun!«

»Na ja, aber Rahotep ist beschäftigt ...«

»Nein, bin ich nicht.«

»Ist er nicht, Mutter! O Mutter, du weißt, daß es zu heiß ist, um hinauszugehen. Wir sitzen den ganzen Tag im Haus. Laß uns einen Baum holen. Dann könnten wir wenigstens auf dem Dach spielen und wären dir nicht im Weg.«

»Das Dach wird das Gewicht nicht aushalten.«

»Unsinn! Unter der Decke sind dicke Balken.« Rahotep sprang auf und stampfte kräftig mit dem Fuß auf. »Hier ist einer. Und er ist schön breit. Kreuzt er sich mit einem anderen?« Er hüpfte zur Seite und prüfte weiter den Untergrund. »Ja. Hier treffen sie aufeinander. Genau hier! Genau in der Mitte!«

»Aber der Baum wird eimerweise Wasser brauchen. Wir werden einen Flaschenzug aufstellen müssen. Und das Wasser wird das Lehmdach aufweichen, bis es einbricht.«

»So viel wirst du die Palme gar nicht gießen müssen. Du willst sie doch nur bis zu deiner Rückkehr nach Piramses behalten. Sie wird dir ein paar Wochen Schatten spenden, solange ihr hier seid. Was willst du mehr?«

»Bitte, Mutter.«

»Wir machen einen zweiten Ausflug. Wir stehen zeitig auf und nehmen das Frühstück mit. Dann gehen wir tief in den Wald wie Jäger. Wir suchen uns einen Baum aus, fällen ihn und benutzen ihn als Sitzgelegenheit für das Frühstück. Dann tragen wir ihn nach Hause, und ihr könnt obendrauf sitzen, Ahhotep, Hori und Nodjmet …« Bei der Erwähnung ihres Namens schnappte er sich die Kinderfrau und warf sie sich über die Schulter. Nodjmet verlor ihre Perücke, und sie kreischte und schlug empört um sich. »Wir tragen ihn genauso auf unseren Schultern heim«, fuhr Rahotep fort und ging mit der strampelnden Nodjmet auf und ab. Die Kinder liefen kichernd hinter ihm her. »Und genau hier …« Er stellte Nodjmet wieder auf die Füße. » … werden wir den Baum aufstellen – in einem großen Topf.« Er hob Nodjmets Perücke auf und drückte sie ihr auf den Kopf. Die Kinder jauchzten.

»Los, wir sägen den Baum an«, sagte Rahotep und schnappte sich ein Ende einer imaginären Säge. Die Kinder griffen sofort nach dem anderen. Begleitet von lauten Sägegeräuschen, die Rahotep und Hori von sich gaben, sägten sie an Nodjmets Fußknöcheln herum.

»Fort mit euch!« schimpfte die Kinderfrau. »Sucht euch einen richtigen Baum!« Sie war teils verärgert, teils belustigt.

»Dürfen wir, Mutter?«

»Dürfen wir, Maya?«

»Wir werden sehen.«

»Komm schon, Mutter!«

Maya seufzte, und gegen ihren Willen erhellte ein Lächeln ihre Züge. Nodjmet wird es seltsam finden, wenn ich weiter ablehne, sagte sie sich. »Meinetwegen«, sagte sie gottergeben.

»Dann hole ich euch in den nächsten Tagen ab«, erklärte Rahotep und reichte ihr die Hand. Maya ergriff sie, obgleich sie wußte, daß er sie an die Lippen heben würde, so wie er es in Piramses getan hatte.

Die Prozession der Odalisken von Miwer brachte den letzten ermüdenden Abschnitt durch die erwachende Stadt hinter sich und zog dann durch die Tore in den Palast ein. Obgleich Memphis eben erst erwacht war und seine Bewohner rege den neuen Tag begannen, waren die Frauen erschöpft und wollten nur schlafen. Sie gähnten, als ihre Sänften auf dem Hof abgesetzt wurden. Palastdiener waren ihnen beim Aufstehen behilflich, und sie streckten ihre knackenden Glieder. Tamyt setzte einen zierlichen Fuß in einer goldenen Riemchensandale auf den Boden und erhob sich ohne Hilfe. Stehend war sie groß und schlank. Ihre großen Augen musterten die Frauen um sie herum, registrierten ihre Müdigkeit, den Staub auf ihren Kleidern und ihre hängenden Schultern. Mit langen schlanken Fingern zupfte sie ihren Kragen zurecht und straffte die Schultern.

Vom gegenüberliegenden Ende des Hofes näherten sich zwei Gestalten. Zuerst waren sie im Dunkel des Säulenganges nicht auszumachen, doch als sie dann ins Sonnenlicht hinaustraten, erkannte Tamyt, daß es Tiye und Pentaweret waren. Tiye streckte ihre blaugeäderten Hände aus.

»Tamyt, meine Liebe!« Die beiden Frauen rieben die Wangen aneinander. »Es ist lange her, seit wir uns das letzte Mal gesehen haben! Pentaweret kennst du ja.«

»Ich kann mich sogar sehr gut an ihn erinnern.« Tamyt hatte

eine tiefe, volltönende Stimme. Sie richtete ihren aufmerksamen Blick auf ihn.

Pentaweret beugte sich über ihre Hand, aber Tamyt zog ihn an sich.

»Komm schon, Pentaweret, eine alte Freundin deiner Mutter wirst du doch mit einem Kuß begrüßen können«, sagte sie und legte locker die Arme um ihn. »Da ist doch nichts dabei, oder? Ich bin doch fast so etwas wie deine Tante.«

Pentaweret rückte von ihrem honigfarbenen Hals und dem warmen Moschusduft ihres Parfums ab, das ihrer schweren gelockten Perücke anhaftete. »Du siehst nicht aus wie irgend jemandes Tante«, sagte er galant.

»Wie lieb von dir. Aber ich fürchte, keine von uns sieht heute morgen besonders frisch aus. Wir sind alle sehr müde.«

»Natürlich seid ihr das«, entgegnete Tiye verständnisvoll. »Aber der Pharao wird erst in etwa einer Stunde soweit sein, euch zu empfangen. Er steht in letzter Zeit ziemlich spät auf. Das gibt euch aber Gelegenheit, euch ein wenig frisch zu machen. Wirklich, Tamyt, deine Odalisken sollten sich auf dem Palasthof, vor den Augen der Wachen, nicht so gehen lassen.« Tiye klatschte in die Hände. »Meine Damen! Habt ihr vergessen, wo ihr seid? Ihr befindet euch im Palast eures Pharao! Haltet euch gerade. Ich weiß, daß ihr alle müde seid, aber ausruhen könnt ihr in euren Gemächern. Außerhalb des Harems befinden wir uns in der Öffentlichkeit, und in der Öffentlichkeit benehmen wir uns alle wie königliche Odalisken.«

Auf ihren mageren Beinen stakste Tiye über den Hof und bedeutete den Frauen, ihr zu folgen. Sie schienen sie allerdings nicht weiter zu beachten.

»Tiye wird uns zu unseren Gemächern geleiten«, verkündete Tamyt und schaute zu, wie ihre Gefährtinnen sich in einer unordentlichen Gruppe zusammenschlossen und Tiye folgten. »Wenn ich mich bei dir unterhaken dürfte, Pentaweret«, bat sie mit einem strahlenden Lächeln.

»Selbstverständlich.«

Gemeinsam bildeten sie das Schlußlicht. Pentaweret suchte nach einem Gesprächsthema, als sein Blick auf ihre Hand fiel, die durchscheinend braun auf seinem Arm ruhte, die Finger lang und schmal, die Nägel schimmernd wie Opale. Am Mittelfinger trug sie ihr Siegel, eine goldene Katze.

»Das ist aber ein hübscher Siegelring«, sagte er. Es war keine sehr geistreiche Bemerkung, aber die Frau an seiner Seite richtete ihre großen Augen auf ihn. Sie waren mandelförmig und tiefbraun, mit goldenen Kreisen um die Pupillen.

»Das war ein Geschenk Seiner Hoheit«, sagte sie. »Ich habe den Ring bekommen, als er mich damals in seinen Harem aufgenommen hat.«

Pentaweret fiel in Gegenwart der Wachen nichts ein, das er noch hätte sagen können, nichts, das unverfänglich gewesen wäre. Durch einen Rundbogen betraten er und die Frauen den Innenhof des Harems. Hinter einem schattigen Weg lagen auf drei Seiten Backsteinzellen mit Blick auf den Teich in der Mitte des Hofes, den sich Lotosblumen und Fische teilten.

»Die anderen Odalisken sind alle für das Begräbnis angereist«, sagte Tiye, »aber ich habe dafür gesorgt, daß du die Gemächer gleich neben meinen bekommst, Tamyt.« Sie ging voraus durch den hinteren Teil des Hofes, wo inmitten von Rasenflächen und einem kleinen Hain einige größere Häuser standen. »Das hier ist meins«, sagte sie, »und du wohnst gleich nebenan. Ich hätte Khanefrues auch gern hier bei uns, aber im Augenblick macht sie mir noch das Leben schwer. Sie ist ein ausgesprochen dickköpfiges junges Ding. Aber von ihr erzähle ich dir später, wenn du dich ausgeruht hast, meine Liebe.«

»Nein«, widersprach Tamyt, und in ihrer Stimme lag plötzlich unüberhörbare Schärfe. »Wir haben eine Stunde, hast du gesagt? Gut, dann komm mit zu mir und erzähle mir die wichtigsten Einzelheiten. Vermutlich werden wir heute keine andere Gelegenheit mehr für ein Gespräch bekommen.«

»Aber du mußt dich waschen und umziehen«, protestierte Tiye, folgte Tamyt aber dennoch in ihr Haus.

»Lassen wir Pentaweret entscheiden. Bin ich schön genug für den Pharao, Pentaweret?«

Pentaweret räusperte sich. »Du bist schön genug für Amun«, entgegnete er.

»Siehst du? Also – der Pharao ist krank, hast du in deinen Briefen geschrieben.«

»Ja. Und er wird immer schwächer.«

»Hat er immer noch keinen Nachfolger benannt?«

»Niemand konnte ihn bisher dazu bringen.«

»Und er weigert sich immer noch, eine neue Große Frau zu benennen?«

»Ja.«

»Und doch hat er die Königstochter Hattusha geheiratet – Khanefrues ...«

»Ja, das ist verwirrend, da muß ich dir recht geben.«

Pentaweret nahm den Faden seiner Mutter auf. »Aber in Piramses sind alle der Ansicht, daß es nur die Eitelkeit eines alten Mannes ist, der zu beweisen versucht, daß er immer noch einer jungen Frau ... gerecht wird.« Am Ende des Satzes wünschte er, ihn gar nicht erst begonnen zu haben.

»Du sagst, sie ist schön«, meinte Tamyt mit einem schwachen Lächeln.

Tiye schnaubte. »Wenn man diesen Typ mag. Sie ist sehr eitel. Läßt sich einfach nicht dazu überreden, sich das Haar abzuschneiden. Und ihre hethitischen Hofdamen bestärken sie in allem, was sie tut. Sie alle haben etwas Sonderbares an sich. Angeblich sind sie Dienerinnen, aber sie sehen aus, als hätten sie in ihrem ganzen Leben noch keinen Tag gearbeitet. Und ihre Haltung ist auch nicht die gewöhnlicher Dienerinnen. Ich kann es nicht genau benennen, aber sie erinnern mich an Tempeltänzerinnen. Und auch ihre Beziehung zu Khanefrues ist merkwürdig.«

»Inwiefern?«

»Ich habe dir doch von ihren Anfällen berichtet.«

»Ja. Und?«

»Sie hatte wieder einen, zwei Nächte vor unserem Aufbruch von Piramses, beim Lampenfest. Ich habe sie gesehen, als sie gerade wieder zu sich kam. Ihre ›Dienerinnen‹ waren bei ihr und redeten auf sie ein. Es war, als würden sie ihr erzählen, was sich zugetragen hatte.«

»Wahrscheinlich kam sie gerade erst zu sich und wußte nicht, wo sie war.«

»Nein. Es schien, als hätte Khanefrues einen Traum gehabt, den die ›Dienerinnen‹ für sie deuteten.«

»Hm.« Tamyt überlegte einen Augenblick. »Halten wir ein Auge auf sie. Auf sie alle. Hat der Pharao immer noch eine Schwäche für Khanefrues?«

»Er ist ganz vernarrt in sie. Er gibt jeder ihrer Launen nach und will kein böses Wort gegen sie hören. Wenn er sie nicht rückhaltlos in allem unterstützen würde, hätte ich sie längst unter meiner Fuchtel.«

»Wie viel hat er ihr zum Brautgeschenk gemacht?«

Tiye warf einen Blick auf Pentaweret. »Es ist mir gelungen, einen Blick auf die Übertragungsurkunde des Isis-Tempels zu werfen«, sagte sie. »Von der Göttin ungefähr 30 Hektar. Die Aufstellung aus dem Ptah-Tempel haben wir uns noch nicht beschaffen können. Im übrigen glaube ich nicht, daß Rahotep bisher Gelegenheit hatte, sich ernsthaft mit dieser Angelegenheit zu befassen. Sämtliche Unterlagen befinden sich in Memphis, und er war seit dem Tod Apis' in Piramses – bis jetzt.«

»Er hat sich sehr mit seiner Cousine Maya angefreundet«, bemerkte Tiye. »Du erinnerst dich an Maya, die Nichte des Pharao?«

»Mag sein, daß ich sie als Kind gesehen habe.«

»Die Leute haben sich die Mäuler zerrissen, das kann ich dir sagen.«

»Mutter, ich glaube nicht, daß Tamyt ihre Zeit mit Klatsch vergeuden möchte«, wandte Pentaweret ein.

»Für mich ist nichts Klatsch«, widersprach Tamyt. »Für mich sind alles Nachrichten und Neuigkeiten, und die sind Macht. Schnapp möglichst viel Klatsch auf, Pentaweret, und berichte mir.« Sie streckte die Beine auf dem Diwan aus. »Es ist also nicht vorgesehen, dieser neuen Gemahlin des Pharao Grundbesitz des Amun-Re-Tempels, des Königs der Götter, zu übertragen?«

»Nein. Warum fragst du?«

»Weil die Flotte des Amun-Re unseren puntischen Lotos befördert. Ich möchte über jede Landabtretung Bescheid wissen, die das Privileg beinhalten könnte, sich dieser Flotte zu bedienen.«

»Ich glaube, der Pharao wird dieses Privileg einstweilen sich allein vorbehalten«, meinte Pentaweret.

Eine Pause entstand, ehe Tamyt schließlich fragte: »Hast du es weggeschafft?«

Pentaweret nickte. »Ja. Bakamun ...«

»Sag mir nicht, wer oder wie«, fiel Tamyt ihm ins Wort. »Solange ich nicht danach frage. Der beste Weg, ein Geheimnis zu bewahren, besteht darin, niemandem davon zu erzählen, auch nicht Personen, denen man blind vertraut, es sei denn, es läßt sich nicht vermeiden. Du glaubst also nicht, daß die Gemahlin des Pharao eine Anwärterin auf den Titel der Großen Frau ist?« kam sie auf das ursprüngliche Thema zurück.

»Ich bezweifle es«, meinte Tiye. »Er hat sie sehr gern, aber wegen Apis' Tod wurde die Ehe bislang nicht vollzogen. Und überhaupt, er wird immer schwächer. Nein, ich halte das für äußerst unwahrscheinlich.«

»Dann hat er nicht mehr lange zu leben?«

»Eher Monate als Jahre, würde ich sagen.«

Tamyt richtete den Blick wieder auf Pentaweret. »Monate, Eure Hoheit. Was ist das für ein Gefühl?«

Pentaweret fühlte, wie eine Woge der Macht und der Kraft seinen Körper durchströmte. Er blickte auf die spitze Frucht von Tamyts Brüsten, dort, wo sich unterhalb des Halsschmucks das Leinen wölbte.

»Ich bin bereit«, sagte er.

»Wir müssen alles in die Wege leiten«, sagte Tamyt. »Wir müssen den Pharao dazu bringen, dich mit seiner Tochter Bentanta zu verheiraten. Damit erwirbst du einen legitimen Anspruch auf den Thron, und niemand sonst kann sich den Vorteil einer solchen Ehe zunutze machen. Trotzdem wird Prinz Ramses noch eine mächtige Stellung innehaben, wenn der Pharao stirbt. Auch wenn er nicht offiziell zum Nachfolger bestimmt wurde, ist er der älteste Sohn, und er genießt einige Unterstützung am Hof, wenn er auch nicht sonderlich beliebt ist. Er ist älter als du. Er besitzt Kriegs- und Ratserfahrung, und der Großteil des Militärs wird ihn unterstützen. Aber auf dieser Ebene können wir einen Ausgleich schaffen. Bakamun bearbeitet bereits die Truppenverbände im Norden, und mein Halbbruder Seniry macht Fortschritte bei seinen Nubiern im Süden. Er schätzt, daß es ihm gelingen wird, sämtliche nubischen Bogenschützen auf seine Seite zu ziehen. Und was gibt es Neues bezüglich dieses Nomadenhäuptlings Medja?«

»Er und seine Leute wurden ohne das von ihnen geforderte Abkommen heimgeschickt.«

»Gut. Wenn du mich zur Gottgemahlin Amuns in Theben machst, werde ich die Südländer nutzbringender für dich verwalten, als der Vizekönig von Nubien es im Dienste deines Vaters tut. Gibt es sonst noch etwas, worüber wir reden sollten?«

Pentaweret schüttelte den Kopf.

»Ich glaube nicht«, meinte auch Tiye.

»Dann ist es vielleicht klüger, wenn wir nicht zu viel Zeit allein miteinander verbringen, noch bevor ich dem Pharao vorgestellt wurde.«

Tiye erhob sich von ihrem Stuhl und drückte mit trockenen Lippen einen flüchtigen Kuß auf Tamyts kühle Wange. »Bis später, meine Liebe«, sagte sie.

Pentaweret trat vor, um ihr die Hand zu geben, aber Tamyt stand von ihrem Diwan auf und sank vor ihm auf die Knie. »Hoheit«, sagte sie und küßte seine Sandalen, wobei ihre Perücke seine Beine kitzelte. Als sie den Kopf hob und ihm ins Gesicht blickte, überzog ein dünner Schweißfilm seine Stirn.

»Meine Königin«, entgegnete er, und das Auf und Ab seines Brustkorbs war deutlich zu sehen.

Tamyt blieb regungslos stehen, bis die anderen den Raum verlassen hatten; dann kehrte sie zu ihrem Sofa zurück. Durch die offene Tür konnte sie Mutter und Sohn in Richtung Palast gehen sehen. Als ihr Blick sich auf Pentawerets Rücken heftete, verzogen ihre breiten Lippen sich zu einem selbstzufriedenen Lächeln und entblößten ihre scharfen weißen Zähne.

Ahmose war an diesem Abend zu Hause. Zu Mayas Überraschung kam er sogar in ihren Wohnraum, um die Kinder zu sehen. In der Hand hielt er Lederriemen mit Bronzeschnallen.

»Zügel«, erklärte er. »Ich werde Hori beibringen, wie man einen Streitwagen lenkt.«

»Er mag keine Streitwagen«, erklärte Ahhotep sofort.

»Das ist doch nicht dein Ernst«, wandte Maya ein. »Dazu ist er doch noch viel zu klein.«

»Ich meine ja auch nicht, daß er wirklich lenken soll«, entgegnete Ahmose, in dessen Stimme bereits ein Anflug von Ungeduld mitschwang. »Aber er kann die Zügel halten, während ich lenke. So hat es mein Vater auch mit mir gemacht.«

»Streitwagen sind zu schnell«, erklärte Ahhotep.

Ahmose beachtete sie nicht. »Komm her, Hori«, sagte er. »Komm und halte die Zügel.«

Hori zögerte, aber die Neugier war eine starke treibende

Kraft. Er hatte nicht viel für echte Pferde übrig, aber das hier war ja nur ein Spiel. Der Geruch des Leders und das Klirren der Bronzeschnallen gefielen ihm. Er trat neben Ahmoses Stuhl und strich mit der Hand über die Leinen.

»Wie legt man sie einem Pferd an?« wollte der Junge wissen.

Ahmose zeigte es ihm. Sie benutzten einen Stuhl als Pferd und legten die Zügel über die Rückenlehne. Dann stellte Ahmose einen zweiten Stuhl mit der Lehne voran hinter dem ersten auf, und Hori stellte sich in diesen improvisierten Streitwagen. Unsicher griff er nach den Zügeln.

»Gut so, Hori«, ermutigte ihn Nodjmet, die von ihrer Näharbeit aufgeblickt hatte. »Treib es an, laß es traben.«

»So«, erklärte Ahhotep und ließ imaginäre Zügel auf eine Pferdekruppe niedersausen. »Laß ihn galoppieren, so!« Sie nahm ihrem Bruder die echten Zügel aus der Hand, woraufhin Hori sogleich losheulte.

»Schneller, schneller!« rief Ahhotep, ließ eine unsichtbare Peitsche knallen, beugte das Knie und paßte sich geschmeidig den eingebildeten Bewegungen des Streitwagens an. »Schneller!«

Hori rief: »Vater! Ich will lenken!«

»Geh weg da, Ahhotep«, befahl Maya streng. »Hori soll es lernen.«

»Ich will es aber auch lernen. Ich habe keine Angst vor Pferden.«

»Tut mir leid, Ahhotep«, sagte Ahmose. »Ich versuche, es Hori beizubringen. Ich ... ich werde dir eine Puppe kaufen«, fügte er beschämt hinzu.

»Ich will aber keine Puppe«, sagte Ahhotep patzig.

»Hinaus!« befahl Maya. Ahhotep warf die Zügel zu Boden und stampfte beleidigt zu Nodjmet.

Hori nahm die Leinen wieder auf und lenkte freudig das ›Pferd‹. Maya beobachtete erstaunt, daß ihr Sohn tatsächlich Spaß an der Sache hatte. Ich wette, er kann das Pferd vor sich sehen und stellt sich vor, wie der Wagen die Straße entlangfährt, sagte sie sich. So viel Interesse hatte er bisher noch nie gezeigt.

»Jetzt mußt du es in einem echten Streitwagen probieren«, sagte Ahmose schließlich.

»Wann?«

»Wie wäre es mit morgen?«

»O ja, bitte!«

»Darf ich es jetzt auch mal versuchen?« bat Ahhotep.

»Gut, du bist dran.«

»Aber mit dem Stuhl ist es langweilig«, maulte Ahhotep. »Halte du die Zügel, Vater.«

»Ich?« Ahmose war peinlich berührt. Er hatte noch nie mit seinen Kindern herumgealbert.

»Ja. Du hältst die Zügel hinter den Rücken, damit ich dich lenken kann. Du bist das Pferd. Hü!«

Ahmose kam sich albern vor und schämte sich dafür. Gehorsam galoppierte er durchs Zimmer, durch die Tür und die Treppe hinaus aufs Dach, wo niemand ihn sehen konnte. Als sie schließlich zurückgaloppierten, hüpfte Hori mit erhobenen Fäusten auf Mayas Schoß auf und ab.

»Wie groß ist dein Streitwagen, Vater?« fragte er.

»Es ist der größte in der ganzen Armee«, antwortete Ahmose.

Ahhotep zupfte an seinem Rock. »Vater, kann ich eine Puppe mit echtem Haar haben?«

5. Kapitel

Als Ahmose, an jeder Hand ein Kind, den Palasthof betrat, um Seti abzuholen, stand eine Sänfte in einer Ecke beim Säulengang.

»Ich weiß, was sie vorhat«, sagte er sich. »Ich weiß es.« Allmählich konnte er ihre Gedanken lesen.

Seti trat zwischen den Säulen hervor. Ahmose stemmte die Hände in die Seiten und setzte eine strenge Miene auf.

»Herr«, sagte Seti mit einer Verbeugung. »Ihre Hoheit hat eingewilligt, mich für heute in Eure Dienste zu stellen – allerdings unter einer Bedingung.«

Ahmose konnte sich ein Grinsen nicht verkneifen. »Eine Bedingung?« wiederholte er. »Hat diese Bedingung vielleicht etwas mit der Sänfte, den Trägern und den Gardisten zu tun, die gerade durch das Tor kommen?«

Mit leisen Schritten tauchte Khanefrues hinter Seti im Säulengang auf.

»Das Privileg einer Gemahlin des Pharao, Ahmose. Wir haben seit unserer Ankunft in Memphis noch keine Stadtbesichtigung unternommen. Statt dessen habe ich bei deinem strengen Lehrmeister die ganze Zeit Ägyptisch gelernt. Ich sehne mich danach, den Harem für ein paar Stunden zu verlassen.«

Ahmose verneigte sich. »Das Privileg einer Gemahlin des Pharao. Es wird mir eine Freude sein, Hoheit. Aber Seti kann Euch doch inzwischen sicher nicht mehr viel Ägyptisch beibringen? Eure Kenntnisse dieser Sprache sind längst perfekt.«

Khanefrues stieg in Begleitung einer ihrer hethitischen Damen die Treppe hinunter. Sie legte Ahmose eine Hand auf den Arm und blickte lachend zu ihm auf. »Ich habe ein sehr schlechtes Gedächtnis, Ahmose. Jedesmal, wenn Tiye mich zu etwas überreden will, vergesse ich schlagartig all meine neuerworbenen Sprachkenntnisse.«

Ahmose lächelte. »Gestattet mir, Euch meine Kinder vorzustellen, Hoheit. Das sind mein Sohn Hori und meine Tochter Ahhotep.« Ahhotep nickte, während Hori am Daumen lutschend zu Khanefrues aufblickte.

»Deine Kinder! Sie sind reizend! Kommen sie mit uns?«

»Ja – mein Onkel hat Ahhotep nicht mehr gesehen, seit sie noch ein Säugling war. Und Hori kennt er überhaupt nicht.« Ahmose verkniff es sich gerade noch, hinzuzufügen, daß er und Maya vor Horis Geburt nach Piramses umgesiedelt waren. Die Erwähnung Mayas hatte ihnen schon ihren letzten Ausflug verdorben. Doch Mayas Kinder schienen der guten Laune Kahnefrues' keinen Abbruch zu tun. Sie beugte sich zu ihnen hinunter, und er beneidete sie um ihre Unbefangenheit im Umgang mit ihnen. Dann stieg sie in ihre Sänfte.

Ahmose ging allen voraus, verließ den Hof und steuerte seinen bereitstehenden Streitwagen an. Als er die Kinder hinein hob, fragte er sich, was sein Onkel wohl von dem hoheitlichen Besuch halten würde, der so unerwartet bei ihm einfiel. Er rechnete nur mit ihm selbst und Seti, vielleicht noch mit den Kindern. Jetzt würde er nicht nur sie alle, sondern zusätzlich eine Vorhut, die Königin und ihre Träger, ihre Hofdame, die Begleitsoldaten und die Nachhut am Hals haben. Khanefrues' Vorstellungen von einem Ausflug aufs Land entsprachen ganz offensichtlich nicht jenen der meisten anderen Menschen. Trotzdem konnte Ahmose ihre Sorglosigkeit nicht als egoistisch verdammen. Sie war eben Teil ihrer Arglosigkeit.

Ahmose hatte befürchtet, daß der Wagen mit ihm selbst, Seti und den Kindern überladen sein könnte, doch diese Sorge hätte er sich sparen können. Wegen des bevorstehenden Begräbnisses platzte die Stadt aus allen Nähten. Und doch kamen sie dank der Palastwache, die ihnen den Weg freimachte, deutlich besser voran als bei Ahmoses letzter Fahrt. Die Kinder standen vorn, hielten sich an der Umrandung fest und blickten über die Wagenverkleidung hinweg, umweht vom durchdringenden Geruch des Pferdes, dem Duft warmen Leders und dem Staub der Stadt und des offenen Geländes. Nachdem sie die Stadt erst hinter sich gelassen hatten, überließ Ahmose ihnen abwechselnd die Zügel. Er sagte sich, daß er für Hori Handschuhe würde anfertigen lassen müssen.

Wegen der zusätzlichen Last, der Kinder und der Eskorte, die das Tempo vorgab, kamen sie nur langsam voran. Wie schon auf ihrer Reise von Piramses nach Memphis blieben Viehtreiber stehen, denen sie begegneten, und starrten sie an. Dorfbewohner verließen ihre schummrigen Behausungen und musterten sie blinzelnd im grellen Sonnenlicht. Kinder jagten wie die Hasen durch das niedrige Gestrüpp, um die Kunde zu verbreiten, so daß in jedem neuen Dorf die Menschen sie bereits an Türen und Fenstern erwarteten. Auch sein Onkel würde benachrichtigt werden. Ahmose wußte nur nicht, ob er die Expedition mit seinem Neffen in Verbindung bringen würde.

Sein Onkel, seine Tante und ihre sämtlichen Hausangestellten standen draußen auf der Veranda, als die Vorhut vor dem Haus haltmachte. Ahmose sah die Verblüffung auf ihren Gesichtern, als sein Streitwagen hinter ihnen hielt. Seine Tante erbleichte, als sie die Sänfte sah, und schlug entsetzt die Hände vors Gesicht. Sein Onkel eilte derweil mit ausgebreiteten Armen von der Veranda auf die Straße. Die Sänftenträger ließen die Gemahlin des Pharao herunter.

»Ahmose«, sagte der alte Mann abwesend, den Blick auf die Sänfte und ihre Benutzerin geheftet. »Seti – nach all diesen Jahren. Und Ihr, Hoheit ...« Er verneigte sich so tief wie seine alten Knochen es zuließen.

»Hoheit«, sagte Ahmose und nahm ihre Hand, als sie aufstand. »Darf ich Euch den Bruder meines Vaters vorstellen, Hemptah, Sohn von Siptah. Onkel, das ist Khanefrues, Gemahlin des Pharao.«

»Eure Hoheit erweisen uns eine große Ehre«, entgegnete Ahmoses Onkel. Hinter ihm konnte Ahmose seine Tante sehen, die das Personal zurück ins Haus scheuchte, um dort umzuräumen und für alle Platz zu schaffen. »Darf ein alter Mann das Privileg der Alten für sich in Anspruch nehmen und aussprechen, daß Seine Hoheit keinen passenderen Namen für Euch hätte auswählen können als ›Ihre Schönheit erstrahlt in vollem Glanz‹?«

Khanefrues dankte ihm für das Kompliment und ließ sich ins Haus geleiten. Ahmoses Tante verneigte sich ebenfalls tief, als sie der Gemahlin des Pharao vorgestellt wurde, und hieß sie in ihrem bescheidenen Heim willkommen.

»Warum hast du mir nicht gesagt, daß sie mitkommt?« zischte sie Ahmose zu, als sie gemeinsam eintraten.

»Weil ich selbst nichts davon wußte«, entgegnete er leise. »Ich habe dich ja gewarnt, daß sie sehr impulsiv ist.«

Während Khanefrues im Empfangsraum Platz nahm und ein Diener geschickt wurde, Erfrischungen zu holen, brachte Ahmose die Kinder in das Wohnzimmer seiner Tante.

»Oh, ihr Süßen«, rief sie entzückt und drückte sie an ihren üppigen Busen. »Euch ausgerechnet an diesem Tag zu sehen, da ich so viel zu tun habe.« Sie funkelte Ahmose böse an. »Kommt mit in die Küche und helft mir. Mögt ihr süße, klebrige Datteln?« Sie schob die Kinder vor sich her in den Dienstbotentrakt. Ahmose erhaschte einen Blick auf umhereilende Gestalten und vernahm erregtes Stimmengewirr, Aufschreie vom Schlachtfeld der Gastfreundschaft, auf dem sie ahnungslos in einen Hinterhalt geraten waren. Die Kakophonie stand jener auf den Schlachtfeldern der asiatischen Ebenen in nichts nach. Er grinste, wenn er auch durchaus Mitgefühl mit seiner Tante empfand.

Ahmose schlenderte wieder nach draußen. Die Wachen, die schon einige Erfahrung mit solchen Situationen besaßen, hatten seinen Wagen in einen angrenzenden Hof gebracht und bei einem Gartenarbeiter Bier für sich organisiert. Zufrieden, daß seine Pferde versorgt waren, kehrte Ahmose ins Haus zurück, sah nach seiner kriegerischen Tante, die ihre Küchentruppen befehligte und ihre kulinarischen Geschütze auffuhr, und gesellte sich dann zu seinem Onkel. Als er Khanefrues völlig unbeschwert im Lieblingssessel seines Onkels sitzen sah, stieg wieder Mitleid mit seiner Tante und seinem Onkel in ihm auf. Dann sah er ihre lachenden, tanzenden, tiefgrünen Augen und wußte, alles würde gut.

Und so war es auch. Tische und Bänke wurden nach draußen getragen, und die Soldaten ließen sich zufrieden mit Brot und Bier nieder. Ahmoses Tante hatte ihre Mitgift von versilberten Kupfertellern und -bechern hervorgeholt, und als sie frisch poliert waren, wurden der Gemahlin des Pharao guter Wein und köstliche Süßigkeiten darin serviert. Das Küchenheer schmückte für sie Fingerschalen aus blauem Glas mit Lotosblüten und holte bestickte Leintücher aus einer Truhe, an denen sie sich die Hände abtrocknen konnte. Ahmoses Tante opferte ihr eigenes Parfum für Khanefrues' Füße, und als die Fächerträger mit ihren großen Federfächern die Decke fegten, holte die Gastgeberin für ihren Gast ihren eigenen Elfenbeinfächer. Vor den Kindern, denen Straßenstaub und Dattelflecken von Gesicht und Händen gewaschen worden waren, standen blumengeschmückte runde Schalen mit verschiedensten Delikatessen. Irgendwann zwischendurch gelang es der Gastgeberin, sich kurz davonzustehlen, um sich umzuziehen, bevor sie dann wie durch Zauberei gebratene Wachteln auftragen ließ.

Endlich konnte Ahmose seine Tante überreden, sich hinzusetzen. Da ihr Gast eine Dame war, wollten die Männer der Hausherrin nicht gestatten, sich zurückzuziehen. Kaum hatte sie sich auf einen Stuhl sinken lassen, war von draußen einiger Tumult zu hören. Wie sich herausstellte, hatte sich einer von Ahmoses Vettern mit seiner gesamten Familie eingefunden, getrieben von Neugier auf den hohen Besuch.

Eine ganze Prozession von Besuchern mußten Khanefrues vorgestellt werden. Der Raum füllte sich allmählich, und seine Tante und sein Onkel holten immer mehr Stühle herbei. Schließlich gingen ihnen die Sitzgelegenheiten aus, und weitere Neuankömmlinge mußten stehen. Ahmose bemerkte, daß Khanefrues, die gerade begonnen hatte, sich seinen Verwandten gegenüber zu öffnen, sich immer mehr in sich zurückzog, je größer der Andrang wurde. Sie hätte sich aber doch denken können, welche Wirkung ihr Besuch an einem so abgelegenen Ort haben würde, sagte er sich. Sie hatte doch wohl nicht angenommen, unbemerkt herkommen und einen ruhigen Tag bei seiner Familie auf dem Land verbringen zu können? Langsam dämmerte ihm, daß sie vermutlich genau das gedacht hatte; offenbar war sie tatsächlich so naiv. Er erwog, den Besuch abzubrechen. Andererseits hatte er noch gar keine Gelegenheit gehabt, mit seinem Onkel die Angelegenheit mit dem Acker zu besprechen, und das war immerhin der eigentliche Grund für seinen Besuch. Tatsächlich hatte er bisher kaum ein Wort mit seinem Onkel gewechselt, da Khanefrues die Aufmerksamkeit aller gefesselt hatte.

Schließlich aber löste die Sommerhitze das Problem ganz allein. Die Familien der Besucher verabschiedeten sich bald wieder, um nicht in der Mittagssonne den Heimweg antreten zu müssen. Khanefrues sah blaß und erschöpft aus. Ahmoses Tante überredete sie schließlich, sich in den Schatten ihres Wassergartens zu setzen, so daß Ahmose endlich zum geschäftlichen Teil übergehen konnte.

Sein Onkel ließ die Dokumententruhe aus seiner Kammer bringen. Seti, der bis jetzt in die Rolle eines unbeteiligten Zuschauers gedrängt gewesen war, holte einige Übertragungsurkunden hervor, die er in Ahmoses Haus in Memphis entdeckt hatte. Mit ihrer Hilfe ließ sich Hemptahs Besitzanspruch beweisen und Khentykhetys Betrugsversuch vereiteln. Ahmoses Onkel war begeistert.

»Trink noch ein wenig Wein, mein Junge«, rief er bester Laune. »Und du auch, Seti! Mein Land! Alles meins, soweit das Auge reicht. Ich kann es umarmen. Ich kann hier stehen, die Arme ausbreiten und mein Land umschließen!« Schwungvoll breitete er die Arme aus. »Alles meins! Wißt ihr, was ich als einziges bedaure?«

»Was?«

»Daß ich nicht geradewegs zu diesem Schurken gehen und meinen Triumph auskosten kann.«

»Aber natürlich kannst du das.«

»Wie? Jetzt, wo die Gemahlin des Pharao hier ist? Ich kann unmöglich fort, solange sie in meinem Hause weilt. Ich werde eine Nacht darüber schlafen müssen. Ich werde kein Auge zutun.«

Aus dem eingefriedeten Garten drangen Gelächter und Kinderstimmen zu ihnen herein.

»Wie es aussieht, haben die Kinder ihren Mittagsschlaf hinter sich«, stellte Ahmose fest. »Sie hat Euch für heute lange genug in Anspruch genommen, Onkel. Ich werde vorschlagen, daß wir aufbrechen.«

Sein Onkel wölbte eine Braue. »Du willst einer Gemahlin des Pharao nahelegen, daß es für sie Zeit ist zu gehen?«

»Bei dieser kann ich das. Seti, würdest du bitte hinausgehen und den Soldaten Bescheid geben, daß wir bald aufbrechen?«

Seti verließ den Raum.

»Ahmose«, begann sein Onkel. »Du kannst nicht …«

Ahmose lächelte. »Von mir wird sie es akzeptieren, Onkel. Sei unbesorgt.«

Sie waren auf den Balkon hinausgegangen, und Hemptah nahm Ahmoses Arm und musterte ihn ernst.

»Ahmose, warum bringst du Maya nicht mit her?«

Ahmose stellte seinen Becher ab. »Hör zu, Onkel, du weißt doch, daß es mit Maya und mir nicht funktioniert. Wir haben aus den falschen Gründen geheiratet. Erwarte nicht von mir, sie mitzubringen …«

»Nein, Ahmose, nein. Wir alle haben dir geraten, Maya zu heiraten. Ich auch. Ich wußte um deine Gefühle für Ishtar. Ja, ich werde von ihr sprechen …«, fuhr er hastig fort, als Ahmose sich abwandte. »Ich sagte zu dir: ›Sie ist als Konkubine in deinem Haus, aber sie ist nicht deine Gemahlin, sondern eine Sklavin, und sie ist unfruchtbar. Heirate die Tochter der Schwester des Pharao, gründe eine Familie, schaffe dir Beziehungen und baue dir eine Karriere auf‹. Und es war ein guter Rat …«

»Onkel, meine Ehe ist eine Farce …«

»Es war ein guter Rat, aber du wolltest deine Konkubine nicht aufgeben. Du hast sie allen vorgeführt – Maya, ihrer Mutter, sogar dem Pharao.«

»Ich bin mit ihr aufgewachsen. Ich habe sie geliebt.«

»Deine Liebe war aber nicht stark genug, sie zu heiraten. Und als ich dir schließlich geraten habe, sie fortzuschicken, hast du es getan.«

»Hör auf! Ich weiß, daß ich einen Fehler gemacht habe. Aber der Fehler war nicht der, Ishtar so lange bei mir behalten zu haben, sondern vielmehr der, daß ich sie nicht geheiratet habe. Jetzt ist es zu spät. Soviel ich weiß, ist sie tot. Ich versuche nach Kräften, das alles zu vergessen. Aber erwarte nicht von mir, mit Maya eine normale Ehe zu führen. Dazu ist es zu spät …«

»Ahmose, Ahmose, hör mir zu. Was ich meine … du sollst aus ihr …« Er zeigte mit dem Finger nach draußen. » … nicht eine zweite Ishtar machen.«

Ahmose erstarrte. Dann lachte er, aber es war ein schwaches Lachen. »So etwas Dummes habe ich noch nie von dir gehört, Onkel. Sie ist die Braut des Pharao.«

»Ich meine ja auch nicht, daß du sie im Moment mit diesen Augen siehst, aber sei doch ehrlich, mein Junge. Hältst du das hier für richtig? Findest du es normal, daß eine Gemahlin des Pharao mit einem fremden Mann einen Ausflug aufs Land unternimmt?«

»Mit mir, meinen Kindern, einem Dutzend Wachen, zwei Fächerträgern, vier Sänftenträgern und ihrer Zofe. Zu meinen Aufgaben gehört auch, ihr Ägypten zu zeigen, die Städte, die Lebensweise unseres Volkes … Sieh mal, Onkel, der Pharao räumt ihr große Freiheiten ein, das gebe ich ja zu, aber sie hat seine Erlaubnis und eine Eskorte, und ich gehöre gewissermaßen zu ihrem Gefolge.«

»Du bist ein junger Mann, Ahmose«, entgegnete sein Onkel geduldig. »Ein gutaussehender junger Mann. Der Pharao hingegen ist alt und wird immer schwächer. Du bist unglücklich, und sie fühlt sich vermutlich einsam. Daß ihr euch zueinander hingezogen fühlt, sieht doch ein Blinder. Halte dich ein wenig zurück. Das ist alles, worum ich dich bitten möchte. Deine Zukunft liegt bei deiner Familie, nicht bei dieser Frau.«

Seti kehrte zurück, so daß es Ahmose erspart blieb, zu den Worten seines Onkels Stellung beziehen zu müssen. Die Wachen sammelten sich. Ahmose ging in den Garten, um Khanefrues zu holen.

Sie war enttäuscht und ein wenig empört, daß er ihrem Besuch ein so abruptes Ende bereitete. Jetzt, da die vielen fremden Leute fort waren und sie zusammen mit Ahmoses Tante und den Kindern im Garten saß, war ihre gute Laune zurückgekehrt.

»Aber warum müssen wir denn so bald wieder aufbrechen? Die Hitze hat noch nicht einmal nachgelassen.«

Seinem Onkel zuliebe konnte Ahmose ihr kaum befehlen, das Haus zu verlassen, aber plötzlich hatte er eine Eingebung. »Verzeiht, Hoheit«, sagte er. »Aber was, wenn Ihr Euch fragt, was Ihr von Memphis haltet? Es könnte peinlich werden, wenn sich herausstellt, daß Ihr nichts anderes gesehen habt als das Haus meines Onkels. Wenn wir gleich aufbrechen, können wir den längeren Weg zurück wählen und einen Abstecher zu den Pyramiden machen. Dann habt Ihr dem Pharao etwas zu berichten.«

Die Kinder jubelten.

Khanefrues lachte. »Was die Pyramiden betrifft, bin ich ebenso kindisch wie sie. Also gut, gehen wir.«

Die Sonne hing golden und tief über dem westlichen Horizont, als sie sich der Totenstadt von Memphis näherten. Eine Straße führte an diesem Wüstenabschnitt entlang. Sie folgten der Straße, bis sie auf einen Pfad stießen, der den steinigen Hang hinaufführte und für Streitwagen und Sänftenträger passierbar war. Khanefrues und die Kinder gaben keine Ruhe, ehe sie nicht die eigentliche Nekropole betreten hatten. Vor ihnen ragten drei gewaltige Gräber vergangener Pharaonen auf; die verfallenen Monumente ihrer längst verstorbenen Gefolgsleute standen um ihre mächtigen Flanken verstreut.

»Wessen Gräber sind das?« fragte die Gemahlin des Pharao, doch Ahmose konnte es nicht sagen. Er kannte den Namen des Erbauers der größten Pyramide, Khufu, sowie jene der königlichen Erbauer anderer Grabstätten weiter im Norden, Khafre und Menkaure. Die Namen der Erbauer der anderen Pyramiden waren unter dem Staub von Generationen verborgen, und die Zeit hatte den Sand meterhoch in den Ruinen der Grabstätten ihrer Höflinge aufgehäuft. Hierher hatte seit Generationen keine königliche Begräbnisprozession mehr geführt. Ahmoses Vorfahren sowie sämtliche Pharaonen späterer Dynastien waren nach Maat im Süden gebracht worden, einem Tal in den felsigen Flanken der Berge gegenüber von Theben, und niemand vermochte die genaue Stelle zu bezeichnen, an der sie ruhten. Heute wurden nur noch Höflinge und Priester auf diesen alten Friedhöfen bestattet.

Als sie weiter nach Süden zogen, fielen die großen Pyramiden hinter ihnen zurück; vor ihnen, jenseits des Grates, ragten die Spitzen zahlreicher kleinerer Pyramiden empor. Aufgereiht wie Perlen auf einer Schnur, markierten sie die Grenze zwischen der fruchtbaren Ebene und der Ödnis, von dort, wo die Zwei Länder aufeinandertrafen, über Miwer im Süden bis zum Land des Sees.

Als sie die zweite Pyramidengruppe passiert hatten und die Vororte von Memphis linker Hand in Sicht kamen, fand Ahmose eine Stelle, die den Aufstieg zum Plateau ermöglichte. Trotzdem war der Weg noch sehr steil; sie mußten aus dem Wagen aussteigen und das Pferd beim Zaum führen. Die Sänftenträger der königlichen Gemahlin unternahmen einen tapferen Versuch, sie hinaufzutragen, aber Ahmose sah sich gezwungen, um ihrer Würde, wenn nicht gar ihrer Sicherheit willen einzugreifen. Das letzte Stück legte sie zu Fuß zurück.

Vor ihnen auf dem Plateau stand eine kleine Stufenpyramide inmitten von Hügeln, unter denen die Nebengebäude der Grabstätte verborgen waren. Weiter im Süden war inmitten der Sanddünen noch ein kleinerer verfallener Steinhügel zu sehen, der kaum noch als königliches Grab zu erkennen war. Zu Fuß schritten sie an der verfallenen Einfriedungsmauer eines vergessenen Herrschers vorbei und am verwitterten Mausoleum eines weiteren – Relikte von Jahrhunderten, im Sand unter ihren Füßen vergraben. Jenseits der Grabstätten erstreckte sich die Ödnis der Wüste bis zum Horizont.

Vor ihnen, dem leisen Atem der Wüste und den heulenden Sandstürmen gleichermaßen ausgesetzt, erhob sich eine helle Stadt aus gebleichten Steinen mitten im Sand, still und verlassen: die ewige Stadt des heutigen Memphis.

Khanefrues eilte an ihrer Sänfte vorbei und stand vorn in seinem Streitwagen, ehe Ahmose erahnen konnte, was sie vorhatte.

»Bitte laß mich lenken«, bettelte sie mit blitzenden Augen, die Zügel fest in den kleinen weißen Händen.

Ahmose mußte lachen, als er dem unwiderstehlichen Blick ihrer meergrünen Augen begegnete. Zwischen ihnen war eine Barriere eingestürzt. Er fühlte sich wundervoll.

»Nur wenn Ihr mich mitnehmt«, entgegnete er.

Sie lächelte, und er stieg zu ihr in den Wagen. In einer geordneten Kolonne setzten sie ihren Weg fort. Das gehorsame Pferd zog den Wagen langsam durch die Gräberreihen, und ihre Begleiter folgten ihnen in einigem Abstand. Nach wenigen Minuten wichen die Straßen der Nekropole und riesigen Sandverwehungen, und im Westen erstreckte sich endlos die Wüstenebene, in das goldene Licht der untergehenden Sonne getaucht.

Weiter vorn war ein anderer Streitwagen auszumachen. Als sie näherkamen, erkannte Ahmose in dem Lenker den Prinzen Ramses. Er war allein, hielt die zusammengerollte Peitsche in der Hand und blickte gedankenverloren über die Nekropole. Ahmose stieg von seinem Wagen und ging zu ihm hinüber. Mit sichtlichem Widerwillen wandte Ramses sich dem Störenfried zu. Seine Begrüßungsworte fielen entsprechend schroff und knapp aus.

»Wer ist da bei dir?« fragte er nach einem kurzen Wortwechsel. »Die Königsgemahlin Khanefrues?«

»Ja.«

»Sieh dir das an. Sie wahrt Abstand. Sie weiß, was ich von ihr halte – oder besser, was ich von der Besessenheit des Pharao ihr gegenüber halte. Ich habe nichts gegen das Mädchen persönlich, aber ich habe ihn vor den Folgen einer solchen Heirat gewarnt.«

»Was meinst du? Ist etwas geschehen?«

Ramses schlug mit der Peitsche gegen die Wagenverkleidung. »Heute morgen habe ich ein Schreiben von ihrem Vater erhalten. Ich habe so etwas erwartet, aber es war dennoch unerfreulich.«

»Was schreibt er denn?«

»Ach, nichts Besonderes. König Suppiluliumas von den Hethitern an den Prinzen Ramses. Grüße und überschwengliche Versicherungen seines guten Willens. Etwas über die neuen freundschaftlichen Bande zwischen unseren Familien, und daß wir einander in Zeiten der Not beistehen müssen. Und er freue sich schon auf den Tag, da ein Bruder den anderen umarmen könne – der Vater den neugewonnenen Sohn und die Blume von Tochter, die er gepflanzt hat, damit sie in der Erde Ägyptens wachsen und Früchte tragen möge.«

Ahmose schnitt eine Grimasse. »Die erste Annäherung«, sagte er.

»Die erste Annäherung – über mich, um den Weg zum Pharao zu ebnen. Er wird es nicht vermeiden können, den Pharao persönlich anzusprechen, wenn er herkommen möchte, aber er versucht, erst mich weichzuklopfen.«

»Was wirst du tun?«

»Ich habe ihm bereits geantwortet. Ich habe ihm mitgeteilt, daß Ägypten um einen Gott trauere und die Ehe seiner Tochter bislang nicht vollzogen wurde. Mit anderen Worten, er soll sich auf eine längere Wartezeit gefaßt machen.«

»Das alles hast du ihm mitgeteilt?«

»O ja. Bei einem richtigen Herrscher – wie der König der Hethiter vor dem Einfall der Seevölker es war – müßte man diplomatisch vorgehen. Aber wenn es sich um einen Parasiten handelt wie ihn? Was kann er schon tun? Der König von Aleppo versucht wahrscheinlich, ihn loszuwerden, sonst würde er sich kaum so bald nach der Heirat an mich wenden. Er kann es sich nicht leisten, beleidigt zu sein, und auch wenn er wütend wird, besäße er nicht die Macht, sich zu rächen. Mich interessiert nur eines – daß wir ihn nicht hier haben wollen.«

»Weiß seine Tochter Hat... Khanefrues von seinem Brief?«

»Ich weiß es nicht. Ich kenne ihren Briefwechsel nicht. Aber ich werde wohl Sorge dafür tragen, künftig Einblick in ihre sämtlichen Briefe zu erhalten.« Er sah, wie ein abweisender

Ausdruck auf Ahmoses Züge trat. »Himmel, sei doch nicht so kleinlich. Sie braucht ja nichts davon zu erfahren, und was sie nicht weiß, wird ihr auch nicht schaden. Ich werde ihren nichtsnutzigen Blutsauger von Vater von meines Vaters Hof fernhalten, egal wie.«

Ahmose blickte zu Boden, schaute dann wieder auf. »Gibt es schon Neuigkeiten von Medja?«

»Nein. Unsere Eskorte ist zurückgekehrt, aber das ist auch schon alles. Eskorte!« Ramses schnaubte verächtlich. »Wir hätten Truppen schicken und sie in den Sand stampfen sollen!«

Ein Aufschrei, Hufgeklapper und das Quietschen von Wagenrädern ließen ihn herumfahren. Khanefrues stand immer noch allein in Ahmoses Streitwagen, der sich in rasendem Galopp entfernte. Seti und die Kinder standen erschrocken und wild gestikulierend da. Die Wachen setzten dem entschwindenden Wagen nach, aber ihre Chancen, das Gefährt einzuholen, waren gleich null.

»Das Pferd ist durchgegangen!« Ahmose rannte los, doch Ramses rief ihn zurück.

»Von wegen durchgegangen!« sagte er und beschirmte seine Augen mit einer Hand gegen die Sonne. »Sieh sie dir an! Sie lenkt den Wagen wie ein Mann.«

Ahmose blieb stehen und starrte auf den winzigen Wagen in der Ferne. Die Königsgemahlin hatte sich die Perücke vom Kopf gerissen, so daß ihr bronzefarbenes, von der Sonne vergoldetes Haar hinter ihr her wehte wie eine Fahne im Wind. Geschmeidig folgte ihr schlanker Leib jedem Bogen, den der Pferdewagen beschrieb. Ahmose hielt die Luft an, als sie den Streitwagen mit soldatischem Geschick wendete und die lange Gerade auf sie zu preschte, den Kopf zurückgeworfen, die Zügel um die Unterarme gewickelt, stark und biegsam wie eine gehärtete Klinge. Eine Sandfontäne spritzte auf, als sie das Pferd mit einem triumphierenden Glitzern in den Augen neben ihnen zum Stehen brachte.

»Es ist Monate her, seit ich die Streitwagen meines Vaters gelenkt habe«, sagte sie keuchend. »Ich war sicher, ich wäre inzwischen ganz aus der Übung gekommen.«

Ahmose, in dessen Innerem Furcht, Verblüffung und Stolz miteinander stritten, war sprachlos.

Ramses runzelte die Stirn. »Einen guten Tag, Khanefrues. Wenn du von den Streitwagen deines Vaters sprichst, meinst du doch sicher die des Königs von Aleppo?«

Die königliche Gemahlin bedachte ihn mit einem mörderischen Blick. »Überzeug dich selbst, wenn mein Vater Ägypten besucht, Ramses.«

»Dann wird er also nach Ägypten kommen? Hat er dir das mitgeteilt?«

Khanefrues zögerte. »Er hat die Möglichkeit eines solchen Besuches erwähnt.« Sie wendete Ahmoses Wagen und fuhr zurück zu ihrer Eskorte, die sich langsam neu formierte.

Ramses Hände schlossen sich fest um den oberen Rand der Wagenverkleidung, und er fluchte mit einem tiefen Knurren in sich hinein. Dann wandte er sich wütend Ahmose zu und gestikulierte mit seiner Peitsche.

»Weißt du, was dort drüben gebaut wird?« fragte er. »Mein Grab. Ich bin heute hergekommen, um es mir anzusehen. Sie errichten meine Grabstätte in Memphis. Ich sollte in Theben meine letzte Ruhestätte finden, in Maat, unter den anderen Pharaonen Ägyptens!«

Hierauf ließ er die Zügel auf die Kruppe seines Pferdes niedersausen und fuhr in Richtung Nekropole davon. Ahmose blickte ihm lange nach.

»Meine Liebe«, sagte Tiye, einen dürren Arm um Khanefrues' Schultern gelegt, »laß mich dich mit deinen Schwestern aus Miwer bekannt machen.«

Die Frauen um den Teich herum tuschelten und kicherten und streckten zögernd zur Begrüßung die Hand aus.

»Komm«, sagte Tiye und tätschelte ihren Rücken. »Das ist ...«

Khanefrues hörte die Namen, vergaß sie aber sogleich wieder, sobald sie zur nächsten »Schwester« übergegangen war. Die Frauen hatten breite Hüften, schwere Brüste und faltige Gesichter, kurz, sie hatten ihren Höhepunkt überschritten; das Bett des Pharao war längst eine ferne Erinnerung. Aber sie waren gepflegt, zufrieden, parfümiert und geschminkt. Khanefrues blickte in geweitete Pupillen, und ihr wehte ein Atem entgegen, der seltsam roch, nach ... Kräutern? Einem Gewürz? Etwas anderem?

» ... und das hier ist Tamyt«, sagte Tiye abschließend.

»Willkommen im Harem, Eure Hoheit«, sagte Tamyt. Sie war jünger als die anderen, schlank, mit durchdringenden wachen Augen. Ihr Händedruck war fest.

»Tamyt ist die hochrangigste der königlichen Odalisken in Miwer«, erklärte Tiye.

»Dann gibt es in Miwer keine Odalisken aus asiatischen Ländern?« fragte Khanefrues.

»Äh, nein ...«, begann Tiye.

»Doch, es gibt welche, aber wir sind nicht alle hier«, fiel Tamyt ihr ins Wort. »Wir waren der Ansicht, daß Ausländerinnen niederen Standes nichts an Apis' Grab zu suchen hätten. Bei Eurer Hoheit ist das natürlich etwas anderes. Die anderen asiatischen Odalisken sind nicht von königlichem Geblüt so wie Ihr, Hoheit.«

Die Gemahlin des Pharao erwiderte nichts darauf.

»Komm und sieh dir dein neues Haus an«, sagte Tiye und legte eine Hand um Khanefrues' Ellbogen. Tamyt trat an ihre andere Seite, schwesterlich, lächelnd, besorgt. Khanefrues ließ zu, daß die beiden Frauen sie zu einer Gruppe von Häusern zwischen den Bäumen führten.

»Da sind wir«, sagte Tiye und ging voraus. In der von Säulen getragenen Empfangshalle blieb sie stehen und breitete die Arme aus. »Sieh nur, ist das nicht ein hübsches Haus? Ich wohne auf der einen Seite und Tamyt auf der anderen. All deine neuen Schwestern sind auf der anderen Hofseite untergebracht. Du hättest schon die ganze Zeit in aller Bequemlichkeit hier wohnen können, statt die immer größere Enge im Palast auf dich zu nehmen. Diese vielen Besucher! Findest du es hier nicht auch viel schöner?«

Khanefrues blickte sich gleichgültig um. Sie war lange Zeit die Siegerin gewesen. Sie hatte sich Seti vors Gesicht gehalten wie eine Maske. Sie hatte die Sprache benutzt, um Tiye in die Irre zu leiten wie eine Verschwörerin. Sie hatte den Pharao zu ihrem Verbündeten gemacht. Es hatte ihr Genugtuung bereitet, Tiye in größte Verlegenheit zu bringen. Dann hatte sie miterlebt, wie der Palast sich mit Beamten und ihrer Dienerschaft füllte. Sie hatte erkannt, daß sie dem Pharao große Umstände bereitete. Sie hatte gesehen, welche Mühe er sich gab, ihren Wünschen nachzukommen, und schließlich hatte sie nachgegeben. Und da war sie nun.

»Es ist schön«, sagte sie.

»Natürlich kann es sich nicht mit deinen Gemächern im Großen Haus messen«, sagte Tiye. »Nun, wenigstens hast du dich endlich entschieden. Du wirst es nicht bereuen.«

»Wann können meine Frauen einziehen?«

»Irgendwann heute nachmittag.«

»Und wo sind ihre Zimmer?«

»Liebe Güte, vergiß doch die Dienstboten, mein Kind. Sie werden sich mit dem begnügen müssen, was sie bekommen. Sieh dir lieber an …«

Khanefrues blieb hartnäckig stehen, als Tiye sie mit sich ziehen wollte, und blickte ihrer Gefängniswärterin fest ins Gesicht. »Sprich nicht so von meinen Zofen«, sagte sie hoheitsvoll. »Du magst deine Dienstboten ja behandeln wie Tiere – ich tue das nicht! Meine Zofen sind für mich wie Schwestern. Manche stammen aus besseren Familien als einige der Odalisken da draußen. Sie schrubben keine Fußböden und verrichten auch sonst keine niederen Hausarbeiten, verstehst du? Sie besitzen ganz besondere Fähigkeiten, die man in Ägypten nicht findet. Sie sind unersetzlich, und ich werde für ihr Wohlergehen sorgen.«

Von Khanefrues unbemerkt, wechselten Tiye und Tamyt einen Blick.

»Was sind denn das für Fähigkeiten?« wollte Tamyt wissen.

Khanefrues zögerte. Ihre Augen wirkten ein klein wenig größer und dunkler als gewöhnlich. »Sie kümmern sich um mich, wenn ich einen Anfall habe. Sie verstehen mich. Ohne sie komme ich nicht zurecht. Sie haben von der Heilkunst mehr vergessen als eure ägyptischen Diener je wissen werden.«

»Deuten sie auch Träume?« fragte Tamyt.

Khanefrues zögerte erneut. »Ja«, sagte sie schließlich.

»Dann deuten sie auch deine Visionen?«

»Was für Visionen?«

»Die Visionen, die du hast, wenn du ... du weißt schon, wenn du ohnmächtig wirst.«

»Ich weiß nicht, wovon du redest. Ich bin in meinem ganzen Leben nur ein oder zweimal ohnmächtig geworden. Ich habe keine Visionen.«

»Da erzählt man sich im Palast aber anderes.«

»Ich weiß nicht, was man sich im Palast erzählt, und es ist mir auch egal. Ich interessiere mich nicht für Klatsch und Gerüchte.«

»Sieh an«, bemerkte Tiye. »Deine Ägyptischkenntnisse scheinen sich schlagartig verbessert zu haben, seit du aus dem Palast fort bist.«

»Das muß auch so sein«, konterte die Gemahlin des Pharao. »Ich werde meinen Vater unterrichten müssen, wenn er herkommt.«

Befriedigt sah sie, wie Tiyes falsches Lächeln abrupt erlosch. Sie spürte, daß ihr Gegenüber verzweifelt nach Worten suchte.

»Dein Vater …«, stieß Tiye schließlich hervor.

»Kommt er wirklich den ganzen Weg bis hierher?« Tamyt schob sich zwischen die beiden und setzte sich auf ein Sofa. Sie bedeutete Tiye, es ihr gleichzutun. »Nur auf Besuch?« fragte Tamyt neugierig. »Das ist ein ziemlich weiter Weg, zumal die Straßen nicht mehr so sicher sind wie früher.«

»Nun, erst einmal wird er zu Besuch kommen«, antwortete Khanefrues, »aber Seine Hoheit will offenbar dafür sorgen, daß sein Schwiegervater sich hier wie zu Hause fühlt.«

»Wie zu Hause!« rief Tiye perplex.

Tamyt brachte sie mit einem Blick zum Schweigen. »Dann hast du diese Angelegenheit also bereits mit Seiner Hoheit besprochen?«

»Ja. Ich bin froh, daß du mich überredet hast, hier einzuziehen, Tiye. Auf diese Weise werde ich ein Fest für ihn geben können. Hier ist ja reichlich Platz.«

»Ich kann mir nicht vorstellen, daß Ramses das zuläßt«, bemerkte Tiye, die sich allmählich von ihrer Überraschung erholte.

»Was hat das denn mit ihm zu tun?«

»Mein liebes Kind, Ramses ist der mächtigste Mann bei Hofe. Der Pharao berät sich in allen Dingen mit ihm. Und Ramses hat nicht viel für die Asiaten übrig. Er war zu oft auf dem Schlachtfeld Zeuge ihrer Feigheit.«

»Ramses hat nie gegen meinen Vater gekämpft.«

»Weil dein Vater es nicht wert ist. Tut mir leid, meine Liebe, das hört sich scheußlich an, aber so ist es nun einmal. Ramses hat immer auf die Hethiter herabgeschaut. Er wird also kaum viel für ihren König übrig haben – sofern man ihn überhaupt noch als solchen bezeichnen kann.«

»Mein Vater ist König! Er hat mächtige Verbündete. Den König von Aleppo, zum Beispiel …«

»Aber Kindchen, dein Vater hat sich beim König von Aleppo einquartiert, aber das heißt noch lange nicht, daß der sein Verbündeter ist. Dein lieber Vater zahlt ja nicht einmal seine Miete. Der König von Aleppo will nur eins: deinen Vater loswerden.«

»Soll er doch! Ägypten wird noch froh sein, den König der Hethiter willkommen zu heißen!«

»Ägypten schaudert bei dem bloßen Gedanken, den König der Hethiter zu empfangen! Er würde uns ein Vermögen kosten, und wofür? Für nichts! Um es klar zu sagen, mein Kind, dein Vater ist ein Blutsauger, und Ramses wird alles tun, ihn von hier fern zu halten. Du solltest den Tatsachen ins Auge sehen. Ich würde an deiner Stelle nicht damit rechnen, ihn je wiederzusehen.«

»Du irrst«, erwiderte Khanefrues. Sie hatte sich zu ihrer vollen Größe aufgerichtet und bebte vor Zorn. »Du wirst in der Großen Halle sein, wenn mein Vater in Ägypten eintrifft. Du wirst dich vor dem König der Hethiter verneigen, aber der König der Hethiter wird sich nicht vor deinem Pharao verneigen.«

Tamyt ergriff Khanefrues zitternde Hände. »Tiye hat recht, was Ramses betrifft«, sagte sie sanft.

Tiye verschränkte die Arme vor der Brust und nickte, ein grimmiges Lächeln auf den Lippen.

Wie geplant überquerten Maya, die Kinder, Nodjmet, Rahotep und ihre Träger das verdorrte Land und drangen in den Palmenhain ein, wo sie einen geeigneten Baum auswählen wollten, bevor die sengende Hitze einsetzte.

»Es muß ein großer, hoher Baum sein«, meinte Hori.

»Nein«, widersprach Ahhotep. »Kurz, stämmig und ausladend. Mutter geht es doch um den Schatten. Ein zu großer Baum würde seinen Schatten nicht mehr auf das Dach werfen.«

Sie schlenderten eine Zeitlang unter einem staubigen grünen Baldachin einher. Die hohen Palmen filterten die Sonnenstrahlen über ihnen, und überall lagen Samen auf dem Boden.

»Diese Bäume sind zu groß«, sagte Rahotep. »Halten wir uns weiter südlich. Der Palmengürtel ist mehrere Meilen lang.«

»Ich will aber nicht mehrere Meilen weit gehen«, wandte Maya ein. »Dann verzichte ich lieber auf die Palme.«

»Wir werden nicht so weit gehen müssen«, versicherte er ihr. »Am Rand, wo die Bäume genug Sonne bekommen, wachsen auch kleinere Exemplare. Es kann nicht mehr weit sein.«

»Gehören die Bäume denn nicht irgend jemand? Wir können doch nicht einfach so einen Baum fällen. Wem gehört dieser Wald?«

»Mir. Der Baum ist ein Geschenk an dich.« Er warf ihr einen Seitenblick zu.

Maya senkte den Kopf.

Nach einer Weile wurden die Bäume kleiner. Schließlich erreichten sie einen Abschnitt, wo die Palmwedel nicht höher reichten als Straußenfederfächer.

»Wir suchen keinen dünnen, biegsamen Stamm«, erklärte Rahotep den Kindern. »Der würde nur umfallen oder herabhängen. Wir suchen einen mit kurzem, dickem Stamm. Klein, aber stark – wie der Zwerg des Pharao.«

Die Kinder machten sich daran, das Wäldchen genauer zu inspizieren und begutachteten jeden Baum mit Expertenmiene. Nodjmet blieb bei ihnen, aus Furcht vor Schlangen und Skorpionen. Schließlich, nach einigen Streitereien unter den Kindern, fanden sie eine Palme, die als Schattenspender für das Dach des Hauses in Memphis ideal war. Es handelte sich um einen ziemlich kleinen, breiten Baum – so niedrig, daß Ahhotep über ihn hinwegblicken konnte, als sie auf Rahoteps Schultern stehend nach Vogelnestern Ausschau hielt. Als sie sich davon überzeugt hatte, daß »ihr« Baum nicht von einer Vogelfamilie bewohnt wurde, ließen die Kinder sich zu den Palmwedeln hinaufheben, wo sie übermütig herumschwangen.

Nachdem sie sich ausgetobt hatten, wurde mit dem Fällen begonnen. Zwei der Männer kletterten den glatten Stamm hinauf und befestigten Seile dicht unterhalb der Baumkrone.

Dann stiegen sie wieder herunter und spannten die Seile, derweil die andere Hälfte des Trupps eine große Säge am Fuß der Palme ansetzte. Das Sägeblatt fraß sich ins Holz, und die Geräusche vibrierten in der Luft. Die Arbeiter zogen und schoben und beugten sich rhythmisch vor und zurück. Ihre gebräunte Haut begann zu glänzen, wurde aber bald wieder matt vom Staub. Saft lief über die gezackte Klinge, und der durchdringende, harzige Geruch des blutenden Baumes breitete sich auf der Lichtung aus. Die Arbeiter atmeten schwer. Die Wunde wurde immer tiefer, und die Seile zogen die Baumkrone von ihnen fort. Die Säge fraß sich immer tiefer in den Stamm, und der Baum wankte. Dann ein lautes Krachen, ein Warnruf der Männer, und die Palme stürzte auf die harte Erde. Staub und Splitter wurden aufgewirbelt. Hustend trat Rahotep vor, um den gefällten Baum zu begutachten.

»Die Palmwedel haben keinen allzu großen Schaden genommen«, stellte er fest. »Sie werden dir reichlich Schatten spenden, Maya. Macht den Stamm sauber«, befahl er den Männern.

Kurz darauf trat die Prozession den Rückweg in die Stadt an. Die jubelnden Kinder saßen rittlings auf dem Stamm, beaufsichtigt von Nodjmet, die ihnen in geringem Abstand folgte. Maya spürte, wie eine Hand sie unterhakte und mit einem energischen Ruck herumwirbelte. Rahoteps Gesicht war so dicht vor ihr wie in der Nacht des Lampenfestes.

»Warum bist du davongelaufen?« fragte er leise.

»Weil es falsch ist.«

»Aber ich brauche dich, Maya«, entgegnete er.

Sägemehl haftete an seiner Tunika; Rindenstückchen klebten an seiner Haut, und er verströmte den würzigen Duft von Palmöl. Als er sie diesmal küßte, war es, als würde Maya den Rauch von puntischem Lotos einatmen, jenem Harz des Weihrauchbaumes aus dem Süden, das angeblich das Ka auf Wanderschaft schickte und den Körper versklavte.

Es wäre allen unnatürlich erschienen, hätte sie Rahotep nicht eingeladen, zum Abendessen zu bleiben, das unter den Augen Nodjmets stattfand, die als Anstandsdame fungierte, völlig harmlos und unverdächtig. Maya beschäftigte sich viel mit den Kindern, und Rahotep scherzte mit der Dienerschaft. Ihre Blicke trafen sich nicht, und Maya vermied es auch, Nodjmet anzusehen. Genau da liegt das Problem, sagte sie sich. Man ist nicht mehr nur eine Person, sondern vereint mindestens zwei Seelen in sich. Ständig muß man sich vor Augen halten, wer man zu sein hat. Ständig muß man darauf achten, wer einen gerade beobachtet. Schließlich brachte Nodjmet die Kinder zu Bett, und Maya und Rahotep blieben allein im Dämmerlicht zurück. »Können wir Liebende sein, Maya?«

Sie wußte nicht, was der Begriff »Liebende« für ihn bedeutete und inwieweit er sie brauchte. Sprach er von einer lebenslangen Beziehung oder von vergänglicher Leidenschaft?

Ein schwacher bernsteinfarbener Lichtschimmer drang durch die Fenster von Khanefrues' königlichen Gemächern hinaus in die Nacht. Quelle dieses Lichts war ihre silberne Lampe, die sie auf einen niedrigen Tisch in ihr Empfangszimmer gestellt hatte. Der warme Schein erhellte ihre Züge, als sie sich vorbeugte, und warf tanzende Schatten auf die Gesichter ihrer hethitischen Zofen.

»Kannst du deinen Vater auf seiner Reise nach Ägypten sehen, mein Kind?« fragte eine der Frauen in ihrer Muttersprache.

Die Gemahlin des Pharao starrte in die Flamme. »Nein«, antwortete sie schließlich. »Nichts. Ich sehe gar nichts.« Seufzend richtete sie den Oberkörper wieder auf.

»Versuch es noch mal«, drängte eine andere ihrer Frauen.

Khanefrues beugte sich gehorsam vor und konzentrierte sich auf das Herz des Feuers, jedoch vergeblich. »Es ist zwecklos«, sagte sie kopfschüttelnd. »Ich sehe heute abend keine Bilder.«

Die Frau, die als erste gesprochen hatte, legte ihr eine Hand auf die Schulter. »Das bedeutet nicht zwangsläufig, daß er nicht kommen wird, mein Liebes.«

Khanefrues schloß die Augen und meditierte. Dann neigte sie erneut das Gesicht dem orangefarbenen Schimmer zu und blickte lange und konzentriert in die Lampe. Plötzlich weiteten sich ihre Augen, und sie fuhr entsetzt zurück.

»Kind! Was ist denn?«

»Ich weiß nicht.« Verwirrt fuhr sie sich mit einer zitternden Hand übers Gesicht. Ihr brach der kalte Schweiß aus. »Es war … es war nur einen ganz kurzen Augenblick zu sehen. Ich weiß auch nicht. Aber es war furchtbar.«

»Wenn du uns nicht sagst, was du gesehen hast, können wir dir auch nicht sagen, was es bedeutet.«

»Ich will gar nicht wissen, was es bedeutet.«

»Das reicht für heute«, sagte eine dritte Frau bestimmt und legte Khanefrues einen Arm um die Schultern. Eine weitere beugte sich vor und blies die Lampe aus.

»Denk heute abend nicht mehr daran«, sagte die Hethiterin. »Geh schlafen. Es ist eine schlechte Nacht, das ist alles. Wir werden am Morgen darüber reden. Zündet ein paar Lampen an, und ich werde uns allen einen Schlaftrunk bereiten.«

Kurz darauf war der Raum in ruhiges gelbes Licht getaucht. Ihre hethitischen Zofen betrachteten Khanefrues mit ihren freundlichen Augen. Sie lächelte warm.

»Es ist alles gut, solange ich euch habe«, sagte sie.

Der Junge ließ die Fenstergitter los und glitt an der Wand entlang zu Boden. Er kauerte sich in der Dunkelheit an die Hausmauer und lauschte den Stimmen der Frauen. Sie hatten ihn offenbar nicht bemerkt. Die Stimmen entfernten sich zur Treppe hin, und das Licht entschwand mit ihnen. Der Knabe stahl sich davon, in Richtung des Hauses der Odaliske Tamyt.

6. Kapitel

Können wir Liebende sein, Maya?«

Maya saß auf der Kante ihres Bettes und versuchte, eine schriftliche Antwort an Rahotep aufzusetzen. Draußen hallte vom Ptah-Tempel her Wehklagen über die Stadt. In das Jammern der Frauen mischte sich rhythmischer Trommelschlag; Apis wurde zu Grabe getragen.

Daß Frauen sich scheiden ließen, kam ebenso vor wie Scheidungen von männlicher Seite. Dennoch war es undenkbar, daß eine geschiedene Priesterin der Isis diente, der göttlichen Gemahlin. Sie würde das Haus der Göttin verlassen, ihre Instrumente und Papyri einpacken und ihr Siegel zurückgeben müssen. Und wofür? Um mit Rahotep das zu erleben, worum sie Ishtar beneidet hatte? Sie dachte wieder an den Druck von Rahoteps Arm durch das Leinen seines Ärmels und an den harzigen Duft, den er verströmte.

Wenn er doch nur gesagt hätte, daß er sie liebte – aber Ahmose hatte sogar Ishtar aufgegeben, die er geliebt hatte. Maya dachte an Rahoteps Zeichnungen, die freihändig und ohne Raster angefertigt waren, und an seine Pläne, Tempeldächer der Sonne zu öffnen. Was sie an ihm gereizt hatte, erschien ihr nun trügerisch wie Treibsand. Welchen Platz nahm sie in seinen Plänen ein? Und die Kinder?

»Andere Frauen brauchen nur einen Ehevertrag zu brechen«, schrieb sie. »Aber ich habe Isis, der treuen Gemahlin, den Eid immerwährender Treue geschworen. Ehebruch ist an sich schon ein häßliches Wort, aber in meinem Fall käme Blasphemie hinzu.«

Das Klagen wurde schriller. Ein Rascheln an der Tür kündigte Nodjmet an, die kam, um Maya zu wecken.

»Noch nicht, Nodjmet«, rief sie. »Geh und weck die Kinder. Mache ihnen Frühstück. Ich bin gleich unten.«

Maya faltete das Blatt zweifach. Als sie die Treppe hinunterstieg, wurden der Trommelschlag und das Wehklagen lauter.

Kahnefrues, die Gemahlin des Pharao, verließ in Begleitung ihrer hethitischen Damen ihr Haus, um sich zum Begräbnis zu begeben, als eine lächelnde Tiye ihr eine Hand auf den Arm legte. Tiye war von einer ganzen Schar von Dienerinnen umgeben.

»Schick deine Frauen zurück ins Haus, meine Liebe«, sagte sie. »Heute werden dich ägyptische Dienerinnen begleiten.«

»Was meinst du damit?«

»Ärgere dich nicht, Liebes, aber das Begräbnis von Apis ist ein Ereignis, das ausschließlich Ägyptern vorbehalten ist. Als Braut des Pharao gebührt dir dieses Privileg selbstverständlich ebenfalls – aber nicht deinen Dienerinnen.«

»Davon hat mir niemand etwas gesagt.«

»Schick sie ins Haus, Liebes«, wiederholte Tiye fest. »Es tut mir leid, aber es wäre ein Sakrileg, sie mitzunehmen.«

Khanefrues funkelte sie böse an. »Ich habe noch nie von diesem angeblichen Sakrileg gehört«, fauchte sie. Entweder gestatteten die Götter Asiaten bei ihrem Begräbnis oder nicht. Es war lächerlich – und typisch für Tiye – den Göttern Hochnäsigkeit zu unterstellen. Sie war ganz sicher, daß Tiye log und sie nur isolieren wollte, aber sie fühlte sich plötzlich hilflos. Was, wenn Tiye doch die Wahrheit sagte? Sie hatte niemanden, der ihr raten konnte. Widerstrebend schickte sie ihre Damen fort und schritt Tiye und ihren ägyptischen Aushilfsdienerinnen voran auf den Palast zu. Sie sah Tamyt nicht aus ihrem eigenen Haus kommen, um ihren Dienerinnen nachzusehen, und so blieb ihr auch der Blick verborgen, den sie mit Tiye tauschte.

Die königliche Gesellschaft verließ den Palast, um sich zum Tempel des Ptah zu begeben, wo die Götter und ihre Diener sich in ihrer Trauer versammelt hatten. Als Khanefrues den Ersten Hof betrat, war die Luft dort weihrauchgeschwängert, und die ägyptischen Gottheiten drängten sich dicht an dicht in ihren Schreinen. Das Wehklagen der Frauen hallte laut durch den Tempel, und der Trommelschlag pulsierte durch den Hof. Die Priester teilten sich und bildeten eine Gasse für den Pharao auf seinem Weg in das geheime Herz des Tempels und der Bahre seines Stier-Vaters.

Khanefrues wartete im Ersten Hof, eine einsame Hethiterin inmitten von ägyptischen Göttern und Göttinnen am Hof des ägyptischen Pharao. Ihr ging noch einmal durch den Kopf, was Tiye bezüglich eines Sakrilegs geäußert hatte. Ich bin keine Ägypterin, dachte sie. Ich, eine Asiatin, bin fremd hier inmitten dieser trauernden fremdländischen Götter. Tiye hat behauptet, meine Anwesenheit hier wäre aufgrund meines Ranges kein Sakrileg. Aber was, wenn sie sich irrt? Was, wenn die Götter mir zürnen, weil ich gekommen bin? Sie ließ den Blick über die unrasierten Gesichter der Priester schweifen, über ihre schmutzigen Leinengewänder und den matten Schimmer ihres Goldes durch den Staub und Weihrauch. Ahmose hatte ihr erzählt, daß die ägyptischen Götter den Wüstenbewohnern mißtrauten. Die wilden Tiere des weiten Ödlandes waren feindselige Geister, die mit Mißgunst auf das bequeme Leben im Flußtal blickten. Rund um Ägypten und seine Götter herum lebten wilde Kreaturen, die kein Gesetz kannten und denen man kein Obdach gewähren durfte. Ahmose hatte sie, eine Nomadin, über so viele Wüstenmeilen hierher in das Flußland der seßhaften Ägypter gebracht. Und in ihren Ritualen ließen die Flußmenschen die Wüstengeister nicht leben, sondern massakrierten sie als Feinde der Götter.

Die Götterschreine über den Köpfen der versammelten Menschen bewegten sich, wenn die Träger das Gewicht ihrer Last verlagerten oder im Gedränge einen Schritt vor oder zurück machten. Ich gehöre hier nicht hin, dachte sie. Ich bin nicht Khanefrues, Gemahlin des Pharao, sondern Hattusha, Tochter des Hethiter-Königs. Ich bin aus meiner Welt in die ihre gestolpert, und ihre Götter wollen mich hier nicht haben. Sie versuchte, mit der Menge zu verschmelzen, als könnten die Körper der Ägypter sie, eine Asiatin, vor ihren Göttern verbergen.

Zwei weiße Ochsen zogen den Sarg des Stier-Heroldes Apis in seinem vergoldeten Schrein aus dem Allerheiligsten des Ptah-Tempels. Die Klagelaute zahlreicher Frauen, die sich bis zur Taille entblößt hatten und mit ungekämmtem Haar die Arme verzweifelt gen Himmel reckten, folgten ihm auf seinem Weg. Überall in Memphis verließen die Götter und Göttinnen der Stadt ihre Häuser, um denselben kurzen Weg bis zum Fluß zurückzulegen, stiegen die Stufen der Kais hinunter und begaben sich an Bord der großen Flotte von tempeleigenen Booten, die unten festgemacht hatten. Die reich geschmückte Barke Ptahs mit dem toten Apis folgte dem Kanal hinaus auf den schlammigen Strom. Eins nach dem anderen lösten sich die Tempelboote und fuhren im Schneckentempo hinterher.

Die Begräbnisflotte passierte träge und mit schlaff herabhängenden Segeln die Stadt und zog in einem bedrückenden Trauerzug an ihren Mauern vorbei. Als der Leichenzug in den Kanal in Richtung Wüste einfuhr, spannte sich Khanefrues ganzer Körper an vor Nervosität. Die ganze Stadt war ihren Göttern und Göttinnen ans Flußufer, zu den Toren, auf die Dächer und an die oberen Fenster der hohen Häuser gefolgt. Die Ägypter schlugen sich auf die Brust, schrien ihre Trauer hinaus und heulten ihre Verzweiflung gen Himmel. Als eine dichtgedrängte Masse folgten sie der Barke Apis' am Ufer, um den Bogen herum, den die Stadt beschrieb, über das verdorrte Ödland bis zum Rand der glutheißen Wüste.

Ein Zittern durchlief Khanefrues' Barke, als sie gegen den Kai am Rand der Wüstensenke stieß. Khanefrues setzte einen Fuß auf den Schandeckel und zog sich an der Reling hoch. Die vom Sand reflektierte Hitze schlug ihr entgegen und raubte ihr vorübergehend den Atem. Sie schwankte. Die anderen Schiffe entlang des Kais spuckten ihre ägyptischen Götter und ihre einheimischen Diener aus. Wie eine Hirschkuh auf dem Hochplateau beobachtete Khanefrues, wie die ägyptische Herde sich an ihrem Wasserloch versammelte. Sie stand außerhalb, war ausgegrenzt, war unter ihnen, doch ohne wirklich dazuzugehören. Sie ließ den Blick über dieses fremde Volk schweifen, auf der Suche nach etwas Vertrautem, und entdeckte das Schiff von Isis unter den anderen. Ahmose stand auf dem Brett, das an Land führte, und reichte gerade einer Priesterin der Isis die Hand – Maya, seiner Frau. Dann rief Prinz Ramses ihren Namen, und sie fuhr erschrocken zusammen und erzitterte wie ein Kaninchen. Die ihr zugewiesenen ägyptischen Dienerinnen schoben sie weiter, und sie verlor Ahmose und Maya in der Menge aus den Augen.

Die weißen Ochsen waren wieder vor den Schlitten unter Apis' Schrein gespannt worden. Sie standen geduldig da und verscheuchten mit schlagendem Schwanz die Fliegen, während der Erste Prophet von Ptah sein Milchopfer vor ihnen in die durstige Wüste goß. Dann neigten die schweren Tiere die Köpfe, legten sich ins Geschirr und zogen ihre Last – den Stier mitsamt seines Schreines aus Holz und Gold – den steilen Hang hinauf auf das Plateau. Die Prozession von irdischen und himmlischen Trauernden wälzte sich in seinem Gefolge die Steigung hinauf, erreichte das höhergelegene Plateau und strömte über den ebenen Grund bis zu der Apis zugedachten Begräbnisstätte.

Ich habe das vorausgesagt, dachte Khanefrues bei sich. Ich habe geweissagt, daß der mächtige Stier sterben würde. Das alles sollte mir also vertraut sein. Ich muß es in der Flamme meiner Lampe gesehen haben, aber ich erkenne nichts wieder. Ich verstehe das nicht. Ich habe Angst. Entschlossen verdrängte sie diesen Gedanken gleich wieder. Wenn das Begräbnis erst vorbei war, würde sich ihre Vision erfüllt haben, und sie konnte sie wieder vergessen.

Die Prozession machte vor dem Tor zu jener Galerie halt, wo die Väter von Apis in ihren prunkvollen Sarkophagen bestattet waren.

Priester spannten die weißen Ochsen aus und führten sie fort. Die Trauernden bildeten einen Halbkreis um Apis' Sarg. Auf der freien Fläche vor der Grabstätte sah Khanefrues den Ersten Propheten Ptahs eine angeleinte Gazelle zum Pharao führen. Mit angelegten Ohren, weit aufgerissenen Augen und geblähten Nüstern stakste das verängstigte Tier durch den Sand. Der Erste Prophet legte dem Pharao ein Messer in die Hand.

Khanefrues Augen verengten sich angesichts der Todesangst der Gazelle, als der Pharao den Arm hob. Als die Klinge sich ins Fleisch bohrte, wandte sie sich mit einem Aufschrei ab. Ihre Begleiterinnen warfen ihr besorgte Blicke zu, aber sie nahm nur das arme Tier wahr, das in einer Blutlache sein Leben aushauchte. Sie wollte schreien. Dann war es vorbei – die Gazelle war tot. Ein letztes Mal zuckte das weiche Fell; dann ruhte die weiche Schnauze reglos im blutigen Sand.

»Mir geht es gut«, teilte sie mit schwacher Stimme ihren ägyptischen Dienerinnen mit. In ihren Augen standen Tränen, die sie möglichst diskret mit einem Fingerknöchel fortwischte.

Der Erste Prophet reichte dem Pharao ein vergoldetes Tablett, auf dem ein Beil aus seltenem Eisen und Mahagoni lag, das Dachsbeil oder Dechsel. Auch das hatte Ahmose ihr erklärt. Das Dachsbeil war noch nie mit Holz oder Stein in Berührung gekommen. Mit diesem Werkzeug wurden dem Toten die fünf Sinne zurückgegeben. Apis würde zum Leben wiedererweckt, um an seiner eigenen Begräbnisfeier teilzuhaben. Der König nahm das Beil und wog es prüfend in der Hand. Dann wandte er sich um und beugte sich vor, um Apis' Lippen zu berühren. Der Erste Prophet stimmte die Beschwörungsformeln an.

Ein Schleier so rot wie das Blut der Gazelle senkte sich vor die Augen der königlichen Gemahlin. Dann hob er sich wieder, und die Szene vor ihr war so wellig wie eine Spiegelung auf dem Fluß, die Gestalten verzerrt wie Wasserbilder. Sie sah, wie die Gestalt des Pharao groß und stark wurde und sein Rücken und seine Schultern sich in die eines jüngeren Mannes verwandelten. Apis' Schrein hinter ihm wurde länger und schmaler wie der Sarg eines Menschen, unter dessen gefalteten Händen eine rote klebrige Flüssigkeit hervorquoll. Die veränderte Pharaogestalt hob das Beil, jedoch nicht wie ein Lebenspender, sondern wie ein Henker. In großer Menge strömte Blut aus dem Sarg, schwappte über die Ränder in den Sand, bis der König, der nicht der König war, ihn mit einem einzigen Axthieb zertrümmerte, worauf eine rote Flutwelle die Anwesenden überspülte.

Als die Gemahlin des Pharao einen schrillen Schrei ausstieß, flogen sämtliche Köpfe herum, und die Augen aller richteten sich auf sie. Der König ließ das Beil sinken und sah ebenfalls verwirrt in ihre Richtung. Sie war mit Schaum vor dem Mund zusammengebrochen und lag nun unter den Armen der ägyptischen Dienerinnen begraben. Stimmengemurmel erhob sich von den Umstehenden. Der Pharao blickte verunsichert von rechts nach links, als hätte er Apis völlig vergessen. Dann sah er Ramses mit erhobenen Händen vortreten, und ein entschlossener Ausdruck trat in seine Augen.

»Sie ist nur ohnmächtig geworden«, erklärte Ramses. »Das muß der Anblick der Gazelle bewirkt haben. Macht Platz, bitte macht Platz …«

Er wies Priester an, den Tierkadaver zu entfernen, damit der Anblick nicht noch bei jemand anders Unwohlsein hervorrief.

Zwei kleine Priester trugen das Tier, dessen blutige Nase durch den Sand schleifte, außer Sichtweite. Diener aus dem Palast hoben derweil Khanefrues auf und brachten sie fort. Es kehrte wieder Ruhe ein, und die Begräbniszeremonie wurde fortgesetzt.

Die Gemahlin des Pharao lag unterdessen geschwächt und verwirrt in einem der Zeltpavillons und blieb der Trauerfeier um den toten Stier fern. Während der Pharao dem Gott seine fünf Sinne zurückgab, kreisten die ihren um blutrotes Licht und Grabesschwärze, ängstliches Gewimmer und den Gestank des Todes. Als der Schrein in das Haus der Ewigkeit gehoben wurde, wälzte sie sich auf ihren Kissen herum. Als sie den massiven Sarkophagdeckel herabließen, hallte ihr ein ohrenbetäubendes Krachen unheilvoll in den Ohren.

Draußen wurde derweil Apis zu Ehren ein Fest gefeiert. Milch, Bier und Wein wurden über seinen Altar geschüttet und Berge von Speisen auf Tabletts, in Schalen und Körben vor seinem Grab niedergelegt. Das Ka des toten Gottes verließ sein neues Heim und mischte sich unter die Feiernden.

Im Pavillon begannen die Ketten und Fesseln der Vision von der königlichen Gemahlin abzufallen. Bilder, die ihr ebenso wirklich erschienen waren wie das Begräbnis selbst verwandelten sich in bloße Erinnerungen. Khanefrues drehte den Kopf auf ihrem Kissen und schaute sich nach ihren Dienerinnen um. Diese Visionen sollten nicht sein. Sie hatte Apis' Tod vorausgesagt, und Apis war gestorben. Warum setzten sich diese blutige Visionen dann fort? Was kam noch auf sie zu? Ihre Frauen würden es ihr erklären. Sie würden ihr zu verstehen helfen.

»Geht es dir wieder gut, meine Liebe?« Das war keine ihrer Hethiterinnen, sondern eine der Ägypterinnen, die Tiye ihr aufgedrängt hatte. Enttäuscht und verärgert ob der Vertraulichkeit der Fremden, preßte Khanefrues die Lippen aufeinander und wandte den Kopf ab. Sie würde bis zum Abend warten müssen, um zu erfahren, was das alles zu bedeuten hatte.

Vor Apis' Grab in der westlichen Wüste oberhalb von Memphis speisten die Götter Ägyptens von ihren Altären. Im Sand fand ein Massenschlachten von Rindern und Ziegen von den Weiden im Tal statt, und die durstige Wüste saugte gierig ihr Blut auf. Die Priester betteten ihre Herren und Herrinnen in ihren Schreinen zur Ruhe und schirmten sie mit Vorhängen ab. Der Gott auf Erden, Ramses, Herr von Heliopolis, führte seinen Hof in die Festzelte. Apis war bestattet. Die Götter waren zufrieden. Jetzt durften die Lebenden feiern.

Als wären Fesseln und Knebel gelöst worden, erhob sich ganz plötzlich von der versammelten Menge eine Kakophonie von Seufzern, Stimmengemurmel und verschiedenstem Lärm. Die Höflinge rückten ihre Stühle an den Tischen zurecht, wobei sie tiefe Furchen im Sand hinterließen. Ihr Halsschmuck und die zahlreichen Armreifen klirrten laut. Teller und Schüsseln wurden auf den improvisierten Tischen abgestellt, Wein wurde gurgelnd eingeschenkt, und überall wurden Anweisungen gerufen. Diener brachten Tabletts, auf denen sich Fleisch und Brot türmten, Früchte und Kuchen. Gierige Hände griffen nach Erfrischungen, und überall machte man es sich bequem.

Der Pharao saß auf seinem Podium, rutschte unbehaglich hin und her und beachtete die Speisen nicht, die vor ihn hingestellt wurden. Mißmutig schaute er seinen Gästen zu, die sich nach einem langen Tag des Fastens an den aufgetischten Köstlichkeiten gütlich taten.

»Wo ist Khanefrues jetzt?« fragte er Ramses, der an seiner Seite saß.

»Ich glaube, sie hat sich in deinem Ankleidezelt hingelegt.«

»Was heißt das, du ›glaubst‹? Weißt du es denn nicht? Weiß denn niemand, wo sie ist?« rief der König zornig.

Ramses hielt ihn zurück, als er aufstehen wollte. »Setz dich, Vater. Ich werde selbst gehen und nachsehen.«

»Berichte mir ganz genau, wie es ihr geht«, befahl der Pharao streng. »Ihr Wohlergehen liegt mir sehr am Herzen. Und wenn sie sich inzwischen halbwegs erholt hat, bring sie her.«

Ramses bahnte sich einen Weg durch das Zelt. Draußen hatte der fahle Abend sich in blauschwarze Nacht verwandelt. Von einer in den Sand gesteckten roten Fackel stieg rußiger Rauch in den Himmel. Als er das Zelt verließ, bewegte sich eine Gestalt auf ihn zu, die dann jedoch zögernd stehenblieb. Im Fackelschein erkannte er Maya.

»Endlich«, sagte er. »Der Streitwagen steht hinter der nächsten Düne, und das Boot liegt am Kai vertäut. Morgen um diese Zeit werden wir uns an den Ufern des Großen Grüns lieben.«

Maya versuchte, an ihm vorbeizugehen, aber er schlang ihr einen Arm um die Taille. In der einen Hand, die sie abwehrend gegen seine Brust stemmte, hielt sie etwas, das leise knisterte.

»Was ist denn das? Ein Liebesbrief? Für mich? Laß doch mal sehen.«

»Gib mir das sofort zurück, Ramses!« zischte sie.

»Kein Adressat. Oha, dann ist es also geheim.«

»Es geht dich nichts an.«

»Ich habe sehr wohl das Recht zu erfahren, ob ich einen Rivalen habe.« Eine Sekunde lang fühlte er, wie sie sich entspannte; dann grub sie die Zähne in seinen Arm. Schockiert schrie er auf, und der Brief entglitt seinen Fingern.

»Bei den Göttern, Maya, ich wollte ihn doch nicht wirklich lesen.«

»Allerdings nicht. Meine Briefe gehen dich nämlich nichts an.«

»Es bestand kein Grund, mich zu beißen. Ich habe doch nur Spaß gemacht.«

»Ramses, bei dir ist alles immer nur Spaß, immer derselbe Spaß, und ich habe endgültig die Nase voll davon.«

Ramses rieb sich den schmerzenden Arm. Über Mayas Schulter hinweg konnte er die im Inneren von Lampen erhellten anderen Festzelte sehen, auf deren Seitenwänden sich die Silhouetten der Feiernden bewegten. Draußen ging eine nur als dunkler Schatten erkennbare Gestalt auf und ab.

Sieh an, dachte Ramses, und ein breites Grinsen trat auf sein Gesicht. Der Mann, für den offenbar Mayas Brief gedacht war, gab sichtlich enttäuscht das Warten auf und kehrte zurück zum Zelteingang. In dem Lichtschein, der aus dem Zelt nach draußen fiel, erkannte Ramses seinen Halbbruder Rahotep.

Endlich hatten die Trauergäste sich satt gegessen und getrunken. Der lange Tag, der weite Marsch durch den Wüstensand und die anschließende Feier hatten alle ermüdet. Der Pharao erhob sich und bereitete sich darauf vor, die Nekropole zu verlassen. Die Diener der Götter weckten ihre göttlichen Herren und Herrinnen und führten sie ebenfalls zurück zu ihren Barken.

Die königliche Gemahlin Khanefrues begleitete blaß und gebeugt von starken Kopfschmerzen den königlichen Troß. Das Knirschen und Ächzen der Ruder auf der königlichen Barke kam ihr unerträglich laut vor. Die Schritte der Sänftenträger in den Straßen von Memphis schüttelten ihren schmerzenden Leib durch.

»Verzagt nicht, Herrin, wir sind bald zu Hause«, tröstete sie eine der Ägypterinnen.

Du setzt keinen Fuß in mein Haus, entgegnete Khanefrues in Gedanken. Ich kehre zurück zu meinen eigenen Frauen. Die können mir aus ihren Kräutern ein Mittel gegen die Kopfschmerzen bereiten. Sie werden mir sagen können, warum ich immer noch diese Alpträume habe, wo Apis doch tot und begraben ist.

Die Sänftenträger kamen an den Palasttoren vorüber und betraten das Haremsgelände. Der Hof war von Fackeln hell erleuchtet. Einige der Odalisken saßen um den Teich herum und genossen die kühle Nachtfrische. Tamyt und Tiye kamen zu Khanefrues herüber, als ihre Sänften heruntergelassen worden waren.

»Wie fühlst du dich, Liebes?« fragte Tiye.

»Schlecht«, erwiderte Khanefrues wahrheitsgemäß.

»Dann laß dich von deinen Dienerinnen nach Hause und ins Bett bringen«, sagte Tiye. »Morgen wirst du das Bett des Pharao teilen.«

»Nicht diese Frauen, danke«, erklärte Khanefrues bestimmt. »Es war sehr aufmerksam von dir, sie mir für heute zu überlassen, aber ich will sie dir nicht länger vorenthalten. Meine Frauen werden wissen, was zu tun ist.«

Tiye wollte etwas sagen, aber Tamyt legte ihr eine Hand auf den Arm, und sie schwieg.

»Ich nehme an, du hast Seine Hoheit noch nicht zu dieser Angelegenheit befragt, von der wir gesprochen haben?« fragte Tamyt.

»Nein«, entgegnete Khanefrues. »Wenn ihr mich jetzt bitte entschuldigen würdet. Ich bin müde und fühle mich nicht wohl.«

Tamyt und Tiye traten beiseite, und sie trat allein durch das Tor und überquerte die freie Fläche vor ihrem Haus. Es war dunkel. Sie können doch unmöglich schon schlafen, dachte Khanefrues verwundert. Sie müßten mich doch nach dem Begräbnis zurückerwarten. Aber vielleicht legen sie sich ja immer schlafen und lassen sich nur wecken, wenn ich zurückkehre. Aber sie wußte, daß dem nicht so war und daß die Frauen bis zum Morgengrauen auf sie gewartet hätten. Die Haustür stand offen, und ein kalter Luftzug wehte durch den ungeheizten Raum.

»Wo seid ihr?« rief Khanefrues und trat zögernd ein. Irgend etwas zerbröckelte unter ihrer Sandale. Die Asche des Feuers war über den Fußboden verstreut. Sie tastete sich bis zur Feuerstelle vor und fühlte, daß die Glut kalt war.

Angst stieg in ihr auf. Eilig tastete sie sich bis zur Küche vor und suchte nach einer Lampe und einem Ölbehälter. Ein schwacher orangefarbener Lichtschimmer im Ofen verriet ihr, daß ein paar Kohlen noch glühten. Mit einiger Mühe gelang es ihr, die Lampe anzuzünden, und die Küche tauchte aus dem Dunkel auf. Es sah alles aus wie immer – nur daß auf dem Boden eine Schüssel stand, in der sich die vermengten Zutaten eines erst halb durchgekneteten Teiges befanden. Das Brot hätte schon am Morgen gebacken werden sollen.

»Wo seid ihr?« rief Khanefrues laut. »Ist hier jemand? Wo seid ihr denn alle?«

Mit der Lampe in der Hand eilte sie die Treppe hinauf. Auf halber Höhe lag eine zerbrochene Tonlampe wie jene, die sie bei sich hatte, auf den Stufen. Khanefrues lief weiter, riß den Vorhang vor dem Zimmer ihrer Frauen beiseite und hob die Lampe. Sie waren fort. Ihre Betten waren zerwühlt und die Truhe, in der sie ihre Habe aufbewahrten, war in die Mitte des Raumes gezerrt und geleert worden. Die Perlen einer zerrissenen Kette lagen auf dem Fußboden verstreut.

Khanefrues ging in ihr eigenes Zimmer hinüber. Das Bett war ungemacht, und das Grauen der Leere stach ihr mitten ins Herz. Weinend sank sie auf die Knie und vergrub das Gesicht in den Laken, die sie gleichzeitig mit den Fingern knetete. Noch während sie schluchzte, ertastete sie ein Bündel, das offenbar hastig zwischen den Decken versteckt worden war. Sie holte es hervor und wickelte es aus. Es war ihre silberne Lampe. Allein mit den riesigen Schatten, die die kleine Flamme ihrer Lampe an die Wände warf, allein mit ihren rätselhaften Visionen von Blut und Verwüstung, drehte sie die Lampe in den Händen. Ein stummer Abschiedsgruß ihrer geliebten Gefährtinnen.

»Aber man hätte sie doch wenigstens fragen müssen«, schimpfte Ahmose und unterbrach seine rastlose Wanderung in Tamyts Empfangsraum. »Immerhin waren sie ihre Dienerinnen und nicht deine.«

»Der König hat die Organisation ihres Haushalts in meine Hände gelegt«, entgegnete Tiye. »Oder hast du das schon vergessen? Du warst doch selbst dabei. Es wäre nicht recht gewesen, hätte ein Haufen asiatischer Dienerinnen an Apis' Begräbnis teilgehabt.«

»Mag sein, aber ihre Dienerinnen heimlich fortzuschaffen, während sie selbst auf dem Begräbnis war, das war unwürdig.«

»Heimlich fortschaffen?« bemerkte Tamyt kühl. »Was meinst du damit?«

»Du weißt sehr gut, was ich damit meine. Ihr habt gewartet, bis sie weg war und habt die Frauen dann gewaltsam aus dem Haus schaffen lassen. Ihr habt ihnen ja kaum Zeit gelassen, ihre Sachen zu packen!«

»Ich fürchte, ich weiß nicht, was du meinst. Die Frauen waren fort, als wir zurückgekommen sind. Mehr weiß ich darüber nicht.«

»Mag sein, Tamyt, aber Tiye kann mir ganz sicher mehr darüber sagen, wenn du es nicht kannst ...«

»Ich?« Tiye schlug in einer Geste empörter Unschuld die Hände vor die Brust.

»Einmal davon abgesehen, daß ich dir kein Wort glaube, Tamyt. Du und Tiye habt der Gemahlin des Pharao wochenlang zugeredet, ihre Dienerinnen fortzuschicken.«

»Auch wenn ich nicht weiß, wovon du sprichst, muß ich gestehen, daß ich froh bin, daß sie nicht mehr da sind. Sie haben Khanefrues davon abgehalten, Verbindungen zu den anderen Odalisken zu knüpfen. Sie wird es jetzt viel leichter haben, mit ägyptischen Dienerinnen, die sich ihrer annehmen ...«

»Du hast deine Zuständigkeit überschritten, Tiye. Du hattest kein Recht ...«

»Wer gibt *dir* eigentlich das Recht, hier zu erscheinen und uns anzuklagen?« ließ Tamyts tiefe, klare Stimme sich in der Hitze des Gefechts vernehmen.

Ahmose war sprachlos. »Die Gemahlin des Pharao hat mich gebeten herzukommen, weil sie selbst zu erregt und krank ist. Ich bin auf ihr Geheiß hier und klage euch in ihrem Namen an«, entgegnete er schließlich.

»Seltsam«, meinte Tamyt. »Man sollte eigentlich annehmen, daß häusliche Dinge Khanefrues'– also das Verschwinden ihrer Dienerinnen – Tiyes Angelegenheiten wären und nicht deine. Das geht dich nichts an. Du besitzt keinerlei Befugnisse innerhalb des Harems.«

»Da muß ich dir widersprechen, Tamyt. Der Pharao hat mich mit sämtlichen Angelegenheiten betraut, die seine neue Gemahlin betreffen.«

»Und dir hiernach die Zuständigkeit für ihren Haushalt wieder entzogen. Verzeih, wenn ich so offen spreche, Ahmose ...«, sagte Tamyt und strich das plissierte Kleid über ihrem Schenkel glatt. »Aber diese Vereinbarung wurde im Grunde doch nicht im Interesse der königlichen Gemahlin getroffen, sondern damit du mehr Zeit mit deiner Frau verbringen kannst.«

»Und wie kommt es, Tamyt, daß du so gut über die Einzelheiten meiner Karriere und meiner Beziehung zu Maya informiert bist?« fragte der General barsch. »Ist mein Privatleben jetzt schon Gegenstand des höfischen Klatsches? Steht es jedem Beliebigen zu, sich in meine Angelegenheiten einzumischen?«

Tamyt ließ sich nicht beeindrucken. »Verzeih, es ist durchaus im vorliegenden Fall von Belang. Die Gründe deiner Ernennung waren nämlich nicht ... sagen wir, nicht allein deine persönliche Befähigung, die häuslichen Angelegenheiten einer jungen Braut zu beurteilen. Darum fand der König Tiyes großzügiges Anerbieten, diesbezüglich zu helfen, höchst angemessen.«

»Richtig!« bekräftigte Tiye und verschränkte die Arme über der Brust.

»Befähigung! Angemessen! Wenn du damit meinst, daß es mir nie in den Sinn gekommen wäre, die Dienerinnen Khanefrues heimlich fortzuschaffen ...«

»Wir haben jetzt schon einiges über deine eigenwillige Theorie gehört, General, aber hast du auch Beweise für deine Behauptungen?« fragte Tamyt eine Spur schärfer.

»Die königliche Gemahlin ist der Überzeugung, daß ...«

»Offenbar nicht. Wenn du nicht sofort damit aufhörst, solche absurden Behauptungen aufzustellen, sehe ich mich gezwungen, mich beim Pharao zu beschweren. Ich glaube kaum, daß das deiner Rückkehr zum Militär förderlich wäre. Sieh es doch von der erfreulichen Seite. Die Gemahlin des Pharao ist jetzt Ägypterin. Sie kleidet sich wie eine Ägypterin, spricht wie eine Ägypterin und erhält die Bildung einer Ägypterin. Genau das war doch deine Aufgabe, oder? Es ist doch verständlich, daß dein Erfolg bei Khanefrues' Dienerinnen Unbehagen ausgelöst hat. Sie ist nicht mehr die, die sie herbegleitet haben. Ich weiß nicht, was aus ihnen geworden ist, nehme aber an, daß sie die Gelegenheit genutzt haben, ihre Herrin zu verlassen. Sie wußten, daß ägyptische Dienerinnen sich ihrer annehmen würden, und sie wollten sich und ihr den schmerzlichen Abschied ersparen. Kurzfristig mag das ja schwer für sie sein, aber langfristig ist es sehr wohl von Vorteil. Sie haben sie in ihrer Entwicklung zur Ägypterin gehemmt. Jetzt, wo sie fort sind ...«

»Was mir nicht gefällt, sind die Umstände ihres Verschwindens.«

»Bedauerlich«, meinte Tamyt mit einem strahlenden Lächeln. Die goldene Katze an ihrem Finger schimmerte vor dem weißen Leinen über ihrem Knie. »Bedauerlich, das gebe ich gern zu, aber Vergangenheit. Die Gemahlin des Pharao wird den Verlust sicher verwinden. Sie hat sich gestern nicht wohl gefühlt. Vermutlich hat sie die Schilderung der Umstände übertrieben. Und keine Sorge – die Anwesenheit der Frauen hat ihre Fortschritte nicht allzu sehr gehemmt. Und jetzt, da es mit ihrem Einfluß gänzlich vorbei ist, wird sie sich bestimmt um so lobender über dich äußern.« Ahmose setzte verdutzt zum Sprechen an, aber Tamyt fuhr fort: »Ich weiß, daß es nicht angenehm ist, wenn man Gegenstand von Klatsch ist, und ehrlich gesagt hat man mich gestern abend das erstemal auf dich angesprochen. Und zwar der Pharao persönlich. Er sagte, wie zufrieden er mit den Fortschritten der königlichen Gemahlin wäre. Ich hatte den Eindruck, er würde deine Aufgabe als so gut wie abgeschlossen betrachten. Es würde mich nicht wundern, wenn du schon bald zu deinen alten Pflichten zurückkehren könntest – General –, vorausgesetzt, dieser Zwischenfall wird nicht ungebührlich aufgebauscht.«

Ahmose betrachtete die beiden Frauen tief betrübt; Tamyt räkelte sich geschmeidig und zufrieden auf ihrer Liege, und Tiye funkelte ihn über deren Schulter hinweg an wie ein Geier. Er mußte sich geschlagen geben.

»Ich werde der königlichen Gemahlin berichten, was ihr zu den Vorwürfen gesagt habt«, sagte er grimmig, ehe er das Haus verließ. Nachdem er gegangen war, saßen die beiden Frauen noch einige Sekunden schweigend beisammen.

»Die Sache wurde laienhaft durchgeführt«, sagte Tamyt schließlich in die Stille.

»Gib nicht mir die Schuld«, protestierte Tiye.

»Ich gebe dir ja gar nicht die Schuld.«

»Es war deine Idee.«

»Es mußte sein. Wer weiß, was ihre Kräfte ihnen über unsere Pläne verraten hätten. Und was dann?«

»Glaubst du, er wird ihre Vorwürfe beim Pharao untermauern?«

»Nein. Nicht wenn er sich entscheiden muß zwischen Karriere und Freundschaft.«

»Meinst du, daß ihr sonst jemand beistehen wird?«

»Nein. Sie hat keine Freunde am Hof. Nicht mehr.«

Khanefrues' Tränen waren versiegt, und die Spuren der Müdigkeit auf ihrem Gesicht waren überschminkt worden, als Ahmose in ihr Wohnzimmer geführt wurde. Sie saß auf einem Schemel, während eine ägyptische Dienerin ihre glänzende rotbraune Haarpracht aufsteckte. Eine zweite Ägypterin hielt ihr einen Spiegel vor, damit sie sich betrachten konnte. Ahmose fiel wieder ein, daß in dieser Nacht ihre Ehe mit dem Pharao vollzogen werden sollte.

Er betrachtete ihr künstliches ägyptisches Gesicht, während sie ihr Spiegelbild musterte. Er hatte seinen Auftrag erfüllt. Er hatte aus ihr eine wahre Ägypterin gemacht. Heute nacht würde sie die Braut des Pharao sein und ihn nicht mehr brauchen. Dann richteten sich ihre meergrünen Augen auf ihn, und er wußte, daß er ihr die Dienerinnen nicht zurückbringen konnte.

»Ich war bei Tiye und Tamyt«, begann er zögernd. »Sie leugnen jede Kenntnis von …«

Khanefrues' Augen schossen Blitze. »Erwarten sie wirklich, daß ich ihnen das abkaufe? Und haben sie ernsthaft damit gerechnet, du würdest ihnen das glauben? Meine Dienerinnen waren seit meiner Kindheit bei mir. Warum sollten sie mich ohne ein Wort des Abschieds verlassen?«

»Ich weiß es nicht.«

»Man wird die Frauen nicht zurückholen, habe ich recht?«

»Ja.«

Die königliche Gemahlin musterte ihn eine Zeitlang schweigend, und er sah, wie sie unter der Maske der ägyptischen Schminke die vollen Lippen aufeinanderpreßte. Die Dienerinnen waren zurückgetreten und fühlten sich sichtlich unbehaglich, doch Khanefrues entließ sie nicht.

»Du weißt also nicht, wo sie sind?« Sie sprach zwar nicht aus, daß er sie im Stich gelassen hatte, aber er las es von ihrem Gesicht ab.

»Ihr werdet künftig so viele Dienerinnen haben wie ihr braucht«, entgegnete er lahm.

Sie antwortete nicht. Er konnte die Last ihrer Trauer und Einsamkeit spüren und empfand sie plötzlich als Bürde. Sie lockte ihn mit ihrer Schönheit und rührte sein Herz mit ihrer Unschuld und Einsamkeit, aber was war sie für ihn, was konnte sie für ihn sein? Sie war die Braut des Pharao, sogar eine seiner Lieblingsfrauen. Sie besaß alle Macht, die sie wollte. Es war nicht gerecht von ihr, ihn zu ihrem Lieblingsdiener zu erklären. Er hatte sein eigenes Leben. Nun, ab morgen würde sie ohnehin aus seiner Verantwortung entlassen werden. Vielleicht konnte er schon bald zurück zu seinen Männern.

»Es tut mir leid, daß ich Euch nicht helfen kann«, sagte er. »Ich bin gekommen, um Euch zu berichten, was sie auf meine Vorwürfe geantwortet haben. Jetzt muß ich Euch wirklich Euren Vorbereitungen überlassen. Meine Frau erwartet mich.«

Khanefrues schob das Kinn vor und gab einer der Frauen einen Wink, die mit ihrer Perücke vortrat. Das schwarze Kunstwerk aus kleinen Löckchen wurde über ihre eigenen glänzenden, rotschimmernden Wellen gestülpt. Ihr nach ägyptischer Mode geschminktes Gesicht wirkte völlig ausdruckslos. Die Statue einer ägyptischen Königin.

Na, wie gefällt dir dein Werk? dachte Ahmose spöttisch. Ach, warum sollte es eine Rolle spielen! Abrupt wandte er sich ab und ging, in Gedanken bereits bei seiner Rückkehr zum Militär, wobei er Tamyt dafür haßte, daß sie diesen Keil zwischen sie geschoben hatte.

Khanefrues blickte Ahmose nach, der ihr Haus verließ, um sich heim zu Frau und Kindern zu begeben. Er verstand sich nicht besonders mit dieser zierlichen Maya – wenigstens hatte sie das gehört. Und doch würde er jetzt zu ihr gehen und heute abend mit ihr auf dem Hochzeitsbankett erscheinen. Er würde ihr mit der gleichen förmlichen Höflichkeit aus der Sänfte helfen, mit der er ihr bei Apis' Begräbnis aus der Barke geholfen hatte. Von ihrem Platz neben dem König würde sie die Reihen von Lampen erhellter Tische hinabblicken und die beiden nebeneinander sitzen sehen, beleuchtet vom Schein desselben Dochts. Und wenn sie dann heim gingen und der Dattelwein trotz aller Gleichgültigkeit einen Funken von Lust in ihnen entfacht hatte, würden sie sich dann trotz allem lieben? Gleichgültigkeit bei Tag bedeutete ja noch lange nicht, daß es keine nächtliche Wärme zwischen ihnen gab. Sie war seine Frau. Die königliche Gemahlin streckte eine hennabemalte Hand aus und berührte ihre silberne Lampe. Es gab Dinge, die Khanefrues sie nicht mehr fragen konnte, jetzt wo ihre Frauen fort waren. Es gab Dinge, die nicht ausgesprochen würden. Es gab Dinge, die zu wissen sie sich fürchtete.

Wie sich herausstellte, sollte das Bankett, das ihre Vereinigung mit dem Pharao besiegelte, nur von kurzer Dauer sein. Der Große Saal war prunkvoll geschmückt, die Tische reich gedeckt, und die Höflinge hatten sich die Siebzigtagebärte abrasiert. Ägypten war nicht mehr in Trauer. Aber der König war müde und rührte die Speisen kaum an. Nach den Exzessen der Begräbnisfeier am Vorabend hätten alle den Abend lieber daheim verbracht. Und so kam es, daß der König sich erhob und sich zurückzog, auf Khanefrues' Schulter gestützt, nachdem die königliche Gemahlin in ihrer ägyptischen Aufmachung mit dem zeremoniellen Schmuck lange genug rechts von ihm gesessen hatte.

Der Weg zum Schlafgemach des Pharao führte über Flure, die seine Gemahlin noch nie entlang gegangen war. Die Decken waren niedrig, und die Wandmalereien von tanzenden Gottheiten und Musikern flackerten im gelben Licht der an den Wänden befestigten Lampen. Vor zwei Palastwachen, die eine schwere Ebenholztür flankierten, machten sie halt. Der Pharao ließ ihr den Vortritt. Khanefrues schritt zwischen den Wachen hindurch, und die Tür schloß sich hinter ihnen.

Sie befand sich in einem Vorzimmer. An den Wänden, die

in Rot- und Orangetönen gehalten waren, verlustierten sich überlebensgroße Liebesgötter bei erotischen Spielen. Vor ihr öffnete der Pharao die Tür zu seinem Schlafgemach. Durch die Türöffnung konnte sie im schwachen Schein der Weihrauchbrenner den mit Goldfäden durchwirkten Himmel des Bettes sehen. Die Schatten der Nacht hatten den Raum in dämmriges Halbdunkel getaucht. Große Kohlenbecken an den Wänden verbreiteten einen warmen bernsteinfarbenen Schimmer und einen würzigen Duft. Jeder Metallständer, jeder Schemel, Schrank und Stuhl warf sein vergrößertes schwarzes Gegenstück an die Wand. Ein rußiger Dunst aus Rauch und Nacht hing unter der Decke, so daß sie durch die vergitterten Fenster keine Sterne sehen konnte.

Der Pharao stand neben den funkelnden weißen, roten und goldenen Netzen, mit denen seine tiefrote Liege bedeckt war. Auf einem Tisch vor ihm standen ein Krug und zwei Becher.

»Wein?« fragte er.

Khanefrues schüttelte den Kopf. Sie hatte die Wimpern gesenkt, und die Kohlenbecken zeichneten bewegliche Schatten auf ihre glatten Wangen. Der Pharao schenkte sich ein wenig Wein ein – in meinem Alter brauche ich das, sagte er sich – und stellte den Krug anschließend wieder ab. Dann trat er vor Khanefrues und nahm ihr Diadem und Perücke ab. Er löste die Klammern, mit denen ihr langes Haar hochgesteckt worden war, und die dunklen Locken fielen weich auf ihre schmalen Schultern herab. Khanefrues neigte gehorsam den Kopf, als der Pharao sich über sie beugte und die Verschlüsse ihres goldenen Halsschmucks öffnete. Im Schatten ihrer beider Körper streifte sie Ringe und Armreife ab. Der Pharao hielt inne und betrachtete ihre anmutige Gestalt in dem weißen Leinenkleid und dem bodenlangen Umhang. Respektvoll entkleidete er sie und legte ihre Sachen beiseite. Schlank und nackt stand sie vor ihm. Sie war wunderschön, jung und geschmeidig, dem Auge wohlgefällig.

»Khanefrues«, murmelte er. »Ihre Schönheit erstrahlt in vollem Glanz.«

Aber das Prickeln, an das er sich von früher erinnerte und das er sich erhofft hatte, blieb aus. Er legte die Arme um sie, zog sie an sich und fühlte die Wärme und Geschmeidigkeit ihres Körpers, ihre seidige Haut. Sein eigener Leib war dürr und zerbrechlich, sein Gesicht grau und zerfurcht, und die Hände, die sie streichelten, waren alt, mit hervortretenden blauen Adern.

Mit einem Seufzer ließ er sie los und teilte die Vorhänge, die vom Himmel des Bettes herabhingen. Sie wartete unter der Überdecke, während er sich entkleidete und anschließend zu ihr legte, wobei er beim lauten Knacken seiner Glieder innerlich stöhnte. Er schloß sie in die Arme und küßte sie, strich mit den Händen über ihre runden Hüften, die schmale Taille und die festen Schenkel. Als sie die Beine spreizte, legte er sich auf sie und versuchte, in sie einzudringen, aber vergeblich. Der Pharao rollte sich von ihr und setzte sich auf. Khanefrues musterte ihn stirnrunzelnd.

»Ich bin ein alter Mann«, sagte er. »Bes kommt nicht zu den Alten und Erschöpften; er ist ein Gott der jungen Menschen. Schau nicht so erschrocken – es ist nicht deine Schuld. Komm, setz dich auf.«

Er half ihr auf, hüllte das Laken um sie und stopfte ihr Kissen in den Rücken. Sie legte den Kopf an seine Schulter, und er schlang die Arme um sie.

»Wir alle sind müde«, sagte der Pharao. »Die Tage der Trauer und das Begräbnis haben an unseren Kräften gezehrt. Wir sollten ausruhen und ein wenig entspannen. Wir sollten uns ein bißchen Abwechslung gönnen und irgendwohin aufs Land fahren. Nach Miwer vielleicht.«

»Miwer? Mein König, wenn Ihr mit mir unzufrieden seid, dann schickt mich, wohin ihr wollt, nur bitte nicht in den Harem von Miwer.«

Der König lachte und drückte sie an sich. »Dich in Miwer lassen, mein schönes Kind? Warum sollte ich? Nein, aber wir sollten gemeinsam für eine Weile nach Miwer gehen, fort aus der Stadt. Miwer liegt an der Grenze zum Land des Sees. Vom Harem abgesehen, ist es im Grunde kaum mehr als ein Dorf. Wir können auf die Jagd gehen, schwimmen, Bootsausflüge unternehmen – es wird dir dort gefallen. Als ich noch jung war, habe ich einmal in der Nähe von Miwer ein Krokodil gefangen. Du hättest es sehen sollen! Es war ein wahres Ungeheuer! Ich habe Ramses dort auf die Jagd mitgenommen, als er noch ein kleiner Junge war.«

Der König zog die Knie an und machte es sich bequem, um ihr die Geschichte zu erzählen. Khanefrues kuschelte sich in die Decken und lauschte mit halbem Ohr seinen Erinnerungen an Miwer. Irgendwo dort draußen waren ihre Frauen auf dem Marsch oder rasteten in irgendeinem abgelegenen Lager. Auf der gegenüberliegenden Seite der Palastgärten kehrten Tiye und Tamyt zurück zu ihren Häusern, die Khanefrues' Unterkunft flankierten wie die Wachen draußen vor der Schlafzimmertür. Ahmose kehrte mit Maya heim – um mit ihr zu schlafen? Und viele Meilen entfernt wartete ihr Vater auf die Einladung des ägyptischen Pharao, um den wachsenden Spannungen seines Exils am Hof von Aleppo zu entfliehen.

Der Pharao gab bei der Audienz am nächsten Morgen seine Absicht bekannt, den Rest des Sommers in Miwer zu verbringen. Den Nachmittag über sprach er persönliche Einladungen aus, da der Vergnügungspalast im Land des Sees nur den engsten Vertrauten des Pharao vorbehalten war. Am Abend besprach er die Einzelheiten des Umzugs mit seinem ältesten Sohn.

»Am See wird es kühl sein«, sagte er. »Das kommt mir sehr entgegen. In Piramses herrscht den Sommer über ein unerträglicher Gestank, und in Memphis ist es schrecklich staubig. Und von Miwer aus begebe ich mich dann zum Opet-Fest direkt nach Theben.«

»Was ist mit den Libyern?« fragte Ramses.

»In der westlichen Wüste ist seit Monaten alles ruhig. Und überhaupt glaube ich, daß der Statthalter der See-Provinz die libyschen Überfälle unnötig aufbauscht, um sich wichtig zu machen. Was tun die Libyer schon groß, außer ein paar Ziegen zu stehlen?«

»Weißt du, daß es im See-Land inzwischen libysche Siedlungen gibt?«

»Die Seßhaften sind nicht das Problem, sondern die Nomaden ...«

»Nicht das Problem!« rief Ramses ungehalten.

»Genug. Die Libyer sind wie Mücken bei einem Essen im Freien. Ich habe Maya und ihren Gemahl ebenfalls eingeladen.«

»Wird Rahotep ebenfalls dabei sein?«

»Ja, warum fragst du?«

»Nur so.«

»Wenn ich ein wenig ausgeruht habe, werde ich vielleicht ein paar Besucher empfangen«, meinte der Pharao.

Ramses musterte ihn mit unverhohlenem Mißtrauen. Der Pharao schaute sich im Zimmer um und warf dann einen flüchtigen Blick auf seinen Sohn. Ramses' Züge waren wie versteinert. Sein Vater räusperte sich.

»Sie gibt es nicht zu, aber ich glaube, daß die königliche Gemahlin Khanefrues ihren Vater gern wiedersehen würde«, sagte er.

»Erzähl mir nicht, daß du einen Staatsbesuch in Aleppo vorhast«, entgegnete Ramses spöttisch.

»Nein, nein«, erwiderte der König. »Ich trage mich vielmehr mit dem Gedanken, König Suppiluliumas nach Miwer einzuladen.«

»Nicht solange ich da bin, um das zu verhindern«, protestierte Ramses heftig. »Kein ausländischer Blutegel wird sich an uns festsaugen – weder an dir noch am Hof noch an Ägypten.«

»Es ist doch nur ein Besuch«, sagte der Pharao beschwichtigend.

»Oh, Vater!« stöhnte Ramses. »Und wie lange dauert sein Besuch beim König von Aleppo nun schon? Sieben Jahre? Zehn?«

»Ich werde ihm klar machen …«

»Vater!« fiel Ramses ihm ungeduldig ins Wort. »Wenn Suppiluliumas erst hier ist, wirst du ihn nicht wieder los. Er wird sich an diesem Hof einnisten wie ein Floh im Fell eines Hundes. Und das werde ich nicht zulassen.«

»Was soll das heißen – ›das werde ich nicht zulassen‹? Wer ist hier der Pharao? Seit wann muß ich deine Erlaubnis einholen, um Gäste an meinen eigenen Hof zu laden?«

»Was hat diese Frau nur mit dir gemacht, Vater? Eine Nacht mit ihr, und du verlierst dein Urteilsvermögen. Es gab eine Zeit, da hättest du ein solches Komplott durchschaut.«

»Das reicht! Du wagst es, mir Senilität vorzuwerfen? Warum wirfst du mir nicht gleich vor, ich wäre außerdem blind, taub, zittrig und impotent?« Der alte Mann war aufgesprungen und stand nun zitternd und aschgrau im Gesicht vor seinem Sohn.

Ramses musterte ihn abschätzig. »Und? Ist es nicht so? Oder bist du ein starker Mann und mächtiger König? Dann stampfe die Bittschriften dieses Wurms in den Erdboden und entsende Truppen nach Nubien. Wir haben seit Medjas Rückkehr noch eine weitere Karawane verloren.«

Der König setzte sich langsam wieder und zwang sich zur Ruhe, damit seine Haltung auch seinen Worten entsprach.

»Ich mag alt sein, Ramses«, sagte er, »aber mit dem Alter kommt auch die Weisheit. Ägypten ist nicht mehr das Land, das es unter Ramses' Günstling Amun war. Wir können es uns nicht leisten, jedesmal Strafexpeditionen auszusenden, wenn ein Nomadenhäuptling uns ein Dorn im Auge ist.«

»Können wir es uns denn erlauben, unsere Karawanen Medja und seinem Stamm zu überlassen?«

»Hör zu! Vielleicht weiß ich eine andere Lösung für dieses Problem.«

»Was für eine Lösung?«

»Ich wollte mir eigentlich noch etwas Zeit lassen, um alles noch einmal zu durchdenken, aber da du mich unter Druck setzt ... Was wir brauchen, sind Vorsichtsmaßnahmen in den südlichen Ländern, keine Folge von militärischen Unternehmungen.«

»Sprich weiter.«

»Ich werde bald einen Nachfolger für den Vizekönig von Nubien bestimmen müssen, jemanden, den er auf dieses Amt vorbereiten kann. Jemanden, der jung und schwungvoll ist, da ich selbst es nicht mehr bin. Ich könnte diese Gelegenheit nutzen, unsere Streitmacht in Nubien auszubauen und dem Vizekönig zusätzliche Truppen zur Verfügung zu stellen, die sich der Nomaden annehmen sollen. Aber ich brauche jemanden, der tut, was man ihm sagt, und keinen Sturkopf, der sich dem Vizekönig in allem widersetzt.« Der König musterte Ramses eindringlich. »Diesem Mann würde beträchtliche Autorität verliehen werden müssen, um ihm eine Position zu verschaffen, die es ihm ermöglicht, die Söhne des Vizekönigs in Schach zu halten ...«

»Und an wen hast du gedacht?«

»Ich habe meine endgültige Wahl noch nicht getroffen ...«

Ramses machte ein grimmiges Gesicht.

»Also gut, wenn du es denn unbedingt wissen mußt. Ich habe an Pentaweret gedacht. Ich möchte ihn mit Bentanta verheiraten und die beiden in einer der Festungen unterbringen ...«

»Was? Pentaweret? Und du willst ihn mit Bentanta verheiraten? Hast du den Verstand verloren? Ist dir klar, was das bedeuten würde? Pentawerets Anspruch auf den Thron wäre ebenso groß wie meiner. Wer hat dich nur auf diese Idee gebracht?«

»Warum sollte es nicht mein eigener Einfall sein?«

»Und was das Vorhaben betrifft, ihn zum Vizekönig zu machen – ich werde dir sagen, wer die wahren Sieger wären, nämlich seine Mutter und ihre lügenhafte Anhängerschaft. Ich schätze, von daher stammt auch die ursprüngliche Idee. Vater, das ist Wahnsinn.«

»Warum? Wir brauchen in Nubien eine starke Hand. Ein Königssohn, der mit der Großen Tochter des Pharao verheiratet ist, besitzt den richtigen Status als auserwählter Nachfolger des Vizekönigs. Und er ist nicht wie du, Ramses. Er macht nicht seine eigenen Gesetze. Du beschuldigst mich des Wahnsinns – mich, der seit dreißig Jahren über die Zwei Länder herrscht! Aber ich, ich beschuldige dich, Ramses! Ich beschuldige dich des Eigennutzes. Du behauptest, dir läge das Wohl Ägyptens am Herzen, aber tatsächlich widersetzt du dich nur, weil du um deine eigene Nachfolge bangst!«

»Ganz richtig! Wenn ich daran denke, daß mein Geburtsrecht womöglich von einem Parasiten ausgesaugt wird und die Große Tochter des Pharao dem verblödeten Sohn einer Konkubine zur Frau gegeben wird, fürchte ich tatsächlich um meine Nachfolge. Aber ich bange auch um dich und Ägypten. Pentaweret hat keine Führungsqualitäten. Er besitzt weder die Erfahrung noch die notwendigen Fähigkeiten für ein so verantwortungsvolles Amt. Du kannst ihn in der Erbfolge nicht mit mir gleichstellen.«

»Ramses, glaubst du wirklich, ich würde Ägypten ohne eindeutigen Herrscher zurücklassen, wenn für mich die Zeit gekommen ist, ins Land der Toten aufzubrechen?«

»Würdest du das nicht? Heißt das, ich bin dein Erbe? Oder Pentaweret? Oder hältst du in deinem Harem vielleicht noch einen weiteren Kandidaten parat? Was ist mit Rahotep? Warum nicht er?«

»Du weißt, daß ich mir dich als meinen Nachfolger wünsche, Ramses, aber …«

»Nein, das weiß ich nicht! Zumindest bis jetzt nicht! Dann willst du also, daß ich dein Nachfolger werde? Warum gibst du es dann nicht bekannt? Warum nicht, Vater? Vergiß meinen Halbbruder. Ernenne mich zu deinem Thronerben. Ich werde den Nomaden bis auf den letzten Mann den Garaus machen und dieses asiatische Ungeziefer zerquetschen ...«

»Du weißt, warum ich das nicht tue. Weil du unberechenbar bist. Weil du wütest, wo du Ruhe bewahren und Besonnenheit wahren solltest. Weil du den Krug in einem Zug leerst, wenn du durstig bist. Weil keine Palastdienerin vor dir sicher ist, wenn du Lust verspürst.«

»Wenn du Pentaweret mit Bentanta verheiratest, wird es in Ägypten nach deinem Tod einen Bürgerkrieg geben«, entgegnete sein Sohn zornig.

Der Vater streckte die Hände nach ihm aus, doch Ramses sprang auf und stürmte wütend hinaus.

In der milden Dunkelheit auf dem Dach war das einzige Geräusch, das Maya hörte, das Seufzen in den Wedeln der Palme. Dann hörte sie leise, aber unverkennbar Schritte unten auf der Treppe, die sich näherten. Schließlich zeichneten sich Rahoteps Umrisse vor dem Nachthimmel ab.

»Streck die Hände aus.« Seine Stimme, so rauchig und glatt wie Obsidian, stach Maya mitten ins Herz.

Sie fühlte etwas Wächsernes in den Händen, eine halbe Elle lang, mit Ecken und Kanten, ebenen Flächen und Ellipsen. »Eine kleine Skulptur?«

»Kannst du es ertasten?«

»Was es ist? Ich weiß nicht. Es ist nur die Form einer Frau, ohne Kopfputz, ohne Symbole ...«

Er fühlte, wie seine warmen Hände sich um ihre eigenen schlossen. »Vergiß die Symbole. Vergiß irgendwelche Posen. Fühle den Kopf, die Schultern, die Gliedmaßen.«

Sein Atem bewegte die Locken auf ihrer Stirn. Ihr eigener

Atem hob die Kette, die auf ihren Brüsten ruhte. Das Wachs unter ihren vier Händen war warm wie Menschenhaut.

»Sie ist wunderschön«, sagte Maya schließlich. »Aber was soll sie tun?«

»Was du willst. Es ist alles erlaubt. Es liegt allein bei dir.«

»Du meinst ... das bin ich?«

»Das bist du. Nicht die Hohepriesterin von Isis. Einfach nur du, Maya, so wie es dir zu sein bestimmt ist. So wie ich dich sein lassen würde, wenn du mich ließest.«

»Und Ahmose? Und die Kinder?«

»Du liebst Ahmose nicht. Aber ich liebe die Kinder. Bring sie mit.«

»Du bittest mich ernsthaft, ihn zu verlassen?«

»Und zu mir zu kommen, ja.«

»Aber ich habe dir doch erklärt, daß ich als Hohepriesterin ...«

»Dann verlaß auch den Tempel.«

»Aber ich liebe meine Arbeit. Sie ist mein Leben.«

Er hatte ihre Finger ergriffen, führte sie über das wächserne Kinn, den Hals, die Schultern, die Brüste. »Nein. Deine Arbeit ist dein Ersatz für das Leben, für die Liebe.«

Mayas Hände schlossen sich fester um die Statuette. »Dieses Wort hast du bislang nicht benutzt.«

»Du willst wissen, ob ich dich liebe? Ohne dich könnte ich nicht sein, was ich bin. Was sollte das anderes sein als Liebe?« Seine Hände glitten unter ihre Ärmel. »Ich dachte, du empfindest genauso.«

»Das tue ich«, sagte sie, die Lippen dicht an den seinen. »Aber ich muß die Worte hören.«

»Ich liebe dich.« Die Worte kitzelten ihre Lippen wie Schmetterlingsflügel.

»Ich liebe dich«, hauchte auch sie, und die Wachsfigur fiel in seinen Schoß.

Als er ging, lehnte sie sich über die Brüstung, um ihm nachzublicken, aber die Straße weiter unten war nur undurchdringliche Schwärze, die sogar das Geräusch seiner Schritte verschluckte. Maya stand am Rand des Abgrunds. Sie hatte ihr Wort gegeben. Jetzt mußte sie auch den Sprung wagen. Am Anfang würde ihr schwindelig werden. Ihre Ehe, ihr Zuhause und ihre Göttin würden von ihr abfallen, aber dann würden Rahoteps starke Arme sie auffangen, und sie war in Sicherheit.

Ein Schatten löste sich in Höhe der Treppe von der Mauer. Maya fühlte, wie ihr Lächeln gefror. Ahmose. Er mußte alles gehört haben. Aber der Mann war größer und kräftiger gebaut als Ahmose. Als ihr der Geruch von Dattelwein in die Nase stieg, wußte sie, daß es Ramses war.

»Ich grüße dich, Maya.«

»Sei leise!« zischte sie. »Sonst weckst du noch alle auf.«

»Hilf mir.« Er legte ihr eine Hand auf die Schulter, und sie führte ihn zu einem Stuhl.

»Sieh nur, in was für einem Zustand du bist.« Sie versuchte, seinen Arm abzuschütteln, doch statt loszulassen, zog er sie dichter heran.

»Ich habe mich mit dem Pharao gestritten«, jammerte er. »Er will meine Aussichten auf den Thron zunichte machen.«

»Ich werde Ipuki rufen. Er kann dich nach Hause bringen.«

»Nein, tu das nicht, Maya, tu das nicht. Laß mich diese Nacht bei dir bleiben. Du warst schon immer meine Lieblingscousine.«

»Ich wünschte, ich könnte von dir behaupten, du wärst mein Lieblingsvetter.« Wieder versuchte sie, sich aus seinem Griff zu befreien, aber wieder packte er nur um so fester zu.

»Nein, wir wissen, wer dein Lieblingsvetter ist.« Die Fahne, die ihn umgab, war so zäh wie Lampenöl. »Wir wissen Bescheid. Er heißt Rahotep, nicht wahr?«

»Wie lange hast du dich schon dort versteckt?«

»Lange genug, Maya. Lange genug, um zu wissen, daß du mir untreu bist.«

»O Ramses, sei doch ernst.«

»Es ist mein Ernst. Ich hätte auf einen Wink von dir jederzeit meinen Wagen vorgefahren. Du hättest nur ein Wort zu sagen brauchen. Ich hätte eine Sänfte geschickt, mit Vorhängen, so daß niemand dich erkannt hätte. Und jetzt verläßt du mich für meinen eigenen Bruder.«

Ramses packte mit beiden Händen den Saum ihres Kleides und schob es ihr grob bis über die Hüften. Trotzdem glaubte sie immer noch, es handle sich um nicht mehr als denselben alten Spaß. Als sie aufstand, ließ er sich auf sie fallen, und sie landete unsanft im Staub. Sein Gewicht drückte ihr die Luft aus den Lungen, und ihr wurde ganz übel von dem penetranten, säuerlichen Schweiß- und Weingeruch, den er verströmte. Erst jetzt, als ihre Hände auf dem Boden festgehalten wurden und sie die Haare nicht fortnehmen konnte, die sie zu ersticken drohten, ging ihr auf, daß dies weit über einen Spaß hinausging und es Ramses in seiner Trunkenheit durchaus ernst war. Die Locken seiner Perücke füllten ihren Mund, und sie würgte, als er gewaltsam in sie eindrang.

»Laß uns heilige Ehe spielen, Maya«, murmelte er ihr ins Ohr. »Ich bin der Pharao, du bist die Hohepriesterin, und wir befinden uns im Sanktuarium des Isis-Tempels. Liest du jene Papyri, wenn Djedese nicht dort ist? Das ist dein Geschenk von Isis – dafür, daß du das ganze Jahr so brav warst.«

Minutenlang rang sie unter seinem erdrückenden Gewicht nach Luft, bis sie seinen Samen zwischen ihren Schenkeln fühlte. Erst jetzt richtete er sich auf und blickte aus der Hocke auf sie herab. Halb erstickt sog sie die warme Nachtluft ein und hob schluchzend eine Hand an ihre schmerzende Brust. Er wischte sich den Mund ab.

Maya schlug die Hände vors Gesicht und brach in Tränen aus. Als sie die Hände wieder fortnahm, war Ramses verschwunden. Sie rollte sich auf die Seite und wischte sich mit ihrem Kleid seinen Samen fort. Dann blieb sie lange mit zusammengekniffenen Augen regungslos liegen, während ihre Tränen in den Staub tropften. Sie lag immer noch dort, als der erste Lichtschimmer des neuen Tages den östlichen Horizont erhellte. Re und die göttlichen Fahrgäste in seiner Sonnenbarke würden gleich aus der Unterwelt auftauchen und ihre Fahrt durch den Himmel antreten. Isis würde auf ihre treulose Priesterin zeigen, deren Schändung sie veranlaßt hatte, bevor die Priesterin die Reinheit ihres Sanktuariums schänden konnte. Und der rachsüchtige Seth würde sein Augenmerk auf sie richten und mit ihr auch ihre Kinder sehen.

Maya setzte sich auf und strich sich mit beiden Händen über das tränennasse Gesicht. Wie die Götter sie auch bestrafen mochten, sie durften sich nicht an ihren Kindern vergreifen. Sie mußte die Kinder fortschicken, heim nach Piramses, wo sie vielleicht sicher waren.

7. Kapitel

Vor der Doppelmauer des königlichen Harems in Miwer wartete ein Nubier, so schwarz wie die Erde Ägyptens. Das Städtchen Miwer, klein und schmutzig, drängte sich schutzsuchend an den Palast der königlichen Odalisken. Um den Nubier herum lärmte das Volk und wirbelte graue Staubwolken auf. Aber der Mann aus dem Süden trug die Brustplatte eines Hauptmanns der Bogenschützen von Nubien, so daß niemand wagte, dem Fremden zu nahe zu kommen.

Das Rumpeln eines Riegels, der zurückgeschoben wurde, riß den Nubier aus seinen Gedanken. In dem großen Haupttor öffnete sich eine Tür.

»Tamyt wird Euch jetzt empfangen, Hauptmann Seniry«, sagte der Torwächter und verneigte sich aus Respekt oder einfach, um den Nubier vorbeizulassen. Hauptmann Seniry trat geduckt durch die Türöffnung und ließ sich von seinem Führer den langen Flur zwischen Außen- und Innenmauer hinuntergeleiten. Die Geräusche von draußen drangen nur gedämpft ins Innere, wogegen die Stimmen der Frauen in ihren abgeschirmten Gärten über die innere Einfriedung hinweg verlockend nahe klangen.

»Warum hast du mich auf der Straße warten lassen?« wollte Seniry wissen. »Warum nicht im Vorzimmer wie gewöhnlich?«

»Jetzt wo der Hof hier residiert, benutzt das Gefolge des Pharao das Vorzimmer«, erklärte der Diener. »Dort wimmelt es nur so von Herolden, Dienern und Bittstellern. Darum hat Tamyt es vorgezogen, daß ich Euch über ihren Privateingang zu ihr bringe.«

Seniry grunzte. Sie bogen ab und betraten einen niedrigen, von Lampen erleuchteten Gang. Der Diener öffnete eine Tür am anderen Ende.

»Hauptmann Seniry, Herrin«, verkündete er und zog sich zurück.

Das Gemach war geräumig, mit einem von Säulen eingefaßten quadratischen Hof in der Mitte. Sonnenlicht flutete durch die offene Tür einer Veranda zum Garten herein. Die Wände waren mit Sumpflandschaften und Strauchwerk bemalt; wilde Vögel stiegen aus dem Riedgras auf, Königsfischer tauchten ins Wasser ein, und große Karpfen schwammen über den Fußboden. Seniry konnte Frauenstimmen aus dem Garten hören. Einen Augenblick lang vermeinte er sogar zu spüren, wie eine leichte Brise von draußen über sein Gesicht strich, stellte aber dann fest, daß der Luftzug von einem Straußenfederfächer herrührte, den eine Dienerin am anderen Ende des Raumes auf und ab schwenkte. Auf einem Sofa unter dem Fächer räkelte sich Tamyt.

Als sie ihn eintreten sah, zog sie die Beine an und setzte sich auf. Der Nubier umarmte sie flüchtig, und die beiden musterten einander mit den gleichen schwarzen Augen und lächelten mit den gleichen vollen Lippen.

»Ich möchte mit meinem Bruder allein sein«, teilte Tamyt dem Mädchen mit.

Als die Dienerin gegangen war, forderte Tamyt Seniry auf, neben ihr Platz zu nehmen, und legte ihm die verschränkten Hände auf eine Schulter.

»Du siehst gut aus«, sagte sie. »Hattest du eine angenehme Anreise aus Nubien?«

»Selbstverständlich. Ich bin gekommen, weil ich dich sehen wollte.«

»Und, wie findest du mich?«

»So wie immer – wunderschön.«

Tamyt lachte. »Alle großen Brüder finden ihre kleinen Schwestern schön.«

»Du bist schön. Du bist eine perfekte Mischung – nubisches Temperament, gepaart mit ägyptischer Eleganz.«

Tamyt erhob sich und ging in die Mitte des Raumes, wobei sie die Geschmeidigkeit ihrer Glieder zeigte. »Ich würde deine Meinung als voreingenommen abtun, würde sie nicht von anderer Seite bestätigt.«

»Ach? Von wem?«

»Zum einen vom Vorsteher des Großen Hauses, Mersure. Er hat uns übrigens nach Miwer begleitet.«

»Tamyt, warum mußt du mit Männern mittleren Alters kokettieren? Du brauchst sie nicht, um zu wissen, daß du schön bist. Du lebst im Harem des Pharao. Was für einen besseren Beweis könnte es geben?«

»Aber Seniry, ich kokettiere doch aus einem bestimmten Grund mit ihnen. Jede Kleinigkeit schafft uns Verbündete. Im übrigen muß ich über Pentawerets Ansichten Bescheid wissen, oder?«

Seniry wurde ernst. »Bist du weitergekommen?«

Tamyt, die zwischen den vier Säulen wie eine Statue aussah, lachte in sich hinein. »O ja, in diesem Punkt habe ich zweifellos Fortschritte gemacht«, entgegnete sie. »Aber das kann warten.«

»Erzähl mir mehr.«

»Bist du eifersüchtig? Erzähl du mir lieber von Nubien. Von der königlichen Untersuchung, was den puntischen Lotos betrifft. Glaubst du, man ist uns auf der Spur?«

»Nein. Sie haben herausgefunden, woher Medja seinen puntischen Lotos hatte. Der Proviantmeister der Flotte des Amun-Re hat ihn mit einer geringen Menge bestochen. Das war die einzige Möglichkeit, Medja davon abzuhalten, die Karawanen zu überfallen, die die östliche Wüste vom Meer bis nach Theben durchqueren. Es gibt keinerlei Verbindung zwischen Medjas kleinen Nebengeschäften und uns. Er operiert auf einer völlig anderen Route als wir. Unser Sachmet-Priester beschafft sich den puntischen Lotos, nachdem die Karawane ihn an seinem Tempel in Theben abgeliefert hat. Und er liefert ihn hierher an den Harem – als Schminke deklariert. Der Priester weiß selbst nicht, was aus der angeblichen Schminke wird, nachdem sie in Miwer eingetroffen ist. Der hiesige Tempel erhält seinen puntischen Lotos über die offiziellen Kanäle direkt aus Theben. Die Bücher des Tempels stimmen völlig mit jenen des Tempels in Theben überein. Ich glaube nicht, daß wir uns wegen unserer Lieferungen noch Sorgen machen müssen.«

»Hm, mag sein. Aber streng genommen ist es keine völlig unabhängige Route, nicht wahr? Der puntische Lotos stammt von derselben Flotte. Ich muß darüber nachdenken. Aber was ist mit Medja? Hast du dich mit ihm geeinigt? Ist er endgültig auf unserer Seite?«

»O ja, das ist er, würde ich sagen, nachdem er einen Vorgeschmack darauf bekommen hat, was für ihn drin ist.«

»Was heißt das – ›würde ich sagen‹? Bedeutet das, du hast immer noch kein Abkommen mit ihm ausgehandelt?«

»Ich … äh, nein. Aber ich bin ziemlich sicher, daß er auf unserer Seite ist.«

»Seniry! Wir brauchen eine endgültige Abmachung!«

»Endgültige Abmachung! Was soll ich deiner Meinung nach tun? Wenn ich versuche, ihn zu etwas zu zwingen, besteht die Gefahr, daß er sich an den Pharao und Ramses wendet. Weißt du eigentlich, wie groß sein Stamm ist?«

»Natürlich weiß ich das. Genau darum brauchen wir ihn ja. Wenn der Pharao seine Reise in die Unterwelt antritt, wird es zum Kampf mit Ramses kommen. Ohne dich und reichlich nubische Verstärkung hat Pentaweret keine Chance gegen seinen Bruder. Pentaweret allein ist nichts wert – darum sind wir ja auf Medja angewiesen.«

»Erhebe mir gegenüber nicht die Stimme, Tamyt. Ich tue mein Bestes. Und du kannst dir auch deine Herablassung gegenüber meinen eigenen Männern sparen.«

»Bring die Sache einfach nur zu Ende! Zieh Medja auf unsere Seite! Bei den Göttern, Seniry, ich prostituiere mich vor diesem dummen Bengel …«

»Dann hast du es getan? Dann hast du das Bett mit ihm geteilt?«

»Wieso fragst du? Bist du eifersüchtig?«

»Nein, ich bin nicht eifersüchtig. Ich mache mir Sorgen. Du bist meine Schwester.«

»Halbschwester, Seniry. Nur Halbschwester. Eine Kleinigkeit, die jedoch einen entscheidenden Unterschied ausmachen kann.«

»Hast du mit ihm geschlafen oder nicht? Du sagtest, du hättest Fortschritte gemacht. Was hast du getan?«

»Ich arrangiere seine Heirat mit meiner Rivalin. Siehst du, wie selbstlos ich bin?«

Seniry schien erleichtert. »Was ist mit der Hethiterin? Hat sie irgendwelchen Einfluß?«

»Der Pharao ist vernarrt in sie. Sie ist sein kleiner Liebling. Aber von dieser Seite haben wir nichts zu befürchten.«

»Ist sie eine von uns?«

»Himmel, nein. Ahnungslos ist sie weit nützlicher.«

»In deinem letzten Brief hast du geschrieben, sie könnte uns gefährlich werden.«

»Sie besitzt die Gabe der Weissagung, dessen bin ich mir ganz sicher. Ich hatte befürchtet, sie könnte unsere Pläne voraussehen. Aber dieses Problem haben wir zwischenzeitlich gelöst. Was sie sieht, kann sie offenbar nicht ohne Hilfe deuten.«

»Und hat sie eine solche Hilfe?«

»Sie hatte vier Helferinnen – Hethiterinnen, die sie aus Aleppo mitgebracht und als Dienerinnen ausgegeben hat. Wir haben diese Frauen fortgeschafft. Habe ich dir nicht davon berichtet?«

»Nein, hast du nicht. Du hast mir eine Ewigkeit nicht mehr geschrieben, und das weißt du ganz genau.«

Tamyt lächelte nur.

»Steht diese Heirat endgültig fest?«

»Noch nicht – aber bald.«

»Dann ist sie so endgültig wie mein Abkommen mit Medja«, stellte Seniry fest.

Tamyt lachte nur und ging langsam zur Verandatür. Das Sonnenlicht fiel durch ihr Kleid, als sie in der offenen Tür stand; darunter wurde ihre dunkle Silhouette sichtbar.

»Hast du ihn verführt?« fragte Seniry, trat zu ihr und legte ihr die Arme um die Taille.

Tamyt wand sich aus seiner Umarmung. »Noch nicht. Aber keine Angst – ich bin mir seiner so sicher, als hätte ich es getan.«

»O Tamyt!«

»Nein, es stimmt. Bei einem Mann wie Pentaweret – sofern man ihn als Mann bezeichnen kann – ist Schmeichelei das stärkste Aphrodisiakum. Er lebt derart im Schatten seiner Mutter, daß ihn schon die Andeutung auf eine Affäre ins Schwitzen bringt.«

»Glaubst du, daß Tiye etwas ahnt?«

»Weißt du, Seniry, ich glaube fest, daß sie immer noch nichts gemerkt hat. Es geschieht direkt vor ihrer Nase, aber sie sieht es nicht. Und wenn sie es merkt – falls überhaupt – wird es zu spät sein.«

»Vielleicht kümmert es sie nicht. Immerhin stehen wir alle auf derselben Seite.«

»Sie steht auf meiner Seite, Seniry, und nicht anders herum, was immer sie auch denken mag. Aber das mag keine Rolle spielen. Allerdings wacht sie sehr eifersüchtig über ihren Goldjungen.«

»Dann wirst du auch gegen sie kämpfen müssen.«

»Würdest du für mich gegen Pentaweret kämpfen?« fragte Tamyt über die Schulter hinweg und steuerte ihre Schlafzimmertür an. »Sieh nur, wieviel Staub vom Garten hereinweht. Ich muß mir die Hände waschen.«

Seniry folgte ihr bis zur Schwelle und blieb an den Türrahmen gelehnt in der Öffnung stehen, während sie die Hände in das Wasserbecken tauchte. Sie warf ihm einen Seitenblick zu.

»Warum heiratest du nicht, Seniry?« schalt sie ihren großen Bruder und lachte spöttisch, als sie den lüsternen Ausdruck in seinen Augen sah.

»Ich sagte, ich habe heute einen Brief von To bekommen.« Der Pharao hob einen Papyrus von seinem Schoß und schwenkte ihn vor Ramses' Nase. »Einen Brief von To. Er schreibt, er ist krank.«

Ramses erhob sich. »Und was hat er? Etwas Ernstes?«

»Er fühlt sich nur unwohl. Vielleicht hat er sich bloß übernommen. Einen Tag, bevor er den Brief aufsetzte, hat er Paiis' Truppen inspiziert. Er schreibt nicht viel darüber, nur daß er sich nicht so kraftvoll fühlt wie sonst. Wenn er es allerdings überhaupt erwähnt, muß es ihm schon ziemlich schlecht gehen. Es sieht To gar nicht ähnlich, sich zu beklagen. Wie auch immer, ich will mich jetzt nicht damit belasten. Ich bin hergekommen, um mir beim Opet-Fest ein bißchen Ruhe und Entspannung zu gönnen, im Garten zu sitzen, auf dem See zu segeln, zu jagen ...« Er legte Khanefrues, die zu seinen Füßen saß, eine Hand auf den Kopf.

Sie blickte zu ihm auf. »Ich glaube nicht, daß ich Lust habe, auf die Jagd zu gehen. Ich will keine toten oder verletzten Tiere sehen ...«

Der König lachte herzlich. »Du wirst dich daran gewöhnen müssen, meine Liebe. Du kannst doch nicht beim Anblick eines Blutstropfens in Ohnmacht fallen. Die Jagd ist das Blut des Lebens, das Ka dieses Landes! Ramses, sie glaubt ernsthaft, ein Mann könne ins Land des Sees kommen, ohne zu jagen!«

Doch Ramses hörte nicht mehr zu. Seine Aufmerksamkeit war wieder auf den dunklen Nebel gerichtet, in dem etwas Unaussprechliches lauerte. Seine Gedanken quälten sich dieser Tage häufig durch diesen unheilvollen Dunst, von Zorn, Verlangen und Wein auf die gewissenlose Präsenz zugetrieben. Sie rief ihm mit Frauenstimme zu. Noch ein Schritt, und er würde das Ungeheuer sehen. Und dann kehrte er hastig in die Gegenwart zurück, bevor es ihn als seinen Schöpfer entlarven konnte.

»Es ist lange her, daß ich einen Jagdstock geworfen habe«, sagte der König. »Aber vielleicht ist es an der Zeit, wieder damit anzufangen. Keine Bange, meine Liebe. Du kannst dich in einer Barke sonnen und von der eigentlichen Jagd fernhalten. Aber wir müssen einfach fischen gehen, Wasservögel jagen und vielleicht sogar Gazellen. Ist dein Freund Seti im Palast? Wir lassen ihn kommen und diktieren ihm die Einladungen gemeinsam.«

»Ich weiß nicht, wo er ist«, entgegnete die Gemahlin des Pharao. »Ich habe ihn nicht mehr gesehen, seit wir Memphis verlassen haben.«

»Aber was ist mit deinen Unterrichtsstunden?«

»Ich brauche keine mehr. Ich spreche längst fließend Ägyptisch.«

»Aber du warst doch noch dabei zu lernen, wie man es schreibt, mein Kind.«

»Für eine Einladung zur Jagd reicht es allemal«, erwiderte Khanefrues beleidigt.

Ramses empfand ihre Stimme mit dem hethitischen Akzent als Erleichterung, da sie das Echo jener anderen Stimme überdeckte.

»Eine Einladung von dir an eine Odaliske vielleicht. Aber der Pharao braucht einen richtigen Schreiber. Wenn Seti nicht da ist, werden wir einen von den anderen kommen lassen. Aber wie konnte er ohne meine Erlaubnis fortgehen?«

»Ich habe nicht gesagt, daß er nicht hier in Miwer ist, sondern nur, daß ich ihn nicht mehr gesehen habe. Ich will ihn nicht mehr sehen, weil keine Veranlassung mehr dazu besteht. Und Ahmose ist mir auch nicht mehr von Nutzen. Ich bin seiner Hilfe entwachsen, und ich brauche auch keinen Unterricht mehr von seinem Schreiber.«

»Ist Seti denn untrennbar mit General Ahmose verbunden? Gehört er ihm? Müssen beide von selbst überflüssig werden, nur weil der eine seine Aufgabe erfüllt hat?«

»Ich will ihn nicht sehen.«

»Wie du meinst. Ich werde dich nicht dazu zwingen. Du kannst ja nicht ewig Schülerin bleiben und dich mit Tinte und Papyrus befassen, während du dich im Land des Sees amüsieren sollst.«

»Warum ist Ahmose noch bei uns, mein König? Ich bedarf seiner Dienste ganz sicher nicht mehr. Warum schickt Ihr ihn nicht zurück nach Memphis?«

»Ahmose ist mit Maya hier«, entgegnete der Pharao ein wenig verwirrt. »Du erwartest doch nicht von mir, meine Nichte ohne ihren Gatten einzuladen?«

Ramses entschuldigte sich und ging.

Ahmose war mit seiner Ehefrau in Miwer, ohne seine Kinder und ohne Beschäftigung. Er bewohnte mit Maya die kleine Zimmerflucht, die der Pharao ihnen im Palast zugewiesen hatte, wobei ihr Zusammenwohnen sich auf Begegnungen im Empfangsraum auf dem Weg in ihre Zimmer beschränkte. Sie redeten nur wenig, und wenn, dann nur, weil Nodjmet nicht mehr da war, um Nachrichten zwischen ihnen zu übermitteln. Nodjmet war zusammen mit den Kindern nach Piramses zurückgekehrt; Maya hatte sie heimgeschickt.

In Mayas Haus in Piramses war Ahmose sich stets wie ein

Eindringling vorgekommen. Aber Memphis war sein Zuhause. Hier, bei seiner eigenen Familie, hatte er begonnen, seine Kinder als die nachfolgende Generation seines eigenen Blutes zu betrachten. Er hatte angefangen, sich ihnen zuzuwenden, und er hatte die ersten Erfolge dieser Annäherung verzeichnet. Doch Maya wollte nicht, daß ihre Kinder so wurden wie ihr Vater. Sie wollte sie seinem Einfluß entziehen. Er wußte, daß dies der Grund dafür war, daß sie die Kinder fortgeschickt und sie eines morgens heimlich und in aller Frühe aus dem Haus geschmuggelt hatte, damit er es nicht verhindern konnte.

Es hatte eine Zeit gegeben, da Ahmose den Gerüchten Glauben geschenkt hatte, die um Maya und ihren Vetter kursierten. Aber Rahotep war nicht nach Miwer gekommen, obwohl er dazu eingeladen worden war. Wie auch immer – Ahmose wußte ohnehin, daß Maya lieblos, leidenschaftslos und kalt war. Und in letzter Zeit hatte sie sich sogar eine steinerne Maske zugelegt, die nichts und niemand zu durchdringen vermochte. Hinter den starren Zügen aber kochte sie vor Zorn, weil er sich daran gemacht hatte, die Kinder für sich zu gewinnen. Ahmose war allein mit Maya in Miwer, als er die Einladung erhielt, gemeinsam mit den Herren des königlichen Gefolges auf die Jagd zu gehen.

Mayas Einladung, sich den Damen in den Barken anzuschließen und so die Jagdgesellschaft zu begleiten, kam gesondert, wenn sie auch vom selben Boten überbracht wurde. Sie erhielt die Nachricht in ihrem Zimmer, als die untergehende Sonne gerade am Horizont weinte und den Himmel mit ihren glutheißen Tränen überschwemmte. Sie öffnete den Brief und überflog den Inhalt, ohne ihn in sich aufzunehmen. Wieder kniete sie vor dem kleinen Isisschrein nieder und flehte die Göttin erneut um Verzeihung für ihre Sünde an, einen anderen Mann begehrt zu haben.

»Befreie mich von meinem Schmerz, o Mutter Isis«, flüsterte sie der unerschütterlichen Statuette zu. »Es war falsch, und du hast mir meine Strafe geschickt. Nimm diese schwere Last von meinem Herzen.« Die Isisfigur aus Alabaster und Gold musterte sie ungerührt. Weit fort in Memphis las Rahotep wieder und wieder einen anderen Brief – den Brief, in dem geschrieben stand, daß sie ihren Eid gegenüber der Göttin unmöglich brechen könne, daß sie Hohepriesterin und Ahmoses Weib bleiben müsse, daß ihre gemeinsamen Pläne nur Schall und Rauch gewesen seien.

»Miwer und der See zeigen sich um diese Jahreszeit nicht von ihrer besten Seite«, erklärte der Pharao Khanefrues, nachdem er ihre Sänfte neben seine eigene beordert hatte. »Früher, als König Menkheperre Djhutmose hier mit seinen Damen lustwandelte, war dies ein prunkvoller Ort. Heute ruht er nur noch auf den Ruinen längst vergangenen Ruhms. Im Augenblick ist alles verdorrt und versengt. Aber warte bis nach der Überschwemmung, wenn das Hochwasser sich wieder zurückgezogen hat. Was für Gärten sich dann unter den Palmen erstrecken! Diese Blumenpracht! Und der Duft! Und die kleinen Wasserhühner in ihren Nestern im Schilf! Warum haben wir haltgemacht?«

Wo Djhutmoses Barken in prachtvoller Kolonne den Kanal hinuntergesegelt waren, wurde des Pharaos Jagdgesellschaft in Sänften am flachen, eingerissenen Ufer entlang hinter den Booten her getragen. Sie hatten die Sanddünen hinter sich gelassen und mit dem Abstieg in die mit Palmen bewachsene Senke des See-Landes begonnen.

»Mein König.« Einer der Herolde trabte auf die Sänfte des Pharao zu. »Der Kanal ist verschlammt und mit Schilf überwuchert. Wir werden bis zur nächsten Landestelle laufen müssen. Dort dürfte der Kanal tief genug sein, unsere Boote zu Wasser zu lassen.«

»Gut.« Der Pharao lehnte sich in seiner Sänfte zurück. »Halt dich fest, meine Liebe. Wir steigen jetzt die Böschung hinauf.«

Die Böschung war steil und der Pfad entlang des oberen Randes sehr schmal, aber bis zum Landungssteg war es nicht mehr weit. Die leichten Boote wurden weiter vorn bereits ins seichte Wasser gelassen. Bald darauf glitt die Uferlandschaft des Sees an den Fahrgästen vorüber.

In einer Barke ziemlich weit hinten bedeckte Maya das Gesicht mit beiden Händen. Der modrige Geruch des Schlammes erinnerte sie an fauliges Obst und verursachte ihr Übelkeit. Die Sonne wurde von den Wellen widergespiegelt und stach ihr in die Augen. Sonne und Erde bereiteten ihr keine Freude mehr. Die Götter, die die Welt erschaffen hatten, hatten sich gegen sie gewandt.

Das Land des Sees war das Land Sebeks, des Krokodil-Gottes. Seine roten Augen trieben in den Überschwemmungswassern, sein grüner Leib war verborgen zwischen dem sprießenden Wintergetreide, und im Sommer sonnte er sich auf der rissigen Erde des See-Landes. In der Stadt Shedyt, in seinem Haus im Herzen seines Reiches, wurde er verehrt. Die Dorfbewohner, die kamen, um sich die Vergnügungsboote anzuschauen, waren gleichzeitig die Kinder und die Beute Sebeks. Um ihn zu besänftigen, brachten sie seinem Schrein Opfer dar und massakrierten aus nackter Furcht jedes Krokodil, das den Graben um das Dorf überwand.

Jetzt ergeht es mir wie ihnen, dachte Maya. Ich weiß nicht, wohin ich mich wenden, wie ich der Grausamkeit meiner Göttin entkommen soll. Wohin ich auch gehe, ob nach Piramses, Miwer oder Memphis, das Land des Sees wird stets in meinem Herzen bleiben. Nein, nicht Memphis. Ich kann niemals dorthin zurück. Sie schob sich die geballte Faust in den Mund und biß sich auf die Fingerknöchel.

Als die Flotte dem Wasserlauf des Gottes weiter folgte, mischten sich immer mehr fremdländische Gesichter unter jene der Schaulustigen; Frauen ohne Perücke mit struppigem, spreufarbenem Haar, nackte Kinder, die unsicher bis ans Ufer liefen und sie mit runden, wasserblauen Augen anstarrten, und hellhäutige Männer in der Lederkleidung der Soldaten.

»Sieh«, zischte Tamyt Tiye zu, die als Gast in ihrem Boot mitfuhr. »Libyer. Nomaden aus der westlichen Wüste. Nachfahren des Meeresvolkes in der zweiten Generation. Es wimmelt rund um den See nur so von ihnen. Sieh sie dir an – sie leben hier in Siedlungen, die der König ihnen selbst zugewiesen hat, weil er zu schwach ist, um sie fortzujagen!«

Tiyes Gesicht verdüsterte sich wie eine Landschaft, wenn Wolken die Sonne verdunkelten. Sie hob eine dürre Hand an den Ausschnitt ihres Kleides. »Das letzte Mal, als ich hier war, gab es an diesem Ende des Sees nur sehr wenige. Ich wußte zwar, daß die Lage sich zugespitzt hat, aber mir war nicht klar …«

»Man braucht sich nur die Soldlisten der Armee anzusehen – sehr viele beziehen Rationen, entsprechend der Anzahl, die sich niedergelassen hat …«

»Ich soll mir die Soldlisten der Armee anschauen? Solche Dinge überlasse ich dir! Allein der Gedanke, mich durch endlose Listen zu arbeiten …«

»Du könntest einiges lernen, wenn du nur wolltest.«

»Schimpf nicht mit mir, meine Liebe. Ich bin eine alte Frau. Außerdem verfüge ich weder über deine Informationen noch über einen so gutaussehenden Bruder, der sie mir erklärt.«

»Pentaweret könnte dir erklären, was du nicht verstehst.«

»Aber Tamyt, wirklich! Pentaweret hat viele bewundernswerte Eigenschaften, aber mit solchen Nebensächlichkeiten gibt er sich weniger gern ab. Er verfügt über eine vielseitige Ausbildung. Er ist sehr begabt und ein guter Redner – und das wird er auch sein müssen. Aber warum sollte er sich mit langweiligen Unterlagen herumschlagen, wenn er Berater haben wird, die ihm diese Last abnehmen?«

»Sicher hast du recht.« Tamyt lehnte sich lächelnd in ihre Kissen zurück und grub die Hüften in die weichen Polster ihres

Sessels. Weiter vorn auf dem Wasser besprachen Pentaweret und Ahmose von einem Boot zum anderen verschiedene Wagenlenktechniken. Pentawerets blasse Hände hoben sich mit der weichen Plumpheit von Tauben in die Luft, während Ahmoses tiefbraune, schwielige Finger auf die Reling seines Schiffes trommelten.

Ein Palmengürtel enthüllte nach und nach das schimmernde Blau des Sees, der sich weit unter dem Morgenhimmel erstreckte. Auch in dieser heißen Jahreszeit, wenn der Wasserstand am niedrigsten war, war der See noch gewaltig. Das raschelnde dichte Schilf am Ufer schrumpfte zu einer so feinen Linie, daß diese Begrenzung aus der Ferne viel zu schwach erschien, das große Wasserbecken des Krokodilgottes zu halten.

Die Jagdgesellschaft ruderte ein wenig vom Ufer und dem dichten Schilf weg, um Einzelheiten der Jagd zu besprechen. Ramses und Ahmose waren unter den Jägern, Pentaweret zögerte noch. Der Pharao bestand darauf, ebenfalls an der Jagd teilzunehmen, während Ramses versuchte, ihn zu überreden, bei den Damen zu bleiben. Jene Frauen, deren Männer zur Jagdgesellschaft gehörten, begleiteten sie ins Schilf, während die Odalisken und jene, die nichts für diesen Zeitvertreib übrig hatten, zusammen mit der Tochter des Königs draußen auf dem See verweilen sollten.

»Maya«, sagte der Pharao. »Willst du nicht Ahmose und die Jäger begleiten?«

»Lieber nicht.« Mayas Finger schlossen sich um die Reling ihres Bootes. »Ich ziehe es vor, bei den Damen zu bleiben.«

»Warum? Hast du Angst, Ahmose könnte dich über Bord werfen? Oder möchtest du nicht mit ansehen, wie das Wild erlegt wird?«

»Es geht nicht um die Vögel, die sofort tot sind«, entgegnete Maya. »Mir mißfällt vielmehr der Anblick jener, die nur verkrüppelt werden.«

»Aber die siehst du doch gar nicht. Sie fallen ins Schilf und werden kurz darauf erlöst.«

»Auch wenn man sie nicht sieht, sind sie doch da und humpeln mit gebrochenen Flügeln durchs Schilf. Bitte, Pharao, laß mich bei den Damen bleiben.«

»Ihr vergeudet Eure Zeit, mein König«, bemerkte Ahmose. »Wir konnten sie nur mit Mühe dazu bewegen, überhaupt mitzukommen.«

»Stimmt das, Maya? Warum? Geht es dir nicht gut? Du siehst so blaß aus.«

»Nein. Nein, ich bin nicht krank.« Aber Maya war aschfahl im Gesicht. »Wirklich, Pharao, ich bleibe lieber hier.« Ihre Stimme klang bereits eine Spur schriller als zuvor.

»Wie du meinst. Ich werde dich zu nichts zwingen. Was ist mit dir, Pentaweret?«

»Nun … ich würde mich gern der Jagd anschließen …«

»Pentaweret, Liebling«, ließ Tiye sich von ihrem Boot aus vernehmen. »Bist du sicher, daß es eine gute Idee ist, bereits wieder einen Stock zu werfen? Nach den Schmerzen in der Schulter, die du beim letzten Mal ertragen mußtest?«

»Seiner Schulter schien es ganz gut zu gehen, als er mir gezeigt hat, wie man in einem Streitwagen engere Wendungen fahren kann«, bemerkte Ahmose.

»Wirklich, Pentaweret«, beharrte Tiye. »Hör auf deine Mutter. Ich bin sicher, daß die Schulter noch der Schonung bedarf. Bleib nur dieses eine Mal bei den Damen. Bentanta hat sicher nichts dagegen.« Ihr dürrer Fuß in der Riemchensandale tippte gegen Tamyts schlanke braune Fessel.

»Warum nimmst du nicht zur Probe an der Jagd teil, Pentaweret?« meinte Tamyt. »Wenn deine Schulter schmerzt, kommst du zu uns zurück. Dann kannst du uns deine Trophäen zu Füßen legen.« Sie bedachte Tiye unter den langen Wimpern hervor mit einem langen, kühlen Blick. »Ich bewundere einen Mann, der auf die Jagd geht. Was meint Ihr, Hoheit?«

Bentanta, die Große Tochter des Pharao, errötete leicht. »Bei Hofe wird jagdliches Geschick jedenfalls gewürdigt«, sagte sie und blickte auf ihre Hände, die auf ihrem Schoß ruhten.

»Da Maya dich nicht begleiten möchte, Ahmose, könntest du vielleicht meinen Bruder Seniry mitnehmen, der kein eigenes Boot besitzt«, bat Tamyt.

Ahmose nickte steif; er schien nicht begeistert.

»Wenn du schon entschlossen bist mitzukommen, Vater, fahr wenigstens in meinem Boot mit, so daß ich mich um dich kümmern kann«, meinte Ramses.

»Ramses«, entgegnete der Pharao ein wenig verärgert. »Es besteht keine Veranlassung, mich vor meinem versammelten Hof wie einen Tattergreis zu behandeln. Ich habe schon von Papyrusbarken aus Wasservögel gejagt, lange bevor du geboren wurdest.«

»Vater ...«

»Ich fahre in meinem eigenen Boot«, beendete der Pharao die Diskussion entschieden.

»Dann bleibe ich mit meinem in deiner Nähe«, erklärte Ramses nicht minder entschlossen.

Der Pharao beachtete ihn nicht. »Khanefrues«, wandte er sich an seine Lieblingsfrau. »Begleitest du mich auf die Jagd?«

Khanefrues erbleichte. »Wenn Eure Hoheit es befehlen.«

»Du willst nicht, habe ich recht?«

»Nein. Als ich das letzte Mal Blut gesehen habe ...«

»Ach ja, entschuldige, meine Liebe, das hatte ich vergessen. Selbstverständlich ... bleib nur bei Maya.«

Khanefrues warf einen Blick auf Maya, die an Ahmoses Seite saß, und schaute rasch wieder weg. »Maya sieht aus, als bräuchte sie eine Pflegerin, die sich ihrer annimmt, und keine Gesellschafterin, die sie doch nur stören würde. Ich werde ihr eine meiner ägyptischen Dienerinnen zur Verfügung stellen. Ich brauche sie ohnehin nicht.«

Ramses mischte sich ein, ehe die Sache aus dem Ruder

geriet. »Vater, mir wäre wohler, wenn irgend jemand bei dir wäre.«

Der Pharao warf ihm einen ärgerlichen Blick zu. »Ramses, ich …«

»Mein König«, sagte Tamyt. »Eine Odaliske würde Euch doch sicher nicht stören. Wenn Königsgemahlin Khanefrues Euch nicht begleiten möchte, gibt es hier zahlreiche andere Damen, die Freude an der Jagd hätten. Falls niemand Einwände hat, würde ich sogar mich selbst vorschlagen.«

»Wir sind früher schon gemeinsam jagen gewesen«, entgegnete der Pharao nachdenklich.

»Es waren wundervolle Tage, mein König.«

»Dann komm«, stimmte der Pharao schließlich zu.

Es gab einiges Hin und Her, und die Boote schwankten gefährlich, als Jäger und Fahrgäste umstiegen. Auf einer leichten Barke, die mit einem Sonnensegel versehen war, waren Bentanta und die Tagesvorräte untergebracht. Maya und Khanefrues, die über kein eigenes Boot verfügten, gesellten sich zu ihr. Tiye und die Hofdamen folgten ihnen in einem eigenen Boot. Die Straußenfedern ihrer Fächer wippten auf und ab wie die Bürzel abtauchender Enten.

Die Jagdgesellschaft senkte die Stimmen und konzentrierte sich, als ihre Boote auf das Schilf zuglitten. Die Vögel in der näheren Umgebung hatten wegen des lauten Stimmengewirrs auf dem See längst das Weite gesucht. Jedes Jahr wurden für einen König, der nur selten jagte, Kanäle ins Schilfdickicht geschlagen. In den langen Jahren, in denen er dem See ferngeblieben war, hatten sich zahlreiche Vögel dort niedergelassen. Die Papyrusboote schoben sich langsam durch das Schilf; die raschelnde Mauer schloß sie ein, und das Stimmengemurmel der Frauen war bald nicht mehr zu hören. Vor und hinter ihnen reckten die nickenden grünen Stiele des vergangenen Winters ihre seidigen Köpfe. Das seichte Wasser plätscherte und gurgelte leise von den eintauchenden Rudern oder Stakstangen. Der Pharao stand am Bug seines Bootes; er hatte seinen Streit mit Ramses vergessen. Er dachte an Horus, der sich im Schilf verbarg; an Hathor, die heilige Kuh, die zu Zeiten der Götter das Schilf durchwandert hatte; an die Kiefer Sebeks, stets geöffnet und mit mörderischem Elfenbein bewehrt.

Seine Gedanken wurden von seinem Fisch- und Vogelverwalter unterbrochen. »Hier gabelt sich der Kanal, Hoheit. Kleinere Kanäle führen von den zwei Hauptrouten ins Schilf. Wenn die hohen Herren sich hier trennen und jeder einen der schmaleren Kanäle befährt, können wir die Vögel in die Mitte treiben, ohne uns gegenseitig zu behindern.«

Die Gesellschaft teilte sich. Ahmose und Pentaweret wandten sich nach links, und Ramses folgte seinem Vater nach rechts. Als ihre Gefährten einer nach dem anderen von der Hauptwasserstraße abbogen, zischte der Pharao seinem Sohn zu:

»Ramses! Nimm den nächsten Kanal!«

Ramses beachtete ihn nicht.

»Ramses!«

»Ich gehe nirgendwohin, wo ich nicht ein Auge auf dich halten kann.«

»Ramses, ich habe dich schon einmal gewarnt. Verschwinde.«

Mit trotziger Miene bog Ramses in den Kanal ein. Der Pharao und Tamyt verschwanden im letzten der kleineren Wasserarme. Der Steuermann stützte sich auf die Ruderstange. Jetzt waren sie allein im Dickicht, umgeben von Vogelgezwitscher und Quaken, dem Plätschern des Wassers am Rumpf ihres Bootes und dem Säuseln des Schilfgrases. Der Pharao holte einen Weidenkäfig unter einem Tuch hervor, öffnete ihn und nahm einen Kater heraus.

»Seth, mein Freund«, raunte der Pharao dem Kater zu. »Seth, mein Eroberer, es ist Zeit für die Jagd!«

Der Kater trug ein goldenes, mit Türkisen besetztes Halsband. Sein Fell war goldfarben, und er starrte den Pharao aus goldfarbenen Augen an, als dieser ihn hochhob und vor sein Gesicht hielt. »Los, Seth!« sagte er dann und entließ den Kater ins Schilf.

»Er wird sie aufspüren. Er ist der beste Kater, den ich je hatte.«

Tamyt und der König warteten schweigend, während der Kater geschmeidig im dichten Schilf verschwand. Es entstand eine kurze Pause; dann ertönte weiter vorn lautes Vogelgeschrei, und drei, vier Vögel stiegen auf. Der Wurfstock des Pharao lag wie eine Schlange aus Ebenholz in seiner Hand und verwandelte sich im Flug in einen schnellen Falken. Ein Vogel fiel wie ein Stein herab. Der Steuermann watete hinüber und fischte ihn aus dem Wasser.

»Ein bemerkenswerter Wurf!« sagte Tamyt.

Der Pharao lächelte ihr vom Bug aus zufrieden zu. Sie lag am Heck des Bootes, ein Knie angezogen.

»Jetzt wünschte ich, ich hätte Ramses nicht weggeschickt«, sagte der Pharao. »Ich wünschte, er hätte das gesehen!«

»Mein König«, sagte Tamyt lächelnd und streckte die Arme nach ihm aus. »Ihr seid ein so guter Jäger wie eh und je.«

»Die Bescheidenheit würde gebieten, dies zu leugnen«, entgegnete der Pharao. »Aber das bringe ich nicht über mich. Wo bleibt der Kerl mit meinem Vogel?«

»Kommt, Hoheit, und setzt Euch eine Weile zu Eurer Odaliske. Ich habe Euch vermißt.«

Der Pharao setzte sich ihr schwerfällig zu Füßen. »Ich kann nicht … einen Augenblick … so. In meinem Alter muß ich entweder stehen oder sitzen. Alles, was dazwischen liegt, ist zu mühsam.«

»Dann kümmern die Odalisken von Piramses sich nicht gut um Euch.« Tamyt setzte sich auf. Sie hatte das Leinen ihres Kleides befeuchtet, das nun an ihren vollen Brüsten klebte. »Ihr braucht eine Frauenhand, die Euch entspannt und geschmeidig hält. So.« Sie begann, die Schultern des Pharao zu massieren. »Bleibt bei mir in Miwer, Hoheit, und ich mache Euch wieder jung.«

Die Lust kehrte zu ihm zurück wie eine Erinnerung. »Ja«, sagte er. »Bei dir wäre das möglich.«

Der Steuermann näherte sich dem Boot, den Kater in der einen und den blutigen Vogel in der anderen Hand. Der König erhob sich.

»Heute fühle ich mich wieder jung«, sagte er.

»Hoheit könnten alles tun, was Euch beliebt«, meinte Tamyt. »Hört nicht auf Ramses. Er versucht, Euch vorzeitig zu einem alten Mann zu stempeln. Ihr habt noch viele Jahre vor Euch.«

»Ich wünschte, er würde mir größeren Respekt entgegenbringen. Ich bin der König. Ich habe immer versucht, vernünftig mit anderen zu reden, aber warum sollte ich mir die Mühe machen, wenn sie nicht hören wollen? Warum sollte ich nicht gehen, wohin es mir gefällt, und einladen, wen ich will?«

»Und Eure Kinder verheiraten, mit wem Ihr wollt«, pflichtete Tamyt ihm bei. »Und in ein Amt erheben, wen Ihr für richtig haltet.«

Der König hob seinen blutigen Wurfstock auf und zielte. Es war ein sehr weiter Wurf, und die Waffe hinterließ rote Schlieren an seiner Hand.

Ahmose beugte sich in seinem Boot vor und knotete seine erlegten Enten aneinander. Der Steuermann stakte ihn und den Nubier weiter den Kanal hinunter. Um sie herum vermischten sich die Angstrufe der Wasservögel mit den Schreien der anderen Jäger in ihrer eigenen Welt von Boot und Wasser, gefiederter Beute und Jagd. Sie alle vereinten ihre Stimmen in einer einzigen großen Kakophonie, um die Beute in der Mitte des Schilfs zusammenzutreiben und in einem einzigen Handstreich zu erlegen.

Ahmoses zwei Jagdkatzen, dürr und grau wie zwei Schatten – und ebenso lautlos – durchstreiften das Ufer vor ihnen. Eine Stockente erhob sich verzweifelt in den Himmel. Seniry zielte, verfehlte den Vogel jedoch. Sein Wurfstock trudelte in hohem Bogen durch die Luft und landete schließlich irgendwo im Schilf. Ahmoses Arm schnellte vor, und der Vogel stürzte getroffen ins raschelnde Grün.

»Getroffen!« rief Seniry aus. »Ich bin mit dem Bogen ein besserer Schütze«, fügte er ein wenig verlegen hinzu.

»Warum hast du dann keinen mitgebracht?« fragte Ahmose schroff.

»Man kann schlecht als einziger einen Bogen mitbringen, wenn alle anderen mit Wurfstöcken jagen – schon gar nicht in Anwesenheit des Königs. Du kennst doch die Etikette. Man muß die gleiche Waffe wählen wie er.«

»Ich habe meinen Speer mitgebracht.« Ahmose tippte mit dem Fuß gegen die Waffe, die unten im Boot lag.

»Du willst ihn doch nicht für die Jagd verwenden, oder?«

»Wahrscheinlich nicht. Aber ich werde damit fischen.«

»Ich dachte, wenn der Hof auf Vogeljagd geht, werden ausschließlich Vögel gejagt.«

»Ich werde Vögel jagen *und* fischen.«

»Hast du keine Angst, dabei ein wenig ... nun ja ... bäuerisch auszusehen? Fischen ist nicht gerade ...«

»Fischen ist eine ländliche Fertigkeit und sonst nichts. Eine Fertigkeit mit einer sehr langen Geschichte – anders als das, was man heute um des Vergnügens willen in Piramses veranstaltet. Es gab Zeiten, als der Hof sich noch nicht zu fein war, an den Traditionen seines Volkes teilzuhaben.«

Während Ahmose seinen Katzen die Ente abnahm, saß Seniry da und musterte ihn, ohne die Wildvögel zu beachten, die überall um sie herum aufstiegen. Die Stimmen der unsichtbaren Jäger im Schilf klangen immer eifriger und entschlossener. Einige hatten sogar ihre Boote verlassen und wateten lärmend durch das sumpfige Wasser.

»Du bist kein Blutsverwandter des Pharao, nicht wahr?« fragte der Nubier schließlich.

»Nein.« Ahmose schnitt Seilstücke zurecht.

»Aber deine Gemahlin schon?«

»Ich habe neues Geld geheiratet«, erwiderte Ahmose brüsk, »und sie eine alte Familie. Eine Familie königlichen Geblüts. Die von Ahmose.«

Seniry ging nicht auf das »sie« ein, mit dem Ahmose offenbar seine Frau und ihre Verwandtschaft meinte.

»Es scheint hier in der Gegend ziemlich viele Libyer zu geben«, bemerkte er.

»Das ist die neue Politik. Wenn man sie nicht vom Rauben abhalten kann, siedelt man sie an, damit sie stillhalten.«

»Glaubst du auch, das ist der richtige Weg?«

»Der Pharao glaubt es. Eine andere Meinung zählt nicht, schon gar nicht die seiner Generäle.«

»Du als einer seiner Generäle würdest das Problem in der westlichen Wüste also anders angehen?«

»Frag mich nicht«, antwortete Ahmose. »Wer bin ich denn schon? Der Pharao hat mir mein Kommando weggenommen.«

Seniry sah zu, wie Ahmose sich aufrichtete, um weiterzujagen. Die Jagdgesellschaft näherte sich dem Mittelpunkt des Dickichts. Die Vögel schrien, verspritzten Blut und ließen Federn auf das See-Land herabregnen, aber Seniry verharrte weiter reglos und betrachtete den Ex-General, ohne die kopflose Beute zu beachten.

Das Papyrusboot des Pharao lief am Ende des Kanals auf Grund. Zu seiner ersten glücklichen Beute war ein kleiner, aber ansehnlicher Stapel toter Vögel hinzugekommen, die Tamyt mit hennageschmückten Händen für ihn zusammenband. Zahlreiche Jäger hatten ihre Boote inzwischen verlassen. Rechts, links und weiter vorn verrieten die Stimmen der Jäger und der Lärm, den sie beim Durchwaten des Dickichts verursachten, daß sie immer näher kamen.

»Wir haben die Mitte fast erreicht, Hoheit«, sagte der Steuermann.

»Aha«, entgegnete der König. »Sperr meinen Seth wieder in den Käfig, Tamyt, mein Täubchen, und hilf mir aus diesem Ding heraus.«

Tamyt half dem Pharao ans Ufer, indem sie ihm einen Arm um die Taille legte und ihn stützte.

»Tamyt«, keuchte der Pharao. »Ich bin ganz außer Atem.«

»Vielleicht sollten Eure Hoheit nicht an der Treibjagd und dem abschließenden großen Töten teilnehmen …«

»Warum? Ich sagte nur, daß ich außer Atem bin. Noch sterbe ich nicht. O nein, Tamyt. Ich will diesen Ausdruck nicht auf deinem Gesicht sehen. Ebensowenig wie auf Ramses'. In welche Richtung ist Ramses gegangen? In diese? Dann gehe ich in die andere.«

Die letzten Fragen waren an einen Jäger gerichtet, der in einigen Metern Entfernung den Kopf durch das Schilf gesteckt hatte. Als sie sich ihm näherten, erkannte Tamyt Pentaweret. Jetzt wurden auch einzelne Stimmen erkennbar, darunter jene von Ramses, der von irgendwo her Anweisungen rief. Ahmose, Seniry und einige andere, die den Kreis langsam schlossen, antworteten. Die Vögel veranstalteten in ihrer Panik ein Höllenspektakel.

»Pentaweret!« Tamyt stürzte sich sofort auf ihn. »Bereitet deine Schulter dir Schmerzen? Komm ins Boot und ruh dich aus.«

»Wie bitte?« fragte Pentaweret verblüfft.

»Geh kein Wagnis ein, indem du die Schulter noch weiter beanspruchst.« Tamyts Finger krallten sich mit solcher Kraft in seinen Arm, daß ihm Tränen in die Augen schossen. »Komm und setz dich«, befahl sie zähneknirschend.

»Hast du etwas erlegt?« fragte sie, als sie beim Boot waren.

Pentaweret langte unter seine Tukina und holte zwei junge Vögel hervor.

Tamyt seufzte. »Das wird genügen müssen. Versäume es nicht, sie Bentanta sofort zu überreichen. Du mußt den Nachmittag mit ihr verbringen. Es wird sich so oder so heute entscheiden, ich spüre es. Der Pharao ist ...« Sie warf einen Blick auf den Steuermann, der die Käfigtür hinter dem zornigen Seth schloß.

»Wenn du sicher bist, daß deine Schulter in Ordnung ist ...« Sie zog den verwirrten Pentaweret wieder auf die Füße und einen Meter vom Boot fort. »Ich glaube, daß er heute in der Stimmung ist, sich mit der Heirat einverstanden zu erklären«, flüsterte sie. »Du mußt diese Gelegenheit nutzen – es liegt jetzt allein bei dir. Du mußt einen guten Eindruck auf sie machen. Fang damit an, daß du dich wieder unter die Jäger mischst. Wenn sie dich sehen, werden sie gar nicht erst auf den Gedanken kommen, daß du überhaupt weg warst. Los!« Sie schob ihn in Richtung des Blutbades, das unüberhörbar gerade inmitten des niedergetrampelten Schilfes stattfand.

Pentaweret zögerte. »Tamyt.«

»Geh!«

Er legte eine Hand auf ihren Hinterkopf und küßte sie fordernd. Dann duckte er sich, um ihrem Blick auszuweichen, und watete zu den anderen.

Tamyt stand eine Sekunde verdutzt da, ehe sie eine Hand hob und sich den Speichel von den Lippen wischte. Als sie zum Boot zurückkehrte, lachte sie. Sie hielt sich den Leib und lachte so lange, daß der Steuermann sich fragte, was der Grund für diesen Heiterkeitsausbruch sein mochte.

Khepri segelte in seiner Barke auf den Zenit des Himmels zu, als die Jäger die blutigen Federbündel zu der Gesellschaft auf dem See hinausbrachten. Pentaweret legte unter Tamyts wachsamen Augen seine Beute mit den milchigen Augen vor Bentanta nieder und wurde mit einem unsicheren Lächeln belohnt.

Tamyt zupfte den Pharao am Ärmel.

»Was meint Ihr, mein König?« fragte sie und nickte in Richtung der beiden jungen Leute. »Ist das brüderliche Zuneigung oder mehr?«

Der König schaute sie an. »Sag mir, was du denkst. Ich habe verschiedene Meinungen zu den beiden gehört. Was denkst du?«

»Ich weiß nichts Genaues, Hoheit, aber auch mir ist Verschiedenes zu Ohren gekommen – vor allem, daß sie mehr wären als nur Halbbruder und Schwester, wenn sie könnten. Aber sie kennen ihren Platz. Immerhin ist die Große Tochter des Pharao die Tochter seiner Großen Frau, die bei Osiris weilt. Das verleiht ihr einen sehr hohen Rang. Pentaweret seinerseits ist nur der Sohn der Odaliske Tiye. Ich glaube nicht, daß sie ohne Billigung Eurer Hoheit eine Beziehung überhaupt erwägen würden.«

»Ich mußte sehr vorsichtig mit ihr sein«, entgegnete der Pharao. »Ihr ist viele Jahre lang die Rolle einer Frau verwehrt geblieben. Sie ist älter als Pentaweret, weißt du. Mit Ramses könnte ich sie niemals verheiraten; das würde alles nur komplizierter machen. Doch auch wenn sie nicht Königin von Ägypten sein kann, darf ihre Stellung nicht weit darunter liegen …«

»Ich glaube nicht, daß die Heirat mit der Großen Tochter des Pharao eine wichtige Rolle bezüglich der Nachfolge haben wird«, meinte Tamyt. »Genügt denn das Wort Eurer Hoheit nicht, einen Thronerben zu bestimmen?«

Der Pharao lächelte. »Es könnte Erben geben, die noch gar nicht geboren wurden. Khanefrues … bring meine Tochter Bentanta zu mir und kümmere dich anschließend ein wenig um Tamyt.«

»Bentanta.« Er nahm ihre Hand, als sie zu ihm herüberkam, und bedeutete ihr, sich zu ihm zu setzen. »Du hast jetzt viele Jahre den Platz deiner Mutter ausgefüllt, am Hof und in den

Tempeln Ägyptens. Diese Jahre müssen dir sehr lang erschienen sein.«

»O nein, Vater. Dafür bin ich viel zu beschäftigt.«

»Aber hast du dir in all den Jahren nie einen Ehemann und Kinder gewünscht?«

»Nun ... Ich habe immer verstanden, daß mein Leben nicht so sein kann wie das anderer Frauen, Vater.«

»Wenn ich nicht Ramses, Herr von Heliopolis und Enkel eines Normalsterblichen wäre, Bentanta, sondern Djhutmose, Enkel von Enkeln von Königen, wärst du längst mit meinem Thronerben verheiratet. Djhutmose brauchte sich nicht so sehr den Kopf über seine Nachfolge zu zerbrechen wie ich. Es stand von vornherein fest, wer sein Erbe sein würde.«

»Ich vertraue dir, Vater. Du hast immer gewußt, was das Beste ist.«

Der Pharao seufzte und umschloß ihre Hand sanft mit den seinen. »Ich habe immer noch keinen bestimmten Nachfolger, mein Liebes. Noch besteht die Möglichkeit, daß mir einer geboren wird. Ramses könnte als Regent fungieren«, überlegte er und vergaß seine Tochter offenbar eine Zeitlang völlig. »Er hätte die Macht, aber weder die Weiße noch die Rote Krone. Statt dessen würde der Gott in dem jüngsten, unschuldigen Sohn wiederauferstehen, nicht in Ramses ...«

Bentanta blickte verdutzt zu ihm auf. Er lachte.

»Nichts, Liebes, nichts. Weißt du, ich habe dich in letzter Zeit beobachtet und versucht, deine Gedanken zu lesen, aber du bist in deinen Regalien ebenso unergründlich wie die Göttin selbst. Empfindest du im Herzen mehr für einen Mann als für alle anderen?«

Sie drückte seine Hand. »Nur für dich, Vater.«

»Nein, nein, ich meine jemand anders. Du weißt schon.«

»O Vater! Wenn du wüßtest, wie sehr ich diesen Teil meiner selbst unterdrückt habe. Wie sehr ich versucht habe, alles zu vermeiden, was solche Gefühle fördern könnte.«

»Du bist immer schon sehr tugendhaft gewesen, Bentanta. Ich werde dich nicht drängen. Aber was, wenn ich sagen würde, daß die Zeit gekommen ist, da du diesen Teil von dir nicht mehr zu unterdrücken brauchst? Daß die Zeit gekommen ist zu heiraten?«

»Willst du mich mit einem der Säuglinge verheiraten, Vater?«

»Einem der Säuglinge? Aus dem Harem von Piramses? Nein!«

»O … ich dachte nur, nach allem, was du gerade über Ramses als Regenten eines jungen Thronerben gesagt hast.«

»Nein, nein, damit hat es überhaupt nichts zu tun.« Er neigte den Kopf und flüsterte ihr zu: »Du wirst nicht mehr lange meine Ersatzkönigin sein. Bald werden wir eine neue Große Frau haben! Aber behalte das bitte für dich.«

Bentanta ließ staunend den Blick über die Harem-Boote schweifen.

»Und darum«, fuhr der Pharao fort, »möchte ich dich verheiraten, solange du noch jung genug bist.«

»Und du hast auch schon jemanden ausgewählt.«

»Ja. Jemanden, mit dem ich Pläne habe – und der dich gern hat, wie ich glaube. Bist du ganz sicher, daß du keinen bestimmten Mann den anderen bevorzugst? Du kannst es mir ruhig sagen.«

»Ich ziehe niemanden Bestimmtes vor, Vater. Ich werde tun, was du für das Beste hältst.«

»Was hältst du von Pentaweret?«

»Ist er derjenige, der dir vorschwebt? Nun, er … er scheint ziemlich nett zu sein. Ich habe bisher nicht groß über ihn nachgedacht. Allerdings …«

»Allerdings was?«

»Ich frage mich, wie ich mit Tiye als Schwiegermutter zurechtkommen werde.«

Der Pharao lachte so laut, daß manch einer neugierig zu ihnen hinüberschaute. Er legte Bentanta einen Arm um die Schultern und drückte sie.

»Wo du hingehst, wirst du vor Tiye sicher sein«, sagte er schließlich.

Bentanta horchte beunruhigt auf. »Was meinst du damit?«

»Ich hatte eigentlich nicht vor, dir so früh so viel zu erzählen, aber ich werde dich und Pentaweret nach Nubien schicken, an den Hof des Vizekönigs. Pentaweret soll zu gegebener Zeit seine Nachfolge antreten. Keine Angst – du wirst nicht gleich fort müssen. Ich möchte euch beide bis nach dem Hochwasser bei mir behalten. Ich habe Boten zum Vizekönig geschickt, aber um diese Jahreszeit brauchen sie schrecklich lange. Eure Reise in der Hochwassersaison wird weniger beschwerlich sein.«

»Wieviel Zeit habe ich noch? Sechs Wochen? Vier?«

»Ungefähr sechs, würde ich sagen. Aber ich möchte, daß eure Trauung möglichst bald vollzogen wird. Meine Absichten müssen völlig klar sein«, sagte der Pharao mit einem Blick über die Boote hinweg auf Ramses. Sein Sohn beobachtete mit abfällig gerunzelter Stirn Ahmose, der damit beschäftigt war, mit dem Speer zu fischen.

»Wie bald, Vater?«

»In einer Woche vielleicht.«

»Das ist sehr bald.«

»Ich habe dich ja gefragt, ob du eigene Vorstellungen hast.«

»Darum geht es nicht. Es ist nur der Schock, so plötzlich verheiratet und weggeschickt zu werden.«

»Nicht weggeschickt, Bentanta, nicht einfach so.«

»Nein, aber … Ich dachte, ich würde nach einem kurzen Aufenthalt im Land des Sees nach Piramses zurückkehren. Und jetzt heißt es, ich werde in Kürze in die Südländer aufbrechen – mehr oder weniger endgültig. Meine gesamte Habe befindet sich in Piramses. Es gibt dort Menschen, von denen ich mich nicht verabschiedet habe.«

»Ich weiß. Und es tut mir leid. Ich hätte früher mit dir sprechen sollen. Aber ich war mir noch nicht sicher. Zerbrich dir nicht den Kopf wegen deiner Sachen. Du kannst eine völlig neue Aussteuer haben. Alles, was du sonst noch haben willst, werde ich dir nachschicken, sobald wir wieder dort sind. Und du wirst ganz sicher viel Besuch bekommen. Aber wir unterhalten uns noch einmal darüber. Darf ich erst einmal mit Pentaweret sprechen?«

»Wie du meinst.«

Pentaweret zeigte in seiner Dankbarkeit größeren Überschwang, als der Pharao sich erhofft hatte. Sein Vater mußte ihn bremsen, damit er mit seiner Reaktion nicht alles verriet. So gleichgültig seine Tochter auch reagiert hatte, war Pentaweret ganz offensichtlich dermaßen angetan von ihr, daß dem Pharao ganz warm ums Herz wurde.

Pentaweret zeigte sich allerdings ernüchtert, als er erfuhr, daß er nach Nubien entsandt werden würde. »In sechs Wochen, Hoheit?«

»In etwa sechs Wochen, ja.«

»Oh, ich ... ich hatte gehofft, noch viele Jahre am Hof meines Vaters verbringen zu können.«

»Du willst doch sicher nicht noch Jahre tatenlos am Hof herumlungern, so wie du es in letzter Zeit getan hast?«

»Nein ...«

»Tatsächlich ist das mit ein Grund, weshalb ich möchte, daß du so bald aufbrichst. Du hast noch viel zu lernen. Der Vizekönig selbst muß dich zu seinem Nachfolger ausbilden.«

»Was ist mit meiner Mutter?«

»Sie wird zusammen mit den anderen königlichen Odalisken in Piramses bleiben.«

»Ich darf sie aber doch hin und wieder besuchen, oder?«

»Wenn deine Pflichten es erlauben.«

»Und Tamyts Bruder ist Hauptmann der nubischen Bogenschützen ...«

»Ich sehe da keinen Zusammenhang.«

»Ach, ich dachte nur ... Seniry könnte Briefe von mir mitnehmen, wenn er nach Miwer kommt ... Tamyt und meine Mutter schreiben sich regelmäßig.«

»Ich verstehe nur nicht, warum du deine Schreiben nicht direkt an sie senden willst«, bemerkte der Pharao stirnrunzelnd. »Also gut, Pentaweret. Sprich vorerst mit niemandem über die Verlobung oder deine Ernennung. Ich werde alle Vorbereitungen für eure Hochzeit in etwa einer Woche treffen und bei dieser Angelegenheit alles weitere bekannt geben.«

»Darf ich nicht einmal meine Mutter ins Vertrauen ziehen?«

»Ausgerechnet Tiye? Ganz sicher nicht!«

Der König war erfreut, daß Pentaweret den Rest des Nachmittages diskrete Distanz zu seiner Braut wahrte, kam aber nicht umhin zu bemerken, daß Pentaweret seinerseits nur Augen für seine Mutter hatte, wenngleich Bentanta ihm ab und zu einen Blick zuwarf. In einem hat Ramses recht, sagte sich der Pharao. Er ist wie eine Marionette, deren Fäden dringend gekappt werden müssen. Hätte er genauer hingeschaut, wäre ihm auch aufgefallen, daß Tiye gleich neben Tamyt saß.

Die Vögel wurden verschnürt, Ahmoses Fische in seinem Boot verstaut, und die Gesellschaft suchte den Schatten am anderen Ende des Sees auf. Am Ufer wurde von einem Teil des Wildes, das sie erlegt hatten, ein Festschmaus bereitet. Ahmose wollte seinen Karpfen braten, doch Maya, der in letzter Zeit ständig übel zu sein schien, zuckte vor dem Tier zurück. Grimmig warf Ahmose den Fisch über Bord.

Die Höflinge schliefen auf dem Wasser und an Land – unter Sonnensegeln, die die Träger für sie gespannt hatten. Aber Ramses wußte, was geschehen würde, wenn er die Augen schloß. Im Schlaf würde die abscheuliche Kreatur, die zu unterdrücken ihm nur durch aktiven Willen gelang, sich wieder seiner bemächtigen, damit er sie als seine eigene Schöpfung anerkannte. Aber sie war nicht seine Schöpfung. Sie war ein Kind Seths und mußte vernichtet werden. Ramses stand auf und entfernte sich am Ufer von ihr, zog seine Tunika aus und ließ seinen erhitzten Körper ins kühle Wasser gleiten.

Die Sonne stand tief im Westen, und Atum, der sterbende Gott, warf einen letzten Blick über die Palmen am Ufer des weingoldenen Sees. Ramses wurde von dem gelben Sonnenlicht geblendet. Schwarze Schatten mischten sich unter zahlreiche Bilder der Sonne, verwandelten sich beim Blinzeln in Ruder, Boote und Menschen – oder zumindest die meisten. Einer der schwarzen Flecken blieb übrig. Plötzlich richtete Ramses sich auf, und seine Füße gruben sich in den schlammigen Grund. Hastig steuerte er, halb schwimmend, halb watend das Ufer an.

»Bei allen Göttern, wacht auf«, rief er. »Ein Krokodil.«

Ramses rannte das Seeufer entlang und zog sich im Laufen die Tunika über den Kopf.

»Ich habe seine Umrisse gesehen, direkt neben diesem Boot«, ließ er den König wissen und zeigte in Richtung Maya, die hochfuhr wie von der Tarantel gestochen. »Es ist davongeschwommen, als ich gerufen habe.«

»Jetzt ist es jedenfalls fort«, stellte der Pharao fest. »Laß gut sein.«

»Wir müssen es töten, bevor es jemanden verletzt. Sieh doch! Da ist es!«

Der gezackte baumstammartige Leib schwamm mit leichten Schlägen seines mächtigen Schwanzes langsam auf das Ufer zu.

»Du und dein verfluchter Fisch!« fuhr Ramses Ahmose an. »Das ist deine Schuld – es hat das Blut gerochen. Jemand hätte getötet werden können. Gib mir deinen Speer!«

»Es ist noch viel mehr Blut und totes Getier im Wasser als von dem einen Fisch«, begann Ahmose zornig, aber Ramses hatte Maya bereits aus dem Boot gehoben und fuhr davon, dem Krokodil hinterher.

»Ramses, komm zurück!« befahl der König. »Wie kannst du

es im Angesicht des Gottes wagen! Wie kannst du es wagen, in Sebeks See ein Krokodil zu jagen!«

Aber Ramses beachtete ihn nicht.

»In meinen Augen war das eine gezielte Beleidigung Seiner Hoheit«, bemerkte Tiye, ohne sich die Mühe zu machen, die Stimme zu dämpfen. »Warum sonst sollte er dem König über die Zwei Länder Fischgestank zumuten?«

»Ist das dein Ernst?« fragte Seniry interessiert, wenn auch um vieles leiser. »Meinst du das wirklich?«

»Natürlich! Er weiß, daß toter Fisch eine Beleidigung für einen König von Ägypten ist.« Hierauf ließ sie sich auf ihren Kissen nieder und blickte über vor Empörung geblähten Nasenflügeln auf Ahmose und Maya, die im Boot eines anderen Höflings standen und warteten, daß Ramses mit ihrem zurückkehrte.

Ramses verfolgte das Krokodil mit einer von Zorn angefachten Entschlossenheit. Statt auf den See hinaus zu schwimmen, steuerte das Krokodil das Ufer an. Als es erkannte, daß es verfolgt wurde, versuchte es zu wenden, wobei ihm jedoch der Fluchtweg von mehreren Booten versperrt wurde. Ramses rief dem Steuermann zu, näher heranzufahren, und hob Ahmoses Speer. Er ließ die Waffe herabsausen, und die Speerspitze bohrte sich dem Krokodil, das sich gerade nach seinem Verfolger umblickte, in ein Auge. In einer Fontäne seines eigenen Blutes wirbelte die Riesenechse herum und brach durch den Papyrus-Bug. Ramses und der Steuermann stürzten ins Wasser, und von Ahmoses' Boot blieben nur lose Halme übrig, die auf der aufgewühlten Wasseroberfläche schwammen.

»Dieser Dummkopf hat vor meinen Augen seinen eigenen Tod heraufbeschworen!« rief der Pharao aus.

In diesem Moment tauchten Ramses und der Steuermann zwischen den Überresten des Bootes auf, und gleich darauf erschien vor ihnen der gepanzerte Rücken des Krokodils. Plötzlich schien das schlammige Wasser zu kochen. Die

Zuschauer auf ihren Booten sahen, wie der Steuermann sich wild entschlossen an den Schwanz der abstoßenden Kreatur klammerte. Ramses tauchte unter und gleich darauf neben der Schulter des Krokodils wieder auf. Er mußte Ahmoses Messergürtel gefunden haben, da er mit einer scharfen Klinge die weiche ledrige Kehle des Krokodils aufschlitzte. Nach kurzem Todeskampf trieb die Echse leblos in ihrem eigenen Blut.

Auf der königlichen Barke half des Pharao Große Tochter Bentanta ihrem aschfahlen Vater auf einen Stuhl. Sie wischte Schaumbläschen von seinen bleigrauen Lippen. Khanefrues hatte während des Kampfes ihr Gesicht in einem Kissen vergraben. Maya zitterte, starrte wie gebannt auf die Schiffsplanken und rieb mechanisch ihren Arm, dort, wo Ramses sie gepackt hatte, als wollte sie sich sauberwischen. Die anderen Höflinge entspannten sich nach und nach und machten ihrer Erleichterung Luft.

Klatschnaß, triefend von Schlamm und dem Blut des Ungeheuers, das er getötet hatte, zog Ramses sich an Bord der königlichen Barke.

»Ist mein Steuermann verletzt?« fragte Ahmose.

»Ich habe keine Ahnung.«

»Du hast ebenso wenig Respekt vor den Menschen wie vor dem Besitz anderer«, knurrte Ahmose zornig.

»Du wirst dein Boot zurückbekommen«, sagte Ramses.

»Du kannst Ramses' Boot haben«, erklärte der Pharao und hob das Haupt, »und seinen Mann. Ich befehle es«, fügte er mit bebender Stimme hinzu.

Ramses beachtete den Disput nicht und atmete tief ein wie ein befriedigter Liebhaber.

»Du wirst dem Mann, der sich an den Schwanz des Krokodils geklammert hat, Felder aus deinem persönlichen Besitz abtreten, Ramses«, fuhr der König fort, der langsam seine Fassung wiedererlangte. »Und dein Steuermann wird sein eigenes

Boot bekommen, Ahmose. Ihn trifft am Ungehorsam und Leichtsinn des Hauptmanns keine Schuld.«

»Ich werde ihn hinauswerfen«, entgegnete Ahmose mühsam beherrscht. »Ich bin sein Herr – er hätte dem Prinzen nicht gehorchen und dabei mein Boot aufs Spiel setzen dürfen.«

»Was sollen wir mit dem Kadaver tun?« fragte der Pharao Ramses unwirsch.

»Ihm wohnt das Böse inne«, entgegnete Ramses. »Soll er hier verfaulen.«

»Wir können ein heiliges Tier Sebeks nicht einfach liegen lassen.«

»Ich weiß wirklich nicht, weshalb du ein solches Aufhebens machst. Die Dorfbewohner aus der Gegend töten regelmäßig Krokodile.«

»Die Fellachen sind unwissend und handeln aus Furcht. Dennoch ist das Krokodil ein Geschöpf des Sebek.«

»Dann bestatten wir den Kadaver im Tempel.«

»Einfach so? Wie stellst du dir das vor? Soll ich einfach nach Shedyt gehen, den Kadaver dem Ersten Propheten des Sebek vor die Füße legen und sagen: ›Hier hast du ein Krokodil des Sebek, das mein Sohn gerade abgeschlachtet hat. Bestatte es.‹?«

»Es war gefährlich. Es mußte getötet werden.«

»Es wurde erst durch dich gefährlich, Ramses. Also, wir bestatten es besser hier und hoffen, daß Sebek Gnade vor Recht ergehen läßt. Nimm ein paar Wachen und beschaffe dir in irgendeinem Dorf in der Nähe Schaufeln. Ahmose – hilf Maya in Ramses' Boot. Es gehört jetzt dir. Khanefrues kommt zu mir. Damit wäre alles geklärt.«

Ramses verließ mit einem kleinen Trupp Wachen und Träger die Boote, und die Männer entfernten sich in Richtung der Bäume. Die Jagdgesellschaft bestieg derweil wieder ihre Barken. Die Stimmung war nach dem Zwischenfall gedämpft, und es wurde nur wenig geredet, während sie auf die Rückkehr Ramses' und seiner Männer warteten.

Maya saß in Ramses' Boot – das jetzt das ihre war – und biß sich auf die Finger. Sie wußte, daß das Krokodil ihretwegen gekommen war. Isis hatte es geschickt, um ihr vor Augen zu führen, daß die Göttin die Macht besaß, sie auch inmitten des königlichen Gefolges zu töten, wenn es ihr beliebte. Maya saß vornübergebeugt auf ihrem Sitz, unfähig, sich in Ramses' Kissen zu lehnen.

Die Sonne ging unter, und das Rot des Himmels spiegelte sich im See, so daß es aussah, als würde das Blut des Krokodils die Welt überschwemmen, so daß Ramses und die anderen in ihrem zerbrechlichen Boot auf einer roten Flut trieben. Dann senkte sich Dunkelheit auf das See-Land herab; Lampen wurden angezündet und an die Sonnensegel gehängt.

Wo ist Ramses? fragte sich der Pharao.

Die ersten Sterne funkelten am abendlichen Himmel. Dann ging der Mond auf, und in seinem fahlen Licht erschienen am Ufer mehrere schemenhafte Gestalten.

»Da sind sie. Sie tragen das Krokodil«, sagte der Pharao. »Aber jetzt werden sie es nicht mehr vergraben können, dafür ist es zu dunkel.«

Aber anstatt die Bäume anzusteuern, kamen die Gestalten näher – so nahe, daß der König schließlich Ramses erkannte. Einige der Männer hinkten. Was immer sie auch trugen – ein Krokodil war es nicht.

Ramses und seine Männer gingen über die Planke an Bord der königlichen Barke und legten den Leichnam eines ihrer Gefährten auf Deck ab. Der Pharao wich zurück.

»Wir haben ein Dorf gefunden«, sagte Ramses. Im Lampenlicht waren eine Prellung und Schwellung an seiner Schläfe zu erkennen, und ein immer noch blutender tiefer Schnitt zog sich über seine Brust. »Wir holten gerade die Spaten, als ein Dutzend libyscher Plünderer auftauchten, die offensichtlich nichts von unserer Anwesenheit ahnten. Wir haben sie in die Flucht geschlagen, aber sie haben diesen Mann getötet – ich glaube, sein Name war Nemshi.« Seine Gefährten nickten. »Wir mußten ihn tragen und das hat uns unerwartet viel Zeit gekostet.«

An dem großen Abstand, den der Pharao zwischen seiner und den anderen Barken anordnete, wurde offenkundig, daß er wünschte, unter vier Augen mit Ramses zu sprechen. Diese Vorsichtsmaßnahme erwies sich jedoch als vergeblich, da seine erregte Stimme weit über das Wasser trug. Einmal war ganz deutlich zu verstehen, wie der König ausrief: »Ramses, hör auf, so leichtfertig mit Isfet zu spielen!«

Ramses ließ den Zorn seines Vaters mit auf eine Faust gestütztem Kinn über sich ergehen. Er hatte sein Ungeheuer in Stücke gehackt, und es würde noch mehr Tote geben. Morgen würde der Pharao Männer ausschicken müssen, die das erste libysche Lager niederbrannten, das sie im Roten Land fanden; niemand durfte ungestraft das Gefolge des Herrn der Zwei Länder angreifen. Er hatte die Kreatur, die ihn innerlich quälte, vor dem versammelten Hof beim Arm gepackt, und sie hatte nicht einmal protestiert. Doch wenn er die Augen schloß, war sie immer noch da, umgeben vom nächtlichen Dunst … seine Cousine Maya, die ihm ins Gesicht schrie, er habe sie vergewaltigt. Und was er auch tat, nichts würde diesen Dämon jemals austreiben.

8. Kapitel

Drei Odalisken bezogen Stellung zwischen den Säulen von Tamyts Empfangsraum und begannen in die Hände zu klatschen. Es gab keine Musik, aber das Klatschen bestimmte den Rhythmus ihres tiefen, nasalen Gesangs. Die Odalisken in ihren Leinengewändern traten in vollkommenem Einklang vor und wieder zurück, wobei sie mit den Füßen aufstampften und die Hände in Ohrhöhe hielten. Leicht bogen sie ihre geschmeidigen Körper, stampften erneut mit den Füßen auf und wiegten sich in den Hüften.

»Ein Vorgeschmack darauf, was dich erwartet, wenn du erst deinen eigenen Harem hast«, murmelte Tamyt.

Pentaweret hob seinen Weinbecher an die Lippen und verschlang über den Rand des tiefblauen Glasgefäßes hinweg die Tänzerinnen mit gierigem Blick.

Das Tempo änderte sich; die Arme der Tänzerinnen schwangen steif vor und zurück, und die Körper der Frauen zeichneten sich unter dem durchscheinenden Stoff ihrer Gewänder ab. Dann glitten sie an ihren ausgestreckten Armen zu Boden; die Frauen legten einander die Hände um die Taille und tanzten im Gleichklang wie ein einziges sechsbeiniges Wesen im Kreis, wobei sie sich langsam zu Boden gleiten ließen. Dann war es vorbei. Ihre hauchdünnen Hemdchen klebten durchsichtig an ihren verschwitzten Leibern, ihre runden Brüste mit den verhärteten Knospen zeigten an die Decke, eine taufeuchte Orchidee, geöffnet und bereit für die Biene.

Tamyt blickte sich um. Die meisten Feuer in den silbernen Schalen waren verloschen. Einige der Odalisken waren eingenickt. Tiye war von ihrem Schemel geglitten und schlief. Die erschöpften Tänzerinnen erfrischten sich mit Bier und würden ebenfalls nicht mehr lange wach sein. Tamyt strich mit ihrem Fächer über Pentawerets Wange. Sein Mund stand offen; er atmete schwer und warf ihr über die Straußenfedern hinweg einen lüsternen Blick zu. Er streckte die Hand nach ihr aus, in der er noch sein Bier hielt, und sie nahm den Becher und erhob sich.

»Komm und leere deinen Becher«, sagte sie.

»Es ist nicht Bier, wonach mir gelüstet«, entgegnete er, aber sie steuerte bereits ihr Schlafgemach an, und er folgte ihr durch die Tür.

Als er jedoch versuchte, sie zu umarmen, entwand sie sich, und er stolperte.

»Setz dich«, forderte Tamyt ihn auf.

Pentaweret ließ sich auf die Bettkante sinken. Er sah zu, wie Tamyt erst ihr Cape und anschließend ihren schweren Halsschmuck ablegte. Seine Schläfen pochten, als sie ihr Kleid abstreifte. Ihr brauner Leib war schlank und straff und ihre Brüste schwer, mit dunklen Höfen und Warzen. Sie hielt seinen Weinbecher zwischen sie.

»Du hast dein Bier nicht ausgetrunken«, sagte sie.

Sie legte ihm eine Hand auf den Hinterkopf und zog sein Gesicht zu sich heran, bis seine brennenden Lippen ihre kühle, samtweiche Haut berührten. Dann drehte sie den Becher um, und das Bier rann über ihre Brust in seinen Mund. Wie ein Baby saugte er an ihrer Brust, wobei das Bier an seinem Kinn herabrann und auf seine Brust tropfte.

»Trink, mein Liebling«, flüsterte Tamyt. »Trink von mir, mein König, mein Geliebter, mein Kind. Trink von mir, und ich werde dir ein neues Leben schenken.«

Seine Hände krallten sich in ihre Hüften, und er drückte das

Gesicht zwischen ihre Brüste, beschmierte seine Wangen mit Bier.

»Leg dich hin«, forderte Tamyt ihn auf. »Leg dich auf mein Bett.« Sie drückte ihn auf die Matratze und schob seinen Rock hoch. Dann kniete sie sich mit schlanken Schenkeln über ihn und nahm ihn langsam in sich auf. Pentaweret starrte auf ihre Brüste, als wäre er ein Ertrinkender und sie die Küste. Lachend legte sie die Hände flach auf seinen Bauch, bewegte sich schneller auf und ab und fühlte, wie er erschauerte.

Draußen im Empfangszimmer dösten die Odalisken vor sich hin, und Tiye schlief den Schlaf der Ränkeschmieder. Patjesem und die anderen Haremswächter waren ihre gutbezahlten Gefolgsleute. Der Pharao lag impotent mit seiner jungfräulichen Braut im Bett, der Senilität und dem Tod sehr nahe. Unter ihr zuckte und keuchte der nächste König, ihren Reizen hoffnungslos verfallen; er stand für den Thron, war der wahre Herrscher, die wahre Macht. Als ein wohliger Schauer Tamyt durchlief, sank sie kraftlos nach vorn auf die Brust des ermatteten künftigen Königs, den sie in ihr Bett geholt hatte.

Der Pharao betrachtete Khanefrues, die auf einem niedrigen Schemel auf seinem Balkon saß, die Überreste ihrer Mahlzeit vor sich. Sie trug traditionelle ägyptische Kleidung, doch ihr dattelbraunes hethitisches Haar fiel ihr über die Schultern wie ein Umhang aus einem glänzenden, exotischen Stoff, und sie lächelte aus ihren tiefgrünen Augen zu ihm auf. Noch keine seiner Frauen hatte solche Schönheit besessen; und doch wußte er, daß sie ihn nicht körperlich anrührte, sondern im Herzen. Manchmal stiegen ihm aus Liebe zu ihr Tränen in die Augen, doch sie schlief wie ein Kind in seinen Armen und nicht wie eine Geliebte.

Er ging zu ihr hinüber und setzte sich ihr gegenüber. Warum nicht? sagte er sich, als er sie erneut musterte. Warum sollte ich es nicht bekannt geben? Der Rest wird zu gegebener Zeit folgen. Er bedeutete der Wache, sich zurückzuziehen.

»Khanefrues«, sagte er, »ich habe ein Hochzeitsgeschenk für dich.«

Sie wölbte die Brauen. »Mein König?«

»Ich möchte, daß wir einen Neuanfang machen. Khanefrues – ich möchte nicht, daß du kinderlos bleibst. Ich hoffe, dir bald ein Kind schenken zu können. Was das betrifft, bin ich sehr optimistisch. In ein, zwei Wochen ... Aber das lenkt von meinem eigentlichen Hochzeitsgeschenk ab. Ich werde heute nach Aleppo schreiben. Ich werde König Suppiluliumas an den Hof einladen.«

»Meinen Vater? Mein Vater kommt her? O mein ... Ramses, ich danke dir von ganzem Herzen.« Sie hob seine Hände an die Lippen. »Kehren wir zurück nach Piramses? Wie lange wird es dauern, bis der Brief ihn erreicht? Wo wird er wohnen? In meiner Nähe?« Wie lange er bleiben würde, fragte sie nicht.

»Es macht mich froh, dich so glücklich zu sehen. Weine nicht, Liebes! Hast du ihn denn so sehr vermißt?«

»Ich dachte, ich würde ihn niemals wiedersehen.«

»Aber Liebes. Wenn dich ein Wiedersehen mit ihm so glücklich macht, muß er selbstverständlich kommen. Vor allem aber möchte ich, daß er dich sieht. Ich möchte, daß er seine Tochter an meiner Seite auf dem Thron sieht, auf dem Thron der Königlichen Großen Gemahlin von Ägypten.«

Khanefrues, die immer noch die Hände des Pharao an ihr Gesicht drückte, hielt inne und blickte auf. »Königliche Große Gemahlin, mein Gebieter?« fragte sie leise.

»Ja. Das braucht dich doch nicht zu ängstigen! Du hast es verdient. Du besitzt den Adel, die Anmut und die Schönheit von zwanzig Königlichen Großen Gemahlinnen. Bentanta war jünger als du, als sie die Pflichten ihrer Mutter übernommen hat. Sie wird bald nach Nubien übersiedeln. Ich könnte eine andere Tochter auswählen, die ihren Platz auf den Stufen unterhalb meines Thrones einnimmt, aber das möchte ich nicht. Ich will, daß du auf dem Thron an meiner Seite sitzt.«

»Sollte Ägypten nicht eine ägyptische Königliche Große Frau Gemahlin haben, die den Göttern in ihren Tempeln huldigt?«

»Bin ich kein ägyptischer Gott? Bin ich nicht die Reinkarnation des Horus? Ich dachte, du würdest dich freuen. Bei allen Göttern! Es ist schon schlimm genug, daß ich Ramses immer wieder daran erinnern muß, wer der Pharao, der Gebieter ist! Du wirst doch nicht etwa so anfangen wie er?«

»Das ist es nicht, mein König, darum geht es nicht. Es geht um mich. Ich bin nicht dazu bestimmt, Königliche Große Gemahlin zu werden. Das würde nur Unheil über Ägypten bringen.«

»Khanefrues, was ist mit dir? Ich erhebe dich in Ehre und Ruhm, in die Gunst der Götter, den höchsten Rang, den eine Frau überhaupt einnehmen kann!«

Khanefrues schlug die Hände vors Gesicht und schluchzte. »Das kann nicht die Maat sein ...«

»Kann nicht die Maat sein! Willst du, ein kleines Hethiter-Mädchen, dem Herrn der Zwei Länder, dem Horus auf dem Isis-Thron erzählen, was die Maat ist und was nicht?«

»Mein König, jagt mich fort, schickt mich in die Verbannung, in die Oasen, aber ich flehe Euch an, macht mich nicht zur Königlichen Großen Frau!«

»Was soll das, Khanefrues? Du übst Verrat an mir! Du beleidigst die Götter! Niemand im ganzen Harem – niemand in ganz Ägypten – würde eine solche Ehre von königlicher Seite ausschlagen!«

Khanefrues antwortete nicht; sie weinte lautlos, mit bebenden Schultern.

»Ich verstehe das nicht«, sagte der Pharao kopfschüttelnd, erhob sich und ging rastlos auf und ab. Plötzlich kam ihm ein Gedanke. »Khanefrues«, sagte er und kniete neben ihr nieder. »Es tut mir leid. Jetzt verstehe ich. Du fürchtest dich davor, ein

Kind zu gebären, vielleicht auch vor dem Vollzug der Ehe.« Khanefrues schüttelte den Kopf, aber er bemerkte es gar nicht, sondern legte die Arme um sie. »Es gibt nichts, wovor du dich fürchten müßtest. Ich werde dir nicht wehtun. Und was das andere betrifft – denk nur, wir werden ein Kind haben. Du und ich werden einen *Sohn* haben, Khanefrues. Er wird nach meinem Tod Ägypten regieren. Ich bin ein alter Mann, aber du bist jung. Du wirst deinen Sohn – den Enkel deines Vaters – auf dem ägyptischen Thron sehen. Komm, leg die Arme um mich.«

Khanefrues verschränkte die Hände im Nacken. Ihre Tränen durchweichten das Leinen an seiner Schulter. »Dein Wille soll geschehen, mein König«, sagte sie, ihre Stimme von ihrem Haar gedämpft.

Vor dem kleinen Alabasterschrein der Isis in ihrem Schlafzimmer zählte Maya erneut an den Fingern ab, doch am Ergebnis änderte sich nichts: Vier Wochen und drei Tage waren vergangen, daß sie Memphis verlassen hatten; mindestens fünf Wochen waren seit jener Nacht verstrichen, die sie nicht aus dem Gedächtnis tilgen konnte, und sieben Wochen seit ihrer letzten Blutung. Maya fuhr mit den Händen über ihre Brüste. Sie waren so empfindlich wie bei den letzten zwei Schwangerschaften, und das Flachsgemisch ihres Kleides schabte schmerzhaft an den verhärteten Brustwarzen. Was sollte sie tun? Sie öffnete die Türen, hinter denen die Göttin verborgen war, und hob wieder beide Hände in einer flehentlichen Geste. Aber die Mutter von Horus blickte nur unbewegt über ihren Kopf hinweg. Maya sagte nun seit fast einem Monat immer wieder dasselbe Gebet auf. Doch es wurde nicht erhört. Es würde nie erhört werden. Maya wurde übel.

Wenn Isis ihr nicht helfen wollte, würde sie sich selbst helfen müssen. Sie konnte nur eins tun. Heute nacht auf Pentawerets und Bentantas Hochzeitsfeier mußte sie dafür sorgen, daß Ahmose reichlich trank, und anschließend mit ihm schlafen. Wenn er genug getrunken hatte, brauchte sie vielleicht nicht einmal Sex mit ihm zu haben, obwohl das riskant wäre. Wenn er sie am Morgen an seiner Seite vorfand, genügt dies vielleicht schon, ihn davon zu überzeugen, daß er ein Kind gezeugt hatte. Nein, es war besser, ganz sicher zu gehen, tatsächlich mit ihm zu schlafen und am nächsten Tag alles auf den Alkohol zu schieben. Was immer dann auch geschah, ob Isis sich ihrer erbarmte und ihre Reinigung veranlaßte oder nicht, würde keine Rolle mehr spielen.

Maya hörte die nackten Fußsohlen eines Dieners auf der Treppe und wandte sich zur Tür. Dem Diener folgte ein königlicher Bote in Sandalen.

»Seine Hoheit läßt Euch, edle Maya, Grüße ausrichten und bittet Euch um ein Gespräch in seine Privatgemächer.«

»Ja, gewiß«, entgegnete sie.

Maya folgte dem Boten den Flur des Harems hinunter zum Privatgemach des Königs, in das er sich zurückzog, wenn er ganz für sich sein wollte. Sie fragte sich, ob sie noch so blaß und abgespannt aussah wie vorhin im Spiegel, als sie ihre Perücke aufgesetzt hatte. Der Pharao war allein.

»Maya, meine Liebe.« Der König half ihr nach ihrem Kniefall wieder auf die Füße und küßte sie flüchtig auf die Wange. »Wie geht es dir? Wie gefällt Ahmose sein neues Boot?«

»Sehr gut, Onkel.«

»Gut. Ich wollte sicher gehen, daß er ausreichend für den Verlust seines eigenen Bootes entschädigt wurde. Wir unsererseits haben selbstverständlich den Verlust unseres Mannes vergolten. Die Nomaden haben mit ihrem eigenen Blut bezahlt. Und doch ist es nicht dasselbe, nicht wahr? Es wird Nemshi seiner Familie nicht wiedergeben. Aber das wollte ich nicht mit dir besprechen. Setz dich zu mir. Möchtest du Wein?«

Maya schüttelte den Kopf.

»Es geht um Khanefrues.«

»Hat es etwas mit Ahmose zu tun?«

»Nein, warum fragst du?«

»Nun, den einen Tag war er noch ihr persönlicher Berater, am nächsten war er ohne Arbeit.«

»Ja, das war unglücklich. Ich habe sie zu überreden versucht, ihn noch eine Zeitlang in ihren Diensten zu behalten, aber ich denke, sie fühlte sich bevormundet, als würden wir sie wie ein kleines Kind behandeln, das man zur Schule schickt. Nein, es geht mir um Khanefrues selbst. Es gibt da etwas, worüber sie aufgeklärt werden muß und das Ahmose ihr nicht beibringen kann ... wohl aber du.«

»Und das wäre?«

»Um die Wahrheit zu sagen – ich glaube, daß Khanefrues sich vor dem Kinderkriegen fürchtet. Ich bin sicher, daß die Frauen in Aleppo ihr vor ihrer Abreise alles darüber erzählt haben, aber sie ist noch sehr jung und jetzt, da diese Möglichkeit in greifbare Nähe gerückt ist ...«

Maya drehte sich der Magen um. »Ihr meint, Khanefrues bekommt ein Kind, Onkel?«

»Nein, noch nicht ... sie ist noch nicht schwanger, aber ich rechne bald damit. Das Problem ist nur, daß sie sich fürchtet. Kürzlich ist sie deswegen in Tränen ausgebrochen. Darum möchte ich gern, daß du mit ihr sprichst. Du bist eine junge Frau und hast Kinder. Du könntest ihr sicher die Angst nehmen, was meinst du?«

Während der Pharao sprach, fühlte sich Maya, als würde sie in einen tiefen dunklen Schacht stürzen. Sie hörte sich selbst antworten: »Aber es gibt doch im Harem Frauen, die in diesen Dingen bewanderter sind als ich.« Dann holte die aufsteigende Übelkeit sie zurück aus dem schwarzen Loch.

»Fühlst du dich nicht wohl?« fragte der Pharao besorgt. »Du siehst blaß aus.«

»Nein, es geht mir gut. – Wenn Khanefrues im Harem lebt, kann sie sich doch Rat bei den anderen Odalisken holen.«

»Sie hat keinen Kontakt zu den anderen Frauen. Sie bemühen sich sehr um sie, vor allem Tiye, Tamyt und ein paar andere, aber sie ist verschlossen. Ich weiß auch nicht warum. Vielleicht liegt es daran, daß sie jünger ist als die anderen. Ich habe an dich gedacht, weil du ihr altersmäßig näherstehst. Außerdem kennt sie dich durch Ahmose.«

»Eigentlich hatte ich nie viel mit ihr zu tun«, entgegnete Maya unwillig.

»Dazu hattest du ja bisher auch kaum Gelegenheit. Was hältst du davon, dich in den nächsten Wochen mit ihr anzufreunden, damit sie jemanden hat, mit dem sie reden kann? Weißt du, ich glaube, sie braucht einen Menschen, dem sie sich anvertrauen kann.«

Der Pharao fuhr fort, doch Maya hörte nicht mehr zu. O Mutter Isis, dachte sie, wie sehr muß ich dich beleidigt haben, daß du den Fuß auf meinen Nacken drückst, nachdem ich bereits im Staub liege.

Speerschafte klopften auf den gekachelten Boden, und ein königlicher Herold trat ein. Er warf sich vor dem Pharao auf die Knie und überreichte ihm einen Siegelring. Der König nahm ihn und betrachtete ihn eingehend.

»Schick ihn herein!« sagte er schließlich.

Rahotep trat durch die Tür. Augenblicklich vergaß Maya Khanefrues. All die Liebe und Sehnsucht, das Glück, der Schmerz und die Verzweiflung der vergangenen Wochen überwältigten sie, so daß ihr Herz sich verkrampfte und ihre Augen sich mit Tränen füllten.

Rahotep hielt überrascht und verunsichert inne, als er sie sah.

»Komm nur«, sagte der König. »Es ist dein Cousin, Maya, der den ganzen Weg von Memphis bis hierher gereist ist.«

Rahotep kniete vor seinem König nieder und erhob sich dann wieder. Sie zog seine Blicke magisch an. Wenn ich hierbleibe, sagte sich Maya, bin ich verloren. Dann werde ich zu ihm gehen und ihm alles erzählen, und Isis wird an meinen

Kindern Rache üben. Deshalb erhob sie sich ebenfalls und strich mit zitternden Händen ihr Kleid glatt.

»Ich lasse euch jetzt allein«, sagte sie.

»Gut«, meinte der König und nickte. »Aber du wirst mir den kleinen Gefallen tun, nicht wahr?«

»Gewiß. Wenn Ihr es wünscht.«

»Warte, Maya«, sagte Rahotep.

»Ich muß zurück zu Ahmose«, entgegnete Maya und flehte ihn mit Blicken an, sie gehen zu lassen. Hocherhobenen Hauptes schritt sie an den Wachen vorbei, ohne nach rechts und links zu schauen, doch sie hatte alle Mühe, nicht in Tränen auszubrechen und die Neugier der Männer zu wecken.

An diesem Nachmittag setzte der Pharao sein Siegel unter die Heiratsvereinbarung von Pentaweret und Bentanta. Die Haremsdiener hatten den ganzen Tag darauf verwandt, die Säulenhalle für die Hochzeitsfeier zu schmücken. Passend zu der lockeren Atmosphäre, die in Miwer vorherrschte, sollte es eine schlichte ländliche Zeremonie nach Tradition des See-Landes werden.

»Wir haben in Miwer weder den Platz noch das nötige Personal für ein Bankett, wie es in Piramses üblich ist«, erklärte der Pharao, als Tiye sich beklagte. »Ich hatte daran gedacht, die Feier in Theben abzuhalten, wenn wir nächste Woche zum Opet-Fest dort hinreisen, aber sie werden dort mit der Organisation der Prozessionen schon alle Hände voll zu tun haben. Im übrigen gibt es Dinge, die ich gern vor dem Opet-Fest geregelt hätte.«

Tiye war verärgert, daß Pentaweret nicht die prunkvolle Hochzeitsfeier bekommen sollte, die ihm gebührte; andererseits wollte sie die Heirat nicht verschieben. Es hieß, daß der Vizekönig von Nubien nicht erfreut sei, daß Pentaweret zu seinem Nachfolger auserkoren worden wäre. Er hatte einen eigenen Sohn.

Maya wäre der Feier ferngeblieben, wäre das Ereignis groß genug gewesen, daß ihre Abwesenheit nicht aufgefallen wäre. Rahotep war in Miwer. Er würde auf dem Bankett sein, und sie fürchtete sich; nicht vor irgend etwas, das er tun könnte, nein: Maya bangte um ihrer selbst willen, weil sie ihn so sehr liebte. Sie fürchtete sich, weil sie an diesem Nachmittag, den sie mit brennenden Augen in ihrem Zimmer verbracht hatte, mit dem Gedanken spielte, ihm zu erzählen, das Kind sei von Ahmose, und ihn dann zu bitten, mit ihr durchzubrennen und so zu tun, als wäre es seins. Und Rahotep in seiner Güte und Großzügigkeit – und aus Liebe zu ihr – würde ihrem Wunsch entsprechen. Aber welche Strafe würde die Göttin ihnen dann auferlegen? Ihnen allen – ihr, Rahotep und den drei Kindern? Sie würden mit einer Doppellüge beginnen, und wer konnte sagen, welche verhängnisvollen Fäden die Göttin daraus spinnen würde? Doch jedesmal, wenn Maya entschlossen war, Rahotep die Wahrheit zu sagen, hielt die Erinnerung an die Hand, die sich grob auf ihren Mund gelegt, sie davon ab. Dann spürte sie wieder Ramses' Gewicht auf sich, roch den Schweiß und den sauren Wein, den er getrunken hatte.

Mit einer der Göttin Isis nicht unähnlichen kühlen Gefaßtheit nahm Maya ihren Platz an Ahmoses Seite ein. Die Abenddämmerung war angebrochen, und die Hochzeitsgäste schlenderten im schwachen Licht umher. Gesprächsfetzen wehten wie Schals hinter ihnen her. Zwei Trommler hielten ihre Instrumente in der Armbeuge und bearbeiteten das straff gespannte Schlagfell. Eine Gruppe kleiner nackter Mädchen mit Glöckchen an den Fingern kicherten und kniffen einander. Maya stand dicht bei Ahmose und blickte starr geradeaus, da sie fürchtete, Rahotep zu sehen, wenn sie den Blick umherschweifen ließ. Ahmose schwieg.

Ein letzter lauter Trommelschlag ertönte, und die Gäste machten in der Mitte des Hofes Platz. Die Mädchen tänzelten über die freie Fläche. Der Bräutigam nahte; Pentaweret mit der Lotoskrone an der Spitze seiner Brüder. Es wurde Beifall gespendet und gelacht, während die Kinder um ihn herumsprangen, um ihn zu streicheln und am Gewand in Richtung Bankett zu ziehen. Musik näherte sich der Tür, begleitet vom leisen Klatschen zahlreicher nackter Fußsohlen. Dann schwang die Tür auf, und der Gesang weißverschleierter Frauen, die einen betörenden Blumenduft verströmten, erfüllte den Raum.

Die Höflinge klatschten, jubelten und trommelten auf die Tische. Der Pharao stieß Pentaweret an, dem der Lotoskranz über ein Auge gerutscht war. Er sah lächerlich aus, als er sich erhob. Aus den zahlreichen verschleierten Damen mußte er die eine herausfinden und enthüllen, die seine Gemahlin werden sollte. Pentaweret rückte die Blumenkrone auf seinem Kopf zurecht.

Die Frauen waren von den Blumenkränzen auf dem Haar bis zu den Füßen in feinstes Leinengaze gehüllt. Sie beobachteten Pentaweret durch ihre Schleier, jedes Auge ein wissendes Auge, während ihre sämtlichen Geheimnisse vor ihm verborgen waren, abgesehen von der Rundung einer Hüfte oder Brust, die sich nicht verhüllen ließ. Sie warteten – der ganze Saal wartete –, daß Pentaweret Bentanta entdeckte.

Pentaweret verließ seinen Platz und ging an den johlenden Gästen vorbei, um seine Pflicht zu tun. Es war sehr einfach – wie alle Bräute in Miwer trug Bentanta eine einzelne blaue Lotosblüte in einem Kranz weißer Blumen. Diese Blüte war das Erkennungszeichen, daß er sie finden konnte. Die Frauen kicherten hinter ihren Schleiern, als er sich ihnen näherte. Er nahm an, daß Bentanta sich in der Mitte versteckte. Pentaweret kam sich albern vor, wie er sich einen Weg durch die dichtgedrängten Frauen bahnte und nach der blauen Blüte Ausschau hielt. Hinter einem der Schleier verbirgt sich Tamyt, dachte er, Tamyt mit ihrer braunen Haut und den schweren Brüsten. Er verspürte so etwas wie Verdruß, als er den blauen Lotos auf der Stirn seiner vermummten Braut entdeckte.

Pentaweret schlug Bentantas Schleier zurück. Der Saal applaudierte, jubelte und pfiff, während die beiden dastanden und einander ein wenig ratlos anschauten. Bentanta blinzelte unsicher. Sie ist völlig unwissend, die Große Tochter des Königs, dachte Pentaweret. Sie ist unscheinbar und hat nicht die geringste Ahnung von Männern. Sie hat keinen Schimmer, was ich ihr bringen werde, wenngleich sie wohl ahnt, daß es unangenehm sein wird. Sie ist meine Gemahlin. Dann sah er eine braune Hand mit einer goldenen Katze am Finger unter dem Gewand der Frau neben Bentanta hervorschauen.

Pentaweret nahm Bentantas Hand und führte sie zu dem Stuhl zu seiner Linken. Tamyt legte zusammen mit den anderen Odalisken den Schleier ab; die Frauen verteilten sich an den Tischen wie Tauben, die in den heimischen Schlag zurückkehrten. Tamyt saß an einem Tisch unterhalb des Podiums. Ihr Anblick ließ Pentaweret innerlich glühen wie ein Brennofen, ließ ihn schwitzen und zittern vor Verlangen. Doch er wollte sie nicht merken lassen, wie sehr die verstohlene Berührung ihrer schmalen Hand ihn aus dem Gleichgewicht gebracht hatte. Seit er ihr Bett verlassen hatte, dachte er jede Sekunde nur an den Augenblick, daß er zu ihr zurück konnte. Kein Mann sollte in einer solchen Abhängigkeit von einer Frau leben. Kein König konnte so leben. Von seinem Platz auf dem königlichen Podium aus beobachtete Pentaweret – unter dem Deckmantel zärtlicher Aufmerksamkeit gegenüber seiner neuen Gemahlin – Tamyt verstohlen.

Die anderen Prinzen befanden sich ebenfalls unter den Gästen oben auf dem Podium, darunter auch Rahotep. Maya senkte den Kopf und ließ durch die Löckchen ihrer Perücke hindurch den Blick über die Gesellschaft schweifen, bis sie ihn entdeckt hatte. Er blickte zu ihr herüber. Sofort wandte sie sich von ihm und Ahmose ab. Er mußte dem König den Grund für sein Kommen mitgeteilt haben. Sobald Maya das Privatgemach des Pharao verlassen hatte, noch während sie mit heißen Tränen über die Flure des Palasts gewandert war, mußte er dem Pharao erzählt haben, daß sie versprochen hatte, Ahmose zu verlassen und ihn zu heiraten – um dann plötzlich davonzulaufen und ihn ohne Erklärung in Memphis zurückzulassen. Was würde nun aus ihr werden? Wer dort oben auf dem Podium wußte noch Bescheid? Wie lange würde es dauern, bis der gesamte Hof – außer Ahmose – Bescheid wußte?

Dienerinnen gingen mit Tabletts voller Fleisch und anderer Köstlichkeiten zwischen den Tischen umher und bedienten erst Pentaweret und Bentanta, anschließend den Pharao und die übrigen Gäste. Es ändert nichts an dem, was ich tun muß, sagte sich Maya. Wenn ich nichts unternehme, wird Ahmose wissen, daß das Kind nicht von ihm ist, und wenn Rahotep dem Pharao doch nichts gesagt hat …

»Würdest du eins der Mädchen für mich rufen, Ahmose?« fragte sie laut. »Ich hätte gern Wein.«

Ahmose winkte eine Dienerin herbei.

»Danke. Möchtest du auch welchen?«

»Nein.«

»Ach, Ahmose, es ist doch eine Feier. Trink.«

»Mein Becher ist noch voll. Und ich bin nicht in Trinklaune.«

Das Mädchen entfernte sich wieder. Maya strich mit einem Finger über den Rand ihres Weinbechers. Vom Duft süßer Datteln wurde ihr flau im Magen. Sie schob den Becher von sich.

»Was ist mit dir?« fragte Ahmose stirnrunzelnd.

»Nichts. Ich trinke gleich. Ich dachte nur – du weißt selbst, wie schwierig es ist, später am Abend noch eine Dienerin mit einem vollen Krug zu erwischen. Dann bekommt man nur noch die Reste.«

»Das wird reichen. Ich habe nicht vor, bis zum Ende zu bleiben.«

»Oh. Und was ist mit mir?«

»Du kannst mich begleiten oder dir jemand anders suchen, der dich heimbringt. Du kennst viele der Anwesenden. Immerhin ist das hier deine Familie. Ich bin doch hier der Eindringling.«

»Wie kannst du so etwas sagen? Wie könntest du ein Eindringling sein? Du verkehrst seit Jahren am Hof und hast in die königliche Familie eingeheiratet vor – wie lange sind wir verheiratet? Sieben Jahre? Acht?«

»Sieben«, entgegnete Ahmose. »Fast genau sieben Jahre. Erinnerst du dich nicht?«

»Nicht auf den Tag genau.«

»Im nächsten Monat werden es sieben Jahre.«

»Also ... dann bist du doch kein Eindringling, oder?«

»Für sie schon. Sie haben mich nicht akzeptiert.«

»Das ist doch lächerlich! Der Pharao hat dir gerade erst ein neues Boot geschenkt.«

»Nachdem Ramses das meine befehligt hat, als wäre ich ein gewöhnlicher Bauer, dem man keinen Respekt schuldig ist.«

»Der Pharao hat versucht, es wiedergutzumachen. Wenn du nicht wie ein Bauer behandelt werden willst, dann führe dich auch nicht wie einer auf.«

Ahmoses Körper an ihrer Seite spannte sich, und sie befürchtete bereits, er würde sie vor dem versammelten Hof mit der Faust schlagen, die er unter dem Tisch verbarg. Aber er zögerte zu lange, und die Angespanntheit wich stiller Verachtung.

»Es tut mir leid. Ich meinte nur ... vergiß es. Bitte, Ahmose ... laß uns nicht in der Öffentlichkeit streiten.«

»Ich dachte, du wolltest etwas trinken«, erwiderte Ahmose kalt.

Der Hof applaudierte, und einige Gäste warfen Blumen, die als Tischdekoration gedient hatten, oder Süßigkeiten in Richtung der sich verneigenden Tänzerinnen. Maya wagte nach ihrem Streit einen ersten vorsichtigen Blick auf Ahmose und erstarrte. Über Ahmoses Schulter hinweg sah sie, daß Rahotep auf sie zusteuerte.

»Ahmose«, sagte er brüsk.

Ahmose erwiderte den Gruß mit einem knappen Nicken und starrte in seinen Trinkbecher.

Maya fühlte, wie bleierne Schwere sich ihrer Glieder bemächtigte. Ihr Herz raste und pumpte das Blut mit solcher Kraft durch ihren Körper, daß es in ihren Ohren rauschte. Sie fühlte sich, als wäre sie nackt und als würden Ahmose und alle anderen im Saal sie verächtlich anstarren.

»Ich habe deinen Brief erhalten.« Rahotep hielt einen Papyrus hoch. »Er erreichte mich erst nach deiner Abreise von Memphis, sonst wäre ich vorbeigekommen, um mit dir darüber zu sprechen.«

Maya erkannte das Siegel und den Fleck, den ihre Träne gleich neben dem Namen des Adressaten hinterlassen hatte.

«Das ist das zweite Mal, daß du eine bereits erteilte Zustimmung schriftlich widerrufst. Das kann ich nicht akzeptieren.« Rahotep ließ den Brief auf den Tisch fallen.

»Rahotep möchte im Isis-Tempel eine Kunstschule eröffnen«, erklärte sie Ahmose. »Aber das ist unmöglich.«

»Du weißt, daß uns nichts aufhalten kann«, beharrte Rahotep. »Wenn ich da bin, willst du es ebenso wie ich. Ich kann also nur schließen, daß es jemanden gibt, der Druck auf dich ausübt, wenn ich nicht dabei bin.«

»Nein, nein. Es tut mir leid, Rahotep. Für den Isis-Tempel bist du nicht geeignet. Bitte, nimm den Brief zurück. Es ist meine endgültige Antwort.«

Ahmose warf einen Blick auf den Papyrus, der sich vor ihm auf dem Tisch langsam entrollte, und dann auf Rahotep. Rahotep hielt seinem Blick stand, ohne mit der Wimper zu zucken.

»Laß dich in dieser Sache nicht unter Druck setzen, Maya.«

»Ich werde nicht unter Druck gesetzt. Bewahre diesen Brief bitte sorgfältig auf. Du solltest ihn in deinem Archiv ablegen.«

»Ich bin ein Sohn des Pharao. Ich kann dich beschützen.«

»Bei den Göttern, nimm den Brief endlich zurück!«

Ahmose machte inzwischen ein gelangweiltes Gesicht. Rahotep schaute von ihm zu Maya. Ihre Augen flehten ihn an zu gehen.

Rahotep nahm den Papyrus wieder an sich, wandte sich ab und ging. Maya blickte ihm nicht nach, sondern heftete den Blick auf ihren Teller. Als das Stimmengewirr um sie herum erstarb, hob sie den Kopf wieder. Der Pharao hatte sich erhoben.

»Meine Söhne«, begann er. »Meine Töchter, Odalisken des königlichen Harems und meine Höflinge, willkommen auf der Hochzeitsfeier meiner Tochter und meines Sohnes.«

Applaus brandete auf, doch der Pharao winkte ab.

»Heute hat mein Sohn, Prinz Pentaweret, die Königliche Große Tochter Bentanta geehelicht. Pentaweret ist ein guter Mann, ein guter Sohn – der Sohn der Tiye, wie ihr alle wißt. Eine große Zukunft liegt vor ihm«, fuhr der König fort, der sich allmählich für dieses Thema erwärmte, das ihn freudig stimmte. »Einige von euch werden bereits wissen, daß Pentaweret nach Nubien gehen wird, an den Hof des Vizekönigs, wo er lernen wird, Augen und Ohren offen zu halten und unser starker rechter Arm zu werden gegen die Bedrohung aus Obernubien und seitens der Wüstenwanderer. Bentanta wird ihn selbstverständlich begleiten. Bentanta kennt ihr ja alle. Sie ist meine rechte Hand gewesen, seit die Königliche Große Gemahlin ins Totenreich eingekehrt ist. Sie war fünf Jahre lang Herrscherin von Ägypten im Audienzsaal des Herrn der Zwei Länder und vor den Altären der Götter.« Der Pharao wandte sich seiner Tochter zu. »Ich werde dich vermissen, Bentanta. Du hast deine Rolle mit Anmut und Würde erfüllt. Ich bin ganz sicher, daß du unser bester Botschafter in Nubien sein wirst.«

Bentanta liefen Tränen übers Gesicht, die von ihrem Kinn in ihren Wein tropften. Pentaweret musterte sie befremdet, als hätte ihm jemand ein wildes, nutzloses Tier geschenkt, von dem er nicht wußte, wie oder warum er es zähmen sollte.

Langsam dämmerte ihm, daß er möglicherweise Jahre mit Bentanta im Süden würde schmachten müssen, wobei ganz Unternubien und Ägypten zwischen ihm und Tamyt lagen.

»Ich werde also meine langjährige treue Gefährtin verlieren und diese Tochter, die so viele Jahre am Fuße meines Thrones gesessen hat, in die Hitze der südlichen Länder entlassen. Der Platz zu meinen Füßen wird leer sein. Er wird nicht von einer anderen eingenommen. Wartet …« rief er, als sich im Saal zunehmendes Stimmengemurmel erhob. »Ich muß euch etwas mitteilen. Vor ein paar Tagen habe ich einen Brief nach Aleppo geschickt, an Suppiluliumas, den König der Hethiter. Der Brief soll dem König von meinem General Neskhons persönlich übergeben werden. Wenn alles gut gegangen ist, ist er möglicherweise bereits eingetroffen. Der Brief ist eine Einladung an Suppiluliumas, Neskhons bei seiner Rückkehr nach Ägypten zu begleiten, wo seine Tochter in den vergangenen Monaten unter meinen Odalisken gelebt hat. Ich habe ihn eingeladen, damit er an der Zeremonie teilhaben kann, die stattfinden wird, wenn ich seine Tochter Hattusha, Khanefrues, wie ich sie genannt habe, nicht auf den Platz zu meinen Füßen erheben werde, den Bentanta zurückgelassen hat, sondern auf den Platz an meiner Seite: den Thron der Königlichen Großen Gemahlin.«

Hierauf folgte ein Augenblick solcher Stille, daß das Rascheln des Windes draußen in den Palmen wie zerreißender Stoff klang. Dann brach Jubel aus, und inmitten des allgemeinen Trubels saßen Pentaweret, Tiye und Tamyt wie versteinert da. Das Stimmengemurmel schwoll zu Hochrufen an, als der König Khanefrues' Hand nahm und sie auf die Füße zog, damit sie die Huldigungen ihres Volkes entgegennahm. Bentanta nahm ihren Brautkranz ab, setzte ihn Khanefrues auf und umarmte sie, woraufhin einige der Brautjungfern ihren eigenen Blumenschmuck abnahmen, zerpflückten und die Blütenblätter auf das Podium warfen.

»Ein langes Leben, Glück und Gesundheit, königliche Hoheiten!« rief einer der Höflinge. Plötzlich stieß Khanefrues einen gellenden Schrei voller Entsetzen aus, der den allgemeinen Lärm durchschnitt wie eine scharfe Klinge. Den Anwesenden blieb der Jubel im Halse stecken. Sie sahen erschrocken, wie Khanefrues über den niedrigen Tisch zusammensank und vom Podium fiel.

Ahmose stieß ihren eigenen Tisch beiseite und stürzte auf das Podium zu. Die Menge hatte bereits einen dichten Pulk um die königliche Gemahlin gebildet, und er schaffte es nicht, zu ihr vorzudringen. »Seid vorsichtig!« sagte jemand. »Sie ist besessen. Zurück, oder sie wird jemanden verletzen.« Ahmose rempelte rücksichtslos, frustriert von seinen fruchtlosen Versuchen, nach vorn zu gelangen. Er litt Höllenqualen, als er hilflos mit anhören mußte, wie sie inmitten der umgestürzten Tische und Stühle und des zerbrochenen Geschirrs wild um sich schlug als wäre sie von einem Dämon besessen.

»Laßt mich durch!« rief er. »Haltet sie still, ihr Narren! Seht ihr denn nicht, daß sie sich selbst verletzt?« Aber seine Stimme ging im allgemeinen Tumult unter. Als es ihm endlich gelang, sich zu ihr durchzukämpfen, wurde sie bereits blutüberströmt und immer noch um sich schlagend von zwei Wachen auf das Podium gehoben. Der Pharao und einige der Gäste scharten sich um sie, während alle anderen den Saal verließen.

Ahmose blickte sich benommen um. Eine schrille, schroffe Frauenstimme – Tiyes – sagte soeben: »Sie hat den Verstand verloren. Sie ist wahnsinnig. Jetzt kann er sie nicht mehr zur Königlichen Großen Gemahlin machen, das kann er einfach nicht! Tamyt ...«

Ahmose wirbelte herum und funkelte sie so wütend an, daß sie augenblicklich verstummte. Pentaweret, aschfahl im Gesicht, hatte seiner weinenden Braut linkisch eine Hand auf die Schulter gelegt. Die noch anwesenden Gäste schlossen sich verunsichert zu kleinen Grüppchen zusammen oder zogen sich zurück. Am anderen Ende des Saales reichte Rahotep in einer stummen Aufforderung Maya die Hand, aber die schüttelte den Kopf und warf einen unruhigen Blick auf Ahmose.

Ahmose kehrte zurück zu seinem Tisch. Rahotep war fort. Maya blickte zu ihm auf, einen furchtsamen Ausdruck in den Augen. Er wollte sie mit seinen Soldatenhänden bei den Schultern packen und sie ihrer hochnäsigen Falschheit wegen zerquetschen.

»Was hat er von dir gewollt?« fauchte er.

Maya öffnete den Mund, doch ihre Kehle war staubtrocken, und sie brachte keinen Laut hervor.

»Glaubst du, mir wären die Gerüchte über euch beide nicht zu Ohren gekommen?«

»Was?« erwiderte Maya mit rauher Stimme. »Was meinst du damit?«

»Es heißt, daß du und Prinz Rahotep Ehebruch miteinander begeht«, entgegnete Ahmose unumwunden.

»Das ist nicht wahr.«

»Warum erzählt man es sich dann?«

»Das weiß ich nicht, aber es stimmt nicht.«

»Es geht doch etwas vor zwischen euch. Das war sogar von der anderen Seite des Saales aus zu erkennen.«

»Es geht überhaupt nichts vor! Ich weiß nicht, woher diese Gerüchte kommen, aber mehr ist es nicht – nur Klatsch. Es ist nichts zwischen Rahotep und mir. Ich schwöre es bei Isis!«

»Hör gut zu, Maya«, sagte Ahmose eindringlich und packte ihr Handgelenk mit eisernem Griff. »Du solltest eins wissen. Als ich meinen Onkel in Memphis besucht habe, sind wir zusammen mit Seti seine Unterlagen durchgegangen. Wir haben auch eine Abschrift unserer Heiratsvereinbarung gefunden. Erinnerst du dich, daß es sich um eine Vereinbarung über sieben Jahre handelt? Weißt du noch, daß ich dir erklärt habe, was das bedeutet? Viele Leute treffen solche Vereinbarungen, aber für den Fall, daß du es vergessen hast, werde ich es dir noch einmal erläutern. Alles, was wir in die Ehe eingebracht haben, sollte für sieben Jahre gemeinsames Gut sein – unsere Erbschaften, unser Besitz, deine Aussteuer und so weiter. Nach sieben Jahren würde diese Vereinbarung nichtig. Verstehst du? Sie erlischt von selbst. Wir brauchen also gar nichts zu unternehmen, um unsere Güter aufzuteilen. Nach sieben Jahren müssen wir Schritte unternehmen, unseren Haushalt neu zu ordnen, wie die meisten Menschen – wenn nicht, ist es nur noch ein kleiner Schritt bis zur Scheidung.«

Maya schluckte. Ein Funke Hoffnung keimte in ihr auf. »Du hast gesagt, die sieben Jahre wären bald abgelaufen.«

»Die Götter wissen, daß wir einander nicht wollen, Maya. Aber ich werde diese Ehe nicht mit weniger verlassen als du. Ich werde mich nicht scheiden lassen, ohne daß ich mein Kommando zurückbekommen habe – wenn nicht als Ehemann der Nichte des Pharao, dann ganz sicher nicht als ihr geschiedener Gatte.«

»Ich kann dir dein Kommando nicht wiederbeschaffen, Ahmose. Das liegt nicht nur beim Pharao, sondern bei Ramses. Bitte, zwing mich nicht, mit R ...«

Ahmose ruckte unsanft an ihrem Arm. »Ich weiß, daß du es mir nicht wiederbeschaffen kannst. Das will ich auch gar nicht! Ich könnte es zurückbekommen – ich bin ein guter Soldat, und sie brauchen mich. Aber du kannst es verhindern. Du kannst verhindern, daß ich meinen alten Rang wiedereinnehme. Erkennst du denn nicht, wie sie mich durch dich sehen? Sie haben mich schon genug gehaßt, bevor du angefangen hast, mit deinem Vetter herumzuhuren. Werden sie mich wieder zum General machen, wenn du mich der Lächerlichkeit preisgibst?«

»Ich habe nicht ...«

»Ich sage dir eins, Maya«, knurrte Ahmose. »Wenn es stimmt und du mich ruinierst, werde ich mich wegen Ehebruchs von dir scheiden lassen.«

»Und du glaubst, daß dir das etwas nützt? Glaubst du, der Pharao ...«

»Wenn du dich meinem Kommando noch länger in den Weg stellst, werde ich dich so erniedrigen, wie du mich erniedrigt hast. Dann prangere ich dich öffentlich als Ehebrecherin an. Wenn es in Ägypten keine Zukunft für mich gibt, nehme ich meine Kinder und gehe zu den Asiaten.«

»Was soll das heißen? Du kannst mir die Kinder nicht wegnehmen ...«

»Glaubst du, ich würde meine Kinder bei einer Hure lassen, die aus dem Isis-Tempel ausgeschlossen wurde, weil sie Ehebruch begangen hat, statt der Göttin zu dienen? Die Kinder sind alles, was ich noch habe, wenn du verhinderst, daß ich mein Kommando zurückbekomme. Ich werde sie nicht dir und deinem Liebhaber überlassen.«

»Du liebst die Kinder nicht. Sie bedeuten dir nicht das geringste. Du willst sie nur benutzen, um dich an mir zu rächen.«

»Erzähl mir nichts von Rache. Du bist doch hier die Rachsüchtige. Warum sonst hättest du die Kinder fortschicken sollen? Du konntest den Gedanken nicht ertragen, daß sie ihren Vater lieben lernen könnten. So eine Mutter bist du.«

»So ist es nicht«, sagte Maya schwach.

Ahmose ließ ihr Handgelenk los und wich vor ihr zurück. »Wenn ich dich nach Ablauf unserer ehelichen Vereinbarung des Ehebruchs bezichtige, wird mir jedes Gericht in Ägypten die Kinder zusprechen, ob du die Nichte des Pharao bist oder nicht«, warnte er sie.

Maya hob den Kopf. Der Saal war fast leer; die Gäste hatten sich nach dem peinlichen Zwischenfall rasch zurückgezogen. Ahmose war ebenfalls fort. Maya ließ den Kopf in die Hände sinken und weinte.

»Um der Götter willen, reiß dich zusammen«, schimpfte Tamyt, die vor ihrem Diwan auf und ab ging.

Tiye hatte sich unglücklich auf Tamyts Couch zusammengekauert, die Ellbogen auf den Knien. »Wenn sie einen Sohn bekommt, wird er ihn zu seinem Thronerben machen«, sagte sie. »Man sieht doch, daß er besessen von ihr ist. Und was tun wir dann? Wenn sie Königliche Große Gemahlin wird, haben ihre Kinder den größten Anspruch auf den Thron.«

»Himmel!« fluchte Tamyt, ohne Tiye einen Blick zu gönnen. »Das Mädchen ist von einem Dämon besessen. Das Haus Amuns wird sie als Königliche Große Frau ablehnen, und dann können wir fortfahren wie geplant. Außerdem ist er impotent.«

»Woher willst du das wissen?« Die Tasse, die Tiye in beiden Händen hielt, stieß klirrend gegen ihre Zähne. »Ich wünschte, Pentaweret wäre hier.«

»Wie sollte er hier sein? Es ist seine Hochzeitsnacht!«

»Tamyt hat recht«, meinte Seniry, der in der offenen Tür zur Veranda stand. »Pentaweret ist der vernünftigste von uns allen – wenigstens er benimmt sich normal.«

»Um wieviel Uhr hast du deinen Diener hingeschickt?« wollte Tamyt wissen.

»Sobald ich zurück auf meinem Zimmer war. Ich dachte, ich nutze die allgemeine Verwirrung, um ihn unter die Dienstboten des Pharao zu schmuggeln.«

Tamyt trat zu ihrem Halbbruder. Auf der gegenüberliegenden Seite des Haremsgartens, hoch oben an der Palastmauer, brannte in den Gemächern des Königs noch Licht.

»Wie lange ist er jetzt schon fort?« fragte sie.

»Vier Stunden ungefähr. Du siehst müde aus.«

»Ich kann es nicht ändern. Ich werde aufbleiben müssen, bis er zurückkommt. Du hast ihm doch gesagt, daß er hierher kommen soll und nicht zu deinem Zimmer?«

Seniry überlegte kurz. »Ich bin ziemlich sicher. Ja, ganz bestimmt.«

»O Seniry! Kannst du denn nichts vernünftig machen?«

»Schrei mich nicht an, Tamyt.«

»Ich schreie nicht. Ich bin nur müde.«

»Pssst, es wird alles gut. Er wird schon wissen, wo er mich findet.« Seniry hob eine Hand, um ihr Gesicht zu streicheln, und schmiegte die Wange an seine Handfläche. Seine starken Finger massierten unter der Perücke ihren Kopf.

»Manchmal habe ich das Gefühl, ich trage sie alle auf meinen Schultern«, seufzte sie.

»Sie brauchen dich, Tamyt. Ohne dich gäbe es keinen Plan. Ohne dich wäre Tiye nur eine weitere enttäuschte königliche Odaliske, die zusehen muß, wie die Kinder anderer Odalisken heranwachsen und ihr eigenes in den Hintergrund drängen.«

Tamyt lachte bitter. »Vielleicht bin ich es, die sie braucht. Was würde ich tun, könnte ich nicht Pläne für Tiye und Penaweret schmieden? Dann wäre auch ich nur eine verbitterte, welke alte Konkubine ohne Kinder. Die Unfruchtbarkeit meine größte Stärke, denn ich habe kein Kind, das mich behindert, und meine Sicht wird nicht von Mutterliebe getrübt, wenn die Situation klare Entscheidungen fordert. Und ich kann alle erdenklichen Mittel anwenden, um meine Ziele zu erreichen, ohne fürchten zu müssen ...« Sie schloß die Augen.

»Ohne etwas fürchten zu müssen?« Senirys Finger hielten inne. »Du hast mit ihm geschlafen, habe ich recht?«

Tamyt straffte die Schultern und schüttelte seine Hand ab. Sie warf einen Blick auf den Diwan, doch Tiye hatte die Füße angezogen und lag auf der Seite. Ihr leicht pfeifender Atem verriet, daß sie schlief.

»Ich will es wissen«, forderte Seniry.

»Du weißt, daß ich alles Notwendige getan habe und tun werde. Mehr brauchst du nicht zu wissen.«

»Nein, Tamyt. Wir haben uns immer sehr nahe gestanden ...«

»Nicht so nahe, wie du es gewollt hättest, Seniry ...«

»Sei nicht so grausam. Du hast dich mir immer anvertraut.

Ich dachte, du möchtest vielleicht mit jemandem darüber reden – über sie. Ich dachte, du würdest wenigstens mit mir sprechen. Darum habe ich gefragt.«

»Nein, das ist nicht der Grund, weshalb du gefragt hast.«

Ein Geräusch an der Tür ließ sie voneinander abrücken. Patjesem schob einen schmollenden Knaben wie ein kleines Kind in den Raum. Patjesem zog sich sofort wieder zurück, als hätte er keinerlei Anteil an ihrem Komplott, wenn er nur wegsah.

»Schon zurück?« fragte Seniry. »Drüben brennt noch Licht.«

»Aber es sind alle gegangen«, entgegnete der Knabe.

»Alle? Wer sind alle?« wollte Tamyt wissen.

»Der Erste Prophet von Amun, Vorsteher des Großen Hauses, Mesure ...«

»Bist du ganz sicher, daß es der erste Prophet war?«

»Ja.«

»Woher willst du das so genau wissen?«

»Ich habe ihn schon früher gesehen, als ich im Tempel von Isis war, der Herrin von Piramses.« Der Knabe musterte Tamyt herausfordernd, aber der harte Glanz in ihren Augen schüchterte ihn ein, und so wandte er sich wieder Seniry zu.

«Es ist in Ordnung«, sagte Seniry. »Er hat im Archiv des Isis-Tempels gearbeitet. Er wurde dafür ausgebildet, genaue Berichte zu erstellen.«

»Ausgebildet!« Der Knabe schnaubte verächtlich. »Wenn man es als Ausbildung bezeichnen kann, herumgeschubst und angebrüllt zu werden. Aber ich kenne den Ersten Propheten von Amun«, fügte er hinzu, als er sah, wie Tamyts Augen schmal wurden.

»Wer war sonst noch da?« fragte sie.

»Prinz Ramses, der Erste Prophet von Sebek und der Dritte Prophet von Gottkönig Amun-Re.«

»Was, aus Theben? Wann ist er eingetroffen?«

»Erst heute abend. Er ist gekommen, um Absprachen bezüglich des Opet-Festes zu treffen. Seine Anwesenheit war also rein zufällig. Ach ja, und dann war da noch ein Priester von Sachmet, der sich um die Königliche Große … ich meine, um die königliche Gemahlin Khanefrues gekümmert hat. Sie hat sich Schnittwunden und Prellungen zugezogen, und die Priester von Sachmet sind Heilkundige.«

»Sonst noch jemand?«

»Nicht beim Pharao, nein. Es waren zahlreiche Höflinge im Vorzimmer, aber der Pharao wollte seiner Gemahlin nicht von der Seite weichen. Und er hat auch immer nur einige wenige gleichzeitig hereingelassen, um sie nicht zu stören.«

»Dauert der Anfall noch an?«

»Nein, ich glaube, sie hat sich beruhigt.«

»Hast du sie weggehen sehen?«

»Ja. Gerade eben. Noch haben sie keine Entscheidung getroffen. Der Pharao wird morgen eine Audienz abhalten. Es gibt verschiedene Personen, die sie befragen möchten.«

»Sie haben also noch nichts entschieden«, wiederholte Tamyt nachdenklich. »Du meinst, sie haben noch nicht entschieden, ob Khanefrues trotz dieses Dämons, der in ihr wohnt, die Große Frau des Pharao werden kann?«

Der Junge nickte. »Sie werden morgen entscheiden.«

»Und wen werden sie befragen?«

»Den Priester von Sachmet beispielsweise, um zu erfahren, ob der Dämon sich austreiben läßt. Und den Dritten Propheten von Amun-Re. Außerdem ist General Ahmoses Name gefallen. Seine Soldaten behaupten, es hätte einen ähnlichen Zwischenfall gegeben, als sie sie von Aleppo nach Piramses eskortiert haben, und sie wollen herausfinden, was genau geschehen ist.«

»Weißt du, was passiert ist?«

Der Knabe zuckte die Achseln.

»Ahmose«, sagte Seniry.

»Warte, warte, warte.« Tamyt begann, mit leisen, leichten Schritten zwischen den beiden Türen auf und ab zu gehen, die

Hände zu Fäusten geballt. »Wir müssen dafür sorgen, daß diese Untersuchung morgen ihre Ernennung zur Großen Gemahlin unmöglich macht. Seniry ...« Sie blieb stehen und wandte sich ihrem Halbbruder zu. »Was du mir nach der Jagd erzählt hast ... bist du dir dessen ganz sicher? Bist du dir völlig sicher, was Ahmose betrifft?«

»Nun ja ...« Seniry breitete abwehrend beide Hände aus.

»Ich verstehe. Vergiß es.«

»Tamyt, reg dich nicht auf. Ja, ich bin sicher. Ich bin sicher!«

Tamyt musterte ihren Halbbruder eindringlich. Sie kannte ihn von Kindesbeinen an. Sie wußte um seine Stärken und Schwächen. Wenn sie sich auf ihn verließ und er sich geirrt hatte, wäre es letztlich allein ihre Schuld.

»Gut«, sagte sie. »Wir können ihn benutzen.«

»Wir sollten uns beeilen. Soll ich ihn jetzt gleich aufsuchen oder gleich als erstes morgen früh?«

»Sei nicht albern, Seniry. Wir können ihn nicht einfach so in unsere Pläne einweihen. Was, wenn er ablehnt? Dann klagt man uns des Verrats an! Die Nachricht muß anonym überbracht werden.«

»Und wie sollen wir das anstellen?«

»Schreib einen Brief und laß ihn von deinem Diener überbringen.«

»Aber Ahmose könnte ihn wiedererkennen. Seine Frau ist Hohepriesterin der Dienerinnen von Isis.«

»Das halte ich für äußerst unwahrscheinlich. Auch wenn Ahmose Diener beachten würde – was nicht der Fall ist – liegen ihm die Angelegenheiten seiner Frau nicht sehr am Herzen. Und überhaupt würde ihn das von uns ablenken.«

»Glaubst du, Ahmose erkennt dich wieder?« fragte Seniry den Knaben.

»Niemand schenkt mir irgendwelche Beachtung«, entgegnete der Junge mit zornblitzenden Augen und verkniffenem Mund. »Nicht einmal die Hohepriesterin der Dienerinnen von

Isis hat mir die geringste Aufmerksamkeit geschenkt, und mein eigener Herr Djedese kennt die Namen der streunenden Hunde vor dem Tempel der Göttin besser als den meinen.«

»Ich bin jetzt dein Herr«, bemerkte Seniry.

Der Junge richtete den Blick auf Tamyt. »Gebt mir den Brief; ich werde ihn General Ahmose überbringen.«

»Habe ich dich nicht schon einmal irgendwo gesehen?« fragte Ahmose, der den zwar gelesenen, aber unverstandenen Brief in Händen hielt.

»Nein, Herr«, erwiderte der Bote.

Ahmose trat ans Fenster, um das Licht des anbrechenden Tages auf das Blatt Papier fallen zu lassen. Er las den Brief noch einmal.

»Wer schickt mir das?« fragte er zum dritten Mal.

Der Junge antwortete nicht.

»Kannst du lesen?«

»Nein, Herr.«

»Weißt du, was hier steht?«

»Nein, Herr.«

Ich habe ihn schon mal gesehen, überlegte Ahmose. Aber wo? Jedenfalls nicht in Miwer. In Memphis vielleicht?

»Bestell demjenigen, der dich geschickt hat, daß ich Soldat bin«, sagte er. »Ich stelle mich meinem Feind im Licht des Tages, im offenen Kampf, wo ich ihn sehen kann und er mich. Wenn er einen Pfeil auf mich abschießt, kann ich ihn kommen sehen und mit meinem Schild abwehren. Wenn ich meinen Speer nach ihm werfe, hat er die Möglichkeit, sich zu ducken. Ich bin kein Spion wie die Herolde des Königs. Ich schleiche nicht umher und stelle in anderer Leute Häuser Fallen auf. Das Problem mit Fallen ist nämlich, daß man leicht selbst hineintappt. Wenn ich zu dieser Befragung gerufen werde, werde ich die Wahrheit sagen, ganz offen, so daß jeder mich hören und sich sein eigenes Urteil bilden kann. Ich lasse mir nicht von jemandem Worte in den Mund legen, der nicht einmal bereit ist, seinen Namen zu nennen. Und jetzt geh.«

Ahmose blickte von dem Knaben auf das Papier in seiner Hand. Er sah den Jungen nicht gehen. Als er davon ausging, daß der Junge seine Gemächer verlassen haben mußte, weckte er einen männlichen Diener aus der Küche und beauftragte ihn, dem Boten zu folgen. Dann kehrte er zu seinem Sessel vor dem erkalteten Kamin zurück, und die aufgehende Sonne tauchte das Papier in blutrotes Licht.

Der Schreiber kannte ihn. Er redete ihn als Abkömmling eines königlichen Geschlechtes an und bat ihn als Nachfahren der Könige, die bei Osiris in der Unterwelt weilten, alles in seiner Macht Stehende zu tun, um zu verhindern, daß eine Hethiterin, und dazu noch eine, die von Dämonen besessen war, als Königliche Große Gemahlin den Horusthron bestieg.

Jeder konnte um seine Abstammung wissen. Wenn er in die Unterwelt hinabstieg, würde er nur einen Bruchteil der Dutzende und Hunderte von Menschen bemerkt haben, die auf ihn zeigten, wenn er mit seinem Streitwagen durch Piramses fuhr. Nein, was Ahmose beunruhigte, war die Andeutung, was seine gestörte Beziehung zum derzeitigen Königshaus betraf. Sicher, das war kein Geheimnis, weder am Hof von Piramses noch in den gehobenen Kreisen von Memphis oder dem Palast von Miwer. Gerüchte trugen Worte, die man sprach, oft aus dem Raum hinaus, in dem sie ausgesprochen wurden. Aber er hatte seine Gefühle durch sein Auftreten so deutlich gemacht, daß irgend jemand in diesen dichtbevölkerten Hallen und Fluren glaubte, er könnte ihn mittels dieses Konflikts manipulieren. Das ärgerte Ahmose. Und jemand aus seinem Umfeld – jemand, der innerhalb dieses beengten Palasts wohnte –, hatte das Bedürfnis verspürt, ihn auf das Thema der Königlichen Großen Gemahlin anzusprechen. Jemand, der sich etwas davon erhoffte, daß er die arglose Khanefrues darüber aufklärte, daß sie nicht für diese Position bestimmt war. Und auch das machte ihn wütend.

Ahmose blickte auf. Maya war aus ihrem Schlafzimmer getreten. »Warum bist du schon so früh auf?« fragte sie. Sie lehnte am Türrahmen, grau im Gesicht ohne Schminke.

»Ich muß vor den Pharao treten … wegen der Ereignisse von gestern abend.«

»Was denn, so früh? Was liest du da?«

»Nichts. Nur die Nachricht des Pharao.«

»Ich dachte, es wäre unser Ehevertrag.«

»Nein.«

Maya ließ sich auf einen Stuhl sinken, verschränkte die Arme über der Brust und starrte zu Boden. Ihre Augen waren rot und verquollen.

Was jetzt? fragte sich Ahmose. Ich habe sie mit dem Gerücht ihrer Affäre mit Rahotep konfrontiert, und sie hat geleugnet. Ich habe keine Beweise – wo also stehe ich? Kann ich es mir erlauben, einen Prinzen anzuklagen? Wenn er ebenfalls leugnet, werde ich alles verlieren. Er sah vor seinem geistigen Auge, wie er zu Fuß die ägyptische Grenze überquerte und in Richtung der asiatischen Länder zog, ohne sein Kommando, ohne seine Kinder, heimatlos und in die Verbannung geschickt. Derweil legte in Miwer oder Theben der Pharao nach einem angemessenen Zeitraum die Hand seiner fälschlich beschuldigten Ehefrau in jene des unschuldigen Prinzen, wobei er beide für die Schmach entschädigte, die man ihnen angetan hatte.

Maya erhob sich vom Stuhl. Er sah, wie sie die Lippen zusammenpreßte. Sie schlug eine Hand vor den Mund und stürmte zurück in ihr Schlafgemach. Er hörte, wie sie sich erbrach. Er hatte am Vorabend nur leere Drohungen ausgestoßen, doch wie es schien, hatte er ihr so große Angst gemacht, daß sie die ganze Nacht kein Auge zugetan hatte und sich nun sogar übergeben mußte. Vielleicht würde sie jetzt von ihrem hohen Roß heruntersteigen.

Das Verfahren zur Ermittlung der Eignung der königlichen Gemahlin Khanefrues für die Erhebung in den Stand der Königlichen Großen Gemahlin war bereits hinter den verschlossenen Türen des königlichen Audienzsaales in vollem Gang, als Ahmose das Vorzimmer betrat. Er wollte von einem königlichen Herold eine Entschuldigung für sein verspätetes Erscheinen übermitteln lassen, als Ramses den Saal verließ.

»Keine Sorge«, sagte er, »sie haben früher angefangen als vorgesehen. Noch wirst du nicht gebraucht.«

»Wer ist jetzt bei ihnen?«

»Die übliche Schar von Priestern und zwei Zeugen – die Odalisken Tamyt und Tiye.«

»Ist Kha … ist die Königliche Große Gemahlin hier?«

»O ja … wenigstens ist die Königliche Gemahlin Khanefrues anwesend. Sie haben früher angefangen, um sich darüber zu einigen, ob sie bereits Königliche Große Gemahlin ist und wieder abgesetzt werden kann, oder ob sie diesen Titel noch gar nicht trägt und man nur ihre Ernennung zu verhindern braucht. Das ist wieder mal typisch für diese verfluchten Gelehrten.«

»Aber wenn der Pharao sie gestern abend zu seiner Großen Gemahlin erklärt hat, müßte das doch genügen.«

Ramses musterte ihn. »Damit sprichst du Seiner Hoheit aus dem Herzen. Der Dritte Prophet des Amun-Re, König der Götter, behauptet hingegen, Khanefrues wäre nicht geweiht worden, und somit hätten die Götter ihrer Ernennung noch nicht zugestimmt. Der Pharao seinerseits vertritt den Standpunkt, daß er als Inkarnation des Horus seine Einwilligung gegeben hat.«

»Was meinst du?«

»Wenn ich König wäre, würde mein Wort genügen, soviel steht fest.«

»Ich dachte, du wärst grundsätzlich gegen diese Ehe.«

»Das stimmt auch. Ich wollte sie nicht und ich will sie immer noch nicht, aber der Wunsch des Königs ist Gesetz. Ich möchte keine angeschlagene Macht erben. Ich werde nicht mein eigenes Erbe unterminieren.«

»Dann wirst du sie also unterstützen? Trotz deiner Abneigung gegen sie?«

»Im Grunde lehne ich ihren *Vater* ab. Ich kann lernen, beides zu trennen, wenn das bedeutet, meine Macht nicht mit den Dienern des Gottes teilen zu müssen. Setz dich, und richte dich auf eine längere Wartezeit ein. Sie werden dich rufen, wenn sie soweit sind.«

Ahmose nahm auf einem Schemel Platz und stützte die Arme auf die Knie. Was sollte er ihnen sagen? Khanefrues hatte in letzter Zeit ihre Gemächer im Palast nicht mehr verlassen. Davor hatte sie nur ihn und Seti empfangen. Sie mochte die anderen königlichen Odalisken nicht, und er ging nicht davon aus, daß Khanefrues sich mit einer oder mehreren von ihnen angefreundet hatte. Das machte ihn vermutlich zu dem einzigen Zeugen, der zu ihren Gunsten aussagte. Aber was sollte er sagen? Daß Khanefrues auf dem Weg von Aleppo nach Piramses von einer unbekannten Macht befallen worden war und gesagt hatte: ›Der mächtige Stier wird sterben‹? Und Apis war gestorben. Daß sie von ganz allein gewußt hatte, daß es im Tempel des Amun in Piramses ein Orakel gab? Daß sie am Abend des Lampenfestes versucht hatte, ihm etwas zu sagen, das mit Feuer und einer Menschenmenge zu tun hatte und ihr panische Angst einflößte? Und nun der Vorfall auf Bentantas Hochzeit. Er konnte ihnen sagen, daß sie seiner Ansicht nach nicht von einem Dämon, allenfalls von einer kleinen Hethiter-Gottheit besessen war, sofern man bei ihr überhaupt von Besessenheit reden konnte. Aber was würde mit ihr geschehen, wenn er aussprach, was er dachte? Würden die Priester in ihrer Engstirnigkeit erlauben, daß eine Frau, die von einem hethitischen Gott besessen war, in Horus' Armen lag? Daß sie das Ritual vor Amun, Herr von Piramses, und den anderen Göttern vollzog?

Ahmose rutschte unbehaglich auf seinem Schemel hin und her. Wenn er ihnen zu viel verriet, würden sie Khanefrues möglicherweise aus dem Weg schaffen wollen. Solange der Pharao lebte, war sie sicher, aber nach seinem Tod würden sie sich ihrer entledigen wollen, weil ihr Hethiter-Gott nicht in ihr Denkschema hineinpaßte. Seine Manifestationen waren zu erschreckend, zu würdelos. Sie würden Khanefrues in irgendein Heiligtum auf dem Land verbannen, als Dienerin des hethitischen Gottes – ein Heiligtum, das jedes Jahr von Hapi überschwemmt wurde und in der Sonnenglut stank. Eine Königstochter und Königswitwe, die unter Fellachen lebte und das schwarze, madige Brot aß, das sie ihrem Gott von weither brachten. Plötzlich sah Ahmose Ishtar vor sich, die asiatische Edelfrau, die zur Konkubine eines ägyptischen Soldaten geworden war, und die alte Scham bohrte ihre stumpfe, rostige Klinge tief in seinen Leib.

Er stand auf. Er würde ihnen gar nichts sagen. Khanefrues hatte seit Apis' Begräbnis das Bett des Pharao geteilt, und kein himmlischer Säbel war erschienen, um sie alle niederzumähen. Vielleicht bedeutete das ja, daß sie gar nicht besessen war. Maya würde es wissen. Er hätte sie heute morgen fragen sollen, war aber in Gedanken zu sehr mit ihrer Beziehung zu Rahotep beschäftigt gewesen.

»Bei den Göttern, beruhige dich.«

Ahmose blickte überrascht auf. Er stand in der Mitte des Vorzimmers, die Hände vor die Brust gehoben und zu Fäusten geballt.

»Bist du beunruhigt?« fragte Ramses.

»Nein – nur in Gedanken.«

»Das können aber keine angenehmen Gedanken sein.«

»Ich weiß nicht, was ich hier soll«, entgegnete Ahmose. »Im übrigen war Maya übel, als ich heute morgen unsere Gemächer verlassen habe.« Er bereute sofort, vor Ramses den besorgten Ehemann herausgekehrt zu haben, wo doch jeder wußte, daß er es nicht war. Er rechnete mit einer sarkastischen Bemerkung des Prinzen, doch Ramses hielt den Blick auf seine Sandalen gerichtet und schwieg. Urplötzlich sprang er auf und trat nach seinem Schemel.

»Ich weiß auch nicht, was ich hier soll. Wie erträgst du das bloß? Du bist doch auch Soldat und dazu verdammt, hier Däumchen zu drehen und zu warten, endlos zu warten, weiß Gott worauf ...«

»Auf einem Feldzug, sogar auf einer Patrouille, ergreift ein mächtiger Gott von einem Besitz – Min, Sachmet oder sogar Amun persönlich. Dieser Gott sagt zu dir: Siehe die Länder, die ich geschaffen habe, auf daß du sie erobern kannst! Die Roten Berge der Wüstenwanderer, die steilen Bergpfade der Asiaten, die sich unter dem blauen Leib Nuts vor dir erstrecken. Das alles ist dein. Du brauchst es nur zu erobern, weil du von den Ufern des mächtigen Nil kommst und geboren wurdest, diese Länder in Besitz zu nehmen. Und dann ziehst du in deinem Streitwagen nach Norden, in Richtung der asiatischen Länder, wobei die Sandalen deiner Soldaten hinter dir den Boden erzittern lassen wie Hagelkörner Seths, und der strahlende Gott blendet dich von vorn. Die Asiaten kriechen aus ihren Löchern, um zu kämpfen. Du stehst ihnen auf dem Schlachtfeld gegenüber, und für einen Augenblick empfindest du Furcht. Aber dann greifst du an, schickst ihnen den ersten Pfeil entgegen und siehst die Furcht vor Ägypten auf ihren Gesichtern. Amun steht hinter dir in deinem Wagen. Seine Arme umschlingen dich, seine Hände umfassen die deinen, halten den Bogen wie dein erster Lehrer, und gemeinsam schießt ihr. Du und der große Gott, ihr macht die Asiaten auf dem Schlachtfeld nieder. Du hackst ihre Hände ab und trägst sie zusammen, damit der Schreiber die Zahl der Feinde ermitteln kann, die du besiegt hast. Und später, am Abend, häufst du die Kriegsbeute vor deinem Gott auf und dankst ihm, daß du diesen Tag erleben durftest.«

Ramses schlug sich mit den flachen Händen auf die Schenkel. »Aber hier gibt es weder für dich noch für mich einen großen Gott. Nur Djehuty, den Schreiberling, einer der unbedeutenden Götter dieser Höflinge, die einem keine Ruhe lassen. Sie schleichen sich heran und nehmen einen bei der Hand wie des Pharaos Zwerge und verführen einen zum Laster. Trinken, Spielen, Frauen. Manchmal, wenn man die großen Götter auf dem Schlachtfeld zurückgelassen hat, wohin sie gehören, verleiten dich auch die kleinen Götter, führen dich in Versuchung, und man gibt ihnen nach ...« Er verstummte.

»Ich weiß, was du meinst«, sagte Ahmose düster.

Ramses fuhr fort: »Nun, worauf ich warte, ist offensichtlich«, sagte er. »Ich warte auf den Tod meines Vaters. Eine ebenso beschämende wie unangenehme Situation. Und worauf wartest du? Warum bist du noch bei Hofe? Du unterrichtest doch Khanefrues nicht mehr.«

»Nein. Ich kann nur annehmen, daß Seine Hoheit der Ansicht ist, daß es irgend jemandem nutzen könnte, mich noch hierzubehalten. Wer Nutzen davon hat, wissen nur die Götter.«

»Du weißt also nicht einmal, worauf du wartest. Du würdest dein altes Kommando sicher sofort wieder übernehmen wollen, nicht wahr?«

»Wie du eben sagtest – ich habe meinen großen Gott auf dem Schlachtfeld zurückgelassen.«

Die Tür hinter ihnen öffnete sich, und ein königlicher Herold verkündete: »Seine Hoheit befiehlt einzutreten.«

Als sie den Audienzsaal betraten, raunte Ramses Ahmose zu: »Ich werde sehen, was sich machen läßt.«

Die ganze Tragweite dieser Worte überwältigte Ahmose, als er zum Thron ging. Erst nachdem er vor dem Pharao niedergekniet war und auf einen Stuhl Platz genommen hatte, der ihm zugewiesen worden war, bemerkte er die anderen Personen im Saal. Der Pharao saß auf seinem vergoldeten Stuhl auf einem Podium, das sich drei Stufen höher befand als der Halbkreis der Höflinge. An der Seite des Königs saß auf einem Elfenbeinstuhl Khanefrues. Die blauen Federn der Geierkönigin schmückten ihren Kopf, und sie starrte starr vor sich hin, durch die Palastmauern hindurch zu den fernen Bergen der Hethiter.

Der König sprach. Ahmose schaute Ramses an und fragte sich, ob der Prinz sein Angebot wirklich ernst gemeint hatte. Warum will er sich für mich einsetzen? Egal, frag nicht, sei nur froh. Ahmose bemerkte, daß der Pharao verstummt war und alle ihn anschauten.

»Ich sagte, General Ahmose, daß du dich vorstellen sollst«, wiederholte der Pharao ungeduldig.

»Ich bitte um Vergebung, Hoheit.« Ahmose erhob sich. Was hatte es zu bedeuten, daß er ihn mit General ansprach? »Seine Hoheit hat mich bereits vorgestellt«, sagte er entschuldigend und verneigte sich vor dem Halbkreis von Gesichtern, die ihm zugewandt waren.

»Sag, warum du hier bist«, forderte der Pharao ihn auf.

Ahmose holte tief Luft. »Ich bin hier, um Eurer Hoheit jeden Dienst zu erweisen«, sagte er schließlich.

»Setz dich. Ahmose ist hier, weil er den Trupp kommandiert hat, der die Königliche Große Gemahlin von Aleppo nach Ägypten eskortierte und weil er seit dieser Zeit in ihren Diensten stand.«

Die anderen nickten. Ahmose war verwirrt. Warum hatte der König ihn diesmal nicht wieder als General bezeichnet?

»Siptah, der Reine von Sachmet«, fuhr der König fort, »der Dritte Prophet des Amun-Re, König der Khonsu-Götter. Nakht, der Erste Prophet von Amun, Herr von Piramses. Der königliche Vorsteher des Großen Hauses, Mersure. Prinz Ramses kennst du ja. Dieses Gespräch findet hinter verschlossenen Türen und nicht öffentlich statt, weil die Stellung der Königlichen Großen Gemahlin die höchste und heiligste Stellung ist, die eine Frau bekleiden kann, und die Eignung einer Frau –

einer Königstochter und königlichen Gemahlin – in Frage zu stellen, die von Horus auserwählt wurde, den Platz an seiner Seite auszufüllen, ist eine ernste Angelegenheit.«

»Wenn Hoheit gestatten«, unterbrach Mersure. »Streng genommen ist es nicht die höchste Position. Es hat schon Frauen auf dem Thron des Horus gegeben … die Tochter von Re Hatschepsut zum Beispiel. Und bei einem Prozeß dieser Art …«

»Prozeß? Was meinst du mit Prozeß? Laßt uns eines völlig klarstellen – hier wird niemandem der Prozeß gemacht. Die Königliche Große Gemahlin hat kein Verbrechen begangen. Dies ist nur eine Untersuchung bestimmter, ganz eindeutiger Umstände, mehr nicht – und jeder, der andeutet, daß der Königlichen Großen Gemahlin der Prozeß gemacht wird …« Der Pharao legte Khanefrues eine altersfleckige Hand auf die Schulter. »Wird von mir als Verräter betrachtet.«

»Hoheit«, meldete der Erste Prophet Nakht sich zu Wort. »Niemand hier möchte der Königlichen Großen Gemahlin ein Verbrechen unterstellen – aber die Diener Eurer Hoheit sind Euch am meisten von Nutzen, wenn sie Euch völlig frei raten und über den Inhalt ihrer Tempelarchive informieren können, ohne Furcht, irgend etwas auszusprechen, das schmerzlich sein mag.«

»Nakht«, entgegnete der Pharao. »Diese ganze Untersuchung ist schmerzlich für mich. Aber es steht euch frei, offen zu sprechen. Nenne mir deine Gründe, weshalb die Königliche Große Gemahlin deiner Meinung nach diesen Titel wieder ablegen sollte.«

»Hoheit, hätte ich die Königliche Große Gemahlin allein aufgrund ihrer persönlichen Qualitäten zu beurteilen, würde ich Euch zu Eurer Wahl beglückwünschen. Niemand an diesem Hof, niemand in ganz Ägypten könnte diese Stellung mit mehr Schönheit, Anmut und Befähigung ausfüllen. Aber wir sind die Hüter der Tempel und Archive, in denen all Euer Wissen aufbewahrt wird, und als solche müssen wir Euch mitteilen, daß Eure Gemahlin nicht als Oberste Frau des Horus vor unsere Götter treten kann. Erstens ist sie keine Frau ägyptischen Blutes, und zweitens wohnen ihr bereits Götter inne, kleine Götter Seths und Asiens, mit denen sie nicht bei den Ritualen vor die Götter Ägyptens treten kann.«

»Dein erster Einwand läßt sich leicht zurückweisen«, sagte der König. »Viele Männer und Frauen fremder Herkunft dienen den Göttern in unseren Tempeln. Sieh dir nur dein eigenes Gotteshaus an, Nakht – es ist voller Ausländer!« Der König straffte die Schultern und nahm eine aufrechtere Haltung ein.

»Aber sie sind keine Königlichen Großen Gemahlinnen. Gegen Fremde in anderen Positionen hat niemand etwas einzuwenden, aber nur eine Ägypterin kann Gemahlin und Mutter von Horus und Witwe von Osiris werden. Hoheit, es geht hier nicht um irgendeine Musikerin im Dienste eines Gottes – die Königliche Große Gemahlin nimmt den Platz der Göttin Isis ein!«

»Ich habe deinen Standpunkt vernommen«, entgegnete der Pharao. »Aber es hat schon früher ausländische Königliche Große Gemahlinnen gegeben.«

»Das ist nicht richtig, Hoheit.«

»Tiye zu Zeiten des letzten Pharao Intef war Nubierin.«

»Sie stammte aus Unternubien, Hoheit«, erklärte Khonsu. »Und ihre Mutter war Ägypterin.«

»Und was ist mit Tjuia zu Zeiten des ersten Pharao Sbekemsaf?«

»Aus Obernubien, Hoheit, und auch in ihren Adern floß ägyptisches Blut. Hoheit, ich habe eine Liste erstellt …« Khonsu zog eine Papyrusrolle aus seinem Ärmel und legte sie dem Pharao zu Füßen, aber der beachtete sie nicht. »Eine Liste sämtlicher möglicherweise ausländischen Königlichen Großen Gemahlinnen in den Archiven des Gottkönigs Amun-Re. Wie

Ihr seht, ist die Liste sehr kurz. Alle diese Frauen stammten entweder aus Unter- oder aus Obernubien, einem Gebiet, das von jeher zu Ägypten gehört – mit einer Ausnahme, Tentamun zu Zeiten des Pharao Neferibre, die aus den Oasen im Westen stammte. Sie hatte einen ägyptischen Eltern- oder Großelternteil. Leider steht eindeutig fest, daß in den Adern der Königlichen Großen Gemahlin Khanefrues kein Tropfen ägyptisches Blut fließt.«

»Aber einige dieser Frauen waren zu zwei Dritteln Nubierinnen und schwarz wie das Antlitz von Osiris?«

»Ja, Hoheit.«

»Und sie haben die Kinder von Horus geboren, dem lebendigen König, und sind dem toten König Osiris ins Grab gefolgt, haben in den Häusern der Götter das Sistrum gespielt. Und die Götter haben nicht protestiert, und es ist auch kein Leid über Ägypten gekommen, nicht wahr?«

»Gewiß, Hoheit, aber in ihren Adern floß ägyptisches Blut, und noch nie war eine Asiatin ...«

»Wo steht geschrieben, daß eine Frau fremdländischer Herkunft nicht Königliche Große Gemahlin werden kann?« wollte der König mit erhobener Stimme wissen.

Nakht warf einen Blick auf Khonsu. Der zuckte die Achseln.

»Dann steht es nirgendwo geschrieben?« fragte der König.

»Es ist ein Tabu«, sagte Nakht. »Eure Hoheit werden seit Anbeginn der Zeit kein Beispiel für eine Frau finden, die ohne ägyptisches Blut in den Adern diese Stellung innehielt, schon gar nicht eine Asiatin und Tochter eines Feindes Ägyptens.«

»Feind!« rief der Pharao aus. »Warst du denn gestern abend nicht im großen Saal, Nakht? Hast du nicht gehört, wie ich sagte, daß ich meinen Bruder Suppiluliumas, den König der Hethiter, an meinen Hof eingeladen habe? Wann wäre er je mein Feind gewesen?«

»Zu Zeiten Eurer Vorväter, Hoheit«, entgegnete Mersure, »waren die Asiaten stets Feinde Ägyptens. Aber das wißt Ihr selbst, da es geschrieben steht …«

»Zu Lebzeiten meines Ahnen Ramses, des Günstlings von Amun, lieferten sich der König der Zwei Länder und der König der Hethiter eine große Schlacht und schrieben hinterher auf Silbertafeln, daß sie niemals wieder Feinde sein würden«, belehrte der Pharao den Priester. »Aber das weiß jeder von euch, weil diese Schlacht an einer Wand jedes Tempels in Ägypten verewigt ist und Ramses' Silbertafel im Archiv von Amun-Re, Herr von Piramses, aufbewahrt wird. Dort haben wir beide, Nakht, die Inschrift gelesen. Wenn zwei Könige in den Häusern der Götter ihre Freundschaft besiegelt haben, darf kein Mensch sie mehr Feinde nennen.«

Der König musterte seine Höflinge eindringlich. Khonsu schluckte. Nakht ließ die Schultern hängen.

»Dann laßt uns mit Eurer Erlaubnis von den Göttern sprechen, die der Königlichen Großen Gemahlin innewohnen«, sagte der Erste Prophet.

Ahmose blickte auf Khanefrues. Sie schaute aus ihren asiatischen Mandelaugen auf die Liste der Königlichen Großen Gemahlinnen zu Füßen des Pharao und schien dem Wortgefecht um sie herum keinerlei Beachtung zu schenken.

»Ahmose«, sagte der Pharao. »Man sagt, du wüßtest etwas über die sogenannten Götter, von denen die Königliche Große Gemahlin angeblich besessen ist.«

»Hoheit«, meldete sich erneut Nakht zu Wort. »Ihr sagtet, wir könnten frei sprechen … Warum bittet Ihr nicht die Königliche Große Gemahlin, uns selbst zu erklären …«

»Die Königliche Große Gemahlin wird nicht sprechen«, fiel der Pharao ihm ins Wort. »Sie ist seit drei Monaten in meinem Palast, und ich habe sie seither fast ständig in meiner Nähe gehabt. Ich glaube nicht, daß irgendwelche fremden Götter in ihr sind oder daß sonst etwas nicht mit ihr stimmt. Ich werde sie nicht auffordern, sich zu so absurden Behauptungen zu äußern. Wenn du einen Verdacht hast, laß hören.«

Nakht verneigte sich. »Edler Ahmose, du wirst dich erinnern, daß ich die Ehre hatte, die Königliche Große Gemahlin und dich selbst vor einiger Zeit im Tempel Amuns, des Herrn von Piramses, zu begrüßen. Ich war zu sehr mit dem göttlichen Ritual beschäftigt, um euch die Gastfreundschaft zu bezeugen, die euch gebührt hätte. Nun, du wirst dich erinnern, daß du mit der Königlichen Großen Gemahlin die erste Säulenhalle betreten hast. Ein Priester, der sich ebenfalls dort aufhielt, hörte die Königliche Große Gemahlin sagen, obwohl diese vorab nicht unterrichtet worden war, daß sich im Tempel ein Orakel befände.«

»Was für ein Priester?« wollte Ahmose wissen. »Es war kein Priester in der Halle, als wir dort waren.«

»Verzeih, aber bei allem Respekt, es ist ein Priester, der aus der Schatzkammer kam, durch den hinteren Teil der Halle ging und euer Gespräch mithörte. Möglicherweise hast du ihn im Dunkeln nicht gesehen.«

»Mag sein, aber die Königliche Große Gemahlin wußte von dem Orakel, weil ich selbst ihr davon erzählt hatte.«

»Bei allem Respekt, aber der Priester behauptet, du wärst selbst überrascht gewesen. Der Priester sagte sich, daß die Götter, die der Königlichen Großen Gemahlin innewohnten, den Orakelgott wahrgenommen hätten.«

»Wo ist dieser Priester?« wollte Ahmose wissen. »Warum ist er nicht hier?«

»Es war nicht möglich, ihn so rasch herzuschaffen …«

»Er ist nicht hier, weil er ein Lügner ist«, erklärte Ahmose. »Die Königliche Große Gemahlin wußte von dem Orakel, weil ich ihr davon erzählt hatte.«

»Hoheit, ich muß an Euch appellieren«, protestierte Nakht. »Es wäre ungeheuerlich, würde ein Priester des Amun Lügen über die Gemahlin des Königs verbreiten. Er sagte, er hätte bereits Geschichten über die Reise der Königlichen Großen Gemahlin nach Ägypten gehört …«

»Hoheit«, fiel Ahmose ihm ins Wort. »Sollen wir unsere Zeit mit Geschichten aus zweiter Hand vergeuden, die von einem unbedeutenden Priester mit einer Schwäche für Gerüchte und Klatsch verbreitet werden? Ein Mann, der nicht einmal hier ist, um sich zu seinen Hirngespinsten zu äußern?«

»Nein«, sagte der Pharao. »Ich stimme Ahmose zu. Nakht, diese Geschichte ist so fadenscheinig, daß es nicht lohnt, sie anzuhören.«

»Hoheit«, meldete Mersure sich zu Wort. »Darf ich Ahmose bitten, uns zu berichten, was sich auf der Reise nach Ägypten tatsächlich zugetragen hat?«

Der Pharao zögerte.

»Es ist ganz einfach, mein Pharao«, sagte Ahmose. »Die Königliche Große Gemahlin hatte einen Ohnmachtsanfall, so wie gestern abend. Ihre Frauen trugen sie in ihr Zelt, wo sie sich rasch wieder erholte, so wie sie sich seit gestern erholt hat. Es ist schade, daß die Odalisken Tiye und Tamyt die Dienerinnen ohne Erlaubnis ihrer Herrin fortschickten. Sie hätten dazu beitragen können, die unglaublichen Gerüchte zu entkräften, die am Hof kursieren.«

»Aber diese Gerüchte gibt es aus gutem Grund«, widersprach Mersure. »Was sind denn diese Ohnmachtsanfälle, wenn nicht das Werk eines Dämons?«

»Jede Frau in Ägypten wurde bereits von einem Dämon krank, Mersure! Willst du ernsthaft behaupten, daß die Königliche Große Gemahlin Nefertari, Günstling von Mut, nie krank gewesen ist? Das ist Unsinn!«

»Sehr vernünftig, Ahmose«, pflichtete der Pharao ihm bei. »Ich stimme dir uneingeschränkt zu. Nun, Nakht, gibt es sonst noch etwas? Mersure?«

»Ja«, entgegnete Mersure. »Ich wüßte eine Möglichkeit, diesen Streit beizulegen. Die königliche Gemahlin Khanefrues sollte vor das Sebek-Orakel treten. Lassen wir die Götter entscheiden, ob sie zur Großen Gemahlin geeignet ist.«

»Wir haben doch bereits festgestellt, daß Horus sie als geeignet anerkannt hat. Ich werde nicht erlauben, daß sie vor das Orakel tritt.«

»Mein Pharao«, sagte Ahmose nach einer Weile. »Euer Wort ist Gesetz. Ihr könnt einen einfachen Bauern zu einem großen Mann machen, und Ihr könnt einen hohen Herrn in einen Niemand verwandeln. Die Götter und alle hier Anwesenden wissen, daß Ihr mit mir so verfahren seid. Ich weiß, warum Ihr so gehandelt habt, und ich bin nicht hier, um mich zu beklagen. Aber ich werde nicht tatenlos zusehen, wie ein paar eifersüchtige Frauen und kleingeistige Bürokraten aus Neid und Mißgunst versuchen, Euch gegen Eure unschuldige Gemahlin aufzubringen.«

»Weißt du eigentlich, wen du vor dir hast?« rief Mersure mühsam beherrscht. »Den Ersten Propheten des Amun! Den Herrn ...«

»Ich spreche mit dem Pharao.«

»Ich habe noch nie einen so widerwärtigen Auftritt erlebt«, sagte Mersure verächtlich. »Kein Wunder, daß man dir dein Kommando weggenommen hat, Ex-General Ahmose. Du bist nicht in der Lage ...«

»Genug!« rief der Pharao. »Genug, Mersure! Ahmose hat recht. Die Hälfte meines Hofes verzehrt sich vor Neid, und ich sollte euch alle bestrafen, daß ihr meine Autorität in Frage stellt. Aber ich bin ein alter Mann. Ich habe das alles schon öfter erlebt. Ich kenne die Eifersüchteleien unter den Odalisken. Ich bin sicher, daß ihr mich nach bestem Wissen und Gewissen beraten habt, aber ihr irrt. Die Königliche Große Gemahlin wird als solche geweiht! Es ist der Wille des Pharao. Ihr dürft gehen.«

Die Höflinge verneigten sich ehrerbietig und zogen sich zurück. Ramses nahm den König beiseite. Ahmose hörte den

Pharao sagen: »Nein, ich werde ihn nicht vergessen.« An der Tür blieb er stehen und merkte, daß Khanefrues ihm gefolgt war. Sie legte ihre elfenbeinfarbene Hand an die Zedernholzschnitzereien und stützte die Wange darauf. Aus tiefgrünen Augen blickte sie ihn an.

»Oh, Ahmose«, sagte sie traurig, »es wäre besser gewesen, du hättest geschwiegen.«

9. Kapitel

»Jede Odaliske in Miwer, die etwas loswerden will, weiß, wohin sie gehen muß«, hatte Nodjmet gesagt, als sie in Memphis dem Einzug der Odalisken zuschaute. Und Maya hatte etwas, das sie loswerden wollte. Sie lag lustlos im Bett, während das dünne graue Licht des Morgens den Himmel immer heller färbte, und stellte sich vor, wie sie ihren Dienst im Tempel aufgab; wie sie dem Haus mit der seufzenden Palme in Piramses den Rücken kehrte und einen schlammigen grünen Kanal hinunterfuhr – zu einem Anwesen, wo ihr anschwellender Leib vor neugierigen Blicken geschützt war. Vor allem aber sah sie Ahmoses Streitwagen von ihrem Haus in Piramses davonfahren; er rollte in Richtung der asiatischen Länder. Bei Ahmose im Wagen waren Ahhotep und Hori. Sie blickten über die Verkleidung des Wagens zurück und streckten die Hände nach ihr, Maya, aus, während Ahmoses Wagen in einer Staubwolke davonjagte. Und das waren nur die Tagträume. In ihren Alpträumen – nachts, wenn Maya keine Gewalt über ihr Bewußtsein hatte – ragte Ramses überlebensgroß vor ihr auf, und sein Schatten verschluckte die Kinder. Dann erwachte Maya, das Gesicht vor Ekel verzogen und bemüht, den Kopf von dem widerlichen Gestank wegzudrehen, während sie gleichzeitig versuchte, seinen schweren Körper fortzustoßen. Sie preßte die Hände fest auf ihren Leib, in dem das Kind heranwuchs, das sie nicht wollte. Der einzige Hoffnungsschimmer, der ihr blieb, rührte von der flackernden grünen Flamme her, die den Weg zu Tamyt erhellte.

Nodjmet war die einzige, die sie hätte bitten können, bei Tamyt vorzusprechen, aber Nodjmet war nicht da. Sie würde selbst zu Tamyt gehen müssen. Maya setzte sich auf, schwang die Beine über die Bettkante und blieb eine Zeitlang sitzen, bis Schwindel und Übelkeit nachgelassen hatten. Dann hüllte sie sich in den weiten Umhang, den sie schon am Vortag getragen hatte, und verließ ihre Gemächer.

Miwer erwachte gerade erst. Diener schüttelten ihre Schlafmatten aus, Köchinnen fuhrwerkten in ihren Küchen, und an den oberen Fenstern waren blasse ungeschminkte Gesichter zu sehen. Maya hatte versucht, sich eine plausible Erklärung auszudenken für ihren Besuch bei Tamyt um diese Uhrzeit, aber ihr war nichts eingefallen. Aber was macht das schon. Wer sollte mich danach fragen? Ahmose? Ich könnte ebenso gut allein hier sein, so wenig Beachtung schenkt man mir. Abgesehen von Rahotep, sagte eine leise innere Stimme, die Maya jedoch sofort zum Schweigen brachte. Ich bedeute niemandem hier etwas – außer Rahotep – abgesehen vom Pharao, und der würde mir keine Fragen stellen. Alle anderen sollen sich um ihre eigenen Angelegenheiten kümmern. Maya kam es vor, als fielen in ihrem Inneren Türen zu, die Furcht und Zweifel wegsperrten. Statt dessen hielt sie sich am düsteren Schein der giftigen Flamme fest.

Maya hatte sich auf dem Weg zu Tamyts Gemächern so erfolgreich Mut gemacht, daß sie tief enttäuscht war, als man ihr mitteilte, die königliche Odaliske schliefe noch.

»Sie ist gestern abend sehr lange auf gewesen«, sagte die Dienerin. »Ich soll sie nicht vor heute mittag wecken. Wollt Ihr eine Nachricht hinterlassen?«

»Nein«, entgegnete Maya und wandte sich niedergeschlagen ab.

»Soll ich ihr ausrichten, daß Ihr hier wart?«

»Nein. Ich komme wieder. Sag ihr nichts – ich meine, es ist nicht wichtig.«

Maya kehrte zurück in ihre Unterkunft. Die schmalen Straßen waren nun voller Menschen, und sie hielt den Kopf gesenkt, um ihren Blicken nicht zu begegnen. So kam es, daß sie auch Ramses nicht bemerkte, bis er sie am Arm berührte.

»Ich muß mit dir reden«, sagte er leise.

Maya war im ersten Moment wie gelähmt, als seine massige Gestalt plötzlich ihr Sichtfeld ausfüllte. Es war, als wäre er geradewegs einem ihrer Alpträume entstiegen – groß und schwarz und massig. Sie konnte die Schwielen an der Peitschenhand fühlen, die ihren Ellbogen umschlossen hielt, die dunklen Härchen auf den gebräunten Fingern, die um ihre feinen Knochen lagen; sie konnte den Schmutz unter den Fingernägeln sehen. Dann befreite sie sich abrupt aus dem Griff des Dämons und eilte durch die Menge weiter, die Zähne zusammengebissen, um nicht laut zu schreien.

»Maya! Warte! Weg da, macht Platz!« Ramses setzte ihr nach. »Ich kann hier nicht mit dir reden. Laß mich mit zu dir kommen.«

»Nein!«

»Was ich dir sagen möchte, kann ich dir nicht hier auf der Straße sagen. Bitte, Maya.«

In Mayas Ohren rauschte es. Die Menschen, die Gebäude, der Himmel – alles schien zu schwanken. Tief in ihrem Inneren kämpfte ein gewaltiger Schrei, an die Oberfläche vorzudringen.

»Ich kann ja verstehen, daß du mich nicht anhören willst«, sagte Ramses. »Hör zu, wir sind fast bei dir. Laß mich hereinkommen.«

Nein, dachte Maya, du betrittst mein Zimmer nicht, du nicht ...

Aber Ramses trat bereits durch die Tür. Ein Diener, der den Prinzen wiedererkannte, lief los, um Ahmose zu holen.

»Warum mußtest du herkommen?« Maya wich ängstlich vor ihm zurück. »Hast du noch nicht genug?«

»Hör zu, Maya, ich bin kein guter Redner. Es war verkehrt. Ich will nicht, daß du glaubst, es wäre spurlos an mir vorübergegangen.«

Maya stürmte in ihr Schlafgemach. Er folgte ihr nicht. Eine Zeitlang saß sie zitternd da, den Kopf zwischen den Knien vergraben. Mutter Isis, Mutter Isis! betete sie. Mach, daß er weggeht! Doch er ging nicht. Nach einiger Zeit hob Maya den Kopf und lauschte. Ramses und Ahmose unterhielten sich. Sie ging zur Tür.

»Ich kann also nicht sagen, wie oder wann«, sagte Ramses gerade, »aber ich denke, du kannst zuversichtlich sein.«

»Es wäre nicht nötig gewesen, daß du für mich Fürsprache hältst«, sagte Ahmose. »Wir beide haben uns nie sonderlich gut leiden können. So wie auch deine Beziehung zur Königlichen Großen Gemahlin nicht die beste ist.«

Ramses schwieg.

»Warum hast du das getan?« wollte Ahmose wissen. »Das kann doch nicht nur Wiedergutmachung für mein Boot sein.«

»Ich kann es dir nicht erklären«, entgegnete Ramses. »Sagen wir, wegen unserer großen Götter draußen auf dem Schlachtfeld. Erzähl es Maya, wenn sie kommt.«

Maya fuhr zurück, als könnte er durch die Tür hindurch sehen, durch ihre Kleider und ihren geschändeten Körper.

»Hat Maya dich darum gebeten?«

»Nein. Aber ich habe es in gewisser Weise für Maya getan. Hör zu, frag nicht, freu dich einfach. So, und jetzt werde ich gehen.«

Maya hörte, wie er das Empfangszimmer verließ. Sie drückte sich an die Wand und hob das Kinn so hoch, daß ihr Hinterkopf gegen den Putz schlug. Er hat für mich bezahlt, schrie eine Stimme in ihrem Innern. Er hat mich benutzt, und jetzt ist er gekommen, um meinen Mann dafür zu entschädigen! O Mutter Isis! Die Skulptur in Mayas Schrein starrte in ewiger Gelassenheit nach vorn. Was hättest du getan, du versteinertes

Wesen, wenn das Kind, das du im Schilf großgezogen hast, dir von Seth aufgezwungen worden wäre und Seth und Osiris dich untereinander verkauft hätten? O Mutter Isis, vergib mir. O Mutter Isis, Isfet ergreift Besitz von mir! O Mutter Isis …

Ahmose blieb noch eine Zeitlang nachdenklich im Empfangszimmer stehen, nachdem Ramses gegangen war. Was hatte er damit gemeint – er hätte es in gewisser Weise für Maya getan? Was versuchten sie zu erreichen? Wollten sie ihn loswerden, damit Maya sich in seiner Abwesenheit ungestört mit Rahotep vergnügen konnte? Aber warum Zeit mit Mutmaßungen vertun? Er würde sein Kommando zurückbekommen – war das nicht genug? Ahmose spürte, wie eine Woge des Glücks ihn durchströmte. Er wollte sich jemandem mitteilen. Er wollte mit jemandem sprechen, der sich nicht über ihn lustig machte, weil er sich möglicherweise zu früh freute, mit jemandem, der seine Hoffnung mit ihm teilen und trotzdem schweigen würde, um ihm gegebenenfalls eine öffentliche Demütigung zu ersparen.

Ahmose – der nicht ahnte, daß Maya noch immer an die Wand ihres Schlafgemachs gedrückt lauschte – verließ die Wohnung, um Khanefrues aufzusuchen.

Auf seinem Weg zu Khanefrues' Gemächern wurde Ahmose erst richtig bewußt, daß ihre Wege sich bald für immer trennen würden. Vermutlich würde man ihn wieder in die Ferne schicken, in die asiatischen Städte. Er würde mit seinem Streitwagen weit fort auf einer staubigen Ebene im Norden unterwegs sein, wenn Khanefrues vor allen Göttern zur Königlichen Großen Gemahlin geweiht wurde – zu hoch über ihm auf ihrem Thron, um sich noch zu ihm hinunterzubeugen, der vor ihr auf dem Fußboden der großen Halle kniete. Aber es war immer noch besser, in der Ferne zu sein, als Khanefrues aus der Menge der Höflinge heraus anzustarren, wenn sie zur Rechten des Pharao saß, ohne selbst wahrgenommen zu werden. Dann war es besser, Abschied zu nehmen.

Khanefrues saß in ihrem Tagesraum. Sie war in königliches Leinen gehüllt, trug ihre Perücke und war nach ägyptischer Mode geschminkt, hatte aber den Geier-Kopfschmuck abgelegt, der auf einem Tisch neben ihr lag, gleich neben ihrer silbernen Lampe. Dienerinnen hielten sich am anderen Ende des Raumes auf. Sie schickte sie nicht fort, als Ahmose hereinkam.

»Ich muß jetzt vorsichtiger sein, was die Etikette betrifft«, sagte sie entschuldigend, aber sie sprach Hethitisch und reichte Ahmose die Hand.

»Nun, ich werde nicht mehr lange stören«, entgegnete Ahmose.

Khanefrues machte große Augen.

»Ramses war bei mir. Er meint, ich würde sehr bald mein Kommando zurückbekommen.«

»Das sind gute Nachrichten.«

»Noch ist es nicht sicher, aber Ramses – nur die Götter wissen warum – hat beim Pharao ein Wort für mich eingelegt. Er versucht, seinen Vater dazu zu bringen, daß er mir mein Kommando zurückgibt.«

»Ramses steckt dahinter?«

»Ja.«

»Ich dachte … ach, unwichtig.«

»Sprecht nur weiter.«

»Ich dachte, es wäre wieder eine von Tiyes Machenschaften, daß meine Einsamkeit noch schlimmer wird.«

»Nein, ich bin sicher, Tiye hat nichts damit zu tun. Khanefrues …«

Sie hatte den Kopf sinken lassen. Ahmose legte ihr eine Hand unters Kinn und zwang sie, ihn anzuschauen. »Khanefrues, von nun an seid Ihr die mächtigste Frau Ägyptens. Ihr seid die Königliche Große Gemahlin. Wenn Ihr erst geweiht seid, wird ein einfacher Soldat wie ich Euch nicht mehr berühren dürfen. Warum habt Ihr immer noch solche Angst vor Tiye?«

Khanefrues stand auf, umfaßte mit den Händen ihre Ellbogen und trat ans Fenster. Der Saum ihres Kleides raschelte leise, als er über den Boden strich. Sie wandte sich wieder Ahmose zu. »Mir erscheint es keineswegs als großes Glück, eine Unberührbare zu sein.« Sie biß sich auf die Unterlippe und kehrte ihm wieder den Rücken zu.

Ahmose fühlte, wie Verzweiflung und Zorn in sein Herz strömten. Er bekam sein Kommando zurück – und das bedeutete, daß er Khanefrues verlassen mußte. Er selbst war stark, so schmerzlich es auch war, aber er mußte vor allem sicher sein, daß auch Khanefrues stark war.

»Khanefrues«, sagte er, »als Große Königliche Gemahlin seid Ihr die mächtigste Frau Ägyptens. Ihr könnt tun und lassen, was Euch beliebt. Wenn Tiye Euch belästigt, schickt sie fort! Der Pharao wird Euch jeden Wunsch erfüllen. Ihr seid eine kluge Frau – Ihr werdet wissen, was zu tun ist. Begreift Ihr das denn nicht? Ihr werdet Euren Vater bei Euch am Hof haben …«

Khanefrues entfernte sich vom Fenster. »Mein Vater ist tot.«

Ahmose starrte sie sprachlos an. Khanefrues ließ sich wieder auf ihren Stuhl sinken, vergrub das Gesicht in den Händen und weinte. Nach einer Weile wischte sie die Tränen fort und verschmierte die schwarze Schminke, die ihre Augen betonte. Eine Strähne ihres bronzestichigen Haares lugte unter ihrer Perücke hervor. Khanefrues steckte sie wieder unter die falsche Haarpracht, und Ahmose sah die Wunden, die sie sich bei ihrem Sturz vom Podium zugezogen hatte.

»Mein Vater ist tot«, sagte sie noch einmal, womit sie Ahmose, der immer noch sprachlos war, aus seiner Verlegenheit half. »Ich habe es gesehen.«

Langsam erholte der General sich wieder von seiner Verblüffung. »Was meint Ihr damit? Wie? Wie wollt Ihr das gesehen haben?«

»Spielt nicht den Ahnungslosen«, sagte sie und packte mit beiden Händen seine Handgelenke. »Er wurde auf dem Weg hierher ermordet. Ich habe es während der Hochzeitsfeier im Großen Saal gesehen. Ich habe es gesehen, noch ehe es geschah. Als ich heute morgen aufwachte, wußte ich, daß die Vision Wirklichkeit geworden war.«

»Ich verstehe nicht.«

»Doch, du verstehst, aber du willst nicht. Sie hätten niemals zugelassen, daß er herkommt, und jetzt haben sie ihn umgebracht.« Sie ließ Ahmoses Handgelenke los und lehnte sich im Stuhl zurück, den Blick von ihm abgewendet.

Ahmose schaute nachdenklich auf die silberne Lampe. Er glaubte ihr, daß sie das alles wirklich gesehen hatte. Schließlich sagte er: »Dann sorgt dafür, daß die Schuldigen bestraft werden.«

»Es wird nicht dabei bleiben. Es wird noch mehr Unheil geschehen.«

»Ich kann es nur wiederholen: Benutzt Eure Macht! Benutzt Eure Stellung! Khanefrues, Ihr müßt Euch Eurer eigenen Stärke bewußt sein, bevor ich Euch hier zurücklasse …«

»Verstehst du denn nicht? Es ist wegen mir! Weil ich die Königliche Große Gemahlin bin! O Ahmose, ich habe so schreckliche Dinge gesehen …«

»Was für Dinge?«

»Unbeschreibliche Dinge … Feuer, Aufstände …«

»Wo?«

»Hier in Ägypten.«

»Und wann sollen sie geschehen, diese Katastrophen, die Ihr gesehen habt?«

»Ich weiß es nicht, aber die Bedrohung ist allgegenwärtig.«

»Ich habe Euch schon vor Wochen gesagt, daß das Unheil stets präsent ist. In Piramses, erinnert Ihr Euch? Ich sagte Euch, Isfet wäre immer da und würde nur darauf lauern, über Ägypten hereinzubrechen und Verwüstung und Chaos über das Land zu bringen. So haben die Götter die Welt geschaffen. Vielleicht seht Ihr nur das, was ich Euch gelehrt habe. So muß es sein. Ihr seht sicher nur die Kräfte, die ständig am Werke sind. Das heißt aber noch nicht, daß tatsächlich etwas geschehen wird. Ihr dürft nicht mehr darüber nachgrübeln, Khanefrues. Ihr müßt anfangen, Euch ein eigenes Leben aufzubauen.«

Khanefrues schwieg lange. Dann fragte sie: »Wirst du glücklich fortgehen?«

»Ich denke, es wird für uns beide das beste sein«, entgegnete Ahmose.

Bei Mayas zweitem Besuch war Tamyt auf, hatte jedoch die Füße hochgelegt und dunkle Ringe unter den Augen. Die Lieder waren halb geschlossen wie bei einer Katze, die träge in der Sonne lag.

»Ich fürchte, ich habe nicht sehr gut geschlafen«, sagte sie. »Patjesem hat gesagt, du wärst schon einmal hier gewesen, als ich noch im Bett war.«

»Ja.«

»Setz dich. Möchtest du Wein?«

»Nein. Das ist kein Höflichkeitsbesuch – aber das hast du dir sicher schon gedacht.«

»Ich habe überhaupt nichts gedacht«, entgegnete Tamyt lächelnd.

Maya setzte sich und zerknüllte die Falten ihres Leinengewandes über den Knien. »Ich habe dich in Memphis das erste Mal gesehen, als du zu Apis' Begräbnis in die Stadt gekommen bist«, sagte sie. »Bis dahin hatte ich noch nie von dir gehört. Aber meine Dienerin sagte, du hättest einen gewissen Ruf – du wüßtest über bestimmte Dinge Bescheid.«

Tamyt wölbte eine Braue.

»Weißt du, was ich meine?«

Tamyt lachte. »Woher soll ich wissen, was für Gerüchte über mich in Piramses kursieren, wo ich doch hier lebe, weit draußen auf dem Land.«

Maya schluckte. »Mir ist klar, daß es als beleidigend für dich und den ganzen Harem aufgefaßt werden könnte, was ich jetzt sagen werde. Ich sage es auch nur, weil ich verzweifelt bin. Meine Dienerin sagte ... du wüßtest, wie man eine Schwangerschaft abbrechen kann.«

Tamyt musterte Maya weiterhin aus halb geschlossenen Augen.

Maya blickte von ihrem Schoß auf. »Ist das so? Tamyt, wenn es stimmt, brauche ich deine Hilfe. Ich erwarte ein Kind. Kennst du dich mit solchen Dingen aus?«

»Ich verstehe«, entgegnete Tamyt. »Ich nehme an, das Kind ist nicht von Ahmose.«

»Nein.«

»Kannst du das Kind nicht austragen und als Ahmoses Sohn oder Tochter ausgeben?«

»Nein. Zwischen Ahmose und mir ist schon lange nichts mehr.«

»Du könntest mit ihm schlafen und ihn glauben machen ...«

»Nein. Das geht nicht. Dafür ist es zu spät!«

Tamyt stützte sich auf einen Ellbogen, schloß die Augen und dachte nach.

»Tamyt, ich habe dir gesagt, was du wissen wolltest. Kannst du mir helfen? Heimlich? Weißt du, wie man so etwas macht?«

Tamyt öffnete die Augen wieder und setzte sich auf. »Nein«, sagte sie schließlich. »Ich kenne mich in diesen Dingen nicht aus.«

Maya schluchzte verzweifelt.

»Trotzdem kann ich dir vielleicht helfen«, fuhr Tamyt fort. »Ich habe zwar selbst kein Wissen auf diesem Gebiet, kenne aber andere, die sich auf diese Dinge verstehen. Allerdings gibt es da noch etwas zu bedenken ...«

»Was?«

»Für das, was du beabsichtigst, ist eine gewisse Substanz notwendig, die ausschließlich in Tempeln aufbewahrt wird.

Eine Substanz, die möglicherweise nur mit Erlaubnis des Pharao ausgegeben werden kann.«

»Was für eine Substanz?«

»Errätst du es nicht?«

»Nein. Mein Kopf ist leer. Tamyt, bitte, sprich nicht in Rätseln.«

»Hast du schon einmal von puntischem Lotos gehört?«

»Ja, natürlich. Das ist eine Weihrauchart.«

»Sie hat viele Verwendungszwecke. Auch den, ein Kind abzutreiben.«

»Aber wie sollen wir uns puntischen Lotos beschaffen?«

»Ich werde darüber nachdenken müssen.« Tamyt hob die Hände an den Kopf. »Ich bin immer noch müde. Geh heim, Maya. Ich glaube, ich kann dir helfen, aber es wird einige Vorbereitungen erfordern. Ich werde nach dir schicken, wenn ich soweit bin, und dann sage ich dir auch, was du tun mußt.«

»Wann?«

»Morgen.«

»Es muß bald geschehen, Tamyt.«

»Keine Bange. Es ist noch reichlich Zeit. Geh nach Hause.«

Nachdem Maya gegangen war, blieb Tamyt noch eine Zeitlang sitzen und dachte nach. Dann befahl sie Patjesem, jemanden zu Seniry zu schicken. Als ihr Halbbruder eintraf, hatte sie ihre Schläfrigkeit überwunden und ging zwischen den vier Säulen in ihrem Zimmer auf und ab, wobei sie sich unruhig die Ellbogen rieb.

»Gepriesen sei die Göttin Sachmet«, sagte sie. »Ich habe einen Weg gefunden.«

Seit ihrer Hochzeit bewohnten Pentaweret und Bentanta eine geräumige Zimmerflucht gleich neben den Privatgemächern des Pharao. An den Wänden des Schlafgemachs tanzte der zwergenhafte Gott Bes, spielte Laute und führte die königlichen Löwen an der Nase herum. Die Nachmittagshitze war unerträglich. Drinnen, vor der Gluthitze geschützt, saß Pentaweret und strich mit einem Finger über einen Elfenbeinstuhl, der Beine in Form von Entenköpfen besaß. Angeblich war der Stuhl für Ramses, den Günstling Amuns angefertigt worden – zu der Zeit, als er die Hethiter massakriert hatte. Es gab in dem Zimmer zahlreiche alte Stücke, die geschmackvoll an den Wänden aufgestellt waren – Ebenholztische mit Einlegearbeiten aus Perlmutt und Karneol, Zedernholzkommoden, vergoldet und mit Türkisen besetzt, die den Namen früherer Pharaonen trugen. In der Mitte des Raumes stand ein großes Bett, dessen Himmel aus durchscheinendem, feinstem Leinen bestand. Im Bett lag Bentanta.

Pentaweret drehte abrupt den Kopf zum Fenster. Über die Dächer Miwers hinweg konnte er die in der Hitze schimmernden und flimmernden Gemächer der königlichen Odalisken sehen. Irgendwo hinter jenen Mauern lag Tamyt. Ein dünner Schweißfilm würde ihre gebräunte Haut überziehen.

»Warum kommst du nicht ins Bett, Pentaweret?« rief Bentanta.

»Ich bin nicht müde.«

»Aber es ist so heiß. Jeder legt sich hin, wenn es so heiß ist.«

»Ich sagte dir doch, daß ich nicht müde bin.«

Bentanta kniete sich hin, teilte den Betthimmel und steckte den Kopf hindurch. »Du brauchst doch nicht müde zu sein, um ins Bett zu kommen«, wandte sie ein.

»Bei den Göttern!«

Bentanta ließ den Stoff wieder herabfallen, lehnte sich zurück in die Kissen und ließ den Kopf hängen. »Ich gefalle dir nicht«, jammerte sie.

Nein! schrie es in Pentawerets Innerem. Nein, du gefällst mir nicht. Du bist zu unterwürfig. Du bist nicht schön und nicht häßlich – dir fehlt es schlicht an Charakter. Dein Körper ist nicht hart und nicht weich. Du bist weder leidenschaftlich noch unwillig – du läßt einfach alles geschehen. Du hast alles getan, was dein Vater von dir verlangt hat. Steh auf – ja, Vater; setz dich – ja, Vater; heirate Pentaweret – ja, Vater. Jetzt gehörst du mir und tust alles, was ich sage! Geh ins Bett – ja, Pentaweret; schlaf – ja, Pentaweret; fahr zur Hölle – gewiß, Pentaweret, alles was du willst. Bei den Göttern, aber *ich* will das nicht!

»Es tut mir leid, daß ich dein Bett so wenig anziehend für dich mache«, sagte Bentanta, »aber wenn du mich unterweist, kann ich es lernen.« Sie schniefte.

Pentaweret hätte sie am liebsten angeschrien, aber sie waren zu nahe bei den königlichen Gemächern. Wenn sie erst ihr eigenes Heim in Nubien bezogen hatten, würde das anders sein. Und wenn er als König, als Herrscher über zahllose verstreute Harems nach Ägypten zurückkehrte, würde es noch anders sein. Derweil ging er zum Bett und setzte sich zu ihr.

»Es ist nicht so, daß du mir nicht gefällst«, sagte er und legte durch den Betthimmel die Arme um Bentanta. »Es ist nur zu heiß.«

Bentanta ließ den Kopf auf seine Brust sinken. »Würde ich Mittel kennen, dir zu gefallen, würde ich sie anwenden.«

Pentaweret hob das Kinn weg von ihrem Kopf. »Ich erwarte von meiner Gemahlin nicht, daß sie mit den Schlichen einer Hure vertraut ist«, sagte er. »Schon gar nicht, wenn sie die Große Tochter des Pharao ist und ...«

Er verstummte, als Geräusche zu ihnen drangen, die einen Besucher im Vorzimmer ankündigten. Pentaweret ging hinaus. Es war Seniry.

»Tamyt will dich sehen«, sagte Seniry.

Pentawerets Augen leuchteten auf. »Wann? Jetzt gleich?«

»Sobald du kannst. Es hat eine neue Entwicklung gegeben. Sie möchte, daß alle zu einer Besprechung zusammenkommen.«

»Oh.« Das Leuchten in Pentawerets Augen erlosch.

»Nicht gleich – heute abend«, fuhr Seniry hastig fort. »Zuerst möchte sie dich sehen.« Kein Wunder, daß Tamyt ihn nach ihrer Pfeife tanzen läßt, dachte er.

»Gut«, meinte Pentaweret. »Aber diesmal werde ich mich nicht als Frau verkleiden. Sag ihr, daß sie mich hereinlassen muß, wie ich bin.«

»Du weißt, daß das nicht möglich ist«, widersprach Seniry. »Wenn du so bleiben willst, muß du dich in den Gemächern deiner Mutter mit ihr treffen.«

»Wer ist da?« rief Bentanta. In ihren Umhang gehüllt, stand sie in der Tür.

»Hauptmann Seniry ist gekommen, um sich mit mir über Nubien zu unterhalten«, erwiderte Pentaweret. »Geh zurück in dein Zimmer.«

Bentanta wandte sich gehorsam ab und ging wieder ins Bett.

»Sie tut alles, was ich ihr sage«, bemerkte Pentaweret.

»Du Glücklicher«, sagte Seniry und lachte innerlich über Pentawerets Gesichtsausdruck.

»Da bist du ja, meine Liebe«, sagte der Pharao. »Ländereien vom Tempel der Isis und vom Tempel des Ptah. Dein eigenes Land.«

Der Pharao saß in seiner großen Barke, die tief auf dem Bett des träge dahinströmenden Flusses lag. Die rissigen braunen Uferböschungen ragten rechts und links der Flotte bemalter Boote aus Miwer auf, so daß der strahlendblaue Himmel sich wie ein Kanal über ihren Köpfen erstreckte. Hinter dem Pharao standen zwei Fächerträger, die mit ihren Straußenfederwedeln warme Luft über das Deck fächerten. Sie waren noch eine Tagesfahrt von Theben entfernt.

Khanefrues blickte auf die ausgerollten Papyri auf dem Tisch zu Füßen des Pharao. Sie wollte etwas sagen, wollte dem König für seine Großzügigkeit danken, doch die Furcht lähmte sie, und sie schwieg.

Die königliche Barke war voller Höflinge, die von den anderen Booten herübergerufen worden waren, um der offiziellen Übergabe des Landbesitzes an die Königliche Große Gemahlin beizuwohnen. Ramses saß zur Rechten des Pharao, neben ihm der Dritte Prophet Khonsu, der Erste Prophet Nakht und Mersure, der Vorsteher des Großen Hauses. Maya saß neben Khanefrues zur Linken des Pharao. Ahmose war an ihrer Seite. Sie war dankbar dafür, weil somit er und nicht sie neben Rahotep saß. Auf der anderen Seite des Tisches saß ein königlicher Schreiber.

»Die Namen der Zeugen«, sagte der König.

Der Schreiber tauchte seine Feder in die Wasserschale und kratzte an der Tinte. Beginnend mit Ramses, nannten die Anwesenden ihre Namen, die der Schreiber unten auf die Übertragungsurkunde setzte.

»Das Siegel«, verlangte der Pharao anschließend.

Ein zweiter Schreiber näherte sich vom Bug des Schiffes mit einem Ebenholzkästchen. Er stellte es vor dem Pharao ab, verneigte sich tief und zog sich dann einen Schritt zurück. Der Pharao klappte den Deckel des Kästchens hoch. Innen war es mit königlichem Leinen ausgeschlagen, das mit zusammengebundenen blauen und grünen Lotos- und Papyruspflanzen bestickt war, dem Symbol der Zwei Länder. Auf der Stickerei ruhte das königliche Siegel, ein Karneolskarabäus von der Größe einer Männerhand.

Maya vergaß Rahotep und starrte gebannt auf das Siegel, das wie ein großer Blutklumpen in seinem Kästchen ruhte. Der Schreiber trat wieder vor und goß neben den Namen der Zeugen rotes Wachs auf die Urkunde. Als das Wachs erstarrte, hob der Pharao den Skarabäus aus seinem Kästchen und drückte ihn mit beiden Händen in das tiefrote Wachs.

»So«, sagte er. »Bring es wieder fort.«

Der Hüter des Siegels legte den Skarabäus zurück in sein Kästchen und befolgte den Befehl. Maya blickte ihm nach bis zum Bug des Schiffes und beobachtete, wie er das Kästchen in einen Weidenkorb legte, auf den er sich anschließend setzte.

»Du hattest recht, Maya«, sagte der Pharao. »Wenn die Königliche Große Gemahlin ohne ihre Aussteuer in Theben Einkehr gehalten hätte, wäre es ebenso falsch gewesen, wie ohne ihre Krone dort zu erscheinen.« Er tätschelte Khanefrues' Hand. »Wir müssen uns sputen. Ich möchte bei Sonnenuntergang in Nubt sein, damit wir Theben bei Tageslicht erreichen. Ramses, laß die Planke auslegen. Alle sollen auf ihre Boote zurückkehren.«

Die Zeugen erhoben sich und gingen vorsichtig über die wacklige Planke an Land. Nur Maya sah, wie die beiden Schreiber gemeinsam den Weidenkorb forttrugen, und nur Maya drehte sich am Ufer um und beobachtete, wie sie den Korb in ihrer Barke verstauten – einer blau angemalten Barke mit dem Ibis des Gottes Djehuty auf beiden Seiten des Bugs.

Maya und Ahmose kehrten zu ihrem Boot zurück und nahmen jeder für sich unter den anderen Paaren Platz. Stimmengewirr lag über den Booten, und hier und da hüpften Rufe, die an Freunde auf anderen Barken gerichtet waren, wie flache Steine über das Wasser. Untermalt wurde die Geräuschkulisse vom Platschen der Ruder, die rhythmisch ins Wasser tauchten, so daß die Barken durch das glitzernde Wasser schossen. Hoch oben auf dem himmlischen Kanal aus blauem Feuer schwammen Habichte des Horus mit kräftigen Schlägen ihrer Schwingen durch den Fluß der Sonnenbarke.

Für Ahmose lösten sich all diese Dinge in ihre grundlegendsten Elemente auf: Khanefrues in der vordersten Barke, verborgen hinter den Straußenfederfächern; Rahotep in einem Boot auf gleicher Höhe, der immer wieder über die Schultern der Ruderer blickte, um Maya anzuschauen, und Ramses in seiner eigenen Barke, ein paar Ruderschläge hinter jener des Pharao.

Maya hatte keinen Blick für Rahotep. Trotz der Hitze und

des grellen Sonnenlichts, die vom Himmel brannten und trotz der blendenden Lichtreflexe auf dem Wasser, sah sie vor ihrem geistigen Auge eine völlig andere Szene: Der Harem von Miwer bei Nacht – in der Nacht vor ihrem Aufbruch nach Theben.

Auch in jener Nacht war sie auf dem Wasser gewesen, aber dieses Wasser war gemalt gewesen und umgeben von gemaltem Schilf, das im Licht von Tamyts Lampe nur undeutlich auszumachen war. Maya erinnerte sich, daß sie, als Tamyt die Lampe abstellte, im ockerfarbenen Licht die Augen einer gemalten Katze gesehen hatte, die in den Nestern der gemalten Sumpfvögel jagte. Sie hatte die Krallen in einen hilflosen Vogel geschlagen, der vergeblich mit den Flügeln schlug. Die Ohren der Katze lagen dicht am Kopf an, und das eine sichtbare gelbe Auge war auf Maya gerichtet.

Sie saßen beide auf dem erhöhten Podest, mit den Ellbogen auf Tamyts Liege gestützt.

»Das, was du dir wünschst, ist machbar«, sagte Tamyt, »aber es wird nicht leicht. Zum einen kann es nicht in Miwer geschehen.«

»Wohin werde ich gehen müssen?«

»Du mußt den Pharao begleiten, wenn er sich zum Opet-Fest nach Theben begibt. Ich werde ebenfalls dabei sein.«

»Aber noch wissen wir doch gar nicht, wer eingeladen wird.«

Tamyt lächelte. »Keine Angst«, sagte sie. »Wir werden beide dabei sein. Das ist die geringste Schwierigkeit. Und jetzt hör gut zu. Wenn wir dort sind, werden wir in Djeme wohnen, am Westufer gegenüber von Theben. Wir werden den Harem bei Nacht verlassen und den Fluß überqueren müssen, um uns zum Tempel des Ptah im Bezirk des Hauses von Allgott Amun-Re zu begeben. Dort gibt es einen Priester von Sachmet, der alles Nötige regeln wird. Ich werde dich begleiten und anschließend in den Harem zurückbringen.«

»Das heißt, wir müssen zweimal die Wachen von Djeme und

Theben passieren«, wandte Maya ein. »Und wir müssen zweimal den Fluß überqueren.«

»Das alles ist machbar. Das Hauptproblem ist, daß wir eine sehr starke Droge brauchen, um durchzuführen, was du dir wünschst. Wir brauchen puntischen Lotos. Die Droge wird in der Schatzkammer von Sachmet aufbewahrt und so streng bewacht wie die Kronen des Pharao im Hause des Allgottes Amun-Re. Puntischer Lotos darf nur gegen Vorlage eines entsprechenden Berechtigungsscheins ausgegeben werden, der das königliche Siegel trägt.« Tamyt verstummte.

Maya lehnte sich angespannt vor. »Sprich weiter«, drängte sie.

»Jemand muß das Siegel beschaffen«, fuhr Tamyt fort. Mayas Augen weiteten sich. »Jeder könnte ein solches Berechtigungsschreiben aufsetzen. Das ist leicht. Aber es gibt nur ein einziges Siegel, das der König persönlich benutzt, und genau dieses Siegel brauchen wir.«

»Du meinst, jemand muß das königliche Siegel stehlen und demjenigen bringen, der das Schreiben aufsetzt ...«

» ... und es hinterher zurückbringen.«

»Und wer soll das sein?«

Tamyt musterte Maya fest. »Nur du und ich sind eingeweiht – zumindest bis Theben. Dort kommt dann noch der Priester von Sachmet hinzu. Ich darf den Harem nicht verlassen, und der Priester ist in Theben.«

»Nein«, entgegnete Maya. »Nein, das kann ich nicht. Das ist unmöglich, hoffnungslos.«

»Gibt es sonst noch jemanden, dem du vertrauen kannst?«

»Nein. Niemand.«

»Dann wirst du das Kind bekommen müssen.«

Maya legte eine Hand über die Augen. Tamyt musterte sie, bis sie sah, daß sie weinte.

»Weine nicht«, sagte Tamyt. »Nicht weinen.« Sie legte Maya einen Arm um die zuckenden Schultern und massierte ganz sanft die Tränen in Mayas Wangen, als wären sie kostbarer Balsam.

»Hab keine Angst und verzweifle nicht«, sagte sie und zog Maya an sich wie eine Geliebte, wie ein Kind. »Erzähl mir mehr. Du hast mir bisher nur sehr wenig gesagt. Warum willst du nicht, daß der Vater des Kindes etwas von deiner Schwangerschaft erfährt?«

»Das darf nicht sein. Niemals.«

»Fürchtest du, er könnte dich verlassen?«

Maya weinte leise an ihrer Schulter. »Das hat er bereits«, sagte sie nach einer Weile. »Man würde mich aus dem Isis-Tempel verbannen. Und Ahmose würde mir die Kinder wegnehmen.«

»Woher willst du das wissen?«

»Er hat schon früher damit gedroht.«

»Weiß er über dich und deinen Liebhaber Bescheid?«

»Nein, aber er ahnt etwas. Darum auch die Drohung.«

»Und du bist sicher, daß du Ahmose nicht glaubhaft machen kannst, daß das Kind von ihm ist?«

»Ja, ganz sicher.«

»Gibt es sonst niemanden, der das Siegel für dich beschaffen könnte ... Jemanden aus deinem Haushalt?«

»Nein. Meine älteste und treueste Dienerin hat die Kinder nach Piramses zurückgebracht. Ich hätte sie zwar nicht darum bitten können, aber ich bin so einsam, seit sie fort ist ...« Maya fing wieder zu weinen an.

Tamyt umarmte sie und legte die Wange an ihr Haar. »Nein, nein, du bist nicht allein«, murmelte sie. »Es gibt einen Ausweg, wenn du den Mut hast, ihn zu gehen.« Tamyt strich mit der Handfläche von der Schulter bis zum Handgelenk über Mayas samtweichen Arm. »Du hast alle anderen Wege überdacht und ausgeschlossen. Dieser hier steht dir offen. Es gibt keinen anderen Ausweg. Und ich stehe dir zur Seite.« Mit geschickten Fingern streichelte sie sanft Mayas Armbeuge. »Ich habe doch recht, Maya – oder nicht?« fragte sie leise.

Maya setzte sich auf und wischte sich die Tränen aus den Augen. »Du hast recht. Es gibt keinen anderen Weg. Nicht, wenn ich meine Kinder wiedersehen will. Aber ich weiß nicht, wie ich das anstellen soll. Niemand kommt auch nur in die Nähe des königlichen Siegels.«

»Wenn du ernsthaft darüber nachdenkst, wirst du feststellen, daß das nicht stimmt«, widersprach Tamyt. »Ich habe schon mehrmals gesehen, wie der Pharao das Siegel benutzt hat. Beispielsweise bei Schenkungen an Tempel. Wenn du scharf nachdenkst, wird dir sicher ein Anlaß einfallen, bei dem das Siegel gebraucht wird. Dann kannst du es so einrichten, daß du dabei bist, wenn der Pharao es benutzt, damit du sehen kannst, wer es bringt und wo es aufbewahrt wird.«

»Ich denke, der Pharao wird es brauchen, wenn er Khanefrues das Land überschreibt.«

»Siehst du. Ich werde dir noch etwas sagen. Er wird das Siegel nach Theben mitnehmen. Es wird sich auf einem der Boote befinden. Es wird von Miwer zum Boot und vom Boot ins Große Haus von Djeme gebracht. Am besten stehen unsere Chancen während der Fahrt. Wenn wir alles gründlich durchdenken, wird uns schon etwas einfallen.«

»Wie sollen wir in Erfahrung bringen, wo das Siegel aufbewahrt wird?«

Tamyt überlegte einen Moment. »Du hast gesagt, daß Khanefrues die neuen Ländereien noch nicht übertragen wurden, nicht wahr?«

»Stimmt.«

»Du warst doch mit dieser Angelegenheit befaßt, oder?«

»Ja. Ich habe die Felder, die ihr überschrieben werden sollen, aus dem Besitz des Isis-Tempels ausgewählt.«

»Gibt es irgendeinen Grund, weshalb die Übertragung hinausgezögert werden könnte?«

»Nicht, daß ich wüßte.«

»Dann mußt du den Pharao überreden, die offizielle Übertragung unterwegs vorzunehmen, bevor die Königliche Große Gemahlin in Theben einkehrt«, meinte Tamyt, nahm Mayas Hände und zog sie erneut an sich.

Tamyts dämmriges Zimmer löste sich auf, und Maya blickte wieder auf die Boote, deren weiße Segel sich scharf vom Braun des Flusses und dem Blau des Himmels abhoben. Ihr Blick richtete sich auf das blaue Boot mit dem Ibis von Djehuty dicht hinter der königlichen Barke. In einer Höhle weit unten im Süden sammelte Hapi die Wasser für seine Überschwemmung, und aus dem Schlamm würde grünes Korn sprießen. Vögel würden wieder im Schilf ihre Nester bauen und Junge aufziehen. Auf den Kataklysmus folgten Geburt und Wiedergeburt. Maya legte eine Hand auf ihren Leib und krümmte die Finger, als hätte sie Schmerzen.

Später an jenem Abend, nach ihrem Besuch bei Tamyt, hatte Maya eine Nachricht an den König verfaßt: »Ehrwürdiger Pharao, es ist lange her, daß Ihr mich gebeten habt, zur Königlichen Großen Gemahlin zu sprechen, und ich habe es wortlos hingenommen. Jetzt habe ich Gewissensbisse. Bitte laßt uns zusammenkommen, bevor wir Miwer verlassen. Es wäre das beste, wenn ihr der Großen Gemahlin den Zweck meines Besuches nicht mitteilen würdet, so daß wir völlig ungezwungen miteinander reden können ...«

Maya schüttelte sich. Sie hatte sich in den privaten Gärten des Pharao in Miwer mit Khanefrues und dem König getroffen, an dem Morgen vor ihrem Aufbruch nach Theben. Während der Pharao sich gesonnt hatte, war sie mit Khanefrues durch den von Säulengängen umgebenen Garten geschlendert und hatte die Braut des Horus über ihre Pflichten als Ehefrau aufgeklärt – sie, in deren Leib der Same des Seth keimte. Maya wußte nicht, ob Khanefrues die Gerüchte über sie und Rahotep zu Ohren gekommen waren, aber sie nahm es an. Zumindest mußte die Königliche Große Gemahlin wissen, daß ihre Ehe mit Ahmose eine Farce war. Was hatte Ahmose Khanefrues von seiner Frau erzählt? Vermutlich, daß sie verbittert und frigide war, daß sie und ihre Mutter sich verschworen hatten, seine Karriere zu ruinieren, und daß sie kalt und rachsüchtig war.

Maya unterdrückte diese Gedanken, vergrub sie tief unten im kalten Knoten der Furcht in ihrem Inneren. Sie suchte nach einer unverfänglichen Möglichkeit, das eine besondere Thema anzusprechen. Es spielte keine Rolle, wie das Gespräch verlief; es war nur eine Ausrede, um dem Pharao mitteilen zu können, zu welchem Schluß sie gelangt war. Maya kannte das Ergebnis des Gesprächs im voraus. Sie beschloß, mit Khanefrues über Isis zu sprechen. Und so erzählte sie – wobei sie sich innerlich vor Scham wand – der Königlichen Gemahlin von der treuen Gattin Isis, die um den toten Osiris trauerte und ihr Kind Horus im Schilf großzog, außer Reichweite Seths. Mit einem hörbaren Schlucken und einem furchtbar schlechtem Gewissen hielt sie, die entehrte Priesterin, Khanefrues eine Lektion über die Rolle der Königlichen Großen Gemahlin in ihrer Eigenschaft als Verkörperung der Isis.

Khanefrues ließ nicht erkennen, ob sie etwas über Mayas Ehe oder über ihre Beziehung zu Rahotep wußte. Sofern sie die Lektion als Unverschämtheit empfand, war sie zu großmütig, sich etwas anmerken zu lassen. Sie stellte Maya höfliche Fragen über den Tempel der Isis, der Herrin von Piramses, aber die Unterhaltung war nicht das vertrauliche Gespräch unter Frauen, das der Pharao sich vorgestellt hatte. Glücklicherweise bekam der König nur sehr wenig davon mit. Schließlich war es Khanefrues, die Maya das erhoffte Stichwort gab, indem sie fragte, warum der König sie, Maya, dazu auserkoren habe, jenes Land im Besitz des Isis-Tempels auszuwählen, das Khanefrues überschrieben werden sollte.

Maya antwortete nicht gleich. Im Grunde wußte sie es selber nicht. »Das Wort des Königs ist Gesetz«, entgegnete sie achselzuckend. »Der König bestimmt denjenigen für eine Aufgabe, den er am geeignetsten hält. Es steht uns nicht zu, seine Wahl in Frage zu stellen. Übrigens ... das Land für Eure Aussteuer wurde ausgewählt, Euch aber bislang nicht übertragen, oder?«

»Ich glaube nicht.« Khanefrues schien die Sache nicht besonders wichtig zu sein. Plötzlich erkannte Maya, daß Khanefrues gar nicht Königliche Große Gemahlin sein wollte. Nicht nur, daß der Schmerz einer Geburt sie schreckte, nein: ihr lag weder etwas an der Stellung noch am Reichtum oder am Ruhm. Ob das vielleicht daran liegt, daß ihr wahrhaftig Dämonen innewohnen? fragte sich Maya. Das Antlitz ihres eigenen Dämons stieg vor ihrem geistigen Auge auf, und sie schüttelte sich.

Nachdem Maya nun einen Vorwand hatte, den König anzusprechen, wie Tamyts Plan es vorsah, mußte sie an sich halten, das Gespräch mit Khanefrues nicht allzu abrupt zu beenden. Sie zwang sich, noch ein weiteres Mal langsam um den Garten herumzugehen und vom Tempel der Isis zu sprechen, bevor sie die Unterhaltung einschlafen ließ. Khanefrues war ohnehin nicht sehr redselig, so daß es leicht war, die Unterhaltung einschlafen zu lassen und die Hethiterin zum König zurückzuführen.

Der Pharao bat Maya, ihn zu seinen Gemächern zu begleiten, nachdem Khanefrues sich in ihre Zimmer zurückgezogen hatte. Er wollte hören, wie das Gespräch verlaufen war. Auf einem Ebenholzstuhl sitzend, der einst für die Herrscherin Taweret angefertigt worden war, bei Wein und Feigen, die sie nicht anrühren konnte, berichtete Maya dem König, daß Khanefrues ein wenig verunsichert sei, weil noch nichts geregelt wäre, da sie wegen Apis' Tod als Braut und nicht als Gattin in den Palast eingekehrt war; sie sei die Königliche Große Gemahlin, doch wären ihr bislang keine eigenen Ländereien überschrieben worden. Maya riet dem Pharao, die Landüberschreibung vorzunehmen, noch bevor sie Theben erreichten, damit Khanefrues – die unglückliche Khanefrues – sich bei ihrem Einzug in die Stadt des Amun-Re der Stellung sicher sein konnte, die sie gar nicht wollte.

Maya erreichte ihr Ziel. Beinahe hätte der Pharao auf der Stelle Rahotep, seinen Schreiber und die Zeugen gerufen, um die Landübertragung sofort vorzunehmen. Maya hatte ihm einreden müssen, daß die notwendigen Unterlagen sich nicht so kurzfristig beibringen ließen, jedoch alles auf der Reise erledigt werden könne. Sie schauderte.

Sie hatte die ersten Hürden genommen. Sie wußte nun, wo das königliche Siegel aufbewahrt wurde – zumindest solange sie auf dem Fluß waren. Aber sie wußte noch nicht, wie sie es entwenden und anschließend zurückbringen sollte. Was das betraf, hatte Tamyt keinen Plan gehabt und gehofft, ihnen würde unterwegs etwas einfallen. Aber Tamyt befand sich zusammen mit anderen Harems-Anwärterinnen auf einem anderen Boot. Als Maya sich nach ihr umschaute, konnte sie sehen, wie sie die hübschen Arme nach etwas ausstreckte, das eine der Odalisken ihr hinhielt. Sie lachte entspannt. Maya war ganz allein. Wenn sie nicht bald handelte, war ihre einzige Chance vertan. Sie würde ihre Schwangerschaft nicht mehr lange geheimhalten können. Hier auf dem Fluß flackerte ihre Hoffnung noch wie die Feuerschiffchen auf dem See von Piramses. Wenn sie erst in Theben waren und das königliche Siegel im Labyrinth des Palasts für sie unerreichbar war, würde ihr Schicksal besiegelt sein. Doch als sie vor dem geistigen Auge die Feuerschiffchen sah, wußte Maya plötzlich, was zu tun war.

Die Flotte der königlichen Barken warf vor Nubt, wo sie die Nacht verbringen würden, die Anker aus. Wie schon an den Abenden zuvor wurden sie von den Booten des Statthalters und anderer Würdenträger empfangen, die Männer aus den umliegenden Dörfern mitbrachten, die helfen sollten, den königlichen Pavillon und die Zelte der Höflinge aufzubauen. Im schwindenden Tageslicht schleppten ganze Armeen von

Dorfbewohnern Berge von Zeltbahnen, Stangen und Seilen von den Booten. Dann bauten sie die Gerüste auf, die sie mit den weißen Zeltbahnen verkleideten und mit Hanfseilen fixierten. Als schließlich die bunten Wimpel vor den Klippen wehten und die Nacht hereinbrach, ließ der König der Zwei Länder Lampen anzünden.

Der Pharao speiste nicht zusammen mit der Gesellschaft, sondern aß allein in seinem Pavillon. Kurz darauf kam er, um zusammen mit Khanefrues seinen Höflingen Gesellschaft zu leisten, die auf Kissen unter freiem Himmel speisten. Er wirkte glücklich, lächelte viel und tätschelte Khanefrues' Hand. Als seine Gäste nur noch vereinzelt nach Obst und Geflügel griffen, ließ er den Wachen, die bei den Booten zurückgeblieben waren, etwas zu essen bringen.

Maya erhob sich von ihrem Platz neben Ahmose. »Ich will noch etwas vom Boot holen«, erklärte sie.

»Schick jemanden hin«, entgegnete Ahmose.

»Ich weiß nicht, in welchem Korb es ist, und überhaupt will ich nicht, daß irgendein fremder Diener in meinen Sachen wühlt – oder in meinem Schmuck. Eine der Wachen kann mir helfen, einen Korb zum Zelt zu tragen.«

Ahmose schnaubte verächtlich. »Meine Soldaten verlassen ihre Posten nicht, um Frauenwäsche durch die Gegend zu tragen«, entgegnete er.

»Du hast zur Zeit keine Soldaten«, konterte Maya bissig. Dann nahm sie eine Lampe und entfernte sich von der feindseligen Stille in Richtung Flußufer.

Die königliche Barke dümpelte an der Spitze der ankernden Flotte, flankiert von Ramses' Boot. Die Barken der anderen Höflinge waren dahinter vertäut. Maya stieg in den Rumpf des Bootes und steuerte das Heck an, wo ihr gesamtes Gepäck in Weidenkörben untergebracht war. Dort befand sich alles, was sie aus Piramses mitgebracht hatte – alles, was sie in diesem Nomadenleben besaß, das sie in den vergangenen

Wochen und Monaten geführt hatte. Nichts aus ihrem geregelten Dasein hoch im Norden schien ihr noch zu gehören: weder die Kleider noch die Möbel oder die Diener in dem stillen Haus, das um die alte Palme herum errichtet worden war. Nicht Nodjmet und nicht die Kinder. Erst wenn sie sich der Frucht jenes schrecklichen Abends entledigt hatte, durfte sie hoffen, zu diesem Leben zurückkehren zu können. Und das bedeutete, daß sie ihr Boot in Brand stecken mußte.

Die Flammen reckten feurige Arme hoch in den Himmel und heulten wie Klageweiber. Maya sah die Wachen auf den Hofbarken ihre Posten verlassen und auf den honigfarbenen Schein zueilen. Sie zog ihre Sandalen aus und schlich über die Barken, die zwischen dem brennenden Boot und der Barke der königlichen Schreiber vertäut waren. Maya schmeckte den bitteren Geschmack der Verdammnis auf der Zunge, und das Wasser des Chaos trübte ihre Sicht, als sie durch die Barke zum Versteck des großen Siegels stolperte. Das Dröhnen in ihren Ohren war lauter als das Prasseln der Flammen.

Es gab dort mehr Körbe, als Maya erwartet hatte, und in der Dunkelheit sahen sie alle gleich aus. Sie zog einen aus dem Stapel – er war zugebunden und mit einem Wachsmonogramm versehen. Der Korb, den sie suchte, konnte nicht versiegelt sein; da war sie ganz sicher. Als nächstes kam ein unverschlossener Korb. Maya klappte den Deckel hoch und durchwühlte den Inhalt, aber der Korb enthielt nur Stoff und ein paar Armreifen. Kein Kästchen.

Maya warf einen Blick über die Schulter ans Ufer. Sie konnte panische Stimmen hören. Eine Traube von Wachen aus dem Lager rannten mit Äxten und Stangen herbei. Weiter unten am Ufer erschienen die ersten Mitglieder der königlichen Gesellschaft auf der steilen Uferböschung. Maya blickte über die andere Schulter. Das gesamte Heck ihres Bootes – Ahmoses neuen Bootes – brannte lichterloh. Eine Flammenmauer hüllte den Mast wie loderndes Rankwerk ein, und Funken flogen durch die Nacht.

Maya stöhnte innerlich. Ihr blieben nur wenige Minuten – Sekunden – bis die Wachen zurückkehrten und sie auf frischer Tat ertappten. In ihrer Verzweiflung zog sie den erstbesten Korb aus der Mitte des Stapels hervor. Der ganze Stapel fiel in sich zusammen. »Mutter Isis«, jammerte Maya. Der Korb war nicht versiegelt. Maya schob eine Hand unter den Deckel und fühlte die harte Ecke eines Holzkästchens.

Mehr Zeit hatte sie nicht. Die Lagerwachen waren fast bei ihr. Sie drückte sich den Korb an die Brust und kletterte über die Decks der anderen Schiffe an Land, ohne darauf zu achten, daß sie sich die nackten Füße und ungeschützten Schienbeine anstieß.

Die Wachen waren inzwischen über die Decks gestiegen und hackten auf die Seile ein, mit denen der Bug von Mayas brennendem Boot mit den anderen vertäut war. Die Männer schrien auf, als das letzte Seil durchtrennt war, und stachen die mitgebrachten Stangen in das Inferno, um das brennende Boot auf den Fluß hinauszuschieben. Die lodernde Barke rückte von den anderen ab, streckte dann jedoch einen feurigen Arm aus und packte das zusammengerollte Segel eines benachbarten Bootes. Am Ufer erklang lautes Geschrei, während die Wachen sich nach Kräften bemühten, diesen neuen Brandherd unter Kontrolle zu bringen.

Eine Reihe von Helfern luden emsig wie Ameisen Gepäck von den Booten, die dem Ufer am nächsten waren. Als erstes wurden Körbe von der königlichen Barke weitergereicht. Dann, als die königliche Barke von den anderen Booten gelöst worden war, wurde sie weiter flußaufwärts gezogen, und die »Ameisen« wandten ihr Augenmerk anderen Booten zu.

Maya bahnte sich einen Weg durch die Schaulustigen auf der Uferböschung. Hinter ihr brüllte Ahmoses neues Boot im Todeskampf. Die Männer mühten sich weiter, das zweite Feuer zu löschen; die Maya zugewandten Gesichter wurden von den tanzenden orangefarbenen Flammen erhellt. Maya entdeckte eine Frau in sauberem plissiertem Leinen und mit goldenen Ohrringen in Gestalt von Sonnen. Die Frau hatte die Finger an die Lippen gehoben, und ihre von dunklen Schatten umrandeten Augen blickten sorgenvoll. Vielleicht war es ihr Boot, auf welches das Feuer übergegriffen hatte. Vielleicht gehörte ihr Mann auch zu denen, die den Brand bekämpften.

Den Korb an sich gedrückt, machte Maya sich daran, die steile Böschung zu erklimmen. Ihre Lungen fühlten sich bleiern an, und ihre Kehle brannte vom Rauch. Keuchend gelangte sie oben an; Tränen der Erschöpfung hinterließen helle Streifen auf ihrem rußgeschwärzten Gesicht.

Unvermittelt sah sie sich dem Pharao gegenüber.

Er stand mit Khanefrues ein wenig abseits und blickte mit grimmiger Miene auf das Bild der Zerstörung hinunter. Maya war wie gelähmt. Sie konnte keinen Schritt tun, um mit ihrem Diebesgut an ihm vorbeizugelangen. Und was, wenn er bereits wußte, daß sie das Feuer gelegt hatte? Während sie noch zögerte und versuchte, im Dunkel der Nacht unterzutauchen, sah sie, wie Khanefrues' Knie einknickten und der Pharao den Arm ausstreckte, um sie zu stützen.

»Geht es dir nicht gut, meine Liebe?«

»Das Feuer – ich ertrage den Anblick von Feuer nicht. Bitte, bring mich fort von hier, mein König!«

»Du da! Bring eine Sänfte für die Königliche Große Gemahlin! Trag sie in ihr Zelt! Komm, meine Liebe, du brauchst dich nicht zu fürchten. Siehst du, sie haben das zweite Boot losgeschnitten. Es ist vorbei. Mach dir keine Sorgen.«

Die Sänfte für Khanefrues kam. Sie sah elend aus, als wäre sie einer Ohnmacht nah, und der Pharao ging neben ihr her bis zu ihrem Pavillon.

»Das hätte ich nicht für möglich gehalten«, sagte eine Stimme an Mayas Schulter. Sie fuhr erschrocken zusammen. Tamyt stand neben ihr. Ihre Katzenaugen funkelten, und ihre Zähne schimmerten in der Dunkelheit. »Maya, du bist eine bemerkenswerte Frau«, sagte sie.

Maya schnappte nach Luft und drückte Tamyt den Korb in die Arme. Dann wandte sie sich ab und flüchtete, während Tamyt sich vorsichtshalber in die Finsternis zurückzog.

Ahmose erwachte vor Morgengrauen nach unruhigem Schlaf. Er rechnete damit, daß jeden Moment ein königlicher Herold erschien und ihnen mitteilte, sie sollten ihre Sachen packen und sich auf der Stelle zurück nach Piramses begeben. Und dem Herold würde ein Schreiber mit einer Nachricht des Besitzers jenes Bootes folgen, auf welches das Feuer übergegriffen hatte. Er würde verlangen, daß Ahmose ihm eine Entschädigung zahlte. Schlimmstenfalls würden er und Maya in die entlegenste Oase verbannt, ihr Dasein eine Wüste in der Wüste. Er erhob sich von seinem schweißnassen Lager und suchte nach etwas, worauf er schreiben konnte, um den Wert ihrer verlorenen Habe auszurechnen und zu ermitteln, was sie in Piramses noch besaßen; außerdem wollte er die Anschaffungskosten für ein neues Boot ausrechnen. Den Göttern sei Dank, der Wind hatte günstig gestanden, sonst wäre womöglich die ganze Flotte in Rauch und Flammen aufgegangen. Während er versuchte, sich zu erinnern, wieviel Schmuck Maya auf die Reise mitgenommen hatte, tauchte bereits der erste der gefürchteten Besucher am Zelteingang auf.

Es war allerdings kein königlicher Herold, sondern Prinz Ramses. Ahmose fühlte, wie sich ein gähnender Abgrund in ihm auftat. Vielleicht kam es doch viel schlimmer, als er befürchtet hatte.

»Ist Maya schon auf?« fragte Ramses.

»Nein.« Hinter dem Vorhang, der das Zelt teilte, lag die Wahnsinnige, die offenbar vom Schicksal dazu bestimmt war, ihn zu ruinieren, schlafend oder wach auf ihrem Lager.

»Weck sie nicht. Ich bin gekommen, um dir zu sagen, daß alles in Ordnung ist. Ich habe Hunefer beruhigt, dem die zweite Barke gehört, und dem König alles erklärt. Hunefers Boot kann instand gesetzt werden. Meine Männer arbeiten bereits daran; der Schaden wird bald behoben sein. Außerdem habe ich aus Nubt ein Boot für dich und Maya abkommandiert. Ihr könnt es auf dem Rückweg wieder abgeben. Wir müssen uns nur überlegen, wie ihr von hier nach Piramses zurückkommt. Die Reparaturen an Hunefers Boot kannst du bezahlen, wenn wir zurück sind.«

»Danke«, sagte Ahmose erleichtert. »Aber so lange wirst du nicht warten müssen. Ich werde an meinen Onkel in Memphis schreiben. Er wird mir ein Boot nach Theben schicken – und das Geld für die Instandsetzung. Wenn du mir sagst, was du bekommst, setze ich das Schreiben gleich heute auf.«

»Kein Grund zur Eile«, entgegnete Ramses. Er schien noch nicht gehen zu wollen, und Ahmose, den Ramses' Großzügigkeit bei aller Dankbarkeit verwirrte, verhielt sich abwartend.

»Das kommt sehr unerwartet«, sagte er schließlich. »Ich hatte mit einer Bestrafung gerechnet. Maya war leichtsinnig. Die ganze Flotte hätte in Flammen aufgehen können. Es hätten Menschen getötet werden können …«

»Maya selbst hätte ihr Leben verlieren können«, entgegnete Ramses. Er sprach unerwartet laut, was sie beide überraschte, und senkte die Stimme. »Natürlich war der Pharao ärgerlich wegen des Schadens, vor allem aber war er besorgt um Khanefrues. Der Anblick des Feuers hat sie krank gemacht; beinahe hätte sie wieder einen ihrer Anfälle gehabt. Inzwischen geht es ihr wieder besser. Der König gibt Maya keine Schuld. Es war ein Unfall.«

Es entstand eine weitere Pause. Ahmose spielte unruhig mit seinem Papyrusfetzen herum. Er wollte sich nach Khanefrues erkundigen. Ramses schickte sich zum Gehen an, überlegte es sich offenbar anders und wandte sich wieder Ahmose zu.

»Erinnerst du dich daran, was ich über die kleinen Götter gesagt habe?« fragte er. »Die kleinen Götter, die einem fern vom Schlachtfeld auflauern? Sie tragen Masken, diese kleinen Götter. Du hältst sie für harmlos wie den alten Bes. Ein bißchen Spaß, ein bißchen von dem, was du begehrst. Völlig harmlos. Und plötzlich starren sie dich mit Dämonenfratzen an, mit dem Antlitz eines Herzfressers, und dann ist es zu spät. Das kann dir mit jedem der kleinen Götter passieren – den Göttern des Weins, des Spiels – der Lust.« Er schwieg eine Zeitlang und fuhr dann fort: »Jedenfalls ist alles eingerichtet. Du brauchst dir also keine Gedanken zu machen.« Er verließ das Zelt. Dann fiel ihm offenbar noch etwas ein, und er steckte den Kopf wieder durch den Zelteingang. »Übrigens, Tamyt sagte, sie könnte Maya ein paar Kleider borgen.«

Tamyt und Tiye saßen im Schneidersitz auf beiden Seiten des Weidenkorbes in Tamyts Zelt. Tiye stützte die Ellbogen auf den Korb, dessen Flechtwerk Abdrücke auf ihren Unterarmen hinterließ.

»Ich denke immer noch, wir sollten es gleich zurückbringen«, sagte sie.

Tamyt öffnete einen blauen Glaskrug. Erst nahm sie den Stöpsel heraus, den sie auf den Korbdeckel legte, dann den Stopfen aus Leinen, den sie neben den Stöpsel legte. Der Stopfen war geschwärzt wie von einem zerquetschten Insekt.

»Reich mir das Tuch, Tiye«, bat sie. Tiye reichte ihr ein Leinenquadrat. Tamyt drehte den Krug um, und ein schwarzes Pulver – Kuhl – rieselte heraus. »Nein«, widersprach Tamyt und stopfte eine Ecke des Tuches in den Krug. »Wenn wir es zurückgeben, wird man uns mit dem Diebstahl in Verbindung bringen. Wenn irgend jemand Verdacht schöpft, was den Zeitpunkt des Diebstahls des Siegels anbelangt, wird er als erstes an uns denken, und was dann? So, jetzt ist es sauber.« Mit ihren schlanken Fingern begann sie, das Tuch mit dem Kuhl zu einem ordentlichen Bündel zu verschnüren. »Was für einen Dreck dieses Zeug macht. Meine Hände sind ganz schwarz. Nein, Maya muß es zurückbringen.«

»Und was soll sie sagen, wie sie in den Besitz des Siegels gelangt ist? Sie hat ihr ganzes Gepäck verloren – abgesehen von dem Korb, den die Wache sie von ihrem eigenen Boot hat tragen sehen. Wie soll sie erklären, daß es sich um königlichen Besitz gehandelt hat? ›Ich habe meinen Korb über Bord fallen lassen, und da habe ich mir statt dessen einen von der königlichen Barke stibitzt‹?«

Tamyt schob die Hand unter ein Blatt Pergament, das neben ihr auf dem Teppich lag. Von der Handfläche aus ließ sie es flach auf den Deckel des Korbes gleiten. In einer Ecke prangte ein großes rotes Wachssiegel, so leuchtend, als wäre es noch feucht.

»Die Frage ist nur, ob das Siegel in diesen Krug paßt, ohne zu zerbrechen« sagte sie. »Und ob wir es heil wieder herauskriegen.«

»Das ist leicht. Dazu brauchen wir nur den Krug zu zerschlagen.«

»Natürlich. Aber paßt es hinein? Ja ... wenn ich es ganz vorsichtig einrolle ... hmmm ...« Tamyt schnupperte an dem Pergament. »Frischgegerbte Kälberhaut. Besorgt von einem wohlgesonnenen Rinderhirten und uns vom königlichen Vorsteher des Großen Hauses überbracht. Was für ein Netz wir aufgebaut haben, Tiye! Sie kann es nicht heute morgen zurückgeben, da muß ich dir recht geben. Der günstigste Zeitpunkt für die Rückgabe wird heute abend sein, wenn wir in Theben auspacken.«

»Aber was ist, wenn der Pharao in der Zwischenzeit das Fehlen des Siegels bemerkt? Was ist, wenn er eine Suche danach befiehlt?«

»Dann wird man es auf Mayas Boot finden.«

»Und wenn sie gesteht? Wenn man sie foltert?«

»Dann sind wir verloren. Hör zu, Tiye, man wird Maya nicht foltern – sie ist die Nichte des Pharao. Wenn sie herkommt, denken wir uns eine Geschichte aus, die sie offiziell erzählen kann. Nichts ist vollkommen sicher. Aber glaub mir, wenn man das Siegel bei uns fände, könnten wir uns ebensogut gleich die Kehle durchschneiden.«

Tiye hob eine Hand an den fleckigen, faltigen Hals.

Tamyt lächelte. »Sag, Tiye, würdest du Pentaweret die Kehle durchschneiden, um ihn vor der Folter zu bewahren?«

»Was ist denn das für eine Frage? Das ist ja widerwärtig! Wie kannst du so reden? Du bist krank im Kopf!«

»Ich dachte, der Stolz einer Mutter würde gebieten, daß sie ihren Sohn vor Unehre und Erniedrigung bewahrt, sogar durch den Tod.«

»Ich weiß nicht, woher du das hast. Du mußt verrückt sein.«

»Ich bin keine Mutter.«

»Wenn du eine wärst, wüßtest du, wie abstoßend allein der Gedanke ist.«

»Vielleicht hat das Schicksal mich für andere Dinge auserkoren«, entgegnete Tamyt. Sie stand auf, durchquerte das Zelt und versteckte den Krug unter ihren Kleidern und Perlen. »Da haben wir unsere Erlaubnis.«

Hunefers Boot mußte wegen einiger nicht fertiggestellter Reparaturen noch einige Zeit in Nubt bleiben, und Hunefers Gattin hatte darum gebeten, daß einiges von ihrem Gepäck nach Theben mitgenommen wurde. Maya erbot sich, diese Aufgabe zu übernehmen. Sie und Ahmose hatten auf dem geborgten Boot aus Nubt reichlich Platz. Maya war froh um diese Gelegenheit, weitere Verwirrung zu stiften, was das Gepäck betraf. Wenn jemand das königliche Siegel an Bord ihres Bootes fand, konnte man nicht ausschließen, daß es versehentlich zusammen mit Hunefers Gepäck dorthin gelangt war. Es war bei Fackelschein so viel hin und her geschleppt worden, daß sich leicht ein Irrtum eingeschlichen haben konnte. Das ersparte Tamyt die Mühe, sich für den Fall der Entdeckung eine Geschichte auszudenken. Der Instinkt gebot Maya, sich auf den Korb aus dem Gepäck des Königs zu setzen, als würde der körperliche Kontakt verhindern, daß er entdeckt wurde. Aber die Vernunft sagte ihr, daß es für den Fall einer Entdeckung nur verdächtig aussehen würde. Also trug sie ihr Kissen zu einem von Hunefers Körben, und das Knarren des Weidengeflechts spiegelte ihre innere Unruhe wider.

Ahmose trug nicht eben dazu bei, Mayas Nerven zu beruhigen. Mal stand er am Bug, mal am Heck, aber die meiste Zeit ging er rastlos auf und ab, wobei er über die Ruderer hinwegstieg und über Kisten stolperte. In seiner Ruhelosigkeit sah er sich bisweilen wieder in seinem Streitwagen, wie er seine Männer auf den asiatischen Ebenen in den Kampf führte; dann wieder verfluchte er Ramses dafür, daß er sich eine Scharade ausgedacht hatte zu dem alleinigen Zweck, ihn zu erniedrigen. Er fand keine Ruhe, weil er sich nicht schlüssig werden konnte. Und so brachte er das Boot zum Schaukeln, rempelte die Ruderer an und brachte Maya beinahe um den Verstand, indem er jedesmal im Vorbeigehen gegen den Korb mit dem Siegel stieß. Mittags erreichten sie endlich Theben.

Allgott Amun-Re segelte in seinem Boot zum Zenit des Himmels, als der Herr der Zwei Länder endlich auf den Wassern seiner Stadt dahinglitt. Theben am östlichen und Djeme am westlichen Ufer ragten auf den Plateaus der Hochwassergebiete auf. Die weißen Kalksteinstufen der zahlreichen Tempel führten auf beiden Seiten zu den Ufern hinunter, an denen das schlammige Wasser leckte. Auf den Treppen standen die Priester und Propheten, um ihren großen Hohepriester zu begrüßen; Bildnisse ihrer Götter auf goldenen Stangen prangten inmitten der in weißes Leinen gehüllten Menge: Amun-Re, Mut und Khonsu, Hathor und Horus. Dazwischen Statuen längst vergangener Könige und Königsgemahlinnen: Seth, der Günstling Ptahs; Ramses, der Günstling Amuns; Ahmose Nefertari. Am Rand der Ebene drängten sich die Bewohner von Theben und Djeme, und die steilen Uferböschungen waren mit einer grinsenden Menge bevölkert. Sängerinnen der Götter tanzten auf den untersten Stufen, schwenkten ihre Sistra und Ketten und sangen Hymnen zum Lobe des Pharao, während kleine Mädchen Blumenblüten streuten, die auf dem Wasser ihre eigenen kleinen Flotten bildeten.

Die königliche Gesellschaft würde nicht in Theben selbst wohnen, sondern im Palast von Djeme. Die Barken steuerten die königlichen Landestege unterhalb des westlichen Berges an, in dessen Flanken die alten Könige schlummerten. Am gegenüberliegenden Flußufer erhoben sich die mächtigen Pylone der Tempel von Theben, deren zahlreiche Flaggen und Wimpel am östlichen Himmel flatterten.

Der kurze Weg bis zum Eingangstor des Großen Hauses erschien Maya so lang wie die Oasenstraße. Das Entladen des Bootes hatte sie Dienern aus Djeme überlassen. Ihre Füße waren bleischwer, und es kam ihr vor, als würde sie durch hüfthohes Wasser waten. Sie versuchte, den Blick auf die hoch über den Pylonen wehenden Fahnen gerichtet zu lassen. Nur einmal gab sie der Versuchung nach und warf einen Blick über die Schulter, überzeugt, einen Tumult zu sehen. Sie malte sich aus, wie der Korb des Pharao umgestürzt wurde und sich alle um das königliche Siegel scharten. Aber das Entladen ging ohne Zwischenfälle vor sich; Kisten und Körbe wurden auf dem Pier gestapelt, und je zwei oder drei Männer trugen zusammengerollte Zelte den Weg herauf. Niemand rief, kein Aufseher kam mit funkelnden Augen herbeigerannt und zeigte anklagend mit dem Finger auf sie. Endlich hatte sie es geschafft und betrat das Große Haus.

Maya hatte diesen Palast noch nie gesehen. Der Pharao hatte den Bau angeordnet, nachdem sein Vater vor dreißig Jahren ins Schattenreich eingekehrt war. Der Palast war als

Gegenstück zu seinem Haus der Ewigkeit tief in den westlichen Bergen gedacht, wo er zur letzten Ruhe gebettet würde, wenn er eins mit Osiris geworden war. Während sein Körper in goldenen Särgen im dunklen Mutterleib der Erde ruhte, würden seine eigenen Priester seinem Ka in einem prunkvollen Gotteshaus huldigen, das alle Tempel überragte, die sein Vater in der Ebene von Djeme hatte errichten lassen. Noch während die Mauern dieses Gotteshauses errichtet wurden, hatte der König befohlen, daß um sie herum eine zweite Mauer gebaut wurde. Und innerhalb dieses Ringes war südlich seines Tempels ein Königshaus gebaut worden, ein Palast für den Pharao zu seinen Lebzeiten und ein Haus für sein Ka, wenn er ins Schattenreich einkehrte. Im Osten und Westen ragten hohe Türme über die Tore hinaus, jenen gleich, von denen seine Generäle ihm nach ihrer Rückkehr aus den asiatischen Ländern berichtet hatten.

Jedes Jahr zur Zeit des Opet-Festes und wann immer ihm danach war, den Bau seines Gotteshauses und seines Hauses der Ewigkeit zu besichtigen, kam der Pharao her und wohnte in seinem Großen Haus in Djeme. Er brachte seine Odalisken mit und füllte die zwei Türme und den Palast mit ihren Blumen, ihrem Geplauder und ihrem Moschusduft. Er brachte Ringer und Akrobaten mit und Männer, die sich mit Schwertern duellierten. Dann hielt der König der Zwei Länder am Flußufer Wettkämpfe ab, denen ganz Djeme und sogar zahlreiche Thebaner beiwohnten. Der Pharao hatte Darstellungen seiner selbst und seiner Odalisken an den Mauern seiner Türme anbringen lassen; außerdem Szenen, die seine Favoriten beim Wettkampf zeigten. Auf dem Höhepunkt seiner Herrschaft, als Ägypten nach seinen Siegen über die Seevölker triumphierte, hatte er für die Ewigkeit ein Bildnis der großen Schlacht auf dem Großen Grün in den Stein des Monuments hauen lassen, das er Monument von Millionen Jahren nannte. Der Pharao feierte und huldigte den Göttern von Theben, zeugte Kinder, schlug Schlachten und wurde alt, und in all dieser Zeit wuchs sein Gotteshaus innerhalb des Palastes, wurde höher, größer und prächtiger als jedes andere Gebäude in Djeme, machte sich bereit für den Tag seines Todes.

Maya und Ahmose wurden Gemächer ganz oben im Westturm zugewiesen, zwei kleine Zimmer, die auf eine Galerie hinausgingen, mit Blick auf die brütenden ockerfarbenen Berge vor tiefblauem Himmel. Maya betrat jenes Zimmer, das als Schlafraum eingerichtet war, und ließ den Vorhang vor der Tür herunter. Sie wußte, daß Ahmose ihr nicht folgen würde. Sie setzte sich auf eins der zwei schmalen Betten, biß sich auf die Fingerknöchel und wappnete sich für das lange Warten auf ihre Kisten.

Nach ein paar Minuten drang kein Geräusch mehr von Ahmose herüber. Maya stellte sich vor, wie er mit ausgestreckten Beinen in einem Stuhl saß, den Kopf zurückgelehnt, eine Hand über den Augen, als hätte er tausend erschöpfende Meilen im Streitwagen hinter sich. Aus dem Garten unten drangen die Stimmen von Dienern herauf; sie hörte, wie Lasten hin und her getragen wurden. Essengerüche stiegen ihr in die Nase. Die warme Hand der Sonne strich langsam über die Flanken des heiligen Berges. Maya ließ den Kopf sinken, bis ihre Fäuste sich in ihre Augenhöhlen preßten. Dann endlich waren Geräusche auf der Treppe zu vernehmen. Maya hörte, wie Ahmose sich mit übertriebenen Müdigkeitsbekundungen erhob und zur Tür ging. Diener trugen Körbe herein, die beim Abstellen laut knarrten. Es schienen ziemlich viele zu sein; offenbar hatten sie auch Hunefers gesamtes Gepäck heraufgeschleppt. Gut. Das würde zum allgemeinen Durcheinander beitragen. Die Schritte entfernten sich wieder.

Es war an der Zeit für Maya, hinauszugehen und das königliche Siegel zu ›entdecken‹, das auf unerklärlichem Wege unter ihr Gepäck geraten war. Dann hieß es, einen königlichen Herold zu rufen und ihn zu seinem eigenen Wohl zu völliger

Geheimhaltung anzuhalten. Doch Ahmose war dort, und Maya wollte nicht, daß er Zeuge des Zwischenfalls wurde. Sie wollte am liebsten für immer in diesem Schlafzimmer oben auf dem Turm bleiben und es nie wieder verlassen.

Maya zwang sich aufzustehen. Wenn Ahmose herumwühlte und selbst auf das königliche Siegel stieß, während sie sich im Schlafzimmer versteckte, würde er nur Verdacht schöpfen. Es war besser, die Sache gleich anzugehen. Sie schob den Vorhang beiseite und ging nach nebenan. Es war ein Wohnraum, und Ahmose hatte bereits ein paar Kissen auf einer Liege gestapelt – ein Soldatenbiwak in fremdem Gebiet, ein Lager auf der rechten Seite des Niemandslandes, weit entfernt von den feindlichen Linien der Schlafzimmertür. In der Mitte des Zimmers waren ein halbes Dutzend Körbe gestapelt. Ahmose hatte den Deckel des obersten aufgeklappt und starrte verblüfft auf den großen blutroten Klumpen des königlichen Siegels.

»Was ist das?« Maya trat ein paar Schritte vor.

Ahmose blickte auf. Seine funkelnden Augen sahen durch sie hindurch. »Das ist das Siegel des Pharao. Das ist ein Zeichen.«

»Was meinst du damit?«

»Es ist ein Zeichen … ein Omen der Götter.«

»Was redest du denn da?« rief Maya beunruhigt aus. »Was hat das Siegel des Pharao bei Hunefers Sachen zu suchen? Wie sollte das ein Omen sein? Und überhaupt – ein Omen wofür?«

»Ich habe es gefunden«, antwortete Ahmose. »Die Götter haben es mir geschickt – Amun-Re hat es mir geschickt. Ich werde mein Kommando zurückerhalten.«

Maya war wie vom Donner gerührt. »Du hast den Verstand verloren«, sagte sie nach einer Weile.

»Was meinst du damit? Warum sollte ich mein Kommando nicht zurückerhalten?«

»Das königliche Siegel taucht in Hunefers Gepäck auf, und du hältst das für ein Zeichen der Götter? Für dich gesandt? Was hat Hunefer mit dem Siegel des Königs zu schaffen? Und was ist mit uns? Wie sollen wir das erklären?« Maya fuhr sich mit beiden Händen durchs Haar.

»Aber genau deshalb muß es ein Zeichen sein. Warum hätte es sonst auftauchen sollen? Und warum hätte ausgerechnet ich es finden sollen nach all den anderen Zeichen?«

»Was für anderen Zeichen?« fragte Maya abwesend und ungeduldig.

»Ramses hat ziemlich eindeutige Andeutungen gemacht – und der Pharao hat mich letztens mit General angesprochen ...«

Maya lachte spöttisch. »Was? Keine Visionen in den Wolken? Kein Blitz aus der Hand Seths? Keine Stimme Amuns vom Himmel, die sagt: ›Ahmose, reite fortan an der Spitze deiner Armee‹? Ahmose, das hier ist sehr verdächtig, und der Verdacht wird auf uns fallen. Wir müssen uns seiner entledigen. Ruf einen königlichen Herold und laß das Siegel zurückbringen.«

»Du Miststück! Ich weiß, was ich weiß. Deinetwegen habe ich mein Kommando verloren, und jetzt kannst du den Gedanken nicht ertragen, daß ich es zurückbekommen könnte. Aber ich werde es zurückbekommen. Das ...« Er nahm das schwere Siegel in die Hand und schwenkte es vor ihrem Gesicht. » ... ist ein Zeichen, ob es dir gefällt oder nicht. Dieser Korb gehört nicht zu Hunefers Gepäck – alles hier drinnen trägt den Namen des Königs.«

»Bei den Göttern, Ahmose, wenn du unbedingt glauben willst, daß es ein Zeichen ist, dann ist es eben ein Zeichen. Aber was willst du dem Pharao erzählen? Ich sage dir eins: wenn der Pharao sich tatsächlich mit dem Gedanken trägt, dir dein Kommando zurückzugeben, wird er es sich ganz bestimmt noch einmal überlegen, wenn du herumerzählst, die Götter hätten es dir bereits verkündet.«

»Hältst du mich für so dumm? Natürlich werde ich niemandem davon erzählen. Ich hätte nicht einmal dir etwas davon gesagt, wenn du nicht zufällig hereingekommen wärst. Das geht nur mich etwas an.«

»Wenn es unter uns bleiben soll, läßt du besser einen königlichen Herold kommen, dem du eine Heidenangst einjagst, damit er den ganzen Korb wegschafft, ohne ein Wort darüber zu verlieren, und der dankbar ist, noch einmal mit dem Leben davongekommen zu sein. Los, es wird dir Spaß machen. Das ist eine gute Übung für den Drill an deinen bedauernswerten Rekruten.«

Ein Diener, der draußen auf dem Treppenabsatz erschien, kam einer Erwiderung Ahmoses zuvor. »Entschuldigt, edle Dame«, sagte er und verneigte sich vor Maya. »Meine Herrin Tamyt schickt mich. Sie läßt Euch ausrichten, daß sie Euch noch weitere Kleider überlassen kann, wenn Ihr sie heute abend besucht, nachden sie fertig ausgepackt hat.«

»Richte ihr meinen Dank aus«, sagte Maya und zog sich wieder ins Schlafgemach zurück. Sie hörte, wie Ahmose dem Boten auftrug, den für das königliche Gepäck zuständigen Diener zu ihm zu schicken. Nachdem er gegangen war, zog Maya das zweite Bett ab und warf die Laken vor die Tür. Dann setzte sie sich auf die Kante des ersten Bettes, um den Abend abzuwarten.

Das königliche Siegel wurde von einem entsprechend eingeschüchterten Diener entfernt, der sich mit hündischer Unterwürfigkeit bei Ahmose dafür bedankte, daß der das Geheimnis wahren wollte. Als es dämmerte, suchte Maya Tamyt auf; unter ihrem Kleid trug sie den einzigen Halsschmuck, der ihr noch geblieben war. Sie kehrte ohne die Halskette zurück, dafür mit einer Kiste Schubfächer. Im oberen lag ein Kleid, wie es einer edlen Dame gebührte; im mittleren Fach waren ein Umhang und ein weites Hemd, wie Fellachenfrauen sie trugen, und im untersten lagen Leinentücher. Maya schob die Kiste unter das Bett, schlang beide Arme um den Leib und erbrach sich. Sie rief einen Diener und trug ihm auf, sauberzumachen; dann legte sie sich hin und zog die Laken über sich. Sollten jetzt schon alle wissen, daß sie krank war, wo sie vom morgigen Abend an für längere Zeit das Bett hüten würde. Dann dachte sie an das Kind in ihrem Leib und weinte.

In der darauffolgenden Nacht schlich Maya zur vereinbarten Zeit als Bäuerin verkleidet und mit einem Stoffbündel in den Armen die Treppe hinunter. Die Gäste des Pharao in ihrem Wüstenturm schliefen; nur Tamyt war noch auf, eine verschleierte Gestalt, die sie bereits an der Tür erwartete. Maya warf einen Blick auf den Wächter, als Tamyt ihr Handgelenk packte – er schaute gezielt in eine andere Richtung. Maya fragte sich, wie viele von ihren Goldketten Tamyt ihm gegeben haben mochte, schob den Gedanken aber gleich darauf von sich. Sei nur dankbar, daß er nicht hersieht, dachte sie.

Tamyt führte sie am Arm vom Tor fort und in das Labyrinth dunkler Gebäude. Sie folgten der Mauer des Großen Hauses zu ihrer Rechten, auf der hoch oben die Fackeln der Wachen orangefarben glühten. Sie kamen an einer Reihe von Lagerräumen zu ihrer Linken vorbei, deren Türen mit Seilen fest verschlossen waren, gesichert durch das große Wachssiegel des königlichen Haushofmeisters. Sie kamen an den Säulen des Palastes vorüber, wo die Fahnen an ihren Stangen flüsterten wie die ihren Gräbern entwichenen Bas von Verstorbenen. Niemand hielt sie auf. Schließlich näherten sie sich dem Osttor, das zu den Anlegestellen führte. Auch hier standen zwei Wachen stocksteif da wie die hölzernen Skulpturen, von denen die alten Pharaonen bewacht wurden, und blickten starr in eine andere Richtung. Hatte sie Tamyt wirklich genug gegeben, um all diese Leute zu bestechen? Maya war schockiert, daß so zahlreiche königliche Wachen bestechlich waren. Sie wollte Tamyt fragen, was sie ihnen erzählt hatte, wagte aber nicht, die nächtliche Stille zu stören.

Sie schritten durch das Tor und schlichen den Kai entlang. Am Ende der Seite an Seite vertäuten Barken drehte ein kleines Papyrusboot kleine Kreise im Wasser. Ein junger Mann, der Maya vage bekannt vorkam, saß an den Rudern. Die zwei Frauen gingen an Bord, und der Ruderer steuerte das Boot flußabwärts auf den Tempel des Amun-Re zu, des Allgottes von Theben. Fort vom königlichen Palast war der Himmel klar, Sterne funkelten, und in ihrem fahlen Licht schimmerte der Himmel tiefblau und das Wasser silbern und schwarz. Es war so hell, daß die drei Gestalten in dem kleinen Boot auf der stillen Wasseroberfläche deutlich auszumachen waren.

Die Häuser der großen Götter von Theben und die gedrungenen Vororte zu ihren Füßen glitten vorüber, schwarze Scherenschnitte vor nächtlichem Himmel. Am nördlichen Ende der Stadt ragten die Säulen des Tempels auf, in dem Amun-Re, König der Götter, bis zum Morgen im Tod ruhte. Das Boot glitt vorbei an den Stufen des göttlichen Hafens, der um diese Stunde verlassen dalag, und machte ein Stück weiter flußabwärts fest. Der Ruderer half ihnen an Land. Maya registrierte, daß auf sein Handgelenk mit Henna ein Katzenkopf aufgemalt war, der an Tamyts Ring erinnerte. Das war es also – er war einer von Tamyts Dienern; sie mußte ihn im Harem gesehen haben.

Wortlos ergriff Tamyt wieder ihren Arm und führte sie fort vom Boot und in den Schutz der Einfriedungsmauer des Tempels. Im Sternenlicht schlichen die zwei verschleierten Gestalten am Fuß der Mauer entlang. Über ihnen massakrierte in gigantischem Maßstab Ramses, der Günstling des Amun-Re, die Asiaten in den Ebenen von Kadesch. Sie gingen um den Berg der in Stein gehauenen Gefallenen herum, duckten sich unter den Hufen seines ewig galoppierenden Pferdes und unter den Rädern seines Streitwagens hinweg.

Im Schatten eines Tores in der Mauer erwartete sie ein Priester mit kahlgeschorenem Schädel. Wortlos wandte er sich ab und führte sie vom Amun-Tempel fort, über eine offene Fläche zu einem kleinen Schrein, der nicht viel größer war als die zwei Zimmer im Westturm zu Djeme. Im Eingang brannte die erste Lampe, die Maya in dieser Nacht zu sehen bekam. Ansonsten war der Schrein verlassen.

»Wo sind wir?« fragte Maya Tamyt leise.

»Im Hause Ptahs im Bezirk Amun-Res, des Königs der Götter. Das hier ist User, der Priester Sachmets, der dir helfen wird.«

»Ich muß euch einen Augenblick im Dunkeln zurücklassen«, sagte User. »Ich muß den Weihrauch und noch einige andere Dinge aus dem Magazin holen.«

»Ich komme mit dir und halte die Lampe«, erbot sich Tamyt. Maya blieb allein in der Finsternis zurück, während die beiden mit der Lampe verschwanden, um alles Notwendige zu holen. Maya umfaßte mit den Händen ihre Ellbogen und schauderte. Irgendwo vor ihr, einige wenige Schritte entfernt im Abgrund der Nacht, befanden sich die Schreine Ptahs, seiner Löwinnen-Frau Sachmet und ihres Kindes Nefertum, das ihnen aus einer Lotosblume geboren worden war; die Schreine dreier großer Götter, die nachts zu ihren Gräbern wurden, wo sie in der traurigen Hoheit des Todes ruhten.

Tamyt kehrte mit der Lampe und einer silbernen Schale zurück. User folgte ihr mit einem Kohlenbecken und ein paar Gegenständen, die in ein Stoffbündel eingeschlagen waren.

»Komm«, sagte Tamyt.

Maya hob ihre Leinenbinden vom Boden auf, beschämt ob ihres Zwecks, und folgte ihnen in das Heiligtum von Sachmet. Im schwachen Lampenschein tauchten das matte Gold des Schreins sowie die Seile und Siegel auf, die der Erste Prophet Ptahs bei Sonnenuntergang angebracht hatte. Der Schrein warf riesige Schatten auf die Wand des Sanktuariums, gigantische Silhouetten, die gegeneinander stießen und übereinander hinwegglitten, wobei jede noch so kleine Bewegung in eine ausholende schattenhafte Geste verwandelt wurde, die sich über die heiligen Inschriften zog. User stellte das Kohlenbecken vor dem Schrein ab und entrollte sein Bündel auf den Stufen des kleinen Altars. Maya erkannte einen Bechsel, mit dem User die Göttin aufwecken würde, sowie andere Instrumente, über deren Verwendungszweck sie lieber nichts Näheres erfahren wollte. Sie wandte den Blick ab.

User nahm Tamyt die Lampe ab und musterte zum ersten Mal Mayas Gesicht.

»Bist du auch ganz sicher, daß du das willst?« fragte er.

»Ja.«

»Wäre es nicht leichter, du würdest in dein Dorf zurückkehren und vorgeben, das Kind wäre von deinem Gatten?«

»User«, sagte Tamyt in warnendem Tonfall.

Doch User wandte sich ihr abrupt zu, so daß das Lampenlicht auf die Odaliske fiel. »Sie ist keine Bäuerin! Ist dir eigentlich klar, was du von mir verlangst? Du hast nur gesagt ...«

»User!« Tamyts dringlicher Tonfall brachte ihn zum Schweigen. Sie legte eine Hand um seinen Ellbogen und führte ihn zusammen mit der Lampe hinaus in den Vorraum. Maya hörte, wie ihre Stimmen im Streit synchron zur Gestik ihrer Schatten an der Wand anschwollen und wieder leiser wurden. Ab und an konnte sie einen empörten Satz verstehen: »Es geht nicht nur darum, im Dunkeln herumzuschleichen, damit der Erste Prophet einen nicht erwischt ... Sachmet in der Unterwelt stören ...«, hörte sie User sagen. Dann Tamyt: » ... eine Sterbliche. Was ist los mit dir? ... hat uns das Siegel gebracht, vergiß das nicht ... noch nicht vorbei.« Einen Moment fürchtete Maya, der Priester würde sich im letzten Augenblick weigern, den Eingriff vorzunehmen. Dann führte Tamyt User zurück ins Sanktuarium.

Während User sich vor das Kohlenbecken hockte und mit Hilfe der Lampe das Feuer entzündete, wies Tamyt Maya an, ihre Kleider abzulegen. Maya nahm ihre Perücke ab und zog sich aus, wobei sie in Gedanken das vertraute Ritual aus dem Lustrationsraum von Isis aufsagte: Wer ist da, wer kommt an den Ort der Reinigung? Maya, Hohepriesterin der Dienerinnen von Isis. Nur daß dies kein Ort der Reinigung war mit dem schimmernden Arm des Re, der durch die warme Schwärze herabfiel. Sie befand sich mitten in der Nacht in der Gruft der feurigen Sachmet. Aus welchem Grund bist du hier? Nicht um meinen Körper im Dienste der Götter mit dem klaren Wasser der Maat zu reinigen. Nein, um Isfet zu entfesseln, um eine Todsünde zu begehen.

Das Kohlenbecken brannte. Tamyt nahm mit einer Zange ein Stück brennendes Holz aus Users Bündel und ließ es in die silberne Schale fallen. Sofort stieg duftender Rauch auf.

»Nimm ein Tuch«, befahl Tamyt Maya. »Schnell, es ist sehr heiß. Hier. Halte dir die Schale vors Gesicht und atme tief ein.«

»Was ist das? Puntischer Lotos?«

»Es ist zu spät für Fragen. Von nun an mußt du alles, was geschieht, fraglos hinnehmen.« Tamyts Stimme klang streng, doch in ihre Augen trat ein weicher Ausdruck, und sie berührte sanft Mayas Schulter. Maya hielt das Gesicht in den Rauch. Wie glühende Nadeln füllte er ihre Nase und ihre Kehle, und sie schnappte nach Luft. Tränen schossen ihr in die Augen, und der Raum verschwamm, als befände er sich unter Wasser. Maya schwankte. Tamyt stützte sie und befahl ihr, erneut einzuatmen. Diesmal schmerzte es nicht. Die Dunkelheit schien in die Ecken des Sanktuariums zurückzuweichen. Sie konnte den Schrein aus Gold und Ebenholz deutlich sehen, ebenso den von vorangegangenen Reinigungszeremonien fleckigen Altar ... User in seinem weißen Rock an den Türen des Schreins ... jeder Muskel seines Körpers war deutlich erkennbar. Nichts von alledem überraschte sie. Ihr Verstand hatte begonnen, fraglos hinzunehmen. Tamyt drückte ihren Kopf erneut über die Schale. Als Maya den Kopf wieder hob, trug User das Gewand eines großen Ersten Propheten und Tamyt das Kleid einer königlichen Gemahlin. Users Hände legten sich auf die Siegel des Schreins, und eine Stimme von irgendwoher stimmte das Morgenritual an. Die schöne Odaliske streckte die Hand aus, und die silberne Schale schwebte ganz allein davon. Sie legte Maya einen Arm um die Schultern, und Maya fühlte, wie sie zu Boden schwebte wie ein Blatt im Wind.

Von dort, wo sie lag, konnte Maya sehen, wie der Erste Prophet die Türen des Schreins öffnete. Im Inneren sah Maya in dem neuen Licht die in Leinen gehüllte Gestalt der Göttin. Der Geruch von Einbalsamierungsöl und Kräutern erfüllte den Raum, vermischt mit Verwesungsgestank. Die Nacht hatte die Göttin in die Unterwelt verbannt; sie segelte mit unerträglichem Leid in der Barke Res durch das Reich von Osiris. Alle Macht der großen Sachmet war nichtig, ihr Löwenfell war von Bestechung zerfressen, und ihre Krone lag zwischen Geröll. Maya fühlte, wie die Trauer der toten Göttin in ihr aufstieg, und schluchzte.

Während sie weinte, stimmte der Erste Prophet seine Anrufung an. Zwei körperlose Hände tauchten im Schrein auf und begannen, die Binden von der Göttin zu entfernen. Als sie fertig waren und Sachmet in Gold und Elfenbein auf ihrem Thron saß, hob der Erste Prophet seine Bechsel und hielt sie vor die toten Augen. Tief in der Unterwelt spürte Maya, wie die Augen Sachmets sich in der Dunkelheit öffneten – einer Dunkelheit, in der weit entfernt ein einzelner Lichtpunkt glomm. Der Erste Prophet berührte nacheinander die Ohren der Göttin, und Maya hörte das Knarren der Nachtbarke auf den Wassern des Abgrunds wie durch eine Muschel von den Ufern des Grünen Wassers. Hände. Dann umschlang die Unterwelt sie mit eisigen Armen. Ein Atem, der nach Tod und Trauer stank, füllte Mayas Lungen und wurde ausgestoßen, feucht und heiß wie der Atem eines großen Raubtiers. Der Erste Prophet drückte den Bechsel an den Mund Sachmets. Ein gewaltiger Schrei baute sich in den Tiefen von Mayas Ka auf und brach als Löwengebrüll aus ihr hervor. Der Erste Prophet wandte sich vom Schrein ab und war Sachmet – Sachmet die goldene

Löwin, mit Augen wie polierte Bronze und blutroten Kiefern mit elfenbeinfarbenen spitzen Zähnen. Sachmet war von den Toten auferstanden.

Maya fühlte, wie Entsetzensschreie sich in ihrem Inneren entrollten wie Seile, Schlaufe auf Schlaufe ohrenbetäubenden Lärms. Sachmet schwang ihren Löwenkopf hin und her, und Maya fühlte, wie ihre Schreie verstummten, als jemand ihr einen weichen Knebel in den Mund schob. Den Blick auf die Göttin geheftet, versuchte sie, den Knebel herauszuziehen, doch fremde Hände hielten ihn dort fest, und als sie den Kopf drehte, erkannte sie, daß es die leuchtenden Hände von Isis waren. Mutter Isis mit Alabasterhaut und Haar wie Lapislazuli streichelte ihr Gesicht und redete beruhigend auf sie ein, als die gierige Sachmet sich ihr näherte.

Sachmet blieb zu Mayas Füßen stehen; sie spürte die Hitze ihrer Schnauze. Ihre Augen schossen glühende Pfeile ab – Maya konnte die hellen Spitzen sehen, bevor sie ihr Ziel trafen und sich von den Lenden bis zum Schädel in ihren Körper bohrten. Schmerz breitete sich feurigen Schlangen gleich in ihr aus, und sie bäumte sich auf. Ihre Zähne bissen durch den Knebel, aus ihren Augen liefen unaufhaltsam Tränen, und sie versuchte verzweifelt, sich von Isis' Händen zu befreien – vergeblich. Sachmet schoß ein zweites Mal ihre Pfeile ab, und der Schmerz ließ sie sich erneut aufbäumen und kraftlos wieder zurücksinken. Isis strich ihr mit sanfter Hand über die Stirn und murmelte beruhigende, mitleidige Worte.

Plötzlich flogen sie durch einen blauen Himmel. Sachmet hatte sich in einen Falken mit goldenem Gefieder verwandelt und Isis in einen lapislazulifarbenen Geier, und beide kämpften um Maya, deren auf dem Rücken liegender Körper sich langsam im Kreis drehte, als die Klauen des Falken sich in ihre Eingeweide bohrten. Sie warf den Kopf herum und schrie in ihren Knebel, während Isis ihre Finger in Sachmets schuppige Krallen grub. Der Kampf tobte weiter, während sie in langsamen Spiralen abwärtsglitten, vorbei an Re in seiner Sonnenbarke. Alle niederen Götter im Schiff scharten sich an der Reling, um den Zweikampf von Isis und Sachmet zu verfolgen. Maya wollte rufen: »Vater Re, laß sie nicht um mich kämpfen, laß mich sterben!«, doch sie brachte keinen Laut hervor.

Sie befanden sich auf einem grünen Feld am Rande der Wüste. Sachmet war eine Wüstenlöwin, und Isis hatte sich in die heilige Kuh verwandelt, die Mutter von Apis. Sachmet hielt Mayas Unterleib zwischen ihren Fängen, doch ihre Hände waren um Isis' Hörner gekrallt. Beide zerrten sie abwechselnd über den Rand des Ackers. Maya konnte die Trennlinie zwischen der schwarzen Erde Ägyptens und dem roten Wüstensand sehen. Der Pharao und seine Höflinge kamen aus Miwer, um sich den Zweikampf anzuschauen, und Maya schrie in ihren Knebel: »Laßt nicht zu, daß sie mich zerreißen, mein König, laßt mich sterben!« Doch Ramses nahm von den Höflingen Wetten auf den Ausgang des Kampfes entgegen und hörte sie nicht.

Der große Fluß Ägyptens befand sich auf seinem höchsten Stand. Isis war ein Nilpferd und Sachmet ein Krokodil. Sachmet hatte Maya bei den Hüften gepackt, schüttelte sie, daß sie glaubte, ihr Rückgrat müsse zerbrechen, und versuchte, sie ins Wasser zu ziehen, um sie zu ertränken, aber Isis hielt ihren Kopf immer wieder über Wasser. Die Tempelbarken des Amun-Re, Mut und Khonsu kamen den Fluß herunter, und Maya rief: »Vater Amun, ich will sterben!« Aber jemand setzte die Boote in Brand; sie loderten auf und wurden zu Asche, und Maya konnte nicht sterben.

Sie befanden sich im Sanktuarium von Sachmet, und es war nicht Maya, um die sie kämpften, sondern um den Horus in ihrem Bauch, Sachmet stieß Maya ihren Speer in den Leib, und sie hörte den Schrei des Horus, als er ihrem Bauch entrissen wurde. Isis stimmte die Totenklage an.

Maya kam wieder zu sich, als User sie an dem Tor absetzte, an dem er sie zuvor erwartet hatte.

»Das war's. Weiter trage ich sie nicht. Die Götter mögen wissen, wen sie mit ihrem Geschrei alles geweckt hat.«

»Nachdem ich sie geknebelt habe, hat sie kaum noch Lärm gemacht. Wenn jemand wach geworden wäre, hätte er sich längst bemerkbar gemacht.«

»Ich halte mich jedenfalls nicht länger hier auf. Ich verschwinde«, entgegnete der Priester.

Neben dem grausamen Schmerz in ihrem Leib und dem Hämmern, das ihre Schädeldecke zu sprengen drohte, nahm Maya einen dicken Wickel um ihren Unterleib wahr. Tamyt kauerte neben ihr.

»Kannst du aufstehen?« fragte sie. »User will nicht weiter mitkommen. Ich fürchte, wir werden bis zum Boot laufen müssen.«

»Ich weiß nicht.«

Schwer auf Tamyt gestützt rappelte Maya sich auf, doch Tamyt mußte ihr eine Hand über den Mund legen, um ihren Aufschrei zu ersticken.

»Gut«, sagte sie. Sie sprach leise und entschieden. »Einen Schritt nach dem anderen. Stütz dich auf mich. So – so ist es gut, ganz langsam.«

Es war unterträglich schmerzhaft, doch Schritt für Schritt arbeiteten sie sich an der Tempelmauer entlang und an Ramses' Denkmal vorbei. Tamyt stützte Maya so gut es ging und flüsterte ihr Worte der Ermutigung zu. Nach einer Zeit, die Maya wie eine Ewigkeit erschien, sagte sie: »Gut, wir sind in Sichtweite des Flusses. Warte hier. Ich hole den Jungen, damit er dich den Rest des Weges trägt.« Kurz darauf war sie mit dem Knaben zurück. Sie reichten einander die Hände und bildeten so eine Art Tragesitz für Maya, auf dem sie sie zum Boot zurückbrachten. Wortlos überquerten sie den Fluß. Am Ufer angelangt, schafften sie Maya mühsam die steile Böschung hinauf. Aber der Junge war Tamyt gegenüber offenbar loyaler als der Priester – oder seine Furcht vor ihr war größer –, da er bei ihnen blieb und Maya, die sich wieder in den Bauernumhang gehüllt hatte, erneut an den seltsam blinden Wachen vorbeihalf.

»Halt!« zischte Tamyt, als sie den Westturm erreichten.

»Was ist?«

»Da sind Leute.« Tamyt zeigte auf ein Licht in einem der Fenster. Es bewegte sich. Es mußte jemand auf der Treppe sein. »Eine der Wachen auf ihrem Rundgang. Ich weiß nicht, wer, ich meine …«

»Du meinst, du hast den Mann nicht bestochen?«

»Möglicherweise ist er keiner von uns. Er darf uns nicht sehen, sonst schöpft er Verdacht. Komm hier herüber.«

Tamyt zog sie in einen Hauseingang. Sie beobachteten, wie eine einzelne Wache mit einer Laterne den Turm verließ.

»Er geht in Richtung Harem«, murmelte Tamyt. »Ich muß mich auf den Weg machen. Schaffst du es allein bis in dein Zimmer?«

»Was? Du kannst mich jetzt nicht im Stich lassen, Tamyt!« Maya krallte die Finger in Tamyts Kleid. »Ich kann kaum laufen. Mein Gemach ist ganz oben«, flehte sie.

»Du wirst es versuchen müssen«, entgegnete Tamyt. »Ich darf mich nicht außerhalb des Harems aufhalten, wenn er dort patrouilliert. Ich muß vor ihm dort sein. Reiß dich zusammen! Bis hierher hast du dich sehr gut gehalten. Noch eine letzte kleine Anstrengung, und du bist zu Hause. Dann kannst du dich ins Bett legen.«

»Kann der Knabe mir nicht helfen?«

»Tut mir leid. Ich brauche ihn, um die Wache abzulenken. Los, lauf durch den Garten. Er wird dir folgen. Wir warten, bis er uns den Rücken zukehrt.«

Der Junge lief im Mondlicht los. Die Wache rief ihn an und setzte ihm nach, als er nicht antwortete. Maya blickte sich um. Tamyt war nicht mehr bei ihr.

Maya legte mühsam die kurze Entfernung bis zum Westturm

zurück und brach am Fuß der Treppe zusammen. Sie richtete sich auf alle viere auf. Glühende Eisen schienen sich in ihren Unterleib gebohrt zu haben, so daß sie weder sitzen noch sich bücken konnte. Ihr Kopf hing bleischwer zwischen ihren Armen herab. Der Umhang glitt von ihren Schultern, und sie mußte ihn mit den Zähnen packen und jede Stufe, die sie sich hinaufschleppte, hinter sich herschleifen. Das Schlafgemach oben in der Turmspitze erschien ihr so fern und unerreichbar wie der Gipfel des Westens. Als sie schließlich zum letzten Treppenabsatz gelangte, hatte sie keine Tränen mehr und konnte nur noch leise schluchzen.

Allen Ängsten zum Trotz erreichte sie endlich ihr Bett. Nachdem sie eine dicke Lage Tücher über die Matratze gebreitet und sich hingelegt hatte, träumte sie, daß Nodjmet hereinkam und fragte, was sie mit dem Kind gemacht hatten. Erst da ging ihr auf, daß sie es nicht wußte.

10. Kapitel

Stunden nachdem Maya sich bis zur Turmspitze hinaufgeschleppt hatte, rannte ein königlicher Herold die Treppe hinauf, wobei er immer zwei Stufen auf einmal nahm, um Ahmose zu wecken. Ahmose zog sich eilig an und folgte ihm zu den königlichen Gemächern. Ramses befand sich im Audienzsaal, aber der König war nicht dort. Ramses entließ die Wachen und wies sie an, die Türen zu verriegeln.

»Suppiluliumas wurde ermordet«, sagte er. »Auf dem Weg nach Ägypten. Wir wissen nicht, wer es getan hat.«

»Wo ist der Pharao?«

»Er bringt die Neuigkeit gerade der Großen Königlichen Gemahlin bei. Er wird gleich zurück sein.«

Ohne um Erlaubnis zu fragen, zog Ahmose sich einen Stuhl heran und setzte sich. Er malte sich aus, wie der Pharao Khanefrues die traurige Nachricht überbrachte – Khanefrues, die seit Tagen Bescheid wußte, die den Tod ihres Vaters gesehen hatte, noch bevor er eintraf. Sie hatte es ihm gesagt, und er hatte ihr nicht glauben wollen.

Benommen erhob er sich und warf sich zu Boden, als der Pharao eintrat. Der König befahl ihm mit einer müden Geste aufzustehen.

»Mein Bruder Suppiluliumas, König der Hethiter, ist ins Schattenreich eingekehrt. Ich nehme an, Ramses hat dich bereits informiert. Er war unterwegs an diesen Hof. Er wurde in den Ländern der Asiaten ermordet, als er sich der ägyptischen Grenze näherte. Heute morgen mußte ich der Königlichen Großen Gemahlin mitteilen, daß ihr Vater nicht mehr unter den Lebenden weilt.«

»Das tut mir leid«, murmelte Ahmose.

»Wie hat sie es aufgenommen?« fragte Ramses.

»Sie war sehr ruhig. Sie hat ihn seinen Göttern anempfohlen. Ich war stolz auf sie. Andere Frauen wären hysterisch geworden, aber sie nicht. Ich wünschte, du hättest sie gesehen, Ramses, dann wüßtest du, wie sehr sie der Rolle als Königlicher Großer Gemahlin würdig ist. Hast du Ahmose auch den Rest erzählt?«

»Nein.«

»Nicht nur, daß ich einen Amtsbruder und Schwiegervater verloren habe. Ägypten hat außerdem den Verlust eines Generals zu beklagen.«

Neskhons ist tot, sagte sich Ahmose und fühlte, wie seine Hoffnung erwachte. Das ist es, dachte er. Jetzt wird er Neskhons durch mich ersetzen müssen. Ich werde zu meinen Männern zurückkehren. Sofort schämte er sich seiner Gedanken und versuchte, sich zu edlen Gefühlen zu zwingen wie Trauer um Neskhons, Mitgefühl mit seiner Familie, Sorge um Ägypten.

»Natürlich hat Neskhons Suppiluliumas begleitet«, sagte der König. »Er hatte nur einen kleinen Trupp bei sich, leicht bewaffnet, vor allem, weil der König von Aleppo sich geweigert hat, die Eskorte durch eigene Leute aufzustocken. Ich hoffe, jetzt ist er zufrieden.« Ahmose sagte sich, daß der König von Aleppo vermutlich kein großes Bedauern empfand. Nun brauchte er nicht zu befürchten, daß sein unliebsamer Gast eines Tages aus Ägypten zurückkehrte. »Ich werde ihm heute einen Brief schreiben, wie er ihn verdient. Also, man hat ihnen aufgelauert. Wegelagerer, wie es aussieht. Es hat mehrere Tote gegeben, darunter Neskhons und Suppiluliumas. Aber drei Männer der Eskorte waren überdurchschnittlich gute Krieger und konnten dem Feind standhalten. Sie töteten mehrere Banditen und nahmen einen gefangen, während der Rest entkam. Den Gefangenen brachten sie nach Sharuhen – das war die nächste Stadt – und verhörten ihn. Wie sich herausstellte, waren die Angreifer gar keine gemeinen Banditen, sondern gedungene Mörder, die den König der Hethiter töten sollten. Der Herrscher von Sharuhen schickte sogleich Nachricht an den Wesir des Nordens von Piramses, aber To liegt immer noch krank darnieder. Bakamun hat die Nachricht entgegengenommen und mir geschrieben.«

»Und von wem wurden die Meuchler bezahlt?«

»Offenbar von einem Asiaten, aber es ist ihnen nicht gelungen, seinen Namen oder den seines Herrn in Erfahrung zu bringen. Bakamun fürchtet, daß einige der asiatischen Städte uns wieder Ärger machen könnten. Jemand hat meinen Bruder getötet, als sich dieser auf meine Einladung hin auf dem Weg nach Ägypten befand, um der Weihe seiner Tochter zur Königlichen Großen Gemahlin beizuwohnen. Die asiatischen Siedlungen lassen die Muskeln spielen. Ihr Kampfgeist muß gebrochen werden.«

»Wer weiß sonst noch von alledem?« fragte Ahmose, der in Gedanken bereits eine Landkarte der asiatischen Städte zeichnete und einen Schlachtplan entwarf.

»Jeder weiß – oder wird bald wissen –, daß Suppiluliumas tot ist, aber alle sollen glauben, er wurde das Opfer von Banditen. Nur seine Eskorte, der Herrscher von Sharuhen, wohin sie seinen Leichnam brachten, Bakamun in Piramses und wir drei kennen die Wahrheit. Und dabei möchte ich es bis auf weiteres bewenden lassen.«

Ich werde in den asiatischen Städten nicht genügend Truppen haben, um eine Strafexpedition durchzuführen und gleichzeitig meine Garnisonen zu halten, sagte sich Ahmose. Ich werde Verstärkung aus den Dörfern Ägyptens einberufen müssen, vielleicht sogar aus Unternubien. Sein Verstand griff die Teile des Puzzles begierig auf und machte sich rasch ein Bild der ihm zur Verfügung stehenden Mittel. Wenn ich fünfhundert Mann und dreißig Streitwagen zusammenbekomme – nein, achthundert Mann und fünfzig Streitwagen –, dazu die Soldaten, die bereits in den asiatischen Ländern stationiert sind …

»Ramses wird Männer aus Theben und dem Umland unter Waffen rufen«, fuhr der König fort. »Ägypter, Libyer und Nomaden. Ich schreibe noch heute an die nördlichen Städte und einige der Festungen in Unternubien und bitte sie, ihre Soldaten von den Feldern zu rufen. Nach dem Opet-Fest wird Ramses nach Norden segeln und unterwegs Verstärkung ausheben. Er wird eine Strafexpedition gegen die südasiatischen Städte führen. Das heißt, uns fehlt ein General, der die Truppen anführt, die in Nordägypten bleiben.«

Ahmose fluchte stumm. Er wollte nicht in Piramses festsitzen, wenn es Arbeit zu tun gab. Was für eine Verschwendung …

»Also werde ich Paiis befördern«, fuhr der Pharao fort.

»Oh«, sagte Ahmose nur.

»Paiis ist im Grunde zu rasch aufgestiegen«, meinte der König. »Er wurde gerade erst zum Kommandeur ernannt. Er wird nicht die Erfahrung haben, die man von einem Offizier in einer solchen Position erwartet – aber die Umstände zwingen mich zu diesem Schritt. Aber er ist tüchtig, er wird es schon schaffen. Bakamun sagt, er ist der beste Mann, den wir derzeit im Norden haben, aber noch ist nicht daran zu denken, ihn auf einen Feldzug zu schicken. Wir brauchen jemanden, der während Tos Krankheit in Piramses die Zügel in der Hand hält. Und da scheint mir Paiis der einzig richtige Mann zu sein.«

Ahmose schwieg, brachte vor Zorn und Enttäuschung keinen Laut hervor.

»Das Problem ist«, ergriff Ramses das Wort, »daß der Feldzug im Norden uns im Süden verwundbar macht. Ich spreche natürlich nicht von einer Invasion, aber unsere Tributkarawanen und die Goldreserven in Baki würden noch weniger Schutz genießen, als es ohnehin schon der Fall ist. Und genau dafür brauchen wir dich.«

Ahmose fühlte brennenden Zorn und Unglauben in seiner Kehle aufsteigen und hinter seinen Augäpfeln schwelen. Nicht genug damit, daß sie ihn zur Eskorte der Tochter eines entmachteten Königs degradierten und ihm anschließend sein Kommando wegnahmen, um ihn zum Kindermädchen zu machen. Nein, jetzt sollte er auch noch eine Herde klappriger Esel bewachen, welche die Überreste des ägyptischen Tributs zum südlichen Grenzposten von Elephantine brachten. Er sah alles wieder vor sich – Ramses' Andeutungen, die Anerkennung des Königs – das alles war nur ein ausgeklügeltes Spiel gewesen, um ihm Hoffnung zu machen und diese gleich wieder zu zerstören. Warum? Weil sie wie zwei grausame Katzen nicht widerstehen konnten, ihn zu quälen? Oder gehörte das alles zu einem raffinierten Plan, den Weg für Maya und Rahotep freizumachen?

»Ihr wollt, daß ich nach Nubien gehe«, sagte er schließlich.

»Ja.«

»Als was? Als oberster Eselhirte von Baki?«

Ramses machte ein verdutztes Gesicht. »Das ist kaum der richtige Zeitpunkt für spöttische Bemerkungen, Ahmose«, sagte der Pharao streng. »Ich verstehe deine Gefühle, aber du tust mir Unrecht. Ich habe dich hergerufen, um dich mit einem ganz besonderen Auftrag zu betrauen, einer lebenswichtigen Mission, einer Aufgabe, die Erfahrung, Klugheit und Mut erfordert. Ich möchte, daß du nach Nubien gehst, den Irkeku-Häuptling Medja aufsuchst und uns seine Unterstützung sicherst. Ich möchte, daß du im Namen des Königs der Zwei Länder ein Abkommen mit ihm besiegelst.«

Ahmoses Zorn verflog ebenso rasch wie zuvor seine

Freude. Nur Scham blieb. »Verzeiht, mein Pharao«, sagte er. »Ich danke Euch für Euer Vertrauen.«

»Du bist ein guter Soldat, Ahmose«, entgegnete der König. »Das bist du immer gewesen. Ich wünschte nur, du hättest dein eigenes Temperament ebenso gut im Griff wie deine Männer. Aber ich weiß, daß du deinem Auftrag gewachsen sein wirst.«

Ahmose neigte den Kopf. »Sagt mir nur, was ich zu tun habe, mein Pharao, und ich schwöre, daß ich Euch nach bestem Wissen und Gewissen dienen werde.«

»Ramses hat mir bei der Planung geholfen«, entgegnete der Pharao. »Er wird dich mit den Einzelheiten vertraut machen. Ich gehe jetzt zurück zur Königlichen Großen Gemahlin.« Er erhob sich. Ramses und Ahmose verneigten sich tief. »Du wirst feststellen, daß ich ein sehr gutes Gedächtnis habe ... General.«

Als er gegangen war, beugten Ramses und Ahmose sich auf ihren Stühlen vor, die Ellbogen auf die Knie gestützt, und besprachen die Einzelheiten des Einsatzes. Ein kleines Kontingent Soldaten sollte an diesem und am folgenden Tag aus dem Palast abgezogen werden. Am Abend würde der Pharao ein Bankett für den Adel von Djeme und Theben geben und bei dieser Gelegenheit seine Pläne für einen Feldzug in Asien bekanntgeben. Ahmose würde einen Tag nach dem Fest nach Süden aufbrechen. Ein oder zwei Tage später würde Pentaweret ihm folgen, um seinen Platz am Hof des Vizekönigs einzunehmen. Sobald das Abkommen mit Medja besiegelt war, würden sie eine Armee rekrutieren, die mit Ahmose nach Norden zurückkehren sollte. Und wenn es erst soweit war, war Ramses überzeugt, daß Ahmose Befehl erhielt, ihn bei seinem asiatischen Feldzug zu unterstützen.

Ahmose saß auf der Treppe zum Wachraum und erstellte mit Hilfe eines Schreibers Listen all jener Dinge, die er in Nubien würde erledigen müssen. Vor ihm drillte ein Hauptmann der Palastgarde eine Handvoll seiner Männer. Von den

Stallungen wehte warmer Pferdegeruch herüber, und der Gipfel des Westens ragte wie ein Turm inmitten der gezackten Berge in den tiefblauen Himmel.

So muß es zu Pharao Ahmoses Zeiten gewesen sein, dachte Ahmose, als er seine Armee in Theben zusammenzog, um die Hyksos aus Ägypten zu vertreiben. Ist mein Vorfahre aus dem Palast gekommen und zu den Stallungen gegangen, um seine Pferde zu streicheln und an die bevorstehende Schlacht zu denken, so wie ich es gerade tue? Hat auch er sich mit seinen Schreibern und Generälen in einem Palasthof in den Staub gesetzt, um seinen großen Feldzug zu planen? Ja, sagte sich Ahmose, genauso muß es gewesen sein. Mein Ahnherr war nicht bloß König, sondern auch ein großer General. Seine Triumphe über den ausländischen Usurpator haben ihn über die Grenze Ägyptens bis zu den Mauern von Sharuhen geführt. Die Fähigkeit, Soldaten anzuführen, ist in der Liebe zu Stallungen, Streitwagen, Pferden und Männern begründet. Sie wird nicht aus Zurückhaltung und Menschenscheu geboren.

Als Ahmose am Abend den Wachraum verließ, begegnete er Seniry, der sich ihm unaufgefordert anschloß.

»Ich habe gerade meine Befehle vom Pharao erhalten«, sagte er. »Ich nehme an, du hast deine bereits früher bekommen. Ich soll dir bis auf weiteres meine Bogenschützen überlassen. Gratuliere.«

»Ja, danke. Die meisten von ihnen sind in der Gegend um Baki stationiert, habe ich gehört.«

»Das ist richtig.« Seniry fuhr sich mit einer schwarzen Hand über das dunkle Gesicht. »Ramses hat erzählt, daß du dich bereits mit Transportfragen befaßt hast.«

»Ich habe darüber nachgedacht und Listen aller Dinge aufgestellt, die wir benötigen. Wahrscheinlich werden wir Transportmittel für die Truppen in Nubien beschaffen müssen. Hier vor Ort können wir nur Boote für uns selbst organisieren – und natürlich Streitwagen und Esel.«

»Esel? Erzähl mir nicht, daß der General seine Truppen auf einem Esel rekrutieren will.«

Ahmose warf ihm einen ungeduldigen Blick zu. »Natürlich nicht. Dazu sind die Streitwagen gedacht. Die Esel sollen dazu dienen, Medja in der Wüste ausfindig zu machen.«

»Tatsächlich? Davon hat der Pharao mir gegenüber nichts erwähnt.«

Ahmose überlegte. Der König hatte ihm kein Stillschweigen bezüglich seiner Expedition abverlangt, sondern lediglich Suppiluliumas Tod betreffend, aber der alte Mann war durcheinander gewesen, beunruhigt, daß die asiatischen Städte sich gegen ihn erheben könnten, und er war in Sorge um Khanefrues. Er hatte sich nicht unmißverständlich ausgedrückt, und Ahmose wußte nicht sicher, ob Seniry eingeweiht werden sollte oder nicht. Denk wie ein Soldat, sagte sich Ahmose. Man kann nicht von dir erwarten, Befehlen zu gehorchen, die nie erteilt wurden.

»Der Pharao ist der Ansicht, daß wir uns zum Schutz der südlichen Länder Medjas Unterstützung sichern sollten«, sagte er.

»Ich verstehe«, meinte Seniry. »Dahingehend lauten also deine Befehle?«

Beinahe hätte Ahmose erwidert: »Unter anderem«; dann aber nickte er nur. Er zog es vor, weiteren Fragen vorzubeugen.

»Übrigens«, fuhr Seniry fort. »bevor ich dich verlasse ... ich gehe zu meiner Schwester. Braucht Maya noch mehr Kleider?«

»Nein, ich glaube nicht«, erwiderte Ahmose. »Sie hat heute morgen nichts gesagt.«

»Bist du ganz sicher? Soll Tamyt einen Diener vorbeischicken, der sie fragt?«

»Sie ist krank und liegt im Bett«, entgegnete Ahmose.

»Krank? Was ist denn mit ihr?«

»Ach ... irgendein Fieber, glaube ich. Sie möchte nicht, daß ich großes Aufhebens darum mache. Ich habe versucht, sie zu überreden, sich untersuchen zu lassen, aber sie wollte nichts davon hören.« Ahmose zuckte die Achseln. »Was soll man da machen?«

»Nichts.« Seniry zuckte ebenfalls die Achseln. »Verstehe einer die Frauen.«

Das Bankett des Pharao am darauffolgenden Abend fand im Ersten Hof seines Hauses der Ewigkeit statt. Maya war immer noch ganz grau im Gesicht, wenngleich das Fieber verschwunden war. Sie zitterte, wenn sie aufstand, und sie blutete noch, wenn auch nicht mehr so stark wie zuvor. Sie war froh, daß der Pharao für das Fest eine heilige Stätte gewählt hatte; das erlaubte es ihr, unter dem Vorwand der Unreinheit daheim zu bleiben. Ahmose ging ohne sie.

Im königlichen Palast gab es ein Fenster mit Blick auf den Hof seines Hauses der Ewigkeit, der geschmückt war mit fast schwarzen Wandteppichen, die mit silbrigen Fäden durchwirkt waren. Eine reich bestickte Decke war wie die Zunge eines Dämons über die Fensterbank gebreitet, auf die der König sich stützen würde. Vor dem Fenster plauderten und zwitscherten die königlichen Odalisken unter einem Baldachin in den gleichen Nachtfarben wie weiße Tauben in der Dämmerung.

Als Ahmose eintraf, stellte er fest, daß ihm zwar kein Ehrenplatz zugedacht worden war, aber immerhin ein privilegierter Platz einen Rang unterhalb des Südwesirs Inpu und der großen Ersten Propheten der Götter von Theben. Von dort, wo er saß, hatte er einen guten Blick auf das leere Fenster, an dem der Pharao sich zeigen würde.

Khanefrues befand sich nicht bei den Odalisken. Es war nicht hell genug, um ihre Gesichter ausmachen zu können, doch Ahmose wußte, daß sie keine der kichernden Gestalten war, die einander anstießen und am Ärmel zupften. Wäre sie dort gewesen, hätte man sie als stille, schlanke Silhouette unter ihnen erkennen können – ein Reiher inmitten raschelnden Riedgrases.

Die vornehmste Thebener Aristokratie nahm ihre Plätze ein. Ramses setzte sich ans Kopfende ihrer Tafel.

»Keine Maya heute abend?« fragte Ramses Ahmose über eine lange Reihe von Gesichtern hinweg.

»Nein – sie kann derzeit nicht vor die Götter treten.«

»Oh. Aber sie ist doch sicher glücklich.«

»Glücklich? Weswegen?«

»Nun, jetzt, da du …« Ramses verstummte, als ihm aufging, daß es sich um ein delikates Thema handelte. »Entschuldigt mich«, sagte er zu Inpu und den anderen Aristokraten und begab sich zu Ahmose. Er hockte sich neben seinen Stuhl, und Ahmose sah die Neugier auf den bis dahin ausdruckslosen Gesichtern der Adligen, die sich wohl fragten, wer Ahmose sein mochte, daß der Sohn des Pharao sich mit ihm abgab.

»Ist sie glücklich?« fragte Ramses erneut und forschte auf Ahmoses Zügen nach der für ihn so wichtigen Bestätigung. »Jetzt wo du dein Kommando zurückbekommen hast, meine ich.«

»Ich denke schon«, entgegnete Ahmose achselzuckend.

»Aber was hat sie gesagt, als du es ihr erzählt hast? Hat sie sich gefreut?«

Ahmose griff nach seinem Becher und trank. Dann stellte er ihn wieder ab und wischte sich mit einem Mundtuch über die Lippen. »Sie war nicht sehr glücklich, daß ich bald wieder fortgehen werde.« Das ist gelogen, dachte er, aber was soll ich sonst sagen. »Andererseits glaube ich, daß ihr zur Zeit nichts Freude macht. Sie hat ihre Reinigung und liegt im Bett.«

»Sie neigt zur Schwermütigkeit, nicht wahr? Es würde mich nicht wundern, wenn das auch der Grund gewesen wäre, weshalb sie das Boot angezündet hat …«

»Willst du behaupten, es wäre Absicht gewesen?« fragte Ahmose verblüfft, was Ramses jedoch als Zorn auffaßte.

»Nein, nein, natürlich nicht. Aber in diesen Tagen können Dämonen eine Frau befallen. Einmal, als ich in der westlichen

Wüste auf Streife war, bin ich auf einen Nomadenstamm gestoßen, der bei einem Brunnen lagerte. Ihre Zelte standen alle dicht beieinander, und die Tiere waren ganz in der Nähe angebunden – du kennst die Szene. Aber ein Zelt stand abseits, ein kleines schwarzes Zelt etwa einhundert Meter von den anderen entfernt. Ich fragte den Häuptling, wer dort wohne, und zuerst wollte er nicht antworten. Schließlich aber kam heraus, daß es sich um seine Schwester handelte, die ihre Tage hatte. Er erklärte mir, daß sie sie von den anderen fernhalten müßten, weil sie gewalttätig wäre, herumschreie und mit Gegenständen um sich werfe. Das an sich wäre ja schon schlimm genug gewesen, aber hinzu kam, daß sie in den Tagen vor ihrer Reinigung die Macht besaß, Kraft ihrer Gedanken Gegenstände zu bewegen. Sie konnte Töpfe, Pfannen, Kissen, Decken, einfach alles, nur mit Blicken schweben lassen. Und jedes Tier – Esel, Hund, Schaf, was auch immer – scheute, wenn sie in seine Nähe kam. Also befand sie sich in diesen Tagen unter Bewachung in diesem Zelt. Die übrige Zeit wäre sie sanft wie ein Lamm und so normal wie jeder andere …«

»Und du glaubst, Maya würde ein Dämon innewohnen, der die Macht besitzt, Feuer zu entfachen?«

»Warum nicht? Wäre doch möglich. Ich hoffe allerdings, daß dem nicht so ist, da du bald nicht mehr da sein wirst, um sie im Auge zu behalten. Die Nomadenfrau war eine echte Gefahr für ihren Stamm. Jedesmal, wenn sie ihre Tage bekam, mußten sie lagern und sie von sich fernhalten. Sie durfte nur heraus, um Wasser zu holen, nachdem alle anderen am Brunnen gewesen waren.«

»Weißt du, was aus ihr geworden ist?«

»Sie war damals noch sehr jung. Jahre später bin ich ihrem Bruder begegnet, und da war sie nicht mehr bei ihrem Stamm. Er behauptete, sie hätte in einer der Oasen geheiratet, und der Dämon hätte sie verlassen, nachdem sie ihre Jungfräulichkeit verloren habe. Aber ich weiß nicht. Würde mich nicht wundern, wenn ihr etwas zugestoßen wäre. Ich meine, sie war eine echte Gefahr.«

»Du meinst das mit Maya nicht wirklich ernst, oder?«

Ramses seufzte. »Nein, wohl nicht. Aber ich denke in letzter Zeit viel über Dämonen nach.«

Trompetengeschmetter übertönte jedes Geräusch auf dem Hof wie Hochwasser, das in einen Kanal schoß. Es war das Zeichen für die Gäste, ihre Plätze einzunehmen. Ein zweites Signal erklang, und hinter dem Fenster erschien ein schwacher Lichtschein. Das Licht wurde immer heller, bis die Öffnung schließlich strahlte wie ein Sonnenaufgang. Der Herr der Zwei Länder und die Königliche Große Gemahlin erschienen. Die Menge warf sich zu Boden.

»Erhebt euch«, sagte der Pharao. »Erhebt euch und seid willkommen.«

Er setzte sich auf seinen Thron, und Khanefrues nahm auf dem ihren Platz. Die Gäste erhoben sich und setzten sich wieder.

»Spielt weiter«, befahl der Pharao den Musikern mit einem Wink. Die Flötentöne setzten wieder ein. Die Gäste stocherten in den Resten ihrer Mahlzeit herum, aßen jedoch nicht mehr viel. Man unterhielt sich mit gedämpfter Stimme, und jeder hielt ein Auge auf den Pharao gerichtet.

Khanefrues saß neben ihm, ihre Hand zwischen seinen. Sie trug Perücke und Augenmake-up einer ägyptischen Adligen. Die Geierkrone der ägyptischen Königin umschloß ihren Kopf mit lapislazuliblauen Schwingen. Ihr Kleid aus königlichem Leinen war mit silbernen Darstellungen ägyptischer Götter bestickt. Aber sie saß da, wie Ahmose es nicht anders erwartet hatte, still und in sich gekehrt, starr nach vorn blickend, durch den großen Hof und bis zu den fernen asiatischen Berggipfeln, eine Fremde in einem fremden Land.

Er liebte sie. Nicht so, wie er Ishtar geliebt hatte, mit der Arroganz des Besitzanspruches, denn sie konnte niemals ihm gehören. Nicht so, wie er Maya gewollt hatte, mit dem berechnenden Ehrgeiz nach Rang und Status, weil er von diesem Kelch gekostet hatte und immer noch seinen bitteren Geschmack auf der Zunge schmeckte. Er liebte sie mit einer tiefempfundenen Liebe, die weder besitzen noch benutzen wollte, sondern wußte, daß er bis in alle Ewigkeit an sie gekettet sein würde wie irgendeiner ihrer Untertanen, wenn er an ihrem Hof blieb. Der Soldat in ihm begehrte gegen diese Fesseln auf, hatte bis zu diesem Augenblick diese Liebe nicht eingestehen wollen, hatte um seine Freiheit gekämpft. Nun, schon morgen würde er fortgehen und für Monate wegbleiben, würde wieder das Leben eines Generals führen. Es war ungefährlich, sie zu lieben, jetzt da es bald vorbei sein würde. Und so spielte Ahmose mit dem Fuß seines Weinkelches, betrachtete Khanefrues und gestattete sich, sie diese eine Nacht lang zu lieben.

Der Pharao hatte sich erhoben, um das Wort an sie zu richten, und Ahmose nahm sich zusammen, um zuzuhören. Der König legte eine klauenartige weiße Hand, die nur aus Ringen und Fingerknöcheln zu bestehen schien, auf die Kissen, mit denen die Fensterbank gepolstert war. Er stützte sich auf, ein wenig gebeugt, so daß er den Kopf heben mußte, um zu seinen Höflingen zu sprechen.

Der Pharao hieß sie alle willkommen und brachte seine Hoffnung zum Ausdruck, daß sie das Fest genossen hatten. Er sei wieder einmal gen Süden gereist, um beim großen Opet-Fest die Götter von Theben zu ehren. Und in diesem Jahr würde dieses Fest noch großartiger sein als alle vorangegangenen, denn es würde mit zwei großen Ereignissen einhergehen. Erstens würde die Königliche Große Gemahlin im Angesicht der Götter geweiht werden. Der Pharao pries ihre Schönheit, ihre Talente und ihren Sanftmut. Er legte ihr eine Hand auf den Kopf, und sie neigte bescheiden das Haupt, während Djehuty in seiner fahlen Barke über die Mauern des

Hauses der Ewigkeit hinwegsegelte und alle Sonnensegel, Friese, Juwelen und Steinplatten ihrer Farben beraubte. Für Ahmose wurden die Worte des Pharao von der Anwesenheit Khanefrues' überlagert, die in ihrer ganzen Schönheit an seiner Seite saß. Wie wunderschön sie ist, dachte Ahmose. Im Mondlicht sieht sie aus wie die Statue einer Göttin. Khanefrues' langes dattelfarbenes Haar war unter einer schwarzen geringelten Perücke verborgen, und ihre meergrünen Augen waren mit ägyptischem Kuhl umrandet, aber sie trug die fremdländische Mode so, als wäre sie allein dazu erdacht worden, ihre Schönheit hervorzuheben. Sie war vollendet. Sie sprach bereits fließend Ägyptisch und hatte sich binnen kürzester Zeit alles eingeprägt, was er sie über die Götter von Piramses gelehrt hatte – Dinge, die sogar viele Ägypterinnen nicht wußten. Sie war sanftmütig. Ahmose war überzeugt, daß sie zutiefst unglücklich war. Aber sie ertrug ihr Los mit Geduld. Und irgendein asiatischer Gott, an den Ahmose inzwischen fest glaubte, hatte ihr die Sehergabe verliehen.

Der Pharao kam auf das zweite große Ereignis zu sprechen, welches das diesjährige Opet-Fest begleiten würde, den Feldzug gegen die asiatischen Länder. Sobald die Königliche Große Gemahlin geweiht war, würde er Amun bitten, ihm den Säbel des Triumphes in die Hand zu legen und dann seine Truppen aussenden, um die Länder im Norden zu erobern. Der Fluß stieg; bald würde Hapi seine Flut über das gesamte ägyptische Tal ausbreiten, so wie das ägyptische Heer die Ebenen des Nordens überströmen würde. Im Hof wurde applaudiert und gejubelt. Ahmose, der noch vor kurzem am lautesten gejubelt hätte, blieb stumm. Wie konnten sie in ihrem Beisein das Massaker an ihren Landsleuten bejubeln? Malte sie sich die Brutalität seiner eigenen Soldaten aus? Fragte sie sich, ob die letzten ihrer hethitischen Landsleute den Vergeltungsschlag eben jener ägyptischen Streitwagen zu spüren bekommen würden, die ausgesandt wurden, um ihren gemeuchelten König zu rächen? Ahmose entschied spontan, daß Ramses seinen Männern unter Androhung der Todesstrafe befehlen würde, jeden Hethiter in Frieden ziehen zu lassen. Eine leise Stimme in seinem Kopf sagte: General Ahmose, was geschieht mit dir?

Ehe er wußte, wie ihm geschah, war Ramses an seiner Seite und zog ihn auf die Füße. Plötzlich wurde ihm bewußt, daß der Pharao gerade nach seinen beiden Generälen verlangt hatte, die vor ihn hintreten sollten. Noch ganz verwirrt folgte er Ramses und warf sich, dem Beispiel des Prinzen folgend, vor dem König auf den Bauch. Der Pharao befahl ihnen, sich der gespenstischen Menge auf dem mondbeschienenen Hof unter dem sternengesprenkelten Himmel zuzuwenden. Er legte jedem von ihnen eine runzlige Hand auf die Schulter.

»Meine Generäle«, sagte er. »Mein Sohn Ramses und Ahmose, der Gemahl meiner Nichte. Wenn ich sie das nächste Mal in meinem Haus der Millionen Jahre empfange, werde ich ihnen goldene Siegesketten um den Hals hängen.«

Wieder brandete Jubel auf, ein erstaunlich lautes reales Brüllen von einer so blassen Menge geisterhafter Erscheinungen. Irgendwo auf dem Hof stimmte eine männliche Stimme eine Hymne auf den König der Siege an:

»Möge er kommen und uns führen, um das mächtigste der Nordländer zu unterwerfen,
möge er sie unter unseren Füßen über ihre sämtlichen Länder verteilen,
mögen sie unseren allmächtigen Herrscher als König der aufgehenden Sonne verehren,
wenn er im Angesicht des Re ihre Augen blendet!«

Weitere Stimmen fielen ein, darunter auch jene von Ramses, dessen breiter Brustkorb sich wölbte, derweil die Hand seines Vaters weiterhin auf seiner Schulter ruhte. Der ganze Hof bebte von ihrem Gesang.

»Möge er kommen und uns anführen, um die Völker des Ostens zu unterwerfen,
um die Schädel der Asiaten von Retjenu zu zerschmettern;
möge er seine schützende Hand über unseren Herrn und König in seiner Rüstung halten,
wenn er in seinem Streitwagen seine Waffen der Vernichtung hebt!«

Ahmose sang ebenfalls, doch seine Stimme verlor sich im Chor.

»Möge er kommen und uns anführen, um die Nomaden zu unterwerfen,
mögen die Berge der Hethiter erzittern vor seiner Macht!«

Ahmose warf über die Schulter einen Blick auf Khanefrues. Sie hatte beide Hände in die Stoffe über dem Fenstersims gekrallt – Hände, deren Fahlheit nichts mit dem Mondlicht zu tun hatte, und er wußte gleich, daß sie durchs Fenster eine andere Szene sah. Sie sah weder die singenden Höflinge noch die Blumen, die sie aus den Vasen nahmen und dem Pharao zuwarfen. Sie sah weder die spontanen Weinopfer, die einige der Anwesenden auf die Steinplatten schütteten, während sie die Kriegsgötter anriefen, noch nahm sie die Weihrauchopfer wahr, die andere in die Kohlenbecken gaben. Ahmose war sicher, daß sie nur Tod sah.

Der Pharao wandte den Kopf, um zu sehen, warum Ahmose seine Hand abgeschüttelt hatte. Als der Blick des Pharao Khanefrues' begegnete, wich die Leere aus ihren Zügen, und sie setzte sich wieder.

Ramses steckte den Kopf zum Fenster herein und flüsterte seinem Vater ins Ohr: »Es wäre vielleicht ganz gut, wenn die Königliche Große Gemahlin sich zurückzöge. Falls sie wieder einen Anfall erleidet, wird man das als böses Omen deuten.«

»Du hast recht, Ramses«, entgegnete der Pharao ebenso leise. »Ich habe alles gesagt, was ich zu sagen hatte. Wir werden uns beide zurückziehen. Komm, meine Liebe.«

Der Pharao half Khanefrues aufzustehen. Der unsichtbare Trompeter verkündete, daß der Pharao sich zurückzog, und die Hymne endete in einem ehrerbietigen Seufzer, als alle auf die Knie sanken. Dann erhoben sich alle wieder zum schabenden Geräusch von Tisch- und Stuhlbeinen, und jemand stimmte ein neues Lied an.

Ahmose ging an den Reihen der königlichen Odalisken vorbei, an den Ehrentischen und seinem eigenen leeren Platz. Er verließ den Hof und trat hinaus in die klare Nacht. Er wollte irgendwohin, wo er in Ruhe trauern konnte, wo er sein Herz insgeheim dem Schmerz öffnen konnte. Irgendwohin, wo er so tun konnte, als könne er sie für sich gewinnen, für sie sorgen, als wäre sie nicht Königliche Große Gemahlin. Und dann würde er gehen. Dann würde er wieder zum Soldaten werden, den Schmerz aus seinem Herzen herausschneiden und das Loch in seiner Brust mit sich herumtragen wie eine Kriegsverletzung. Er ging in Richtung der Stallungen.

Sein Streitwagen war vorbereitet worden und stand in einer Box neben seinem Pferd. Pferd und Wagen wurden von zwei Wachen – noch halbe Kinder – bewacht. Sie verneigten sich, als der General den Stall betrat.

»Ist für morgen alles bereit?« fragte Ahmose.

»General Ahmose, Herr, die letzten Vorräte werden in eben diesem Moment auf die Boote geladen.«

»Und hier gibt es sonst nichts mehr zu tun?«

»Nein, Herr.«

»Dann geht hinunter zum Kai und helft beim Beladen der Boote. Und anschließend bleibt ihr dort und haltet zusammen mit den anderen Wache.«

»Wir haben Befehl, hierzubleiben und Euren Wagen zu bewachen, Herr.«

»Vor wem bewachen? Vor mir? Ich werde meinen Streitwagen selbst bewachen. Und jetzt los.«

Die Knaben schauten sich an und blickten dann auf den breitschultrigen General in seinem Gewand aus plissiertem Leinen und mit dem schweren goldenen Halskragen. Die Autorität eines der geringeren königlichen Siegel baumelte bereits auf seiner Brust. Die Jungen verneigten sich und machten sich in Richtung Hafen davon.

Das Pferd, das Ahmose zu den Dörfern Nubiens bringen sollte, schnaubte und tänzelte. Ahmose ging zu ihm, streichelte seinen edlen Kopf und tätschelte kameradschaftlich seinen Hals. Auch das Pferd war ein Soldat, sein Mitstreiter. Ahmose strich mit einer Hand über die schimmernden Flanken und inspizierte dann das Geschirr. Es war alles bestens. Das Tier war fit und gut genährt, und die frisch mit Rosetten aus Gold und Türkisen besetzten Riemen frisch geölt. Ahmose betrat die Nebenbox und begutachtete den Streitwagen. Um an Bord verstaut zu werden, würde er auseinandergenommen werden müssen, aber man hatte ihn noch ganz belassen, damit er am Morgen zum Kai fahren konnte. Anschließend wurden die Räder und Deichselarme abgenommen. Der Wagen war leicht gebaut und bestand aus einem Gerüst aus Zedernholz von der asiatischen Küste, das mit Häuten von Wüstengazellen bespannt war. Der obere Rand war vergoldet, und auf die Seiten waren Szenen aufgemalt, die den König beim Sieg über die Seevölker in ihren bunten Mänteln und mit den Federn im Haar zeigten. Vom Holz und Leder stieg ein angenehmer harziger Duft auf, der sich mit dem Geruch des Pferdes vermischte.

Ahmose stellte sich zwischen die Deichselarme und hob sie an. Es ging ganz leicht. Abschätzig betrachtete er sein Pferd. Er konnte den Wagen allein nach draußen bringen, das Pferd anschirren und eine nächtliche Fahrt in die Wüste unternehmen. Er verlor keine weitere Zeit. Er führte das Pferd aus seiner Box und zwischen die Deichselarme. Es war ein gehorsames Tier, das Ahmose keinerlei Schwierigkeiten machte. Er klemmte sich eine der Stangen in die Armbeuge und befestigte sie mühsam am Geschirr. Er schwitzte. Es war schwierig, da das Gewicht des Wagens das Schließen der Schnallen erschwerte und die Riemen in seiner Hand spannte. Endlich, nach einigem Fluchen, war die eine Seite geschafft, und er ging auf die andere hinüber. Die Zügel fehlten. Ahmose machte sich auf die Suche und entdeckte sie schließlich in einer dunklen Ecke. Er nahm sie vom Haken und befestigte sie am Gebiß. Dann hob er das Gesicht zum funkelnden Himmel jenseits der Stalltür.

Sie stand in der Tür, hatte Geierkrone und Perücke abgenommen, war ungeschminkt und trug ein schlichtes Kleid unter einem Umhang, den sie sich fest um die Schultern gewickelt hatte. Als er sie bemerkte, strich sie das Tuch von ihrem Kopf, und das Haar fiel ihr auf die Schultern herab wie flüssige Bronze. Ahmose legte die Zügel aus der Hand. Sie trat dicht vor ihn hin, und sie umarmten einander wortlos. Ahmose vergrub das Gesicht in ihrer Halsbeuge. Ihr Haar duftete nach Blumen und Moschus.

»Ich liebe dich, Hattusha«, sagte er. »Ich liebe dich, ich liebe dich.« Seine Wange preßte sich an ihr Haar, an ihr Gesicht. Ihre Lippen trafen sich in einem leidenschaftlichen, verzweifelten Kuß, und er drückte ihren schlanken Leib fest an sich.

Dann ließ er sie los. Ihre Lippen pochten noch von seinem Kuß, als sie mit sanften Fingern zärtlich über sein Gesicht strich.

»Ich bin gekommen, um Abschied zu nehmen«, sagte sie. »Ich liebe dich, Ahmose.«

Wieder umarmten sie einander, diesmal jedoch zärtlicher, und lehnten sich seitlich an den Wagen. Ahmose strich ihr übers Haar und fühlte ihre schlanken Hände in seinem Rücken. Sie legte den Kopf an seine Schulter.

»Wo willst du hin?«

»Irgendwohin. Lieber fahre ich mit unbekanntem Ziel durch die Nacht und denke an dich, als hier zu sitzen und an dich zu denken, ohne zu wissen, wie das alles enden wird.«

»Dann komm.«

»Ist das dein Ernst? Ich würde niemals an den Wachen vorbeikommen.«

»Ich bin doch auch bis hier gekommen, oder?« Khanefrues bedeckte ihren Kopf wieder mit dem Umhang. »Kaum jemand in Djeme weiß, wie ich ohne meine ägyptischen Kleider aussehe. Hilf mir nur in den Wagen und bring mich fort. Oh, Ahmose, laß uns wieder über den Sand galoppieren wie in Memphis.«

»Du bist damals davongaloppiert, nicht ich. Ich dachte schon, du würdest dich vor meinen und Ramses' Augen überschlagen und dabei umkommen.«

»War das deine einzige Sorge?«

»Nein.« Seine Arme schlossen sich fester um ihre Taille, als wollte er sie beschützen. »Ich hatte mehr Angst um dich, als ich auf dem Schlachtfeld je um mich selbst hatte.«

»Ich kann gut mit Pferden umgehen.«

»Sehr gut sogar.«

»Dann laß uns fahren.«

»Was wird die Wache denken, wenn ich mit einer Frau in meinem Streitwagen davonfahre?«

»Es ist offensichtlich, was die Wache denken wird. Spielt es eine Rolle?«

Khanefrues rückte von Ahmose ab, stellte einen Fuß in den Wagen und griff mit einer Hand nach dem Geländer. Mit der anderen umfaßte sie die Peitsche. »Ich kann auch allein fahren«, sagte sie mit hochgezogener Braue, »Ich könnte an dir vorbeipreschen wie der Wind. Bitte, komm mit mir.«

»Ich weiß, das könntest du«, entgegnete Ahmose.

Sie war wunderschön, wie sie in seinem Wagen stand; sie

sah aus wie eine exotische asiatische Kriegsgöttin. Und diese Nacht war die einzige Nacht, in der er sich gestattete, sie zu lieben. Er stieg zu ihr in den Wagen und nahm die Zügel auf. Sie fuhren aus dem Stall. Sie berührten einander nicht, doch Ahmose konnte die Wärme von Khanefrues' Körper spüren. Die Wache ließ sie passieren, nachdem Ahmose das königliche Siegel vorgezeigt hatte. Khanefrues hielt ihr Gesicht verdeckt. Ahmose sagte sich, daß man sie auch für seine Frau halten konnte. Maya hatte sich in Djeme nur selten in der Öffentlichkeit gezeigt.

Sie verließen den roten Kreis des Fackellichts und entfernten sich von den Palastmauern. Die Wüste erstreckte sich vor ihnen bis zu den schroffen Bergen im Westen. Im Mondlicht glich der Sand graublauem Pulver, war wellig wie das Meer und spritzte wie Wasser unter den Pferdehufen. Die pechschwarzen Wellen brachen sich an kohlschwarzen Klippen, und der Himmel hoch über ihnen schimmerte wie Obsidian, wobei die Sterne das Licht einfingen wie Einschlüsse in der glatten Oberfläche. Ahmose legte einen Arm um Khanefrues' Taille und fühlte ihr Haar wie ein Banner an seiner Schulter flattern. Die schwachen Lichter des Palastes verloschen eins nach dem anderen, als die Bewohner nach und nach schlafen gingen. Sie waren allein unter dem nächtlichen Himmel.

»Komm«, rief Khanefrues. »Ein scharfer Galopp!« Sie wandte ihm das lächelnde Gesicht zu, und ihre makellosen Zähne schimmerten in der Dunkelheit.

»Wie du willst.« Ahmose wendete den Wagen und brachte ihn zum Stehen. Die Flanken des Pferdes bewegten sich im Mondlicht fließend wie Wasser. Ahmose schlang die Arme um Khanefrues, und sie hielten gemeinsam die Zügel.

»Füße auseinander«, sagte Ahmose. »Fertig?«

»Fertig.«

»Gut. Los!«

Sie ließen die Zügel auf die Pferdekruppe klatschen, und

der Wagen schoß vorwärts, segelte förmlich durch die Wüste, während die kühle Nachtluft über ihre lachenden Gesichter strich. Khanefrues lehnte sich gegen Ahmose, der ihr Gewicht mühelos auffing. Ahmoses Füße ruhten fest auf den Bodenbrettern; seine Beine waren so unverrückbar wie Baumstämme, die Arme stark und gerade an den Zügeln, während sie geschmeidig wie Weiden jeder Bewegung des Wagens folgten. Ahmose genoß die Anstrengung, die Kontrolle, die seine Hände auf das Pferd ausübten, und die weiche Last von Khanefrues an seiner Brust, während sie durch die klare Nacht jagten. Schließlich zügelte er das Pferd, das sofort reagierte und das Tempo verlangsamte, bis es schließlich ganz zum Stehen kam.

Ahmose sprang vom Wagen und ging nach vorn zu dem Tier. Die Augen des Pferdes leuchteten, und sein Hals war schaumbedeckt, aber es hatte die wilde Jagd sichtlich genossen. Ahmose hob den Blick. Khanefrues hatte den gleichen Glanz in den Augen. Ihre Lippen waren leicht geöffnet, und sie atmete schwer.

»Hat es dir Spaß gemacht?«

»Oh, Ahmose, wie oft habe ich im Palast gesessen und von einer wilden Jagd durch die Wüste geträumt!«

»Wenn du willst, galoppieren wir zurück. Und dann mußt du in deine Gemächer zurückkehren.«

Aber er meinte nicht, was er sagte. Er ging hinten zum Wagen, um ihr herunterzuhelfen. Dann legte er die Arme um sie und küßte sie wieder.

»Soll ich das Pferd fesseln?« fragte er mit leiser, heiserer Stimme.

Sie nickte, und Ahmose legte dem Pferd Beinfesseln an, damit es sich nicht zu weit entfernen konnte. Als er sich wieder Khanefrues zuwandte, hatte sie ihren Umhang auf dem Sand ausgebreitet. Er legte sich zu ihr und beugte sich über sie. Ihr Gesicht schimmerte silbrig, und die Nacht hatte ihre

Augen in dunkle Höhlen und ihre Lippen in schwarze Schatten verwandelt. Sie legte die Arme um ihn, und wieder fanden sich ihre Lippen. Ahmose fühlte die warme Rundung ihrer Brüste, ihre glatten schlanken Beine an seinen muskulösen Schenkeln. Seine Hand glitt oberhalb ihres Knies unter das Leinen ihres Kleides. Er fühlte, wie ihre Finger in seinem Nacken die Schließe seines Kragens öffneten.

Als sie nicht mehr General und Königstochter oder Königsgemahlin waren, sondern nur noch Mann und Frau, liebkoste er mit einer Hand ihre kleinen festen Brüste, ihren flachen Bauch und ihren schöngeschwungenen Schenkel, bis sie ihn an sich zog und er das Gesicht an ihrem Körper vergrub, der sich ungeduldig an ihn preßte. Er spürte ihre Hände auf seinen kräftigen Schultern, auf den Sehnen und Muskeln seiner Arme, seiner breiten Brust, dieses eine Mal erforschend, um nie wieder zu vergessen. Als er in sie eindrang, schrie sie auf, krallte sich jedoch nur noch fester an ihn und paßte sich dem Rhythmus seines Körpers an.

Im Sand der westlichen Wüste liebte Ahmose im Angesicht des Mondes die Königliche Große Gemahlin. Nur, daß sie nicht die Königliche Große Gemahlin war, nicht Khanefrues, sondern Hattusha, Prinzessin der Hethiter, mit dem seidigen rotbraunen Haar und den Augen so tief wie das Meer. Hattusha, die er immer geliebt hatte und die zu begehren er sich in dieser einen Nacht gestattete.

Als es vorbei war und sie aneinandergeschmiegt dalagen, nickte Ahmose ein, so wie die meisten Männer es nach der Liebe tun, den Duft ihres Liebesaktes in der Nase. Khanefrues hingegen war so wach wie viele ihrer Schwestern nach dem Liebesspiel und starrte aus großen Augen in den Himmel. Ahmoses Gewicht erschwerte ihr das Atmen, und sein rauhes Kinn drückte sich in die empfindliche Haut ihrer Brust. Sie legte die Wange an sein Haar und hielt ihn wie ein Kind, während sie die Sterne über ihnen betrachtete. Die Akhs, die Geister der Toten, bewegten sich auf ihrer ewigen Wanderung mit ihren schwachen Lampen durch den Himmel. Kahnefrues hielt Ahmoses warmen Körper in den Armen, doch ihr Herz war voll vom kalten Schlaf des Todes.

Ahmose erwachte. Er rollte sich von ihr und stützte sich auf einen Ellbogen. Sie streckte ihren schlanken makellosen Leib und reckte das Kinn, das Gesicht dem nächtlichen Himmel zugewandt. An seinem eigenen Schenkel sah er ihr Blut. Sein Herz krampfte sich zusammen.

»Es tut mir leid«, sagte er hilflos. »Ich wußte nicht ... Ich dachte, ich hatte angenommen ...«

Sie senkte das Kinn und schaute ihn an. »Ahmose«, sagte sie, »wie oft erlauben die Götter einer Königstochter, ihre Unschuld an den Mann zu verlieren, den sie liebt? Ich wollte es so. Mein Wunsch hat sich erfüllt.«

»Und was ist, wenn du schwanger wirst?«

Ihre Unterlippe bebte. »Ich werde nie ein Kind haben«, sagte sie. Tränen schossen ihr in die Augen, rannen an ihren Ohrläppchen vorbei und tropften in den Sand. Ahmose legte sich wieder zu ihr und hielt sie fest, während sie weinte. Er zweifelte keine Sekunde daran, daß es stimmte, was sie sagte.

Schließlich versiegten ihre Tränen, und sie setzte sich auf. Sie legte ihm eine Hand auf die Schulter und sagte ernst: »Du mußt noch heute nacht nach Nubien aufbrechen.«

»Heute nacht? Warum? Meine Zeit ist auch so schon knapp genug.«

»Vielleicht wirst du diese verbleibenden Stunden brauchen. Ich kann nicht sagen warum. Ich weiß nur, daß du jetzt hingehen mußt, nachdem alle sich schlafen gelegt haben. Wie ist noch der Name von Tamyts Bruder – der, der am Ende des Tisches neben deinem gesessen hat?«

»Seniry, Hauptmann der nubischen Bogenschützen. Warum fragst du?«

»Jedesmal, wenn am heutigen Abend mein Blick auf ihn gefallen ist, habe ich Feuer gesehen.«

Sie fuhren langsam zurück, zogen die gemeinsame Zeit in die Länge. Khanefrues schlang die Arme um Ahmose und legte den Kopf an seine Schulter. Ahmose lenkte mit einer Hand, den anderen Arm um ihre Schultern gelegt. Tiefempfundene Liebe und abgrundtiefe Verzweiflung erfüllten sein Herz; Liebe, Verzweiflung und unerschütterlicher Glaube an das, was sie sagte. Bevor sie in Sichtweite des Palastes kamen, umarmten sie einander erneut. Als sie von ihm abrückte und sich an den Handlauf des Wagens lehnte, verspürte er körperlichen Schmerz. Die Wache ließ sie wortlos ein, als Ahmose sein königliches Siegel zeigte. In seinem Inneren schrie eine Stimme, daß es genauso sein sollte, daß er und Khanefrues gemeinsam heimfuhren, zusammen lebten und sich liebten, weil niemand sich aufrichtiger zugetan sein konnte als er und sie. Aber es war sinnlos, und seine Leidenschaft tobte im stillen. An der Stalltür stieg Khanefrues aus; kein Wort, kein Kuß, nur ein Händedruck. Als sie den Schal enger um die Schultern zog, sah er, daß ihre Wange naß war von Tränen. Dann war sie fort.

Ahmose fuhr zum Kai, durch das Osttor des Palastes hinaus; dem Pfad folgend, an dem entlang die Boote auf dem schwarz und silbrig schimmernden Wasser dümpelten. Eine Handvoll junger Soldaten hielt Wache, während die Mannschaft seines Bootes in Decken gewickelt am Kai schlief. Ahmose ließ die Männer von den Wachen wecken, damit sie den Streitwagen auseinandernahmen und an Bord verstauten. Die Ruderer waren verblüfft, gehorchten jedoch beim Anblick ihres Generals. Nachdem der Wagen verladen war, halfen sie, das Pferd in die ihm zugedachte Box zu führen und anzubinden. Ahmose nahm in eine Decke gewickelt in der Mitte des Decks Platz und gab den Befehl abzulegen.

»Sag dem Pharao, ich wäre schon früh am Morgen aufgebrochen«, wies er eine der Wachen an. Dann wandte er das Gesicht nach Süden und zog die Decke fester um sich und über den Abgrund in seinem Herzen.

Khanefrues beobachtete die Laternen der Soldaten vom Dach ihrer Palastgemächer aus. Sie sah, wie die Lichtpunkte auf und ab hüpften, als die Männer Ahmose beim Verladen und Ablegen halfen. Das Boot konnte sie anfangs nicht sehen, weil der Kanal im Dunkeln lag. Sie wartete. Dann sah sie endlich die schwarze Gestalt auf die spiegelglatte Flußoberfläche gleiten. Der Mond erhellte das Boot, und Khanefrues sah, was sie zu sehen erwartet hatte: die Beerdigungsbarke des mächtigen Stieres, die ihren Weg in die Unterwelt antrat.

Ahmose saß mit verschränkten Armen da und starrte blind auf das schwarze Wasser. Das Warten auf den jeweils nächsten Ruderschlag hatte jedes Denken abgelöst. Er durfte es sich nicht erlauben zu denken; kein Grübeln über die Konsequenzen dessen, was er getan hatte, kein Versuch, sich seine eigene oder Khanefrues' Zukunft vorzustellen, kein Gedanke daran, wie Maya auf seine übereilte Abreise reagieren würde.

Der Fluß war angeschwollen und strömte mit einer Zielstrebigkeit nach Norden, die ihm auf der Anreise von Miwer noch gefehlt hatte. Die Mannschaft hatte das Segel gesetzt, das der Atem der Nacht bauschte. Trotzdem mußten die Ruderer sich mit aller Kraft in die Riemen legen, um gegen die Strömung anzukommen. Ein Ausguck starrte voraus, bemüht, die Finsternis zu durchdringen. Dort draußen unter den dunklen Wassern lauerten düstere Mächte. Krokodile, die selbst unsichtbar blieben, denen jedoch nichts entging. Und wenn sie weiter nach Süden gelangten, würden Nilpferde ihre massigen Leiber in die Fluten stürzen, bis nur noch ihre Nüstern und Augen zu sehen waren, die das leichte Boot mit seiner verwundbaren Besatzung verfolgten. Sie waren der Gnade der Nachtdämonen ausgeliefert. Jede Sekunde konnte irgendein dunkler kleiner Gott sich in Unmut erheben, und dann wären sie alle verloren.

Die Ruderer hatten sich nicht beklagt, als er sie hatte wecken lassen, und sich ohne zu murren an die Arbeit gemacht. Ahmose war dankbar dafür. Die Männer unterhielten sich – sofern überhaupt – mit gedämpfter Stimme, eingeschüchtert von seiner plötzlichen Hast, seiner geistigen Abwesenheit und den Gefahren einer nächtlichen Reise. Hanfseile glitten lautlos durch ihre schwieligen Hände, während die Ruder mit leisem Plätschern ins Wasser eintauchten und mit einem Gurgeln und dem leisen Geräusch rhythmischer Atmung wieder auftauchten. Manchmal fiel eine Wolke von Flußfliegen über das Boot her, und das Summen kam Ahmose so laut vor wie der Gesang auf dem Vorhof des Königlichen Hauses der Ewigkeit am vergangenen Abend. Einmal hörten sie im Dunkel der Nacht, wie ein schwerer Leib sich ächzend bewegte und ins Wasser glitt. Ein Besatzungsmitglied hielt eine Lampe hoch, und sie alle starrten beunruhigt ins Wasser, aber das Krokodil ließ sich nicht blicken. Sie folgten dem anschwellenden Fluß, bis im schwachen Licht des anbrechenden Tages die Umrisse der östlichen Berge erkennbar wurden.

Die Wüstenberge waren dichter ans Ufer gerückt; einige stachen sogar mit spitzen steinigen Fingern ins Wasser. Ahmose wählte eine Bucht aus, die fernab vom nächsten Dorf lag, und ließ die Mannschaft zu einer Rast anlegen. Sie gingen an Land, streckten sich und zündeten Feuer an, um Essen und heiße Getränke zuzubereiten. Einer der Männer erbarmte sich sogar des Pferdes und führte es am Ufer auf und ab, damit es sich die Beine vertreten konnte. Gerade als die Sonne ihr gelbes Gesicht über den Berggipfeln zeigte, legten sie sich schlafen.

Ahmose lag auf dem Rücken und beobachtete, wie die Dämmerung von Kohlschwarz zu Taubengrau wechselte, dann zu Rosa über Bernstein zu Blau. Er glaubte nicht, daß er würde schlafen können, und er wollte sicher gehen, daß sie nicht zu lange rasteten. Sie durften die Stunden, die sie gewonnen hatten, nicht vergeuden. In diesem einen Punkt war Khanefrues sich ganz sicher gewesen. In zwei Stunden würde er seine Männer wecken, und sie würden ihren Weg fortsetzen. Ahmose dachte an Khanefrues' biegsamen schlanken Körper, den er erst vor wenigen Stunden in den Armen gehalten hatte. Ihr Duft haftete noch seiner Tunika an, und ihr Blut klebte noch an seinen Lenden. Er verschränkte die Arme über der Brust, als wäre sie noch bei ihm, als wäre er tot. Vor seinem geistigen Auge sah er Khanefrues in ihren hethitischen Gewändern. Sie hob das Gesicht von ihrer silbernen Lampe, und Rauch waberte vor ihrem Antlitz. Plötzlich loderte das Feuer im Inneren der Lampe auf, und durch die knisternden züngelnden Flammen konnte er Senirys lachendes Gesicht sehen. Ahmose setzte sich abrupt auf. Die Sonne wanderte über einen tiefblauen Himmel. Er hatte geträumt.

Sie setzten ihre Reise nach Süden fort. Der Fluß war erwacht, und kleine Boote aus den Dörfern bewegten sich wie Käfer über ihn hinweg. Bauern gingen zu ihren Feldern, wanderten von einem ärmlichen Dorf zu einem steinigen Acker, wo sie ihre mageren Esel festmachten. Händler zogen mit ihren Waren von einer Stadt zur anderen, ihre Boote vollbeladen mit Datteln, Tierhäuten und Akazienholz aus dem Süden. Wäre der Fluß inzwischen nicht angeschwollen, hätten wir nicht aufbrechen können, sagte sich Ahmose.

Als die Sonne ihren höchsten Stand erreicht hatte, legten sie am Ufer an, um zu rasten, bis die Hitze wieder ein wenig nachgelassen hatte. Als Ahmose der Ansicht war, die Sonne hätte sich genug verausgabt, gab er das Zeichen zum Aufbruch, und seine Männer machten das Boot klar und verluden das Pferd. Sie segelten noch ein paar Stunden weiter, während die Sonne über den westlichen Bergen immer tiefer sank. Die Bauern überquerten noch einmal den Fluß in ihren winzigen Booten, kehrten heim in ihre Häuser und schlossen sich dort ein.

Händler liefen die nächsten Häfen an, und in den Dörfern loderten die ersten Kochfeuer auf. Die fortschreitende Dunkelheit trug den Sonnenuntergang vor sich her wie eine Standarte, und die Sternenprozession begann über den Himmel zu ziehen. Dann verengte der Ausguck die Augen, schaute noch einmal ganz genau hin, um dann herabzusteigen und Ahmose mitzuteilen, daß voraus die Lichter von Elephantine zu sehen waren.

Ahmose war nie in Elephantine gewesen. Die Stadt kauerte auf einer Flußinsel nach Süden und wachte über Nubien und die dahinterliegenden Länder – ein Wachhund auf der Schwelle Ägyptens. Schiffe transportierten Statuen und Obelisken aus den Steinbrüchen um Elephantine nach Norden, wo sie Tempel schmücken sollten, sowie Sarkophage für die Leichname des Königs und seiner liebsten Höflinge. Früher hatten ganze Flotten von Barken den Fluß bevölkert und große Steinquader zu den Pyramiden von Memphis gebracht, zu den Häusern der Ewigkeit nördlich von Djeme, zu sämtlichen Tempeln Ägyptens, wo die Könige die Triumphe ihrer göttlichen Väter und Mütter auf deren Mauern verewigten. Ahmose erinnerte sich noch daran, daß sein Vater ihn einmal mitgenommen hatte, um sich eine Steinbarke anzuschauen, die in Memphis angelegt hatte, um Steinblöcke für den Ptah-Tempel zu bringen. Er war damals noch ein Kind gewesen.

Aber die großen Schiffe kamen nicht mehr, und auch die kleineren nur noch selten. Der Pharao war alt und hatte sein Soll an Bauwerken erfüllt. Die Steinbrüche, die einst von den Hämmern der Arbeiter und den Rufen ihrer Vorarbeiter widerhallten, waren nahezu verwaist. Das Klopfen einzelner Blöcke hallte durch die riesigen Mulden wie das Picken eines Spechts.

Jenseits von Elephantine wurde der Fluß von Steinbrocken zerstückelt, und die einzelnen Wasserstränge wurden durch die Stromschnellen geseiht wie durch ein Sieb. Schon zu Urzeiten hatten die Könige der Zwei Länder Ägyptens Expeditionen über die Stromschnellen nach Nubien entsandt, die mit exotischem Tribut aus dem Süden heimgekehrt waren: Elfenbein, Ebenholz, Leopardenfellen, angeleinten Panthern oder – zum Entzücken des Hofes – mit einem tanzenden Zwerg. Vor allem aber mit Gold. Damals hatten die königlichen Schreiber sich in den Zollhäusern von Elephantine noch mühsam einen Weg durch die dichtgedrängte Menge der Tribut-Entrichter aus dem Süden bahnen und sich lautstark Gehör verschaffen müssen.

Aber die Kriege im Norden gegen die Seevölker hatten die ägyptischen Soldaten von den südlichen Ländern abgelenkt, die dieser Tage immer mehr dazu neigten, ihre Schätze für sich zu behalten. Die Goldadern in den zerklüfteten Bergen waren beinahe ausgeblutet. Heute waren die halbleeren Hallen in staubiges Sonnenlicht getaucht, und ein einzelner Schreiber erfaßte die wenigen Händler und ihre Waren, die die Schwelle zu Ägypten passierten.

Sie legten unterhalb der Treppe an, die hinauf in die Stadt führte. Ahmose schickte einen Boten mit seinem eigenen Siegel zum Statthalter von Elephantine. Es dauerte nicht lange, und zwei Fackelträger aus dem Haus des Statthalters trafen ein, um ihnen den Weg zu leuchten.

Ahmose schlief in dieser Nacht tief und fest. Trotzdem stand er beim ersten Tageslicht knietief im weißen Wasser und beobachtete, wie seine Besatzung die Stromschnellen anging. Die Grenzstadt lag schlafend hinter ihm, und er blickte ebenso wie die Stadt selbst nach Süden. Wie der Stadthalter gesagt hatte, war der Fluß gestiegen, so daß einige der Kanäle, die zwischen Felsen hindurchführten, befahrbar waren. Aber es erforderte der Besatzung ganze Wachsamkeit, die gezackten Felsen unter der Wasseroberfläche zu umfahren, und oft mußten sie sich vorsichtig mit langen Holzstangen vortasten. Ahmose hatte den Männern befohlen, Seile an Bug und Heck festzumachen, und das eine oder andere Mal mußten sie das Boot durch das Wildwasser ziehen und gleichzeitig verhindern, daß das Heck ausbrach und an den Felsen zerschellte. Ahmose hatte Pferd und Ladung mit den Leuten des Stadthalters über Land geschickt, und während er und seine Männer sich im Wasser abmühten, kämpften jene sich klein wie Ameisen über die schroffen Klippen.

Als er dem Boot nicht länger auf den glitschigen Felsen folgen konnte, kehrte Ahmose zurück zum Klippenpfad und folgte den Trägern. Sie hatten ihre Last dort abgestellt, wo der Fluß sich wieder beruhigte. Ahmose setzte sich auf eine Kiste und wartete auf das Boot, so ungeduldig wie ein Hund auf seinen Herrn. Was, wenn ein Besatzungsmitglied ertrunken war? Nein, dazu war das Wasser nicht tief genug. Aber wenn einer der Männer das Gleichgewicht verloren hatte und gegen die Felsen geschleudert worden war? Ach, komm, sagte er sich, so etwas geschieht täglich auf dem Schlachtfeld. Es ist sinnlos, darüber nachzugrübeln. Was aber, wenn der Rumpf des Bootes von den spitzen Felsen aufgerissen wurde? Dann würde er sich eben ein neues Boot beschaffen – er war im Besitz des königlichen Siegels und konnte alles befehlen. Der Pharao hatte ihn bei seiner Wiedereinsetzung in den alten Stand reich entlohnt: mit Kisten voll königlichem Leinen, Perücken, Schmuckgegenständen und einem Bronzedolch. Sein gesamtes Gepäck befand sich sicher am Ufer, und Mayas Mißgeschick war längst vergessen. Und selbst wenn irgend etwas im Dienste des Pharao abhanden kam, konnte er sich alles neu offensichtlich Trotzdem atmete er befreit auf, als das Boot scheinbar intakt und mit vollständiger Besatzung zwischen den Felsen auftauchte.

Die Diener des Statthalters kehrten zurück nach Elephantine, und die Schiffsbesatzung schaffte die Ladung wieder an Bord. Dann stakten sie das Boot in die träge Flußmitte. Sie befanden sich in Nubien, wo die goldhaltigen Felsen den Fluß einschlossen wie zwei aneinandergelegte Hände, und wo Geier vor dem leuchtenden Blau des Himmels kreisten.

Nubien, das die Könige Ägyptens schon vor Urzeiten für sich beansprucht hatten.

Der Vormittag verstrich, und die Felsen wichen zuerst Plantagen und Dattelpalmen und anschließend Weizenfeldern und Viehweiden. Dann wurde das Gelände wieder felsig. Ab und an bezeugte die tiefe Furche eines Wadis, der bis zum Fluß verlief, in welchem Maße die Elemente von Seth den Stein ausgehöhlt hatten. Die Dorfbewohner am Ufer waren pechschwarz und exotisch gekleidet, mit Federn, Tierhäuten und Halsketten aus Krokodilzähnen. Vereinzelt sahen sie auch Nubier, bei denen es sich offensichtlich um höhergestellte Persönlichkeiten handelte. Sie waren in ägyptisches Leinen gehüllt, trugen dazu allerdings bunte Schals um die Taille, und eine einzelne Straußenfeder nickte über ihrem Kopf. Die Dorfbewohner brachten ihre Esel ans Wasser, gelegentlich auch Rinder und Ziegen, aber zwischen den Dörfern tauchten Wüstengazellen ihre weichen Nasen in den Fluß, Krokodile sonnten sich auf glühenden Sandbänken, und hier und da badete ein Nilpferd im seichten Wasser, wobei es aus kleinen roten Augen wachsam das Boot beäugte, das lautlos vorüberglitt. Das rote Land war dem schwarzen gewichen; die Kreaturen aus den Tiefen des Flusses waren an die Oberfläche gestiegen. Ahmose verspürte eine leichte Unruhe, als hätte Isfet begonnen, sich mit der Maat zu vermischen.

Mittags erreichten sie die Ebene von Dakka, wo die westliche Wüste bogenförmig zurückwich und der Zivilisation eine kleine Enklave gestattete. Am Anfang der Ebene, am rechten Ufer, ragte die alte Festung von Ikkur auf, über deren Brustwehr die Fahne des Vizekönigs wehte.

Wie schon in Elephantine legten sie direkt an den Stufen an, die bis zum Fluß hinabführten. Eine Handvoll rabenschwarzer Speerträger – deren Waffen Spitzen aus Feuerstein und nicht aus Bronze besaßen – führten Ahmose in die Schreibstube des Vizekönigs. Dessen Diener brachten ihn erst in ein Vorzimmer, wo er sich mit angenehm kühlem Wasser waschen konnte und mit Parfum bestäubt wurde. Dann wurde er – sein Leinengewand war noch steif von Staub und Schweiß – durch eine Doppeltür in den Audienzsaal des Vizekönigs geführt.

Der Audienzsaal von Ikkur war ein langgestreckter Raum; an der Wand gegenüber der Tür prangte ein riesiges Gemälde des ägyptischen Pharao auf seinem Thron. Entlang der beiden Seitenwände des Saales wimmelte es von unzähligen Vasallen aus den verschiedensten Städten im Norden und Süden, die dem König ihren Tribut zu Füßen legten. Direkt unterhalb des gewaltigen königlichen Porträts stand ein beinahe ebenso prunkvoller Thron, das Symbol der göttlichen königlichen Macht in den Ländern Nubiens. Auf diesem Thron saß der Vizekönig, zwar kein Gott auf Erden in den Gewändern des Sonnengottes und mit der Horuskrone auf dem Haupt, aber für Ahmose nicht minder ehrfurchtgebietend, weil seine Stellung für den Normalsterblichen greifbarer war; ein großer Herrscher und Befehlshaber, ein Mann in blütenweißem Leinen mit rasiermesserscharfen Falten, einer gagatschwarzen Perücke aus schimmernden Locken und einem Goldkragen in Form der glänzenden Flügel des göttlichen Käfers Khepri. Auf seinen Knien lag ein mit Schnitzereien überzogener Stab aus Gold und Elfenbein, und unter seinem goldenen Kragen baumelte an einem Band ein Abbild des königlichen blutroten Siegels, viermal so groß wie Ahmoses und aus Lapislazuli.

Ahmose trat vor den Vizekönig und warf sich vor ihm zu Boden. Der Vizekönig erlaubte ihm aufzustehen. Ahmose sah, daß er eine sehr feine, blaßbraune Haut und eine Hakennase hatte. Das eine funkelnde Auge war braun, das andere blau. Zu seiner Rechten kniete ein Schreiber. Der Vizekönig streckte wortlos die aristokratische Hand aus, und der Schreiber legte einen Brief hinein, worauf der Vizekönig den Papyrus überflog. Ahmose sah, daß das Schreiben mit einem Wachsabdruck des königlichen Siegels versehen war. Der Vizekönig blickte auf.

»General Ahmose, mindestens einen Tag früher als erwartet. Willkommen. Der Pharao hat mir geschrieben, du würdest morgen oder übermorgen hier eintreffen. Du bist sehr schnell gewesen.«

»Ich bin gekommen, so schnell ich konnte, Hoheit.«

»Und was war der Grund für diese Eile?«

Ahmose dachte an Khanefrues, die ihn mit den Worten gedrängt hatte: »Möglicherweise wirst du diese paar Stunden Vorsprung brauchen.« Und er dachte an seinen eigenen Traum – ihre Vision – von Seniry durch lodernde Flammen hindurch.

»Die Freude, wieder im Dienst zu sein, Hoheit«, entgegnete er. »Wie Ihr wißt, habe ich meinen Posten mehrere Monate nicht bekleidet. Es gab nichts, was mich in Theben gehalten hätte, und je eher ich Medja finde, desto eher kann ich meine Truppen für den Feldzug im Norden rekrutieren.«

Der Vizekönig runzelte leicht die Stirn. Mit einem Wink schickte er den Schreiber fort. Der Vizekönig kam wieder auf den Brief zu sprechen.

»Seine Königliche Hoheit hat mich dahingehend instruiert, daß diese Angelegenheit nur für unsere Ohren bestimmt ist«, sagte er. »Oder hast du anderslautende Order erhalten?«

»Dazu hat der Pharao sich mir gegenüber nicht eindeutig geäußert«, erwiderte Ahmose erstaunt.

»Was meinst du damit?«

»Seine Hoheit war erregt, als er mir meine Befehle erteilt hat – er hatte der Königlichen Großen Gemahlin gerade erst die Nachricht von der Ermordung König Suppiluliumas' überbracht. Vielleicht war er deswegen nicht so deutlich, wie er hätte sein können.«

»In seinem Brief drückt er sich unmißverständlich aus«, entgegnete der Vizekönig. »Hast du mit irgend jemandem über diesen Teil deiner Mission gesprochen?«

»Nein«, log Ahmose. Der Vizekönig blickte ihm forschend in die Augen, und Ahmose hielt dem Blick stand. »Ich bitte um Verzeihung, Hoheit«, fügte er hinzu. »Ich hätte Medja nicht vor Eurem Schreiber erwähnen dürfen. Die lange Reise ...«

»Du mußt sehr erschöpft sein«, pflichtete der Vizekönig ihm bei. »Du mußt dich umziehen, etwas essen und ausruhen. Mach dir keine Gedanken wegen des Schreibers – er hat den Brief selbstverständlich gelesen. Aber sei künftig vorsichtiger.«

»Jawohl, Hoheit.«

»Ich werde jemanden rufen, der dich in deine Gemächer führt. Ich hoffe, du hast nichts dagegen einzuwenden, daß ich dich hier in der Festung einquartiert habe. Meine Residenz in Dakka wird in einigen Tagen voll belegt sein, wenn der Prinz und seine Gemahlin eintreffen, die Königliche Große Tochter. Du hast doch sicher nichts dagegen, zusammen mit den Truppen untergebracht zu werden?«

»Es wird mir eine Freude sein«, sagte Ahmose.

Die Festung von Ikkur war keineswegs so unbequem, wie der Vizekönig hatte erwarten lassen. Karg mochte sie in den Tagen König Kheperkare Senusrets gewesen sein, als sie noch Sprungbrett für seine erbarmungslosen Vorstöße tief ins Herz Obernubiens gewesen war. Seitdem waren Jahrhunderte vergangen, in denen Frieden eingekehrt und Unternubien aufgeblüht war, nachdem die Männer ihre Waffen gegen Hacke und Pflug getauscht hatten. – Generationen von Garnisonssoldaten hatten neue Zimmer gebaut, alte Zwischenmauern eingerissen und Möbel anstelle von Speerschäften geschnitzt. Nachdem Ahmose gebadet, gegessen und geschlafen hatte, schlenderte er am Spätnachmittag umher und schaute den Soldaten beim Reinigen ihrer Ausrüstung und der Versorgung ihrer Tiere zu, wobei er genüßlich den Geruch von Leder und Holz einsog. Ein Soldat erklärte ihm, daß sie von Glück sagen konnten, sich außer Reichweite der Rauchwolken zu befinden, die von der Goldschmelzanlage in Baki stammten. Die Residenz des Vizekönigs in Dakka läge viel näher bei Baki, und die Vizekönigin beklage sich ständig über den beißenden Rauch, den sie sogar dann riechen könne, wenn der Wind ihn in die andere Richtung wehte.

Als die Sonne unterging, folgte Ahmose der Einladung des Vizekönigs, ihm beim Abendmahl Gesellschaft zu leisten und sich auf den neuesten Stand bringen zu lassen, was Medja betraf. Während sie sich an Wachteln gütlich taten, ihre Tunika mit Servietten aus feinstem Stoff geschützt, wurde ein Nubier hereingebracht, der unter Eid alles berichten sollte, was er wußte. Dem Nubier zufolge war Medjas Stamm erst wenige Tage zuvor in der Gegend von Kita gesehen worden, einem Labyrinth aus Wadis, die sich hinter Baki nach Osten erstreckten. Der Mann wurde fortgeschickt.

»So nahe!« meinte Ahmose. »Und ich hatte gedacht, ich müßte mich auf der Suche nach ihm bis nach Obernubien begeben. Ich hatte mich schon auf eine wochenlange Expedition eingerichtet.«

»Noch hast du ihn nicht gefunden«, gab der Vizekönig zu bedenken. Er faltete sein Mundtuch und drapierte es über das Gerippe der verspeisten Wachtel. »Wenn Medja im Wadi von Kita untertauchen will, wird ihn dort niemand aufspüren. Aber es überrascht mich nicht, daß er sich in dieser Gegend aufhält. Im Augenblick kommen keine Karawanen aus den südlichen Ländern. Wenn er noch einmal ein solches Schaustück plant wie in Piramses, wird er eine der Goldkarawanen unter seinen Schutz nehmen müssen, wie er es nennen würde.«

»Glaubt Ihr, daß er sich tatsächlich in der Gegend von Baki aufhält?«

»In den Wadis jenseits von Baki, ja.«

»Aber eine Goldkarawane zu erbeuten ist doch sicher etwas völlig anderes als ein paar Händler aus dem Süden zu überfallen, oder? Die Garnison müßte Medja doch wohl gewachsen sein?«

»Natürlich … wenn sie ihn finden würde. Medja würde selbstverständlich nicht in der Nähe der Festung angreifen. Aber einige dieser Karawanen legen von den entlegensten Mienen aus einen langen Weg durch die Täler zurück. Medja könnte auf einem einsamen Abschnitt zwischen einer Mine und einer stärker benutzten Route mühelos einen dieser Transporte überfallen. Sie könnten die Leichen in einer Felsspalte verschwinden lassen, mit dem Gold flüchten und sich bis zur nächsten Audienz beim Pharao bedeckt halten. Übrigens, hast du das Gelände am anderen Flußufer gesehen? Du solltest mit einem Streitwagen oben auf das Plateau fahren und einen Blick darauf werfen – nackter Fels, aufgebrochen wie Uferschlamm. Medja könnte behaupten, das Gold irgendwelchen Nomaden der östlichen Wüste abgenommen zu haben, um es Seiner Hoheit als getreuer Verbündeter zurückzugeben – natürlich abzüglich eines gewissen Anteils für seine Bemühungen.«

»Wenn ein Nomadenhäuptling aus dem Norden auf eine solche Idee käme, würden wir einen Straftrupp gegen sämtliche Stämme in dieser Gegend entsenden. Wenn ein Stamm unsere Karawanen angreift, müssen alle die Konsequenzen tragen – das lehrt sie, einander gegenseitig im Auge zu behalten. Wenn einer aus der Reihe tanzt, ist es ihrer aller Untergang.«

»Du sprichst nicht mehr von Verhandlungen, sondern von einer Strafexpedition. Das ist etwas völlig anderes. Im Norden mögt ihr ja über genügend Soldaten verfügen, aber hier im Süden ist uns das nicht vergönnt. Du hast selbst gesehen, wie leer die Festung von Ikkur ist. In Baki sieht es nicht anders aus. Wo sollten wir die Soldaten für einen solchen Straftrupp hernehmen? Wer soll das Gold in Baki bewachen, wenn die Soldaten unterwegs sind, um Nomaden kreuz und quer durch die Wadis zu jagen?«

»Man könnte Truppen in den Dörfern ausheben, so wie wir es jetzt vorhaben.«

»Damit sie gegen ihre eigenen Leute kämpfen? Du weißt selbst, daß das nicht funktionieren würde, General. Du kannst Soldaten aus dem Süden nach Norden zu einer Strafexpedition gegen die Asiaten führen, aber du kannst sie nicht zum Kampf gegen ihre eigenen Landsleute zwingen. Wenn es zu Auseinandersetzungen zwischen einzelnen Stämmen kommt, dann deshalb, weil sie selbst es so wollen und nicht, weil wir es bestimmen.«

»Und was ist mit den anderen Festungen?«

»Eben weil *nicht* genug Männer da sind, General, um zu patrouillieren, bist du so früh hier, um Medja zu suchen und seinen schmutzigen Daumenabdruck unter ein Abkommen zu setzen. Aber du hast recht. Die Goldkarawanen sind kein so leichtes Ziel. Ich glaube, Medja wägt noch ab. Er wird die Karawanen angreifen, wenn es nicht anders geht, aber er würde einen anderen Weg vorziehen.« Der Vizekönig nippte am Wein.

»Und der wäre?«

»Das Abkommen, das du ihm anbieten willst. Sie haben Piramses mit leeren Händen verlassen, aber der Pharao war so klug, sich die Möglichkeit eines Abkommens offenzuhalten. Ich denke, Medja hält sich aus zwei Gründen in der Gegend von Kita auf – zum einen wegen der Goldkarawanen, zum anderen wegen der Möglichkeit, ein Abkommen mit dir auszuhandeln. Er kassiert lieber auf friedlichem Weg, als im Kampf das Leben seiner Männer aufs Spiel zu setzen – vorausgesetzt, daß die Konditionen ihm interessant genug erscheinen. Ich glaube nicht, daß Medja allzu schwer zu finden sein wird.«

Noch vor Morgengrauen war Ahmose wieder auf, und gemeinsam mit einer Handvoll nubischer Soldaten und ihren ägyptischen Hauptmännern verluden sie störrische Esel auf eine Fähre, die sie zum Ostufer übersetzen sollte. Das Gefühl der Dringlichkeit, das ihn zu solcher Eile bewogen hatte, hielt noch an, aber er begann, die Anstrengung zu spüren. Vom Schwanken der Fähre am Anleger wurde ihm flau; seine Augen brannten vom Schlafmangel, und seine Glieder waren bleischwer. Laß mich nur noch diesen einen Tag durchhalten, dann werde ich ausruhen. Ich werde mich zu einer zivilisierten Zeit zu Bett begeben und richtig ausschlafen, und dann wird mein Körper wieder bei Kräften sein. Aber noch geht das nicht – nicht, solange ich nicht mindestens einen Tag auf das verwandt habe, weshalb ich hergekommen bin.

Der Spähtrupp überquerte den Fluß und lud die Esel aus, die mit Wasser- und Lebensmittelvorräten beladen waren. Im Tal graute der Morgen, als sie einem beinahe unsichtbaren Pfad nach Süden bis zu den Mauern von Baki folgten, wo die Goldreserven in der Festung streng bewacht wurden. Die aufgehende Sonne vergoldete die Mauern, als wollten diese mit den Reichtümern prahlen, die in ihrem Inneren verborgen lagen. Jenseits der Festung spie die große Erdspalte des Wadis ihren versteinerten Fluß aus Felsbrocken und Sand in die Ebene. Ahmose hatte in all den Jahren im wohlhabenden Norden, umgeben vom Prunk und Glanz von Piramses nie geahnt, in was für einer unmenschlichen Hitze und gnadenlosen Umgebung die Goldschürfer schufteten, um das Edelmetall abzubauen.

Am Vormittag trafen sie auf die erste Karawane, die von den Minen kam, eine Eselkolonne. Die Tiere waren mit kostbarem Gestein beladen und wurden von einem Hirten und einem halben Dutzend Wachen begleitet. Wieder Speerspitzen aus Feuerstein, fiel Ahmose auf. Das war nicht gut. Er mußte für seinen Feldzug in Asien jedes Krümelchen Bronze beschlagnahmen, dessen er habhaft werden konnte. Die ägyptischen Hauptmänner hielten die Wachen an und befragten ihren Anführer. Sie hatten Geschichten von einem Nomadenstamm in den östlichen Wadis gehört, aber selbst keine Wüstenwanderer zu Gesicht bekommen.

Dasselbe berichteten die anderen Karawanen, denen sie an diesem Tag noch begegneten; niemand hatte etwas gesehen. Zwar gingen Gerüchte um, daß sich in der Nähe ein Stamm aufhielt, aber da sie nichts weiter in der Hand hatten, mußten sie weiterziehen. So gelangten sie immer weiter nach Osten, wo die goldenen Speerspitzen der Sonne von den höher aufragenden Felsen abgefangen wurden, so daß der Grund des Wadis angenehm schattig war. Die nubischen Soldaten fühlten sich zunehmend unbehaglich; die ägyptischen Hauptmänner erklärten Ahmose, es habe damit zu tun, daß sie die Minen und den Goldtransport hinter sich ließen.

»Uns bleibt ja wohl nichts anderes übrig«, entgegnete Ahmose verärgert. »Die Nomaden können ja schlecht direkt vor den Goldminen lagern. Was dachten sie denn, wohin wir ziehen würden?« Bei den Göttern, ich hoffe, diese Männer sind keine typischen Vertreter ihrer Rasse. Wenn ja, werde ich alle Hände voll zu tun haben, um sie auf den Feldzug vorzubereiten. »Besteht die Gefahr, daß sie sich von einem gewissen Punkt an weigern, weiterzugehen?« fragte er einen Hauptmann. »Wenn ja, sag es mir besser gleich.«

»Nein, nein«, versicherte ihm der Hauptmann. »Sie sind beunruhigt, aber man kann sich auf sie verlassen.«

»Ich hoffe, du behältst recht«, sagte Ahmose.

Weitere Spekulationen erübrigten sich, als sie von der Schlucht in eine runde Senke gelangten und sich urplötzlich inmitten eines nubischen Lagers wiederfanden, umgeben von Zelten, Ziegen, Wasserschläuchen, nackten Kindern, Frauen, die sie mißtrauisch musterten und Männern, deren Mienen unverhohlene Feindseligkeit ausdrückten.

Frauen legten ihre Mahlsteine aus der Hand, Kinder umklammerten die Beine ihrer Mütter, und Männer traten aus ihren Zelten, um die Fremden zu begutachten. Ahmose betrachtete die Gesichter genau und hielt Ausschau nach Medja oder einem seiner Begleiter aus Piramses. Er erkannte niemanden.

Einer der Nubier kehrte mit seinem Anführer zurück, einem untersetzten, fettleibigen Mann – nicht Medja. Zuerst war er still und argwöhnisch, schließlich aber lachte er (als er ganz sicher war, daß sie ihm nichts Böses wollten) über den hohen ägyptischen Herrn, der auf seinem Botengang durch die östliche Wüste zog.

»Medja? Aber Medja ist doch gar nicht hier! Das hier sind nicht Medjas Leute, das sind meine Leute! Wo er ist? Ich weiß es nicht! Im Süden! Medja ist nach Süden gezogen!«

Ahmose fühlte, wie die drückende Last der Enttäuschung sein letztes Fünkchen Hoffnung zunichte machte. Er war erschöpft, am Ende seiner Kräfte, und kam sich wie ein Dummkopf vor. Das letzte, was er wollte, war die Gastfreundschaft des dicken Stammesoberhauptes, aber er hätte den Rückweg durch die steinige Schlucht nicht mehr geschafft. Und so nahmen Ahmose und seine Männer im Schatten des Häuptlingszeltes Platz, tranken saures Bier und aßen staubiges Brot, das zwischen den Zähnen knirschte, während der fette Anführer der Nomaden sich über sie lustig machte und Ahmose und dem Hauptmann lachend auf die Schulter klopfte.

Es wurde vereinbart, daß Ahmose zusammen mit dem nächsten Gold- oder Wasserkonvoi den Rückweg antreten sollte, während der ägyptische Hauptmann und seine Soldaten die Suche fortsetzten.

Nachdem sie eine halbe Stunde lang den Wadi hinuntergegangen waren, gelangten sie zur nächsten Mine, wo gerade die Tagesausbeute für den Transport nach Baki auf Esel geladen wurde. Ahmose trennte sich von seinen Männern und schloß sich der Karawane an. In der Abenddämmerung erreichten sie die Festung. Ahmose ließ sich ans andere Ufer übersetzen und folgte dem Fluß nordwärts nach Ikkur.

Ahmose zog sich in sein Zimmer zurück. Er bat um etwas zu essen und wies seinen Diener an, den Vizekönig von seiner Rückkehr zu unterrichten. Es stellte sich heraus, daß der Vizekönig nicht da war. Er hatte sich zu einer anderen Festung einige Meilen flußabwärts begeben. Während Ahmose zu Abend aß, suchte der Schreiber des Vizekönigs ihn auf, um ihm eine Nachricht zu überbringen, die der Vizekönig ihm hinterlassen hatte für den Fall, daß er vor ihm zurück war. Ahmose las den Papyrus, während er weiteraß. Höflich und taktvoll wurde er angewiesen, mit niemandem über seine Mission oder deren Ausgang zu sprechen, bevor er dem Vizekönig persönlich berichtet hatte. Offensichtlich brachte der Vizekönig Ahmose nicht mehr Vertrauen entgegen als Ahmose den nubischen Soldaten, die er im Wadi zurückgelassen hatte. Er nahm an, daß der Schreiber des Vizekönigs den Befehl erhalten hatte, ein Auge auf ihn zu halten, so wie er selbst seinem Hauptmann aufgetragen hatte, die Nubier zu beaufsichtigen. Aber da Ahmose nun eindeutige Befehle hatte, war es für ihn eine Selbstverständlichkeit, sie zu befolgen.

»Wann treffen der Prinz und die Königliche Große Tochter ein?« fragte er den Schreiber.

»Der Vizekönig hat erst heute abend eine Nachricht erhalten. Der Prinz und die Königliche Große Tochter werden nun doch nicht kommen – jedenfalls noch nicht gleich.«

»Was soll das heißen? Ich dachte, der Vizekönig erwartet sie.«

»Seine Hoheit hat es sich anders überlegt. Er schickt jemand, der bei der Rekrutierung behilflich sein soll. Der Mann müßte in zwei oder drei Tagen hier sein.«

»Und wer ist es?«

»Er ist Hauptmann der nubischen Bogenschützen, glaube ich. Wie hieß er noch …? Ja, richtig – Hauptmann Seniry.«

11. Kapitel

Der Pharao hatte eine kurze Trauerzeit für seinen Schwiegervater angeordnet, die nur bis zum Opet-Fest währte, bei dem die Feier der Götter von Theben der Trauer ein Ende machen würde. Auf Senirys schwarzen nubischen Wangen wuchs der Bart nur spärlich, während Pentawerets hohlwangiges Gesicht von unansehnlichen Stoppeln bedeckt war, die seinen grimmigen Ausdruck noch verstärkten. Tiye strich sich als einziges Zugeständnis an die Staatstrauer einen Hauch von Staub auf die Stirn. Tamyt begnügte sich damit, auf Schmuck zu verzichten und trug sinnliche, weit fallende Kleider ohne Kragen oder Gürtel. Bei jeder Bewegung schimmerte ihr makelloser brauner Körper durch das dünne Leinen.

Maya verließ ihr Krankenlager blaß und abgemagert. Ahmose hatte sie verlassen, um sich in den Süden zu begeben, glücklich über sein wiedergewonnenes Soldatenleben. An Rahotep mochte sie gar nicht denken. Ihre Kinder und Nodjmet waren weit weg in Piramses und wußten nicht, wann sie zurückkehrten. Sie hatte das Kind in ihrem Leib getötet. Die Kleider schlotterten um ihren hageren Körper, und sie häufte sich Staub aufs Haupt, der sich mit ihren Tränen vermischte und gab vor, um König Suppiluliumas zu trauern.

Doch Rahotep lehnte es ab, sich an die Grenzen zu halten, die sie ihm auferlegt hatte. Als Maya eines Morgens kurz nach Ahmoses Abreise aufwachte, duftete ihr Zimmer nach Blumen.

Sie stellte fest, daß in dem kleinen Empfangsraum, den Ahmose bis zu seinem Aufbruch nach Süden bewohnt hatte, auf einem niedrigen Beistelltisch ein Korb voller Lilien stand. Auf dem Stuhl hinter dem Tisch saß Rahotep, die Wangen so stoppelig wie bei ihrem ersten Wiedersehen nach dem Tod von Apis.

»Ich habe dir mindestens ein Dutzend Briefe geschrieben«, sagte er. »Aber in keinem von ihnen stand, was ich dir wirklich sagen will.«

Maya setzte sich bedächtig. Der Duft, den der Korb verströmte, verwandelte das kleine Zimmer in einen Schrein.

»Du hättest nicht warten sollen, bis Ahmose fort ist«, sagte sie und starrte auf die Lilien. Es war blauer Lotos. »Ich meine, du solltest mich nicht hinter Ahmoses Rücken besuchen. Du hättest nicht kommen sollen.«

»Ich habe versucht, in Ahmoses Beisein mit dir zu sprechen … bei der Hochzeit.«

»Du hast in Rätseln gesprochen.«

»Nein. Du wolltest mich nicht verstehen. Wäre es nach mir gegangen, hätte Ahmose deinen Brief gelesen, und wir wären inzwischen längst zusammen. Darum habe ich ihn auch auf den Tisch gelegt.«

Maya verbarg das Gesicht in den Händen.

»Weißt du, du hast mir nie eine vernünftige Erklärung dafür genannt, daß du mich verlassen hast. Liegt es an Ahmose? Hat er einen solchen Einfluß auf dich?«

Rahotep verstummte. Der Beerdigungsgeruch der Schnittblumen schien sich noch zu verstärken.

»Ich wollte dich nicht aufregen«, fuhr Rahotep sanft fort. »Als ich sah, welche Angst du hattest, habe ich mich zurückgezogen.«

Tränen rannen durch Mayas Finger.

»Ich habe dir Blumen gebracht. Ich dachte mir, das wäre nicht verdächtig. Ist ja bloß ein Krankenbesuch.«

»Ich habe bei der Geburt meiner Kinder viele Blumen bekommen«, sagte Maya.

Nachdem Rahotep gegangen war, warf der Diener den Korb mit den Lilien auf den Müll.

Tamyt hatte ebenfalls ihre ganze Überredungskunst anwenden müssen. Aber schließlich war es ihr gelungen, den König davon zu überzeugen, daß es der falsche Zeitpunkt war, Pentaweret und Bentanta zum Vizekönig von Nubien zu schicken. Der König bräuchte in den südlichen Ländern jemanden mit militärischem Wissen, der mit den Truppen in Ober- und Unternubien vertraut war; einen Mann, der Ahmose bei den Vorbereitungen seines Feldzuges eine wirkliche Hilfe war. Pentawerets Rolle hingegen sei diplomatischer und nicht militärischer Natur. Sein Einzug würde nach einem triumphalen Sieg des Pharao über die Asiaten größeren Eindruck machen. Es wäre besser, ihn für den Augenblick noch in Djeme zu belassen und an seiner Stelle dem Vizekönig den besten Mann für diese Aufgabe zu schicken – der zufällig ihr eigener Halbbruder Seniry war. Vor allem diese leicht durchschaubare berechnende Protektion war es, die den Pharao belustigte und bewog, ihr überhaupt Gehör zu schenken. Und so hatte er schließlich zugestimmt.

Während Ahmose im Morgengrauen in Ikkur am Flußufer stand, ging Seniry rastlos in Djeme den Kai auf und ab. Offiziell beaufsichtigte er die Beladung seines Bootes, tatsächlich aber warf er kaum einen Blick in diese Richtung, sondern sah zu den Fenstern des Ostturmes hinauf, in dem sich die Gemächer der königlichen Odalisken befanden. Obgleich die Sonne sich gerade erst am Horizont zeigte, war Seniry schon seit Stunden auf. Tatsächlich hatte er die ganze Nacht kaum ein Auge zugetan. Bis in die frühen Morgenstunden hatte eine Lampe in seinem Zimmer gebrannt. Tamyts dunkles Fenster hingegen war ein Zeichen für ihren ungestörten Schlaf. Er wußte es, weil er fast die ganze Nacht auf ihr Fenster gestarrt hatte – wenn er nicht gerade das von Pentaweret beobachtet hatte.

Am Fuße des Turms erschien eine Frau. Senirys Herz tat einen Sprung, aber es war nur Tiye. Sie eilte mit ausgestreckten Armen auf ihn zu, wobei die wehenden Ärmel ihres Kleides ihr das Aussehen eines weißen Raben verliehen.

»Ich bin gekommen, um dich zu verabschieden«, sagte sie, als würde diese Geste ihm etwas bedeuten. »Ich war die ganze Nacht auf und habe darüber gegrübelt, daß eigentlich Pentaweret nach Nubien hätte aufbrechen sollen. Jetzt habe ich ein schlechtes Gewissen, weil du an seiner Stelle fährst.«

»Ich weiß gar nicht, weshalb du deswegen ein solches Aufheben machst«, entgegnete Seniry. »Das ist doch keine große Sache. Ich tue das nicht zum ersten Mal.«

Tiye starrte ihn verblüfft an.

»Es geht doch nur um die Rekrutierung neuer Truppen«, sagte Seniry laut, bevor Tiye ihn fragen konnte, wie viele ägyptische Generäle er noch ermordet hatte.

»Ich möchte, daß Pentaweret aus diesem Feldzug herausgehalten wird«, fuhr Tiye fort. »Ich würde sterben vor Sorge, wenn er in einen Krieg verstrickt würde.«

»Du solltest dich schnellstens an den Gedanken gewöhnen«, bemerkte Seniry mit gedämpfter Stimme. »Wenn nämlich alles so läuft wie geplant …« Er machte eine unbestimmte Geste, die die umliegenden Berge, das Haus der Ewigkeit und Theben am gegenüberliegenden Ufer umfaßte. Wo war Tamyt? Sie hätte ruhig kommen können, um sich von ihm zu verabschieden. Sogar die alte Tiye war so aufmerksam gewesen.

»Pentaweret wird doch nicht in das alles verwickelt werden, oder? Er sagte, es wäre ein Sakrileg. Er muß an einen Ort, an dem er sicher ist.«

Was für eine dumme Person, sagte sich Seniry. Die Ladung war an Bord, und die Besatzung wartete nur noch auf ihn.

»Auf Wiedersehen, Tiye«, sagte der Hauptmann. »Ich danke dir, daß du so früh aufgestanden bist, um mich zu verabschieden.«

Auch jetzt war weit und breit noch nichts von Tamyt zu sehen. Er ging den Kai hinunter zu seinem Boot.

Tiye eilte mit raschen Schritten neben ihm her. »Es wird doch nicht gefährlich für ihn?« keuchte sie. »Oder, Seniry?«

Am Wasser blieb Seniry stehen. »Mach dir um ihn keine Sorgen, Tiye«, sagte er. »Tamyt wird sich seiner annehmen. Immerhin hat sie sich ja auch bisher bestens um ihn gekümmert.«

»Wie meinst du das?« fragte Tiye irritiert.

Seniry gab den Ruderern ein Zeichen. Das Boot legte ab, und Tiye blieb allein am Ufer zurück. »Was meinst du damit?« rief sie beunruhigt. »Was bedeutet das?«

Am nächsten Morgen stand Ahmose erneut bei Tagesanbruch an derselben Stelle am Flußufer, immer noch erschöpft, aber von den beunruhigenden Visionen der vergangenen Nacht angetrieben. In seinen Träumen hatte er wieder durch Flammen hindurch Seniry gesehen. So hatte er nur wenige rastlose Stunden im Bett verbracht, bis ihn das drängende Gefühl, handeln zu müssen, bewogen hatte, sich vor dem ersten Tageslicht zur Fähre zu begeben, um in die Wadis der östlichen Wüste zurückzukehren.

Es waren keinerlei Vorbereitungen getroffen worden; es gab weder Esel noch eine Eskorte. Allein ging Ahmose zur Festung. Seine Entschlossenheit beruhte auf dem Siegel seiner Macht, das bei jedem Schritt auf der steinigen Straße gegen sein Brustbein schlug. Ich darf mir keinen Fehler erlauben, sagte er sich. Am Tor zur Festung von Baki präsentierte er sein Siegel, worauf die Wache ihn einließ. Drinnen zeigte er erneut das königliche Siegel vor und verlangte Esel und ein paar Männer. Die Soldaten mühten sich sogleich, seine Wünsche zu erfüllen. Während er noch wartete, suchte der Garnisonskommandant ihn auf, verneigte sich vor ihm, sprach ihn mit General an und verlangte nach Erfrischungen. General Ahmose, wieder königlicher Siegelträger mit Verfügungsgewalt über sämtliche Mittel der königlichen Festungen in Unternubien – er hatte seine Stellung und die damit verbundene Autorität vermißt. Während Ahmose im Empfangsraum des Kommandanten saß und Brot und Datteln verzehrte, weitete er in Gedanken seine Macht aus und fühlte, wie sie Kraft entwickelt gleich einem Schmetterling, der aus seinem Kokon schlüpfte.

Während die Esel aufgezäumt und beladen wurden, erzählte der Kommandant Ahmose, daß die Hälfte von Nebmaater Amenhoteps großer Erzkammer nach der Herrschaftszeit des Ramses, Günstling des Amun, zugemauert worden war. Es gab nicht mehr genügend Erz, um sie zu füllen. Das Gold wurde aus der Festung und durch das Flußtor gebracht, erläuterte ihm der Befehlshaber, um nach Ägypten verschifft zu werden. Es wurde täglich Golderz in die Festung gebracht, aber das Edelmetall verließ Baki nur wenige Male im Jahr. Bei diesen Gelegenheiten fand sich der Vizekönig persönlich in seiner Barke ein, um die Goldmengen zu überprüfen. Anschließend wurde das Haupttor geschlossen und das Flußtor von Soldaten aus Baki und Ikkur bewacht. Dann erst wurde das Gold des Pharao in seine Schatzkammern transportiert – nur damit diese Reichtümer der südlichen Länder in Form von Beigaben in königlichen Gräbern der Erde zurückgegeben wurden.

Es war später Vormittag, als sie die Mine erreichten. Ein Dutzend niedriger Hütten aus Felsgestein waren zwischen den Felsen oberhalb des Bergwerks errichtet worden. Aus der unsichtbaren Erdspalte drang das Geräusch von Pickeln und von Geröll, das abtransportiert wurde. Die erste Eselkolonne des Tages wurde gerade angeschirrt; auf der einen Seite einen Korb für das Erz, auf der anderen ein schlaffer Lederschlauch, der noch mit Wasser gefüllt wurde. Der Hauptmann saß auf der Schwelle der ersten Hütte. Als er sich mit den Soldaten näherte, konnte Ahmose deutlich hören, wie er ihm zurief, sie hätten Medja gefunden.

Am späten Nachmittag brachen sie wieder auf. Die Garde aus Ikkur führte sie eine Schlucht hinauf, die als leichte Vertiefung begann und sich dann in eine zunehmend schmalere und tiefere Spalte verwandelte, bis es ihnen schließlich so vorkam, als würden sie durch das Mundstück eines Glasbläsers marschieren. Der Himmelausschnitt über ihnen wurde immer schmäler, die Sonne war längst nicht mehr zu sehen. Ahmose befürchtete, daß um sie herum völlige Dunkelheit herrschte, wenn sie ihr Ziel erreichten. Die Sonne ging unter, und die Felswände über ihnen waren in tiefrotes Licht getaucht, das sich immer weiter von ihnen entfernte, je höher sie stiegen. Schließlich gelangten sie ans Ende der Schlucht, und vor Ahmose tat sich ein Tal auf. Tief unten sah er Medjas Lager.

Der Nomadenhäuptling, Oberhaupt des Irkeku-Stammes und Plünderer des Tributs an Ägypten, saß auf seinem Diwan und trank durch einen langen Strohhalm Bier. Ahmose bemerkte, daß er ägyptisches Leinen trug, was bedeutete, daß er verhandlungsbereit war, aber über seinen Knien lag ein Leopardenfell, eine Muschelkette hing um seinen Hals, und in seiner ägyptischen Perücke steckte eine Straußenfeder.

»General Ahmose! Willkommen in meinem Zelt. Bring einen Stuhl«, befahl Medja einem seiner Diener. »Es freut mich, dich in den Südländern begrüßen zu können«, fuhr Medja fort. Der Diener kehrte zurück, nicht mit einem Stuhl, sondern mit einem Stapel Kissen, die er vor Ahmose fallen ließ. Das schien so üblich zu sein, und so legte Ahmose sich die Kissen zurecht und machte es sich darauf bequem.

»Auch ich bin froh, hier zu sein«, sagte Ahmose. »Ich bin das erste Mal im Süden.«

»Ich weiß«, entgegnete Medja. Sein Blick sagte: Ich kenne die Namen sämtlicher Diener des ägyptischen Pharao, die je in den Südländern gewesen sind, deiner steht nicht auf meiner Liste. »Aber du hast viel Zeit bei den Asiaten im Norden verbracht, wenn ich nicht irre«, fuhr er fort. »Wie fandest du die asiatischen Lager? Leben die Häuptlinge dort in so prächtigen Zelten wie dem meinen?« fragte er mit einer Geste, welche die Nomadenbehausung umfaßte. Ahmose blickte sich um. An den Zeltwänden hingen feine Webteppiche in satten Farben. Auf dem Boden lagen Leoparden- und Pantherfelle von derselben Güte wie jene, die er dem Pharao übergeben hatte. Die Beine des Tisches vor Medja waren aus Elefantenstoßzähnen gefertigt. Es war ein exotisches Möbelstück, das zwar von Menschen hergestellt worden war, die sich kostbare Materialien beschaffen konnten, denen es aber an der Fertigkeit mangelte, sie kunstvoll zu verarbeiten.

»Nein, sie sind weniger prunkvoll.« Er verschwieg, daß die Häuptlinge der Asiaten in Palästen und Städten lebten; die einzigen Asiaten, die in Zelten hausten, waren arme Hirten, Wegelagerer und Banditen.

Jemand stellte eine Schale mit Datteln neben ihm ab. Ahmose rechnete nicht damit, daß Medja ihn direkt fragte, weshalb er ihn suchte, und so nagte er abwartend an einer Dattel.

»Du konntest also meine Zelte nicht finden?« fragte Medja. »Der General aus dem Norden mußte wohl feststellen, daß die Länder des Südens weniger leicht zu durchforsten sind, was?« Er lachte.

»Stimmt, ich habe einen Tag lang vergeblich nach dir gesucht«, erwiderte Ahmose. »Du hast dich meisterhaft versteckt. Glücklicherweise hast du es verstanden, mich zu finden.«

Medja lachte erneut. »Ein Fremder in meinen Bergen ist für mich so leicht auszumachen wie die Leuchttürme deiner ägyptischen Freunde in Baki und Ikkur. Ihr strahlt wie eine Lampe in der Wüste, und wir finden euch wie Motten das Licht! Aber die Zelte der Nomaden gehören in die Wüste – sie sind wie die Steine in einem Wadi. Man sieht sie und nimmt sie doch nicht wahr! Gestern waren wir nur über einen Grat hinweg von euch entfernt. Ihr seid fast über uns gestolpert. Aber ich nehme an, daß eure Götter ihre Gründe hatten, euch mit Blindheit zu schlagen.«

»Meine Soldaten meinten, du würdest dich in der Nähe eines Brunnens aufhalten«, entgegnete Ahmose, »also haben sie die Umgebung aller ihnen bekannten Brunnen abgesucht, und ich bin ihnen gefolgt. Eure Wasserschläuche müssen größer sein als wir dachten.«

»Ah«, sagte Medja und beugte sich vor. »Ich sage dir etwas. Du hast recht, was unsere Wasserschläuche betrifft. Andererseits kennen deine Soldaten auch nicht alle Brunnen! Euer König Nebmaater Amenhotep hat Brunnen graben lassen, um seine Goldschürfer zu versorgen, und Ramses, der Günstling des Amun, hat aus demselben Grund weitere Brunnen graben lassen. Nachdem sie alles Gold aus den Minen abgebaut hatten, wanderten die Ägypter fort, ihre Brunnen stürzten ein, und die einst erschlossenen Orte gingen ihnen verloren. Aber nicht so meinen eigenen Leuten. Wir sind von einem Brunnen gekommen und ziehen zum nächsten – einer der beiden Brunnen ist den ägyptischen Soldaten bekannt, deinen Freunden aus Ikkur und Baki. Heute abend trinken wir aus unseren Wasserschläuchen, aber morgen schon ziehen wir weiter. Es ist also ein Glück, daß du für mich leuchtest wie ein Feuer in der Wüste, General – du hättest mich nämlich nie gefunden!« Er lehnte sich zurück und musterte Ahmose abwartend.

Er will, daß ich auf den Punkt komme, sagte sich Ahmose. Ob er nun morgen tatsächlich weiterzieht oder nicht – er möchte den Handel noch heute nacht abschließen. Und das heißt, daß sein Interesse an einem Abkommen entsprechend groß ist.

»Seine Hoheit der König wird sehr erfreut sein, daß du

meine Männer zu dir hast führen lassen, Medja.« So schnell lasse ich dich nicht vom Haken! dachte er. »Er schickt dir seine väterlichen Grüße.«

Medja neigte den Kopf. »Ich erwidere den Gruß an meinen Vater in der Königswürde, den Herrn der Zwei Länder Ägyptens«, sagte er.

»Seine Hoheit hat mir aufgetragen, dir mitzuteilen, daß er oft an die Zeit zurückdenkt, die du bei ihm verbracht hast, in seinem Palast in Piramses. Du wirst dich erinnern, daß der König damals eine neue Frau genommen hat, eine Prinzessin aus den asiatischen Ländern.«

»Auch ich denke oft daran zurück«, entgegnete der Nomadenhäuptling. »Jeden Abend erzählen meine Männer an den Lagerfeuern Geschichten vom großen Palast des ägyptischen Pharao, vom Prunk seines Thronsaales und dem Glanz seiner Feste. Jene, die nie dort waren, können sich all diese Pracht nicht vorstellen. Sogar mir fällt es zuweilen schwer zu glauben, daß ich tatsächlich dort gewesen bin. Erinnerst du dich an das Fest der Lampen in den Gärten des königlichen Palastes?«

Zwei Bilder tauchten vor Ahmoses geistigem Auge auf. Erst Khanefrues' Gesicht im Fackellicht auf der Palastmauer, dann Senirys Gesicht durch lodernde Flammen hindurch.

»Ja, natürlich«, sagte er. »Das war der Abend, an dem du und deine Gefährten Ägypten verlassen habt.«

»Wir segelten in einem Boot davon, das mit Lampen hell erleuchtet war«, erinnerte sich Medja. »Und die Lichter, die die Dorfbewohner entlang des Flusses aufgestellt hatten, sahen aus wie Schwärme von Libellen am Ufer.«

Ahmose hatte das Gefühl, daß sie vom eigentlichen Thema abkamen. »Du wirst dich sicher auch erinnern, daß schlechte Nachrichten aus Memphis kamen, als du dem König deinen Tribut entrichtet hast. Apis, der Stierbote des Gottes Ptah, war tot aufgefunden worden.«

Medja nickte ernst.

»Seiner Hoheit wurden zwischenzeitlich weitere schlechte Neuigkeiten zugetragen. Sein Schwiegervater, König Suppiluliumas von den Hethitern, wurde in den ägyptischen Ländern getötet. Er war unterwegs nach Ägypten, wo er seine Tochter besuchen wollte.«

Medja wölbte eine Braue. »Überbringe dem Herrscher über die Zwei Länder mein tiefempfundenes Beileid«, sagte er und neigte erneut feierlich das Haupt, so daß die Straußenfeder auf seinem Kopf nickte.

»Es war kein Unfall«, fuhr Ahmose fort. »Er wurde umgebracht. Seine Hoheit hat beschlossen – nein, er steht kurz davor, seine neue Braut zur Königlichen Großen Gemahlin zu machen. Er hatte König Suppiluliumas eingeladen, an ihrer Einsegnung teilzuhaben. Aber der Hethiterkönig wurde unterwegs überfallen, und es stellte sich heraus, daß gedungene Mörder beauftragt worden waren, ihn zu töten. Seine Hoheit der König glaubt, daß einige Asiaten versuchen könnten, Ägypten anzugreifen.«

Medja schüttelte den Kopf. »Das ist sehr übel«, sagte er. »Sehr, sehr übel. Der Tribut des Königs wird in den Südländern täglich von marodierenden Banden geplündert, von denen niemand weiß, woher sie kommen, und jetzt erheben auch die Nordländer die Hand gegen ihn … Ich danke den Göttern meiner Berge und Brunnen, daß ich nicht der Herr der Zwei Länder Ägyptens bin, von allen Seiten umgeben von schlechten Nachrichten.« Er seufzte tief, und die Straußenfeder erzitterte. Ahmose beobachtete ihn aufmerksam.

»Seine Hoheit wird einen Feldzug gegen die Asiaten führen«, fuhr Ahmose fort. »Darum bin ich hier.« Ich werde ihn dazu verleiten, Fragen zu stellen und Interesse zu bekunden, beschloß Ahmose.

»Dann habt ihr euch verirrt!« begehrte Medja auf und schlug sich mit einer Hand auf die gekreuzten Beine. »General Ahmose, deine ägyptischen Freunde aus Ikkur und Baki haben dich in die Irre geführt! Laß mich dir einen Führer zur Seite stellen, der dir den Weg zu den asiatischen Ländern weist.«

Ahmose schluckte seinen Zorn hinunter. »Ich bin gekommen, um in den Festungen des Pharao und den Dörfern Unternubiens Soldaten für den Feldzug auszuheben«, sagte er.

Medja machte ein nachdenkliches Gesicht. »Dadurch würden die südlichen Karawanen des Pharao ihres Schutzes beraubt«, bemerkte er.

»Genau. Darum bin ich hier.«

Medja musterte ihn schweigend. »Es ist Essenszeit«, sagte er schließlich und klatschte in die Hände. Diener trugen einen zweiten Tisch herein – diesmal aus Ebenholz, aber grob gezimmert – und stellten ihn vor Ahmose hin. Ihre Unterhaltung ruhte, während Diener Schüsseln und Schalen mit duftenden Speisen auftrugen, derweil andere Bedienstete Medja und Ahmose die Hände wuschen und mit Servietten abtrockneten. Er will Zeit schinden, sagte sich Ahmose.

Bevor sie sich den Speisen zuwandten, sagte Medja zu einem seiner Diener: »Bring Humay und Seninefer zu mir. Mein Sohn und mein ältester Gefährte«, erklärte er Ahmose. »Ich möchte, daß sie diese Mahlzeit mit uns teilen. Ein Besucher vom Hof des Herrn der Zwei Länder ist ein seltener Gast. Diese Ehre muß gefeiert werden.«

Das war zwar nur ein Vorwand, aber er war leicht zu durchschauen und sollte offensichtlich auch durchschaut werden. Medja bereitete sich auf ernsthafte Verhandlungen vor, und er wollte seine engsten Berater bei sich haben. Ahmose lächelte in sich hinein. Es gab unangenehmere Arten des Verhandelns als beim Essen.

Letztendlich wurde der Handel abgeschlossen, lange bevor die Mahlzeit beendet war. Vom Pharao wußte Ahmose, was Medja als Gegenleistung für den Schutz der Karawanen verlangt hatte – einmal abgesehen von einem gewissen Anteil an allen Gütern. Medja wollte das Gold, das er sich auf ungesetzliche Weise beschaffte, durch die östliche Wüste bis in die Länder jenseits des Meeres bringen. Dort würden die Städte entlang der zwei großen, nach Süden strömenden Flüsse seinen Leuten im Austausch gegen das Gold jenen Luxus bescheren, den sie sonst nirgendwo bekommen würden.

Der König hatte gezögert, Medjas Unternehmung seinen Segen zu geben, weil er fürchtete, daß der Nomadenfürst für seine Karawanen im Süden eine noch größere Bedrohung darstellen würde als ohnehin schon, wenn er zu noch mehr Wohlstand gelangte. Aber der asiatische Feldzug ließ dem König keine andere Wahl, als sich fürs erste Medjas Loyalität zu sichern und ihm zuzugestehen, was er verlangte. Ramses war der Ansicht, daß die Truppen gezwungen werden sollten, Medja und seine Leute auszuschalten, bevor man den Soldaten die Rückkehr in ihre Dörfer erlaubte, sobald der asiatische Feldzug vorbei war. Ahmose hegte noch gewisse Zweifel an diesem Vorhaben, aber allein die Möglichkeit hatte dem König das Zugeständnis an Medja erleichtert.

Medja war sichtlich erfreut über die Zwangslage Ägyptens und seines Gott-Königs und genoß seine Rolle als großzügiger Gastgeber. Nachdem er wie erwartet erfolgreich um den Prozentsatz seines Goldanteils gefeilscht hatte, wurden sie handelseinig. Medja stieg von seinem Diwan, um Ahmose zu umarmen, drängte ihm die erlesensten Speisen auf und schenkte ihm eigenhändig Wein ein.

Beschwingt vom vielen Wein und seinem eigenen Triumph gab Medja sogar preis, wie er in den Besitz des puntischen Lotos gelangt war, den er dem Pharao überreicht hatte. Der Weihrauch war Teil eines Bestechungsgeschenks des Proviantmeisters der Flotte von Amun-Re gewesen, der versucht hatte, auf diesem Weg eine sichere Passage seiner Karawane durch die östliche Wüste zu erkaufen. Der Proviantmeister hatte geglaubt, Medja und sein Stamm würden die Droge selbst benutzen. Als ob seine Leute sich mit dem gefährlichen Weihrauch der Götter einlassen würden! Medja hatte den Lotos nur angenommen, um dem ägyptischen Pharao das Ausmaß der Bestechlichkeit unter seinen eigenen Dienern im Süden vor Augen zu führen.

Ahmose fühlte sich ähnlich wie am Vortag bei seinem Aufbruch von dem anderen Nomadenhäuptling – düpiert und gedemütigt. Er war überzeugt, daß besagter Häuptling sofort einen Boten zu Medja geschickt hatte, um ihn davon in Kenntnis zu setzen, daß ein ägyptischer General nach ihm suchte. Von wegen »Medja ist nach Süden gezogen!« Für Medja hatte dies nur die Kapitulation des Königs bedeuten können. Ahmose vermutete, daß Medja sich bei diesem Katz-und-Maus-Spiel köstlich amüsiert hatte. Aber das kümmerte ihn nicht mehr. Dieser Teil seiner Mission war erfüllt. Er hatte es bequem, war satt und vom Wein angenehm entspannt. In dieser Nacht würde er tief und fest in Medjas Lager schlafen, ehe er den Rückweg nach Ikkur antrat. Und irgendwie wußte er, daß Senirys Gesicht ihn diesmal nicht in seinen Träumen heimsuchen würde.

Nach und nach füllte sich Medjas Zelt mit Männern aus seinem Stamm. Medja, sein Sohn und sein Berater füllten ihre Becher, teilten die Männer in kleine Grüppchen und berichteten ihnen von dem großartigen Handel, den sie mit dem König von Ägypten abgeschlossen hatten. Und im Rausch des Weins und ihres Erfolges verfielen sie vom Ägyptischen in ihre eigene Sprache. Ahmose steuerte den Zeltausgang an. Draußen faßten die zwei schwarzen Talwände den umgekehrten Fluß des nachtblauen Himmels ein. Die Akhs der Verstorbenen trieben flußabwärts, jeder mit einer Lampe, die ihm den Weg leuchtete.

Ahmose blickte hinauf zu den Sternen. Jede dieser Lampen gehörte zu einem Akh, und jedes Akh gehörte zu einem Menschen, der einst auf Erden gelebt hatte und nun in seinem Grab schlief. Eines Tages würde auch sein eigenes Akh dort oben sein. Und Khanefrues' … aber ihr Akh würde das einer Königin und somit unnahbar sein. Es gab für sie weder in diesem Leben noch in einem späteren Hoffnung. Sich am Hof aufzuhalten, in ihrer Nähe, wäre für sie beide eine Qual und würde sie nur in Versuchung führen. Wenn man sie erwischte, würde es den sicheren Tod bedeuten; darüber hinaus würde man ihre Leichen verbrennen und ihnen somit den Zutritt zum Reich der Götter verwehren. Und es würde den König umbringen. Er liebte Khanefrues, und darum mußte Ahmose sich von ihr fernhalten.

Liebte auch Maya Rahotep so sehr? Plötzlich wurde Ahmose klar, was Maya empfinden mußte; sie liebte ebenso hoffnungslos wie er selbst. Nun, sein eigenes Leben war vorüber – sollte sie ihn haben. Er würde nach Ägypten zurückkehren und den König bitten, ihn für immer in den asiatischen Städten zu stationieren. Er würde Maya die Scheidung gewähren und sich aus ihrem Leben zurückziehen. Dann konnte sie Rahotep heiraten und glücklich werden. Er würde sie und die Kinder nie wiedersehen. Er würde den Keim der Zuneigung zu ihnen herausreißen, der in seinem Herzen aufgegangen war. Es war am besten so. Er würde den Kindern sein Vermögen übertragen, unter der Bedingung, daß sie bei seinem Tod – bis dahin würden sie vermutlich bereits erwachsen sein – seinen Leichnam heimholten und in Ägypten bestatteten. Dann würde er in die asiatischen Länder zurückkehren, in die Nordländer, wo Ishtar durch seine Schuld gestorben war und von wo aus er Khanefrues ins Exil gebracht hatte. Und dort, in den asiatischen Ebenen, würde er sein Leben dem Kampf gegen die Asiaten widmen.

Ahmose blickte erneut auf die Sterne, die auf dem umgekehrten Fluß trieben, und stellte sich vor, wie sein eigener Stern auf demselben Strom dahintrieb wie die Lampen auf den kleinen Schiffchen im Palastgarten von Piramses. Im Himmel gab es anders als auf der Erde keine Überschwemmungen, die diese zerbrechlichen Boote zum Kentern brachten und in die Tiefe zogen.

Ahmose verbrachte die Nacht in Medjas Lager. Er stand spät auf und nahm sich Zeit, als er sich reisefertig machte. Die Soldaten aus Ikkur und Baki machten sich zusammen mit ihrer Eselkolonne, deren Wasserschläuche in einem von Medjas geheimen Brunnen aufgefüllt worden waren, auf den Weg durch die Wadis zurück in die Ebene. Ahmose schlenderte neben ihnen her und plauderte entspannt mit dem ägyptischen Hauptmann, die Last der Suche nach Medja von seinen Schultern genommen. Jetzt konnte er sich der Aushebung von Soldaten widmen.

Sie rasteten in der Mittagshitze und erreichten die Ebene am späten Nachmittag. Der Pegel des Flusses war stark gestiegen, seit Ahmose sich vor zwei Tagen hatte übersetzen lassen. Das Wasser war aus dem Bett getreten und hatte die Ufer mit einer dünnen Schicht überzogen. Die Soldaten aus Baki kehrten trockenen Fußes in ihre Garnison zurück, aber Ahmose und der Trupp aus Ikkur mußten durch knöcheltiefen Schlamm waten und hatten einige Mühe, die Esel durch den Matsch an Bord der Fähre zu bugsieren.

Als sie wieder in Ikkur waren, war der Vizekönig immer noch nicht zurück. Offenbar hatte er sich zur südlichen Festung begeben, um die Zeremonien in Baki vorzubereiten, die in etwa zehn Tagen stattfinden sollten, wenn die Goldkarawane zum Opet-Fest nach Theben aufbrach. Ahmose legte sich früh schlafen. Sein Schlaf wurde gestört von Träumen, in denen er sah, wie Soldaten am Fuß der Festung anlegten und bewaffnete Männer die Treppe zu seinem Zimmer heraufkamen. Als er am Morgen erwachte und sich in den Audienzsaal des Vizekönigs begab, traf er dort Seniry beim Frühstück an.

»Guten Morgen, Ahmose – General Ahmose«, sagte er. »Ich hoffe, ich habe dich gestern nacht nicht geweckt. Bei den Göttern, was für eine Reise! Wie lange hast du bis hierher gebraucht?«

»Laß mich nachdenken – ziemlich genau zwei Tage. Allerdings haben wir die kühlsten Stunden vor Tagesanbruch genutzt.«

»Zwei Tage!« rief Seniry aus. »Zwei Tage! Ich habe drei gebraucht – drei lange Tage, und ich dachte, das wäre ein guter Schnitt. Ihr müßt die ganze Nacht durchgefahren sein.«

»Mir war danach.«

»Es ist ziemlich riskant, bei Nacht den Fluß zu befahren, nicht wahr?« fragte Seniry nach einer Pause.

»Nicht wenn man weiß, was man tut.«

»Du scheinst es ja sehr eilig gehabt zu haben ...«

»Trödeln wäre vertane Zeit gewesen.«

Seniry lachte. »Ist das alles? Komm schon, General. Du bist aufgebrochen, ohne dich von irgend jemandem zu verabschieden. Warum diese Eile?«

Ahmose musterte die große schwarze Gestalt in weißem Leinen jenseits der grauen Asche des Kamins. Obgleich das Feuer erloschen war, glaubte Ahmose Flammen zu sehen.

»Ich nehme an, ich konnte es nicht erwarten, mich endlich an die Arbeit zu machen und meine Mission zu erfüllen«, entgegnete er. »Ich hatte lange genug Urlaub.«

»Und wie kommst du mit deinem ersten Auftrag voran? Hast du Medja gefunden?«

Der Diener kam mit Ahmoses Frühstückstablett herein, und er nutzte die Gelegenheit, Senirys Frage zu übergehen.

»Wenn du nichts dagegen hast, Seniry«, sagte er, »nehme ich das mit auf mein Zimmer. Ich habe schlecht geschlafen.«

Am selben Morgen schlug Khanefrues in Djeme die Augen auf und starrte an die Decke. In ihren Träumen hatte sie Senirys Gesicht gesehen, vor sich verkohlte Trümmer, von denen sich längst der Rauch der Zerstörung verzogen hatte. Sie war allein im Bett, da der Pharao seit dem Fest im Hof seines Hauses der Millionen Jahre in seinem eigenen Zimmer schlief. Draußen war heller Tag. Der Pharao ging in seinem Garten spazieren, die königlichen Odalisken in dem ihren. Das Schaben der Besen auf den staubigen Böden, das Klopfen der Fußmatten und die lauten Stimmen der Diener verrieten ihr, daß der Morgen bereits weit fortgeschritten war. Unten am Anlegeplatz luden Küchenhilfen Lebensmittel aus, die mit einem Boot vom anderen Ufer herübergebracht worden waren. Khanefrues konnte sich vorstellen, wie sie einer Ameisenkolonne gleich zwischen Boot und Küche hin und her gingen, ihre Lasten auf dem Kopf balancierend. Hinter ihnen würden weiße Segel vor blauem Himmel vorübergleiten. An jedem anderen Morgen wäre sie ans Fenster gegangen, um die frische Luft zu atmen. Nicht so an diesem Morgen. An diesem Morgen glitten zwischen den blendendweißen Segeln, für die Arbeiter auf dem Kai unsichtbar, die geisterhaften Bestattungsbarken vorbei, die schon Ahmose nach Süden gefolgt waren.

Mitte des Vormittags erhielten Ahmose und Seniry eine Nachricht vom Vizekönig. Er befand sich auf dem Weg zu seiner Residenz in Dakka und wollte sie dort zum Abendessen treffen, um mit ihnen über die anstehende Rekrutierung zu sprechen. Ahmose freute sich auf die Abwechslung. Es gab nichts Schlimmeres, als untätig in der Festung von Ikkur zu warten und sich Ausreden für Seniry auszudenken, weshalb er nicht unterwegs war, um nach Medja zu suchen. Die Einladung des Vizekönigs stellte ihn jedoch auch vor ein praktisches Problem. Wie sollte er vermeiden, Seniry in seinem Wagen mitzunehmen? Er konnte schließlich nicht überhastet abfahren und den Hauptmann einfach vergessen. Es wäre weit schlimmer, sich im Beisein des Vizekönigs bei Seniry entschuldigen zu müssen, als ihn mitzunehmen. Und so stiegen sie schließlich gemeinsam in Ahmoses Streitwagen. Als Ahmose die Zügel aufnahm, schwor er sich, Seniry einen eigenen Wagen zu beschaffen, sobald einer verfügbar war. Er fragte sich, über wie viele der Vizekönig in Dakka verfügen mochte.

Die Residenz des Vizekönigs befand sich südwestlich der Festung inmitten der Ebene. Im Schrittempo folgten sie der steinharten unbefestigten Straße, begleitet von Senirys Eskorte aus Djeme.

»Wäre es nicht besser, deinen Leuten ein wenig Erholung zu gönnen?« fragte Ahmose.

»Das ist nicht nötig«, entgegnete Seniry. »Sie haben sich nicht so verausgabt wie deine Männer bei eurer Anreise. Außerdem sind sie froh, wieder in der Heimat zu sein. Das verleiht ihnen stets zusätzliche Kraft.«

»Sind es dieselben Männer, mit denen du nach Miwer gekommen bist?«

»O ja. Und jetzt bringe ich sie zurück. Manche von ihnen stammen aus Dörfern hier aus der Gegend. Genau genommen stamme ich selbst von hier – aus einem Dorf südlich der Residenz des Vizekönigs.«

»Tamyt ebenfalls, nehme ich an?«

»Nun ja«, sagte Seniry zögernd. »Tamyt ist meine Halbschwester. Sie wurde in der Festung Miam weiter flußabwärts geboren. Bei meiner Geburt war mein Vater noch ein gewöhnlicher Fußsoldat wie diese Männer hier.« Er zeigte auf die Eskorte. »Meine Mutter stammte aus demselben Dorf. Dann starb sie, und Vater wurde Hauptmann der Bogenschützen in Miam. Dort heiratete er eine Ägypterin, Tamyts Mutter. Er hatte bereits einen gehobenen Rang inne, als sie auf die Welt kam.«

Er verstummte und blickte auf das verdorrte Gras auf der vertrauten Ebene, auf die Dörfer seiner Kindheit und die Straße, der er unzählige Male gefolgt sein mußte. Ahmose war froh, daß Seniry schwieg, fühlte sich aber unbehaglich, als hätte er an etwas gerührt, das besser unangetastet geblieben wäre. Seniry war so lange still, daß Ahmose – so wenig er den Hauptmann auch leiden mochte – das Gefühl hatte, es wäre unhöflich, nicht irgendeine Bemerkung zu machen.

»Seniry, du hast gesagt, deine Männer stammen ursprünglich aus Unternubien. Ich dachte, sie wären weiter südlich stationiert, in Obernubien.«

»Wie?« Er hatte Seniry aus seinen Gedanken gerissen. »O ja, gleich hinter der Grenze in Ibshek. Aber für sie ist es einerlei. Die meisten wissen nicht einmal, wo Unternubien endet und Obernubien anfängt. Und warum auch? Ein Stück des Flusses ist so gut wie das andere.«

»Das ist doch nicht dein Ernst. Ich habe die Erfahrung gemacht, daß sich sogar Männer aus Nachbardörfern fremd sind, bis sie einige Zeit zusammen gedient haben.«

Seniry zuckte die Achseln. »Wenn du mich fragst, machen die Menschen zu viel Aufhebens um ihren Geburtsort. Was spielt es für eine Rolle, wo man geboren ist? Sieh uns an. Du wurdest in den alten Adel von Memphis hineingeboren. Ich wurde in einem dieser Dörfer als Sohn eines nubischen Soldaten und seiner armen schwarzen Frau geboren. Und doch reisen wir beide auf derselben Straße, in ein und demselben Wagen, und tragen beide das königliche Siegel um den Hals. Sieh dir meine Schwester an. Sie wurde als Tochter desselben nubischen Soldaten in der königlichen Festung von Miam geboren. Und heute ist sie praktisch die Königin von Miwer. Aber ohne mich ist sie hilflos. Hilflos!« wiederholte er überraschend heftig. »Sieh dir meine Männer an. Ich habe Leute entlang des ganzen Flusses in Ober- und Unternubien, in Festungen, in Dörfern, in den Häusern der zwei Bezirksverwalter – und für mich sind sie alle gleich, und ich behandle einen wie den anderen.«

»Was meinst du damit, daß du Männer entlang des Flusses hast? Du sagtest doch, du wärst in Ibshek stationiert.«

»Ja, richtig. Es sind Männer, die mich kennen und schon einmal unter meinem Befehl gestanden haben. Loyalität endet nicht mit einer Versetzung.«

»Äh … nein, natürlich nicht.« Ahmose hatte keinen Schimmer, was Seniry redete, und er wollte es auch gar nicht wissen. Schweigend fuhren sie weiter, während es immer heißer wurde. Ahmose sehnte sich nach ein wenig Schatten, nach einem Baum, unter dem sie eine Zeitlang rasten konnten, doch in der Ebene wuchsen bis hin zu den Bergen nur Gras und ein paar kümmerliche Sträucher. Glücklicherweise dauerte es nicht mehr lange, bis Seniry den Arm hob und auf die Residenz des Vizekönigs zeigte.

»Endlich! Schick einen Läufer, der uns ankündigt«, sagte Ahmose.

Seniry tippte einem seiner Männer mit der Peitsche auf die Schulter und zeigte nach vorn. Der Soldat rannte los. »Ich nehme an, du hast inzwischen deine eigenen Läufer in der ganzen Gegend verteilt«, sagte Seniry.

»Was meinst du damit?«

»Du läßt doch sicher nach Medja suchen?«

Ahmose seufzte innerlich. Seniry würde wohl nie Ruhe geben. »Ich fürchte, ich habe nichts zu berichten«, sagte er.

»Soll das heißen, du hast ihn gefunden, aber ihr konntet euch nicht einigen?«

»Möglich.«

»Willst du es mir nicht sagen? Es ist doch kein Geheimnis, oder? In Djeme hast du doch auch ganz offen gesprochen.«

»Ich werde es dir sagen, wenn es etwas zu erzählen gibt«, entgegnete Ahmose. »Derweil solltest du dich im Beisein des Vizekönigs zurückhalten. Er vertritt den Standpunkt, es sollte möglichst wenige Mitwisser geben.«

»Ich verstehe«, erwiderte Seniry und wandte sich ab. Ahmose vermutete, daß er lautlos lachte. »Nun, ich hoffe, daß einer deiner Läufer dir bald einen Brief mit einem Abkommen bringt. Ah, da sind wir. Ich steige besser aus, damit du würdevoller aussiehst.«

Ahmose hätte sich über die letzte Bemerkung geärgert, wenn er sie gehört hätte, aber das war nicht der Fall. Er war in die Erinnerung an jenen Morgen in Miwer vertieft, als ein Bote ihm einen Brief überbracht hatte, in dem er aufgefordert wurde, gegen die Königliche Große Gemahlin auszusagen. Er stieg aus seinem Wagen und betrat an einem plötzlich sehr respektvollen Seniry vorbei den Garten des Vizekönigs, wobei seine Gedanken sich überschlugen. Er hatte damals einem Diener befohlen, dem Boten zu folgen, da er sicher gewesen war, den Mann von irgendwoher zu kennen. Der Diener hatte den Boten in den Nebengebäuden hinter dem Tempel aus den Augen verloren. Er hatte sich gesagt, daß es sich vermutlich um einen Tempeldiener handelte. Plötzlich fiel Ahmose wieder ein, wo er den Mann gesehen hatte. Im Isis-Tempel in Piramses. Und dann wieder auf dem Paradeplatz, als er Paiis' Truppen gedrillt hatte. Nachdenklich stieg er die drei Stufen bis zur Portiersloge hinauf.

Sie wurden auf die Veranda mit Blick nach Osten über die Ebene, den Fluß und die dahinterliegenden Berge geführt. Eine Rauchsäule, die an den Bergen vorüberzog, ließ erkennen, wo Baki lag. Ahmose hatte den Rauch gerade erst erblickt, als sie von einem Diener der Vizekönigin in den Empfangsraum gebeten wurden.

Der Raum, der an die Veranda grenzte, entpuppte sich als großer quadratischer Saal. Vier Säulen trugen die Decke, und auf einem Podium am anderen Ende standen zwei Stühle, auf denen Pantherfelle ausgebreitet lagen. Auf einem von ihnen thronte die Vizekönigin. Die zwei Männer traten vor sie hin und ließen sich vor ihr auf die Knie fallen.

Sie war eine feingliedrige, elegante Erscheinung, wenn auch nicht mehr in der Blüte ihrer Jugend; seitlich an ihrer Perücke waren graue Strähnen zu sehen. Ahmose erinnerte sich, daß sie eine Königstochter war, eine Vollschwester von Ramses und Bentanta, älter als letztere, aber rangniedriger, da sie vor der Thronbesteigung ihres Vaters geboren war.

»Verzeiht, daß ich euch auf der Veranda habe warten lassen«, sagte die Vizekönigin. »Ich hoffe, dieser furchtbare Rauch hat euch nicht über Gebühr belästigt. Wir bemühen uns, Gäste nicht länger dort draußen warten zu lassen als nötig. Die Diener werden euch gleich eure Zimmer zeigen. Aber vorher habe ich schlechte Neuigkeiten für euch, fürchte ich. Der Vizekönig wird wider Erwarten doch nicht heute zurückkehren. Irgendein Problem bei den Vorbereitungen für die Goldkarawane, nehme ich an. Aber morgen wird er ganz sicher zurück sein. Ich hoffe, das bereitet euch keine Unannehmlichkeiten?«

»O nein«, entgegnete Ahmose eilig. »Der Vizekönig kann frei über unsere Zeit verfügen.«

Die Vizekönigin strahlte. »Dann laßt euch nicht länger davon abhalten, euch frisch zu machen und etwas zu essen. Meryt wird euch eure Zimmer zeigen. Meryt!« Sie klatschte in die Hände, und in der Tür neben ihr erschien ein nubisches Dienstmädchen. »Folgt Meryt«, sagte die Vizekönigin. »Wir sehen uns zum Abendessen. Meryt, du sorgst dafür, daß es unseren Gästen an nichts mangelt.«

Ahmose und Seniry folgten dem Dienstmädchen einen Flur hinunter, dessen Wände mit Pflanzen bemalt waren, was einen Eindruck von Kühle vermittelte, der in diesem verdorrten Land überaus angenehm war. Ahmose dachte immer noch an den Diener des Isis-Tempels. Meryt führte ihn in ein Schlafzimmer, in dem ein Diener mit Wasser, Handtüchern und Duftölen wartete, um ihn zu baden. Ahmose zog seine Sandalen aus. In Gedanken war er noch immer bei dem Knaben. Und auch der grüne Flur hatte eine Erinnerung in ihm geweckt. Er sah sich selbst und Seniry bei der Jagd in Miwer, sah, wie ihr Boot durch den Schilftunnel glitt. Worüber hatten sie gesprochen? Er glaubte sich zu erinnern, daß er an jenem Tag über den Pharao und seine Familie verärgert gewesen war und gar nicht erst versucht hatte, seinen Groll zu verhehlen. Jeder, der Ahmose an diesem Tag hätte reden hören, hätte wohl zu Recht seine Loyalität in Frage gestellt.

Ahmose begann sich zu entkleiden, wobei er seine Sachen dem Diener reichte. War es möglich, daß Seniry den Brief geschrieben hatte? Aber Seniry hatte damals nicht auf seine Bemerkungen reagiert, und es gab auch keine Verbindung zwischen Seniry und dem Überbringer der Nachricht. Die einzige Person in Miwer, die seines Wissens mit dem Knaben in Verbindung gestanden hatte, war Pentaweret. Der Junge hatte auf dem Exerzierplatz auf ihn gewartet. Eigentlich müßte Pentaweret hier in Nubien sein, aber an seiner Stelle war Seniry gekommen. Was hatte das alles zu bedeuten?

Ahmose wurde gebadet, abgetrocknet, mit duftenden Ölen massiert und in sauberes Leinen gekleidet. Das alles dauerte ziemlich lange, doch am Ende der Prozedur war Ahmose immer noch zu keinem Schluß gelangt. Nachdenklich stocherte er in seinem Abendessen, kam jedoch in seinen Überlegungen nicht weiter. Er legte sich schlafen. Einzelne Fäden zahlreicher Möglichkeiten wanden sich durch seine Träume, ohne sich zu einem Ganzen zu verknüpfen.

Im Haremsgarten beugte Tiye sich mit einem so versteinerten Gesichtsausdruck über den Seerosenteich, daß ihr Spiegelbild eigentlich sofort auf den Grund hätte sinken müssen. Der Samen des Zweifels, den Seniry gesät hatte, keimte und verdorrte abwechselnd aus Mangel an Nährboden.

Ein Schatten fiel auf Tiyes Spiegelbild auf dem Wasser, und sie hob den Blick. Es war Mut, eine der Odalisken. Sie hielt ein Schminkkästchen in der Hand. Die anderen Odalisken setzten sich auf. Mut stellte das Kästchen auf Tamyts Schoß und kniete neben ihr nieder. Renenutet beugte sich erwartungsvoll über die Armlehne von Tamyts Sessel.

»Ist alles da?« fragte Tamyt.

Mut nickte.

»Hast du ihn bezahlt?«

»Ja.«

»Die volle Anzahl?«

»Die volle Anzahl.«

»Ist das der Kuhl?« fragte Renenutet.

Tamyt öffnete das Kästchen. Im Inneren waren Reihen fest versiegelt glasierter Röhrchen aufgereiht.

»Oh, es ist der Kuhl!«

Tamyt zauste ihr das Haar. »Dumme kleine Gans.«

»Hör auf, du bringst meine Perücke in Unordnung! Gib mir eins!«

»Welches hättest du denn gern?«

»Das größte!«

»Sie sind alle gleich groß.«

Renenutet legte Tamyt die Arme um den Hals. »Dann wähle du. Wähle eins für mich aus.«

»Da. Das ist das blaueste Gefäß. Nimm das.«

Die anderen Odalisken drängten sich jetzt um Tamyt, schnatternd wie die Gänse.

Während Tamyt die anderen Röhrchen verteilte, zog Renenutet sich mit ihrem Schatz zurück. Sie setzte sich neben Tiye und zog den Stöpsel aus dem Röhrchen. Renenutet kippte das Gefäß, und harzige Kristalle und Rindenstückchen rieselten auf ihre Handfläche. Tiye stieg ein schwacher Geruch nach südländischen Gewürzen in die Nase. Plötzlich erkannte sie ihren Irrtum. Das war kein Kuhl zum Schminken der Augen. Das war puntischer Lotos.

Tiye hatte seit jener Nacht in Tamyts Gemächern nur sehr selten puntischen Lotos konsumiert; nicht annähernd oft genug. Der Weihrauch mußte aus dem Süden herbeigeschmuggelt oder auf seinem Weg in die Tempel, manchmal sogar aus den Gotteshäusern selbst gestohlen werden. Seit der

Untersuchung, die der Pharao nach Medjas Auftritt eingeleitet hatte, war puntischer Lotos fast unmöglich zu beschaffen gewesen. Er war teuer und sehr selten. Sie verzehrte sich danach. Sie wünschte sich eine eigene Silberschale, in der sie den Weihrauch entzünden konnte, um genüßlich seinen verführerischen Duft einzuatmen. Sie öffnete leicht die Lippen, und ihr Atem ging ein wenig schneller.

Die Odalisken verteilten sich mit ihrer kostbaren Ware. Tamyt hatte noch ein paar Röhrchen übrig.

»Möchtest du auch welchen, Tiye?« fragte sie.

Tiyes Augen weiteten sich, und ihre Nasenflügel bebten. »Ja, bitte«, sagte sie heiser.

Tamyt warf ihr ein Röhrchen zu, das sie auffing und an ihre knochige Brust drückte. Tamyt lächelte ihr zu.

»Wenn Bentantas Einfluß auf Pentaweret zu groß wird, kannst du ihn damit jederzeit zurückholen, weißt du.«

Tiye starrte sie an. Der Argwohn, den Seniry an diesem Morgen auf dem Kai geweckt hatte, brach sich Bahn. Tamyt hatte Pentaweret in jener Nacht in Miwer puntischen Lotos gegeben. Seitdem lief er ihr nach wie ein Hündchen – an einer Leine aus puntischem Lotos! Das war es also! Das erklärte alles. Man konnte Tamyt nicht als schön bezeichnen. Sie war sogar eher unscheinbar. Ohne Hilfe wäre es ihr nie gelungen, Pentaweret in ihren Bann zu schlagen. Nein, sie hatte ihn unter Drogen gesetzt. Der arme Junge hatte seine Mutter nicht wirklich betrogen, er hatte unter Drogen gestanden – sofern es stimmte, was Seniry gesagt hatte. Und wenn es stimmte, war es nicht Pentawerets Schuld. Tiye blickte auf das scheinbar harmlose Röhrchen Kuhl, das sie immer noch an ihre Brust drückte, und plötzlich fühlte sie sich von ihrem eigenen Verlangen abgestoßen. Das war es also, was ihren geliebten Jungen an diesen Drachen fesselte. Sie kämpfte gegen die Gier an.

Renenutet hatte ihre Ration wieder in das Röhrchen gefüllt und dieses zugestöpselt. Sie ging zu Tamyt hinüber, umarmte sie und küßte sie auf den Mund. Tamyt ließ sie gewähren, eine Hand auf ihrem Arm.

»Ich werde mir jetzt eine schöne lange Sitzung gönnen«, sagte Renenutet.

»Was – so früh am Vormittag?«

»Warum nicht? Bald wird es heiß, und ich werde sanft entschlummern. Bis später.«

Tiye blickte Renenutet nach, als diese sich entfernte. »Ich glaube, ich schließe mich ihr an«, murmelte sie und folgte der Odaliske.

Renenutet tauchte in den Schatten eines Portikus ein. Tiye folgte ihr die leicht ansteigende Rampe zwischen den Säulen hindurch in die Gemächer der rangniederen Odalisken. Sonnenlicht, das durch die hohen vergitterten Fenster fiel, wurde von den blaßblauen Wänden reflektiert, die vereinzelt mit fliegenden Vögeln bemalt waren. Renenutet ging an einer Reihe von Türen vorbei, die zu den Zimmern der einzelnen Odalisken führten, bis sie zu ihrem eigenen Zimmer gelangte. Eine Melodie vor sich hin summend trat sie ein. Tiye folgte ihr rasch und blieb in der Tür stehen. Renenutet wandte sich zu ihr um.

»Was willst du, Tiye? Etwas von meinem puntischen Lotos?«

»Nein, danke. Du weißt doch, daß Tamyt mir welchen gegeben hat.«

»Davon weiß ich nichts. Es ist besser, nicht zu viel mitzubekommen, wenn es um puntischen Lotos geht.«

»Wie lange berauschst du dich schon daran?«

»Ach, ich weiß nicht … ein paar Monate, vielleicht ein Jahr.«

»Und was bewirkt es bei dir?«

Renenutet kicherte. »Es macht mich glücklich. Schläfrig. Lüstern.«

Tiyes Augen verengten sich. »Wie das?«

Aber Renenutet antwortete nicht, sondern kicherte stattdessen wieder.

»Hat es … hat es auf jeden diese Wirkung?« Tiye trat einen Schritt vor.

»Auf alle, die ich kenne.«

»Auch auf Männer?«

»Ich habe keinen Umgang mit Männern. Ich verstehe auch nicht viel von ihnen.«

»Was bringt es dann, sich lüstern zu fühlen?«

Renenutet setzte sich aufs Bett und schlug die Beine übereinander, ließ einen Fuß kreisen und bewunderte seine Zierlichkeit.

»Es gibt neben Männern noch andere Möglichkeiten, sich zu amüsieren«, entgegnete sie. »Die Odalisken von Piramses müssen ein sehr behütetes Leben führen, wenn du nichts davon weißt, Tiye.«

»Und es spricht einiges dafür«, entgegnete Tiye schroff. »Von wem hast du zum ersten Mal puntischen Lotos bekommen?«

»Von Tamyt natürlich. Tamyt ist die einzige, die ihn beschaffen kann.«

Tiye kam noch näher. »Er ist doch sicher sehr teuer, oder?«

»O ja, sehr.«

»Und sie überläßt ihn euch kostenlos.«

»Nun ja …« Renenutet wurde plötzlich ernst.

»Und welche Gegenleistung müßt ihr erbringen?« wollte Tiye wissen.

»O Tiye! Das hängt davon ab, was sie von einem verlangt. Manchmal fordert sie Gefälligkeiten. Und manchmal verlangt sie, was ihr in eurem Harem offenbar nicht bekommt.«

»Und das ist deine Gegenleistung?« fragte Tiye, fasziniert und abgestoßen zugleich.

Renenutet kicherte wieder, antwortete jedoch nicht.

»Was, wenn du dich weigerst … wenn du nicht kannst …«

»Wenn du nichts für sie tun kannst, mußt du ihr deinen Schmuck überlassen. Sie besaß gar nichts, als sie in den Harem kam. Heute ist sie die wohlhabendste Frau in ganz Miwer, und die Reichtümer hat sie nicht allein dem König zu verdanken. Ein guter Rat: trag in ihrem Beisein nie deinen schönsten Halsschmuck!«

Tiye hob unwillkürlich eine Hand an den mageren Hals.

»Was hat sie von dir verlangt?« fragte Renenutet interessiert.

»Nichts.«

»Ah. Das tut sie manchmal, um jemanden an sich zu binden – wenn jemand etwas besitzt, das sie unbedingt haben will, dem Betreffenden aber schwer abzuluchsen ist. Aber wenn diejenige erst auf den Geschmack gekommen ist, würde sie ihr auch das Kleid aushändigen, das sie gerade trägt. Früher hat sie den puntischen Lotos auch dazu benutzt, einen der Türwächter zu bestechen, als der herausfand, wer sie belieferte. Inzwischen steckt er natürlich ebenso tief mit drin wie sie selbst. Ich möchte zu gern wissen, was sie wohl von dir haben will.« Renenutets Neugier war echt.

»Es ist mir gleich, was sie glaubt, mir abluchsen zu können, ich werde dieses Zeug nämlich nicht mehr benutzen«, entgegnete Tiye. »Es bekommt mir nicht. Es macht mir Halluzinationen.«

»Mir auch«, entgegnete Renenutet verträumt und streckte sich auf ihrem Bett aus.

»Ich bilde mir Dinge ein, die mit dem künftigen König geschehen – mit meinem Sohn.«

Tiye hockte sich neben Renenutets Bett und hielt das Röhrchen mit dem puntischen Lotos zwischen Daumen und Zeigefinger. Renenutet hielt wie hypnotisiert den Blick darauf gerichtet.

»Ich muß ständig an meinen Sohn und Tamyt denken«, fuhr Tiye fort. »Daran, wie sie schreckliche Dinge tun.« Sie bemerkte, wie Renenutet die Stirn runzelte. »Im Bett. Dinge, die nicht geschehen dürften. Dinge, die ich nicht mit ansehen will.«

»So etwas würde sie nicht tun«, widersprach Renenutet. »Sie

hat mir selbst gesagt, daß sie nichts für Männer übrig hat. Und als ich für ihn getanzt habe, hat er *mich* begehrt und nicht sie. Wäre er König, hätte er mich gewählt, das habe ich ihm angesehen. Tamyt mag Männer nicht. Sie hat mir versprochen …«

»Was?«

»Nichts.«

»Es kann natürlich sein, daß ich mir das alles nicht nur eingebildet habe«, fuhr Tiye fort. »Es könnte tatsächlich passiert sein.« Sie schüttelte das Röhrchen. »Aber wie soll ich klar denken, wenn mein Verstand von diesem Zeug umnebelt ist? Ich werde es nicht mehr benutzen.«

»Nein«, sagte Renenutet. »Nein, das würde sie nicht … und er auch nicht … nicht sie beide zusammen. Was willst du dann mit deinem puntischen Lotos anfangen, Tiye?« fragte sie unvermittelt.

»Möchtest du ihn haben?«

»Würdest du ihn mir denn überlassen?«

»Ja, zu denselben Bedingungen wie Tamyt. Für eine Gefälligkeit.«

»Und welche?«

»Ich möchte, daß du für mich herausfindest, ob ich mir das nur eingebildet habe.«

Renenutet setzte sich auf. »Warum fragst du nicht Pentaweret? Du bist doch seine Mutter.«

»Du verstehst das nicht, Kind«, entgegnete Tiye.

Aber Renenutet verstand sehr wohl. Wie in ihr selbst brannte auch in Tiye eine Frage, vor der sie sich fürchtete und die sie keinesfalls aus dem Mund derjenigen Person hören wollte, der ihre Liebe galt.

Doch Renenutets Verlangen nach puntischem Lotos war stärker als Tiyes; es war sogar stärker als ihre Furcht. Sie griff nach dem Röhrchen.

»Ich werde es herausfinden.«

Prinz Ramses konnte aus dem Fenster des privaten Wohngemachs seines Vaters die weißen Gestalten der Odalisken in ihrem Garten sehen. Hinter ihnen rahmten die hohen Türme des befestigten Tores eine Ansicht des angeschwollenen Flusses ein, der nach Norden strömte.

»Ramses«, sagte der König. »Es ist an der Zeit, den wilden Vermutungen über meine Nachfolge ein Ende zu machen. Gerüchte bezüglich meines Erbes schießen wie Pilze aus dem Boden.«

»Und wann werdet Ihr entscheiden?«

»Ich werde gar nicht entscheiden«, erwiderte der König. »Ich werde die Angelegenheit Amun-Re vortragen. Immerhin wird der Gott mit dem neuen König leben müssen, wenn ich nicht mehr bin. Soll er wählen. Ich werde seine Entscheidung achten, und wir werden endlich alle wissen, woran wir sind.«

»Wann?«

»In der Nacht Opets.«

Ramses' Herz tat einen Sprung. Bis zur Nacht Opets, dem Vorabend des großen Festes, bei dem Amun-Re, König der Götter, für einen Monat des Feierns zu seinem südlichen Harem aufbrach, waren es nur noch wenige Tage. Es trafen bereits Götter und Göttinnen aus ganz Ägypten zu den Feierlichkeiten in Theben ein. Am Abend vor dem Fest würde er sein Schicksal erfahren. Amun-Re würde ihn entweder unwiderruflich zum Pharao erheben oder ihn zur Bedeutungslosigkeit verdammen. Er stützte sich mit einer Hand auf die Rückenlehne eines Stuhls und bemerkte verärgert, daß seine muskulösen Beine zitterten wie die einer Frau. Seine Knie wurden so weich, daß er sich schließlich sogar setzen mußte.

»Habt Ihr schon mit Pentaweret gesprochen, Hoheit?«

»Nein.«

»Und werdet Ihr es noch?«

»Nein, ich glaube nicht. Nein, das werde ich nicht tun.«

»Warum habt Ihr dann mir davon erzählt?«

»Weil ich … weil Amun-Re noch nicht entschieden hat. Pentaweret erfährt es noch früh genug, wenn Amun-Re sich für ihn entscheidet. Es ist besser, keine Hoffnungen bei ihm zu wecken für den Fall, daß der Gott gegen ihn entscheidet. Aber du, Ramses, hast mich monatelang nach nichts anderem mehr gefragt, und … ich liebe dich, mein Sohn. Ich möchte, daß du weißt, was ich denke.« Der Pharao beugte sich vor und legte Ramses eine Hand auf die Schulter. »Glaub mir, es gibt niemanden, den ich lieber als meinen Nachfolger sehen würde, wenn du nur endlich Isfet abschwören würdest.«

Zorn und Ungeduld vertrieben das Zittern von Ramses' Gliedmaßen. Er stand auf und ging rastlos auf und ab.

»Wenn du mich als deinen Nachfolger vorziehst, warum sagst du es dann nicht einfach? Warum kannst du dich nicht entscheiden? Du kannst jede Entscheidung treffen, die dir gefällt. Das macht einen wahren König aus.«

»Manchmal muß ein König lange und gründlich nachdenken – vor allem, wenn es darum geht, seinen Nachfolger zu bestimmen.«

»Aber du gibst vor, nicht einmal das zu tun, nicht wahr? Du versuchst, dich auch dieser Pflicht zu entziehen. Du überläßt die Entscheidung dem Tempel des Amun-Re! Du versteckst dich hinter einem Orakel und tust so, als ginge dich das alles nichts an.«

»Ganz sicher nicht!« entgegnete der Pharao heftig. »Ich verstecke mich keineswegs hinter dem Orakel! Amun-Re soll einen von euch auswählen, weil ich es so will, auch wenn seine Wahl nicht meinen Wünschen entspricht.«

Ramses machte eine übertriebene Verbeugung und ging zur Tür.

»Bleib hier!«

Ramses blieb stehen, dem Pharao den Rücken zugekehrt.

»Ist dir schon einmal der Gedanke gekommen, daß Amun-Re möglicherweise keinen von euch beiden auswählt? Ich werde im Tempel die Namen meiner sämtlichen Söhne aufzählen lassen – bis hin zum Letztgeborenen, und der Gott soll unter ihnen wählen, wie er es für richtig hält. In Anbetracht dessen, wie dicht du an die Winde Isfets herangesegelt bist, Ramses, solltest du darüber nachdenken, wie du den Gott besänftigen kannst, wenn du überhaupt eine Chance haben willst, gewählt zu werden.«

»Weise Worte, Vater«, entgegnete Ramses. »Gut gesprochen.«

Ich werde sofort damit anfangen, den Ersten Propheten des Amun-Re aus den Tiefen meiner Schatzkammer zu besänftigen, sagte er sich.

Weit fort in Piramses musterte ein anderer Sohn einen anderen Vater. Paiis saß schon fast den ganzen Nachmittag in einem Stuhl am Bett des kranken Wesirs. Auf seinem Schoß lag noch der Papyrus mit dem schweren königlichen Siegel, in dem ihm mitgeteilt wurde, daß er den Posten des getöteten Generals Neskhon übernehmen sollte. To war wach gewesen, als der Brief eintraf, und er hatte sogar ein Lächeln zustande gebracht, als Paiis ihm die gute Nachricht von seiner Beförderung vorgelesen hatte. Jetzt schlief er – oder genauer, war wieder bewußtlos –, und ein dünner Schweißfilm überzog seine dunkle Haut. Paiis legte den Papyrus beiseite und wischte seinem Vater den Schweiß von der Stirn. Er war sehr krank.

Paiis sah zu, wie der Himmel sich verdunkelte und die Sterne herauskamen. Welche Ironie, daß die Hand, die beringte königliche Hand, die Ahmose all seiner Hoffnungen beraubt hatte, ihn mit solchen Ehren überhäufte. Er fragte sich, was Ahmose empfunden haben mochte, als er von der Beförderung seines Freundes erfuhr. In dem Brief wurde Ahmose mit keinem Wort erwähnt. Paiis verstand nicht, warum man nicht ihn zu Neskhons Nachfolger bestimmt hatte; er war der dienstältere von ihnen beiden und hatte auch die größere Erfahrung. Der Pharao hatte die Freundschaft zwischen dem

Sohn des Wesirs und dem untreuen Gatten seiner Nichte nie gutgeheißen. Wollte er einen Keil zwischen sie treiben, indem er Paiis mit Schuldgefühlen und eitlem Ehrgeiz erfüllte und Ahmose mit Neid? Wenn dem so war, ging die Rechnung mit den Schuldgefühlen jedenfalls auf. Paiis fluchte leise und zerknüllte den Papyrus in der Hand. Dann warf er einen Blick auf seinen Vater, aus Angst, er könnte ihn geweckt haben, doch To schlief weiter.

Von unten waren Geräusche zu hören. Ein Besucher hatte das Haus betreten. Paiis ging nach hinten, den zerknitterten Papyrus noch in der Hand, und traf im Empfangsraum auf den königlichen Haushofmeister Bakamun, der sich gerade anschickte, Platz zu nehmen. Er hielt ein Päckchen in der Hand.

»Wie geht es To heute?« fragte er. »Noch keine Besserung? Tut mir leid, das zu hören. Ich bin gekommen, um dies zu überbringen.« Er hielt Paiis das Päckchen hin. »Könnte ich vielleicht ein Glas Wasser haben? Diese Hitze ...«

»Natürlich«, entgegnete Paiis.

Er klatschte in die Hände, um einen Diener zu rufen, und wies diesen an, seinem Besucher etwas zu essen und zu trinken zu bringen. Während aufgetragen wurde, packte er das Päckchen aus.

»Was ist das?« fragte er.

Es war ein kleines Bündel von der Größe seiner Hand. Als er den Stoff auseinanderschlug, entdeckte er einen Ring.

»Ein Geschenk von meinem Freund im Norden«, sagte Bakamun. »Als Dank für das Päckchen, das du ihm gebracht hast. Ich ...« Er rief einen der Diener, die gerade den Raum verließen. »Komm her, und schenk mir Wasser ein.«

Der Diener kehrte zurück. Schon wurde Bakamun von einer Dienerin mit Parfum bestäubt. Paiis betrachtete das Schauspiel verärgert. Er mochte es nicht, wenn ungeladene Gäste sich auf Kosten seines kranken Vaters bewirten ließen.

»Das ist zwar nett gemeint, aber eine solche Entlohnung habe ich kaum verdient«, sagte er. »Außerdem ist das schon lange her.«

»Ja, ich weiß. Mein Freund bedauert das auch sehr … aber besser spät als nie.«

»Also, ich weiß nicht, ob ich das annehmen kann …«

»Unsinn! Das war schon ein sehr großer Gefallen. Immerhin bist du zu den Festungen im Delta gereist.«

»Ahmose mußte auf der Suche nach dem Schreiber seines Vaters sowieso dorthin. Ich habe ihn nur begleitet.«

»Und wir haben dich in deiner Freizeit belästigt. Das ist nur ein angemessener Dank. Nimm den Ring ruhig. Wenn du ihn ablehnst, würde das meinen Freund nur vor den Kopf stoßen.«

»Also gut.« Paiis steckte sich den Ring an den Finger. »Ich muß ihm schreiben und mich bedanken.«

»Ja«, entgegnete Bakamun strahlend. »Ja, tun wir das. Warum nicht? So etwas erledigt man am besten sofort. Wenn du jetzt gleich ein paar Dankesworte zu Papier bringst, kann ich deinen Brief gleich mitnehmen. Ich habe selbst einen Brief aufzugeben.«

»Na ja, eigentlich wollte ich nicht gleich … ach, was soll's.«

Auf diese Art wurde er ihn am schnellsten los. Paiis ließ sich Schreibzeug bringen und kritzelte hastig ein paar Worte auf den Papyrus. Dann reichte er den Brief Bakamun, der ihn las, sorgfältig zusammenrollte und einsteckte. Die Diener wurden nicht mehr gebraucht und kehrten zurück in Küche und Krankenzimmer. Doch Bakamun machte immer noch keine Anstalten zu gehen. Statt dessen machte er es sich auf Tos Liege bequem und musterte Paiis aus halb geschlossenen Augen. Dann beugte er sich unvermittelt vor.

»Weißt du, was puntischer Lotos ist?« fragte er.

»Ich habe davon gehört«, entgegnete Paiis überrascht.

»Hast du je welchen besessen?«

»Nein, natürlich nicht.«

»Bist du sicher?«

»Vollkommen. Warum?«

»Du hattest nie etwas damit zu tun?«

»Nein.«

»Und doch lieferst du welchen an die nördlichen Festungen.«

»Was?«

»Du lieferst puntischen Lotos an unsere Truppen an der Nordgrenze und nimmst als Gegenleistung Geschenke an.«

»Wovon redest du?« Doch Paiis ahnte bereits, was los war. Er blickte auf den Ring, den er sich an den kleinen Finger gesteckt hatte.

»Es nützt nichts mehr, ihn jetzt noch abzunehmen. Deine Diener haben ihn gesehen. Und unter Folter würden sie das auch aussagen. Sie würden jedes Wort wiederholen, das wir gerade bezüglich deiner Fahrt nach Norden mit Ahmose gesprochen haben – und noch viele Worte mehr, die wir nie gewechselt haben. Außerdem habe ich hier ein von dir unterzeichnetes Geständnis.« Er tippte auf seine Brust.

»Ein Geständnis? Mach dich nicht lächerlich.«

»Es ist erstaunlich, wie der Sinn eines Dokuments sich verändern kann, wenn man es in einen anderen Zusammenhang bringt.«

»Was willst du von mir?«

»Keine Bange, das hier ist kein einseitiges Geschäft, Paiis. Es geht nicht nur darum, was du für mich – für uns – tun kannst. Vielmehr geht es auch darum, was wir für dich tun können.«

»Wer ist ›wir‹?«

»Gottesfürchtige Ägypter, die glauben, daß der Pharao versagt, die Maat auf Erden zu erhalten. Ägypter, die erkennen, wie nachgiebig er gegenüber den Libyern und den Asiaten geworden ist, so daß sie unsere Grenzen überschreiten und unsere Generäle töten konnte. Ägypter, die Isfet vertreiben und die Maat wiederherstellen wollen. Ägypter, die einige Veränderungen herbeisehnen.«

»Welcher Art?«

»Wir wollen einen Soldaten als Wesir des Nordens, einen jungen Soldaten mit neuen Ideen. Einen Wesir, der erkennt, wie wichtig es ist, Ägypten gegen die Nomadenhorden zu schützen.«

»Sei nicht albern. Mein Vater ist der Wesir …«

»Dein Vater ist sehr krank. Er ist nicht mehr in der Lage, seinen Aufgaben gerecht zu werden. Außerdem wird er möglicherweise nicht mehr lange leben, und wer soll dann sein Nachfolger werden? Mit unserer Unterstützung könntest du sein Stellvertreter sein, solange er noch lebt, und ihm anschließend nachfolgen. Aber wir brauchen deine Unterstützung und die deiner Männer, General, wenn wir erst diesen gottlosen König stürzen wollen. Warum solltest du uns nicht unterstützen? Du brauchst kein Mitleid zu haben mit dem Herrscherhaus. Sieh doch selbst, wie willkürlich es die Karriere deines Freundes beendet hat. Wer sagt denn, daß sie mit dir nicht dasselbe tun werden, wenn es ihnen genehm ist?«

»Sie haben mich gerade zum General befördert!«

»Ahmose haben sie auch zum General ernannt, oder? Und sieh dir deinen Vater an. Bist du ganz sicher, daß sie ihn nicht seines Amtes entheben, sobald sie erkennen, daß er sich nicht wieder erholt? Damit wäre auch dir nicht geholfen, nicht wahr? In unseren Augen ist eine klare Nachfolgeregelung ein Eckpfeiler der Maat. Dir ist ebenso wie uns daran gelegen, die Maat wiederherzustellen. Wenn du allerdings glaubst, dem wäre nicht so …«

Bakamun tippte sich wieder auf die Brust, und Paiis hörte das Rascheln des belastenden Schreibens. Oben stöhnte sein Vater. Die Diener wendeten ihn im Schlaf. Paiis blickte auf den verknitterten Papyrus mit dem königlichen Siegel auf dem Tisch. Er dachte an die Schuldgefühle, die das Dokument ihm eingegeben hatte. Dann blickte er auf den Ring, den Bakamun benutzt hatte, um ihn in die Falle zu locken.

»Ich werde darüber nachdenken«, sagte er.

Das Königliche Große Haus in Djeme schlummerte in der Nachmittagshitze. Die Diener lagen in der Küche oder in den Vorratskammern auf dem Fußboden. Sie hatten kleine Jungen damit beauftragt, die Fliegen zu verscheuchen, während sie schliefen. Für die königlichen Odalisken war ein Pavillon im Garten aufgestellt worden; einige schliefen im Schatten der Sonnensegel. Andere ruhten drinnen, während ein träger Diener die drückendheiße Luft mit einem riesigen Straußenfedernfächer umwälzte. Der Pharao lag auf seinem großen Bett unter mehreren Lagen von Moskitonetzen.

Khanefrues kniete in ihrem Zimmer vor einer Kiste. Ihr Vater hatte sie nach dem Fall seiner Hauptstadt Hattusa nach Aleppo mitgenommen, von wo man sie nach Ägypten mitgebracht hatte. Khanefrues hatte den Deckel der Kiste geöffnet und betrachtete, was von ihrer Aussteuer übrig war. Obenauf lag der rote Schleier, den sie an ihrem ersten Tag am ägyptischen Hof getragen hatte. Als sie ihn herausnahm, kam darunter ihr hethitisches Kleid zum Vorschein. Ihre Juwelen waren längst in der königlichen Schatzkammer verschwunden, wie von Pentaweret angekündigt. Trotz der vielen Geschenke, mit denen der König sie in den vergangenen Monaten überhäuft hatte, hatte er nie daran gedacht, ihr ihren eigenen Schmuck zurückzugeben. Khanefrues nahm an, daß der König sie inzwischen als Ägypterin betrachtete, die sich mit ägyptischen Spielereien zufriedengab. Sie legte das Kleid neben den Schleier auf den Boden.

Unten in der Kiste befand sich ihre silberne Lampe. Khanefrues nahm sie heraus und hielt sie mit spitzen Fingern hoch. Sie war kalt und leer. Es war überflüssig, sie anzuzünden; in letzter Zeit kamen die Visionen auch ohne ihre Hilfe. Sie brauchte auch keinen Traumdeuter, um den Sinn der Begräbnisbarke zu begreifen.

Es war an der Zeit für ihre rituelle Reinigung. Sie mußte es jetzt tun, solange das Große Haus noch schlief, weil es eine hethitische Reinigungszeremonie war, die nichts mit den ägyptischen Göttern zu tun hatte. Khanefrues schloß den Deckel der Kiste. Sie sollte den Altar darstellen. Sie goß etwas von ihrem Parfum in eine Schale – es sollte ihr als heiliges Öl dienen. Der Ruß der Lampe sollte für einen weiteren Teil des Rituals benutzt werden; sie kratzte ihn in eine zweite Schale. Khanefrues stellte ihre behelfsmäßigen Utensilien auf die Kiste. Sie würde ihr eigener Priester sein müssen.

Sie zog sich aus. Obwohl es ein heißer Tag war und Schweiß ihren ganzen Körper überzog, fröstelte sie. Sie kniete sich vor ihren primitiven Altar und stimmte die rituellen hethitischen Reinigungsgebete für jemanden an, der vor einen Gott zu treten wünschte. Während sie betete, weinte sie bitterlich.

12. Kapitel

Der Pharao ging um den Tisch herum und schrieb Ramses' Namen eigenhändig auf jede der Proklamationen. Es waren insgesamt vierzig an der Zahl, und der Vorgang nahm einige Zeit in Anspruch, aber weder der Pharao noch Ramses sprachen ein Wort. Als die Formalitäten beendet waren, stellte der Schreiber die Lampe ab, gab Sand auf die Schriftrollen, um die Tinte zu trocknen, und rollte sie zusammen. Der König rief einen Siegelträger herbei und schickte die Dokumente ab.

Dann klopfte der König Ramses auf die Schulter und sagte: »Und jetzt, mein Sohn, wird gefeiert.«

Für ihre Rückkehr vom Tempel des Amun-Re an diesem Abend war ein Festmahl vorbereitet; eine Feier für den glücklichen Sohn, wer es auch sein mochte. Die Odalisken, Höflinge und nicht erwählten Prinzen waren allesamt anwesend. Sie spendeten Beifall, als der König mit Ramses eintrat, seinem designierten Nachfolger.

Ramses schritt zwischen ihnen einher und nahm die Glückwünsche entgegen, ohne sie recht wahrzunehmen. Er war in Gedanken; er fragte sich, ob sein Geschenk an den Ersten Propheten des Amun-Re eine lohnende Investition gewesen war oder Verschwendung. Hatte der Pharao wirklich gewollt, daß Amun-Re ihn auswählte? Und was würde sein Vater tun, wenn der Erste Prophet aufgrund von Ramses' Bestechungsgeld gegen seinen Willen entschieden hatte? Glaubte der Erste Prophet, sich ungestraft dem Willen des Pharao widersetzen zu können? Besaß er so große Macht? Ramses wurde bewußt, daß er kaum einen der großen Hohepriester der Götter seines eigenen Landes kannte. Und noch weniger wußte er von Machtkämpfen dieser Art. Er konnte dem Pharao alles sagen, was dieser über Feldzüge in fernen Ländern wissen wollte. Jetzt war er nicht mehr so sicher, daß ihm dieses Wissen beim Regieren Ägyptens von großem Nutzen sein würde. Er war ganz und gar nicht sicher, daß es genügen würde, um den Wesir, die Priester und den Vizekönig von Nubien unter Kontrolle zu halten, die allesamt die Hofpolitik beherrschten, die er bislang so verachtet hatte.

Ramses beschloß, am Tag nach den Feierlichkeiten seinen Vater aufzusuchen und ihn rundheraus zu fragen, ob er, der Pharao, ihn zu seinem Nachfolger erwählt hatte. Dann würde er einen Ort in den westlichen Bergen aussuchen, an dem mit dem Bau seines Grabes begonnen werden sollte.

Der Sonnengott hatte seine leuchtendsten Strahlen für den Beginn seines Festes aufbewahrt. Er erhob sich als glühender Karneolbogen über die Berge im Osten, und Ägypten duckte sich unter den Hammerschlägen seiner Hitze.

Maya hatte sich in den dunkelsten Winkel der Bibliothek zurückgezogen, aber sogar hier erhellte das unaufhaltsame Licht die Proklamation, die ausgerollt vor ihr auf dem Tisch lag und verkündete, daß Ramses zum Nachfolger des Herrn der Zwei Länder auserwählt worden war. Mit einer ganzen Reihe von Siegeln und Unterschriften hatten die anderen Götter Thebens den Willen des Amun-Re bezeugt.

Sie wissen es, sagte sich Maya. Die Götter wissen, was in jener Nacht im Sachmet-Tempel geschehen ist. Sie wissen, was ich getan, in was ich eingewilligt habe, ich, Maya, Nichte des Pharao, Hohepriesterin der Isis, Herrin von Piramses, Ehebrecherin, Mörderin, Abschaum, Mutter, die ihr Ungeborenes abgetrieben hat, die das Kind des Königs getötet hat. Sie schauderte trotz der Hitze.

»O Mutter Isis …«, begann sie, brach aber sofort wieder ab. Sie konnte nicht mehr beten. Wie sollte sie jemals wieder einen Tempel betreten?

Schritte näherten sich der Bibliothek, und ein Herold kündigte den König an. Maya ließ sich auf die Knie gleiten und verneigte sich tief.

»Steh auf, Kind.« Der Pharao half ihr auf die Beine und winkte den Herold fort. »Was tust du denn hier unten, Maya? Warum bist du nicht zusammen mit den Odalisken oben auf dem Dach und schaust dir die Prozession an? Amun-Res Barke hat gerade den nördlichen Harem verlassen. Der Fluß ist voller Blumen und Blütenblätter. Du solltest dir das Schauspiel ansehen.«

»Die Sonne ist zu heiß für mich, Onkel.«

»Nun, ich bin froh, dich hier angetroffen zu haben. Ich muß dich etwas fragen. Und fürs erste ist es besser, wenn es unter uns bleibt. Ich möchte, daß du morgen an der Zeremonie teilnimmst, wenn ich meinen Vater Amun-Re in seinem südlichen Harem besuche.«

Maya rang die Hände – die unreinen Hände. Die Götter würden es nicht zulassen. Gott-Mutter Mut würde sie auf den Stufen des Harems niederstrecken, ehe sie ihr gestattete, einen Fuß in das Heim ihres Gefährten zu setzen. »Ich bin nicht würdig«, flüsterte sie.

»Das ist nicht der richtige Zeitpunkt für falsche Bescheidenheit, Maya«, entgegnete der Pharao mit ernster Stimme. »Wir brauchen dich. Die Königliche Große Gemahlin wird nicht an der Zeremonie teilnehmen. Khanefrues ist verschwunden.«

Das war der Grund, weshalb der Pharao sie aufgesucht hatte, weshalb er Geheimhaltung wünschte. Maya war wie vor den Kopf geschlagen.

»Sie hat heute morgen in aller Frühe den Palast verlassen – allein.« Der Pharao schwieg für einen Moment. »Jedenfalls ist das die offizielle Version. Tatsächlich ist sie schon länger fort. Sie hat nicht in ihrem Bett geschlafen, höchstens einige Zeit darauf gelegen, um dann mitten in der Nacht aufzustehen.«

»Zu Fuß kann sie nicht weit gekommen sein«, sagte Maya und hob unbewußt die Stimme. »Wo immer sie auch ist, man wird sie bald finden und zurückbringen.«

»Es gibt kein ›man‹. Es gibt keinen Suchtrupp. Khanefrues kann sich in ganz Ägypten nach Belieben völlig frei bewegen. Wie sollte ich einen Suchtrupp nach der Königlichen Großen Gemahlin aussenden und sie als Gefangene in ihren eigenen Palast zurückbringen lassen? Jedenfalls, es wäre mir ein Trost zu wissen, daß du morgen dabei sein wirst ... was hast du denn?«

Sie hatte sich ihm schluchzend zu Füßen geworfen. Sie stieß Worte hervor, die der Pharao nicht verstehen konnte, während sie flach am Boden lag und heftig den Kopf schüttelte, als er ihr aufhelfen wollte. Dann verstand er, was sie ihm zu sagen versuchte.

»Mein König, ich habe gegen dich gesündigt. Ich habe im Angesicht der Götter gesündigt. Zwinge mich nicht, morgen den Tempel zu betreten. Es würde Unheil heraufbeschwören. Ich bin des Lebens nicht mehr würdig. Erlaube mir, daß ich mir das Leben nehme. Laß mich sterben.«

Eine Pause trat ein. Der Pharao war verblüfft, aber zu klug, Maya zu drängen, während sie mit sich rang, ihre ungeheuerliche Beichte abzulegen. Nachdem sie sich endlich von ihrer Last befreit hatte, blieb sie auf dem Bauch liegen und erwartete das Urteil des Pharao.

Er ließ sich auf Mayas Stuhl sinken. Die Proklamation, die Ramses' Ernennung zu seinem Nachfolger verkündete, lag an seinem Ellbogen. »Ich habe immer gewußt, daß Ramses eines Tages so etwas tun wird.«

Maya schüttelte den Kopf. »Nein, es war meine Strafe von Isis.«

Der Pharao blickte auf seine schöne Nichte, die schluchzend vor ihm im Staub lag. So herzerweichend hatte sie auch bei der Beerdigung ihrer Mutter geweint. Sie hatte vor der Gruft gekniet und Staub auf ihr prunkvolles Priesterinnengewand rieseln lassen. Er erinnerte sich noch daran, wie er mitfühlend ihre falschen Locken gestreichelt hatte. Diesmal schien es, als hätte ihr Ka sich vor Osiris' Toren niedergeworfen und als lausche es den Geräuschen, die der große Vogel dabei verursachte, wie er ihre Identität in der Nachwelt zerhackte, zu dem Urteil gezwungen, durch das sie ausgelöscht wurde.

»Genug, Maya«, sagte er. »Erhebe dich und höre mich an.«

Als sie aufstand, musterte er sie über die pyramidenförmig aneinandergelegten Finger hinweg.

»Du hast den Groll des Herrn der Zwei Länder erregt«, sagte er. »Es liegt bei mir, dich schuldig oder unschuldig zu sprechen, und nicht bei der Hohepriesterin der Isis. Ich, der leibhaftige Horus auf dem Thron des Re werde diesen Fall prüfen. Die Fakten wurden gehört. Jetzt antworte mir. Wie kommst du darauf, daß das, was du getan hast, Isis dazu verleitet, dich zu bestrafen? Hast du als Dienerin der Göttin freiwillig Ehebruch begangen?«

»Nein, Hoheit. Aber noch während ich Priesterin war, trug ich mich mit dem Gedanken, Ahmose zu verlassen ...«

»Es ist nicht verboten, Zukunftspläne zu schmieden. Wolltest du nach der Trennung von deinem Gatten Priesterin bleiben?«

»Nein. Aber ich hätte mein Amt sofort ablegen müssen. Ich hätte diesen Schritt nicht hinausschieben dürfen, wo ich doch die ganze Zeit ...«

»Du hättest dein Austrittsgesuch persönlich dem Ersten Propheten der Isis überreichen müssen. Aber du warst in Memphis, und Butehamun war in Piramses geblieben. Dieser Schritt war dir also gar nicht möglich. Somit ist die Verzögerung nicht deine Schuld.«

»Aber das Kind ...«

»Dazu komme ich noch. Zuerst möchte ich etwas klarstellen. Du hast nichts getan, um eine göttliche Strafe auf dich zu ziehen. Darum waren Ramses' Tat und deren Folgen auch nicht Isis' Wille.«

»Aber es war ein Kind des Königs.«

»Es war nicht das Kind eines Königs, Maya. Ramses wurde nicht einmal von einem gekrönten König gezeugt, und Amun-Re hatte ihn zum damaligen Zeitpunkt noch nicht zu meinem Erben bestimmt. Deine Tat zieht also keine göttliche Strafe nach sich. Zu dem Mord an dem lebenden Kind in deinem Leib will ich nur folgendes sagen: Es ist ein irdisches Unrecht, mit dem du selbst fertig werden mußt, ohne die Götter ins Spiel zu bringen, um deine eigenen Gewissensbisse zu erklären.«

Maya neigte ergeben das Haupt.

Mit sanfterer Stimme fuhr der König fort: »Es gibt für Isfet leichtere Wege in diese Welt als über dich, Maya.« Er blickte auf die Proklamation, die halb aufgerollt auf dem Tisch lag. »Vielleicht werden sie den Preis dafür noch zahlen. Warte bis nach dem Fest. Wenn wir die Belange der Götter erledigt haben, wird die Zeit kommen, uns den Belangen der Menschen zuzuwenden. Und jetzt sieh dir die Einzelheiten der morgigen Zeremonie an und präge dir ein, was du zu tun hast. Nur für den Fall, daß sie nicht rechtzeitig heimkehrt.«

Maya schaute ihm ins Gesicht, und der Pharao erkannte erleichtert, daß sie dem Abgrund entstiegen war und neuen Mut gefaßt hatte.

»Weißt du, was der Grund für ihr Verschwinden sein könnte?« fragte Maya.

Der Pharao seufzte. »Wenn ich wüßte warum, könnte ich daraus schließen, wohin sie gegangen ist.« Er ließ die Hände mit einem klatschenden Geräusch auf die Knie fallen. »Das Warum ist mir beinahe wichtiger als das Wo. Wenigstens wüßte ich dann, daß sie in Sicherheit ist. Es heißt, in ihrem Inneren würden Dämonen hausen ...«

Maya legte dem Pharao eine Hand auf den Arm. »Der Herr der Zwei Länder hat sich hierzu bereits geäußert. Die Königliche Große Gemahlin wird nicht von Dämonen beherrscht.«

Der Pharao bedeckte ihre Hand mit der seinen. »So ist es«, sagte er.

Als die Nachmittagshitze nachließ und der Himmel im Osten sich verdunkelte, kamen die Priester und Bürger von Theben aus ihren Häusern, um das abendliche Fest vorzubereiten. Musik und Gesang – heilige und Trinklieder – wehten über den Fluß bis zum königlichen Palast in Djeme. Der Pharao saß den ganzen Nachmittag in Khanefrues' Zimmer. Als es Abend wurde, ließ er Wein und Gebäck kommen. Er selbst rührte nichts an, sondern ließ Speise und Trank nur für seine Königin bereitstellen. Sie würde hungrig und durstig sein, wenn sie heimkam. Der Pharao saß immer noch in ihrem Zimmer, als die Nacht anbrach. Er ließ Lampen kommen, die brannten, bis das ganze Öl aufgebraucht war, und nur die winzigen Funken der Toten am dunklen Himmel erhellten noch das Fenster. Schließlich ging der Pharao zur Veranda und blickte auf die Fackeln entlang der Mauern des südlichen Harems, die einen orangefarbenen Schimmer auf das schwarze Wasser warfen. Er hörte, wie die Festmusik verstummte und in den Straßen Thebens Stille einkehrte. Dann löschten die Priester des Amun-Re seine eigenen Fackeln, und die Sterne waren wieder die alleinigen Herrn der Nacht. Djeme selbst schlief, so daß auch das leiseste Geräusch zu hören gewesen wäre. Der alte Mann lauschte angestrengt dem Plätschern des Wassers am Kai, dem Rauschen des Windes in den Palmwipfeln und dem fernen Ruf eines Nachtvogels. Aber er wartete vergeblich auf die leisen Schritte der heimkehrenden Königlichen Großen Gemahlin.

Der Pharao saß noch immer auf der Veranda, als die ersten blassen Lichtstreifen am östlichen Horizont die Rückkehr der Sonne von ihrer Reise durch die Unterwelt ankündigten. Die

Wehrmauern des Amun-Re am anderen Ufer hoben sich kohlschwarz vom aufhellenden Himmel ab, und die Felder um Theben und Djeme herum färbten sich aschgrau. Der Sonnengott schob den Rand seiner feurigen Scheibe über die Berge im Osten und tauchte die Ebene in rotes Licht. Der zweite Tag Opets brach an, der Tag, an dem der Pharao und seine Gemahlin den Tempel des südlichen Harems betreten sollten, um Amun-Re zu huldigen, doch Khanefrues war immer noch nicht zurückgekehrt.

Am zweiten Morgen des Festes lag die Flottille des Palastes für die Überfahrt des Pharao nach Theben am Kai bereit. Der Fluß war in der Nacht weiter angestiegen, so daß die hohen Herrschaften problemlos an Bord gehen konnten und nicht zu warten brauchten, daß ihre Barken nacheinander an die Treppe manövriert wurden. Die Boote waren mit Blumenkränzen geschmückt, und die Luft war erfüllt vom schweren Stephanotisduft. Jene Priester, die an der Zeremonie mitwirken sollten, darunter auch Maya, fuhren im vordersten Boot mit. Die Adligen von Piramses, Memphis, Miwer und Djeme, die das Privileg hatten, nichts anderes zu tun zu haben, als das Spektakel zu genießen, nahmen ihre Plätze in den vier folgenden Barken ein. In den zwei Booten, die das Ende der Prozession bildeten, machten es sich die königlichen Odalisken bequem.

Nachdem alle einige Zeit gewartet hatten, kam der Pharao den Kai hinunter, blieb stehen und rief den Gardehauptmann von Djeme zu sich. Bedächtig und mit sichtlichem Widerwillen gab der Pharao ihm einen Befehl, worauf der Soldat salutierte und sich entfernte. Maya, die den Wortwechsel beobachtet hatte, kam zu dem Schluß, daß der Pharao sich nun doch dazu durchgerungen hatte, einen Suchtrupp loszuschicken. Mühsam und schwer auf Ramses gestützt, nahm der Pharao schließlich seinen Platz in der königlichen Barke ein. Der Platz an seiner Seite blieb leer.

Auf ein Zeichen des Königs legte die Flotte ab. Die Barken glitten in einer langgezogenen Reihe über das Wasser, beladen mit Blumen und ihren reich mit Schmuck behängten Fahrgästen. Jungen und Mädchen an Bug und Heck jedes Bootes hielten Girlanden, welche die Barken miteinander verbanden. Die Ruderer ruderten im Einklang, während Bootsmannschaften und Passagiere ihre Stimmen zum Gesang erhoben. Die königliche Flotte aus Djeme schoß über den Fluß wie die Seeschlange aus einer der Götterlegenden.

Die bemalten Mauern des südlichen Harems rückten mit jedem Ruderschlag näher. Der Wasserpegel war inzwischen so hoch, daß die Menschen an Bord beinahe auf einer Höhe waren mit den Schaulustigen am Ufer. Maya fühlte, wie der Rumpf ihres Bootes gegen die überfluteten Treppenstufen stieß. Die Diener des südlichen Harems fingen die Seile auf, welche die Ruderer ihnen zuwarfen, ließen das Boot herumschwingen und machten es fest. Die dunkelhäutigen Männer halfen grinsend den feinen Damen an Land. Es kam nicht oft vor, daß sie so nahe an solch edle und duftende Geschöpfe herankamen.

Die Priester aus Djeme stellten sich in zwei Reihen am Fuße des Tempels auf. Der Adel Ägyptens und die Odalisken des Pharao füllten die freie Fläche vor dem Gotteshaus. Dann ertönte die ungeduldig erwartete Fanfare, und der Gott auf Erden, Usermaater, Günstling des Re, Ramses, Herr von Heliopolis, betrat den südlichen Harem seines Vaters Amun-Re. Ägypten verneigte sich vor seinem Thron wie eine gewaltige grüne Welle, und der Jubel war gewaltig, als seine Anhänger sich erhoben und ihn hochleben ließen.

Maya wagte kaum, den Blick zu heben. Bitte, Mutter Isis, flehte sie inbrünstig, laß ihn nicht als Greis mit wankender Krone vor seine Untertanen treten. Doch der Mann, der vor den Toren des Tempels abgesetzt wurde, war ein König, kerzengerade und ehrfurchtgebietend, der würdige Nachfolger seines

Vaters, der Sonne. Irgendwann auf der kurzen Überfahrt hatte er die irdischen Gedanken an seine vermißte Gemahlin sowie seine Sorgen wegen der Nord- und Südländer und um die eigene Gesundheit abgestreift und war wieder zur Verkörperung des lebendigen Gottes geworden. Maya ging das Herz auf vor Dankbarkeit, und ihre Liebe zu ihm hob das Ka in ihr.

Der Pharao stieg die Rampe hinauf und warf sich vor den Türen des Gottes zu Boden. Er ging sehr langsam und ließ sich Zeit beim Niederknien und Aufstehen, aber er kam allein und ohne Hilfe zurecht. Als er wieder stand, schwangen die schweren Türen des Gotteshauses knirschend auf.

Im Innenhof warteten in hufeisenförmiger Aufstellung Priester aus allen Tempeln Thebens auf ihn. Der Erste Prophet des Amun-Re löste sich aus ihrer Mitte, trat durch die Toröffnung und kniete vor dem Pharao nieder. Hinter ihm brachten kahlgeschorene junge Priester Tabletts mit Opfergaben aus den tempeleigenen Magazinen. Der erste der Knaben brachte Brot, das er dem Ersten Propheten reichte. Der hochrangigste Priester hob das Tablett und bot es dem lebendigen Gott dar. Der König nahm das Brot entgegen, brach ein Stück ab und schob es sich in den Mund. Der nächste junge Priester kam mit einem Tablett Käse durch das Tor, das er dem Zweiten Propheten reichte. Der Zweite Prophet überreichte dem Pharao den Käse auf die gleiche Weise, wie sein Vorgänger ihm das Brot dargeboten hatte. Nachdem der Pharao den Käse gekostet hatte, kehrte der Zweite Prophet zurück an seinen Platz in der Reihe. Der dritte Priester brachte zögernd ein Tablett mit Salat.

Und so setzte sich die Prozession der Priester und Priesterinnen fort, von denen jeder dem Pharao sein Opfer darbrachte, während die anderen die rituellen Worte sangen, die zu jeder einzelnen Speise gehörten: Die Anrufung der Nahrung, die das Brot symbolisierte; die Bitte um Fruchtbarkeit, die dem Käse entsprach, das Versprechen von Manneskraft, für die der Salat stand.

Maya fühlte, wie ihr Herzschlag sich beschleunigte und ihr der Atem stockte, als die Priester nacheinander vortraten. Wenn der letzte Priester Thebens seine Opfergabe dargebracht hatte, würde sie dem Pharao das Milchopfer bringen müssen. Schließlich löste der Gottesdiener sich von ihrer Seite, trat auf die Rampe hinauf. Als Maya ihrerseits den ersten Schritt auf den Pharao zu machte, stieg eine Woge des Glücks in ihr auf. Oben auf der Rampe wartete der Gottkönig auf sie, den sie von Herzen liebte. Sie warf sich vor ihm zu Boden, stolz, ihm dienen zu dürfen. Als sie sich wieder erhob, begegnete sie seinem freundlichen Blick. Ein großgewachsener Priester verneigte sich vor ihr; er hielt eine silberne Schale mit Milch in den Händen, die Maya entgegennahm. Der Mann blickte auf, und Maya sah sich dem Priester von Sachmet aus dem Hause Ptahs gegenüber.

Sie erstarrte wie ein von der Schlange hypnotisiertes Kaninchen. Der wissende Blick des Priesters drang bis tief in ihr Inneres. Der Priester hielt sie einen langen Moment in seinem Bann; dann senkte er den Blick und kehrte zurück an seinen Platz. Maya stand mit der Milchschale da, einem wäßrigen Mond in einer silbernen Wolke, und wußte kaum noch, wo sie war. Sie verspürte das Verlangen, das heilige Gefäß zu Boden zu schleudern und seinen Inhalt über die Tempelstufen zu verschütten. Gleich darauf war sie entsetzt von diesem gotteslästerlichen Gedanken. Sie faßte sich wieder, wandte sich um und bot die Schale dem Pharao dar.

Maya sah, wie der Pharao die Hände um die Schale legte. Sie beobachtete, wie die dünnen, blaugeäderten Finger mit den schweren Ringen sich anspannten, als sie ihr das Gewicht des Gefäßes abnahmen. Sie sah, wie er die Opfergabe hob. Als ihre Blicke sich über den Rand der Schale hinweg trafen, verrieten ihr die Fältchen an seinen geschminkten Lidern, daß er ihr zulächelte. Maya sah, wie er die silberne Schale an die Lippen hob und trank. All diese Einzelheiten sollten ihr bis an ihr Lebensende in Erinnerung bleiben.

In der nächsten Sekunde sank der Pharao in sich zusammen.

Die Schale fiel Maya klappernd vor die Füße, und der Saum ihres Kleides saugte sich voll Milch. Der Pharao stützte sich auf beide Hände, zuckte krampfartig und würgte. Entsetzt sank Maya vor ihm auf die Knie. Sie wußte nicht, was sie tun sollte. Stimmengemurmel schwoll um sie herum an, und sie fühlte Panik in sich aufsteigen, als ihr König und Onkel vor ihren Augen starb.

Ein Priester, der offenbar gefaßter war als die anderen, trat vor.

»Bringen wir ihn in den Tempel, fort von der Menge«, sagte er zu Maya. »Laß mich ihn aufheben …«

Es war der Priester von Sachmet. Seine Hände griffen bereits nach dem sterbenden Pharao. Er hob ihn hoch und trug ihn rückwärts durch die Toröffnung. Wieder begegnete Maya dem Blick seiner Schlangenaugen, schaute aber rasch weg. Ihre Finger schlossen sich um die silberne Schale. Plötzlich sah sie, daß die Priester die schweren Torflügel hinter dem Pharao schließen wollten. Ohne zu wissen warum, hieb Maya dem Priester mit aller Kraft die Metallschale ins Gesicht, daß er benommen zu Boden ging.

Ramses war an ihrer Seite. Der Königssohn hob seinen Vater mit kraftvollen Armen mühelos auf. Irgendwie mußte er Maya angerempelt haben, denn plötzlich stolperte sie auf eine von der königlichen Garde frei gemachte Fläche. Sie bahnte sich einen Weg durch die Menge zum Kai. Ihr wurde bewußt, daß die Umstehenden schrien und kreischten und versuchten, sich hinter die schützende Garde zu begeben. In ihren Ohren war ein Rauschen, das von ihrem eigenen Blut hätte herrühren können. Sie hielt den Kopf gesenkt und folgte panikartig der Gasse, die die Soldaten für sie schufen. Sie wagte es nicht, zurückzublicken, und hörte nur, wie Ramses hinter ihr hervorstieß: »Schnell! Zu den Booten! Beeil dich!«

Maya kam es vor, als würde sie meilenweit durch ein Gewirr von Armen, Beinen und Gesichtern eilen, bis sie endlich Wasser durch die Masse von Leibern hindurchschimmern sah. Braune Hände packten ihre Arme, hoben sie über die Holzreling hinweg und stießen sie in die königliche Barke. Sie rollte zur Seite, als Ramses den Pharao auf das Deck herabließ. Der Kopf des Königs rollte kraftlos von einer Seite auf die andere; er lag völlig leblos da. Ramses sprang ihm hinterher und stieß die Barke sofort vom Kai ab.

Ruderer und Soldaten kamen an Bord. Ramses rief Befehle, die Maya nicht verstand, aber die Männer gehorchten ihm, lösten Leinen und begannen zu rudern, ohne auf ihre Kameraden zu achten, die versuchten, schwimmend zu ihnen zu gelangen.

»Was tust du, Ramses? Du läßt sie ja im Stich!«

Maya lief ans Heck. Zwischen den Soldaten und Seeleuten rannten Männer und Frauen in Gold und Weiß mit flehend ausgestreckten Armen auf das Boot zu und stürzten sich ins Wasser.

»Ramses, warum läßt du sie im Stich? Ramses! Antworte!«

»Es sind noch andere Boote da«, entgegnete er knapp.

Er wandte sich von ihr ab, und sein Blick fiel auf eine Gestalt, die sich tiefer ins Wasser vorgewagt hatte als die anderen. Offensichtlich handelte es sich um einen Priester. Der Mann griff nach dem Bootsrand, um sich an Bord zu ziehen, und Maya bückte sich, um ihm zu helfen, doch Ramses stieß sie beiseite und hieb dem Mann einen Bootshaken über den Schädel. Maya schlug eine Hand vor den Mund, als der Mann ins Wasser zurückfiel.

»Woher soll ich wissen, auf welcher Seite er ist?« fragte Ramses.

Maya starrte ihn mit vor Entsetzen geweiteten Augen an.

»Er hatte einen Krummsäbel dabei«, fuhr Ramses fort. »Und jetzt geh und sieh nach dem Pharao.«

Maya zog sich unter das Sonnensegel zurück, wo die Mannschaft den Pharao auf Kissen gebettet hatte. Sie nahm ihn in die Arme, hielt ihn fest, als wäre er Ahhotep oder Hori, nicht wissend, ob er lebte oder tot war. Das Boot hatte sich inzwischen ziemlich weit vom Ufer entfernt. Die zurückgelassenen Adligen bestiegen hastig die anderen Boote. Mehrere von ihnen hatten Krummsäbel bei sich, die zum Ritual gehörten. Maya konnte Ramses' Brutalität nicht begreifen. Tobend wie Seth war er zum Heck des Bootes gerannt, um zuzuschauen, wie die anderen Barken ablegten. Maya sah, daß ein zweites Boot sich vom Ufer löste und ihnen folgte. Unter den Fahrgästen befanden sich einige elegant gekleidete Adlige, aber die meisten waren dunkelhäutige Soldaten. Wo waren die farbenfrohen plaudernden Edelleute, die in diesem Boot den Fluß überquert hatten? Ramses kletterte über die Ruderbänke hinweg zurück zum Bug und brüllte neue Befehle. Jene, die über Schilde verfügten, hoben sie über die Köpfe.

»Runter«, rief er Maya zu. »Runter!«

Bei allen Göttern, dachte sie wie gelähmt. Er wird mich überrennen. Dann warf Ramses sich auch schon auf sie, und kurz darauf wurden vom zweiten Boot aus Pfeile abgeschossen, die einen flachen Bogen beschrieben, um dann auf die königliche Barke niederzugehen.

Ramses sprang so rasch wieder auf, daß Maya sein Gewicht kaum gespürt hatte. Das zweite Boot hatte aufgeholt. Die königlichen Gardesoldaten sicherten die dem Feind zugewandte Breitseite mit ihren Speeren, während die Ruderer zum Gegengewicht auf die andere Seite rückten. Die Barke schlingerte. Es gab einen kräftigen Ruck, als das Boot mit den feindlichen Soldaten ihre Barke rammte. Die Speerträger wehrten Enterversuche der Angreifer ab. Die Schreie verwundeter und sterbender Männer erklangen, und ein ekelerregender Blutgeruch breitete sich aus. In dem allgemeinen Durcheinander zückte der Königssohn und General sein Messer und kämpfte wie ein Panther.

Ein Speerträger – einer ihrer eigenen Leute – fiel neben Maya auf das von Blut glitschige Deck. Ehe die Lücke geschlossen werden konnte, die er hinterließ, sah Maya, wie die zahlreichen Soldaten an Bord des zweiten Schiffes vorwärtsdrängten. Die königliche Garde war zahlenmäßig hoffnungslos unterlegen. Ein drittes Boot voller bewaffneter dunkelhäutiger Männer nahte. Maya zog den König an sich, vergrub das Gesicht in seiner Halsbeuge und blendete mit Hilfe ihrer Perücke den Anblick des Todes aus.

»Mutter Isis«, betete sie. »Mutter Isis, Mutter Isis …«

Auf dem angreifenden Boot entstand Tumult. Maya spannte alle Muskeln an und wartete auf das Ende. Die Speerträger wichen zurück; Maya konnte das Klatschen der Sandalen auf den Deckplanken hören. Sie wartete darauf, daß ihr Schiff geentert wurde und war darauf gefaßt, jeden Augenblick die grauenhaften Geräusche eines blutigen Massakers zu hören. Doch das erwartete Grauen blieb aus. Statt dessen legten die Ruderer sich wieder in die Riemen, und Maya spürte, wie ihr Boot über das Wasser schoß.

Sie blickte auf. Ramses starrte schweratmend auf sie und den König und wischte dabei seinen blutigen Dolch an seinem Rock ab. Die zweite und die dritte Barke, die sich einen erbitterten Kampf lieferten, fielen hinter ihnen zurück.

»Palastwachen in dem anderen Boot sind uns zur Hilfe gekommen«, keuchte Ramses.

Er wischte sich mit dem Handrücken über den Mund und schaute sich um. Viele seiner Männer hatten Pfeil- und Speerwunden davongetragen. Einige stöhnten, alle waren blutüberströmt, aber es war bei dem einen Toten geblieben. Und das war wohl auch gut so. Wer konnte sagen, was ihnen bei ihrer Landung in Djeme noch alles bevorstand. Maya wiegte den König in den Armen. Ramses wollte seinen Herzschlag abhören, seinen Puls fühlen, feststellen, ob er tot war oder noch lebte, aber er wagte es nicht. Für den Fall, daß sie in Djeme von Feinden erwartet wurden, mußte er sich seinen Kampfwillen erhalten.

Es gab keine Feinde in Djeme. Ramses trug seinen Vater den Kai entlang, durch das große Asien-Tor in den Palast und in sein Zimmer, dicht gefolgt von Maya. Er legte seinen Vater auf das Bett. Eine Schar besorgter Palastdiener drängte herein, doch Ramses schickte sie fort. Maya kehrte der Tür den Rücken zu. Sie beobachtete, wie Ramses das Ohr an die Brust des Pharao legte, wie er seinen Puls fühlte und seine Augen öffnete. Die ganze Zeit betete sie: wach auf, wach auf, wach auf! Schließlich trat Ramses vom Bett zurück, und Maya wußte, daß der einzige, der den Pharao jetzt noch wecken konnte, Anubis in der Gruft war.

Maya schauderte. Ramses bückte sich, um die Beine des toten Pharao gerade auszurichten und die Arme auf seiner Brust zu kreuzen. Tiefer Schmerz brannte hinter Mayas Augen, aber die Tränen wollten noch nicht kommen, so daß sie sah, daß die Geste, mit der Ramses die Lider des Königs schloß, sehr sanft war.

»Es ist keine Zeit, um zu trauern.« Er wandte sich ihr mit gequältem Blick zu. »Ich muß die Verteidigung Djemes veranlassen.«

Maya trat beiseite, um Ramses vorbeizulassen, der den Raum verließ und sich den draußen wartenden Dienern stellte. Er blieb in der Tür stehen, so daß er allen die Sicht versperrte.

»Seine Hoheit ist krank«, sagte Ramses mit fester Stimme. »Der König darf nicht gestört werden. Ich möchte, daß dieses Zimmer Tag und Nacht bewacht wird. Niemand außer mir und der edlen Maya darf dieses Zimmer betreten. Und jetzt hinunter mit euch. Sagt den Wachen, sie sollen auf ihren Posten bleiben. Alle anderen, Diener, Priester und wer sonst noch da ist, sollen sich im Audienzsaal einfinden. Los!«

Ramses kam zurück ins Zimmer und verriegelte die Tür hinter sich.

»Du und ich wissen als einzige, daß der Pharao tot ist«, sagte er. »Und dabei belassen wir es auch bis auf weiteres. Wir werden allen erzählen, du wärst hier, um ihn zu pflegen. Außer dir will er niemanden um sich haben. Du wirst dieses Zimmer bis zu meiner Rückkehr nicht verlassen. Hast du verstanden?«

Sie nickte, wenn auch kaum merklich, so daß er nicht wußte, ob sie ihn wirklich gehört hatte.

»Maya, hörst du mir zu?«

»Ja.« Sie betete um Kraft.

»Still, sonst hören sie dich noch.«

»Ja. Ich habe verstanden.« Nicht für sich selbst, sondern für Ramses.

»Du bleibst hier, bis ich zurückkomme.«

»Ich werde nicht weggehen.« Nur Ramses hatte genug Zorn in sich, um die Mächte Isfets in Schach zu halten.

»Schließ dich ein«, riet Ramses, als er ging.

Maya betete nicht mehr zu Isis, sondern zu Seth.

Ramses ging als erstes zum Asientor und stieg bis zum höchsten Fenster hinauf. Die verstreuten Teile der verzauberten Seeschlange trieben wie Blüten auf dem Wasser, jedes einzelne für sich unterwegs nach Djeme. Zwischen die geraden Gestalten der Soldaten mit ihren Speeren mischten sich jene farbenfrohen der Adligen. Sie sahen nicht aus wie eine angreifende Feindesmacht. Theben seinerseits war zu weit entfernt, seine Bürger zu winzig, als daß er hätte erkennen können, was dort vor sich ging. Aber dann bemerkte Ramses ein fremdes, schwarz-goldenes Banner hoch über den Mauern des südlichen Harems. Er verengte die Augen und konzentrierte sich mit aller Kraft auf die fremde Fahne. Der Wind wehte in die falsche Richtung; er konnte sie nicht genau erkennen. Dann blickte er nach Norden, auf Ipet-Sut, das nördliche Haus des Amun-Re, und dort, über den Pylonen des großen Tempels, hob sich die fremde Fahne deutlich sichtbar vom blauen Himmel ab. Es war ein nachtschwarzes Banner mit einer großen goldenen Katze in der Mitte.

Ramses ließ den Blick über die Festungswälle von Djeme schweifen. Die königliche Flagge wehte von den Stangen entlang der Fassade. Die Fahnenstangen an den Ecktürmen waren leer. Ramses stürmte die Treppe hinunter und rief nach dem Gardehauptmann. Am Fuß der Treppe wurde er von einem seiner Untergebenen erwartet.

»Feldwebel, ich will, daß die königliche Flagge binnen zwanzig Minuten von jeder Fahnenstange an den Mauern dieses Palastes weht. Und die größte und strahlendste Flagge, die wir haben, soll über diesem Tor wehen. Hast du verstanden?« Der Soldat salutierte. Ramses zog einen Ring von einem seiner kräftigen Finger.

»Hier, bring den zum Gardehauptmann. Sag ihm, er soll jeden Stein dieses Palastes im Auge behalten. Es nähern sich Boote. Er soll einen bewaffneten Trupp – und zwar einen großen – hinunter zum Kai schicken. Niemand darf an Land, ehe er nicht seine Waffen niedergelegt hat. Beschlagnahmt die Waffen. Los, beeil dich.«

Ramses folgte dem davoneilenden Soldaten mit weit ausholenden Schritten und formulierte bereits seinen nächsten Befehl. Die Tempel in der Ebene von Djeme mußten gesichert werden. Darunter war das Haus von Ramses' Günstling, des Amun mit seinen gewaltigen Kornspeichern besonders wertvoll. Die dazwischen liegenden Felder mußten bewacht und die Gräben bemannt werden, und Posten sollten nördlich und südlich des Flusses patrouillieren, um das Gelände bis zur Wüste und auch die Wüstenklippen zu beschützen. Aber zuerst mußten sie die notwendigen Männer herbeischaffen. Ramses hätte gern Ahmose an seiner Seite gehabt. In Gedanken versunken, trat er hinaus auf den Kai und blieb wie angewurzelt stehen.

In Totenstille warfen sich alle, Soldaten wie hohe Herrschaften, vor dem Nachfolger des verstorbenen Königs zu Boden.

Ramses hatte schon früher erlebt, wie Menschenmengen ihm huldigten; auf den Exerzierplätzen hatten ganze Abteilungen von Soldaten ihre sonnenverbrannten Rücken respektvoll vor ihm geneigt. Auf dem Schlachtfeld hatte er gesehen, wie sie demütig niederknieten, wenn er die königliche Fahne schwenkte. Er hatte den disziplinierten Gehorsam genossen, den diese Bewegungen ausdrückten, und sie als Teil seiner Kriegsbeute betrachtet. Aber noch nie hatten Männer und Frauen sich vor ihm als ihrem neuen Pharao verneigt. Der geschockte und aus den Fugen geratene ägyptische Hof legte ihm sein Leben zu Füßen: seinem Kommandeur, seinem Beschützer, seinem Gesetzgeber, seinem Gott. Plötzlich sahen sie in ihm den Herrn über die jährliche Flut, den Bewahrer der Ernten, den Wächter der Nacht, den Garanten Ägyptens.

Er war ein Heereskommandeur. Er war ein General, der nicht einmal den eigenen Vater vor einem Attentat hatte bewahren können.

»Erhebt euch«, sagte er. »Bitte, erhebt euch. Der König lebt.« Er sah die Verwirrung und den Unglauben auf ihren Gesichtern, als sie seiner Aufforderung nachkamen. »Eure Treuebekundung ist verfrüht – auch wenn ich glücklich darüber bin. Die Loyalität jedes Mannes und jeder Frau bedeutet mir mehr, als ihr euch vorstellen könnt. Aber der Pharao lebt«, wiederholte er, diesmal mit festerer Stimme. Sogar ein verhinderter General kann Respekt erlangen, dachte er. Doch nachdem alle gegangen waren, zog Ramses sich in den Audienzsaal zurück und starrte im Halbdunkel lange auf den leeren Thron seines Vaters.

In seiner nördlichen Hauptstadt stand der königliche General Paiis oben auf dem Dach von seines Vaters Haus. Die ersten zögernden Flammenfinger der aufgehenden Sonne begannen den Vorhang der Nacht zu heben. Paiis sah eine Frau vor sich. Es erschien ihm nicht sonderbar, daß sie in der Luft schwebte und ihn anblickte, als er sich über die Brüstung lehnte. Er kannte sie. Sie war die Große Königliche Gemahlin Khanefrues. Ihr Haar umwehte ihre Schultern, als würde es von einem unsichtbaren Luftstrom bewegt. Vor ihrem Gesicht lag ein Film, durch den verschwommen ihre Züge zu erkennen waren. Er wußte, daß er warten mußte, bis sie sprach.

»Paiis«, sagte sie. Er sah, daß sie verzweifelt war und die Hände rang. »Paiis, Ägypten ist in großer Gefahr. Ägypten wird in Isfet versinken. Der mächtige Stier wird sterben. Es liegt bei dir, das Gleichgewicht zu wahren, Paiis. Erhalte das Gleichgewicht. Erhalte für den König das Gleichgewicht.«

»Khanefrues ...« Paiis streckte die Hand über die Brüstung hinweg in den anbrechenden Tag hinein, aber sie wich vor ihm zurück.

»Ahmose!« sagte sie, wobei ihre Stimme immer leiser wurde. »Ahmose ...«

Er spürte die Dringlichkeit, mit der sie ihm etwas sagen, etwas über Ahmose begreiflich machen wollte, aber er wußte nicht, was es war. Dann war sie fort.

Als Djeme und Theben am nächsten Tag erwachten, war der Fluß über die Ufer getreten. Eine dünne Schicht Wasser, in der sich der weite blaue Himmel spiegelte, bedeckte die Ebenen im Osten und Westen. Fellachen und Hirten führten, knöcheltief durch den Schlamm watend, Rinder und Ziegen auf höhergelegene Weiden dichter am Wüstensand und in Ställe, die in den Dörfern auf künstlichen Hügeln errichtet worden waren. Dabei behielten sie den Strom im Mittelpunkt im Auge; der Fluß wälzte sich immer noch kraftvoll durch den Kanal und entlud Berge von Schlamm und Abfällen aus dem Süden entlang der Ufer. Morgen würde das Wasser am Ufer schon brusthoch sein und weiter steigen. Frisch reparierte Boote von

Dorfbewohnern waren bereits aus dem Fluß geholt und an Mauern vertäut worden.

Von den königlichen Gemächern aus betrachtete Maya die fremdartige Flagge, die über den Mauern des südlichen Harems wehte. Wo die geschickten Finger ihrer Dienerin die festliche Augenschminke aufgetragen hatten, hatten die grausamen Hände der Schlaflosigkeit und die Gegenwart des Todes dunkle Schatten aus Kuhl und Erschöpfung hinterlassen. Das plissierte Leinengewand, das der Diener blütenweiß auf beiden Armen herbeigetragen hatte, hing in der drückenden Luft schlaff und staubig an ihr herab.

Ramses stand hinter ihr, die Hände in die Hüften gestemmt. »Die Katze!« sagte er verächtlich. »Ja, das ist sie wahrhaftig.«

»Wo ist die Königliche Große Tochter?« fragte Maya.

»Soweit bekannt ist, hält sie sich zusammen mit den anderen im Tempel auf.« Es war schwer, sich ausgerechnet Bentanta als Verschwörerin vorzustellen. Sie hatte ihren Vater aufrichtig geliebt. Und es war nie ihre Art gewesen, Änderungen herbeizuführen, schon gar keine Änderungen so schwerwiegender Art. Und doch ist sie schwach und leicht zu beeinflussen, dachte er verächtlich. »Tamyt und Pentaweret behaupten, die Götter hätten den Pharao mit dem Tod bestraft, weil er Ausländern die Grenzen Ägyptens geöffnet hat«, sagte er. »Die Tempel und Straßen von Theben sind voller Soldaten, und die Bevölkerung bleibt daheim. Die Priester stehen in ihren jeweiligen Schreinen unter Bewachung. Einige von ihnen kooperieren, andere müssen mit Waffengewalt in Schach gehalten werden.«

»Einige der Dorfbewohner erzählen, der Pharao ... der Pharao wäre tot«, meinte Maya. »Und einige Diener glauben den Leuten. Sie wollen wissen, wo die Königliche Große Gemahlin ist.«

»Angeblich hat Khanefrues Tiye gehaßt, aber jetzt ist offenkundig, daß das nur gespielt war. Sie ist als erste desertiert.«

»Nein, das glaube ich nicht.«

»Wäre sie nicht fortgegangen, wäre sie an seiner Seite gewesen. Aber sie hat ihren Platz für seinen Mörder freigemacht.«

»Nein ...«

»Sie ist in eben diesem Moment da drüben ...«

»Ramses!« Maya wandte ihm ihr tränennasses, gequältes Gesicht zu. »Ich war schwanger von dir.«

Die Vergewaltigung, die Schwangerschaft, die Verzweiflung, der Diebstahl des Großen Siegels, die Abtreibung, das Gift. Die Taue lösten sich, der Anker tauchte ins Attentat ein, und die Kette erschütterte Ramses am anderen Ende.

Er fiel auf die Knie. »O ihr Götter«, klagte er in seine Hände. »Und ich dachte, ich könnte es wiedergutmachen. O ihr Götter!«

Die Schultern, die ein Krokodil besiegt hatten, begannen zu beben; die Hände, die den Asiaten den Tod gebracht hatten und für Dutzende, ja Hunderte ihrer Leichen verantwortlich zeichneten, bedeckten sein Gesicht.

Maya hatte dem Fenster den Rücken zugekehrt; sie konnte das Knattern der königlichen Fahne an ihrer Stange hören und das Knallen der Rebellenflagge am anderen Ufer erahnen.

»Mein Vater hatte die ganze Zeit recht. Er hätte mich nie zum König machen dürfen.«

Nein! Er durfte jetzt nicht weich werden; das wäre ihrer aller Ende. »Ramses, dein Vater hat dich geliebt«, sagte sie.

»Möglicherweise habe ich den ersten Propheten des Amun-Re mit meinem eigenen Geld bestochen.«

Es würde eines Seth bedürfen, eines Rachegottes, um diese Rebellenbanner herunterzureißen. »Ramses, mein König«, nannte Maya seinen neuen Titel eindringlich, als könnte er dazu beitragen, das Böse abzuwenden.

»Ich bin nicht dein König. Mein Vater hat keinen Erben. Ägypten hat keinen König.«

»Mein König, du bist sein Erbe, und du wirst es beweisen, indem du die Rebellen aus den Tempeln vertreibst.«

»Wenn ich nur wüßte, wen er wirklich gewählt hätte.«

»Soldaten mit bluttriefenden Händen halten die Gotteshäuser von Theben besetzt. Wir müssen sie verjagen. Du bist der einzige unter den Königssöhnen, der dazu in der Lage ist. Du kannst dir das Recht auf die Nachfolge verdienen.«

»Ich? Wer bin ich denn? Nur einer von vielen Soldaten mit Blut an den Händen. Ein Königssohn, der Isfet über sein Land gebracht hat und nicht würdig ist zu herrschen.«

»Wir brauchen Isfet, um Isfet zu bekämpfen.« Er mußte an ihrer Spitze stehen wie Seth am Bug der Sonnenbarke. Er mußte den Dämon der Nacht besiegen. Er mußte! Maya entfernte sich vom Fenster und kniete vor Ramses nieder. »Im Testament König Nebkaure Khetys an seinen Sohn König Merikare steht: ›Das Volk Ägyptens hat in seiner eigenen Nekropole einen Krieg entfacht. Es hat aus purer Rache und reiner Zerstörungswut die Häuser der Toten vernichtet. Ich selbst habe mich dieses Frevels schuldig gemacht. Und ich wurde hierfür bestraft, so wie die Götter es für jene vorsehen, die vom rechten Pfad abkommen‹. Es ist deine Pflicht zu verhindern, daß die Tempel auf diese Weise entweiht werden. Wenn du es nicht tust, werden die Götter uns alle vernichten.«

Er hatte die Hände sinken lassen und starrte sie an.

»Ich habe in den asiatischen Ländern gekämpft. Ich habe manchen fremdländischen Gottesschrein mit gezücktem Schwert betreten, ohne irgendwelche Folgen zu fürchten. Warum sollte Tamyt Skrupel haben?«

»Das sind nicht die Schreine irgendeines asiatischen Götzen. Das sind die Tempel der ägyptischen Kriegsgötter. Sie haben uns diese Triumphe geschenkt. Wir können ihren Häusern nicht mit derselben Verachtung begegnen wie jenen ihrer Feinde. Sie werden Tamyt bestrafen. Und sie werden auch uns und ganz Ägypten strafen, wenn du, der erstgeborene Sohn des Pharao, und dein General nichts dagegen unternehmt. Nuns Wasser werden sich wieder über der Erde schließen. Sie steigen immer noch.« Sie legte ihm die Hände auf die Schultern. »Ramses, du hast diese Siege für uns errungen. Die Menschen haben dich nicht auserwählt, weil du schwach und ein Gelehrter bist. Sie haben dich wegen des Zorns erwählt, der in deinem Inneren lodert.«

»Wir können die Gotteshäuser nicht zurückerobern, ohne uns der gleichen Verbrechen schuldig zu machen.«

»Können wir den Göttern das Haus Monthus und das Haus des Amun-Re kampflos zurückgeben?«

»Ich kann den Willen der Götter nicht deuten«, sagte Ramses. »Aber ich kann mir denken, was Tamyt will. Und sie wird ihre Festung nicht aufgeben. Sie ist von ihren besten Männern umgeben und wohnt im Tempel eines Kriegsgottes. Sie wird nicht aufgeben. Eher stirbt sie.«

»Dann mußt du die Gotteshäuser angreifen, oder Ägypten geht unter.«

»Ich soll sie meinerseits entweihen?«

»Mein König, du wirst sie nicht entweihen. Du wirst als Erbe des Pharao handeln und diesen großen Frevel sühnen. Du wirst einer der Götter sein. Du wirst Horus sein.«

Seine Schultern bebten nun nicht mehr. Maya ließ die Hände sinken. In Anwesenheit des toten Königs knieten sie voreinander, ihr unsichtbarer Dämon zwischen ihnen. Aber jeder von ihnen hielt ein Ende seines Zaums.

Ahmose kämpfte sich durch Wogen unruhigen Schlafes an die Oberfläche. Sein Zimmer befand sich auf der Rückseite der Villa des Vizekönigs, und das orangefarbene Licht, das durchs Fenster fiel, verriet ihm, daß der Abend nahte. Als er sich in seinem Bett rührte, erschien ein Diener mit Perücke und Augenschminke in der Tür. Es war Zeit, sich zum Abendmahl zurechtzumachen.

Ahmose und Seniry waren die einzigen Gäste. Ein anderer Diener – es schien eine endlose Zahl verschiedener Gesichter zu geben – führte sie zurück zum Empfangsraum und schenkte ihnen Dattelwein ein. Die Vizekönigin gesellte sich zu ihnen, groß und geschmackvoll in Weiß und Gold gekleidet. Sie hatte einen ausgesprochen anmutigen Gang und eine nicht minder elegante Art, ihren Becher in den langen Fingern zu halten. Die beiden Männer wollten sich vor ihr auf den Bauch legen, aber sie hielt sie davon ab.

»Nein, nicht heute abend«, sagte sie. »Ihr seid meine Gäste. Seien wir also nicht so förmlich. Wir bekommen hier draußen selten jemanden zu Gesicht. Komm, General, ich zeige dir unsere Vorzeigezimmer.« Sie hakte Ahmose unter. »Du auch, Hauptmann. Es gibt hier viel Interessantes zu sehen, und es ist niemand da, dem wir es zeigen könnten.«

Die Vizekönigin zog Ahmose mit sich fort, Seniry im Gefolge, und zeigte ihnen den repräsentativen Teil der Villa. Sie bewunderten die Wandmalereien, die von den königlichen Dekorateuren speziell für den Vizekönig und seine Gemahlin angefertigt worden waren.

»Wir wollten etwas typisch Ägyptisches«, erklärte die Vizekönigin. »Darum haben wir im inneren Empfangszimmer Sumpflandschaften aus dem Delta für die Nordwände, Flußszenen aus dem Tal für die südlichen und Impressionen aus den östlichen und westlichen Wüsten für die Ost- und Westmauern gewählt. Die Maler wollten einige nubische Motive einarbeiten, aber ich hielt es für unangebracht. Schließlich ist dies hier eine offizielle Residenz. Außerdem brauchen wir ja nur aus dem Fenster zu schauen, wenn wir Lust auf eine südländische Landschaft haben.«

»Sicher habt Ihr recht«, murmelte Ahmose, der sich darüber klar zu werden versuchte, ob eine Verbindung zwischen Seniry und dem Boten des verräterischen Briefes bestand. Gab es eine Verbindung zwischen Seniry und Pentaweret? Alle drei hatten sich gleichzeitig in Miwer aufgehalten, aber Ahmose hatte die beiden nie zusammen gesehen.

»Natürlich kann man sich im inneren Empfangszimmer ländliche Szenen gestatten«, meinte Seniry. »Das ist intimer. Im äußeren Zimmer braucht man dagegen etwas Formelleres.«

»Absolut. Ich habe auch zum Vizekönig gesagt, daß hier nichts anderes in Frage kommt als eine königliche Prozession. Kommt und seht es euch an. Sie beginnt natürlich dort, wo man die Loggia betritt ...«

Ahmose bewunderte pflichtschuldig die Wandmalereien, die den Pharao in einer Sänfte inmitten einer Prozession zeigten. Im äußeren Empfangsraum äußerte er sich anerkennend über die Tributszenen, die Menschen aus aller Herren Länder zeigten, die dem König ihre Waren darbrachten. Innerlich jedoch zermarterte er sich weiter das Hirn. Der Knabe mußte mit einem der Höflinge von Piramses nach Miwer gereist sein. Wie sonst hätte ein armes Bürschchen wie er so weit reisen sollen? Gehörte er zu Pentaweret? Aber warum er? Doch, es mußte Pentaweret gewesen sein. Niemand vom Isis-Tempel, zu dem der Knabe gehörte, war bis Miwer gereist. Seniry war von Süden gekommen; er konnte den Jungen also nicht mitgebracht haben. Augenblick ... Maya gehörte zum Isis-Tempel. War der Brief vielleicht Teil eines Komplotts gewesen, das Maya und Rahotep geschmiedet hatten, um sich seiner zu entledigen?

»General, würdest du bitte meine Hand loslassen?«

Ahmose wurde bewußt, daß er die Hand der Vizekönigin fest an die seine gedrückt hatte.

»Ich bitte vielmals um Vergebung, Hoheit. Habe ich Euch weh getan?«

»Nein, das nicht ... Ich bin eher überrascht. Vielleicht haben diese Tributszenen dich ja an die Schlachten erinnert, die du bei den Asiaten geschlagen hast.«

»Alte Erinnerungen reichen tief, fürchte ich.« Es war lächerlich zu glauben, Maya könnte etwas mit diesem Brief zu tun haben und ihn auffordern, sich gegen den Willen des Königs aufzulehnen. Das würde sie niemals tun, auch nicht für einen Geliebten. Er schob den Gedanken von sich. Aber was hatte das alles dann zu bedeuten?

»Natürlich ist auch die Einrichtung in diesem Raum bemerkenswert«, sagte die Vizekönigin. »Wir haben sie aus den königlichen Lagerhäusern bezogen. Sämtliche Stücke sind sehr alt und von symbolischer Bedeutung. Diese Kommode zum Beispiel …«

Ahmose zwang sich, ihr zuzuhören. Die Vizekönigin zeigte ihnen Kommoden, die Ramses, dem Günstling des Amun gehört hatten und in die Szenen eingearbeitet waren, die zeigten, wie der Pharao über seine Feinde triumphierte. Es gab Elfenbein- und Ebenholzstühle aus den südlichen Ländern und Tierfelle in Hülle und Fülle. Am Ende ihres Vortrags zeigte die Vizekönigin ihnen die private Waffenkammer ihres Gemahls und seine Sammlung erlesener Waffen. Sein ganzer Stolz war ein silberner Krummsäbel mit einer Elektruminschrift, die den vor ewigen Zeiten verstorbenen Pharao Nebmaater Amenhotep als Besitzer auswies. Hiernach erlöste die Ankündigung des Abendmahls Ahmose von der Pflichtübung.

Die Vizekönigin thronte am Kopfende einer reich gedeckten Tafel, auf der sich Leckerbissen aus allen vier Himmelsrichtungen türmten. Neben Gazelle aus der südlichen Wüste gab es Wasservögel aus dem Schilf am nubischen Flußufer. Gewürze aus dem Süden wetteiferten mit Brot und Gebäck, das ausschließlich nach ägyptischen Rezepten gebacken war.

»Und nun eßt«, forderte die Vizekönigin sie auf. »Wir haben nicht oft Gäste. Und ich wäre sehr enttäuscht, wenn ihr euch nicht gebührend an diesen Köstlichkeiten gütlich tätet.«

Ahmose aber konnte nichts essen. Während er an einem Entenflügel nagte, quälte ihn innerlich das Mißtrauen. Seniry hatte eine beiläufige Frage über den Vizekönig gestellt, die die Vizekönigin ebenso beiläufig beantwortet hatte. Ahmose verfolgte mit zusammengekniffenen Augen, wie Seniry das

Gespräch über die Vorbereitungen für die Verschiffung des Goldes aus Baki ausdehnte. War das nur höfliches Geplauder oder versuchte er, sie auszuhorchen? Die Antworten der Vizekönigin waren nicht sehr ergiebig – war sie nicht über Einzelheiten informiert, oder antwortete sie bewußt ausweichend? Wenn sie versucht, Diskretion zu wahren, sagte sich Ahmose, sollte ich wohl galant sein und das Thema wechseln.

»Der Vizekönig besitzt eine wirklich beeindruckende Waffensammlung«, sagte er. »Benutzt er sie auch? Ich meine, geht er auf die Jagd?«

»Wenn er dazu kommt«, entgegnete die Vizekönigin. »Was nur selten der Fall ist. Er beklagt sich oft darüber, daß er nicht einmal die Gelegenheit hat, nur zum Vergnügen mit einem der Streitwagen auszufahren. Bei Hofe war er ein meisterhafter Wagenlenker.«

»Verfügt der Vizekönig über viele Wagen?« fragte Ahmose.

»Einige«, erwiderte die Vizekönigin.

»Ich hoffe, das klingt jetzt nicht dreist, aber ... ich habe mich gefragt, ob der Vizekönig uns möglicherweise für die Dauer unseres Aufenthalts in Nubien einen seiner Wagen borgen könnte. Natürlich kein altes und kostbares Stück wie die Waffen aus seiner Sammlung. Aber wißt Ihr, während ich einen eigenen Wagen mitgebracht habe, verfügt Hauptmann Seniry über kein eigenes Gefährt. Das wird sich für ihn als sehr hinderlich erweisen, wenn wir erst mit der Rekrutierung beginnen.«

»Ich bin sicher, daß mein Gemahl euch einen seiner Wagen überlassen wird. Im Stall steht noch einer. Falls du einen prunkvolleren Wagen möchtest, wirst du allerdings den Vizekönig selbst fragen müssen, Hauptmann.«

»Der Hauptmann wird glücklich sein, diesen einfachen Wagen benutzen zu dürfen, Hoheit«, entgegnete Ahmose. »Seinem Rang gemäß hat er nämlich keinerlei Anspruch auf einen fahrbaren Untersatz.«

»Bei den Göttern«, rief die Vizekönigin aus. »Dann versteht er womöglich gar nicht, damit umzugehen. Hast du je einen Streitwagen gelenkt, Hauptmann? Oder müssen wir dir auch noch einen Fahrer stellen?«

»Nein, vielen Dank, Hoheit, das wird nicht nötig sein. Ich bin sehr wohl in der Lage, selbst einen Wagen zu lenken.«

»Du kannst nicht viel Erfahrung darin haben«, sagte Ahmose. »Noch nie habe ich einen Hauptmann der Bogenschützen gesehen, der seinen Truppen in einem Wagen vorausfuhr.«

»Anders als bei vielen anderen, ist das Schlachtfeld nicht mein ganzer Lebensinhalt«, erwiderte Seniry. Er schenkte sich Wein nach. »Ich habe schon als kleiner Junge in Miam gelernt, einen Wagen zu lenken.«

»Dann mußt du ziemlich eingerostet sein.«

»O nein, ich bin in Übung geblieben. Tatsächlich habe ich drüben …«, er zeigte in die ungefähre Richtung der westlichen Wüste, » … manches Rennen gewonnen. Wenn Ihr wollt, können wir gern unsere Kräfte messen … General.«

»Abgemacht.« Ahmose stellte seinen Becher ab. »Wann?«

»Von mir aus gleich.«

»Bei den Göttern«, rief die Vizekönigin. »In der Nacht? Ich will nichts davon hören. Das ist viel zu gefährlich.«

Seniry verneigte sich. »Ich bitte um Vergebung, Hoheit. Ich meinte, sobald es hell ist. Morgen früh«, wandte er sich an Ahmose.

»Bei Tagesanbruch, gut. Wo?«

»Oben auf den westlichen Klippen ist ein Plateau, das wie geschaffen ist für Wagenrennen. Wie viel willst du wetten?«

»Ich nehme kein Geld von rangniederen Offizieren«, entgegnete Ahmose.

Am anderen Ende des langen Flusses, der Nubien mit dem Meer verband, saß Paiis in seinem Schlafzimmer und ließ ein grobes schwarzes Pulver aus einem blauen Glaskrug durch seine Finger und zurück in das Gefäß rinnen. Das Pulver roch nach Harz aus den südlichen Wäldern. Ein Duft, der den Göttern geopfert gehörte.

Bakamun hatte das Pulver am Morgen gebracht und Paiis gedrängt, es unter dem Siegel des Wesirs an die asiatischen Prinzen zu verkaufen oder gegen Güter einzutauschen, die er dazu verwenden konnte, seine ägyptischen Soldaten dahingehend zu bestechen, sich gegen ihren König zu wenden. Bakamun verlangte von ihm, daß er das amtliche Siegel seines Vaters aus dessen Krankenzimmer stahl, um die Exportlizenz zu legitimieren. Paiis wußte nicht, was er tun sollte.

Sein Traum von Khanefrues beschäftigte ihn seit dem frühen Morgen, vor allem, was sie ihm über Ahmose hatte mitteilen wollen. Nein, es war nicht nur eine Mitteilung gewesen – vielmehr eine Warnung.

Ahmose war sein bester Freund. Ahmose war der bessere Soldat von ihnen beiden. Er war nicht im gebührenden Maße befördert worden. Paiis' kürzlich erfolgte Beförderung hatte ihn mit ebenso viel Freude wie Gewissenspein erfüllt. Seine Schuldgefühle belasteten seine Freundschaft zu Ahmose, brachte die beiden Kameraden aus dem Gleichtakt. Sie gaben sich beide alle Mühe, sich nichts anmerken zu lassen, aber der Mißklang war da.

Und genau das hatte der Pharao ja auch erreichen wollen. Er wollte Ahmoses Vertrauen in die eigenen Fähigkeiten untergraben. Er wollte deutlich machen, daß er die Macht besaß, Männer in ungeahnte Höhen zu erheben oder zu vernichten, ganz wie es ihm gefiel. Er war noch nicht zufrieden damit gewesen, Ahmose seines Postens zu entheben; er wollte seinen Geist zerbrechen. Darum versuchte er nun, ihn seinem besten Freund zu entfremden.

Paiis teilte Ahmoses Abscheu für Intrigen jeder Art. Sie waren beide mit Leib und Seele Soldaten, die gern wußten, wo sie auf dem Schlachtfeld standen, wer Freund war und wer

Feind. Beide haßten dieses Manövrieren, dieses Manipulieren, diese Beförderungen und Degradierungen, die nicht mit Verdienst zu tun hatten, diese Spielchen mit dem Leben anderer. Drüben in der Kaserne von Piramses waren Hunderte von Männern untergebracht, die genau so dachten wie sie beide, Männer mit Ambitionen, Fähigkeiten und Träumen, Männer, die fest daran glaubten, diese allein durch Können und Mut verwirklichen zu können. Es war höchste Zeit, daß jemand ein Zeichen setzte und sich für den alten, schlichten und ehrenhaften Weg aussprach.

Und während er noch den puntischen Lotos durch seine Finger rinnen ließ, erkannte Paiis, was er zu tun hatte. Er verschloß den Krug und ging hinauf ins Zimmer seines Vaters. To döste. Die Kassette, die sein Amtssiegel enthielt, stand auf einem Tischchen neben dem Bett. Paiis streckte die Hand aus.

Rahotep hob das Gesicht von der Bahre des Pharao. Seine Wimpern glänzten im Lampenlicht von Tränen.

»Ich bringe sie um«, sagte er gepreßt.

Maya legte ihm eine Hand auf die Schulter, aber er schüttelte sie ab. Ihre Finger glitten über das schwarzbraune Haar auf seinem Rücken, als er sich aufrichtete. Er war größer als sie ihn in Erinnerung hatte.

»Ich werde sie umbringen«, sagte er noch einmal. In seinem Inneren brodelte Mordlust.

Er machte einen Schritt in Richtung der Tür. Ramses versperrte ihm den Weg.

»Wo willst du hin?«

»Nach Theben. Um sie aufzuspüren und zu vernichten wie Ungeziefer.«

»Beruhige dich. Sei nicht …« Ramses' Hand schloß sich blitzschnell um Rahoteps Handgelenk und fing den Schlag ab.

»Ramses, ich warne dich, ich habe einen Dolch …« Aber die

Waffe schlitterte bereits über den Fußboden ins Dunkel. Die beiden Männer gingen mit den Fäusten aufeinander los.

Nicht, nicht! flehte Maya innerlich. »Hört auf, bei den Göttern! Man wird euch hören. Hört auf, eurem Vater zuliebe.«

»Ich will Rache, Ramses! Ich will Vergeltung«, rief Rahotep. Dann ließ er die Arme hängen, und Ramses' Griff wurde zu einer brüderlichen Umarmung. Er ließ Rahotep los und drückte ihn auf die Bettkante.

»Du hast ganz schön Kraft, kleiner Bruder«, sagte er. »Keine Bange, wir werden unsere Vergeltung bekommen. Aber es wird nicht die plötzliche, rasche Rache des Blitzes sein. Nein, unsere Rache wird lodern wie die Sonne.«

»Rahotep, damit hilfst du ihm jetzt nicht«, schalt Maya und hob in einer Ecke des Zimmers den Dolch auf.

»Wie konntest du zulassen, daß er meinen Vater hier behält?« fragte Rahotep.

Als Maya näherkam, sah sie, daß er weinte. Tränen liefen über sein Gesicht und tropften auf sein Leopardenfell, wo sie hängenblieben und funkelten wie Edelsteine.

»Mein Vater sollte im Einbalsamierungshaus sein. Die Priester sollten sich seiner annehmen. Er ist der Pharao!«

»Nur wir drei wissen, daß er tot ist«, entgegnete Ramses. »Wir konnten ihn heute nicht fortbringen ...«

»Wir werden ihn aber bald fortbringen müssen, er fängt schon an zu ...«

»Ich weiß. Darum habe ich dich ja auch kommen lassen. Wir müssen ihn heute Nacht wegschaffen. Du bist ein Sem-Priester. Du weißt, was zu tun ist.«

»Richtig.« Rahotep strich sich mit einer Hand übers Kinn und wischte die Tränen fort. »Von jetzt an rührt ihn niemand mehr an. Es sei denn, er will bei seiner eigenen Mumifizierung zuschauen.«

»Wo immer du ihn hinbringst, es muß ein sicherer Ort sein«, fuhr Ramses fort. »Alles hängt von der Geheimhaltung ab.

Solange niemand sicher weiß, daß er tot ist, haben wir eine Chance.«

»Keine Sorge«, erwiderte Rahotep. »Nicht einmal du wirst wissen, wo er ist.«

»Irgendwann wirst du es mir sagen müssen«, entgegnete Ramses. »Sobald er in Sicherheit ist, mußt du dich nach Nubien begeben.«

»Wozu?« fragte Maya verdutzt.

»Unsere größte Hoffnung ist die Goldkarawane. Der Vizekönig wird gerade damit beschäftigt sein, das Gold zu verladen, damit es pünktlich zum Höhepunkt des Festes in Theben eintrifft. Wir können sicher sein, daß Tamyt ein Auge auf die Lieferung geworfen hat. Wir müssen als erste vor Ort sein. Wer das Gold hat, befehligt auch die größere Armee.«

»Ich würde lieber kämpfen«, meinte Rahotep.

»Bruder, du verstehst nichts vom Kämpfen«, erwiderte Ramses. Er nahm Maya den Dolch aus der Hand und schob ihn zurück unter Rahoteps Gürtel. »Ahmose ist beim Vizekönig. Überlaß den beiden das Kämpfen.«

13. Kapitel

Tiye hatte Bentanta überredet, zu Bett zu gehen. Es sah nicht danach aus, als würde Pentaweret heimkommen. Ausnahmsweise einmal war Tiye froh darüber. Sie schlich aus dem Empfangsraum und auf die Veranda, wo Renenutet wartete. Tiye hakte sie unter und zog sie mit sich fort, außer Sichtweite der Wachen.

»Hast du es?« fragte Renenutet und krallte die Finger in Tiyes Ärmel. Ihre Augen waren geweitet, die Pupillen unnatürlich groß.

»Beruhige dich. Alles zu seiner Zeit«, entgegnete Tiye. »Was hast du mir zu berichten?«

»Ich weiß nicht genau, was du hören willst. Ich bin nicht sicher, wie interessant meine Informationen für dich sind.«

»Sprich endlich, ich weiß, daß sie heute morgen hier war. Hast du getan, was ich gesagt habe? Hast du die Wahrheit herausbekommen? Sag es mir, oder du bekommst gar nichts, nicht ein Körnchen.«

»Ja, ich habe getan, was du mir aufgetragen hast«, versicherte ihr Renenutet mit bitterem Unterton. »Ich habe ihr eine Nachricht geschickt, in der es hieß, ich könne nicht leben, ohne sie zu sehen. Es war entwürdigend. Natürlich kann ich ohne sie leben.« Renenutets Stimme klang jetzt verächtlich. »Ich kann sehr gut ohne sie leben, jetzt, wo ich weiß, was sie ist. Und sie ist gekommen. Sie ist gekommen, weil sie, obgleich sie Göttliche Gemahlin des Amun ist und all das, nicht ohne mich leben kann.«

»Und was ist geschehen?«

Renenutet betrachtete Tiye mit einem anzüglichen Grinsen. »Wie genau hättest du es denn gern, Tiye? Willst du wissen, wo sie mich berührt hat und wie ich gestöhnt habe? Ist es das, was dich interessiert? Vermißt du diese Gefühle aus deiner Zeit im Harem?«

Tiye versetzte Renenutet eine schallende Ohrfeige. Renenutet schnappte nach Luft und taumelte rückwärts gegen die Mauer, eine Hand an die schmerzende Wange gehoben. Als sie die Hand fortnahm, zeichnete sich der Abdruck von Tiyes Fingern feuerrot auf der weißen Haut ab. Renenutets Augen waren schwarz und blickten geschockt.

»Ich hatte nie etwas übrig für diese Handlungen zwischen Frauen«, sagte Tiye zähneknirschend. »Es interessiert mich nicht, mit welchen Methoden du dir die Informationen beschaffst, die ich haben will. Sag mir lieber, was du weißt.«

Renenutet fing an zu weinen. »Es war entwürdigend«, sagte sie noch einmal. »Ich habe früher einmal Dinge mit ihr geteilt – damals, als ich ihr noch vertraut habe –, Dinge, die ich nicht mehr teilen kann, ohne ...«

»Das interessiert mich nicht.«

»Du könntest mich wenigstens dafür entlohnen«, entgegnete Renenutet schroff. »Ich habe Anspruch auf eine Entschädigung für meine Gefühle. Ich möchte puntischen Lotos, bevor ich dir überhaupt etwas sage.«

Fluchend fischte Tiye ein Ledersäckchen unter ihrem Gewand hervor, das an einer Goldkette um ihren Hals baumelte. Aus dem Säckchen holte sie ein kleines Stoffbündel, das mit einem Faden verschlossen war.

»Da«, sagte sie. »Es gibt noch mehr, aber erst, wenn du mir die Ware geliefert hast.«

Renenutet schloß eine Hand um das Päckchen und versteckte es hinter dem Rücken, als fürchtete sie, Tiye könnte es ihr wieder wegnehmen. »Als wir ... nun ja, ich fragte sie nach

Männern ... ob sie das könnten, was ich für sie täte. Und von Männern kam ich dann auf den Pharao zu sprechen – Ramses, Herr von Heliopolis – und fragte sie, wie es mit ihm im Bett gewesen wäre. Und schließlich fragte ich sie nach Pentaweret.«

Tiyes Augen glänzten, und sie schob das spitze Kinn erwartungsvoll vor.

»Und?«

»Es ist wahr. Es ist alles wahr. Sie hat es mir selbst erzählt. Ich wollte es trotzdem nicht glauben.« Renenutets Augen füllten sich erneut mit Tränen, die ihr über die Wangen liefen, doch Tiye beachtete es nicht. »Sie schläft mit Pentaweret. Er ist besessen von ihr. Seit er sie zur Göttlichen Gemahlin Amuns gemacht hat, hat er den Tempel des Amun-Re, des Königs der Götter, mit Gütern überhäuft, die er anderen Gotteshäusern abgenommen hat. Sie hat damit geprahlt. Sie versprach mir den Himmel auf Erden, weil ich ihre Lieblingsgeliebte wäre. Als ob ich jetzt noch etwas von ihr annehmen würde! Sie sagte, sie wolle Pentaweret überreden, ihren Bruder Seniry zum Vizekönig von Nubien zu ernennen.«

Tiye machte große Augen. »Davon hat er mir gar nichts erzählt.«

»Das sagte sie aber. Wir sollen zusammen im Tempel des Amun-Re wohnen. Sie meint, sie wäre jetzt die wohlhabendste und mächtigste Frau in ganz Ägypten. Sie sagt, der Pharao von Ägypten wäre ihr Sklave und der Vizekönig von Nubien ihr Bruder und beide würden tun, was sie will. Ich fragte sie, was mit dir und Bentanta wäre ...«

Tiye blähte die Nasenflügel.

»Sie hat gelacht. Sie sagte, sie könne nicht gleichzeitig den Göttern in Theben und in Piramses dienen, und Bentanta wäre als Stellvertreterin im Norden so gut wie jede andere. Ich fragte, was wäre, wenn Bentanta einen Sohn bekäme, worauf sie erwiderte, solange sie den Vater beherrsche, beherrsche sie auch den Sohn. Sie selbst sei unfruchtbar und könne keine eigene Dynastie gründen, aber das sei ihr egal. Sie wolle die Macht während ihres Lebens und nicht nach ihrem Tod.«

»Und was hat sie über mich gesagt?« fragte Tiye eifrig.

»Sie sagte ...« Renenutet musterte Tiye unter gesenkten, tränennassen Wimpern hervor. »Vergiß nicht, daß ich nur zitiere. Sie sagte, du wärst eine eitle und oberflächliche Person. Sie meinte, du wärst mit dem Schein von Macht mehr als zufrieden, weil du den Schein nicht von der Wirklichkeit unterscheiden könntest.«

Renenutets schadenfroher Blick bohrte sich tief in Tiyes Herz. Sie genoß es, die Klinge in der Wunde zu drehen. Tiye entfuhr ein erstickter Laut.

»Das werden wir ja sehen«, preßte sie hervor.

»Wo ist mein puntischer Lotos?« fragte Renenutet.

Tiye zerrte sich das Säckchen vom Hals. Die Kette riß, und einzelne Glieder des edlen Metalls hüpften über den Boden. Sie drückte Renenutet das Päckchen puntischen Lotos in die Hand.

»Mehr gibt es nicht. Das ist meine ganze Wochenration.«

»Dann wirst du warten müssen, bis du deine nächste Ration bekommst, wenn ich weiter Schmutz für dich ausgraben soll«, meinte Renenutet.

Schritte auf der Veranda enthoben Tiye einer Antwort.

»O Tiye.« Bentanta hatte sich zum Schutz vor den Blicken der Wachen in ein Bettlaken gehüllt. »O Tiye, Ramses greift den Hafen an.«

Als der Morgen graute, inspizierten Tamyt und Pentaweret den angerichteten Schaden. Tamyt ließ sich wie gewöhnlich in einer Sänfte tragen. Sie hatte in einem Lagerraum des Tempels Vorhänge gefunden, die mit dem Abbild Amun-Res bestickt waren. Offensichtlich waren sie für den Schreiber des Gottes vorgesehen, aber Tamyt hatte sie für ihre eigene Sänfte verwendet.

Pentaweret fuhr in einem Streitwagen, den er in der Kaserne entdeckt hatte, zum Hafen. Der Eigentümer schien in der Nacht zu Ramses übergelaufen zu sein, und Pentaweret hatte sich das Gefährt ebenso seiner Schönheit wegen wie aus kleinlicher Rache angeeignet. Die aufgehende Sonne im Rücken begutachteten sie, Pentaweret in seinem Wagen stehend und Tamyt in ihrer Sänfte, was von ihrer Flotte übrig geblieben war.

Dort, wo am Vortag noch Blumen für die Götter ausgestreut worden waren, schwammen verkohlte Holzstücke und hellgraue Ascheflocken auf dem Fluß und bedeckten die Kais. Von den Anlegepfosten baumelten durchtrennte Seile herab, die ihre losen Enden im Wasser versteckten, beschämt ob des Diebstahls der Schiffe, die einmal daran festgemacht gewesen waren. Der ganze Hafen war schiefergrau von Ruß; alles war überzogen von einem schillernden Regenbogen aus Lampenöl. Die geschwärzten Rippen toter Schiffe dümpelten halb überflutet im öligen Wasser. Ein Boot trieb noch auf den Wellen, aber es war nur noch eine verbrannte Hülle übrig, gefüllt mit einem Berg grauer und weißer Asche, der an eine Opfergabe erinnerte, die jedoch die Götter nicht ehrte, sondern verhöhnte.

Pentawerets Gesicht war vom gleichen Grau wie das Wasser. »Weißt du, was sie zu mir gesagt haben?« fragte er. »›Keine Sorge, Hoheit, die Barken der Götter wurden an der anderen Seite des Kais festgemacht. Wir haben sie vor dem Feuer in Sicherheit gebracht.‹ Wozu soll das gut sein? Ramses hat unsere Flotte vernichtet, und vierzig Offiziere und Soldaten sind zu ihm übergelaufen, aber Dank den Göttern der Unterwelt, die heilige Barke des Amun-Re ist unbeschädigt!«

Eine ehrliche, befriedigende und sehr gefährliche Erwiderung lag Tamyt auf der Zunge. Sie war in aller Hast aus dem Bett gestiegen und hatte sich in der Dunkelheit in ihrer Sänfte zum Hafen bringen lassen, war aber zu spät am Kai eingetroffen. Von Pentaweret hatte niemand etwas gesehen oder gehört.

»Wir werden Boote aus den Dörfern südlich und nördlich von Theben requirieren«, sagte sie statt dessen. »Würdest du mitkommen und die Befehle mit deinem Siegel versehen?«

»Ich komme später vorbei. Jetzt möchte Mutter mich sehen.« Zu spät bereute Pentaweret sein Eingeständnis, das ihm kaum zur Ehre gereichte.

»Was gibt es denn an einem Tag wie diesem so Wichtiges mit deiner Mutter zu besprechen?«

Pentaweret zuckte entschuldigend die Achseln. »Es geht darum, eine angemessene Unterkunft für sie zu finden.« Er begegnete Tamyts verächtlichem Blick und sagte trotzig: »Ich kann die Befehle ja wohl kaum besiegeln, bevor sie geschrieben sind, oder?«

»Nun, da unsere Pläne sich ohnehin verzögert haben, kann es ausnahmsweise nicht schaden, wenn du dich mit deiner Mutter und ihrer häuslichen Bequemlichkeit befaßt«, sagte Tamyt schließlich seufzend. Dann zog sie die Vorhänge des Amun-Re zu, die sie sich angeeignet hatte, und lehnte sich in die Kissen zurück. Ihre Sänfte entfernte sich.

Pentaweret blickte ihr nach. Er malte sich aus, wie er zu ihr in die Sänfte stieg und sie liebte, während die Männer sie zum Tempel zurücktrugen. Er fragte sich, ob jemals jemand so etwas gewagt hatte. Dann verdrängte er den verlockenden Tagtraum aus seinen Gedanken und fuhr von Wachen flankiert zum südlichen Harem, wo seine Mutter untergebracht war.

Der Türwächter und sämtliche Diener sanken vor ihm in die Knie und senkten die Stirn bis auf den Boden. Pentaweret machte die Neuerung immer noch Freude, aber er hatte sich bereits soweit daran gewöhnt, daß er sich einer gewissen Verachtung nicht erwehren konnte. Er schritt an den gebeugten Rücken vorbei, ohne seinen Untergebenen zu gestatten, sich zu erheben. Im Empfangsraum hatten sich der Erste Prophet und seine Verwandten versammelt, um ihn zu begrüßen. Bis auf Tiye schickte er alle fort.

»Nun, Mutter«, sagte er und drückte ihr zur Begrüßung einen flüchtigen Kuß auf die Wange. »Was willst du? Du wirst sicher von Ramses' Angriff in der vergangenen Nacht gehört haben, ich brauche dir also nicht erst zu sagen, wie beschäftigt ich bin.« Wenn er dieses Gespräch hinter sich gebracht hatte, würde er Tamyt zum nördlichen Tempel folgen und versuchen, sie zu überreden, seine Sänftenphantasie auszuprobieren. Vielleicht konnten sie sich um einen der Innenhöfe herumtragen lassen. Er mußte ihr unbedingt einige taube und nicht zu neugierige Träger schenken.

»Mir wäre beinahe das Herz stehengeblieben, als ich davon hörte«, sagte Tiye. »Was ist, wenn er hinunter zum Hafen gegangen ist, um sich ein Bild zu machen? habe ich mich gefragt. Was ist, wenn er in die Kämpfe verwickelt wird? Was, wenn er verletzt wird oder ertrinkt? Ich habe die ganze Nacht kein Auge zugetan.«

»Warum hätte ich das tun sollen?« fragte Pentaweret. Er war aufgestanden und hatte die Nachricht entgegengenommen, jedoch nie die Absicht gehabt, sein Zimmer zu verlassen, ehe der Angriff vorüber war. »Der Pharao darf sein Leben nicht aufs Spiel setzen, nicht wahr? Dafür hat er Kommandeure, Soldaten und Diener. Aufgabe des Pharao ist es, Befehle zu erteilen.« Aus der Entfernung, hätte er hinzufügen mögen.

»Aber ich hatte trotzdem Angst. Ich wußte nicht, wo du warst.« Tiye musterte ihn mit unschuldigem Blick. »Wo warst du, mein Liebling? Bei Bentanta? Ich hätte ruhiger geschlafen, wenn ich gewußt hätte, wo du steckst. Ich habe mir gesagt, er wird bei ihr geblieben sein, wird sich um seine Gemahlin kümmern, das scheue kleine Ding. Warst du bei Bentanta?«

»Nein. Ich war allein.« Und das stimmte. Er war allein gewesen in dem Zimmer, in dem er sich oft aufhielt, wenn Tamyt sich aus reiner Grausamkeit weigerte, ihn zu empfangen, und er es nicht über sich brachte, heim zu Bentanta zu gehen.

»Allein? Und das, wo du zu Hause eine Gemahlin hast? Was hast du denn gegen dein Heim einzuwenden?«

»Hör zu, Mutter, es steht niemandem zu, das Handeln des Pharao in Frage zu stellen, auch dir nicht.«

»Daß mein eigener Sohn so mit mir spricht! Dabei wollte ich nur wissen, wo wir alle leben werden, wenn das alles vorbei ist.«

»Ich wollte mir einen Sommerpalast in Piramses bauen lassen, wo ich ein Auge auf den Hof halten kann, und einen Winterpalast hier in Theben.«

»Wo in Theben?« fragte Tiye eine Spur schärfer.

»Wenn du es unbedingt wissen willst ... Ich habe daran gedacht, ihn neben dem nördlichen Tempel in Ipet-Sut errichten zu lassen.«

»In Tamyts Nähe.«

»Ja, zufällig auch in Tamyts Nähe. Ich wüßte nicht, was dagegen spräche. Tamyt hat viel für uns getan.«

»Da bin ich anderer Ansicht. Ich glaube, sie hat nicht mehr für uns getan als viele andere.«

»Sei nicht albern, Mutter. Tamyt hat mich dorthin gebracht, wo ich heute stehe.«

Er fiel aus allen Wolken angesichts des Wutausbruches seiner Mutter.

»Tamyt? Diese kleine rollige Katze? Was hat sie je für dich getan, außer sich von dir bespringen zu lassen! Hör mir zu, du undankbarer Lüstling. Ich habe dich zur Welt gebracht. Ich habe bereits Träume für dich geträumt, als du noch zu klein warst, sie für dich selbst zu träumen. Ich habe dir beigebracht, worauf du einen Anspruch hast. Ich habe die Hebel in Bewegung gesetzt und all die Frauen dazu gebracht, sich für dich einzusetzen – ja, ich war es sogar, die Tamyt für dich gewonnen hat. Mir allein ist es zu verdanken, daß sie mit von der Partie ist und daß du mit Bentanta vermählt wurdest. Soll sie erzählen, was sie will, sie hat nichts für dich getan, was ich sie nicht zu tun angewiesen hätte. Dein Anspruch auf den Thron verdankst du deiner Geburt und Bentanta, nicht ihr. Und jetzt schiebst du mich beiseite, als wärst du mir nichts schuldig. Ihretwegen vernachlässigst du sogar deine eigene Frau. Ich finde das widerwärtig. Ist das der Dank? Ist das deine Art, mir zu vergelten, was ich für dich getan habe?«

»Mutter!« stieß Pentaweret fassungslos hervor. »Du irrst. Wenn du willst, daß ich zu Bentanta gehe, werde ich zu ihr gehen. Wenn du willst, daß ich anfange, meinen Hof einzurichten ...«

»Soviel ich gehört habe, hast du bereits damit angefangen.«

»Was meinst du damit?«

»Du hast doch schon deinen Vizekönig von Nubien ernannt! Schon vor Tagen, wie es scheint, aber mir hast du kein Wort davon gesagt. Und ich weiß auch warum – weil er der Bruder dieser Schlampe ist, dieser Hure, die du im Angesicht des Orakels von Maat zur Göttlichen Gemahlin Amuns gemacht hast, ohne ein Wort zu deiner Mutter! Das war *mein* Tag! Es hätte der stolzeste Tag meines Lebens sein sollen – der Tag, auf den ich dreißig Jahre hingearbeitet hatte!« Tiye begann zu schluchzen.

Pentaweret seufzte tief. »Darum geht es also.« Er kniete vor Tiye nieder, die auf einer Liege saß und sich vor und zurück wiegte, und legte den Arm um sie. »Komm schon, Mutter. Laß mich etwas für dich erschaffen. Das hätte ich schon längst tun sollen. Es tut mir leid. Ich hätte mir etwas Besonderes für dich einfallen lassen sollen.«

»Jetzt ist es zu spät, du hast mich tief verletzt«, schluchzte Tiye, wenn auch in einem Tonfall, den er gut kannte. Er bedeutete, daß sie geneigt war, sich erweichen zu lassen.

»Sag schon, was willst du? Wie wäre es mit dem Titel Hohepriesterin der Dienerinnen von Amun-Re, dem Herrn von Piramses? Ein Geschenk von mir.«

»Wenn du mir eine Freude machen willst ...«, begann Tiye und verstummte.

»Ja? Was?«

»Wenn du mir eine Freude machen willst, dann schaff dir dieses Frauenzimmer vom Hals.«

Pentaweret verzog schmerzlich das Gesicht. »Das kann ich nicht.«

»Warum nicht? Wir haben, was wir von ihr wollten. Sie kann nichts mehr für uns tun. Ihr Bruder ist dir gegenüber loyal, er ist noch immer Vizekönig von Nubien. Du könntest ihn und seine Männer behalten, auch wenn du dich von ihr trennst. Mach dich frei von ihr.«

»Ich kann nicht«, entgegnete Pentaweret. »Ich liebe sie.«

»Hinfort von mir, du widerlicher streunender Kater!« kreischte Tiye mit gebleckten gelben Zähnen, und Pentaweret zuckte unwillkürlich zurück. »Liebe? Liebe? Begierde, meinst du wohl! Du weißt doch gar nicht, was Liebe ist. Ist dir denn nicht klar, daß sie dich mit Aphrodisiaka vollstopft? Weißt du denn nicht, daß sie sich mit puntischem Lotos berauscht? Du bist ihr doch völlig gleichgültig. Sie benutzt dich, sie preßt dich aus wie eine Zitrone. Sie hat nicht einmal etwas für deinen Körper übrig! Weißt du, was sie wirklich mag? Frauen! Wenn du mir nicht glaubst, frag Renenutet. Es ist traurig, daß du nicht mehr Zeit mit Bentanta verbringst – von ihr könntest du einiges lernen. Liebe? Ich habe dir Liebe gegeben. Ich habe deinetwegen viel Leid ertragen, vom Tag deiner Geburt bis zum Tag deiner Krönung. Das ist Liebe ...«

»Du hysterische Kuh«, entfuhr es Pentaweret, der sogleich über seine eigenen Worte erschrak.

Eisige Kälte durchströmte ihn. Die gebeugte Gestalt auf dem Diwan keifte lauthals weiter, während er rückwärts den Raum verließ. Draußen wartete der Wagen. Die Wachen wichen seinem Blick aus, und er fragte sich, wieviel sie gehört haben mochten. Seine Hände zitterten. Er brachte es nicht über sich, die Zügel aufzunehmen.

»Du fährst«, befahl er einer der Wachen.

»Wohin, Hoheit?«

Pentaweret stand mit gesenktem Kopf unschlüssig da und versuchte, einen klaren Gedanken zu fassen.

»Was ist das?« fragte Maya.

»Mein Testament«, entgegnete Rahotep.

Es war eine der wenigen Gelegenheiten, bei denen sie ihn bisher in schlichtem weißem Leinen und mit kurzem Haar gesehen hatte. Er wirkte hagerer, härter.

»Ich habe dir meinen gesamten Besitz in Memphis hinterlassen«, sagte er. »Er umfaßt eine ziemlich große Sammlung von Papyri.«

Früher hätte sie protestiert, hätte ihm gesagt, er solle nicht albern sein, er werde zurückkehren. Aber wozu? Sie wußten beide, daß Tamyt ebenso hinter dem Gold her sein würde wie Ramses. Und so drehte sie nur die Schriftrolle, die er ihr übergeben hatte, in den Händen und fühlte, wie sie feucht wurde.

»Ich habe nicht viel mitgenommen«, fuhr Rahotep fort. »Da ist nur eins, das ich dir noch geben kann.«

»Dein Leopardenfell?«

»Nein, das nicht. Ich habe es verbrannt. Wenn man Sem-Priester von Apis ist, muß man nur dastehen und die rituellen Worte aufsagen, während sie den Leichnam vorbereiten. Und es ist immerhin ein Stier. Man braucht nicht ... man muß nicht ...«

Maya legte die Arme um ihn. »Er hat seinen Frieden gefunden, ruht in Natron und wird auf die Reise zu Osiris vorbereitet. Das hat er dir zu verdanken. Ohne dich hätte er vielleicht gar kein Leben nach dem Tod gehabt.«

»Ich bin froh, daß ich das getan habe. Jetzt ist es vorbei. Vielleicht komme ich nicht zurück und bin auch bei seiner Bestattung nicht anwesend, aber wenigstens konnte ich diesen ersten Teil für ihn arrangieren.«

Sie waren einander sehr nahe; nur zwei dünne Lagen Leinen waren zwischen ihnen, nur eine zwischen ihrer Schulter und seinen Fingern, die sie massierten.

»Maya«, sagte er. »Maya, ich werde heute abend fortgehen. Möglicherweise werden wir einander nie wiedersehen.«

Diesmal spürte sie keine Locken an ihrer Wange, nur die Wärme seiner Lippen. Sie hörte seinen Vater den König fragen: »Hast du willentlich als Priesterin Ehebruch begangen?« Und Isfet verdrängte die Maat aus der Welt.

Und so schüttelte sie den Kopf, als er den Kuß beendete.

»Warum nicht? Es gab eine Zeit, da wolltest du mich sogar heiraten.«

»Wir leben im Chaos. Wer weiß, was geschehen wird, was für Veränderungen eintreten werden, hier und in Nubien. Wir müssen die Maat aufrechterhalten so gut es geht ...«

»Liegt es daran, daß ich zu Ahmose stoßen werde? Glaubst du, ich könnte nicht an seiner Seite kämpfen, um meinen Vater zu rächen?«

»Als ich in der ersten Nacht mit dem toten Pharao allein war, weißt du, was ich da getan habe?« Maya löste sich von ihm. »Ich habe mich neben das Bett gekniet und weinend zu ihm gesprochen. Ich sagte zu ihm: ›Ich knie an dieser Stelle, weil hier Isis stehen wird, wenn die vier Göttinnen deinen Schrein umgeben, um dich in deinem Grab zu beschützen. In dieser Nacht werde ich Isis für dich sein, ich werde dich beschützen, hab keine Angst ...‹«

»Es ist gut. Ich weiß.« Rahotep nahm ihre Hand. »Ich habe mein Leopardenfell nicht nur verbrannt, weil es beschmutzt war. Ich habe es verbrannt, weil ich geschworen habe, die rituellen Worte für niemanden mehr zu sprechen, niemals, nicht einmal für Apis. Wenn ich zurückkehre, werde ich zurücktreten. Wirst auch du deine Priesterinnenwürde ablegen?«

»Noch steht nicht fest, ob ich dann noch hier sein werde«, entgegnete Maya.

Als Rahotep gegangen war, dachte Maya an das Leopardenfell mit den schwarzen Sonnen an einem goldenen Himmel, das langsam verbrannte, blutig und geschwärzt von Natron. Und sie dachte daran, wie Rahotep in seinem ersten Schmerz und Zorn seinen Bruder und König Ramses geschlagen hatte.

Rahoteps letztes Geschenk fiel ihr erst wieder ein, als ein Bote es in ihre Hände legte. Es handelte sich um einen großen, schweren Gegenstand, der in Leinen gewickelt war. Maya drehte ihn in den Händen. Groß und schwer unter Rahoteps Siegel – und irgendwie vertraut.

»Du hast ganz recht«, stand in der beiliegenden Nachricht. »Wir leben im Chaos, und vieles könnte sich ändern. Aber ich weiß, daß eins sich niemals ändern wird.«

Maya wickelte den Gegenstand aus – es war die Wachsstatuette, die er vor langer Zeit für sie angefertigt hatte, nur daß er sie zwischenzeitlich in Bronze hatte gießen lassen.

Paiis war guter Dinge. Der Anblick des steigenden Flusses hatte schon immer seine Laune gehoben. Das Anschwellen des Stromes bedeutete das Ende der Sommerhitze und kündigte eine baldige Abkühlung an. Ganz so wie der schlammige träge Fluß sich in eine unaufhaltsame Flut verwandelt hatte, war der Damm seiner eigenen Unentschlossenheit gebrochen. Er hatte seine Marschrichtung festgelegt, und diese neue Gewißheit gab ihm Auftrieb.

Kühlere Temperaturen würden seinem Vater guttun. To hatte an diesem Morgen besser ausgesehen. Er hatte sich sogar im Bett aufgesetzt und sich mit Paiis über den Stand der Dinge in Piramses unterhalten. Er sorgte sich wegen der Auswirkungen seiner andauernden Krankheit. Paiis hatte ihn getröstet und ihm versichert, daß sich nicht viel geändert habe. Wenn er morgen kräftig genug wirkte, würde Paiis die Diener hinausschicken und dem Wesir berichten, wie es tatsächlich aussah und wo er selbst stand. Wenn To sich erholte, würde es von großer Wichtigkeit sein, ihn auf seiner Seite zu haben.

Paiis überquerte den Exerzierplatz aus Richtung der Soldatenunterkünfte. Er hatte mit einigen seiner Hauptmänner gesprochen. Er war nicht mit leeren Händen zu ihnen gegangen, und er wußte, daß er sich auf ihre Loyalität verlassen konnte. Er hatte sich nicht getäuscht. Sie hatten seinem Plan zugestimmt. Paiis blickte sich auf dem verlassenen Platz um. Vermutlich würde er hier nie wieder seine Truppen drillen; dazu war er inzwischen zu hoch aufgestiegen und zu ehrgeizig. Der große Tag war nicht mehr fern. Er fing an zu pfeifen.

Das Morgenritual war gerade beendet. Tamyt durchquerte in Begleitung der Priester und Priesterinnen des Amun-Re den Tempel. Sie lächelte, als sie sah, daß Pentaweret auf sie wartete, doch als sie zusammen mit den anderen vor ihm niederkniete, fragte sich Pentaweret, ob nicht noch etwas anderes in ihren Augen gestanden hatte, unmittelbar bevor sie lächelte. Hatte sie nicht kaum merklich die Stirn gerunzelt? War da nicht ganz flüchtig ein Was-will-er-denn-jetzt-schon-wieder-Ausdruck auf ihrem Gesicht gewesen? Als sie sich aufrichtete, musterte sie ihn mit dem ihr eigenen unergründlichen Blick aus halb geschlossenen Augen, mit lächelnden, leicht geöffneten Lippen.

»Eure Hoheit ehrt uns mit Eurem Besuch so früh am Morgen«, begann der Erste Prophet des Amun-Re, doch Pentaweret schnitt ihm das Wort ab.

»Ich wünsche mit der Göttlichen Gemahlin Amuns zu sprechen – allein. Gibt es hier einen Raum, in dem wir uns ungestört unterhalten können?«

»Selbstverständlich. Hoheit können meine Schreibstube haben. Bitte, folgt mir, hier entlang.«

Der Erste Prophet führte sie über den Hof zu einer Tür. Pentaweret war sich bewußt, daß Tamyt ihn von der Seite musterte und versuchte, seine Gedanken zu ergründen. Das liegt daran, daß ich nicht lächle und sie keines Blickes würdige, sagte er sich. Sie ist beunruhigt. Gut.

Der Erste Prophet öffnete ihnen die Tür zu seinem Arbeitszimmer. Tatsächlich handelte es sich um eine unordentliche Zelle, die nur mit einem großen Tisch, auf dem mehrere Papyrusrollen lagen, und einem einzelnen Stuhl eingerichtet war. In den Wandregalen lagen Dokumente, vermischt mit staubigen Statuetten und zerbrochenen rituellen Gegenständen.

Pentaweret setzte sich auf den Stuhl. Er rückte ihn vom Tisch fort, so daß Tamyt in ihrem goldbestickten Kleid und dem Elektrumdiadem mit herabhängenden Armen dastand – eine demütige Gottesdienerin. Staubteilchen tanzten um sie herum. Sie wartete, daß er sprach.

»Warum hast du mich nicht gefragt, ob ich dich heiraten will?« fragte er schließlich.

Tamyt lachte schallend. »Aber Pentaweret, eine Frau kann doch dem König von Ägypten keinen Heiratsantrag machen!«

»Nein, nein, das weiß ich«, entgegnete Pentaweret ungeduldig. Das war kein guter Anfang. »Aber du hast nie damit gerechnet, mich zu heiraten, nicht wahr? Du hast es nicht einmal gehofft.«

»Ich hatte kein Recht, so etwas zu hoffen«, erwiderte Tamyt. »Niemand hat das Recht, so etwas zu hoffen.«

»Wolltest du es denn nicht?«

»Worauf willst du hinaus? Was versuchst du, mir zu sagen?«

»Ich hätte dich möglicherweise gefragt, weißt du. Was hättest du geantwortet?«

»Aus dem Mund eines Königs wäre es keine faire Frage gewesen, sondern ein Befehl, nicht wahr?«

»Und du hast dafür gesorgt, daß es nicht zu diesem Befehl kommen kann, nicht wahr? Darum wolltest du auch göttliche Gemahlin Amuns werden.«

»Aber daß wir nicht verheiratet sind, hat uns doch nie gestört. Was könnte ich als eine deiner Gemahlinnen für dich tun, das ich jetzt nicht kann?«

»Es bedeutet, daß du nie heiraten kannst. Genau genommen heißt es sogar, daß du keusch leben solltest.«

»Es bedeutet, daß wir diskret sein und vor anderen förmlich miteinander umgehen müssen.« Tamyt schob die Papyri beiseite und setzte sich auf die Tischkante, die Pentaweret am nächsten war. »Wir müssen sogar einfallsreich sein. Ich dachte immer, du wärst sehr phantasievoll.«

Pentaweret dachte an seinen Tagtraum vom Liebesspiel in der Sänfte. Er versuchte, die Vision zu verdrängen, was ihm jedoch nicht recht gelingen wollte.

»Du hast dich mir bewußt entzogen«, klagte Pentaweret. »Du baust dir dein eigenes, unabhängiges Leben auf, während ich mir ein gemeinsames Leben gewünscht habe. Dir kann ja nicht viel an mir liegen.«

»Aber du selbst hast mich doch zur Göttlichen Gemahlin Amuns gemacht. Es war dein Geschenk an mich – das erste Geschenk deiner Herrschaft. Ich dachte, du wolltest es so. Ich dachte, ich würde damit deinen Wünschen entsprechen.«

»Es war deine Idee.«

»Ich habe es zuerst erwähnt, ja. Du hättest ja nur abzulehnen brauchen. Dann hätte ich es gleich wieder vergessen. Jetzt ist es zu spät. Aber für uns ändert es doch nichts.«

»Ich wollte dich für immer bei mir haben. Jetzt muß ich dich hier zurücklassen, wenn ich nach Piramses zurückkehre.«

»Das hättest du früher berücksichtigen müssen. Aber ich bin froh, daß du es nicht getan hast.«

»Warum?«

Sie lachte wieder. »Weil Vorfreude die schönste Freude ist. Wären wir immer zusammen, würdest du meiner bald überdrüssig werden.«

»Nein. Niemals!«

Sie schenkte seinem Einwand keine Beachtung. »Aber unsere Trennungen werden das Wiedersehen um so prickelnder machen. Erinnerst du dich an Miwer?«

Pentaweret dachte zurück an die Nächte nach seiner Hochzeitsfeier und daran, wie er neben Bentanta gelegen und an die verbotene Frucht gedacht hatte, an die brennende Sehnsucht, die noch heißer war als die Sommernacht, an das Glühen von Tamyts Körper, wenn er sie berührte, und an die Ekstase, wenn er endlich seine Lust befriedigen durfte. Sein Atem ging schwerer.

»Denk doch«, fuhr Tamyt fort. »In Piramses wirst du Gemahlinnen und Konkubinen haben. Du wirst die schönsten Frauen Ägyptens in deinen Harem holen können. Sie werden jung und willig sein. Aber es wird Zeiten geben, da du unterwürfige Frauen leid bist und dich nach einer Veränderung sehnst, nach einer neuen Form der Erregung. Dann wirst du an deine Geliebte im Süden denken, an die Braut des Amun-Re, die zu besitzen niemand das Recht hat, nicht einmal der Pharao – und die den Weihrauch der Götter in dein Bett bringt. Und du wirst Hunderte von Meilen zurücklegen, um zu ihr zu gelangen.« Tamyt streckte die Hand aus und zog mit einem Finger einen Strich durch den Schweißfilm, der sich auf Pentawerets Stirn gebildet hatte. »Würdest du mich heiraten und in Piramses unterbringen, würde ich mich von einer Geliebten in eine Ehefrau verwandeln – und ich bin sicher, das wäre kein guter Tausch.«

»Ich will keinen eigenen Harem«, entgegnete Pentaweret. »Ich will nicht viele Frauen haben. Ich will dich.«

Tamyt lachte. »Dann wirst du viele Frauen enttäuschen, die sich anderweitig umsehen müssen.«

Speichel sammelte sich in Pentawerets Mundwinkeln. »Was meinst du damit?« fragte er atemlos.

Tiyes Worte hallten in seinen Ohren wider. »Weißt du, was sie mag? Frauen! Wenn du mir nicht glaubst, frag Renenutet.« Einerseits breitete sich Kälte in seinem Bauch aus, andererseits fühlte er, wie das Verlangen sich in seinen Lenden regte.

Tamyt lächelte wieder, zeigte ihre Zähne und die Zunge. »Was möchtest du denn, das es bedeutet?«

»Ich möchte, daß du mir von den Odalisken erzählst. Ich möchte wissen, was ihr tut. Ich möchte wissen …«, er schluckte, » … was du vorziehst.« Er stand auf und packte ihren Arm. »Tamyt, begehrst du mich wirklich? Oder ist das nur gespielt, um mich um den Finger zu wickeln? Geht es dir um mich oder um das, was du durch mich erlangen kannst?«

Tamyt betrachtete ihn eindringlich. »Es ist etwas geschehen, habe ich recht? Jemand hat dir etwas über mich erzählt. Wer hat dir diese Flausen in den Kopf gesetzt?«

Pentaweret ließ sich in den Stuhl zurücksinken. »Ich habe mich mit meiner Mutter gestritten«, entgegnete er und wich ihrem Blick aus. »Sie sagte, du würdest mich benutzen wie eine Hure. Sie sagte, du würdest mich unter Drogen setzen, um mich an dich zu ketten. Sie sagte, du würdest mich nicht um meiner selbst willen lieben, mich nicht einmal begehren. Sie sagte, du würdest mir Renenutet vorziehen.«

Seine Wangen zuckten, und seine Lippen zitterten wie bei einem kleinen Jungen, der kurz davor stand, in Tränen auszubrechen. Sie kniete vor ihm nieder, legte die Hände in seinen Schoß und fühlte die pulsierende Hitze seines Verlangens. Sogar todunglücklich begehrte er sie noch.

»Was glaubst du?« fragte sie. »Findest du mich im Bett langweilig?«

»Nein!«

»Glaubst du, daß du mir gleichgültig bist?«

»Ich weiß es nicht!«

»Habe ich nicht alles getan, um dir zu gefallen, um dich zufriedenzustellen?«

»Doch! Aber was denkst du von mir? Ich bin verrückt nach dir, aber ich will, daß auch du verrückt nach mir bist. Wie soll ich mit dem Gedanken leben, daß du Frauen vorziehst?«

Tamyt lachte erneut – ein verführerisches, kehliges Lachen. Sanft drückte sie durch das Leinen sein erigiertes Glied. Er schob den Unterleib vor und spreizte die Beine. In seinen Augen lag ein fiebriger Glanz.

»Willst du wissen, wie wir uns im Harem amüsieren, wenn der Pharao nicht da ist?« fragte sie.

»Ja«, krächzte er.

»Würdest du gern zuschauen?«

Er starrte sie sprachlos an.

»Deine Mutter hat Renenutet erwähnt. Sie hat einmal für dich getanzt. Findest du sie anziehend?«

Pentaweret nickte. Sein Mund stand offen.

»Wenn du mich und Renenutet zusammen beobachten willst, läßt sich das einrichten.«

Pentaweret schnappte nach Luft; es klang albern, er hatte vergeblich versucht, den Laut zu unterdrücken.

Tamyt zog ihre Hand zurück und ließ sie an seinem Schenkel hinabgleiten. »Ich kann alles einrichten, was du wünschst, mein König.«

»Nein, hör nicht auf.«

»Wie ich schon sagte – Vorfreude ist die schönste Freude. Ich werde dir Bescheid geben, wenn ich soweit bin.«

Er wollte ihre Hände ergreifen, aber sie sprang auf und rückte von ihm ab. »Du mußt mich Meisterin meiner eigenen Kunst bleiben lassen«, sagte sie.

»Arrangiere es bald. Bitte.«

»Und du bist wieder mein? Trotz allem, was deine Mutter gesagt hat?«

Er nickte.

»Ich kann alles für dich sein«, sagte sie. »Ehefrau, Schwester, Hure – und Mutter. Erinnerst du dich noch daran, wie du beim ersten Mal an meiner Brust gesaugt hast? Saug wieder an ihr, und du wirst die Milch der Götter kosten.«

Sie ließ ihn schwer atmend, blaß und schweißnaß im Arbeitszimmer des Ersten Propheten zurück. Ihr Gesicht war eine ausdruckslose Maske, als sie den Hof überquerte, doch ihre Augen blitzten vor Zorn. Sie fürchtete nicht, Pentaweret zu verlieren, dazu war er ihr sexuell viel zu sehr verfallen. Sie würde fortan anders mit ihm verfahren müssen, das war alles; sie würde seine mütterliche Kupplerin spielen. Tamyt wußte, was zu tun war. Tiye war ungeschickt und naiv. Sie ahnte ja nicht einmal, daß niemand anders als sie selbst für die Formbarkeit ihres Sohnes verantwortlich war. Aber Tiye war nun ihre Feindin. Irgend etwas hatte ihr Tamyts Macht über Pentaweret bewußt gemacht, und sie hatte den Kampf um die Herrschaft über ihn aufgenommen. Sie würde dem einen Riegel vorschieben müssen.

»Er kommt, Paiis«, sagte To.

In seinem Bett in Piramses saß der Nördliche Wesir von drei oder vier Kissen gestützt aufrecht im Bett. Die Stille seines Krankenzimmers hatte sein Gehör für die leisesten Geräusche geschärft, die von draußen hereindrangen. Als Paiis sich konzentrierte, hörte auch er das Knarren des Tores und die Schritte, die den Garten durchquerten.

»Geh runter und warte«, wies er den Diener an.

Sie wurden allein gelassen. Schweigend trat Paiis an das Bett seines Vaters. Gemeinsam lauschten der Wesir und der General den unterschiedlichen Geräuschen der Schritte, als der Überbringer der Nachricht, auf die sie warteten, erst dem Kiesweg folgte, dann Gipsboden überquerte und schließlich die Holzstufen der Treppe hinaufstieg. An der Tür zögerte der Besucher kurz, ehe er eintrat.

»Sind wir allein?« fragte er.

»Guten Tag, Bakamun«, sagte To. »Ja, alle Diener sind unten. Was gibt es für Neuigkeiten?«

»Großartige Neuigkeiten. Es ist vollbracht. Die Götter haben Ramses, den Herrn von Heliopolis, vor den Augen seiner Untertanen niedergestreckt. Im Süden hat sich die Katze erhoben. Pentaweret ist König. Es ist an der Zeit, Piramses einzunehmen.«

To schloß die Augen und lehnte sich in die Kissen zurück. Paiis legte seinem Vater eine Hand auf die Brust. Sein Herz raste.

»Freu dich, To!« rief Bakamun aus. »Darauf haben wir doch alle gewartet!«

»Mein Vater ist sehr krank gewesen«, entgegnete Paiis. »Er ist noch nicht kräftig genug für solche Aufregung.«

»Diese Neuigkeit wird dich wieder gesund machen, To«, sagte Bakamun. »Ein starker König hat den Horusthron bestiegen. Die Krankheiten, die Pestilenz und die Plagen werden ein Ende haben, ebenso wie alle anderen Übel. Jetzt wirst du dich rasch erholen, du wirst sehen.«

To schlug die Augen auf. »Ich will gar nicht bestreiten, was du sagst, Bakamun«, sagte er. »Zweifellos wird es Ägypten zum Wohle gereichen. Aber der alte Pharao und ich haben dreißig Jahre gemeinsam an diesem Hof verbracht – an diesem Hof, den er mir anvertraut hat. Nach dreißig Jahren kann ich wohl eine Minute der Trauer um ihn erübrigen. Gestatte einem alten Mann wenigstens das.«

Bakamun klopfte ihm auf die Schulter. »Der Hof liegt immer noch in deiner Obhut, To. Du wirst schon bald dieses Bett verlassen und in die Große Halle zurückkehren. Dir wird gar nichts anderes übrig bleiben. Es gibt viel zu tun bis zur Rückkehr des Pharao.«

»Wir sind noch nicht soweit, Bakamun.«

»Nein, nicht ganz. Wir müssen es uns erst selbst beschaffen, bevor wir es Pentaweret aushändigen können.« Bakamun wandte sich Paiis zu. »Sind deine Männer bereit? Wissen sie, was sie zu tun haben? Wann wirst du das Zeichen geben?«

»Heute abend, bevor die Neuigkeit sich herumspricht und wenn die Leute zu Hause sind. Sie werden müde sein, ahnungslos, und werden dementsprechend weniger Widerstand leisten.«

»Richtig. Morgen wäre es zu spät. Wir können es nicht länger geheim halten. Was soll ich morgen tun?«

»Geh nach Hause«, entgegnete Paiis. »Geh nach Hause und warte.«

»Ich werde keine Minute stillsitzen können.«

»Du kannst deine Ansprache an die Bürger von Piramses proben«, schlug Paiis vor.

Als Bakamun gegangen war, sagte Paiis: »Glaubst du, der König ist wirklich tot? Unser eigener Bote sagte, sie hätten ihn über den Fluß nach Djeme gebracht.«

»Wir müssen davon ausgehen«, entgegnete To.

»Es gibt keine Beweise.«

»Beweise oder nicht, wir müssen jetzt handeln, sonst müssen wir uns mit einer geteilten Stadt und Unruhen herumschlagen, wer auch immer als Pharao aus Theben zurückkehrt.«

»Lassen wir Bakamun erst genügend Zeit, um nach Hause zurückzukehren«, sagte Paiis.

Die zwei Männer saßen wie schon zuvor schweigend beieinander und lauschten Bakamuns Schritten, die sich diesmal entfernten.

»Paiis«, sagte To, als nichts mehr zu hören war. »Ich werde aufstehen.«

»Bist du ganz sicher? Du hast das Bett seit Wochen nicht mehr verlassen. Möglicherweise tragen deine Beine dich nicht.«

»Wozu sollte ich sonst aufstehen, wenn nicht zu dieser Gelegenheit? Sofern man die Geschichte unserer Zeit erzählt, was soll man dann sagen? An diesem Tag der Tage blieb Wesir To im Bett? Er stand erst viel später auf, an einem ganz gewöhnlichen Tag? Ich weiß nicht, wie du das siehst, aber ich möchte nicht, daß man mich so in Erinnerung behält.«

Paiis grinste. »Also gut. Ich helfe dir aufzustehen und beim Ankleiden, aber stehen mußt du schon allein. Ich werde zu viel zu tun haben, als daß ich mich auch noch um dich kümmern könnte.«

»Ich mag ja alt und krank sein, aber ich bin kein Dummkopf«, sagte To. »Natürlich kann ich mich nicht allein auf den Beinen halten. Besorg mir eine Sänfte. Wenn ich umfalle, werden die Narren da draußen das nur als ein weiteres Zeichen auslegen. Und dann bricht das Chaos aus.«

Es war bereits Abend, als To sich mit Paiis' Hilfe gewaschen und angekleidet hatte. Während der alte Mann seinen Halsschmuck anlegte, stand Paiis am Fenster und beobachtete, wie die Nacht über Piramses hereinbrach. Durch die hohen, vergitterten Fenster sah er, wie die Menschen sich zum Abendmahl um die Kochfeuer scharten, ohne zu ahnen, daß der Pharao tot war und um sie herum ein Kampf um die Macht wütete. Jenseits des Exerzierplatzes, entlang der Tempelmauern, auf den Mauern des Palastes und überall auf den Stadtmauern sowie an jedem Ein- und Ausgang flammten die Fackeln seiner Männer dort auf, wo er sie postiert hatte. Sie würden mit jedem Widerstand fertig. Er wandte sich wieder dem Wesir zu und sah, daß auch er sie betrachtete.

»Zeit, nach unten zu gehen«, sagte Paiis.

Er stützte seinen Vater mit seinem kraftvollen rechten Arm, als sie die Treppe hinunterstiegen. Tos Füße stolperten die Stufen hinab. Er schaute sich in seinem Empfangsraum um, als wären sie an einem fremden Ufer gelandet.

»Wir haben uns lange nicht gesehen«, sagte er zu den Möbeln.

Paiis half ihm auf seinen Stuhl. Der Diener, der vorhin bei ihm im Krankenzimmer gewesen war, erschien mit einer Schriftrolle, die er ihnen überreichte. Paiis entrollte sie auf Tos Knien. Die Nachricht enthielt knappe Anweisungen und einen großen Klecks Siegelwachs darunter. Es handelte sich um einen Haftbefehl gegen alle Feinde des Herrn der Zwei Länder. Paiis und To lasen das Schriftstück gemeinsam. Dann nahm Nefer das Siegel des Wesirs mit der Kette von seinem Hals und drückte es auf das Wachs. Paiis tat es ihm mit seinem Generalsring nach. Während sein Finger noch in das warme Wachs gedrückt war, legte To die Hand über die seines Sohnes. Ihre Blicke trafen sich. Gemeinsam rollten sie das Schriftstück wieder auf und überreichten es dem Diener.

»Es ist Zeit«, sagte Paiis.

Renenutet erwachte im Hause der Göttlichen Gemahlin des Amun. Tamyt schlief auf der anderen Bettseite. Zwischen ihnen war eine Mulde, in der Pentaweret gelegen hatte, bis er vor Sonnenaufgang, ehe der Gott hinter den Bergen im Osten hervorgekommen war, Bett und Tempel verlassen hatte. Renenutet streckte die Hand aus. Die freie Fläche war noch warm und roch nach seiner Haut.

Tamyt schlug die Augen auf. Renenutet zog ihre Hand zurück. Tamyt lächelte.

»Guten Morgen«, sagte sie. Sie war nackt und lag auf der Seite. Das Laken bildete einen welligen Rand entlang ihres honigfarbenen Körpers.

Renenutet zog sich das eigene Laken über die Brüste. »Müßtest du nicht eigentlich beim Morgenritual sein?« fragte sie.

»Eine der Priesterinnen vertritt mich.« Tamyt rückte in die Mitte des Bettes. Sie streckte sich und seufzte. »So ist es besser. Ich habe die ganze Nacht auf der Bettkante gelegen. Wenn ihr beide mich nicht völlig ausgelaugt hättet, hätte ich die ganze Nacht kein Auge zugetan.«

Sie streckte die Arme aus. Renenutet zögerte, dann rollte sie sich in dem Laken herum und in Tamyts Arme. Sie lag an den Körper der Göttlichen Gemahlin gepreßt da, beide Hände an das Laken gedrückt, dort wo es sich über ihren Brüsten spannte: ihr Körper war in das Leinen gehüllt.

»Sollte ich nicht lieber gehen?« fragte sie, den Kopf an Tamyts Schulter. »Bevor die Diener kommen, um dich zu wecken.«

Tamyt strich Renenutet über das kurze Haar. Sie konnte den Katzenring auf der Kopfhaut fühlen.

»Wir schlafen heute morgen aus«, entgegnete Tamyt. »Ich habe den Dienern frei gegeben.«

»Warum?« Renenutet setzte sich auf, doch Tamyt zog sie wieder herunter.

»Warum nicht? Glaubst du, mir gefällt es, daß du dich aus meinem – unserem – Bett schleichen mußt, als müßten wir uns schämen für das, was wir tun? Ich dachte mir, du solltest ausnahmsweise einmal bleiben.«

»Aber es wäre doch peinlich, wenn herauskäme, daß die Göttliche Gemahlin eine Geliebte hat – und einen Geliebten.«

Tamyt lachte ihr rauhes, kehliges Lachen. »Ich wette, daß mein gesamter Haushalt längst Bescheid weiß. Nein, keine Angst – so ist es besser, nicht wahr? Vertrau mir, Liebes. Das Wichtigste ist, verschwiegen zu sein und die Diener nicht in Verlegenheit zu bringen. Solange sie so tun können, als würden sie nichts merken, ist alles in Ordnung. Es wäre etwas anderes, würde ich mich mit dir und Pentaweret so offen vergnügen, daß es ihnen nicht möglich wäre, jede Kenntnis hiervon zu leugnen. Aber ich bin vorsichtig. Ich habe ihnen gesagt, sie würden heute morgen nicht gebraucht. Ich brauchte gar nicht zu sagen warum, und sie waren schlau genug, nicht zu fragen. Bin ich nicht eine gute Herrin? Sie sind nicht dumm, sie werden wegbleiben. Sie wollen nicht mehr wissen als sie müssen. Das hier ist einer der besten Arbeitsplätze in ganz Theben.«

»Dann ist also niemand da, der dir Frühstück macht. Du hättest nicht meinetwegen auf deine Mahlzeit verzichten müssen.«

»Aber das tue ich doch gar nicht.«

Tamyt stand auf und ging zur Tür. Gleich darauf kehrte sie mit einem Tablett zurück, das sie auf einem Tisch abstellte, und ging dann noch einmal zurück, um ein zweites zu holen. Renenutet lag derweil im Bett und schaute zu, wie Tamyt mit

Brot, Datteln und Milch hantierte. Dann brachte Tamyt Renenutet ein Tablett ans Bett.

Renenutet setzte sich auf. »Das ist nicht recht«, sagte sie. »Es ist nicht richtig, daß die Göttliche Gemahlin von Amun mich bedient.«

»Red keinen Unsinn. Hier.« Tamyt stellte das Tablett auf Renenutets Schoß. »Wenn wir unter uns sind, bin ich nicht die Göttliche Gemahlin Amuns. Dann bin ich einfach nur ich selbst.«

Tamyt brachte das zweite Tablett ans Bett, setzte sich im Schneidersitz auf die Tagesdecke und aß ohne großen Appetit von ihrem Frühstück, wobei sie verstohlen jede Bewegung Renenutets beobachtete. Das Frühstück war auf blauen Glastellern angerichtet, die sich nur die Reichen leisten konnten. Die Milch befand sich in einem durchscheinenden Becher. Ein mit einem Tuch abgedecktes Körbchen versprach etwas Warmes, vielleicht Gebäck. Außerdem stand eine kleine Vase mit Blumen auf dem Tablett.

»Du hast dein Gebäck noch nicht probiert«, bemerkte Tamyt.

Renenutet hob das Tuch an und schnappte nach Luft. Inmitten der Backwaren lag ein Anhänger aus Gold und Lapislazuli. Sie nahm ihn heraus. Bei dem Anhänger handelte es sich um ein Abbild des Amun-Re, so groß wie ihre Handfläche. Darunter befand sich eine lange eingerollte Goldkette. Renenutet starrte Tamyt sprachlos an.

»Leg sie um.« Tamyt nickte ihr aufmunternd zu. »Ja, sie gehört dir.«

»Oh!« Renenutet legte die Kette um. »Sie muß unglaublich kostbar sein.«

Tamyt lächelte.

»Warum machst du mir ein so wertvolles Geschenk? Das ist keine gewöhnliche Aufmerksamkeit. Dafür ist es viel zu kostbar. Der Anhänger ist von dir, nicht wahr, Tamyt?« Renenutet hielt den Anhänger hoch, um ihn genauer betrachten zu können.

Tamyt ließ sich Zeit, ehe sie antwortete. »Es ist kein gewöhnliches Geschenk«, bestätigte sie. »Und es ist nicht nur von mir. Man könnte sagen, es ist von einem dankbaren Land. Beinahe ein Geschenk der Götter.«

»Was meinst du mit ›beinahe ein Geschenk der Götter‹?«

»Nun, es handelt sich um eine Art Orden, der von der Göttlichen Gemahlin des Amun verliehen wird.«

»Ein Orden wofür? Ich habe nichts getan. Ein Orden von einem dankbaren Land – von den Göttern? Das hört sich ja fast so an, als wäre ich ein Kriegsheld, als wäre ich auf dem Schlachtfeld gefallen!«

»Nun, wir haben Krieg«, entgegnete Tamyt.

Irgend etwas in ihrer Stimme ließ Renenutet aufhorchen. »Was meinst du? Was meinst du wirklich damit, Tamyt, daß es sich um einen Orden handelt? Heißt das, daß ich etwas tun soll, um ihn mir zu verdienen?«

»Es geht nicht nur um mich«, entgegnete Tamyt.

»Um wen dann? Um Pentaweret?«

»Nein! Ich meine, ja. Langfristig wird es zu seinem Vorteil sein. Aber wage es ja nicht, ihm gegenüber etwas davon zu erwähnen. Überlaß das mir.«

»Diese Kette stammt aus der Schatzkammer des Tempels, habe ich recht?«

»Ja.«

»Dann möchtest du, daß ich den Göttern einen Dienst erweise?«

»Ja.«

»Einen Dienst in Kriegszeiten.«

»Ja.«

»Und worum geht es? Ich weiß immer noch nicht, worauf du hinaus willst.«

»Wie du selbst sagtest, handelt es sich um den Dienst eines Soldaten.« Tamyt erwiderte Renenutets erschrockenen Blick fest. »Du meinst, ich soll …« Renenutet senkte die Stimme. »Du verlangst von mir, jemanden zu töten?«

Tamyt blickte sie weiter unverwandt an. »Hast du die Inschrift gelesen?« fragte sie.

Renenutet drehte den Anhänger um und las die Inschrift. »Das ist eine Amtsplakette«, sagte sie. »Sie gehört dem Proviantmeister der südlichen Flotte des Amun-Re.«

»Sie wurde konfisziert, als der alte Pharao die Untersuchung in der Affäre um den puntischen Lotos eingeleitet hat. Das Amt gehört dir, wenn du tust, worum ich dich bitte – worum die Götter dich bitten.«

»Aber das ist das Amt eines Mannes! Ich kann unmöglich Proviantmeister der südlichen Flotte werden. Ich bin königliche Odaliske.«

»Aber du kannst das Amt einem Dritten übertragen und dir das Einkommen mit ihm teilen. Du wirst eine wohlhabende Dame sein; die Männer werden um deine Gunst Schlange stehen. Du läßt sie den ganzen Tag an der Pförtnerloge warten, und wir lachen sie die ganze Nacht aus, während wir zusammen im Bett liegen.«

Renenutet betastete den Anhänger. »Diese Person … Wer ist es?«

»Jemand, der für unsere Pläne nötig war, auf den wir aber jetzt verzichten können.«

»Laß mich nicht raten, Tamyt, das kann ich nicht. Es wäre zu schrecklich, würde ich mich irren. Sag mir seinen Namen.«

»Ihren Namen.«

Renenutet schluckte. »Sag es mir, Tamyt. Frei heraus. Keine Rätsel. Ich kann nicht … kann nicht …«

»Aber du weißt, wen ich meine, nicht wahr? Also gut, ich werde es aussprechen. Die Mutter des Pharao, Tiye, wer sonst.«

Renenutet schauderte, den Anhänger in der geballten Faust. Dann ruckte sie an der Kette, die prompt riß, so daß kleine goldene Glieder von ihren Schultern fielen. »Nimm das zurück«, sagte sie und hielt Tamyt den Anhänger mit ausgestreckter Hand hin.

Tamyt legte die Hände um Renenutets blasse Finger, wärmte sie und hielt sie geschlossen. »Denk an die Waren, die die Flotte zum Tempel des Amun-Re bringt«, redete sie auf Renenutet ein. »Gold, Ebenholz, Elfenbein, Pantherfelle, duftende Parfums, puntischer Lotos …«

Renenutets Lippen zitterten.

»Das alles könnte dir gehören«, beschwor sie Tamyt.

Renenutets Hand schloß sich eine Spur fester um den Anhänger, und sie zog ihre Hand ein kleines Stück zurück.

Tamyt nahm die gerissene Kette in die andere Hand. »Das läßt sich rasch reparieren«, sagte sie.

Flußabwärts, ein Stückchen nördlich von Djeme, holten zwei Fischer, Vater und Sohn, bei Einbruch der Dunkelheit ihre Netze ein. Sie konnten beinahe zusehen, wie der Wasserpegel des Flusses stieg. Die Strömung floß zielstrebig nach Norden, um sich dort ins Meer zu ergießen. Trotz des Ankers mußte der Vater seine ganze Kraft aufbringen, um das Boot gegen die Strömung stabil zu halten.

»Wenn das so bleibt, werden wir morgen nicht rausfahren«, sagte er ächzend. »Bestimmt tritt der große Strom noch in dieser Nacht über die Ufer. Drüben in Djeme hat es bereits Überschwemmungen gegeben.«

Der Sohn war tief über die Bordwand gebeugt und holte das Netz mit den silbrig glänzenden Fischen ein. Das Wasser war trüb von aufgewühltem Schlamm und Unrat, den die Überschwemmung weiter südlich fortgerissen hatte. Es schwammen Dinge darin, die weder Fisch noch Wasserpflanzen waren – tierische und menschliche Überreste, die aus dem überschwemmten Grund gewaschen worden waren.

Der Sohn antwortete seinem Vater nicht gleich. Er starrte ins Wasser, auf irgendwelche Algen, die in feinen Strähnen mit der Strömung schwammen. Die Pflanze mußte an einem Felsbrocken haften, der irgendwie ins Netz geraten war. Es war furchtbar schwer. Er zog noch einmal mit aller Kraft. Die Algen waren jetzt dicht unter der Wasseroberfläche. Die Fäden glitten auseinander, und der Fischer ließ entsetzt das Netz los, das prompt wieder in den Fluten versank.

Die Sonne war noch nicht aufgegangen, sondern kündigte sich erst zögernd an, als Ahmose, Seniry und ihre Eskorte zum Plateau hinausfuhren. Die Vizekönigin hatte zögernd gefragt, ob sie mitkommen solle, doch Seniry hatte sie in einem Anfall von Ritterlichkeit davon überzeugt, sie solle im Bett bleiben. Als Ahmose geweckt worden war, hatte er gerade davon geträumt, wie er mit Khanefrues im Wüstensand lag. Am Schluß hatte sie unkontrolliert geweint. Die Erinnerung an den Traum beunruhigte ihn immer noch. Er dachte daran zurück, wie er sie vor so vielen Monaten und Meilen auf dem Diwan in ihrem Zelt gesehen hatte. »Der mächtige Stier wird sterben«, hatte sie gesagt. Aber auch nachdem Apis gestorben war, hatten ihre Visionen nicht aufgehört.

Seniry fuhr sehr schlecht, als hätte er seit Jahren keinen Wagen mehr gelenkt. Ahmose betrachtete ihn verächtlich. Seine Bemühungen, das Pferd unter Kontrolle zu halten, waren ebenso plump wie jene, die Vizekönigin auszufragen – oder ihn, Ahmose. Ahmose fielen die vielen Gelegenheiten ein, bei denen Seniry versucht hatte, etwas aus ihm herauszubekommen. Die unzusammenhängenden Gedanken des vergangenen Abends gingen ihm noch einmal durch den Sinn und bildeten verschiedene, unmögliche Muster. Er war lediglich davon überzeugt, daß ein Zusammenhang zwischen Seniry und dem ominösen Brief bestand. Aber das Wie war immer noch so undurchdringlich wie die schwarzen Umrisse der westlichen Berge vor ihnen.

Je mehr sie sich der Wüste näherten, desto heller wurde es, so daß die Spalten und Risse in der Landschaft erschienen. Es gab genügend Möglichkeiten, auf das Plateau zu gelangen. Sie begannen mit der Auffahrt, und Seniry blieb auf dem schmalen Pfad stecken. Verzweifelt schaute er sich nach Hilfe um. Ahmose wartete in seinem Wagen, während die Eskorte den Wagen befreite, das Pferd beruhigte und Seniry das Weiterfahren ermöglichte. Schließlich ließen sie die Schlucht hinter sich und erreichten die Ebene.

Das Gelände war perfekt für ein Wagenrennen, ganz so wie Seniry gesagt hatte. Der Boden war eben, hart und glatt. Wenn die Sonne aufgegangen war, würden sie einen guten Blick auf die Ebene von Dakka unter ihnen haben. Im Augenblick verbarg sich die Sonne aber noch hinter den östlichen Bergen und blendete sie jedesmal, wenn sie in ihre Richtung blickten.

»Über welche Entfernung möchtest du denn geschlagen werden?« fragte Ahmose.

»Ich finde, wir sollten das Rennen nicht über eine zu große Distanz austragen«, entgegnete Seniry. »Ihr Kampflenker seid doch nur kurze Strecken gewöhnt.«

»Sag irgendeine beliebige Entfernung.«

»Wir brauchen einen erkennbaren Richtpunkt«, meinte Seniry. »Wir werden einen meiner Männer als Wendepunkt benutzen müssen. He, du, lauf dort rüber und bleib stehen, wenn du mich die Peitsche senken siehst.«

Der Mann trabte davon, und sie sahen zu, wie seine Gestalt immer kleiner wurde. Schließlich senkte Seniry die Peitsche.

»Sieh zurück, du Dummkopf«, brummte er. »Komm schon – endlich! Ja, bleib da stehen, so ist es gut. Also, Ahmose – General – bestimmen wir Start und Ziel. Gleich hier?«

»Wo immer du willst«, entgegnete Ahmose achselzuckend.

»Innere oder äußere Bahn?« fragte Seniry und fügte spöttisch hinzu: »Die innere ist kürzer.«

»Ach, ich hänge dich auch gern von außen ab«, sagte Ahmose. »Ich bin mit außen vollauf zufrieden.«

Seniry kratzte mit einem Absatz eine Linie in den Sand. »Start und Ziel. Fahrt bis zur Linie vor.«

»Wie viele Runden?«

»Ich denke, eine wird reichen.«

Ahmose stieg in seinen Wagen und nahm die Zügel auf. Er lenkte das Pferd bis an die Linie. Die äußere Bahn führte ihn am Klippenrand entlang, so daß er auf dem linken Auge geblendet werden würde. Er warf einen Blick auf Seniry, dessen Pferd ungeduldig mit dem Huf scharrte. Seniry blickte starr geradeaus. Einer seiner Männer stand mit erhobenem Speer an der Startlinie. Seniry fuhr sich mit einer Hand über das Kinn und umfaßte dann den Handlauf. Das Fahrzeug, das die Vizekönigin ihm überlassen hatte, war ein altes Gefährt, das offenbar vor vielen Jahren für die Krönung irgendeines Königs gebaut worden war. Senirys Finger trommelten auf die abblätternde Vergoldung, die mit den Titeln des alten Herrschers versehen war ... Horus der mächtige Stier ... Der mächtige Stier wird sterben. Nicht der mächtige Stier, nicht Apis, sondern der Pharao. Aber in eben dem Augenblick, da Ahmose begriff, rammte der Soldat das stumpfe Ende seines Speeres in den Boden, und das Rennen begann.

Ahmoses Pferd warf sich nach vorn, und der Wagen wirbelte eine große Staubwolke auf. Ahmose beugte die Knie, um die Bewegungen des Wagens aufzufangen. Die Lederzügel schnitten in seine Handflächen. Der Fahrtwind wehte ihm Sand zwischen die Zähne, und seine Augen brannten vom Licht der aufgehenden Sonne. Trotzdem hatte er alles unter Kontrolle. Seniry war dicht hinter ihm; die Gestalt am Wendepunkt jagte auf ihn zu, wurde mit jeder Sekunde größer. Ahmose jubilierte.

Etwas traf mit dem Knallen eines Katapults die Flanke seines Pferdes. Das Tier schrie auf und stieg. Ahmose wurde nach rechts geschleudert, zog sich an den Zügeln wieder hoch. Sein Wagen jagte dahin. Binnen Sekunden sah Ahmose, wie der Boden unter ihnen zurückwich und sich der Abgrund mit seinem grellen Licht vor ihnen auftat. Er stemmte die Beine wie

Baumstämme, wie Felsbrocken gegen den Wagenboden, straffte die Schultern und bot seine ganze Kraft gegen die des durchgehenden Pferdes auf. Sämtliche Sehnen und Fasern in Ahmoses Körper traten hervor wie Hanfseile, während er unaufhaltsam dem Tod entgegenraste. Dann spürte er, wie das Pferd langsamer wurde und dem Klippenrand auswich. Ahmose atmete erleichtert auf.

Seniry jagte hinter ihm her, ohne den Wendepunkt zu beachten.

»Alles in Ordnung«, rief Ahmose atemlos. »Ich habe das Pferd wieder unter Kontrolle.«

Ahmose sah verwirrt, wie Seniry mit unverminderter Geschwindigkeit auf ihn zuhielt, einen grimmig-entschlossenen Ausdruck auf dem Gesicht. Verblüfft sah er, wie Seniry sich weit aus seinem Wagen herausbeugte und Ahmoses Pferd einen kräftigen Peitschenhieb versetzte. Das letzte, was Ahmose wahrnahm, als er mit seinem Wagen über den Klippenrand stürzte, war die glühend rote Scheibe der aufgehenden Sonne.

14. Kapitel

Maya und Ramses hielten den Schein, daß der Pharao noch lebe, dadurch aufrecht, indem sie sich weiterhin in seinem Zimmer trafen und dort arbeiteten. Auch jetzt waren sie dort. Sie hatten ihre Stühle zum Alkoven gezogen, wo das Bett ihnen als Tisch für Ramses' Karte von Theben diente.

»Wenn es uns gelänge, den südlichen Harem einzunehmen, würden wir über eine Plattform verfügen, von der aus wir die Tempel von Mut, Monthu und Amun-Re im Norden angreifen könnten«, sagte Ramses.

»Die Götterstatuen wurden anläßlich des Festes in den südlichen Harem gebracht«, entgegnete Maya. »Tamyt wird wie eine Löwin um die Statuen kämpfen. Sie kann nicht riskieren, daß wir sie in unseren Besitz bringen und damit beweisen, daß wir die Götter auf unserer Seite haben.«

»Trotzdem ist das genau das, was wir brauchen. Wir müssen das Volk irgendwie davon überzeugen, daß die Götter auf unserer Seite stehen – ich meine, wir brauchen mehr als nur ihre Statuen. Etwas Greifbares.«

Maya schob ihren Stuhl zurück. »Stehen wir denn auf Seiten der Götter? Rahotep legt sein Amt als Sem-Priester nieder«, sagte sie. »Sobald er zurückkommt. *Falls* er zurückkommt.«

»Damit sollte er lieber warten, bis alles vorbei ist. Ich fürchte, ich werde es verbieten müssen.«

»Er hat mich gefragt, ob auch ich meine Priesterinnenwürde ablege, wenn alles vorbei ist.«

»Und?«

»Was ist, wenn Ahmose verwundet heimkehrt?« Maya kniff die Augen zusammen, als könne sie so in die Zukunft blicken. »Wenn er beispielsweise nicht mehr laufen kann? Wie könnte ich ihn dann verlassen?«

»Komm schon, Maya. Was bedrückt dich wirklich?«

»Zum einen das«, entgegnete sie und verstummte. Sie dachte daran, wie sie in diesem Zimmer auf dem Fußboden gekniet und ihren gemeinsamen Dämon an die Kandare genommen hatten. Sie erkannte nun, daß er immer darauf warten würde, seine Ketten zu sprengen – und einmal losgelassen, würde er ein weiterer Soldat in der Legion Isfets sein. Nur wenn sie beide wachsam waren, konnten sie den Dämon im Zaum halten.

»Ich habe Angst«, sagte sie. »Rahotep hat mir angst gemacht in jener Nacht, als wir ihn zu seinem toten Vater vorgelassen haben. So hatte ich ihn noch nie gesehen. So ungehalten, so rachsüchtig.«

»Ich auch nicht. Er war schwer zu bändigen. Ich habe jetzt noch Blutergüsse von unserem Kampf. Aber ich wüßte nicht, daß er in seinem ganzen Leben jemals irgend jemandem ein Leid zugefügt hätte. Es war der Schock, der ihn so die Fassung hat verlieren lassen. Rahotep würde niemals etwas tun, das dich oder sonst jemanden verletzt, Maya. Wovor fürchtest du dich so?«

Das war der Punkt, an dem sie die Zügel straff ziehen mußte. »Ich fürchte mich vor dem, was er dir antun könnte, wenn er wüßte, was geschehen ist. Und ich fürchte mich davor, was es für ihn und Ägypten bedeuten würde.«

Ramses schaute sie an, und sie erwiderte seinen Blick. Es ist zwecklos, mich so anzusehen, dachte sie. Du hast es getan. Du hast es mir angetan. Wir müssen beide damit leben bis an unser Ende. Es wird immer gegenwärtig sein.

»Nun, ich für meinen Teil habe nicht vor, es ihm zu erzählen«, sagte Ramses schließlich. »Nicht, weil ich Angst vor ihm hätte, sondern weil ein König Isfet vermeiden muß.«

»Eine Priesterin ebenso«, sagte Maya.

Sie beugten sich wieder über die Karte, und diesmal zeigte Maya mit dem Finger auf einen bestimmten Punkt.

»Ich glaube, ich weiß, wie wir beweisen können, daß die Götter auf unserer Seite sind«, sagte sie nachdenklich.

Doch ehe sie fortfahren konnte, ließ ein Geräusch an der Tür sie hochschrecken, und Ramses, der um jeden Preis eine Aufdeckung ihres wohlgehüteten Geheimnisses vermeiden wollte, durchquerte mit großen Schritten den Raum. Draußen vor der Tür stand ein Herold, der sich vor ihm verneigte.

»Zwei Männer aus dem Norden haben etwas gebracht, das Ihr Euch ansehen solltet, Hoheit.«

Ramses folgte dem Herold die Treppe hinunter.

Die Männer warteten vor dem Palast. Es waren zwei Fischer, die eine Trage trugen und von einer Schar Neugieriger umringt waren. Auf der Trage lag ein Leichnam, mit einem Laken zugedeckt. Die zwei Männer stellten ihre Last vor dem Tor ab, und der bedeckte Kopf des Toten rollte zur Seite. Eine rötliche Haarsträhne kam zum Vorschein. Ramses wurde schlagartig flau im Magen. Er befahl den Wachen, zurückzutreten, und beugte sich über die Trage, hob eine Ecke des Lakens an und warf einen Blick auf das Gesicht. Er betrachtete eine Zeitlang Khanefrues' leblose Züge und ließ das Laken dann fallen.

»Wir haben die Königliche Große Gemahlin gefunden«, sagte er.

»Seht her, Hoheit«, sagte der jüngere der beiden Männer unbeholfen. Der ältere Mann versuchte, ihn zurückzuhalten, aber er schüttelte seine Hand ab. »Seht.« Er hielt Ramses eine schmutzige Stofftasche hin.

Ramses schaute hinein. Sie war randvoll mit Steinen.

»Was ist das?«

»Das haben wir unter ihrem Gewand gefunden, Hoheit. Und

das hier.« Er holte eine silberne Lampe unter seiner Tunika hervor. »Es war ganz unten in der Tasche, die sie sich um die Taille gebunden hatte. Sie hat ihren Gürtel fest zugezogen und dann die Vorderseite ihres Kleides mit Steinen gefüllt.«

Ramses drehte die silberne Lampe einen Moment in den Händen. Sie war asiatischer Herkunft, von einer Machart, die in Ägypten unbekannt war. Sie war kalt. Er gab sie dem Fischer zurück.

»Du kannst sie behalten«, sagte er. »Betrachte sie als deine Belohnung.«

Der junge Mann schluckte. »Danke ... Hoheit.«

Er verneigte sich, und sein Vater tat es ihm nach. Ramses sah dem alten Mann an, daß er in Gedanken bereits ausrechnete, wie viele Säcke Weizen sie für die Lampe bekommen würden, wie viele Netze – vielleicht sogar eine Kuh oder ein neues Boot.

»Kehrt zurück in euer Dorf und bringt eure Tiere in Sicherheit«, sagte er. »Das Wasser steigt.«

Seine Gedanken überschlugen sich. Auf der einen Seite überlegte er, daß Khanefrues' Tod ihm die Gelegenheit verschaffen würde, die Einbalsamierer ins Haus des Lebens zu rufen, ohne damit preiszugeben, daß der Pharao nicht mehr lebte. Dieses Denken gehörte zu dem Soldaten in ihm, zu dem Strategen, zu der praktisch veranlagten Seite seiner Persönlichkeit. Aber da war noch eine zweite Stimme in seinem Kopf, eine neue Stimme, eine, die Maya geweckt hatte und von deren Existenz er bisher nichts geahnt hatte. Sie sagte, daß er die Priester im Haus des Lebens fragen mußte, wie es um die Göttlichkeit eines Ertrunkenen stand. Bewahrte man sich den Anspruch auf ein Leben nach dem Tod, wenn man sich selbst ertränkte? Sein Vater hätte ihm diese Frage beantworten können. Jetzt würde er sich selbst informieren müssen.

Ramses war so tief in Gedanken versunken, daß er den Herold erst bemerkte, als dieser beinahe mit ihm zusammenstieß. Der Mann keuchte. Seine Sandalen waren naß vom seichten Uferwasser, weil er aus dem Boot gesprungen war, bevor es angelegt hatte.

»Eure Hoheit – es hat eine Bekanntmachung des Usurpators gegeben.«

»Und?« fragte Ramses, während der Bote nach Atem rang.

»Er behauptet, in den südlichen Ländern wäre eine Rebellion ausgebrochen. Er sagt, er hätte den Vizekönig von Nubien gefangen genommen und die Goldkarawane in seinen Besitz gebracht. Er ruft unsere Truppen zur Desertion auf.«

Der Vizekönig von Nubien stand auf den Festungsmauern von Baki und schaute zu, wie die Soldaten seine Flottille mit Gold beluden. Der Inhalt der Weidenkörbe mit dem gelben Gestein und der Kisten ockerfarbenen Pulvers, das die Minenarbeiter den Eingeweiden Nubiens entrissen hatten, war in die Schmelzöfen gewandert, deren Rauch die Luft verpestete, und zu runden Barren gegossen worden, die ein Mann ums Handgelenk tragen konnte. Sie waren unglaublich schwer. Die schwitzenden Soldaten reichten einander die Körbe mit den Barren weiter, die steilen Stufen bis zum Wasser hinunter. Die Schiffsmannschaften wuchteten sie dann an Bord und schoben und zerrten sie unter die Ruderbänke. Mit jeder Kiste versanken die Boote ein wenig tiefer im Wasser.

Der Transport des Vizekönigs umfaßte sieben Schiffe, von denen jedoch nur sechs vor der Festung vertäut waren. Das siebente wartete mit herabgelassenen Vorhängen in Ikkur, um das Gefäß mit Natronlauge aufzunehmen, in dem Ahmoses Leichnam ruhte.

Der Vizekönig ging an Bord seines Schiffes. Die Mannschaft legte ab, und die fünf Goldbarken folgten ihnen. Wie riesige goldene Käfer glitten sie über das Wasser. Die Überschwemmung breitete sich in der schmalen nubischen Ebene aus. Die Dorfbewohner hatten sich hinter ihre Deiche zurückgezogen, wo die Erdhügel, auf denen sie lebten, zu jeder Zeit das Hochwasser überragten. Die Tiere waren auf höher gelegenes Gelände am Fuß der Berge gebracht worden. Noch ragten vereinzelt buschige Baumwipfel aus dem Wasser, die ganzen Vogelkolonien Zuflucht boten. Entwurzelte Baumstämme, Kadaver und Abfälle wurden von der Strömung nach Norden getragen.

Sie fuhren gegen den Wind. Das Segel lag zusammengerollt auf dem Boden des Schiffes, und der Vizekönig mußte die Augen zum Schutz gegen die frische Brise zusammenkneifen. Er wies nach vorn.

»Was sind das für dunkle Formen?« fragte er.

Der Kapitän folgte seinem Blick. »Vermutlich Felsen«, sagte er. »Bis Ikkur kann es nicht mehr weit sein. Ja ... ja, seht, es ist Ikkur. Man kann die Fahne erkennen.«

»Das sind keine Felsen«, entgegnete der Vizekönig. »Sie bewegen sich im Wasser auf und ab. Vielleicht sind es Baumstämme, die von der Flut entwurzelt wurden.«

»Nein, es sind keine Baumstämme«, sagte der Kapitän plötzlich. »Es sind Boote.«

»Es ist der Hauptmann der Bogenschützen, Seniry«, sagte der Vizekönig. »Was tut er denn da?«

Vor ihren Augen stiegen schwarz-goldene Fahnen auf wie ein Schwarm Wespen.

Die Streitkräfte von Djeme hatten im Schutz der Nacht den Fluß überquert. Bei Morgengrauen strömten die Soldaten von Djeme und Piramses die Hafentreppe des südlichen Harems hinauf.

Sie wurden erwartet. Tamyt hielt sich in ihrer Residenz im nördlichen Gotteshaus auf und verfaßte Befehle an den Hauptmann der Garde des südlichen Amun-Re-Schreins. Seit der Proklamation am Vortag trafen vom gegenüberliegenden Ufer Deserteure in Theben ein. Genau das hatte Tamyt gehofft.

Gleichzeitig wußte sie, daß es einen Angriff Ramses' provozieren würde. Er konnte nicht tatenlos zusehen, wie seine Streitkräfte immer schwächer wurden. Und so hatte sie entlang der Anlegestellen der Tempel sowie auf den Mauern der Gotteshäuser von Theben die Wachen verstärkt.

›Sollte es dem Feind gelingen, unsere Verteidigung am südlichen Harem zu durchbrechen‹, schrieb Tamyt, ›befiehlt Dir Seine Hoheit der König, Dich ins Sanktuarium zu begeben, das Antlitz des Gottes aus seinem Schrein zu holen und es zu vernichten. Der Gott wird es vorziehen, daß sein Abbild zerstört wird, als daß es in feindliche Hände fällt, wo man es zu blasphemischen Zwecken gegen den König verwenden könnte. Die Statue des Amun-Re wäre eine zu kostbare Trophäe für Prinz Ramses. Unser Sieg könnte davon abhängen, daß wir dies verhindern.‹

Tamyt trocknete die Tinte mit Sand und faltete den Brief zusammen. Dann entsiegelte sie einen Wandschrank und nahm Pentawerets neugeschnitztes Siegel heraus, einen faustgroßen Türkis-Skarabäus. Tamyt versiegelte den Brief und legte den Skarabäus in seinen Tresor zurück. Dann holte sie Renenutet aus dem Bett.

»Er ist gelandet«, sagte Tamyt. »Aber damit war ja zu rechnen. Du mußt für mich einen Brief zum südlichen Harem bringen.«

Renenutet blinzelte. »Aber der wird doch gerade angegriffen!«

»Nur von der Flußseite her«, entgegnete Tamyt. »Auf der Rückseite ist es noch ungefährlich. Du kannst ganz schnell wieder draußen sein. Dieser Brief ist ausschließlich für den Hauptmann der Garde bestimmt, der den Schrein des Amun-Re bewacht. Er soll das Siegel nur dann erbrechen, wenn es Ramses gelingt, sich Zugang zum Tempel zu verschaffen.«

»Aber die Kämpfe ...«

»Finden auf der Flußseite statt«, wiederholte Tamyt. »Du

kannst über die der Stadt zugewandten Seite hinein.« Sie drückte Renenutet den Brief in die Hand und schloß ihre Finger um das Schreiben.

»Was ist, wenn sie mich nicht einlassen?«

»Dann zeige Ihnen deine Handfläche mit dem Abbild der Katze.«

»Und wenn ich es nicht zurück schaffe?«

»Je eher du gehst, desto ungefährlicher und leichter wird es sein. Und Renenutet ...«

»Ja?«

Tamyt bedeckte den Brief mit einer Hand. »Erzähl niemandem außer dem Hauptmann von diesem Brief. Sag den Wachen, du wärst gekommen, um die Mutter des Königs zu sprechen.«

Als Tamyt die Hand wieder fortnahm, lag ein kleiner Dolch oben auf dem Papyrus in Renenutets Hand.

Rahotep und seine Soldaten krochen unter dem Flußtor von Ikkur hindurch und kauerten in der Dunkelheit am Fuße der Mauer. Senirys Boote waren nur einen Speerwurf entfernt; weniger als einen Bogenschuß, sagte sich Rahotep. Er konnte den schwachen Lichtschimmer der Öllampen sehen, einen Braten riechen und Stimmengemurmel hören.

Rahotep kümmerte die eigene Sicherheit nicht mehr. In der Nacht, als er den Leichnam seines Vaters in den Armen hielt, hatte ein Prozeß begonnen, eine Reise in Richtung Tod. Aber das war ihm erst bewußt geworden, als Maya auf seine Worte der Hoffnung und Liebe entgegnet hatte, daß ihr eigenes Leben nicht sicher sei.

Der Ruf einer Eule oben von der Mauer lenkte seine Aufmerksamkeit wieder auf seine eigene Uferseite. Eine nackte Eule, die auch nicht fliegen kann, dachte er bei sich. Er antwortete auf das Signal, und das Tor gab unter dem Druck seiner Hand nach.

Das Adlergesicht des Vizekönigs schwebte, umrahmt von rabenschwarzen Locken, über der Öllampe, die zwischen ihnen auf dem Tisch stand. Als Rahoteps Augen sich an die Dunkelheit gewöhnt hatten, nahm er auch den schwachen Widerschein des Lampenlichts auf den offenen Kisten um ihn herum wahr.

»Ich bitte um Entschuldigung, daß ich dich in dieses Verlies habe kommen lassen«, sagte der Vizekönig. »Es hat keine Fenster und ist deshalb sicherer. Unter den gegebenen Umständen ist es mir nicht möglich, dich in meiner Residenz zu empfangen.«

»Ich war auf dem Weg dorthin«, entgegnete Rahotep. »Aber unsere Späher kehrten mit der Kunde von dem Überfall und der Belagerung zurück.«

»Seniry hat sich in seinem Zeitplan verrechnet. Sie haben versucht, den Transport von beiden Seiten gleichzeitig anzugreifen, aber wir haben sie hereingelegt, so daß sie sich schließlich gegenseitig beschossen haben, während es uns gelungen ist, uns selbst und das Gold in der Festung in Sicherheit zu bringen. Jetzt bin ich belagert von Seniry und Gefangener von dem hier ...« Des Vizekönigs weißer weiter Ärmel flatterte über die Kisten hinweg wie ein Geist. »Ich kann nicht zulassen, daß das Gold des Königs Seniry in die Hände fällt, aber ich kann ebensowenig riskieren, es zu verlieren, wenn wir durchzubrechen versuchen.«

Rahotep gingen noch einmal die Worte seines Bruders Ramses durch den Kopf: Du verstehst nichts vom Kampf.

»Was ist mit Baki und den anderen Festungen?« fragte er.

»Wir haben Signalfeuer entzündet, aber es ist keine Verstärkung gekommen. Unsere Spione haben gemeldet, daß diese Festungen ebenfalls belagert oder bereits von Seniry eingenommen wurden.«

»Unsere Späher haben berichtet, Ihr wäret tot, bei einem Wagenrennen ums Leben gekommen«, sagte Rahotep.

»Da liegt ein Mißverständnis vor. Es ist der General, der verunglückt ist. Ahmose ruht in seinem Sarg auf der anderen Seite dieser Mauer – und das jetzt, wo wir ihn am nötigsten brauchen. Er war ein guter Soldat. Er hätte es weiter bringen müssen.«

Rahotep kam es plötzlich so vor, als würde er mit hoher Geschwindigkeit durch die Luft fliegen. Er legte die Hände auf den Tisch, um das Gleichgewicht wiederzufinden. Der Vizekönig sprach von den Nomaden. Es klang gefährlich. Als der Vizekönig Medjas Namen und das Abkommen erwähnte, zwang Rahotep sich mit aller Macht, ihm zuzuhören.

Die Kampfgeräusche erreichten Renenutet, als sie das Haus der Göttlichen Gemahlin verließ. Renenutet steckte den Kopf durch die Vorhänge ihrer Sänfte, aber bis etwa einen Bogenschuß vom südlichen Harem entfernt war nichts von den Kämpfen zu sehen. Dann konnte sie die Verteidiger am Ufer sehen, die sichtlich Mühe hatten, Ramses' Angriff abzuwehren. Weitere Boote legten an, und neue Soldaten gingen an Land. Die für die Bergung der Verletzten zuständigen Männer suchten hinter dem Tempel Schutz vor einem Pfeilhagel. Ein Priester mit vor Furcht geweiteten Augen öffnete ein Tor in einer Seitenmauer des Tempels und ließ sie ein. Dann schlug er hastig die Tür hinter ihnen zu.

Ein Klagelaut hallte über den Hof, und kurz darauf tauchte auch die Frau auf, die das Klagen ausstieß und sich dabei die Haare raufte. Es war Tiye. Sie hielt inne, als sie Renenutet erblickte.

»Ich dachte, Tamyt käme, um mich zu retten«, rief sie. »Ich kann nicht glauben, daß sie mich einfach meinem Schicksal überläßt. Hat sie dich geschickt, um mich zu holen? Schnell, Renenutet, laß uns in deine Sänfte steigen und von hier verschwinden. Sie werden uns sonst alle töten!«

»Ich habe eine Nachricht für den Hauptmann der Garde«, entgegnete Renenutet.

»Aber das ist gefährlich. Komm, laß uns verschwinden, bevor wir eingekreist sind. Niemals hätte ich für möglich gehalten, daß Pentaweret mich so schmählich im Stich läßt.«

»Wir gehen gleich, Tiye, sobald ich die Nachricht übermittelt habe. Versprochen.«

»Dann beeile dich, bei den Göttern!«

Renenutet drückte den Rücken an die kühle Mauer. Tiyes flatternde Gestalt verdeckte immer mehr vom blauen Himmel am Ende des Ganges, als sie hinter ihr her eilte. Mit der rechten Hand tastete Renenutet unter dem linken Ärmel nach dem Dolch, der mit einem Lederriemen an ihrem Unterarm befestigt war.

»Was steht überhaupt in dieser Nachricht?« wollte Tiye wissen. »Warum ist sie so wichtig?«

Renenutet sagte sich, daß sie es an einem Ort wie diesem würde tun müssen – irgendwo, wo es dunkel und einsam war, und wo es nicht genug Platz für Gegenwehr gab. Die Götter wissen, daß ich nicht stark genug bin für einen Mord, dachte sie. Weder körperlich noch geistig.

»Ich weiß nicht«, antwortete Renenutet. »Ich habe die Botschaft nicht gelesen.«

»Das glaube ich dir nicht!«

Ein halbes Dutzend Soldaten kamen aus einem der inneren Räume gelaufen. Sie drängten sich an Tiye vorbei und stürmten auf den Hof.

»Laß uns von hier verschwinden«, sagte Renenutet. Ich kann das nicht allein, dachte sie. Ich muß mich erst betrinken. Betrinken oder sonstwie betäuben. »Komm mit, Tiye«, sagte sie.

Renenutet ging voraus in das dunkle Innere des Tempels, wo gelb schimmernde Lampen die Eingänge der Schreine erhellten. Sie steuerte eine der Vorratskammern an. Tiye folgte ihr.

»Ich habe Befehl, dieses Magazin von dir öffnen zu lassen«, teilte sie dem diensthabenden Priester mit. »Öffne und geh.«

»Darf ich Euren Befehl sehen?« Der Priester war noch jung. Renenutet sah, wie er schluckte, bevor er die Frage stellte, während er weiter dem Kampflärm lauschte.

»Reicht dir das Siegel des Königs?« fragte Renenutet. Sie zog Tamyts Brief unter ihrem Kleid hervor und zeigte ihm den großen Wachsabdruck.

Der Priester zögerte.

»Wirst du mich jetzt endlich hineinlassen, oder muß ich Seiner Hoheit berichten, daß du einem seiner Siegelträger den Zugang verwehrt hast?«

Der Priester verbeugte sich und durchtrennte die Siegel an der Tür zum Lagerraum.

»Laß die Lampe hier«, befahl Renenutet.

Der Priester zog den Riegel zurück, verneigte sich erneut und zog sich zurück. Als seine Schritte verklungen waren, schob Renenutet Tiye in den Lagerraum und schloß die Tür hinter ihnen.

»Ich brauche puntischen Lotos«, sagte sie atemlos. »Ich weiß, daß er hier drinnen aufbewahrt wird. Hilf mir suchen, Tiye.«

»Für dich bin ich immer noch die Mutter des Königs«, entgegnete Tiye schroff.

»Je eher ich den Rauch eingeatmet habe, desto früher können wir hier fort«, konterte Renenutet.

Tiye machte sich schimpfend daran, die Regale des Lagerraums zu durchsuchen. Nach einiger Zeit entdeckte sie einen Krug mit dem vertrauten schwarzen Pulver und eine silberne Schale. Sie brachte beides zu Renenutet, die sich zwischenzeitlich auf den Fußboden gesetzt hatte. Renenutet nahm Pulver und Schale hastig entgegen. Sie gab etwas von dem Weihrauch ins Silbergefäß und zündete es mit Hilfe der Öllampe an. Als der duftende Rauch aufstieg, beugte sie sich über die Schale und atmete tief ein. Dann legte sie den Kopf in den Nacken und schloß die Augen. Langsam atmete sie aus.

»Wann wirst du endlich die Nachricht abliefern und uns hier

herausschaffen?« fragte Tiye ungeduldig. »Wir können nicht den ganzen Tag herumsitzen und darauf warten, daß Ramses uns holt. Wir müssen einen Fluchtweg finden. Pentaweret wird mich nicht hier zurücklassen. Er wird ganz sicher Hilfe entsenden. Wir müssen bereit sein, wenn sie kommt.«

»Du hast sie doch gesehen, Tiye. Sie haben uns eingekreist. Pentaweret wird es nicht schaffen, die feindlichen Reihen zu durchbrechen. Andererseits kann Ramses ebensowenig herein. Wir müssen hier bleiben, bis es dunkel wird. Dann können wir uns durch eines der seitlichen Tore davonschleichen. Mach es wie ich, das wird dich beruhigen.« Renenutet schob die Schale über den Boden auf Tiye zu.

Tiye schob sie zurück. »Nein. Ich habe es mir abgewöhnt.«

»Wie du willst.« Renenutet hielt erneut das Gesicht in den Rauch.

»Was steht denn nun in diesem Brief?« wollte Tiye wissen. »Er trägt Pentawerets Siegel, nicht wahr?«

»Ich sagte doch schon, daß ich keine Ahnung habe, worum es geht, Tiye. Ich bin ebenso neugierig wie du. Warum schauen wir nicht nach?« Renenutet kniete sich hin. »Ich habe den Brief hier im Ärmel.«

»Aber du hast ihn doch vorhin ...«

Renenutet griff mit der rechten Hand unter den linken Ärmel. »Ich erbreche das Siegel, und wir schauen nach. Komm her und leuchte mir.«

Zögernd trat Tiye vor und nahm dabei die Lampe vom Boden auf. Sie war ganz sicher, gesehen zu haben, wie Renenutet den Brief vorn unter ihr Gewand gesteckt hatte. Was immer sich in ihrem Ärmel verbarg, es war nicht der Brief. Tiye sah im Lampenlicht Bronze aufblitzen, als Renenutet ihre Hand aus dem Ärmel zog. Es sah aus wie der Widerschein einer Flamme auf einer Klinge. Instinktiv wich Tiye zurück – in dem Moment, als Renenutet zustach. Ein brennender Schmerz durchzuckte Tiyes linke Seite und ihren linken Arm, und sie strauchelte nach hinten. Sofort stürzte Renenutet sich auf sie. Tiye schlug mit der rechten Hand zu, und Renenutet rutschte die Perücke über ein Auge. Tiye grub die Finger in die üppigen Locken und zerrte der Gegnerin die Perücke vor das Gesicht. Renenutet war geblendet und bekam keine Luft mehr, so daß sie wild an der zerzausten Haarpracht zerrte. Tiye stieß sie gegen die Schultern, daß Renenutet hintenüber kippte und unten lag. Aber noch hatte sie die Waffe.

Wie eine zweiköpfige Dämonin im Todeskampf rangen die beiden Frauen um den Dolch. Der tobende Teufel trat die rauchende Schale puntischen Lotos über den Fußboden des Lagerraumes. Mit zerzaustem Haar und voller Staub und Asche wälzte sich die Todeskreatur in der Brandung des Kampfes, dort wo die Wasser Isfets auf jene der Maat trafen. Es war die Tiye-Hälfte des Ungeheuers, die schließlich die Oberhand gewann. Tiye versetzte Renenutet einen gezielten Schlag aufs Handgelenk, worauf diese das Messer losließ. Renenutet folgte dem Dolch mit Blicken, als dieser außer Reichweite schlitterte. Tiye streckte die Hand danach aus.

Renenutet stand die Gewißheit des baldigen Todes ins Gesicht geschrieben. Die Messerspitze bohrte sich unterhalb der linken Brust in ihren Körper. Renenutet riß den Mund auf, um zu schreien. Tiye lehnte sich mit ihrem ganzen Gewicht auf den Griff des Dolches. Renenutet bäumte sich auf. Ihre Hände und Hacken trommelten wild auf den Boden, ihre Augen traten aus den Höhlen, und Blut lief ihr gurgelnd aus dem Mund. Dann lag sie still, das Wissen um den eigenen Tod auf ihren Zügen verewigt.

Tiye sank nach vor, keuchend, die Augen geschlossen. Der Gestank warmen Blutes stieg ihr in die Nase. Tiye fuhr hoch und löste sich von der sterblichen Hülle der ehemaligen Odaliske. Sie verweilte eine Zeitlang in der Hocke; ein Speichelfaden baumelte von ihrem Mund. Schwarzer Nebel trübte ihre Sicht, und sie schüttelte den Kopf, um ihn zu vertreiben.

Aus irgendeinem Grund brannte die Lampe noch. Tiyes und Renenutets Perücken waren in gegenüberliegende Ecken des Lagerraumes gerollt. Die silberne Schale war umgekippt, der Boden mit schwarzem Ruß verschmiert. Vereinzelt glühte die verstreute Asche noch orange. Tiye beobachtete, wie die Glut nach und nach verlosch. Unzählige Blasen brannten an ihren Beinen, dort, wo sie sich an der Glut verbrannt hatte. Im schwachen Lampenschein breitete sich langsam ein schwarzer Fleck auf Renenutets Brust und hinter ihrem Kopf aus.

Tiye kniete auf allen vieren am Boden. Sie brauchte mehrere Sekunden, Minuten oder Stunden – sie wußte es nicht –, um zu begreifen, was geschehen war. Als ihr Verstand es endlich registrierte, begann sie am ganzen Leib zu zittern. Ihre Lippen öffneten sich, doch sie brachte keinen Laut hervor. Mit dem Handrücken wischte sie sich den Speichel von der Unterlippe. Er hinterließ rote Schlieren auf der Haut. Ihr Kleid war vorn blutdurchtränkt. Renenutet hatte versucht, sie zu töten, und sie hatte Renenutet getötet. Aber warum? In der einen Minute war Renenutet noch ihre Retterin gewesen, ihre Beschützerin gegen den angreifenden Feind, und im nächsten Augenblick hatte sie so blitzschnell attackiert wie eine Viper. Kurz vorher hatte sie noch versprochen, Tiye den Brief zu zeigen. Der Brief!

Der Papyrus war in Brusthöhe unter Renenutets Gewand geschoben. Tiye brauchte mehrere Minuten, ehe sie den Mut aufbrachte, sich dem Leichnam der einstigen Odaliske zu nähern. Darauf bedacht, nicht in die glasigen Augen zu schauen, streckte sie mehrmals die Hand aus, um sie gleich darauf wieder zurückzuziehen. Der Heft des Dolches steckte noch in der Brust, und das Gewand war blutdurchtränkt. Schließlich schob Tiye mit spitzen Fingern den blutigen Stoff beiseite, bis eine Ecke des Briefes zum Vorschein kam. Tiye biß die Zähne zusammen, schob die Hand unter den feuchten, warmen Stoff und zog den Papyrus heraus. Er war klebrig von

Blut, das durch Tiyes Finger hindurchrann, während sie das Siegel betrachtete. Es war Pentawerets Zeichen.

Mit zitternden Händen erbrach Tiye das Siegel und faltete das Blatt auseinander. Der Papyrus war beim tödlichen Dolchstoß durchtrennt worden; ein Teil war so sehr durchweicht, daß Tiyes Finger hindurchstießen. Vieles vom Text war unleserlich. Tiye hielt den Brief dicht an die Lampe und versuchte, die paar noch sichtbaren Schriftzeichen zu entziffern. Ihre zitternden Lippen formten die Worte.

»Wenn der Feind die Reihen der Verteidiger des südlichen Harems durchbricht ... Sanktuarium ... lieber zerstört ... dem Feind in die Hände zu fallen ... zu kostbare Trophäe ... Sieg könnte abhängen ...«

Tiye las die Worte noch einmal, wurde aber auch diesmal nicht schlau daraus. Sie faltete den Brief und setzte das aufgebrochene Siegel wieder zusammen. Es war eindeutig Pentawerets Zeichen.

In ihrem Leid begann Tiye zu jammern, wiegte sich auf den Fußballen vor und zurück. Es gab nur eine Erklärung für das alles: Pentaweret hatte die Ermordung seiner Mutter angeordnet, um nicht zu riskieren, daß sie Ramses in die Hände fiel und dieser sich seinen Fang zunutze machte.

Tiye stimmte die Totenklage an. Das Grauen der blutüberströmten Leiche vor ihr, das Ergebnis ihrer eigenen Tat, führte ihr vor Augen, daß sie selbst mit ihrem baldigen Ende rechnen mußte. Nun aber fürchtete sie sich nicht mehr davor, ja, beinahe sehnte sie den Tod herbei. Ihr blieb nur noch, den Tempel zu verlassen und sich den feindlichen Speeren entgegenzustürzen.

Ramses' Speerträger standen vor den Toren des südlichen Harems. Es war besser, wenn sie sie töteten; es war besser, wenn auch Pentaweret starb, wenn Ramses den Tempel eroberte und das Königreich vernichtete, das sie selbst gegründet hatten. *Alles* war besser, als wenn Pentaweret sein Leben als Sklave von Tamyts Hexerei verbrachte. Diese Dämonin hatte ihn gar zum Muttermord getrieben. Tiye erhob sich. Sie stolperte zur Tür des Lagerraumes und durchquerte die dunklen Kammern des Gotteshauses, bis sie zum Flußtor gelangte. Dort hielten ein Dutzend Soldaten Wache.

»Schnell«, rief sie ihnen zu. »Ramses bricht auf der Nordseite durch!«

Die Soldaten starrten sie einen Augenblick sprachlos an, entsetzt vom Anblick der Königsmutter, deren Kleidung mit Blut und Asche verschmiert war. In ihrer Panik ließen sie niemanden zurück, der das Tor bewachte. Tiye legte beide Hände auf den Riegel.

Rahotep und seine Soldaten hatten sich bei Nacht zu einem Strand am Flußufer unmittelbar nördlich von Baki geschlichen. Dort zogen sie das Floß an Land und vergruben es unter Felsbrocken und Ästen. Dann setzten sie ihren Weg zu Fuß fort und bewegten sich in einer langen Kolonne langsam auf die Klippen zu. Rahoteps Füße glitten auf dem unebenen Grund aus, und das Knirschen des Schotters erschien ihm unnatürlich laut. Seine Sandalen schabten über die Felsen und brachen die Stille der Nacht, die er zu wahren bemüht war.

Einige seiner Soldaten trugen Amulette zum Schutz gegen die Wüstengeister. Rahotep hatte seines weggeworfen. Wenn Maya den Tod fand, bevor er nach Theben zurückkehrte, sollten die Götter auch ihn gleich niederstrecken.

Die sechs Männer erklommen unter großen Mühen den mit losen Steinen bedeckten Hang. Die letzten zwanzig Meter mußten sie sogar klettern und sich gegenseitig heraufziehen, um auf den Weg zu gelangen, der dem Wüstenrand folgte. »Wir stehen genau vor der Felswand!« wurde zischend die Reihe entlang weitergegeben.

Rahotep ließ den Gürtel seines Vordermannes los und fühlte, wie der Zug an seiner eigenen Schnalle nachließ. Er rieb die schmerzende Stelle, an der sie sich unter seine Rippen gebohrt hatte. Dann drückte er Hände, Arme, Füße und Beine gegen den wettergegerbten Sandstein. Plötzlich lösten sich kleine Steinchen unter seinen Sandalen. Er rutschte ab und mußte sich mit aller Kraft gegen die rauhe Wand pressen, um nicht in die Tiefe zu stürzen. Sein Herz raste, Schweiß tränkte seine Tunika, und er rührte sich nicht, bis das Zittern seiner Glieder nachgelassen hatte. Dann erst konnte er sich langsam weiter aufwärts arbeiten.

Endlich konnte Rahotep sich über den Rand des Felsplateaus ziehen. Die anderen waren bereits dort und warteten auf ihn, nutzten die Atempause, um wieder zu Kräften zu kommen. Über ihnen breitete sich der Nachthimmel in seiner unbegreiflichen Weite aus. Unter ihnen tat sich ein unergründlicher schwarzer Abgrund auf, in dem die glühenden Lagerfeuer der Rebellen ein eigenes Sternbild bildeten, als würde der Himmel sich in polierter Bronze spiegeln. Rahotep kniete keuchend auf dem Boden und verglich das eine, Silber, mit dem schmutzigen Gelb des anderen. Er staunte, daß sie es so weit geschafft hatten, ohne entdeckt zu werden.

Dann schien es, als würde der Erdboden erzittern, als wäre der Abgrund kein Spiegel, sondern ein Teich. Ein Grollen, ein Aufschrei, und der Mann an seiner Seite glitt in einer Lawine aus Geröll und Sand in die Tiefe.

Blitzschnell fing Rahotep das Gewicht des Mannes mit den Schultern ab. Seine Sehnen spannten sich, seine Hände schlossen sich um die des anderen. Dann lag er flach auf dem Bauch, die Schultern über dem Rand des Abgrunds, in den sein Kamerad hinabzustürzen drohte.

Jemand schlang die Arme um Rahoteps Taille, und ein weiterer Soldat umklammerte seine Beine. Rahotep konnte fühlen, wie sein Kamerad, sein Bruder, sein Zwilling, verzweifelt mit den Füßen nach einem festen Halt tastete. Seine Handflächen wurden feucht und glitschig, und er hoffte, daß der Mann nicht abrutschte. Seine Arme waren stark genug, das Gewicht zu halten. Seine Schultern ächzten zwar und schmerzten fürchterlich, aber er würde nicht loslassen. Rahotep, Sohn des Königs, Gottes Diener im Haus des Todes, war das entscheidende Glied im Leben eines Soldaten, und dieses Glied würde halten.

Eine endlose Minute stummer Qual verstrich, in der die Soldaten um das Leben ihres Kameraden kämpften. Rahotep fühlte ein Reißen in den Muskeln. Seine Sehnen dehnten sich wie ein Seil unter gewaltiger Spannung, doch sein Rücken blieb gerade, seine Schultern hielten stand, und seine Arme waren stark. Dann zog Rahotep, die Hände noch kalt vom letzten Totenritual, den Soldaten, der bereits auf halbem Weg in die Unterwelt gewesen war, hinauf in die Welt der Lebenden.

Als es geschafft war, ließ Rahotep sich mit dem Rücken gegen die Felswand sinken und wischte sich den Schweiß von der Stirn. Die anderen klopften ihm auf den schmerzenden Rücken und drückten seine wunden Schultern. Der Mann, den er gerettet hatte, schlang in einer Geste demutsvoller Dankbarkeit die Arme um seine Waden. Rahotep zuckte zusammen und sog gierig die frische Nachtluft ein. Seine Beine zitterten vor Anstrengung. Aber sechs Männer waren aufgebrochen – sechs, nicht fünf –, und der Feind unten an seinen Lagerfeuern schien immer noch nichts gemerkt zu haben. Als sie ihren Weg fortsetzten, trug Rahotep sein eigenes Feuer im Herzen, kleine glühende Kohlen des Stolzes, der Erleichterung und der Dankbarkeit.

Rahotep und seine Eskorte marschierten bis nach Sonnenaufgang, bis die Hitze die Männer schließlich zur Rast zwang. Sie legten sich in den Schutz der Felsen und gönnten sich einen Schluck aus ihren Feldflaschen. Rahoteps Mund war ganz trocken von Staub und Sand, und das göttliche Wasser spülte einen Schwall Schlamm über seine Zunge. Im Schatten des Felsvorsprungs blickte Rahotep an seiner Tunika hinunter.

Sie war zerrissen und schmutzig vom nächtlichen Aufstieg. Er betrachtete die Blutergüsse an seinen Armen und Beinen und die Abschürfungen an seinen Knien. Arme und Schultern waren steif. Die Muskeln waren übersäuert von der ungewohnten körperlichen Anstrengung, und jede Bewegung war eine Qual. Seine Hände waren verbrannt und voller Blasen, die Handflächen zerkratzt vom rauhen Fels. Seine Fingernägel waren abgebrochen und eingerissen und hatten einen schwarzen Schmutzrand. Rahotep blickte voller Stolz auf seine zerschundenen Hände. Sie trugen die Spuren eines Kampfes. Diese Hände hatten einem Mann das Leben gerettet.

Als die letzten hellen Strahlen der Barke des Re und all der anderen Götter hinter den Bergen im Westen verschwunden waren, stand Ramses auf dem Dach des südlichen Harems und überwachte die Kampfvorbereitungen. Jenseits der Haremsmauer im Norden verdeckten die massigen Tempel des Gottkönigs Amun-Re und seiner Gefährtin Mut den Blick auf den Monthu-Tempel, wo Tamyt mit ihren Truppen bereitstand. Auf der schimmernden Oberfläche des Flutwassers waren Ramses' eigene Männer in einer so großen Flotte versammelt, daß sie bis nach Djeme am westlichen Ufer zu reichen schien.

Von unterhalb des Daches, auf dem Ramses stand, ertönte ein Kriegslied für Monthu, der in die Schlacht ritt. In die Flotte kam Bewegung. Die Kapitäne gaben Befehl, die Anker zu lichten, und die Ruderer legten sich in die Riemen. Eine Bootsreihe nach der anderen löste sich voneinander. Die Ruderer fielen in den Gesang der Priester ein, und die Soldaten, die auf ihre Speere gestützt dastanden, schmetterten den Refrain.

Trotz der zunehmenden Dunkelheit konnte Ramses die Silhouetten der Feinde auf dem Dach des Amun-Re-Tempels sehen und wußte sofort, daß sie sich dort versammelten, um den Angriff der Flotte zu beobachten. Er fragte sich, ob Pentaweret unter ihnen war. Sicher nicht; er würde sich irgendwo unten verkrochen haben.

Lärm, der von jenseits des Amun-Re-Tempels zu ihm herüberwehte, verriet Ramses, daß der Angriff auf den Monthu-Tempel begonnen hatte. Er verließ das Dach, lief die Treppe zum Hof hinunter und gesellte sich zu der Menge geisterhafter Priester. Er dachte an seinen Vater im Einbalsamierungshaus und seinen Anspruch auf den Horusthron. Wenn er unterlag, würde keiner von ihnen ins Reich der Toten eingehen. Das Ka seines Vaters würde vernichtet werden, und dem seinen stand das gleiche Schicksal bevor, wenn er starb, womit er täglich rechnen mußte.

Ramses bahnte sich zügig einen Weg durch die Gottesdiener hindurch, ließ sich vor dem Monthu-Schrein auf die Knie sinken und hob betend beide Hände. Hinter ihm schwoll der Kampfeslärm an und hallte bedrohlich durch die Nachtluft. Jenseits dieser Mauern mußten Männer sterben, in den Fluten versinken und flußabwärts getragen werden, fort von einem anständigen Begräbnis und der Möglichkeit auf ein Leben nach dem Tod. Vielleicht waren es seine eigenen getreuen Männer. »O Monthu, ehrwürdiger Gott, Herr von Theben, schenke uns den Sieg über den Usurpator«, murmelte er. »Gib uns die Kraft, die Mächte Isfets aus deinem Hause zu verbannen.« Da er keine so blumigen Worte für den Gott hatte wie die Priester, blieb er noch eine Zeitlang schweigend knien und versuchte, Kraft seiner Gedanken mit ihm zu reden. Aus den Augenwinkeln entdeckte er Maya, die auf ihn wartete.

Ramses stand auf, und er und Maya verließen gemeinsam den Hof. Ein halbes Dutzend Soldaten schlossen sich ihnen an, als sie durchs innere Tor gingen. Vor dem Außentor warteten ein großes und ein kleineres Boot. Sie stiegen in das kleinere und fuhren übers Wasser zur nordwestlichen Ecke des Hauses von Amun-Re. Das große Boot folgte ihnen.

»Hier«, sagte Maya. »Siehst du … das Wasser steigt immer noch.«

Ramses nickte. Er ließ den Blick über die Tempelmauern schweifen. Hier unten war es dunkel, so daß sie für Wachen oben auf der Mauer unsichtbar waren. Doch es schien, als würde dieser Bereich derzeit nicht bewacht; aller Augen waren auf die Schlacht am Monthu-Tempel gerichtet.

Ramses wandte sich dem Kapitän des größeren Bootes zu. »Weißt du, was du zu tun hast?« fragte er flüsternd.

»Ja, Hoheit.«

»Dann los. Sie werden dich bald bemerken und versuchen, dich in die Flucht zu schlagen. Die Bogenschützen geben dir Feuerschutz, und ich schicke Verstärkung.«

Ramses befahl, sein Boot fortzulenken. Das zweite Boot fuhr ganz dicht an die Mauer heran und warf den Anker aus. Einige Männer an Bord schulterten Pickel und Hämmer und andere Werkzeuge zur Steinbearbeitung, während die übrigen mit schußbereiten Bögen hinter ihnen Aufstellung bezogen. Als Ramses' Boot um die Ecke bog, hörten sie bereits das Klopfen von Hammer und Meißel.

Durch das Manöver kamen sie in Sichtweite der Schlacht. Der Monthu-Tempel stand auf erhöhtem Grund, so daß das Hochwasser ihn noch nicht erreicht hatte. Um das Gotteshaus herum tobte ein erbitterter Kampf. Tamyt hatte gleich beim ersten Angriff ihre gesamte Streitmacht in den Kampf geschickt. Die Tore des Tempels standen offen, und durch sie hindurch strömte die Rebellenarmee wie ein Wildwasser durch ein ausgetrocknetes Flußbett. Fackeln tanzten über dieser Flut, und im flackernden Licht waren die auf und ab wippenden bronzenen Speerspitzen zu sehen, die inmitten der wogenden Masse einen dämonischen Tanz aufführten. Und über allem thronte der gewaltige Kriegsgott Thebens auf den beiden Zwillingspylonen.

Die Kriegsrufe und Todesschreie dröhnten schon so lange

in seinen Ohren, daß sich beim Anblick der Schlacht unwillkürlich ein Kampfschrei tief aus seiner Brust löste. Sein Boot glitt zwischen den Barken der Truppen hindurch und lief auf Grund. Ohne auf Maya zu achten, sprang er an Land und folgte der Flut seiner eigenen Männer in Richtung der Standarte des Kommandeurs von Djeme.

»Wie steht es?«

»Zuerst sah es schlecht aus, Hoheit. Tamyt hatte ihre besten Männer bis eben zurückbehalten, und als sie hervorstürmten, haben sie uns bis ans Ufer zurückgedrängt. Die nachfolgenden Truppen konnten nicht landen. Aber inzwischen geht es wieder vorwärts. Und mit jeder Minute drängen mehr Männer von den Booten nach. Achtung!«

Er zog Ramses herunter und duckte sich mit ihm; ein Pfeil sirrte knapp an ihnen vorbei.

»Die Arbeiter haben begonnen, eine Bresche in die Mauer des Tempels von Amun-Re zu schlagen«, sagte Ramses, als er sich wieder aufrichtete. »Sie werden mehr Feuerschutz brauchen. Schick ihnen Verstärkung.«

»Jawohl, Hoheit.«

»Sieh mal! Was ... wer ist das da oben?«

Die zwei Männer starrten hinauf zum Dach des Monthu-Tempels. Lodernde Fackeln waren in regelmäßigen Abständen aufgestellt worden, und in ihrem Lichtschein waren dunkle Gestalten zu sehen – zahlreiche dunkle Gestalten und eine weiße.

»Sie ist fort! Hast du das gesehen? Ich wette, es war Tamyt! Es kann niemand anders gewesen sein. Sieh, da ist sie wieder! Einen goldenen Halskragen für denjenigen, der sie niederschießt!«

Ganz in der Nähe stand ein Herold der Armee. Der Kommandeur wandte sich an den Mann. »Du hast gehört, was Seine Hoheit gesagt hat – ein goldener Kragen für denjenigen, der die Rebellin Tamyt tötet. Gib das bekannt.«

Ramses beobachtete, wie die geisterhafte Gestalt immer wieder zwischen den Wachen auftauchte, während die Kunde von der Belohnung verbreitet wurde. Doch nach einer Minute verschwand Tamyt außer Sichtweite, ohne daß es einem der Bogenschützen gelungen wäre, sich die Belohnung zu verdienen.

Ramses fluchte.

»Wir gewinnen an Boden«, teilte der Kommandeur ihm mit.

»Sind die Feuerpfeile bereit?«

Der Kommandeur zeigte auf ein Boot, in dem Bogenschützen bereitstanden.

Ramses hielt sich noch eine Weile im Kampfgetümmel auf. Das war seine Welt. Das war alles, was er geglaubt hatte, wissen zu müssen – bis jetzt. Wenn das hier vorbei war, würde er nie wieder auf einem Schlachtfeld stehen. Entweder würde er sterben oder – und das wäre noch weitaus schwieriger – den Horusthron besteigen. Dann würde er seine Generäle entsenden müssen, damit sie in fernen Ländern seine Schlachten schlugen. Jetzt wußte er, daß dieses Entsenden viel härter war als das Kämpfen selbst. Es kostete ihn große Überwindung, sich von seinen Soldaten abzuwenden und zu Maya zurückzukehren, die immer noch im Boot auf ihn wartete.

Tamyt bewegte sich inmitten der Wachen auf dem Dach des Monthu-Tempels und verfolgte von dort den Fortgang der Schlacht. Sie sah, wie ihre Soldaten durch die Tempeltore strömten und die schweren Flügel sich hinter ihnen schlossen. Ihr ging das Herz auf, als die Krieger Ramses' Truppen bis zum ölschwarzen Fluß zurückdrängten gleich einer Meereswoge, die Treibgut ans Ufer spült. Tamyt sagte nichts, doch die Wachen sahen das Leuchten in ihren Augen und ihre geblähten Nasenflügel, wenn ihr Gesicht im Vorbeigehen von ihren Fackeln erhellt wurde. Zu ihrer Linken hatten sich Pentawerets Soldaten auf dem Dach des Tempels von Amun-Re versammelt und beobachteten das Geschehen. Obwohl Tamyt Ausschau nach ihm hielt, konnte sie Pentaweret nicht unter den Männern entdecken. Offensichtlich zog er es vor, unten zu bleiben, wo es sicherer war. Im Süden schien im Hause von Mut irgend etwas vorzugehen, wie ihr die Funken im Hof und der Gesang verrieten, der schwach bis zu ihr herüberdrang. Sie hoffte, daß Pentaweret ein Auge auf das Geschehen hatte; sie selbst war zu weit entfernt, um etwas zu unternehmen.

Tamyt verließ das Dach, um Pentaweret wenigstens eine Nachricht zukommen zu lassen und ihn darüber zu unterrichten, was auf seiner linken Flanke geschah. Sie stieg hinab in die Säulenhalle von Monthu, wo die riesigen Statuen, die den Gott zeigten, wie er seine Feinde abschlachtete, von Lampen erhellt wurden. Tamyt setzte sich und rief einen Schreiber herbei. Sie hatte ihre Nachricht noch nicht zur Hälfte diktiert – und es war eine kurze Nachricht –, als eine Wache die Treppe heruntergerannt kam und sich vor Tamyt verneigte.

»Herrin, kommt und seht Euch das an! Sie haben die Tore in Brand gesteckt!«

»Was redest du da? Welche Tore?«

»Die Tore dieses Tempels, Herrin. Sie stehen in Flammen.«

Tamyt sprang auf, raffte ihr Kleid und eilte zurück aufs Dach. Als sie schwer atmend oben anlangte, sah sie, daß ihre Soldaten zwischen den brennenden Tempeltoren und Ramses' Männern eingekeilt waren, die Dank ihrer Verstärkung mit doppelter Kraft vorwärtsdrängten. Im Mut-Tempel erhob sich derweil lautes Geschrei.

Tamyt stürmte die Treppe wieder hinunter, zurück zu ihrem Schreiber, der auf sie gewartet hatte. »Zerreiß diesen Brief«, sagte sie, ohne sich wieder zu setzen. »Schreib: ›Von Tamyt, der Göttlichen Gemahlin des Amun, an Pentaweret, den Herrn der Zwei Länder. Ich grüße Euch. Unsere Truppen im Monthu-Tempel sitzen zwischen Feuer und Wasser fest und werden vom Feind arg bedrängt. Wenn Hoheit nicht den Truppen des

Hauses von Amun-Re befehlen, den Feind vom Fluß aus anzugreifen, sind die Truppen des Monthu-Tempels verloren, und das Gotteshaus wird dem Feind in die Hände fallen.« Tamyt strafte den beunruhigten Blick des Schreibers mit Verachtung. Sie rief eine Wache vom Hofeingang zu sich.

»Bring diesen Brief zu Seiner Hoheit in den Tempel des Amun-Re. Am besten gehst du durchs Osttor und hinten um den Tempel herum. Hier, nimm diesen Ring.« Tamyt zog ihren Katzen-Ring vom Finger und warf ihn der Wache zu. »Nimm das als Beweis, daß du von mir kommst. Und jetzt geh, beeil dich!«

Der Mann verneigte sich und setzte sich in Richtung des rückwärtigen Teils des Tempels in Bewegung. Tamyt entließ den Schreiber und kehrte zurück aufs Dach. In der kurzen Zeit, die sie fort gewesen war, hatte der Feind ihre Männer vom Flußufer bis dicht ans brennende Tor zurückgedrängt. Vor ihren Augen spielte sich ein gräßliches Massaker ab. Der Gestank von Blut vermischt mit harzigem schwarzem Rauch, der in den Himmel stieg, und die Schreie der sterbenden Soldaten und das Prasseln des brennenden Holzes füllten die Leere der Nacht, während die lodernden Flammen vor den Augen der Götter die Szene der Vernichtung erhellten. Ramses' Männer drängten Tamyts Truppen zurück, bis sie in der Glut des großen Tores starben. Der Feind stieg über Tamyts gefallene Soldaten hinweg und benutzte sie als Trittsteine, um einen Weg durch die glühende Asche zu finden. Der Gestank nach verkohltem Fleisch wehte bis hinauf aufs Dach.

Die Wachen verließen die Mauern, als der Kampf sich unten in den Hof verlagerte. Tamyt blieb allein zurück. Von Pentawerets Truppen war weit und breit nichts zu sehen. Sie ließ den Blick über das Dach des Amun-Tempels schweifen. Die Wachen drüben konnten nicht übersehen, was hier geschah; tatsächlich herrschte drüben ein aufgeregtes Kommen und Gehen. Tamyt starrte angestrengt hinüber, konnte Pentaweret aber immer noch nicht ausmachen. Und es deutete auch nichts darauf hin, daß Truppen entsandt wurden. Die Tore des Amun-Tempels blieben geschlossen. Es kam keine Verstärkung. Und am Ufer landeten ebenfalls keine Truppen, um Ramses' Armee in den Rücken zu fallen.

Ein Pfeil sirrte an Tamyts Ohr vorbei. Ein zweiter schlitterte zu ihren Füßen über das Dach. Als sie erneut hinunterblickte, sah sie, wie ihre letzten Soldaten in die Halle zurückgedrängt wurden. Derweil nahm eine Abteilung Bogenschützen Tamyt selbst unter Beschuß. Sie wich erschrocken zurück und eilte zur Treppe. Ihr blieb nichts anderes übrig, als zum Amun-Tempel zu flüchten.

Unten in der Halle wurde gekämpft, doch es gelang Tamyts Soldaten, Ramses' Angriff so lange standzuhalten, daß sie ihrem Boten von vorhin durch das Osttor folgen konnte. Allein in der Dunkelheit, im Rücken den beängstigenden Kampflärm, watete Tamyt durch Schlamm und Wasser zum Haus des Amun-Re.

Der Vizekönig hatte bereits ein Schwert umgeschnallt. Jetzt schulterte er einen Schild und steuerte die Treppe in der nordwestlichen Ecke der Festung an, bis wohin die Kämpfe noch nicht vorgedrungen waren. Er stieg die Stufen hinauf und baute sich hinter den Zinnen auf, um mit glitzernden Augen und geblähten Nasenflügeln auf das Geschehen weiter unten herabzublicken.

Unten in der Ebene, wo sich der Schatten der Festung und jener der Berge überlappten und eine riesige dunkle Fläche bildeten, befehligte Seniry in der Aufmachung eines Vizekönigs von Nubien seine Männer. Sie strömten aus dem Schatten; da die Dunkelheit stetig abnahm, schien es, als würden die Männer sie in sich aufsaugen, als bestünden sie aus Dunkelheit, als würden Wesen aus der Unterwelt sich in Richtung Ikkur wälzen. Hinter dem Vizekönig erhob sich das laute Stöhnen der Verwundeten. Der Vizekönig fragte sich, wie viele Tote am Fuße der Mauern liegen mochten. Und die Wucht des Angriffs nahm immer noch nicht ab. Derweil stand Seniry aufrecht inmitten seiner Streitmacht und zeigte mit dem Schwert auf die Mauern von Ikkur und durch sie hindurch auf das königliche Gold.

Vor den Augen des Vizekönigs streckte der Sonnengott von hinten seinen goldenen Arm über die Mauern. Die göttliche Hand langte in den westlichen Wadi – und dort entdeckte der Vizekönig eine zweite Armee von mehreren hundert Mann, die durch eine Felsspalte auf die Ebene strömten, um zu ihren Kameraden zu stoßen. Damit war der Kampf endgültig entschieden. Sie waren verloren.

Der Vizekönig umklammerte mit einer Hand den Griff seines Schwertes. Wenn er schon sterben mußte, wollte er wenigstens die Stelle wählen, die künftige Generationen als den Ort in Erinnerung behalten sollten, an dem er gefallen war. Als junger Mann hätte er sich ins dichteste Schlachtgetümmel gestürzt, entschlossen, möglichst viele Feinde mit ins Grab zu nehmen. Aber er war schon längst kein junger Mann mehr. Er war nicht mehr vom Ehrgeiz eines jungen Mannes erfüllt, sich zu beweisen, vielmehr von dem des königstreuen Untertanen, der seine Loyalität zeigen will. Sie würden ihn in der Tür zur Schatzkammer finden, wo Senirys Kumpane ihn als letzten seiner Männer hatten niederstrecken müssen, um über die Leiche des Vizekönigs hinweg an das königliche Gold zu gelangen.

Der Vizekönig warf einen letzten Blick auf Seniry, der unten seinen Angriff dirigierte. Seine Rebellenverstärkung hatte ihn inzwischen fast erreicht. Sie waren nur noch einen Bogenschuß von den Mauern Ikkurs entfernt. Noch während der Vizekönig die Entfernung schätzte, erhob sich ein Schwarm von Pfeilen aus ihren Reihen, der jedoch nicht auf die Festungsmauern niederging, sondern auf Senirys Männer. Das

Triumphgeschrei der Angreifer verwandelte sich in Schmerzensschreie und überraschte Ausrufe.

Der Vizekönig beugte sich weit über die Zinnen und ließ vor Verblüffung seinen Schild fallen. Eine zweite, seltsam anmutende Truppe näherte sich, und der Vizekönig erkannte verdutzt, daß diese Krieger Nomaden waren. Vorneweg marschierten ein halbes Dutzend Gestalten in ägyptischer Formation.

Der Vizekönig richtete sich auf, ungeschützt vor den Geschossen, die um ihn herum durch die Luft sirrten.

»Dieser Dummkopf!« rief er. »In der vordersten Reihe zu marschieren!« Doch er lachte dabei befreit, und das Herz ging ihm auf, so wie damals, als er selbst noch jung gewesen war und seine Tapferkeit hatte beweisen wollen.

Rahotep hatte Medja in jener ersten Nacht nach dem Marsch durch den glutheißen Wadi wie durch ein Wunder gefunden. Rahotep war der Verzweiflung nahe gewesen; hatte sich gefürchtet, weiterzugehen, hatte aber auch nicht Halt machen wollen aus Furcht, Medja könnte zur selben Zeit durch die dunklen Berge ziehen und sich noch weiter von ihnen entfernen. In seiner Qual hatte er sich zu Boden sinken lassen und Ptah um Hilfe angerufen. Und sein Gott, der weit fort in Memphis weilte, hatte seinen Diener in der Not erhört und ihm seine helfende Hand gereicht. Nachdem sie den nächsten Grat überquert hatten, hatten sie unter sich Medjas Lagerfeuer erblickt.

Rahotep marschierte an Medjas Seite nach Ikkur, über weitere geheime Pfade, auf denen sie vom Feind unbemerkt blieben. Vor ihnen lag die Schlacht, aber ihnen folgte eine behelfsmäßige Armee. Als sie das ausgetrocknete Flußbett erreichten, tauchte gerade die rote Scheibe der Sonne über den schwarzen Mauern von Ikkur auf.

Um die Festung herum brodelte es von kämpfenden Männern. Vor den Mauern strömten weitere Soldaten aus dem

Dunkel, um sich in den Kampf zu stürzen, so als wäre die Unterwelt aufgebrochen und würde kreischende Dämonen auf die Erde speien. Rahotep beschleunigte seine Schritte, und die Nomaden taten es ihm gleich. Dann wollte Rahotep vorstürmen, doch Medja hielt ihn zurück. Die Nomaden blieben stehen, nahmen ihre Bögen von der Schulter. Als Seniry sich umwandte und sie entdeckte, flog ihm bereits eine erste Pfeilsalve entgegen. Schreie gellten, als die Geschosse auf den Feind niedergingen. Die Angreifer wandten sich von der Festung ab und den neuen Feinden zu. Jetzt mußte Seniry an zwei Fronten kämpfen.

Rahotep wußte hinterher nicht mehr genau zu sagen, wie er durch Senirys Truppen hindurch bis zum Westtor von Ikkur gelangt war, aber der Kampf gegen die Feinde seines Vaters war ihm eine Genugtuung. Die aufgehende Sonne blendete ihn, und die südlichen Horden flackerten vor seinen Augen wie die schwarzen Flammen eines höllischen Königreiches. Die Torflügel von Ikkur ächzten in ihren Scharnieren. Königliche Soldaten stürzten sich auf königliche Soldaten, und Rahotep erkannte, daß dies Isfet war, das uralte Chaos, älter als die Götter.

Rahotep stürzte sich in das menschliche Wildwasser und kämpfte sich in Richtung Tor. Sofern er Hiebe abbekam, spürte er sie nicht, so sehr beflügelte ihn seine Rache. Und wenn er Blut vergoß, scherte ihn das wenig, watete er doch durch das Blut des Feindes. Die Schlacht hatte etwas Gotteslästerliches an sich; Männer umklammerten einander wie in Leidenschaft, pervertierten die Umarmung der Liebe zur Umarmung des Todes. Sofern eine der beiden Seiten einen Triumphschrei ausstieß, hörte Rahotep ihn nicht oder konnte ihn nicht von den Todesschreien unterscheiden. Wenn Kameraden gegen Kameraden kämpfen, konnte niemand sagen, wessen Sieg es war. Es gab in diesem Gemetzel keine Ordnung. Die Maat hatte die Welt verlassen.

Rahotep verlor im Gewühl nach und nach jedes Bewußtsein seiner selbst. Der Prinz und Dritte Prophet des Ptah, des Herrn von Memphis, hatte sich mit der Nacht aufgelöst, und zurückgeblieben war nur ein Klumpen heißes Fleisch und Blut, das in der Flut von Isfet trieb, welche die Erde überschwemmt hatte. Und er fühlte, wie er versank und mit dieser Flut verschmolz.

Am Tor der Festung hielt Rahotep einen Augenblick inne und rang nach Luft. Der Gestank nach Schweiß und Blut raubte ihm den Atem, Staub klebte ihm auf der Zunge, und der Schlachtlärm hallte in seinen Ohren. Er mußte sich festhalten, um nicht wieder im Mahlstrom unterzugehen und erstarrte beim Anblick des Vizekönigs, der einen nubischen Rebellen umarmte wie einen Bruder. Der Nubier ließ die Arme sinken und glitt aus der Umarmung des Vizekönigs, auf dessen Tunika er eine breite, tiefrote Blutspur hinterließ. Dann sah Rahotep, daß der Vizekönig einen Dolch in der Hand hielt. Sein Arm war bis zum Ellbogen rot von Blut.

Der Vizekönig entdeckte Rahotep und warf seine Waffe fort. Er breitete die Arme aus, um den Königssohn zu umarmen, doch der Ausdruck auf seinem Gesicht war kein glücklicher. Rahotep fragte sich, was das Entsetzen auf den Zügen des Vizekönigs zu bedeuten hatte.

»Hoheit! Ich habe ihn gefunden! Ich habe Medja gefunden!« rief er. Doch mit seinem Mund stimmte etwas nicht. Er brachte keinen Laut hervor, und rote Tropfen sprühten von seinen Lippen. Er hob die Hände ans Gesicht, und als er sie herunternahm und betrachtete, waren sie blutverschmiert. Der stete Strom, der an seiner Tunika herabrann, mußte also von ihm selbst stammen. Rahotep versuchte zu gehen, stolperte aber nach vorn in die Arme des Vizekönigs, in denen eben noch der tote Rebell gelegen hatte.

15. Kapitel

Als Tamyt die Festhalle des Amun-Tempels betrat, traf sie dort auf eine Versammlung von Generälen – Pentaweret war nicht darunter. Die Armeekommandeure brachen ihre erregte Diskussion ab und starrten Tamyt an. Sie trug einen goldenen Lotoskranz auf der Perücke, und ihr weißes Gewand war mit goldenen Figuren bestickt. Vom Durchwaten des Überschwemmungswassers war ihr Kleid bis zu den Knien durchweicht und verschlammt. Sie stand vor ihnen wie eine Tochter des Re, hervorgebracht bei der Erschaffung der Erde. Erst nach einer ganzen Weile wurde den Kommandeuren bewußt, daß sie sich noch nicht verneigt hatten, was sie eiligst nachholten.

»Was tut ihr hier?« wollte Tamyt wissen. »Wißt ihr nicht, daß der Feind vor dem Tor steht? Wißt ihr nicht, daß er das Tor des Hauses von Monthu niedergebrannt hat und daß seine Soldaten in der Halle des Gottes kämpfen? Worauf wartet ihr? Wollt ihr ihn im Tempel des Amun-Re willkommen heißen?«

Die Kommandeure blickten beschämt zu Boden.

»Seht mich an!« befahl Tamyt schroff. »Wo ist der König?«

»In Eurem Haus, Herrin«, antwortete der Oberbefehlshaber. »Herrin ...«, Tamyt entfernte sich mit großen Schritten, »wir waren immer wieder bei Seiner Hoheit und haben um Befehle gebeten. Als der Feind sich draußen vor dem Monthu-Tempel versammelt hat, sind wir beim König gewesen – zu diesem Zeitpunkt war er noch hier – und haben ihn angefleht, unserem Schlachtplan zuzustimmen. Als der Feind dann das Tor in Brand setzte, haben wir Boten zu ihm geschickt.«

»Boten?«

»Zwischenzeitlich hatte er sich von hier zu Eurem Haus begeben. Es tut mir leid, Herrin, aber es ist so. Wir haben ihn mit aller Eindringlichkeit gebeten, uns in den Kampf zu schicken, zu Eurer Rettung. Als Euer Schreiben kam, leiteten wir es an ihn weiter und flehten ihn an, Eurer Bitte um Unterstützung nachzukommen, Herrin ...«

»Schon gut! Ich werde persönlich zum König gehen.«

»Werdet Ihr uns in den Kampf schicken, Herrin?«

Tamyt ließ den Blick über die Männer schweifen, die förmlich bebten vor Tatendurst, sich jedoch zurückhielten, um nicht den Unmut ihres Königs auf sich zu ziehen. Mitleid und Verachtung spiegelten sich auf Tamyts Zügen.

»Ich werde mit euren Befehlen zurückkehren. Wartet hier.«

Das nasse Kleid schlug um ihre nackten, brennenden Beine, als Tamyt das Haus der Göttlichen Gemahlin des Amun innerhalb des Tempelgeländes aufsuchte. Draußen standen Soldaten Wache. Einer von ihnen trat vor, als wollte er ihr den Weg versperren, hielt jedoch inne angesichts ihrer bebenden Nasenflügel und zornsprühenden Augen.

»Seine Hoheit der König hat jedem den Zutritt verwehrt, Herrin«, sagte er entschuldigend.

»Seine Hoheit der König hat doch sicher nicht angeordnet, daß du mich daran hindern sollst, mein eigenes Haus zu betreten?«

Tamyt schob mit einer Hand den Speer des Mannes beiseite, was dieser widerstandslos geschehen ließ, und steuerte die Treppe an. Drinnen war es dunkel. Von oben ertönte Pentawerets Stimme.

»Ich habe angeordnet, daß niemand herein darf! Was willst du? Geh!«

»Ich bin es, Tamyt.«

»Tamyt? Bist du es wirklich?«

Von oben waren hastige Schritte zu hören. Der Vorhang vor dem Schlafzimmer wurde beiseite gezogen. Pentaweret erschien in der Öffnung, eine Lampe in der Hand.

»Schnell!« Er winkte sie zu sich. Angewidert sah Tamyt, daß die Laken zerwühlt waren, als hätte Pentaweret sich darunter versteckt. Das Licht der Lampe warf seinen Schatten an die Wand – einen Schatten, der größer war, als dieser Mann es verdient hatte. Nicht zum ersten Mal fragte sich Tamyt, was aus Renenutet geworden war.

Pentaweret stellte die Lampe ab und klammerte sich an sie. Er zitterte. Dann setzte er sich aufs Bett, zog sie an sich und vergrub das Gesicht an ihrem Leib.

»Du hättest mich nicht allein lassen dürfen«, sagte er, die Lippen an ihrem Kleid, so daß sie deren feuchte Wärme auf der Haut fühlte.

Tamyt zuckte zusammen und trat einen Schritt zurück. »Der Monthu-Tempel ist verloren«, sagte sie. »Warum hast du mir auf meinen Hilferuf hin keine Verstärkung geschickt?«

Pentaweret antwortete nicht, blickte nur stumm zu Boden. Tamyt bemerkte mehrere eingerollte Papyri auf dem Bett – ihre eigene Nachricht und jene seiner Kommandeure, wie sie vermutete.

»Ramses' Männer haben das Haus Monthus eingenommen. Sie werden heute nacht im Allerheiligsten feiern. Ich konnte mit knapper Not fliehen. Das hätte vermieden werden können! Du hättest ihn aufhalten können, hättest du deine Männer in die Schlacht geschickt … hättest du wie ein *König* gehandelt!«

»Sind sie hier?« Pentawerets Finger krallten sich in ihr Kleid. »Stehen sie vor den Toren?«

»Nein, noch nicht.«

Pentaweret wiegte sich vor und zurück. »Ich weiß nicht, was ich tun soll … Im Gegensatz zu Ramses bin ich nie in der Armee gewesen.«

»Du hattest deine Kommandeure. Ich habe sie gesehen. Sie sind mit fertig ausgearbeiteten Schlachtplänen zu dir gekommen und haben dich angefleht, ihnen ihren Einsatzbefehl zu geben. Du brauchtest nur die Hand zu heben oder zu nicken! Das hätte genügt, um den Monthu-Tempel zu retten. Und ich hätte nicht durch den Schlamm waten müssen, um Ramses zu entkommen. Du hättest ihnen nur zuzunicken brauchen!«

»Aber woher sollte ich wissen, ob sie recht hatten? Ich konnte es nicht beurteilen. Im übrigen wurde auch ich angegriffen.«

»Was? Die Kommandeure unten haben nichts von einem Angriff gesagt.«

Pentaweret blickte zu ihr auf, einen Ausdruck auf dem Gesicht, der etwas Triumphierendes an sich hatte.

»Es gab aber einen Angriff. Sie haben die Nordwestecke attackiert. Dutzende Krieger! Ich konnte dir keine Unterstützung schicken. Ich brauchte meine Männer, um die Angreifer abzuwehren.«

»Du meinst, sie haben auch versucht, den Tempel des Amun-Re zu stürmen? Ich war auf dem Dach, habe aber nichts dergleichen gesehen.«

»Dann geh und sieh dir die Mauer an. Es ist ein großes Loch im Mauerwerk der Nordwestecke. Die Feinde haben versucht, sich einzuschleichen. Aber ich habe sie verjagt, jawohl.« Pentaweret nickte, sichtlich zufrieden mit sich selbst. Dann schaute er wieder unsicher drein. »Ich habe alle Männer zu meinem Schutz gebraucht. Aber jetzt bist du ja da, und du wirst schon wissen, was zu tun ist.«

Tamyt riß ihm ihr Kleid aus den Fingern. Sie starrte an die Wand und kämpfte mit sich. Pentaweret trat hinter sie und legte ihr die Hände auf die Schultern, doch sie stieß ihn mit solcher Kraft zurück, daß er gegen das Bett taumelte. Zornig näherte sie sich ihm, hielt jedoch inne, als er schützend beide Arme vors Gesicht hob. Pentaweret war nicht das geeignete

Opfer für ihren unbändigen Zorn. Anstatt ihn zu schlagen, hob sie eine Ecke des zerknitterten Lakens an und bedeutete ihm, wieder darunter zu kriechen. Wimmernd gehorchte er. Vielleicht hoffte er sogar immer noch, sie würde sich zu ihm gesellen.

»Bleib hier«, befahl sie barsch. »Komm unter keinen Umständen in den Tempel. Ich werde deine Befehle überbringen.«

Und so überbrachte Tamyt den Generälen in Pentawerets Namen den Befehl, bis zu Ramses' Angriff auszuruhen. Tamyt kehrte für die Nacht nicht in ihr eigenes Haus zurück. Statt dessen hüllte sie sich in einen Schal und machte es sich auf einem Stuhl im Festsaal bequem. Sie hoffte, daß einigen ihrer Männer die Flucht vor Ramses' Schergen gelingen würde, so daß sie sich im Lauf der Nacht hier einfanden. Die Kommandeure wickelten sich in ihre Mäntel und legten sich auf den Fußboden, um zu schlafen. Tamyt bettete den Kopf auf einen Arm und schlief zu den Geräuschen aus dem Monthu-Tempel ein, wo Ramses' Männer den letzten ihrer Soldaten bezwungen hatten und dem Gott überschwenglich opferten. Ihr Schlaf wurde von keinem einzigen Flüchtling gestört.

Im Festsaal war es dunkel, und Tamyt schlief bis nach dem Morgengrauen. Was sie schließlich weckte, war die Stille – die Stille von Männern, die sich auf einen Befehl hin versammelt haben und warten, daß etwas geschieht. Die meisten Kommandeure lagen noch an ihrem Platz, wenngleich einige sich herumrollten und die Augen aufschlugen, als Tamyt sich rührte, um ihr zu zeigen, daß sie wach waren. Der Oberbefehlshaber stand in der Tür.

»Kommt und seht Euch das an, Herrin«, sagte er.

Tamyt folgte ihm die Treppe hinauf aufs Dach. Die düsteren Mauern des Gotteshauses wichen dem heißen blauen Himmel. Das Steinpflaster warf das Licht zurück, das sie blendete. Unter ihren Sandalen war es bereits warm. Der Oberbefehlshaber führte Tamyt zum rückwärtigen Teil des Tempels.

Zögernd folgte sie ihm, da sie sich vor dem fürchtete, was sie vorfinden würde. Sie erreichten den Rand des Daches, und über die Brüstung hinweg sah Tamyt erst die Ausdehnung des Hochwassers, das sich inzwischen bis weit jenseits des Gotteshauses erstreckte. Dann, als sie das Ende des Daches erreichte, sah sie eine Barke mit der Flagge des alten Königs, unter deren Sonnensegel Ramses ruhte, umgeben von seinen Kommandeuren in Segelbooten. Das Pflaster glitt hinter ihren Füßen weg, als würden die Götter einen riesigen Papyrus aufrollen, und in dem Maße, in dem es zurückwich, wurden die Reihen von Ramses' Soldaten sichtbar. Als Tamyt den Rand des Daches erreichte, blickte sie hinunter. Der steinerne Vorhang hatte sich geöffnet, und unter ihr hatte sich Ramses' vollständige Armee versammelt, Hunderte von Männern in Booten und Hunderte mehr im knietiefen Wasser, auf dem die Morgensonne silbern funkelte. Bronzefarben schimmerte der Wald aus Speerspitzen, die nur darauf warteten, ihre Festung zu erstürmen.

Tamyt wich unwillkürlich einen Schritt zurück. Im selben Moment ging ein Pfeil unmittelbar vor ihren Füßen nieder und prallte von den Steinfliesen ab. Der Oberkommandierende zog Tamyt zurück und brachte ein paar Meter Dachfläche zwischen sie und den Feind.

»Es scheint, als hätten sie es auf mich persönlich abgesehen«, sagte sie, lächelte gequält und schluckte.

»Und das nicht ohne Grund«, entgegnete der General. »Sie wissen, daß Ihr unsere größte Hoffnung seid. Ohne Euch könnten wir nicht siegen.«

Das Haus der Göttlichen Gemahlin des Amun, in das der König sich geflüchtet hatte, lag direkt unter ihnen. Der General warf keinen einzigen Blick darauf.

»Ich kann nicht wieder aufs Dach gehen«, sagte Tamyt, als sie die Treppe hinunterstiegen. »Du mußt dort oben Beobachter postieren, die mich ständig über den Verlauf der Schlacht informieren.«

»Dann werden wir kämpfen? Ich habe nachgedacht, Herrin. Jetzt, da unsere Kräfte an einem Ort vereint sind, sind die Verteidiger im Vorteil. Wenn wir uns darauf beschränken, sie …«

»Ramses' Lager wächst stündlich. Aus ganz Ägypten stoßen Männer zu ihm. Und wie sollen wir unsere Armee vergrößern? Wir haben nichts zu bieten, solange wir hier in der Falle sitzen.«

»Aber die Goldkarawane, Herrin …«

»Scheint sich in Luft aufgelöst zu haben. Ich habe keine Nachricht bekommen und rechne mit dem Schlimmsten. Nein, unsere einzige Hoffnung besteht darin, einen Ausfall zu wagen und zu kämpfen – und Ramses' Heer vor den Toren des Tempels zu schlagen. Anschließend begeben wir uns auf die Suche nach dem Goldtransport. Und jene, die in dieser Schlacht versprengt werden, werden sich um das Gold sammeln und nicht um die Fahne, die dort draußen über Ramses' Boot weht.«

Die Soldaten des Hauses von Amun-Re hatten inzwischen zur Inspektion im äußeren Hof Aufstellung genommen. Ihre Kommandeure hatten sich auf der Treppe versammelt und warteten auf ihre Befehle. Pentaweret war nirgends zu sehen. Als Tamyt erschien, wandten sich alle ihr zu.

»Die feindliche Armee befindet sich auf der Rückseite dieses Gotteshauses«, rief sie den Männern zu. »Der Feind hat zweifellos die Absicht, dem König seine Forderungen zu übermitteln. Aber Seine Hoheit wird diese Anmaßung eines Emporkömmlings gar nicht erst abwarten. Ich bin hier, um euch in seinem Namen in den Kampf zu schicken. Nehmt den Dolch des Amun-Re in eure Rechte, und erschlagt den Feind vor den Toren dieses Tempels!«

Die Männer jubelten. Tamyt ließ rasch den Blick über ihre Reihen schweifen. Sie schienen der Armee draußen vor den Toren zahlenmäßig in etwa zu entsprechen. Sie nahm den Oberkommandierenden beim Arm. »Weise die Männer ein und sorg dafür, daß sie möglichst bald angreifen«, sagte sie.

»Es ist alles bereit, Herrin. Wie Ihr wißt, haben wir nur noch auf die Zustimmung Seiner Hoheit gewartet.«

»Die habt ihr hiermit.«

»Jawohl, Herrin.«

Tamyt hielt ihn beim Arm zurück und zog ihn beiseite. »Seine Königliche Hoheit sagte, es hätte an der nordwestlichen Ecke des Tempels einen Angriff gegeben.«

»Ja, das stimmt. Wir haben ihn eine ganze Weile nicht bemerkt, bis uns aufging, daß der Feind versuchte, eine Bresche in die Mauer zu schlagen. Sie hatten bereits einen Sandsteinblock entfernt und arbeiteten an den Backsteinen.«

»Wie viele waren es?«

»Das ist das Seltsame daran – nur ganz wenige. Vielleicht ein halbes Dutzend Männer, die die Mauer bearbeitet haben, geschützt von einem Schutzschirm aus Weidenruten und einem Boot voller Bogenschützen, die ihnen Feuerschutz gaben. Wegen der Bogenschützen dauerte es auch einige Zeit, bis wir sie vertreiben konnten, aber letztendlich ist es uns gelungen.«

»Ist großer Schaden entstanden?«

»Nein. Sie haben den Durchbruch bis auf den Hof nicht geschafft. Im übrigen ist ihre Bresche – oder das, was eine hätte werden sollen – inzwischen halb überschwemmt. Der Fluß ist weiter gestiegen. Ich verstehe nicht, warum sie so weit unten versucht haben durchzubrechen. Das kann unmöglich von Ramses so geplant worden sein. Vermutlich war es das Werk eines Opportunisten, der einen Hinterhalt der eigentlichen Schlacht vorgezogen hat.«

»Soweit ich erkennen konnte, hatten die Besatzungen der hinteren Boote anfangs Schwierigkeiten zu landen. Vielleicht haben sich einige von ihnen zusammengetan, um auf anderem Weg möglichst großen Schaden zu verursachen.«

»Das mag sein, Herrin.«

»Trotzdem ist es sonderbar. Das gefällt mir nicht. Was immer heute geschieht, wir müssen diese Ecke im Auge behalten. Seid allzeit bereit, sie zu verteidigen.«

»Jawohl, Herrin.«

Tamyt blieb mit einem Soldatenkontingent in der nordwestlichen Ecke des Hofes zurück, während ihre Armee durch das innere Tor und an den heiligen Gebäuden des Amun-Re vorbei zum Osttor marschierte. Als das Stampfen ihrer Füße verebbte, stieg Tamyt trotz der Gefahr die Treppe hinauf auf die Mauer, damit die Männer nicht sahen, wie sie sich die Ohren zuhielt, wenn die zwei riesigen Flügel des Osttores knirschend aufschwangen. Auf der Westseite des Tempels war kein feindlicher Soldat zu sehen. Die Brustwehr war so schmal, daß es sie nervös machte. Sie kehrte zurück in den Hof und ging durch das Große Gotteshaus zum Festsaal. Tausend Paar Füße hatten vor ihr den Staub aufgewühlt. Die Abdrücke der Sandalen zeigten, in welche Richtung die Männer marschiert waren, und anschwellender Lärm aus Osten verriet, welchem Schicksal sie entgegenzogen.

Tamyt beschleunigte ihre Schritte, bis sie wieder den Schutz der Säulenhalle von Djhutmose erreicht hatte. Sie war leer. Die Kommandeure waren oben auf dem Dach, um die Schlacht zu leiten, deren Getöse das Dunkel um sie herum erfüllte. Tamyts Stuhl stand verwaist da, und die Decken, die die Generäle achtlos hatten liegen lassen, sahen im schwachen Licht wie leblose Körper aus. In einer Ecke des Saales glühte noch schwach ein Kohlenbecken. Tamyt zündete eine Lampe an und betrachtete jeden bedrohlich wirkenden Gegenstand, bis sie sich von seiner Harmlosigkeit überzeugt hatte. Dann schaute sie die Wände an.

Der Festsaal war vor langer Zeit vom großen Pharao Djhutmose gebaut worden, als dieser siegreich aus den asiatischen Ländern zurückgekehrt war. Er hatte Amun-Re den Krummsäbel der Eroberung zurückgegeben, den dieser ihm in die Hand gelegt hatte, und für den obersten Gott einen Saal errichtet, in dem die Früchte der besiegten Länder und die Geschichte ihrer Eroberung zur Freude des Gottes in wunderschönen Reliefs verewigt worden waren.

Tamyt betrachtete die Listen der exotischen Blumen, die auf den Wiesen der asiatischen Länder wuchsen, und die phantastischen Tiere, die die Berge bevölkerten. Sie versuchte, sich die hübschen gesprenkelten Gazellen vorzustellen, die durch Wälder aus seltsamen Bäumen zogen, doch die Schreie und das laute Plätschern von jenseits der Mauern riß sie aus ihrer Betrachtung. Sie schüttelte den Kopf und betrat eines der Vorzimmer. Abgesehen vom schwachen Lichtschein ihrer Lampe war es stockdunkel in dem Raum. Tamyt hielt die Lampe dicht an die Wand und sah, daß sie den Bericht von Djhutmoses Feldzug vor sich hatte. Im gelben Lampenschein las sie. Djhutmose war ausgezogen, um den Aufstand eines Vasallenprinzen in den asiatischen Städten niederzuschlagen. Anfangs noch stockend, entzifferte Tamyt die Strecke, der Djhutmoses Armee von der Ostgrenze Ägyptens durch die südlichen asiatischen Gebiete gefolgt war. Der König hatte einen Kriegsrat abgehalten und war entgegen dem Rat seiner Offiziere einem gefährlichen Pfad gefolgt, mit den Worten: »Der verfluchte Feind soll nicht behaupten können, ich hätte die Route eines Feiglings gewählt!« Tamyt preßte die Lippen zusammen, was in etwa einem Lächeln entsprach. Niemand konnte behaupten, *sie* wäre den Weg eines Feiglings gegangen. Sie würde selbst ungeachtet der feindlichen Bogenschützen auf dem Dach stehen und ihre Männer führen, wenn sie nicht wüßte, daß sie in den unfähigen Händen Pentawerets zur Niederlage verdammt waren.

»Und überhaupt«, sagte sie laut, »wozu mein eigenes Leben aufs Spiel setzen? Ich tue das für mich und nicht für ihn.« Doch eine eindringliche innere Stimme sagte ihr, daß Tatenlosigkeit im Angesicht der Gefahr auch sie das Leben kosten würde. Sie rückte ihre Perücke zurecht und konzentrierte sich wieder auf die Inschrift.

Djhutmose war vor den Toren der Stadt Megiddo eingetroffen, in die sich sämtliche aufständischen Prinzen der nördlichen Länder zurückgezogen hatten. Auf der Ebene vor Megiddo kam es zu einer gewaltigen Schlacht, in welcher der König persönlich tapfer mitkämpfte. Die Rebellen wurden aufgerieben, flüchteten in Richtung der Stadtmauern und gingen wie Fische ins Netz. Tamyt hörte die Schreie der Verwundeten, das Stöhnen der Gefallenen, das Platschen des Wassers im Kina-Bach. Die Geräusche waren so wirklich, daß es ihr vorkam, als stünde sie mit der Lampe in der Hand mitten im Kampfgetümmel. Dann wurde ihr bewußt, daß es der Lärm ihrer eigenen Schlacht war, den sie hörte, das Ringen der Armeen vor dem Tempel des Amun-Re in Theben. In diesem Moment verlosch ihre Lampe, und die Inschrift verschwand. Durch die Tür schimmerte Tageslicht, und sie hielt dankbar darauf zu.

Es war Mittag. Sie mußte sehr lange in Djhutmoses Feldzüge vertieft gewesen sein. Eine der Wachen überquerte den Hof und kam auf sie zu.

»Wie steht es?« fragte sie.

»Zur Zeit herrscht Gleichstand, würde ich sagen. Zu Beginn kam uns zugute, daß wir den Feind überrascht haben. Wir konnten Ramses' Armee zurückwerfen, aber dann hat sie sich wieder gefangen und kämpft nun erbittert.«

Tamyt fluchte.

»Aber das ist noch nicht alles, Herrin. Es wurden zwei Transporte gesichtet.«

»Wo? Wann?«

»Bei dem einen könnte es sich um den Goldtransport handeln, Herrin, einen Tagesritt flußaufwärts. Der zweite nähert sich von Norden. Das könnte Bakamun mit Verstärkung aus Piramses sein.«

»Beten wir zu den Göttern, daß es so ist!« Tamyt grub sich die Fingernägel in die Handflächen. »Unter welcher Flagge segeln sie?«

»Das weiß ich nicht, Herrin.«

»Was soll das heißen, du weißt es nicht? Wer hat die Nachricht überbracht? Führe mich zu ihm. Ich werde dir zeigen, wie man jemanden befragt ...«

»Der Bote ist tot, Herrin. Er hat es geschafft, sich bis zu uns durchzukämpfen, wurde aber schwer verletzt. Ich habe Euch alles gesagt, was er noch berichten konnte.«

»Dann müssen wir abwarten«, sagte Tamyt. »Ich werde Seine Hoheit den König unterrichten. Und du geh zurück auf deinen Posten.«

Kein Laut drang aus dem Haus der Göttlichen Gemahlin des Amun. Sämtliche Fensterläden waren geschlossen, so daß es fast so dunkel war wie in der Nacht zuvor. Tamyt rief Pentawerets Namen, erhielt jedoch keine Antwort. Diesmal kam er nicht oben an die Treppe, um sie zu begrüßen. Als sie die Vorhänge zurückzog, sah sie, daß das Bett leer war.

»Pentaweret!« rief sie erneut.

Sie hörte ein schabendes Geräusch unter dem Bett. Eine Hand schob das Moskitonetz beiseite, und Pentawerets Kopf kam zum Vorschein.

»Tamyt?« sagte er leise.

»Was, um alles in der Welt, machst du da unten? Komm sofort heraus!«

»Ich habe Angst.« Pentawerets Gesicht war so weiß wie die Laken.

»Dazu hast du auch allen Grund«, entgegnete Tamyt. »Die Schlacht tobt, und der Sieg wird nicht leicht sein. Möglicherweise stehen Ramses' Männer schon jetzt draußen vor dem Tor.«

Pentaweret gab einen erstickten Laut von sich und kroch zurück unters Bett. Tamyt kniete fluchend nieder, schob die Arme unter das Bett und krallte die Finger vorn in Pentawerets Umhang. Dann zerrte sie ihn aus seinem Versteck. Der Herr der Zwei Länder lag zusammengerollt auf der Seite und schlug beide Hände vors Gesicht.

»Hör zu«, sagte Tamyt eindringlich. »Da draußen kämpfen und sterben Männer in deinem Namen. Noch ist die Schlacht nicht verloren. Der Goldtransport wurde gesichtet.«

Pentawerets Finger teilten sich, und er starrte durch sie hindurch. »Wird er rechtzeitig hier eintreffen, um mich zu retten?« Seine Stimme klang gedämpft durch seine Finger.

Tamyt zog seine Hände fort. »Er wird heute abend hier sein«, log sie. »Wir brauchen nur bis dahin durchzuhalten.«

»Versprichst du es?«

»Ja. Aber jetzt mußt du dich deinen Soldaten zeigen, um ihnen Mut zu machen.«

»O nein, das kann ich nicht. Ich bleibe hier. Sie würden mich erschießen.«

»Was meinst du damit?«

»Ramses ... seine Männer ... sie würden mich mit Pfeilen spicken.« Er rückte wieder näher an das Bett heran, doch Tamyt hielt ihn zurück.

»Du brauchst dich gar nicht in Gefahr zu begeben. Du kannst auf dem Dach außer Reichweite der Pfeile bleiben. Wenn deine Sänftenträger dich hochheben, werden deine Soldaten dich trotzdem sehen können, und du kannst zu ihnen sprechen. Ich werde dir vorgeben, was du sagen sollst«, sagte sie, als sie das Entsetzen in seinen Augen aufflackern sah. »Hinterher kannst du dann wieder hierher zurück.«

Tamyt ließ Pentawerets Hände los und tastete sich abwärts zu seinen Lenden. Wie erwartet hatte er vor Furcht eine Erektion bekommen. Sie bewegte die Hand auf und ab.

»Wo ist Bentanta?« fragte Pentaweret.

»Sicher im Tempel untergebracht.«

Pentaweret rollte sich auf den Rücken und legte eine Hand auf die ihre.

»Du brauchst dich nur von mir waschen und anleiten zu lassen«, sagte sie. »Dann rufen wir eine Sänfte und lassen dich für zwei Minuten – oder auch nur für eine – nach oben aufs Dach tragen, damit du eine Ansprache halten kannst, nur eine ganz kurze. Anschließend kommst du wieder hierher.«

»Bleibst du bei mir?«

»Ja, natürlich.«

»Tamyt?«

»Ja?«

»Was ist mit Renenutet geschehen?«

Tamyt wandte eilig das Gesicht ab und schob seine Tunika bis zur Taille hoch. Sein Glied zuckte auf seinen Schenkeln, tiefrot und angeschwollen von dem Blut, das aus seinem Gesicht gewichen war, pochend vor Lust. Sie beugte sich herab und begann, an ihm zu saugen, während er sich wimmernd auf dem Fußboden wand.

Hinterher zog sie ihm die Tunika aus, spuckte hinein und spülte sich mit Wein den Mund aus, um den brackigen Geschmack loszuwerden. Der Samen eines Gottes, dachte sie, als sie sich den Mund abwischte. Pentaweret weinte. Draußen tobte immer noch die Schlacht. Tamyt stand auf und holte sauberes Leinen und duftende Öle. Sie wusch ihn mit klarem Wasser und rieb ihn anschließend mit den Ölen ein, so wie es die anderen Frauen des Harems mit ihren Kindern taten. Dann kleidete sie ihn an und half ihm, Kragen und Kopfputz anzulegen.

Gehorsam folgte er ihr die Treppe hinunter und wartete, während sie eine Sänfte kommen ließ. Er stieg ein, und Tamyt, die Sänftenträger und der Pharao von Ägypten begaben sich auf das Dach des Hauses von Amun-Re.

Doch der Anblick der Schlacht brachte Pentawerets Entschlossenheit ins Wanken. Er sah sich mit einer blutigen Szenerie konfrontiert, bei der Ägypter sich gegenseitig massakrierten und die Gefallenen in den Schlamm trampelten. Die beiden Heere waren kräftemäßig so gleichwertig, daß man unmöglich sagen konnte, wer die Oberhand hatte. Das Wasser um den Tempel herum war ein scheußliches Gemisch aus Blut und Schlamm, das an einen riesigen Eintopf erinnerte, in dem Leichen schwammen wie Fettaugen. Pentaweret würgte.

»Bring mich nach unten«, keuchte er. »Mir ist speiübel.«

Tamyt umfaßte stützend seinen Ellbogen, erkannte jedoch, daß er sich vermutlich vor seinen Männern, denen er Mut zusprechen sollte, übergeben würde. Oder er würde aus der Sänfte springen und das Weite suchen. Sie ließ die Hand sinken. Es war besser, wenn die Sänftenträger ihn nach unten zurückbrachten und so einen Rest seiner Würde wahrten.

»Irgendwelche Neuigkeiten vom Goldtransport?« fragte Tamyt einen der Kommandeure.

»Ich fürchte nein. – Herrin, Eure Anwesenheit hier oben lenkt den feindlichen Beschuß auf uns, deshalb muß ich Euch bitten ...«

Tamyt kehrte zurück nach unten. Pentaweret hatte sich offenbar bereits wieder in ihr Haus zurückgezogen. In ihrer Hilflosigkeit beschloß sie, Bentanta aufzusuchen. In der Hitze des Gefechts hatte sie die Gemahlin des Königs völlig vergessen. Sie wußte nicht einmal, in welchem Teil des Tempels Bentanta Zuflucht gesucht hatte.

Die Große Gemahlin des Königs befand sich weder im Festsaal noch in einem der angrenzenden Zimmer. Sie hatte sich weder in die Schatten des Säulenganges geflüchtet noch in die Dunkelheit der großen, säulengestützten Halle. Schließlich entdeckte Tamyt sie im Schatten eines der Gebäude, die den Heiligen See umgaben. Sie hatte die Hände auf dem Schoß gefaltet und wirkte sehr gefaßt, obwohl der Lärm der Schlacht auch hier deutlich zu hören war. Sie lächelte, als Tamyt sich ihr näherte, hielt den Blick jedoch weiter auf die stille Oberfläche des Sees gerichtet.

»Ich habe nachgedacht«, erklärte sie, noch bevor Tamyt etwas sagen konnte. »Wenn sie das Tor aufbrechen und mich suchen, sollen sie mich hier vorfinden. Von hier aus kann ich sie schon sehen, wenn sie noch ziemlich weit entfernt sind, so daß ich abschätzen kann, was sie vorhaben, bevor sie mich erreichen. Ich weiß nicht, wie Ramses reagieren wird, weißt du. Einerseits bin ich seine Schwester, andererseits die Gemahlin seines Feindes. Wenn sie sich mir mit ausgestreckten Händen nähern, werde ich aufstehen und ihnen entgegengehen. Kommen sie jedoch mit erhobenen Schwertern auf mich zu, gehe ich ins Wasser. Dann werde ich ertrinken und zu den Göttern aufsteigen, und sie können mir nicht ein Leben nach dem Tod nehmen.«

»Noch sind wir nicht besiegt«, entgegnete Tamyt. »Hab keine Angst.«

»Oh, ich habe keine Angst«, erwiderte Bentanta. »Ich bin bloß entmutigt. Ist das nicht seltsam? Wenn Pentaweret siegt, bin ich die Gemahlin eines rechtmäßigen Königs, während ich als Gemahlin eines Usurpators dastehe, falls Ramses triumphiert. Wer bin ich wirklich? Aber spielt das letztlich noch eine Rolle?«

»So weit wird es nicht kommen. Bakamun naht bereits mit Verstärkung, und auch der Goldtransport wurde gesichtet.«

Bentanta wandte verblüfft den Kopf. »Soll das heißen, wir sind gerettet?«

Tamyt blickte in ihr Gesicht. Ein Teil von ihr wollte Bentanta umarmen, doch der andere Teil, der stärkere, wollte sie am liebsten im See ersäufen.

»Fast«, log sie.

Bentanta senkte den Blick. Ihre Augen richteten sich wieder auf den See. Ein gleichgültiger Ausdruck trat auf ihre Züge.

«Ich glaube, ich bleibe trotzdem hier, nur für alle Fälle«, sagte sie.

Es gab ein gurgelndes Geräusch. Aus den Wasserspeiern in Form von Löwenköpfen am Nordende des Beckens begann schmutziges Wasser in den Heiligen Teich zu laufen.

»Was hat das zu bedeuten?« fragte Tamyt verblüfft.

»Sie kommen! Die Tore sind offen! Sie kommen mich holen!« Bentanta bemühte sich, der aufsteigenden Panik Herr zu werden.

»Was meinst du?«

»Da.« Bentanta zeigte auf das Wasser, das aus den Löwenmäulern rann. »Wenn sie die Tore öffnen, dringt das Hochwasser ein und rinnt über die Wasserspeier in das Becken.«

»Dann sind die Tore also offen ...«

Tamyt hob sich. Sie entschied in diesem Augenblick, daß sie Bentanta nicht in den Teich folgen würde. Sie hatte ein Messer und würde jemanden in die Unterwelt oder ins Nichts mitnehmen. Im angrenzenden Hof waren Schritte zu hören, und ein Schatten fiel über den Weg. Doch es war der Oberkommandierende, der am anderen Ende des Teiches auftauchte, und nicht Ramses mit gezücktem blutigem Schwert.

»Wir haben uns vorübergehend zurückgezogen«, sagte er, als er auf sie zukam. »Der Feind hat uns zu sehr bedrängt. Die Tore wurden hinter uns geschlossen. Wir werden unser Bestes tun, durchzuhalten, bis die Karawane eintrifft.«

Er verneigte sich vor Tamyt, besann sich dann und fiel vor Bentanta auf die Knie.

»Du meinst, sie werden den Tempel heute nicht stürmen?« fragte Bentanta.

»Ich glaube nicht, Hoheit. Sie sind ebenso erschöpft wie wir.«

»Ich bleibe trotzdem hier.«

Tamyt zog den General beiseite. »Wie viele Männer haben wir verloren?«

»Zwei- oder dreihundert. Wir führen gerade einen Appell durch.«

»Und der Feind?«

»In etwa gleich viele.« Der General fuhr sich mit der Hand über die Stirn. »Wenn das so weitergeht, stehen wir alle als Verlierer da. Aber es hat seinen Zweck nicht verfehlt, daß der

König sich den Männern gezeigt hat, wenn auch nur für kurze Zeit. Das hat ihnen gewaltigen Auftrieb gegeben.«

Tamyt zog eine Grimasse und senkte den Blick. Von jenseits des Teiches waren erschöpfte, schleppende Schritte zu hören, vermischt mit dem Stöhnen der Verwundeten und den Schreien jener Soldaten, die von ihren Kameraden so vorsichtig wie möglich auf den Boden gelegt wurden. Tamyt ging auf die Männer zu und überlegte, was sie sagen sollte, um ihnen für den nächsten Kampf Mut zu machen. Im Herzen stand sie auf dem Dach und blickte nach Süden, hielt Ausschau nach dem Transport und betete, daß er unter ihrer Flagge segelte.

An diesem Tag wurde nicht mehr gekämpft. Beide Seiten schienen froh zu sein über die Atempause. Als die Männer sich in ihre Quartiere zurückgezogen hatten und die Verwundeten versorgt waren, ließ Tamyt Lebensmittel aus den Lagerräumen des Tempels auftragen. Bevor sie selbst aß, stellte sie ein Tablett für Pentaweret zusammen, stieg jedoch nicht die Treppe hinauf, da sie den Anblick seiner Feigheit nicht ertragen hätte. Bentanta verließ schließlich doch nicht ihren Platz am Ufer des Teiches. Die Sonne ging unter, noch bevor die Mahlzeit beendet war.

Ehe sie sich für die Nacht zurückzog, ging Tamyt zusammen mit dem Oberkommandierenden die Mauern des Tempels ab. Die Innenhöfe waren matschig, und die Bohlen des gewaltigen Osttores waren bis in Kniehöhe naß. Auf dem Schlamm schimmerte Blut. Draußen vor den Mauern hatte Ramses rund um den Tempel Wachen postiert, und draußen auf dem Wasser war an den dort brennenden Lampen der Halbmond seiner Flotte zu erkennen. Die Leichen der Gefallenen, die das Wasser verseuchten, waren nicht zu sehen, aber es lag bereits ein widerlicher Verwesungsgeruch in der Luft. Der General ging mit der Lampe voraus und leuchtete den Weg die Treppe hinunter in den westlichen Innenhof. Tamyt folgte ihm, wobei sie sich mit zwei Fingern die Nase zuhielt. Die Wachen in der nordwestlichen Ecke waren auf ihrem Posten, und sie wechselten ein paar Worte mit ihnen. Es hatte während der Schlacht einen weiteren Versuch gegeben, die Mauer zu durchbrechen, doch der Feind war unter Beschuß genommen worden und hatte rasch aufgegeben. Der Hauptmann der Garde zeigte Tamyt eine Stelle, an der ein Meißel sogar vollends durch die Mauer gebrochen war.

»Ich verstehe nicht, warum sie sich darauf versteifen, Herrin. Sie könnten keine Hand hineinstecken, ohne daß sie abgeschlagen würde. Und selbst wenn es ihnen gelingen würde, ein Loch in die Mauer zu schlagen, das groß genug wäre, einen Mann hindurchzulassen, bräuchten wir nur danebenzustehen und einen nach dem anderen zu erschlagen.«

Tamyt war verwirrt. Doch an diesem Abend würde ihr wohl kaum noch eine Lösung des Rätsels einfallen. Sie beendete ihren Rundgang und kam am Haus der Göttlichen Gemahlin des Amun vorbei. Es war dunkel und verriegelt. Sie ging am Gebäude vorüber. Der General verließ sie, um ein letztes Mal nach seinen Männern zu sehen. Tamyt holte ihren Schal aus dem Festsaal und legte sich zum Schlafen auf den Fußboden.

Im Schlaf fuhr sie in einem Streitwagen an der Spitze von Djhutmoses Armee über die asiatische Ebene. Der Wagen wurde von zwei in Ägypten unbekannten Wesen über einen Teppich ihr unbekannter Blumen gezogen. Die Schlachtrufe ihrer Soldaten hallten ihr in den Ohren. In der Ferne erhob sich die Festung von Megiddo. Sie jagten näher, und ihre Soldaten feuerten brennende Pfeile ab, so daß die Zitadelle kurz darauf in Flammen aufging. Es gab einen Ruck, und ihr Wagen begann wild zu schlingern. Jemand hatte ihren Arm gepackt …

»Herrin! Herrin, wir werden angegriffen!« Es war der General. »Herrin, wacht auf! Ramses versucht, das Osttor niederzubrennen!«

Noch ganz benommen und nicht sicher, was Traum war und was Wirklichkeit, stolperte Tamyt hinter ihm her.

»Keine Angst, Herrin, das Holz ist naß«, sagte der General. »Seine Pfeile verlöschen, sobald sie sich in die Bretter bohren. Beim Tempel des Monthu mag es geklappt haben, aber nicht hier.«

»Wir müssen die Tore öffnen«, sagte Tamyt. »Wir müssen angreifen und ihn besiegen. Der Transport wird jeden Moment eintreffen.«

»Seid Ihr da ganz sicher, Herrin?«

»Gib den Befehl zum Angriff.«

Der General eilte davon, um seine Männer zusammenzurufen. Tamyt stand hinter dem Osttor. Schlamm klebte an ihren Füßen, Pfeile flogen über ihren Kopf hinweg, und der Krieg hämmerte an die Tore. »Sachmet, Versenger der Erde, schicke mir meine Schiffe des Sieges«, flüsterte sie. Sie dachte an die Frauen im Harem, an ihre Brüder und Väter überall in Ägypten und in den südlichen Ländern, vereint gegen die fremde Horde, die versuchte, auf ihrer Erde Fuß zu fassen. Jetzt waren sie verstreut; einige – wie Renenutet – spurlos verschwunden, andere – wie die Truppen des Mut-Tempels – desertiert, um sich den feindlichen Reihen anzuschließen. Und der Feind mit seinen Truppen aus Ägyptern, Asiaten und Libyern stand vor dem Tor.

Das Geräusch rhythmisch aufstampfender Sandalen riß Tamyt aus ihren Gedanken. Sie drückte sich gegen die Wand, als die schweren Torflügel aufschwangen, wobei sie den Schlamm emporwarfen und das Wasser hereinließen. Ein Pfeilhagel – ein paar Pfeile brannten – prasselte nieder und prallte von den Schilden der Soldaten ab. Ein Meer von Männern strömte an ihr vorbei nach draußen. Gebrüll erhob sich von Ramses' Truppen, das an das Geschrei der Städter erinnerte, wenn die Priester an einem Festtag den gebratenen Ochsen brachten. Die Torflügel schlossen sich wieder.

Tamyt watete durch Schlamm und die Abwasser im östlichen Hof, zurück durch den Festsaal und das Allerheiligste des

Amun-Re. Der Schrein war leer, da der Gott immer noch im südlichen Harem residierte. Die goldenen Türen standen offen und gaben den Blick auf den leeren Platz des Gottes fei. Es kam ihr wie ein Omen vor. Tamyt wurde bewußt, daß weder sie noch Pentaweret noch einer der Soldaten beim Betreten des Tempels die Reinigungszeremonie vollzogen hatte. Vielleicht weil es ohnehin sinnlos gewesen wäre, denn der Gott war ja nicht da. Er befand sich nicht in seinem Schrein, nicht im Tempel und auch nicht draußen bei ihren Männern auf dem Schlachtfeld. Wenn der Transport doch endlich einträfe! Dann würde sie sogar die Götter herausfordern.

Tamyt setzte sich auf die Stufen des Schreins, die Arme um die Knie geschlungen. Sie fragte sich erneut, was mit Renenutet und Tiye geschehen war. War es Renenutet gelungen, sie im südlichen Harem in die Falle zu locken und zu töten? War eine von ihnen – oder beide – bei der Erstürmung des Tempels ums Leben gekommen? Oder waren sie inzwischen Gefangene von Ramses, der draußen auf dem Fluß ankerte? Pentaweret hatte nach Renenutet gefragt. Seine Mutter hatte er mit keinem Wort erwähnt. Das war der Beweis für Tamyts Macht über ihn – eine Macht, die Tiye niemals hätte haben können; die Macht, ihn zu waschen und anzukleiden wie ein Kind und ihn zu befriedigen wie eine Hure. Und diese Macht war es, die sie zur Herrin der Zwei Länder und ihrer Hoheitsgebiete machen würde. Doch als sie in dieser Nacht allein im Allerheiligsten des Amun-Re saß, hätte Tamyt dies alles hergegeben für einen ebenbürtigen Partner an ihrer Seite.

Stunden mußten vergangen sein, seit sie sich in das Allerheiligste zurückgezogen hatte. Tamyt fühlte die harte Kante einer der Türen an der Wange, und ihr wurde bewußt, daß sie eingeschlafen und zur Seite gesunken war. Draußen schien es langsam hell zu werden. Der Gefechtslärm war verstummt und von den Geräuschen der Soldaten abgelöst worden, die durch das Osttor in den Tempel zurückkehrten. Das mußte sie geweckt haben. Tamyt stand von den Altarstufen auf, und gleich als sie den ersten Schritt machte, stand sie im Wasser.

Es war knietief, kalt und in der Dunkelheit nicht zu erkennen. Tamyt stolperte und wäre beinahe gestürzt. In letzter Sekunde konnte sie sich abfangen und an der Wand abstützen. Vorsichtig watete sie auf den Lärm draußen zu, wobei sie sich am schwachen Lichtschein des anbrechenden Tages orientierte. Sie erreichte den Hof und ließ den Blick über das stille Wasser und die Pfeiler und Statuen des Tempels schweifen, die sich darin spiegelten. Es war nicht das Wasser, das durchs Tor hereingeströmt war, sondern das Flutwasser, das die Abwasserkanäle überflutet hatte und nun stetig anstieg. Das Hochwasser hatte sich im Laufe der Nacht im Tempel breitgemacht. Der Lärm rührte von den Wachen her, die alle Hände voll zu tun hatten, um das Tor gegen den Wasserdruck zu schließen, damit Ramses' Soldaten nicht wie eine zweite Flut hereinströmten. Ramses zeigte sich jedoch zurückhaltend. Jetzt erst begriff Tamyt den Zweck von Ramses' Durchbruchversuchen an der nordwestlichen Ecke. Die Bresche sollte dazu dienen, den Tempel des Gottkönigs mit den Wassern Isfets zu überfluten. Aber wie hatte er das zustande gebracht, wo sie doch eine Wache dort zurückgelassen hatte?

Tamyt ließ ihre Leinenstola sinken und auf die Wasseroberfläche fallen. Dann hob sie den Saum ihres mit Gold- und Silberfäden durchwobenen Kleides und riß ihn entschlossen in Kniehöhe ab. Ihre Sandalen behinderten sie beim Gehen; deshalb zog sie sie aus. Dann watete sie durch die kalte Flut den Prozessionsweg hinunter in Richtung des äußeren Hofes. Auf den Mauern und den Pylonen wimmelte es von Wachen. Sie betrachtete die Gestalten, die sich als schwarze Silhouetten gegen den blauen Himmel abhoben, konnte jedoch kein bekanntes Gesicht ausmachen. Die Mauern des Außenhofes waren unbemannt. Von dem Wachkontingent, das sie in der nordwestlichen Ecke zurückgelassen hatte, war weit und breit nichts zu sehen.

Tamyt ertastete mit dem nackten Fuß die Mauer unter der Wasseroberfläche, auf der Suche nach dem Leck, als einige der Wachen, die von den Mauern herabgestiegen waren, zu ihr herüberkamen.

»Wo ist die Wache, die ich letzte Nacht hier postiert habe? Sind die Männer desertiert? Warum hat niemand sie abgelöst? Siehst du, was Ramses getan hat? Er hat Zerstörung über dieses Gotteshaus gebracht und unsere Pläne durchkreuzt!«

»Ich weiß nicht, Gebieterin.« Der Mann, der an der Spitze ging, war sichtlich verwirrt. Er rief den Kameraden hinter sich zu: »Zwei von euch kommen her und tragen die Göttliche Gemahlin zur Treppe ...«

»Geht mir aus den Augen!« herrschte Tamyt sie an. »Ertränkt euch selbst, wenn ihr wollt, aber kommt mir ja nie wieder unter die Augen.«

Sie kehrte in den Tempel zurück und blieb in der gegenüberliegenden Toröffnung stehen.

In der Mitte der großen Säulenhalle wurde Pentaweret auf einem Floß vorbeigestakt wie durch einen göttlichen Papyrussumpf. Er thronte auf seiner Sänfte und war von Soldaten umgeben, die ihn mit den stumpfen Enden ihrer Speere vorwärtsstakten. Die Soldaten senkten den Blick, als sie Tamyt sahen. Pentaweret rief sie an, als sie gerade den Hauptmann der verschwundenen Wache wiedererkannte.

»Tamyt, da bist du ja. Den Göttern sei Dank ... Ich dachte, du wärst ertrunken!«

»Das Wasser ist nur knietief, aber du wirst es mir verzeihen, wenn ich nicht vor dir niederknie«, zischte Tamyt mit zusammengebissenen Zähnen. Das Rätsel war gelöst. Pentaweret war während der Nacht in Panik geraten und hatte ihre Wachen abgezogen, damit sie ihn beschützten. Und die Männer hatten gehorcht, weil Pentaweret – die Götter mögen ihnen beistehen! – ihr König war.

»Niemals würde ich von der Göttlichen Gemahlin Amuns erwarten, daß sie ihr Gesicht in diese schmutzige Brühe taucht«, protestierte die wahnsinnige Gestalt auf ihrem schwankenden Thron.

»Würdet Ihr für einen Augenblick Eure Leibgarde fortschicken, Hoheit?«

»Nein!« rief Pentaweret entsetzt und legte dem Hauptmann eine Hand auf die Schulter. »Wie sollte ich mich sonst fortbewegen?«

»Darf ich dann fragen, wo Hoheit dieses Floß aufgetan haben?«

Tamyt musterte das Gefährt aus zusammengekniffenen Augen. Es handelte sich um eine behelfsmäßige Plattform aus zerschlagenen Möbelstücken, die mit Seilen zusammengebunden waren. Ein Teil hatte große Ähnlichkeit mit einem Tisch aus ihrem Wohngemach.

Pentaweret klopfte dem Hauptmann anerkennend auf die Schulter. »Diese tüchtigen Männer haben es für mich gebaut. Und, was sagst du dazu?« Als er von ihrem Gesicht ablas, was sie davon hielt, fügte er trotzig hinzu: »Ich habe ihnen das ganze Gold des Sieges versprochen, wenn sie ihren König vor der Flut retten.«

Vor einem halben Meter Wasser, dachte Tamyt verächtlich. »Darf ich fragen, wann Eure Hoheit den Anstieg des Wasserpegels bemerkt haben?«

»Ich habe keine Ahnung, wie spät es war.«

»Und warum habt Ihr niemanden zu mir geschickt, um mich zu warnen?«

»Das habe ich. Aber meine Männer konnten dich nicht finden. Ist es nicht so?« fragte Pentaweret an den Hauptmann gewandt.

»Jawohl, Hoheit«, entgegnete der Hauptmann eilig.

»Dann können sie aber nicht sehr gründlich gesucht haben – ich habe Stunden im Allerheiligsten verbracht. Sicher hätten Hoheit jemanden direkt dorthin schicken können.«

»Nein, das konnte ich nicht. Ich habe jeden Mann für den Bau dieses Floßes gebraucht. Ich bin der Herr über die Zwei Länder. Wäre mir etwas zugestoßen, wäre damit alles verloren gewesen. Und ich konnte ja nicht wissen, wie weit das Wasser noch steigen würde, nicht wahr?«

Du hattest Angst davor, mich zu benachrichtigen, sagte sich Tamyt. Du wußtest, daß es deine Schuld war, daß das Wasser hereinströmte, weil du die Wachen von Ramses' Bresche abberufen hattest, um das Haus der Göttlichen Gemahlin zu umstellen, und als diese armen Seelen erkannten, was geschehen war und mich verständigen wollten, hast du es ihnen untersagt. Und jetzt erkaufst du dir ihr Schweigen mit dem Gold des Sieges. Aber mir scheint, die Männer fürchten sich mehr vor meinem Zorn, als sie hinter deinem Gold her sind.

»Hoheit! Gebieterin!« rief eine Stimme aus einiger Entfernung über das Wasser. Es war der Oberbefehlshaber. »Kommt schnell! Ramses ist draußen vor dem Westtor. Es scheint, als wollte er etwas verkünden!«

Als sie nach einigem Geplansche oben auf dem Westpylon angelangten, sahen sie Ramses unten auf dem Fluß. Um ihn herum war seine Armee versammelt, ihre Ränge angeschwollen von den Schaulustigen aus Theben, die sich in der Gefechtspause aus ihren Häusern gewagt hatten. Ramses trug den blau-goldenen Kopfputz eines ägyptischen Pharao und saß in einer Sänfte, die in der Barke auf den Schultern von sechs Trägern aus dem Süden ruhte. An seiner Seite standen ein Trompeter und ein Herold. Ramses rührte sich nicht, mußte sie aber oben auf der Mauer entdeckt und ein Zeichen gegeben haben, denn sofort ertönte die Trompete. Der Herold entrollte eine große Schriftrolle, von der ein schweres Siegel baumelte. Der Herold legte den Kopf in den Nacken, und eine volltönende Stimme begann:

»Einwohner Ägyptens! Wisset, daß am heutigen Tag, dem siebzehnten Tage Opets, der König von Ägypten, der Herr der Zwei Länder, Usermaater, Günstling des Amun, Ramses, Herr von Heliopolis, ins Reich der Toten eingekehrt ist und ich, Ramses, sein erstgeborener Sohn, seine Nachfolge angetreten habe.

Doch ein Usurpator hat sich ins Haus meines Vaters eingeschlichen und hat im Angesicht der Götter einen Frevel begangen. Er und kein anderer hat den Tod meines Vaters zu verantworten, obgleich mein Vater ihn unter den geringsten seiner Kinder zum Nachfolger des Vizekönigs von Nubien auserwählt und ihn mit seiner Tochter vereint hatte. Er hat seinen unreinen Körper auf den Horusthron gesetzt und damit das Haus der Götter entweiht.

Haben unsere Priester uns nicht seit jeher vor den Wassern Isfets gewarnt, die am Rande der Welt darauf lauern, die Erde erneut zu überfluten? Schaut euch um! Seht, wie das Wasser sich ausgebreitet hat, seit Ramses, Herr von Heliopolis, während des heiligsten aller göttlichen Feste die Treppe des südlichen Harems hinuntergetragen wurde! Sind die Wasser nicht stärker angestiegen, als jeder von euch es je erlebt hat? Seht! Das Wasser ist sogar in den Tempel Amuns eingedrungen, selbst das Allerheiligste des Gottkönigs wurde vom Chaos überflutet!

Mein Volk! Das Wasser steigt immer noch. Ich, Ramses, König von Ägypten, befehle euch, daß ihr euch erhebt und den Gotteslästerer aus dem Tempel jagt, den er entweiht hat, bevor die Wasser Isfets uns alle ertränken!«

Der Herold rollte den Papyrus wieder zusammen. Von der Menschenmenge am Fuß der Mauern erhob sich lautes Stimmengemurmel.

Tamyt fühlte, wie jemand an ihrem Ärmel zupfte. Es war der Gardehauptmann.

»Gebieterin … der Goldtransport!«

Weit draußen am Horizont hob sich zwischen den Wüstenbergen ein winziger Fleck von der glatten Wasseroberfläche ab. Tamyt wandte sich an den Oberbefehlshaber.

»Wie viele Soldaten sind uns geblieben? Können wir bis zu Senirys Eintreffen standhalten?«

»Ja, Herrin. Wenn Ramses nicht absichtlich seine Kräfte gezügelt hat, waren wir gestern nacht im Vorteil, bis das Wasser soweit anstieg, daß ein Kämpfen nicht länger möglich war.«

»Du meinst, wir waren überlegen, bis Pent … bis das Wasser eingedrungen ist?« Tamyt wandelte ihren Zorn in Taten um. »Versammle deine Männer. Unterstützung naht. Noch ist nicht alles verloren – der heutige Tag wird über Sieg oder Niederlage entscheiden.«

Während der Proklamation beobachtete Ramses die Gestalten oben auf dem Pylon aus zusammengekniffenen Augen. Tamyt und ihre Rebellenbande hoben sich schwarz vom gelben Licht des Morgens ab. Er konnte Tamyt an ihrem zerrissenen Kleid erkennen, das naß um ihre Beine schlug. Die Wasser Isfets hatten den Tempel überflutet, so wie Maya es geplant hatte. Als sein Herold die Schriftrolle sinken ließ, erkannte Ramses, daß auch Tamyt den Transport im Süden bemerkt hatte. Er sah, wie sie und ihre Kommandeure sich vom Dach zurückzogen, um die letzte Schlacht vorzubereiten. Ramses wandte sich seinem Herold zu. Der Zeitpunkt, wann diese letzte Schlacht beginnen würde, war entscheidend für den Erfolg des zweiten Teils von Mayas Plan.

»Und sie sind ganz sicher, daß der Wasserpegel sinkt?« fragte Ramses.

»Kein Zweifel, Hoheit. Die Meßlatten an den Kais sämtlicher Tempel in Theben und Djeme zeigen dasselbe an. Das Hochwasser geht zurück.«

»Und wir können uns darauf verlassen, daß die Priester Stillschweigen wahren?«

»Ja, Hoheit. Sie alle haben geschworen, bis morgen kein Wort darüber verlauten zu lassen – außer den Priestern des Gottkönigs Amun-Re, aber die können nicht zum Kai, um den Pegel abzulesen. Aber, Hoheit …«

»Ja?«

»Die Soldaten in diesem Tempel werden heute herauskommen, um zu kämpfen. Und auch sie werden neugierig sein, was den Wasserstand betrifft. Was ist, wenn sie ihre Priester vor dem morgigen Tag losschicken, um den Wasserstand zu prüfen?«

Jubel brandete auf den Mauern des fernen Djeme auf. Ramses fuhr hoch. Die Nordflotte war inzwischen so weit herangekommen, daß die Flagge am Mast zu erkennen war: es war die des Ramses, Herr von Heliopolis. Die Boote hielten auf den Tempel des Amun-Re zu; Soldaten quollen über die Bordwände und warfen sich den Rebellen entgegen. Das vorderste Schiff, an dessen Bug ein königlicher General stand, hielt auf die königliche Barke zu.

Ramses schob den Herold beiseite und lief zum Heck seines Schiffes. »Der Herr der Zwei Länder grüßt dich, General Paiis!« rief er. »Ich werde das Gold des Sieges um deinen Hals legen!«

Paiis auf dem nahenden Boot salutierte. Als sein Boot breitseits ging, ergriff er Ramses' Hand und ging an Bord der königlichen Barke.

»Wir mußten in Piramses ebenfalls eine Rebellion niederkämpfen. Aber es gab eine Gegenrevolution, und die Anführer der ersten Revolte erwarten hinter Schloß und Riegel die Rückkehr des Pharao.«

»Wer sind diese Rädelsführer?«

»Der Palastaufseher Bakamun, ein Armeekommandeur vom Ostufer und eine Handvoll königlicher Odalisken und Diener aus dem Harem – dazu ein paar Inspekteure, eine Handvoll Proviantmeister, ein Schreiber, einige Torwachen sowie mehrere ihrer Gemahlinnen.«

»Welcher Kommandeur?«

»Padibast.«

»Ich kenne ihn. Erzähl mir mehr.«

»Offensichtlich war der Aufstand von langer Hand geplant. Sie haben sich große Mühe gegeben, mich schon zu einem frühen Zeitpunkt in ihre Machenschaften zu verwickeln. Sie haben mir puntischen Lotos untergeschoben und mich als Kurier mißbraucht, um den Weihrauch zu Padibast zu bringen – und sie haben sich Beweise für meinen unfreiwilligen Kurierdienst gesichert.«

»Wann war das?«

»Schon vor dem Lampenfest, als Medja noch bei Hofe war – als der König damals die Untersuchung über den Schmuggel mit puntischem Lotos angeordnet hat.«

»Du meinst, als wir alle noch in Piramses waren?«

»Ja. Das war zu der Zeit, als ich Ahmose begleitet habe, um den Schreiber Seti aus dem Delta zu holen. Der Hof zog nach Süden, und mein Vater blieb als Verantwortlicher in Piramses zurück. Kurz darauf erkrankte er schwer. Rückblickend frage ich mich, ob möglicherweise Gift im Spiel war.«

»Sie scheinen sich aufs Giftmischen zu verstehen.«

»Wie meint Ihr das?«

»Sie haben auch meinen Vater vergiftet. Aber dazu später. Sprich weiter.«

»Suppiluliumas und Neskhons wurden getötet, und ich wurde befördert, während mein Vater immer noch krank darniederlag. Dann kam Bakamun zu mir und sagte, daß neue Zeiten anbrächen. Er erzählte mir von einer Verschwörung. Sie suchten noch ehrgeizige, einflußreiche Leute, die ihnen helfen sollten, den alten König zu stürzen und einen neuen auszurufen. Sie wollten mich für ihre Sache gewinnen. Ich sollte den Handel mit puntischem Lotos übernehmen, um ihnen Unterstützung innerhalb der Armee zu erkaufen. Sie sagten, ich sollte den Handel mit Hilfe des Siegels meines Vaters legalisieren. Sie haben mir sogar das Amt des Wesirs zugesichert.«

»Heißt das, sie haben von dir erwartet, daß du dich Tos entledigst?«

»Nein, nein. Sie sagten, ich solle ihn vertreten, solange er krank sei, und ihm später nachfolgen.«

»Und was hast du getan?«

»Ich bin zum Schein darauf eingegangen. Etwa um dieselbe Zeit besserte sich dann auch der Zustand meines Vaters. Ich habe ihn in alles eingeweiht. Seine Krankheit hatte ihn seiner Kraft beraubt, nicht aber seines Willens oder seiner Schläue. Wir haben sein Siegel und den puntischen Lotos dazu benutzt, Unterstützung zu gewinnen – aber nicht für sie, sondern für den Pharao.«

»Und wie hast du es geschafft, das Blatt zu wenden?«

»Die Verschwörer sollten in Piramses die Macht ergreifen, sobald uns die Kunde vom Tod des Pharao erreichte. Ich sollte meine Männer mobilisieren und die Stadt umstellen, während die Schlüsselpersonen überall die Bevölkerung aufwiegelten. Einige Götter sollten geholt werden, um uns zu unterstützen. Als wir die Nachricht erhielten, war es noch zu früh, um zu handeln. Ich schickte Bakamun nach Hause, wo er alles weitere abwarten sollte. Als er aus dem Weg war, schickte ich meine Männer los. Ich ließ die Rädelsführer bei sich zu Hause verhaften. Dann brach ich nach Süden auf, um dem König zur Seite zu stehen, wobei ich meinen Vater und die Hälfte meiner Männer in Piramses zurückließ, um dort die Ordnung aufrechtzuerhalten.

»Aber du mußtest doch annehmen, daß der Pharao tot ist.«

Paiis wandte den Blick ab. »Das ist wohl wahr«, sagte er. »Aber ich wußte, daß noch Hoffnung bestand. Irgend etwas hat es mir gesagt.«

»Was meinst du damit?«

»Das kann ich nicht erklären – zumindest nicht Euch. Es hat

mit der Großen Königlichen Gemahlin zu tun. Ich glaube, ihr könnte ich es erklären. Wo ist sie?«

»Sie ist tot.«

Ein paar Sekunden Stille setzten ein. »Wie?« fragte Paiis dann leise und sagte gleich darauf: »Sie ist ertrunken.«

Seine letzten Worte gingen jedoch im Ächzen der gewaltigen Torflügel des Amun-Tempels unter, die langsam aufschwangen und das braune Wasser um sie herum zurückdrängten. Dann strömte Tamyts und Pentawerets Armee heraus. Ramses' Soldaten sprangen aus ihren Booten und stürzten ihnen entgegen. Die letzte Schlacht um Ägypten begann.

»Deine Männer brauchen dich.« Ramses klopfte Paiis auf die Schulter, und der königliche General kehrte zurück an Bord seines eigenen Bootes.

Eine Flottille kämpfender Boote drängte sich auf dem Wasser zwischen Ramses und dem Ufer. Soldaten zückten ihre Waffen und stürmten ins Kampfgewühl. Die Boote hinter ihnen tanzten auf den Wellen, die von der wogenden Schlacht erzeugt wurden. Ihre Kameraden beobachteten derweil angespannt den Kampf und warteten ungeduldig darauf, ebenfalls gegen den Feind geschickt zu werden. So wie das Empfangskomitee auf den Kai des südlichen Harems gestürmt war, schob sich Pentawerets Armee in einer dichtgedrängten kompakten Masse vor, begleitet von einer Kakophonie klirrend aufeinanderprallender Klingen und wüstem Kriegsgeschrei. Durch die Luft, die einst erfüllt gewesen war von Blumenblüten, sirrten nun Pfeile. Das Singen der Bogensehnen und das Schreien der Verwundeten mischte sich in die Geräuschkulisse; die ersten Toten stürzten in die schlammigen Wasser. Weiter flußaufwärts nahm der Fleck, welcher der Transport aus dem Süden war, die Größe einer Perle an.

Ramses beobachtete die Entwicklung der Schlacht und verfluchte die langjährige Erfahrung, die er in den asiatischen

Ebenen gesammelt hatte und die ihn doch nicht auf den wichtigsten Kampf seines Lebens vorbereitet hatte. Dort hatten die trittsicheren Hufe seiner Pferde die harte Erde bezwungen; hier wateten und wankten die Männer in den Kampf. Dort hatte sein Streitwagen auf einen Ruck der Zügel gewendet oder die Richtung gewechselt; hier schlingerten die Boote auf dem aufgewühlten Wasser, klemmte die Männer zwischen sich ein, trieben ab und mußten zurück zum Ausgangspunkt gerudert werden. In den asiatischen Ebenen war jeder Mann dort postiert worden, wo er dem Feind den größten Schaden zufügen würde; im Hochwasser von Theben versperrten die Bogenschützen in den vorderen Booten jenen weiter hinten die Sicht. Und trotz des anhaltenden Beschusses drückten Pentawerets Soldaten Ramses' Männer unter Wasser. Seine Schwertkämpfer mußten erst von ihren Flößen herunterspringen, bevor sie weggezerrt wurden.

Erst einmal hatte Ramses etwas Derartiges gesehen; als kleiner Junge, als sein Vater die Schiffe des Seevolkes von den Ufern Ägyptens verjagt hatte. Und die Erfahrung seines Vaters lag außerhalb seiner Reichweite.

Ramses' Herold, der sich über die Bordwand hinweg mit einem Boten besprochen hatte, kehrte zu Ramses zurück.

»Es hat einige Desertionen auf der Nordflanke gegeben, Hoheit. Es geht das Gerücht, Hauptmann Seniry würde das Gold an Tamyt ausliefern.«

Ramses blickte in Richtung des südlichen Konvois. Inzwischen waren einzelne Boote zu erkennen; ein Dutzend Perlen auf einer Schnur. »Haben sie eine Flagge gehißt?«

»Nein, Hoheit. Vielleicht wollen sie erst abwarten, wer siegt.«

Ramses fluchte. »Behalte sie im Auge und gib mir Bescheid, sobald sie sich zu einer Seite bekennen.«

Ramses wandte seine Aufmerksamkeit wieder dem Kampfgeschehen zu. Ein Floß, auf dem auch Paiis stand, navigierte mühsam durch die dichtgedrängten Boote auf ihn zu.

»Hoheit!« rief Paiis zu ihm herauf. »Unsere Männer kommen nicht weiter. Der Wasserstand ist zu niedrig, als daß die Boote mit ihrer derzeitigen Last nahe genug an die Tempelmauern herankämen. Pentawerets Männer halten ihnen stand!«

»Und was schlägst du vor?« rief Ramses zurück.

»Der Tempel wird nur von einem kleinen Kontingent verteidigt. Gebt Befehl, um das Kampfgetümmel herumzusegeln, damit wir durchbrechen und das Gotteshaus einnehmen können. Dann fallen wir dem Feind in den Rücken.«

»Nein!« entgegnete Ramses bestimmt.

»Aber Hoheit ...«

»Nein! Das ist mein letztes Wort!«

»Hoheit ...« Diesmal war es der Herold, der an Ramses' Ärmel zupfte.

»Was ist?«

»Seht, Hoheit!« Der Herold zeigte in Richtung des Transports. »Das Boot an der Spitze, Hoheit ... Könnt Ihr es erkennen?«

»Ob ich was erkennen kann?«

»Es hängt irgend etwas am Bug, Hoheit. Es sieht aus wie eine Leiche.«

Ramses kniff die Augen zusammen. Unter dem Bug des vordersten Bootes war tatsächlich ein Schatten auszumachen, der im Rhythmus der Ruder hin und her pendelte.

»Wer ist das?« fragte Ramses.

»Das wissen wir nicht mit Bestimmtheit, aber an Land geht ein Gerücht um ...«

»Und was besagt dieses Gerücht?«

Der Herold schluckte. »Das Gerücht besagt, es wäre der Vizekönig von Nubien.«

»Dann sind wir verloren.«

Ramses blickte von dem Massaker im brodelnden Wasser zu den Pylonen des Gotteshauses. Dort oben stand Tamyt, schirmte die Augen gegen die Sonne ab und starrte flußaufwärts. Das vorderste Boot wurde größer, rückte immer näher.

Bei dem Schatten unter dem Bug handelte es sich eindeutig um einen aufgeblähten Leichnam, der von einer Wolke von Fliegen umschwärmt wurde. Ramses richtete den Blick wieder auf Tamyt.

»Du hast gewonnen, du hinterhältige Katze«, knurrte er. »Du hast gewonnen, aber ich werde dich dennoch zu Fall bringen. Gebt mir einen Bogen!«

Er streckte eine Hand nach Bogen und Köcher aus, ohne auch nur eine Sekunde den Blick von dem weißen, flatternden Kleid abzuwenden. Den Blick noch immer auf die Gestalt auf dem Dach geheftet, zog er einen Pfeil aus dem Köcher und spannte ihn auf den Bogen. Dies ist nicht der Moment, meine Männer an die Belohnung zu erinnern, die ich auf ihre Tötung ausgesetzt habe, dachte er, als er den Bogen hob und sorgfältig zielte. Er schloß ein Auge und richtete die Bronzespitze des Pfeils auf sein Ziel. Die Bogensehne streifte seine Wange, als er sie spannte.

Da bewegte sich Tamyt und rannte oben am Rand des Pylonen entlang, ungeachtet der Höhe, in der sie sich befand. Am anderen Ende ließ sie sich auf die Knie fallen und schlug sich mit der Faust an die Brust, um sich dann Staub aufs Gesicht und in die Haare zu reiben. Ihr Mund öffnete sich zu einem Schrei – ein gequälter Aufschrei, wie Ramses erkannte, obwohl er ihn nicht hören konnte. Dann war sie fort, die innere Treppe hinunter, wo die Mauern sie schützten.

Gleichzeitig erhob sich Triumphgeschrei vom Schlachtfeld. Ramses fuhr herum und wandte sich dem Transport zu, der nun deutlich auszumachen war und geradewegs auf ihn zuhielt. Über dem Boot an der Spitze wehte die Flagge von Ramses, dem Herrn von Heliopolis. Am Bug stand der Vizekönig mit der markanten Adlernase und den rabenschwarzen Locken, ein Lächeln auf den sonst so strengen Zügen. Er hatte seinem königlichen Gebieter wohlbehalten seinen Tribut gebracht. Unter ihm, in einen Umhang gewickelt und mit dem federgeschmückten Kopf nach unten, baumelte Senirys Leichnam, der bei jedem Nicken des Bootes in die Bugwelle eintauchte.

Ramses' Männer sprangen von ihren Booten, ließen Fontänen schmutzigen Wassers aufspritzen und kämpften sich zwischen den Barken hindurch, um zum Feind zu gelangen. Pentawerets Männer machten kehrt und ergriffen die Flucht, stolperten durch das Hochwasser zurück zum Tempel, mußten aber auf halbem Weg feststellen, daß Paiis ihnen den Weg versperrte. Pfeile wurden vom Transport abgeschossen, stiegen hoch in den Himmel und gingen dann in einem tödlichen Hagel auf die bereits besiegte Armee nieder. Von den nahenden Booten sprangen erste Soldaten ins Wasser, um ihre Kameraden im Kampf zu unterstützen.

Ramses befahl den Rückzug der königlichen Barke und ließ sein Boot zu dem des Vizekönigs rudern. Über das Klatschen der Ruder, den Gestank, die Fliegen und den Jubel hinweg lehnten die beiden Männer sich über die Bordwände ihrer Schiffe und schlossen die Hände um die Arme des anderen. Der Vizekönig sah das blau-goldene Tuch und fiel auf die Knie.

»Mein König, möge Euch ein langes, glückliches Leben voller Gesundheit beschert sein!« rief er über den Gefechtslärm hinweg.

»Vizekönig! Du bist wie Sachmet über den Feind gekommen! Nie waren die Götter glücklicher, nach der Flut die Erde zu sehen, als ich es bei deinem Anblick bin. Ich habe auf diesen Augenblick gewartet ... Wenn du nicht gekommen wärst ...« Ramses stützte sich mit beiden Armen auf die Bordwand, doch er wirkte angespannt. »Ich muß meinen Männern nach«, sagte er dann. »Wir reden später!«

Sein Boot löste sich von dem des Vizekönigs. Plötzlich wandte er sich noch einmal dem Vizekönig zu.

»Wartet. Wo ist mein Bruder Rahotep?«

Trotz der zunehmenden Entfernung sah er den ernsten Ausdruck, der auf das Gesicht des Vizekönigs trat. Irgend etwas an seiner Miene drängte Ramses, das Boot wenden zu lassen und umzukehren, doch eine innere Stimme sagte ihm, daß er sofort im Gotteshaus gebraucht wurde, um Kämpfe und Plünderungen der Heiligen Stätte zu verhindern, damit sie nicht in dieser Stunde des Triumphs den Zorn der Götter auf sich zogen. So gab er den Befehl nicht, und das Boot steuerte weiter auf das Triumphgeheul am Ufer zu.

16. Kapitel

Am Abend, als die Gefangenen und Toten gezählt worden waren, ging der neue König an Bord des Schiffes seines Vizekönigs. Er begab sich zu seinem Bruder Rahotep und weinte über die Neuigkeiten, die er dort erfuhr. Am selben Abend blickte Maya erneut von einer Schriftrolle in der Bibliothek zum König auf. Ramses erzählte ihr von Ahmose.

»Du brauchst etwas Zeit für dich allein«, sagte er. »Bleib nicht hier drinnen. Merkst du denn nicht, wie stickig es hier ist? Komm mit mir.«

Maya legte ihre Hand in Ramses', weil die Welt aus den Fugen geraten war, weil alles sich verschoben hatte und sie ihr inneres Gleichgewicht verloren hatte. Ramses führte sie aus der Bibliothek und durch das Tor, das ihr plötzlich völlig fremd vorkam, hinaus aus den Mauern von Djeme. Am Landungssteg waren zwei Boote vertäut. Auf dem einen waren die Vorhänge der Kabine fest zugezogen. Als sie sich näherten, tauchten ein halbes Dutzend Priester aus dem Haus des Lebens zwischen den Vorhängen auf. Sie trugen einen Sarg. Der vorderste Priester erstarrte, als er Maya sah, und befahl den anderen, ihre Last wieder in die Kabine zurückzubringen.

»Nicht dieses«, sagte Ramses hastig, legte einen Arm um sie und ging auf das zweite Boot zu.

»Wohin gehen wir?« fragte Maya.

»Zum Haus von Mut«, entgegnete Ramses. »Dort wird man sich um dich kümmern.«

Als sie zum Haus der Göttin gelangten, wurde Maya von der Hohepriesterin der Mut und ihren Gehilfinnen empfangen. Die Mut-Priesterinnen liefen geschäftig umher und ließen ihrer Freude ob der wiedergefundenen vertrauten Gegenstände freien Lauf. Das Haus der Göttin war in der letzten Zeit stark vernachlässigt worden und in Unordnung. Die Priesterinnen der Mut hatten jedoch ein ganzes Heer von Reinen damit beauftragt, sauberzumachen. Sie waren sehr freundlich zu Maya und unterbrachen ihre Arbeit, um sie willkommen zu heißen. Im äußeren Hof holte eine von ihnen eine Schale, eine zweite brachte einen silbernen Krug voll Wasser, und gemeinsam wuschen sie Maya vor dem inneren Tor die Hände. Dann führten sie Maya zu einem Ankleidezimmer im Inneren des Tempels, zogen sie aus und säuberten sie. Maya, die nackt und fröstelnd in der Dunkelheit stand, rechnete mit kaltem Wasser, doch die Dienerinnen der Mut benutzten warmes, duftendes Öl, das ihren Körper einhüllte wie eine Umarmung. Dann zogen zwei der Priesterinnen mit einem bronzenen Spachtel das überschüssige Öl von Mayas Haut, das über speziell zu diesem Zweck in den Boden gehauene Kanäle abfloß. Eine dritte Frau näherte sich ihnen, und Maya roch das frische Leinen, noch bevor es um ihren Körper gelegt wurde.

Ramses war in den zwei Tagen seit der Entscheidungsschlacht noch nicht bei den Gefangenen gewesen. Am zwanzigsten Tag Opets brach er auf, um sie in ihrem Gefängnis aufzusuchen.

Das Osttor hatte sich in eine Festung verwandelt. Wachen hatten davor Aufstellung bezogen und bildeten eine undurchdringliche Barrikade. Auf jeder Stufe der Treppe war ein Speerträger postiert. Nachts wurde das Gebäude von Dutzenden von Fackeln erleuchtet. Jetzt, bei Tage, war es vom gegenüberliegenden Ufer aus deutlich zu sehen. Alle Pfade führten hinein und keiner heraus.

Pentaweret war ganz oben untergebracht. Ramses sah von

der Tür aus nur eine zusammengerollte menschliche Gestalt unter einer Decke auf dem Sofa. Die Gestalt rollte sich noch ein wenig mehr zusammen, als er eintrat.

»Ist das Pentaweret?« fragte Ramses die Wache.

Der Mann zog die Decke von Pentawerets Gesicht. Pentaweret schrie auf und schloß die Augen, als würde ihn das unsichtbar machen.

Ramses bedeutete dem Wachmann, die Decke wieder herunterzulassen. Pentaweret zog sie sich rasch über den Kopf.

»Wo wurde er gefangen genommen?«

Der Wachmann stellte einen Fuß auf das Sofa und stützte einen Arm darauf. »Man hat mir erzählt, die Odaliske Tamyt hätte einen Dolch gehabt, mit dem sie sich beide das Leben nehmen sollten, wozu der Prinz jedoch nicht in der Lage war. Er bat sie also, das Messer zu halten, in das er sich stürzen wollte, und wickelte sich einen Schal um den Kopf. Aber jedesmal, wenn sie ihm zurief, schaute er durch die Falten des Tuches und kreischte: ›Nein, noch nicht, noch nicht!‹ Und so hat man die beiden lebendig angetroffen – sie mit einem Dolch im schlammigen Wasser kniend, während der Prinz herumhüpfte wie eine aufgescheuchte fette Gans.«

Unter der Decke war ein Stöhnen zu hören.

»Er hat also mit seinem Gehopse dafür gesorgt, daß die Odaliske uns in die Hände fiel. Tamyt fürchtete sich nämlich nicht davor, ihrem Leben von eigener Hand ein Ende zu machen. Sie wollte nur erst ihn töten, bevor sie Hand an sich selbst legte. Dann hätte man sie beide tot aufgefunden. Die Wachen mußten rasch handeln, um zu verhindern, daß sie sich selbst die Klinge in die Brust stach.«

Pentaweret rollte sich herum und legte die Arme über die Ohren.

Plötzlich ertönte aus dem unter ihnen liegenden Raum ein schrilles Kreischen. »Wer ist da? Wer quält meinen armen Jungen? Komm herunter und zeig dich, du Feigling!«

Ramses seufzte und stieg die Treppe hinunter, um sich den nächsten Gefangenen anzusehen. Tiye erbleichte, als sie ihn sah, und wich von der Zellentür zurück.

»Es ging um Leben und Tod – sie oder ich«, sagte Tiye. »Sie hat mich mit einem Messer angegriffen. Ich wollte sie nicht töten. Aber dann lag sie plötzlich da, tot. Und überhaupt habe ich euch in den südlichen Harem eingelassen, oder? Du könntest dich ruhig ein bißchen dankbar erweisen.« Tiyes schlaffe Wangen bebten, und der Trotz wich aus ihrem Gesicht. »Hoheit«, begann sie, »es war nicht meine Schuld. Es war Tamyt. Sie hat mich unter Drogen gesetzt. Sie hat mich die ganze Zeit mit puntischem Lotos in ihrer Gewalt gehabt. Ich wußte nicht, was ich tat, und Pentaweret ebenso wenig.« Als sie die Verachtung auf Ramses' Gesicht sah, fuhr Tiye um so leidenschaftlicher fort: »Wir wurden benutzt, Hoheit, grausam und berechnend.« Tiye sank auf die Knie und hob in einer flehenden Geste die faltigen Arme. »Habt Erbarmen, Hoheit. Wir sind nicht wirklich Verräter ...«

Ramses wandte sich ab und ging. Ihre Stimme verfolgte ihn. »Hoheit, habt Erbarmen mit mir und meinem armen Jungen. Wir haben nichts Unrechtes getan!«

Im darunterliegenden Zimmer saß Bentanta am Fenster. Sie schenkte dem Schluchzen und Zetern von oben keine Beachtung, sondern blickte nur resigniert auf den Fluß. Als Ramses hereinkam, kniete sie vor ihm nieder und wartete, daß er sprach.

»Hast du mir nichts zu sagen, Bentanta?«

»Darf ich aufstehen, Hoheit?«

»Ja. Setz dich wieder ans Fenster. Ich muß gestehen, es stimmt mich traurig, dich hier anzutreffen, Bentanta. Du hast unserem Vater so nahegestanden. Ich hätte es nie für möglich gehalten, daß du dich gegen ihn verschwören könntest – oder gegen mich.«

Bentanta schaute wieder nach draußen auf den Fluß. »Es

war unser Vater, der mich mit Pentaweret verheiratet hat«, sagte sie. »Ich habe ihn nicht darum gebeten. Ich habe getan, was von mir verlangt wurde. Dann sagte mein Gemahl, die Götter hätten meinen Vater gestraft. Ich ... ich war innerlich am Boden zerstört. Aber was wußte ich denn? Es war meine eheliche Pflicht, dem Gatten zu glauben, den mein Vater für mich ausgewählt hatte. Dann wurde Pentaweret von den Göttern zum neuen Pharao auserkoren, und was sollte ich ...« Sie blickte auf ihre Finger, die unruhig mit dem Stoff ihres Kleides spielten.

»Gott weiß, daß ich die Kunde von deinem Tod der von deiner Gefangennahme vorgezogen hätte.«

Bentanta schaute zu ihm auf. Sie war gefaßt und sehr ernst. »Ich wollte mir das Leben nehmen«, sagte sie. »Ich hatte alles durchdacht und war zu dem Schluß gekommen, daß ich keine Gnade von dir erwarten durfte. Also wollte ich mich im heiligen Teich ertränken. Aber dann wurde das Gotteshaus überflutet, und ich war nicht in der Nähe des Teichs, als die Soldaten hereinkamen. Bevor ich dorthin waten konnte, wurde ich eingekreist und zusammen mit den anderen weggebracht. Aber wenn ...«

»Ja?«

»Wenn ich einen kleinen Appell an deine Großmut richten dürfte.«

»Du hast doch selbst gesagt, daß du keine Gnade von mir erwarten kannst.«

»Ich habe nichts mehr zu verlieren. Ich würde dich nur bitten, mir den Pfahl zu ersparen und mir statt dessen die Möglichkeit zu geben, von eigener Hand zu sterben.«

Ramses hatte erwartet, daß sie um ihr Leben betteln würde. Nach kurzem Überlegen sagte er: »Keine Große Königliche Tochter sollte durch den Pfahl sterben.«

»Ich danke dir.«

Das Problem mit Bentanta ist, daß sie zu naiv und zu vertrauensselig ist, sagte Ramses sich auf dem Weg nach unten. Sie hatte sich auf das Urteil ihres Vaters verlassen und gar nicht in Betracht gezogen, daß er selbst hätte getäuscht worden sein können, und dasselbe Vertrauen hatte sie dann Pentaweret entgegengebracht, ohne zu ahnen, daß er selbst nur benutzt worden war. Und nun vertraute sie darauf, daß Ramses tat, was richtig war, obgleich sie fest damit rechnete, daß es ihren Tod bedeutete. Das Problem mit Bentanta war, daß sie für andere sehr nützlich sein könnte, wenngleich sie keinerlei Selbstwertgefühl besaß. Ihre geistige Schlichtheit an sich stellte schon eine Gefahr dar. Er würde sie aus dem Weg räumen müssen. Und doch wiederholte er in Gedanken noch einmal seine eigenen Worte: »Keine Königliche Große Tochter sollte am Pfahl sterben.«

Tamyt war in der untersten Zelle untergebracht worden. Sie stand, als Ramses hereinkam. Sie kniete nicht vor ihm nieder.

»Bist du gekommen, um mich zu verhöhnen, so wie die anderen?« fragte sie, bevor er etwas hatte sagen können. »Das ist des Herrn der Zwei Länder unwürdig, findest du nicht auch? Pentaweret wäre so etwas nie gestattet worden. Aber du hast dir sicher einige Mühe gemacht, um die richtigen Worte zu finden, mich zu beschimpfen, und da ich dich nicht am Reden hindern kann, sprich es nur aus. Oder willst du mich foltern lassen?«

»Du meinst, du hättest Pentaweret nicht gestattet, seine Gefängnisse zu inspizieren«, entgegnete Ramses mit einem grimmigen Lächeln. »Du hättest als Mann geboren werden sollen, Tamyt. Dann hättest du auf diesen Feigling verzichten können, der sich oben unter einer Decke versteckt.«

»Nein«, erwiderte Tamyt. »Wäre ich als Mann geboren, wäre ich meinem Bruder in die Armee gefolgt. Möglicherweise wäre ich in die schwindelerregenden Höhen des Kommandanten der Festung von Miam gelangt. Aber als Frau habe ich die Aufmerksamkeit eines Königs erregt.«

Aber nicht einmal damit warst du zufrieden, dachte Ramses,

dem nicht entging, daß Tamyt beim Sprechen trotzig das Kinn hob. Ihre stolze Haltung, die jegliche Reue vermissen ließ, beeindruckte ihn. Ihr Ehrgeiz entsprach dem seinen, ihre Fähigkeit zu taktieren konnte sich mit seinem militärischen Wissen messen, ihre sexuelle Energie stand der seinen in nichts nach, und sie war bereit, für ihre Ziele etwas zu riskieren. Und doch war sie es, die eingesperrt war, während er sie mit dem Geier und der Kobra auf der Stirn musterte. Sein Vater hatte recht gehabt. Isfet war in der Ordnung der Welt stets unterlegen, und jene, die sich mit ihm verbündeten, mußten letztendlich scheitern. Er vermutete, daß sein Vater gemeint hätte, daß nicht er, General Ramses, ihren Fall herbeigeführt hatte, sondern die Kraft der Maat, die durch ihn gewirkt hatte. Vielleicht hätte sein Vater damit sogar recht gehabt. Ramses wandte sich zum Gehen.

»Ich werde dir sagen, was hätte sein sollen, Ramses, wenn du es wissen willst.«

Ramses blickte zu ihr zurück. Sie stand mit hängenden Armen da, eine Gefangene.

»Ich hätte nicht unfruchtbar geboren werden dürfen. Hätte ich deinem Vater einen Sohn geschenkt, hätte niemand uns aufhalten können.«

Und wie sie dastand mit blitzenden Augen in ihrem schlichten Kleid wußte er, daß sie recht hatte.

Maya vertraute den Priesterinnen der Mut an, daß ihre größte Sorge die war, daß sie den Zorn der Isis auf sich gezogen hatte, als sie ihren Gatten verließ. Und daß der Zorn der Göttin nicht nur sie selbst, sondern dazu auch den König von Ägypten getroffen hatte. Die Strafe war prompt in Form einer Vergewaltigung erfolgt und hatte ihren Höhepunkt in Mord und Bürgerkrieg gefunden, nachdem Maya sich des Diebstahls und der Abtreibung schuldig gemacht hatte. Den Namen des Vaters behielt sie bei ihrer Beichte für sich. Der alte und der neue

König hatten sie von jeglicher Schuld freigesprochen, doch der Schock über Ahmoses Tod hatte die alten Schuldgefühle wiederaufleben lassen.

Die Priesterinnen schnalzten mitfühlend mit der Zunge, schickten aber auch Nachricht an den König. Sie teilten ihm mit, daß es ihrer Ansicht nach noch nicht der richtige Zeitpunkt wäre, ihr die Nachricht von Rahotep mitzuteilen.

Ramses schickte Maya einen Brief.

›Ich gestehe meinen Anteil an allem ein‹, schrieb er. ›Ich bin mir des vollen Umfangs meiner Schuld bewußt. Wenn ich zurückblicke auf alles, was in den vergangenen Monaten geschah, ist klar für mich, daß viele Menschen sich mit Isfet verbündet haben und so die Sicherheit Ägyptens gefährdeten. Pentaweret, seine Mutter und seine Geliebte haben sich offenbar mitsamt der Hälfte des Hofes verschworen, um die gesetzmäßige und von den Göttern bestimmte Thronfolge zu verhindern. Die Flut ihrer Verbrechen löschte jeden Fehler aus, den Du gemacht haben magst, so wie eine Überschwemmung jeden kleinen Bach vernichtet.

›Bei mir liegt die Verantwortung. Obgleich ich die Qualitäten kannte, die mein Vater für seinen Nachfolger wünschte, verschmähte ich sie. Ich war überheblich. Ich habe mich mit den Mächten Isfets eingelassen, obwohl der Pharao selbst, die Inkarnation von Horus auf Erden und der Erste Prophet aller Götter, mich davor gewarnt hatte. Ich muß meine Herrschaft als sein Nachfolger in Unwissenheit antreten; seine Erfahrung war auf immer außerhalb meiner Reichweite, und mir ist bewußt, daß meine Fehler seinen Tod herbeigeführt haben und ich nie sicher wissen werde, ob er mich als seinen Nachfolger ausgewählt hat oder ob ich meine Ernennung der Gier der Amun-Priester verdanke. Durch meine Lust und meinen Zorn habe ich Dir großes Leid zugefügt und Dich damit zu einem unschuldigen Werkzeug in den Händen der Feinde meines Vaters gemacht.

Maya, wenn ich mich dem vollen Ausmaß meiner Verantwortung stelle, solltest Du Dir selbst ein entsprechendes Maß an Nachsicht zugestehen. Die Götter sind gnädig. Obgleich sie die Macht besessen hätten, mich zu vernichten, haben sie mich statt dessen auf den Horusthron erhoben. Auch Dich werden sie wieder erheben. Wenn Du daran zweifelst, unterschätzt Du die Barmherzigkeit der Götter.‹

Maya rollte den Papyrus wieder auf und befingerte den Rand, bis er ausfranste. Die Priesterinnen der Mut störten sie nicht.

Plötzlich rief sie aus: »Ich wünschte, ich könnte es glauben! Ihr wißt ja gar nicht, wie gern ich glauben würde, daß er recht hat!«

»Maya«, sagte die Hohepriesterin der Mut und legte Maya eine Hand auf den Arm. »Mach nicht denselben Fehler, den schon Prinz Ramses gemacht hat. Zweifle nicht das Wort des Königs an. Aus dem Mund des Königs sprechen die Götter.«

Obgleich sie sich nicht mehr genau erinnern konnte, kam es Maya hinterher so vor, als hätte sie sehr lange mit den Priesterinnen gesprochen, nicht um sie zum Schweigen zu bringen, sondern um aus ihrem Mund mehr und mehr Beweise zu hören, mehr und mehr Zuspruch, bis das Gewicht ihrer Worte sich zu einer Mauer zwischen ihr und ihren bedrückenden Gedanken aufgetürmt hatte. Am Ende hatten die Priesterinnen der Mut ihr ein Getränk gebracht, das nach Parfum schmeckte. Sie hatten sie mit Weihrauch gereinigt und an der Hand zum inneren Tor des Tempels der Göttin geführt.

Maya ging durch das Tor und fand sich in einem großen Papyrusdickicht wieder. Dort, wo eigentlich Steinmauern hätten sein müssen, erstreckten sich gerade, biegsame grüne Stauden unter einem strahlend blauen Himmel. Statt harter Steinfliesen fühlte sie feuchte weiche Erde unter den Füßen. Es roch nach Fluß, und sie hörte leise Wasser plätschern und Vögel singen. Maya streckte die Hände aus und teilte das Schilf.

Vor ihr hockte Isis, der große Falke; Isis, die Göttin. Ihr lapislazulifarbenes Gefieder war unendlich viel strahlender als der Himmel selbst. Das stolze Haupt mit dem goldenen Schnabel und den allwissenden Augen überragte Maya. Isis, deren Liebe einen Gemahl von den Toten erweckt hatte, deren Weisheit einen Sohn vor dem Feind verborgen hatte, deren Mut ihm seinen Thron gesichert hatte ... Die mächtige Isis breitete die Flügel aus. Furchtlos lief Maya auf den Falken zu und schmiegte sich an seine warme Brust. Als sie später in ihrem Bett erwachte, konnte sie immer noch die Wärme des Gefieders spüren und die weichen Federn an ihrer Wange fühlen.

In den Tagen nach ihrer Vision von der Göttin ging Maya häufig mit den Priesterinnen der Mut um den heiligen Teich herum spazieren. Sie sprachen von der Vergebung Isis'.

»Eines Tages«, sagte Maya, »wenn ich von hier fortgehe ...« Sie verstummte wieder.

»Ja?« fragte eine der Priesterinnen und wartete höflich, daß sie fortfuhr.

Ich spreche von der Zukunft, dachte Maya. Plötzlich sah sie ein Bild vor sich – so winzig, wie jenes der Isis gewaltig gewesen war. Sie sah weit fort in Piramses ihre Kinder zu Nodjmets Füßen sitzen und sich an ihre Abwesenheit gewöhnen. Die Sehnsucht, sie wiederzusehen, ihre kleinen Körper in die Arme zu schließen und ganz fest an sich zu drücken, stieg in ihr auf. Und wenn sie mich nicht wiedererkennen? fragte eine leise innere Stimme. Was, wenn ich mich so verändert habe, daß sie in mir nicht die Mutter wiederfinden, die sie zurückgelassen haben?

»Glaubt ihr, daß jemand, der eine schwere Prüfung durchsteht, sich dadurch so sehr verändern kann, daß er nicht wiederzuerkennen ist?«

Die Frage schien die Priesterinnen zu verunsichern. Maya sah, wie einige von ihnen verstohlene Blicke tauschten – wissende Blicke, wie Maya dachte.

»Was meinst du damit?« fragte die Hohepriesterin mit für sie ungewöhnlich sanfter Stimme.

»Nun ja«, antwortete Maya zögernd, »glaubt ihr, daß Menschen, die einander geliebt haben, nach einer Trennung, während der sie Schlimmes erlebten, sich noch genauso lieben können wie zuvor, wenn sie wieder zueinanderkommen?«

Das Unbehagen auf den Zügen der Hohepriesterin war nicht mehr zu übersehen. Ein oder zwei Priesterinnen tuschelten hinter vorgehaltener Hand.

»Ich denke«, entgegnete die Hohepriesterin, »daß es vor allem wichtig wäre, es langsam angehen zu lassen, Tag für Tag.«

»Ja«, erwiderte Maya. »Ja.« Sie setzte ihren Weg um den Teich herum schweigend fort, konnte aber ihre Gefährtinnen hinter ihrem Rücken miteinander flüstern hören. Sie müssen mich schrecklich verändert finden, dachte sie.

Ein paar Tage später stellte Maya sich morgens zwischen Schlafen und Wachen vor, sie wäre wieder ein Kind. Es war der Gesang, der diesen Wachtraum heraufbeschwor: Nodjmet, die daheim Schlaflieder für die Kinder sang. Jemand saß an ihrem Bett und sang, so wie Nodjmet es seinerzeit getan hatte, jemand, der Nodjmets warme braune Hand ausstreckte, um Maya auf die ihr eigene sanfte Art das Haar aus der Stirn zu streichen. Plötzlich lag Maya in ihren Armen, und es war tatsächlich Nodjmet mit ihrem knochigen Brustkorb. Tränen rannen ihr über die Wangen, und sie schluchzte. »Mein Kätzchen, mein Kätzchen, mein Lämmchen.« Dann sagte Nodjmet: »Du hast Besuch, mein Schätzchen, meine Herrin. Rate mal, wer mich den ganzen weiten Weg bis hierher begleitet hat?« Noch ehe sie an der Tür war, flog diese auf, und sie waren da, alle beide, stürzten sich mit wehenden Pferdeschwänzen und lautem Jubel auf sie. Dann kniete Maya mitten unter ihnen, lachte und weinte zugleich und schmeckte ihre eigenen Haare, vermischt mit salzigen Tränen.

Der Herr der Zwei Länder von Ägypten saß in der Großen Säulenhalle des Tempels von Gottkönig Amun-Re auf seinem Thron. Er ließ den Blick umherschweifen und konnte die Ränder des Hochwassers entlang der Wände an den leuchtenden Farben der unteren Malereien erkennen. Von den Bodenplatten stieg immer noch ein leicht modriger Geruch auf.

Die Trompete rief alle Anwesenden auf, sich anzuhören, was der Pharao ihnen zu sagen hatte. Der Herold entrollte seine Papyrusrolle und sprach:

»Meine Untertanen! Wisset, daß mein Vater, Usermaater, Erwählter des Re, Ramses, Günstling des Amun, ins Totenreich eingekehrt ist und meine Hoheit seinen Platz eingenommen hat. Wisset, daß mein Name fortan Heqamaater sein soll, Erwählter des Re, Ramses, Herrscher durch die Maat und Günstling des Amun. Dieser Tag, der 26. Tag von Opet im ersten Jahr meiner Herrschaft, ist der Tag meiner ersten Proklamation an den versammelten Hofstaat. Hört die Worte eures Königs.«

Das erste Jahr meiner Herrschaft, dachte Ramses. Wie viele werden die Götter mir zugestehen? Was, wenn mein Vater mich tatsächlich als seinen Nachfolger gewählt hätte und ich nur die Zeit verkürzt habe, die ich geherrscht hätte? Wie viele Jahre blieben mir noch, hätte ich nicht mit Isfet gespielt?

»Erstens sollt ihr wissen, daß es innerhalb seines eigenen Haushalts eine Verschwörung gegen Ramses, Günstling des Amun, gegeben hat«, verkündete der Herold. »Sein eigener Sohn, den er selbst mit der Königlichen Großen Tochter vereint hatte, erhob die Hand gegen seinen Vater. Königliche Odalisken aus dem Harem, Mitglieder seines Hofes und Soldaten seiner Armee schlossen sich dieser Verschwörung an. Der Zorn der Götter ging auf Ägypten nieder. Brüder wurden zu Feinden, die Frauen Ägyptens wagten sich nicht mehr auf die Straße, die Überschwemmung ertränkte unser Vieh und überflutete sogar das Gotteshaus des Gottkönigs Amun-Re. Jetzt hat

Seine Hoheit den Horusthron bestiegen, und Isfet wurde besiegt. Die Wasser Isfets haben sich aus dem Tempel zurückgezogen. Der Fluß kehrt in sein Bett zurück. Bald werden Männer ihre Dörfer verlassen, um in die schwarze Erde zu säen, und grüne Keimlinge werden sprießen, so daß alle wissen werden, daß Ägypten wieder einen rechtmäßigen König hat.

Jene, die Ramses, Günstling des Amun, getötet haben, befinden sich in meinen Gefängnissen. Der Führende der Gotteslästerer ist im Palast zu Djeme. Wisset, daß vor meiner Rückkehr nach Piramses ein Gericht aus den weisesten Männern Ägyptens all jene richten wird, die an der Verschwörung beteiligt waren.«

Der Herold fuhr fort und erläuterte Einzelheiten des Prozesses. Ramses dachte an Tamyt, so wie er sie im Osttor von Djeme gesehen hatte, furchtlos, schön und ohne Reue. Er dachte daran, wie sie ungeachtet der Gefahr am Rand des Pylonen dieses Gotteshauses entlanggelaufen war und in Trauer auf die Knie gefallen war beim Anblick der Flagge, die über der Goldkarawane wehte. Oder hatte sie trotz der großen Entfernung in dem von Fliegen umschwärmten Leichnam am Bug des vordersten Schiffes Seniry erkannt? Tamyt hatte sich immer so sehr in der Gewalt, daß man unmöglich sagen konnte, was in ihr vorging. Sie hatte Seniry gnadenlos benutzt. Doch Ramses erinnerte sich an ihre letzten Worte an ihn: »Hätte ich dem König einen Sohn geschenkt …« Vielleicht verbarg sich ja unter der undurchdringlichen Oberfläche doch die Fähigkeit zu leiden. Aber Tamyt würde sich niemals dazu bekennen.

»Auch möchte ich an diesem Tag ein großes Unrecht wiedergutmachen«, fuhr der Herold fort. »Die Königliche Große Tochter des Ramses, Günstling des Amun, die Schwester des Königs Ramses, Herrscher durch die Maat und Günstling des Amun, wird aus dem Kerker von Djeme freigelassen. Ich bin zu dem Schluß gelangt, daß die Königliche Schwester Bentanta von den Verschwörern gegen ihren Willen festgehalten und daran gehindert wurde, während meines Feldzugs zur Wiederherstellung der Ordnung zu mir zu stoßen. Noch bevor dieses Opet-Fest vorüber ist, wird die Königliche Schwester Bentanta zur Göttlichen Gemahlin Amuns geweiht und bis ans Ende ihrer Tage dem Gott dieses Hauses dienen.«

Ramses lächelte in sich hinein. Er war immer noch sehr zufrieden mit dieser Lösung des Problems Bentanta. Seine unglückliche blauäugige Schwester war aus dem Gefängnis heraus, in das sie nicht gehörte, in gewisser Weise entschädigt für das üble Spiel, das man mit ihr getrieben hatte, und dabei endgültig vom Heiratsmarkt genommen. Die Priester hatten versucht, ihn zu überreden, sie selbst zu heiraten, um seiner eigenen Thronbesteigung noch größere Legitimität zu verleihen, doch Ramses hatte sich strikt geweigert. Er konnte sich Bentanta nicht als seine Große Gemahlin vorstellen. Außerdem war sein Anspruch auf den Thron groß genug, um auch ohne sie klarzukommen. Durch ihre Ernennung zur Göttlichen Gemahlin Amuns wäre auch sichergestellt, daß dieses Amt nicht erneut in unwürdige Hände fiel. Zur Enthaltsamkeit verpflichtet, würde Bentanta den Rest ihrer Jahre in aller Bequemlichkeit verbringen, befreit von den Hofintrigen und als ihre eigene Herrin, was bedeutete, daß sie vermutlich glücklich sein würde.

Es mußten Begräbnisvorbereitungen getroffen werden für den ehemaligen Pharao, für die Königliche Große Gemahlin Khanefrues, für General Ahmose und für die anderen, die in der Schlacht auf der richtigen Seite gefallen waren. Ramses dachte an Rahotep und biß sich auf die Unterlippe. Es sollte Belohnungen geben für die Überlebenden. Der Herold fuhr fort, die Zeremonien aufzuzählen, die stattfinden würden, um den Vizekönig von Nubien, Paiis, den Hauptmann der Garde von Djeme und andere, die tapfer gekämpft hatten, mit dem Gold des Sieges zu belohnen. Ramses verzog das Gesicht bei dem Gedanken an die Belohnung, die er Medja hatte zugestehen müssen. Medja war jetzt Proviantmeister der südlichen Flotte des Amun-Re. Zusätzlich zur östlichen Wüste würden nun auch sämtliche Seewege nach Punt sowie sämtliche Schätze von dort durch seine Hände gehen. Ramses versuchte den Prozentsatz zu schätzen, den der Nomadenhäuptling einstecken würde, bevor er den Rest nach Ägypten weiterleiten ließ. Dadurch, daß er Ramses im entscheidenden Moment unterstützte, hatte Medja mehr gewonnen, als jedes Abkommen mit dem verstorbenen König ihm eingebracht hätte.

Der Herold verkündete, daß in Kürze mit den Arbeiten an den Monumenten, die die Herrschaftszeit des neuen Pharao markieren würden, begonnen werde. Es sollte ein Schrein errichtet werden zu Ehren der Königlichen Großen Gemahlin Khanefrues, die durch Ertrinken Göttlichkeit erlangt hatte. Er überschrieb die Hälfte von Khanefrues' Landbesitz ihrem Schrein und die andere Hälfte Maya. Damit würde Maya die wohlhabendste Frau Ägyptens sein. Priester und andere würden Schlange stehen, um ihr zu dienen. Wieder dachte er an seinen Bruder und an dessen Traum von einer Kunstschule. Der Herold verkündete bereits die Pläne des neuen Königs hinsichtlich einer königlichen Grabstätte.

Der Herold gab den Ablauf des folgenden Tages bekannt, des letzten Tages des Opet-Festes. Die Versammlung ging ihrem Ende zu. Ramses' Gedanken kehrten zu Tamyt zurück. Tamyt, die sich unwiderruflich mit Isfet verbündet hatte. In der Stunde der Niederlage hatte sie die Natur der Königswürde besser begriffen als er selbst. Er stellte sich vor, wie sie als junges Mädchen gewesen sein mußte, als sie dem Pharao vorgestellt wurde. Er selbst war damals im Krieg gewesen. Wie atemberaubend sie ausgesehen haben mußte, ihre braune Haut unberührt, allein den Liebkosungen eines Königs vorbehalten; ihre Intelligenz war eine von Erfahrung noch nicht gebändigte Quelle, ihr Blick klar und direkt, noch nicht von Enttäuschung überschattet. Ein Jahr oder länger hatte sie sich in der Zuneigung des Pharao gesonnt. Ramses sagte sich, daß sie rasch erkannt haben mußte, wie die Schatten sich über den Rand ihrer Hoffnungen stahlen und mit der Zeit immer länger wurden. Sie hatte die Abgeschiedenheit Miwers dem modernen Leben bei Hofe vorgezogen. In Miwer war sie in der Lage gewesen, sich in aller Ruhe einen Weg zur Macht zurechtzulegen. Ramses dachte an die Jahre, die sie geduldig daran gearbeitet haben mußte, ihr Netzwerk von Spionen aufzubauen und jene unter den Odalisken und deren Nachkommen auszuwählen, die sich von ihr würden lenken und leiten lassen, um dann Kraft ihrer Schläue und ihres Ehrgeizes Verbündete für sich zu gewinnen. An all das dachte er voller Bewunderung. Die Welt würde ärmer erscheinen ohne eine solche Frau.

Die Versammlung war vorüber. Der Hof verneigte sich, und der König entfernte sich.

Tamyt, dachte Ramses, ist wie die Leoparden, die manchmal zusammen mit dem Tribut aus den südlichen Ländern an den Hof gebracht werden. Ihre sehnigen Körper bewegen sich anmutig unter weichem Fell. Sie sahen einen aus unergründlichen bernsteinfarbenen Augen an, als könnte sie nichts erschüttern, doch ihre Krallen konnten blitzschnell zupacken, und ihre Zähne waren tödlich. Völlig unerwartet und grundlos konnten sie um sich herum ein Blutbad anrichten, und ganz gleich, wie viele Jahre sie an der Leine gehalten wurden – niemals ließen sie sich zähmen.

Und doch wurden sie nicht getötet. Die Leoparden des Südens wurden nicht dafür bestraft, daß sie exotische, unbezähmbare Geschöpfe waren. Sie hatten ihren Platz in der Welt, die aus dem Chaos erstanden war, so wie Seth, der rachsüchtige Gott der Zerstörung, seinen Platz in Res Sonnenbarke hatte. Die Priester erzählten Ramses, daß die Kräfte der Zerstörung in der Natur ihren Platz hatten neben den Kräften der Ordnung. Das Wichtige war das Gleichgewicht. Sie würden nie ausgelöscht werden können, und es wäre ebenso gottlos wie sinnlos, dies zu versuchen.

Ramses fragte sich, was die Priester, die Armeekommandeure und der restliche Hof sagen würden, wenn er, der Pharao, bestimmte, daß Tamyt eine Naturgewalt war und nicht bestraft, sondern freigelassen werden sollte. Er stellte sich diese Frage anfangs zu seinem Vergnügen; schon bald aber dachte er ernsthaft darüber nach. Er nahm an, daß er die Macht besaß, einen solchen Schritt zu unternehmen.

Wozu einer Naturgewalt die Schuld geben, wenn ich sie mit meiner eigenen Gottlosigkeit entfesselt habe? Ich habe die Bedrohung Isfets erst herbeigerufen. Ich habe die Vergewaltigung begangen, die zum Tod meines Vaters führte. Tamyt war lediglich das Werkzeug. Er konnte den Ausdruck auf ihren Gesichtern sehen. Theologisch betrachtet mochte er recht haben, aber dieselben Theologen, die ihn diese Weisheit gelehrt hatten, würden ihn drängen, diese Bedrohung seines Throns ein für allemal zu vernichten. Sie alle wußten, daß ein Gleichgewicht bestehen mußte zwischen theologischen und praktischen Überlegungen. Sie wußten weit besser als er, wo dieses Gleichgewicht lag. Früher hatte er nur praktisch gedacht. Jetzt drohte Tamyt, ihn zum anderen Extrem zu treiben. Nein, noch war er nicht selbstsicher genug, um die Priester auf ihrem eigenen Gebiet herauszufordern.

Und doch ließ ihn der Gedanke, daß er sie freilassen sollte, nicht mehr los. Als König standen ihm noch andere Mittel offen. Er konnte dem Hauptmann der Garde von Djeme befehlen: »Heute um Mitternacht wirst du die Zellentür der Königlichen Odaliske Tamyt entriegeln und deine Wache für eine Stunde vom östlichen Tor abziehen. Dann wirst du zurückkehren und die Zelle leer melden. Du wirst zu niemandem ein Wort sagen – abgesehen von dem, was ich dir auftrage«. Und weil er der König war, würde der Hauptmann gehorchen, ohne Fragen zu stellen. Derweil würde Tamyt leichtfüßig über die Oasenstraße eilen, und ihre Augen funkelten im Sternenlicht wie Edelsteine …

Du würdest Isfet wieder in Ägypten entfesseln, protestierten die Priester in seinem Kopf. Nein, widersprach Ramses, Isfet ist gebändigt. Tamyt würde niemals zurückkehren können, weil ihr in Ägypten die Todesstrafe droht. Das würde unsere Sicherheit gewährleisten.

Plötzlich sah er den Eingang zum südlichen Harem vor sich. Die Tore öffneten sich, und die Sänftenträger trugen ihn hindurch. Eine interessante Frage, sagte sich Ramses. Ich könnte sie freilassen. Falls meine Herrschaftszeit sich als kurz erwiese, hätte ich sie wenigstens interessant gestaltet. Er blickte sich um und betrachtete die Bildnisse der Götter in Stein und Farbe. Nun? rief er ihnen lautlos zu. Was soll ich tun? Fordere ich euch heraus, mir zu zeigen, wie das mit dem Gleichgewicht funktioniert? Stelle ich euch ein Rätsel und fordere euch heraus, dieses Staubkorn des Chaos wieder in den Kosmos aufzunehmen? Die Götter musterten ihn, ohne zu blinzeln. Du bist der Pharao, sagten ihre starren Gesichter.

Nachwort

Maya saß zusammen mit Nodjmet und den Kindern am Heiligen Teich von Mut. Einige Priesterinnen der Mut hatten sich um sie herum niedergelassen. Mit ihren am Boden ausgebreiteten weißen Röcken sahen sie wie ein Strauß Lilien aus. Plötzlich wandten ihre Köpfe sich dem Tempel der Göttin zu. Dort stand die Hohepriesterin in Begleitung eines Mannes. Die anderen Priesterinnen erhoben sich.

»Nein, geht nicht«, bat Maya.

Doch sie zogen sich zurück, stoben auseinander wie Blütenblätter, die vom Wind über den Hof geweht wurden. Sie gingen an der Hohepriesterin und ihrem Begleiter vorbei und verschwanden im Tempel. Als sie fort waren, stand der Besucher allein da. Er kam auf Maya zu, ganz langsam, als wäre er es gewohnt, gestützt zu werden.

»Bei allen Göttern«, hauchte Nodjmet.

»Was ist denn? Kannst du erkennen, wer es ist?«

»Wir sollten Euch lieber allein lassen, Herrin«, entgegnete Nodjmet und nahm die Kinder bei der Hand.

»Nein, Nodjmet.« Furcht und Hoffnung stiegen in Mayas Herz auf. Die Furcht war stärker, weil die Hoffnung sich nicht zu verfestigen wagte. »Geh noch nicht«, flehte Maya, doch Nodjmet beachtete ihre Bitte nicht und brachte die Kinder fort.

Hager unter seiner Leinentunika und sehr blaß unter der Perücke, blieb Rahotep dicht vor Maya stehen. Jetzt, da er so nahe war, konnte sie die Narbe sehen, die sich schräg von seiner Stirn bis zum Kinn hinzog. Maya hob eine Hand an den Mund.

»Ich weiß, daß es schlimm aussieht«, sagte Rahotep. »Aber es ist nicht so schlimm, wie es den Anschein hat. Erkennst du mich denn nicht, Maya?«

Sie wußte später nicht mehr, wie sie die letzten Meter, die sie noch trennten, überwunden hatte. Sie wußte nur, daß seine Arme, die sich um sie legten, härter und dünner waren als früher, und seine Lippen leidenschaftlicher. Als sie die Augen wieder aufschlug, blitzte in den seinen der Funke des Überlebenden. Rahotep ergriff ihre Hand und führte ihre Finger über die Narbe, wobei er sie forschend musterte. Sie folgte der Linie über seine Nase, dicht an seinem Auge vorbei und über die Lippe. Er ließ ihre Hand los, aber sie nahm die Finger nicht fort.

»Das ist in Ikkur passiert«, sagte Rahotep. »Ein nubischer Rebell. Damals habe ich gar nichts davon gemerkt. Aber hinterher hat man mir alles erzählt. Lange Zeit dachten sie, ich würde sterben. Die Narbe wird mit der Zeit verblassen, sagen die Ärzte, und es wird nur eine schmale helle Linie zurückbleiben.«

»Das spielt keine Rolle für mich«, sagte sie.

Er küßte sie wieder, und der Kuß verriet seine Erleichterung.

»Komm«, sagte Rahotep und nahm ihre Hand. »Komm, ich möchte dir etwas zeigen.«

Er geleitete sie die Treppe hinauf und auf die Mauer. Unter ihnen führte die Straße von Theben vom südlichen Harem zur Linken bis zum Tempel des Gottkönigs Amun-Re zur Rechten. Der Fluß hatte sich von den Gebäuden zurückgezogen, aber das Wasser reichte immer noch bis nach Djeme und zu den Wüstenbergen dahinter. Aus dem südlichen Harem waren Trompetenklänge zu hören.

»Es ist das Ende des Opet-Festes«, sagte Rahotep. »Die Götter kehren heim.«

Seite an Seite beobachteten sie, wie die Götter in ihren Barken davonsegelten. Sie sahen, wie die Menschen am südlichen Tempel aufstanden und dem heiligen Weg folgten, über den die Sänfte des neuen Pharao hinweggetragen wurde. Sie hörten die Musik, sahen die unzähligen Blüten, die Bewegungen der Tänzerinnen. Die Festprozession zog an ihnen vorüber, und einige Menschen in der Menge blickten auf und winkten. Dann entfernten sich die Götter und ihre Untertanen unter einem strahlend blauen Himmel.

In seinem neuen historischen Roman erzählt Alan Savage die Geschichte Adelheids, der Frau, die an der Seite dreier Kaiser kämpfte und schließlich heiliggesprochen wurde. Als Frau Ottos I. und Mutter Ottos II. wird Adelheid schon früh mit den Regeln mittelalterlicher Machtpolitik vertraut gemacht. Denn die Kaiserkrone ist eine schwere Bürde, und innere wie äußere Feinde sind bestrebt, jede Schwäche des Kaiserhauses zu nutzen. Um die seit Jahren schwelenden Konflikte mit Byzanz beizulegen, befürwortet Adelheid die Hochzeit ihres Sohnes mit der byzantinischen Prinzessin Theophanu. Die junge Byzantinerin ist dem deutschen Prinzen jedoch nicht nur in Liebesdingen weit überlegen, und ihr Einfluß auf die Geschicke ihrer neuen Heimat ruft die Gegnerschaft Adelheids auf den Plan.

ISBN 3-404-14484-8

BASTEI LÜBBE